HEYNE <

MELISSA BLAIR

BROKEN BLADE

DIE KLINGE DES KÖNIGS

ROMAN

AUS DEM ENGLISCHEN VON
KIRSTEN BORCHARDT

WILHELM HEYNE VERLAG
MÜNCHEN

Titel der Originalausgabe:
A BROKEN BLADE

MIX
Papier | Fördert
gute Waldnutzung
FSC® C014496
FSC
www.fsc.org

Penguin Random House Verlagsgruppe FSC® N001967

Deutsche Erstausgabe 7/2023
Redaktion: Sabine Kranzow

Printed in Germany
Umschlagillustration: Kim Dingwall
Umschlaggestaltung: Das Illustrat, München
Satz: Leingärtner, Nabburg
Druck und Bindung: GGP Media GmbH, Pößneck
ISBN: 978-3-453-32280-6

www.heyne.de

Dieses Buch ist BookTok gewidmet
und allen, die dort etwas einstellen oder ansehen.
Ohne euch wäre das hier nicht entstanden.

Elverath

Reservat des
Faenlandes
Aralinth
Caerth
Cerelia
Finsterwald
Brennende Berge
See von Elvera
Giftacker
Myrelinth
Silstra
Klippen von
Elandorr
Wolford
Singender Wald
Belmoor
Volcar
Ödlande
Frostlande
Verbann

Geborstene Inseln
Totenwald
Der Orden
Koratha
Wenden
Calens Kluft
Königsufer
Anhöhen von Anticor
Schwarzensee
Ruinen von
Faevra
N
W
O
S
ıh

TRIGGERWARNUNG

Dieses Buch ist eine Fantasy-Romance-Geschichte, in der Themen wie Alkoholismus, Abhängigkeit, Kolonialismus, Depression und strukturelle Gewalt vorkommen. Diese Themen sind weder der Schwerpunkt der Geschichte noch werden sie in drastischer Form dargestellt, aber sie könnten bei Leser*innen, die mit Selbstverletzung, körperlichen Angriffen, Depression oder suizidalen Neigungen zu tun hatten, unerwünschte Gefühle auslösen.
Achtet beim Lesen auf euch selbst.

Mein Körper besteht aus Narben,
teilweise von anderen erhalten,
größtenteils aber mir selbst zugefügt.

Der Halbling-Erlass

Von nun an werden vom König nur noch die Angehörigen zweier Völker als Bürger der Krone anerkannt:

Sterbliche

&

Dunkelfaen

(solange sie im Reservat des Faenlandes residieren)

Von diesem Tage an werden alle, die unreinen Blutes sind, als Mündel der Krone betrachtet. Alle Halblinge, die von Sterblichen und Elfen abstammen, tragen dieselbe Abartigkeit in sich wie ihre unreinen Vorfahren. König Aemon hat unermüdlich dafür gekämpft, alle noch lebenden Elfen aus seinem Königreich zu vertreiben. Da er nun seine Mission erfüllt hat, übernimmt er die Verantwortung für ihre widernatürliche Nachkommenschaft.

Halblingen werden die Bürgerrechte aberkannt, und sie gelten ab sofort als Besitz der Krone. Alle Halblinge, die im Königreich Elverath leben, müssen sich melden.

Wer sich diesem Befehl verweigert, dessen Leben ist verwirkt.

EINS

Von den siebzehn Klingen, die ich bei mir hatte, wäre jede einzelne dazu geeignet gewesen, den Mann vor mir zu töten. Mit den schmalen Stahldornen, die in meiner Lederkleidung steckten, hätte ich ihm einen tödlichen Stich beigebracht, bevor er überhaupt meine Armbewegung wahrnahm. Mit den Zwillingsklingen, die ich über Kreuz auf meinem Rücken trug, würde ich nicht ganz so schnell zuschlagen, aber er war ein Sterblicher. Ein Mensch. Er konnte mir nicht entkommen.

Jede meiner Waffen hätte für diesen Zweck genügt, aber ich wusste, ich würde ihn mit dem blutroten Dolch ins Jenseits befördern, der an meinen Schenkel geschnallt war. Ich musste nur die Finger um den beinernen Griff schließen und den Hieb ausführen.

Aber ich konnte ihn nicht töten, bevor ich nicht das hatte, was ich brauchte.

»Bitte«, flüsterte er und sah mich flehentlich an. Sein Auge war blau und ebenso geschwollen wie seine Lippen, nachdem ich ihm in der letzten Stunde schwer zugesetzt hatte. »Ich habe Euch alles gesagt, was ich weiß!«

»Ihr wart tatsächlich entgegenkommender als die meisten anderen Menschen, die ich gewöhnlich befrage«, sagte ich wahrheitsgemäß.

Viele hielten aus, bis ich schon die Hälfte ihres Blutes vergossen hatte, bevor sie sich ein Geheimnis entlocken ließen. Dieser Mann hatte nach dem dritten Schlag aufgegeben und sich kaum gewehrt, als ich ihn an den Stuhl gefesselt hatte.

»Ich würde alles für den König tun! Alles! Aber lasst mich bitte gehen. Bitte.« Das letzte Wort kam ihm mit einem erbärmlichen Wimmern über die Lippen. Es hätte mir gleich klar sein sollen, dass er einer von der weinerlichen Sorte war.

»Der König braucht von Euch nur noch eins, bevor er Gnade walten lässt«, gab ich zurück. Meine rechte Hand lag bereits am weißen Griff meines Dolchs.

»Alles.« Ihm brach die Stimme. Heiße Tränen rannen ihm über die Wangen, während er sich vor und zurück wiegte.

»Einen Namen.« Ich trat einen Schritt auf ihn zu, und er fuhr zusammen. Seine weit aufgerissenen Augen glitten von meinem Gesicht zu meiner Hand und wieder zurück.

»Ich habe es Euch doch schon gesagt. Er nannte sich der Schatten. Er verbarg sein Gesicht unter der Kapuze seines Mantels. Mehr weiß ich nicht!« Jetzt beugte er sich vor und stemmte sich gegen die Stricke, die um seinen Oberkörper geschlungen waren. Die Venen am Hals traten dick hervor, und sein Blut pulsierte darin fast im gleichen schnellen Rhythmus, in dem sein Atem ging. Er wusste, was geschehen würde, wenn die Klinge mit ihren Fragen fertig war.

»Diesen Namen meine ich nicht«, flüsterte ich. Ich brauchte keine weiteren Informationen mehr für den König. Was ich nun noch hören wollte, war allein für mich.

»Welchen dann? Ich nenne Euch jeden, den Ihr wollt«, stieß er hervor, während sich Schweiß in den spärlichen Barthaaren auf seiner Lippe sammelte.

Ich musste dem ein Ende machen. Das war grausam.

»Euren Namen«, antwortete ich.

Er starrte mich noch immer an, aber sein Blick verschwamm, als er sich gegen die Stuhllehne sinken ließ. Dann schluckte er. »Warum?«

Diese Augenblicke hasste ich am meisten. Wenn der Widerstand der Befragten dahinschmolz und sie sich in ihr Schicksal fügten. Es hinnahmen, dass ich sie töten würde. Es war so viel leichter, jemanden ohne Ankündigung umzubringen.

Sanft legte ich ihm die Hand unter das Kinn und lenkte seinen Blick wieder auf mich. Mein brauner Zopf fiel mir über die Schulter und streifte kitzelnd seine Wange.

»Wie wäre es mit einem Namen gegen den anderen? Ihr gebt mir Euren, und ich sage Euch meinen.« Mehr konnte ich ihm nicht anbieten. Ein Gefühl von Kontrolle in seinem letzten Augenblick.

Verblüfft sah er mich wieder an und blinzelte. Dann nickte er einmal langsam.

»Mathias«, flüsterte er. »Mein Name ist Mathias.« Seine Augen huschten suchend über mein Gesicht und warteten auf meinen. Kurz verdrängte die Neugier sein Entsetzen.

»Mathias …«, sagte ich und zog mit schneller Bewegung den Dolch aus der Scheide.

»Ich heiße Keera.« Seine Kehle war durchtrennt, bevor das letzte Wort gesprochen war.

Der Schatten. Ich weiß nicht mehr, wann es anfing, dass überall in Elverath flüsternd von ihm gesprochen wurde, aber inzwischen hatte er sich unübersehbar einen gewissen Ruf erworben. Und das nicht nur bei den Kaufleuten, die in Königsufer mit Fisch handelten. Ich hörte seinen Namen hinter vorgehaltener Hand überall im ganzen Königreich. Egal, wohin es mich auf der Jagd nach den Feinden der Krone verschlug und wo auch immer ich in Tavernen oder dunklen Gassen Gespräche belauschte – irgendwann war unausweichlich von ihm die Rede. Und zwar stets mit einer bangen Ehrfurcht, die mich nervös machte. Es war lange her, seit es jemand gewagt hatte, dem König die Stirn zu bieten – falls der Schatten das denn überhaupt tat.

Mit den Zähnen zog ich den Korken aus einer Weinflasche, die noch vom vorigen Abend übrig geblieben war, und spuckte ihn auf den Boden der Kutsche, die mich nach Koratha brachte, der Hauptstadt von Elverath. Dann stürzte ich den bitteren Nektar hinunter, während wir auf die äußere Mauer der kreisrunden Stadt zuhielten. Vor den Fenstern der Kutsche hing ein weicher Musselin, aber trotzdem sah ich verschwommen die Gehenkten, die von der Steinwand herabhingen. Sterbliche, die Mord oder Verrat begangen hatten. Halblinge, die die Dreistigkeit besessen hatten, einen Befehl zu ignorieren. Jeder, der irgendeinem Erlass zuwidergehandelt hatte. Die Toten ließ man absichtlich hängen und verfaulen. So sprach der König am liebsten zu seinem Volk. Es war eine deutliche Botschaft an all jene, die es verlockte, sich seiner Herrschaft zu widersetzen.

Kein Sterblicher stand über der Krone, und Halblinge gab es ohnehin mehr als genug.

Das wusste ich alles nur zu gut. Schließlich war es meine Aufgabe, Verbrecher und Staatsfeinde aufzuspüren. Einige waren Sterbliche, aber bei den meisten handelte es sich um Halblinge, die versuchten, sich dem Dienst des Königs zu entziehen, indem sie ihr Elfenblut verbargen. Jene, die recht menschlich aussahen, konnten ihre Tarnung oft jahrelang aufrechterhalten, aber irgendwann verrieten sie sich dann doch. Vielleicht wurde ein neugieriger Nachbar misstrauisch. Oder jemandem fielen die schmal zulaufenden Ohren und die schnelleren Reflexe auf. Oder, schlimmer noch, sie verletzten sich, und man sah ihr bernsteinfarbenes Blut. Es war das Zeichen der Abartigkeit. Dass man halb Sterblicher, halb Elf war.

Ich fuhr über die Schneide meines Dolchs, wohl wissend, dass dasselbe Blut auch durch meine Adern floss. Alle Halblinge gehörten dem König und waren gezwungen, ihm zu dienen. Ich diente ihm am besten, indem ich tötete.

Zwar hielt ich mich äußerst ungern in der Hauptstadt auf, aber jetzt ließ es sich nicht länger vermeiden. Ich musste um eine erneute Audienz beim König nachsuchen und ihm mitteilen, dass ein weiterer Staatsfeind bestraft worden war und verraten hatte, dass der

Gesuchte der Schatten hieß. Der Fischer, den ich getötet hatte, war innerhalb von drei Monaten bereits der dritte gewesen, der dem getarnten Finsterling Geheimnisse verraten hatte. Keiner von ihnen hatte seinen richtigen Namen gekannt. Keiner sein Gesicht gesehen. Beinahe hätte ich geglaubt, dass der Schatten nur eine Legende war, hätte ich nicht selbst schon einmal seinen Weg gekreuzt. Es gab ihn wirklich, auch wenn er unter seinem schwarzen Mantel stets unerkannt blieb und seine wahre Identität vor jenen verbarg, die ihn töten wollten.

Vor Leuten wie mir.

Der Schatten brachte mich um den Schlaf. Ich konnte abends nicht einmal mehr meinen Wein genießen, weil ich dauernd über den Mann unter der Kapuze nachgrübelte. Als Klinge des Königs war ich die beste Assassine und Spionin, die durch die Lande zog. Es hätten mein Name und mein Mantel sein sollen, die Angst in die Augen der Bauern und niederer Adliger zauberten, aber jetzt flüsterten sie von diesem Unbekannten.

Selbst der König nahm allmählich von dem Gerede Notiz. Überall im Palast sprachen Herren wie Diener wispernd vom Schatten. Kurtisanen und Dienstmädchen redeten sich die Köpfe darüber heiß, wer sich unter der Kapuze verbergen mochte. Wächter diskutierten über seine Motive. Alle fragten sich, ob der Mann, der sich in Schatten hüllte, überhaupt ein Sterblicher war. Vielleicht war er verräterischer, als er auf den ersten Blick erschien. Vielleicht war er ein verirrter Elf, der sich für die Auslöschung seines Volks am König rächen wollte. Vielleicht hatten die Dunkelfaen im Westen endlich beschlossen, ihren Zauber gegen die Krone ins Feld zu führen. Oder vielleicht war er auch ein Halbling, der sich gezwungen sah, sein Angesicht zu verbergen, um nicht für den Widerstand gegen die königlichen Erlasse zur Rechenschaft gezogen zu werden.

Aber in Wirklichkeit wusste niemand, wer dahintersteckte. Nicht einmal das Heer von Spitzeln, für dessen gute Ausbildung und Ausstattung der König sorgte. An der Spitze dieses Heeres stand ich, und daher würde es dem König übel aufstoßen, dass ich wieder einmal mit leeren Händen zurückgekehrt war. Ich zuckte unwillkürlich mit den Schultern. Am liebsten blieb ich bei meiner Arbeit so gut es ging außerhalb seines Blickfelds. Es war gefährlich, wenn der eigene Kopf die Aufmerksamkeit der Krone erregte – wie ich nur zu gut wusste, denn schließlich war ich es, die dann ausgesandt wurde, diese Köpfe zu holen.

Die Kutsche fuhr durch die Stadt und näherte sich dem innersten Befestigungsring, dessen Mauern den Palast schützten. Es war ein herrliches Konstrukt aus weißem Stein und so erbaut, als ob die Felsen von selbst zu drei Türmen emporgewachsen seien und dabei die Kammern ausgehöhlt hätten, die nun als Säle, Korridore und Zimmer dienten.

Die Faen hatten diesen Bau vor vielen Jahrtausenden erschaffen. Er war die Heimat der Lichtfaen gewesen, eines zauberkundigen Volkes, das schon lange ausgestorben war. Den Abschluss eines jeden Turms bildete eine Kammer aus Buntglas, die mehr als drei Stockwerke in die Höhe ragte. Das Glas war von Kletterpflanzen eingerahmt, die im Licht der zwei Sonnen groß und kräftig wuchsen. Wenn die Sonnen durch die Turmspitzen schienen, fiel ein Schimmer aus Gold, Violett und Silber wie ein Wasserfall über die Mauern der äußeren Stadtviertel.

Meine Weinflasche war zur Hälfte leer, als wir die Tore des Palasts erreichten. Ich seufzte, als ich das langsame Knarren vernahm, mit dem die Wachen die Eisentore aufstießen. Vermutlich würde ich nicht einmal mehr austrinken können, bevor ich im Thronsaal erwartet wurde. Aber das war vielleicht auch besser so – mein Kopf schmerzte noch von der gestrigen Nacht.

Ein Wächter öffnete den Wagenschlag, und ich zog die Kapuze über den Kopf, sodass sie mein Gesicht beschattete. Der Mann reichte mir nicht die Hand, um mir beim Aussteigen zu helfen – ich mochte ja die Klinge des Königs sein, aber ich war ganz sicher keine Dame. In Elverath wurde ich nicht einmal als Frau betrachtet.

Wer sich überhaupt dazu herabließ, meinesgleichen anzusprechen, bezeichnete mich so wie alle Frauen mit Elfenblut abfällig als Weibchen.

In den Augen des Königs hatten Halblinge verdorbenes Blut, waren halb Sterbliche und halb Tier. Dass er uns wie Tiere nur nach dem Geschlecht als Männchen und Weibchen bezeichnete, unterstrich, wie klar er zwischen uns und seiner eigenen Art unterschied. Unsere Versklavung war zum Segen aller; Halblinge hatten mit Menschen nichts gemein. Der Wächter trat vom Wagenschlag zurück. Kein Sterblicher hätte sich dazu herabgelassen, einen Halbling zu berühren. Außerdem war es gefährlich, mir zu nahezukommen, denn schließlich wusste ich dank meiner Ausbildung dreißig verschiedene Methoden, um einen Menschen mit bloßen Händen so zu foltern, dass er schreiend um den Tod bettelte.

Als hätte er meine Gedanken gespürt, wich der Mann noch einen Schritt zurück. Mit einem zynischen Lächeln sprang ich aus der Kutsche. Die Schnürungen meiner Lederstiefel waren von den vielen Tagen im Sattel schlammverkrustet, und meine Kleidung wirkte ebenfalls recht abgerissen. Kurz überlegte ich, mich in meine Gemächer zurückzuziehen und mich dort umzukleiden, aber eine der königlichen Spioninnen wartete bereits am inneren Tor und sollte mich offenbar gleich zum König bringen.

Sie zählte zu den Schemen, jener Elitetruppe aus Halbling-Weibchen, die der König zu willfährigen Dienerinnen ausbilden ließ. Wer genau sie war, das wusste ich nicht, aber es interessierte mich auch nicht besonders. Unter der Kapuze konnte sich jede verbergen. Vielleicht war ich mit ihr zusammen beim Orden ausgebildet worden, vielleicht war sie auch ein Neuzugang. So oder so, eine Freundin war sie jedenfalls nicht. Ich hatte keine Freunde. Und falls doch, hätte ich sie mir nicht unter den Schemen gesucht.

»Der König erwartet dich«, erklärte meine Begleiterin kühl, als ich unbeabsichtigt meine Schritte verlangsamte – offenbar hatte ich doch mehr Wein getrunken, als mir selbst bewusst geworden war.

Fast hatte ich noch immer das Gefühl, in der Kutsche herumgestoßen zu werden.

»Sind wir denn nicht auf dem Weg zu ihm?«, schoss ich zurück. Ich war auf dieses Treffen nicht besonders scharf. Er würde garantiert wieder endlos über den zurückgehenden Handel klagen, während mir auf dem Marmorboden das Knie einschlief. Ich hätte mehr Wein trinken sollen.

Die Schemin antwortete nicht, sondern zuckte nur die Achseln. Ich fragte mich, ob sie entnervt mit den Augen rollte, was ich allerdings nicht sehen konnte. Die Spitze ihrer Kapuze war lang geschnitten und wurde von einem biegsamen Stab gestützt, damit ihre Züge stets im Schatten lagen. Ich trug eine ebensolche Kapuze, speziell dazu entworfen, unsere Identität geheim zu halten. Dasselbe galt für das schwarze Obergewand und die schwarzen Hosen, wie wir sie beide trugen. Während der Ausbildung beim Orden hatte man mir gesagt, dass diese Uniform unserem Schutz diente, da so nicht zu erkennen war, welche Schemen man vor sich hatte, was unsere Verfolgung erschwerte. Für mich deutete es eher darauf hin, dass wir nicht als Individuen, sondern nur als Dienerinnen des Königs betrachtet wurden. Wir waren ersetzbar, so wie jeder andere Halbling. Vielleicht sogar noch mehr.

Meine Begleiterin und ich unterschieden uns nur darin, dass ich größer war und einen Mantel trug. Schemen wurde nur eine Kapuze zugestanden; einen Mantel musste man sich *verdienen*.

Sie trommelte mit ihren Fingern auf den verschränkten Armen. Ihr Bein zitterte.

Seufzend ging ich etwas schneller. Am besten brachte ich die Audienz so schnell wie möglich hinter mich, um mich am Abend ausruhen zu können.

Vor dem Thronsaal standen zwei Wachleute. Neben den riesigen Türen, die sich bis zum geteerten Dach drei Stockwerke über uns erstreckten, wirkten sie winzig. Die Türen waren aus weißem Holz, dessen Fasern im Laufe der Jahrhunderte zwar vergilbt waren, aber immer noch mit den hineingeschnitzten Ästen und Blättern große Buntglasscheiben einfassten – ein weiteres Relikt der Lichtfaen, die einst in diesen Hallen gewandelt waren.

»Da ist sie ja!« Mein Mund wurde trocken, als die tiefe Stimme des Königs von den Säulen widerhallte, die sich durch den Thronsaal zogen. Ich trat mit einem steifen Schritt auf das Podest. Ich konnte seinen Blick durch meine Kapuze hindurch spüren, aber ich konzentrierte mich ganz auf den reich verzierten Fuß seines vergoldeten Thrones. Ich ging auf die Knie vor ihm und erhob mich auch nicht wieder. In meinem Magen rumorte es, wenn auch nicht vom Wein.

»Also, was gibt es Neues aus Königsufer?«, fragte er. In seiner Stimme schwang eine launige Härte mit, die meinen Herzschlag beschleunigte. Der König nahm mit einer schwungvollen Handbewegung einen Kelch von einem Tablett und trank mir daraus zu. Das volle Aroma von Elfenwein erfüllte die Luft. Mein Kopf dröhnte, und ich spürte ein Kratzen in meiner trockenen Kehle. Was auch immer es für ein Wein gewesen sein mochte, den ich letzte Nacht getrunken hatte – verglichen mit den herrlichen Tropfen aus den Kellern des Königs war es bestenfalls Pferdepisse gewesen.

»Eure Vermutung war richtig, Euer Majestät«, sagte ich. Zwar kniete ich noch auf dem kühlen Boden, aber ich hob den Kopf, um ihn anzusehen, und schlug die Kapuze zurück. Sein blondes Haar schimmerte im Licht der hohen Fenster. Das Sonnenlicht betonte die silbernen Strähnen über den Ohren. Sie waren die einzigen Anzeichen des Alterns, die der König erkennen ließ. »Der Fischhändler, den die Schemen ausfindig machten, stand tatsächlich mit Verbrechern in Verbindung, von denen einer der Schatten war«, fuhr ich fort und verlagerte mein Gewicht vom Knie auf meine Zehen. »Er war letztlich sehr entgegenkommend. Gab mir die Namen all jener, mit denen er zu tun gehabt hatte. Ich werde dafür sorgen, dass sie ans Arsenal weitergereicht werden, damit sich die Schemen um sie kümmern können.«

»Soweit ich weiß, hat das Arsenal seit Monaten nichts mehr von dir gehört.« Der König hob eine seiner buschigen Augenbrauen.

Ich sah zu Boden und holte so schnell Luft, dass ich glaubte, an dem hastigen Atemzug ersticken zu müssen.

»Ihr habt die Besten der Schemen ausgewählt, um die anderen zu führen. Die Gebieterinnen werden in meiner Abwesenheit sicher gut zurechtgekommen sein.« Auch danach hielt ich den Kopf weiter gesenkt, in der Hoffnung, dass die demütige Geste genügen würde, um den König zu beschwichtigen. Als Klinge stand ich dem Arsenal vor, und damit auch allen anderen Schemen. Aber ich empfand diese Aufgabe im Alltag ermüdend. Wieso sollte ich mich um die vielen Hundert Spioninnen kümmern, die überall auf dem ganzen Kontinent unterwegs waren? Oder um die Ausbildung beim Orden auf der anderen Seite der Meerenge, wo Neulinge zu Waffen im Dienst der Krone geschmiedet wurden? Die anderen Mitglieder des Arsenals verstanden sich auf all das viel besser als ich. Ich hingegen war besser im Betrinken und im Abstechen. So war doch alles gut geregelt.

Der König schnaubte und warf mir über den Rand des Kelchs einen langen Blick zu. Dichte Wimpern fassten seine grünen Augen ein, die mich ohne einen Lidschlag fixierten. Mir blieb die Luft weg, und ich versuchte, an seiner Miene abzulesen, was als Nächstes kommen würde. Ein überhebliches Lächeln oder nachdenklich geschürzte Lippen. Oder der verstärkte Griff um den Kelch. Aber da ließ sich nichts erkennen. Schon lange bevor ich seine Klinge geworden war, hatte der König die Kunst gemeistert, sich hinter einer ausdruckslosen Maske zu verbergen.

»Erhebe dich«, sagte er nach einem weiteren Schluck. Langsam stieß ich die Luft aus und ließ die Schultern hängen. Dann stand ich mit schneller Bewegung auf und trat wortlos von der erhöhten Plattform zurück. Niemand durfte den König überragen.

»Ist es dir gelungen, seinen Namen in Erfahrung zu bringen? Den dieses Schatten, von dem ich immer wieder reden höre?« Er stellte den Kelch wieder auf das Tablett. Seine Wangen waren vom Wein leicht gerötet, aber sein Gesicht hatte das joviale Glühen verloren, das er anfangs gezeigt hatte. Mein Herz begann heftiger zu klopfen. Der König war für seine Stimmungsumschwünge bekannt. Und König Aemon der Verderbte war, wenn er in Zorn geriet, ganz besonders gefährlich.

»Nein, Euer Majestät.« Meine Augen glitten zu den grauen Linien, die in die Fliesen eingearbeitet waren. Es geschah nicht oft, dass ich mit schlechten Nachrichten an den Hof zurückkehrte. Schließlich hatte man mich nicht zur Klinge befördert, weil ich halbe Sachen machte.

»Du meinst, du hast ihn dir wieder durch die Finger schlüpfen lassen?« Diese Frage kam nicht vom König, sondern von Kronprinz Damien, der aus einer der rückwärtigen Türen in den Thronsaal geschlendert kam. Er grinste hochmütig und neigte leicht den Kopf, während er sich gegen die Wand lehnte. Ein kurzer Blick zeigte mir, dass er sich das Haar so kurz geschnitten hatte, dass seine blonden Locken, die er normalerweise im Nacken zusammenband, jetzt oberhalb der Ohren leichte Wellen bildeten. Eine neue Frisur des Prinzen würde die jungen Damen bei Hofe wochenlang in Verzückung versetzen. Damien fuhr sich mit wissendem Grinsen durchs Haar und sah mich herausfordernd an.

Ich biss mir auf die Lippen, um kein grimmiges Gesicht zu machen.

»Ich habe ihn nicht zu Gesicht bekommen, Euer Hoheit«, gab ich zurück, und es wollte mir nicht gelingen, jegliches Gefühl aus meiner Stimme zu verbannen.

»Das meine ich ja. Wozu nützt eine Klinge, wenn sie niemanden findet, den sie stechen kann?« Seine schwarzen Augen glitten nun zu meinem Rücken.

Hoch aufgerichtet stellte ich mich seinem Blick. »Mein Auftrag lautete, den *Fischhändler* zu finden und zu befragen, Sire. Und diesen Auftrag habe ich in nur der Hälfte der Zeit, die mir der König dafür zugestand, erfüllt.«

»Es war doch wohl klar«, entgegnete Damien, »dass wir den Tod dieses Schattens wünschen. Ich denke, du hast nur zu viel Angst, nachdem er dich in Volcar besiegt hat. Vielleicht hast du endlich deinen Meister gefunden?« Lässig durchquerte er den Raum und trat zu seinem Vater.

Ich biss die Zähne zusammen. Tatsächlich hatte mir der Schatten in der Stadt Volcar, im Westen des Reichs, aufgelauert, als ich mich auf einem Kundschaftergang befand. Dass es ihm gelungen war, mich unversehens zu überrumpeln, war zwar schon eine Art Niederlage, aber besiegt hatte er mich nicht. Wir hatten auf einem Dach einige Minuten gegeneinander gekämpft, bevor er plötzlich auf einen Karren gesprungen war, der unter uns die Straße entlangfuhr. Er war geflohen, und damit war es allenfalls ein Unentschieden. Auch wenn ich sonst nie mit einem Unentschieden einen Kampf beendete.

»Wenn wir wieder aufeinandertreffen, wird es sein Ende sein«, sagte ich.

»Dann machen wir doch jetzt einen offiziellen Auftrag daraus. Du sollst erst wieder nach Koratha zurückkehren, wenn du seinen Kopf in einem Sack dabeihast.« Damien grinste gehässig, als er diesen Befehl aussprach. Mir krampfte sich der Magen zusammen.

»Wenn die Krone es verlangt«, antwortete ich. Zwar fand ich den Gedanken widerwärtig, etwas zu tun, was dem Prinzen gefiel, aber es war mir selbst ein Anliegen, den Schatten zu erledigen. Ich wollte ihn schlagen und dafür sorgen, dass er wusste, wer ihn besiegt hatte, bevor ich ihm die Klinge in den Leib rammte. Wenn ich noch einmal versagte, würde der König meinen Kopf dafür fordern.

»Die Krone verlangt es *nicht*«, unterbrach der König nun und knallte den Kelch dabei auf die Armlehne seines Throns. Weintropfen spritzten umher und befleckten den Marmorboden.

»Vater, sei doch nicht albern …«

Mit erhobener Hand brachte der König seinen Sohn zum Schweigen.

»Dieser Schatten ist ein Problem, aber wir haben größere Sorgen, meine Klinge. Gebieterin Hildegard ließ mich wissen, sie habe Grund zu der Annahme, dass sich Lord Curringham mit den Dunkelfaen verbrüdert hat.« Inzwischen glühten die Wangen des Königs tiefrot. Nachdem er jahrelang versucht hatte, die Dunkelfaen auszurotten, stand sein Bündnis mit ihnen auf wackligen Füßen. Nach dem Ende der Blutkriege, als ihre Zahl so stark geschrumpft war, dass ihr Volk vor dem Aussterben stand, hatten die Dunkelfaen eingewilligt, ein Abkommen mit dem König zu unterzeichnen. Sie würden nicht gegen die Krone oder das neu gegründete Königreich Elverath vorgehen, und im Gegenzug gestattete man ihnen, den Rest ihrer unsterblichen Tage im Faenland zu verbringen. Nachdem ihr letztes Weibchen gestorben war, konnten die Dunkelfaen ihre Zauberkunst ohnehin nicht mehr weitergeben. Ihr Volk war dazu verdammt, bis ans Ende ihres Daseins in einem Reservat zu leben, zusammen mit den wenigen Elfen, die König Aemons Klinge nicht zum Opfer gefallen waren.

»Sie sind doch beide mit uns verbündet«, schnaubte Damien. »Da ist dieser Schatten sicherlich von größerer Bedeutung.«

»Sie sind mit *mir* verbündet, aber die Dunkelfaen haben sich nur deshalb noch nicht gegen *mein* Königreich erhoben, weil sie rein zahlenmäßig nicht dazu in der Lage sind. Jedenfalls werde ich nicht zulassen, dass diese Dreckskerle unter meiner gottverdammten Nase irgendwelche Abkommen mit meinen eigenen Lords schmieden!«, fuhr der König seinen Sohn an.

»Die Dunkelfaen würden sich nie gegen dich erheben«, winkte Damien ab. »Du bist ihr König.«

Der König rieb sich die Schläfe und schüttelte den Kopf. »Du bist ein Narr, wenn du glaubst, dass mich die Dunkelfaen je als ihren König betrachtet haben.« Kühle Stille breitete sich im Thronsaal aus. Sie erinnerte mich an den Augenblick vor einem Überfall. An die Anspannung, bevor Gewalt ausbricht.

»Was nützt ihnen schon eine Krone?«, fragte Damien achselzuckend. »Ihre Kräfte sind geschwunden. Ihr Volk ist dem Untergang geweiht.« Gelangweilt betrachtete er seine Fingernägel. Sein Vater runzelte die Stirn.

»Du, mein Sohn, hast jetzt schon länger gelebt als jeder andere Sterbliche vor mir, aber die vielen Jahrzehnte, auf die du zurückblickst, sind nichts gegen das Lebensalter der Faen. Ich lebe seit vielen Jahrhunderten, aber es gibt Faen auf dieser Welt, die bereits um die zehn*tausend* Jahre auf Erden wandeln. Und solange sie leben, werden sie *immer* eine Bedrohung darstellen.« Die Augen des Königs wurden schmal, als er den Prinzen ansah.

»Mit den Elfen bist du doch leicht fertig geworden. Wenn sie ihre ganze Macht nicht einsetzen können, sind die Faen doch nicht anders«, beharrte Damien, obwohl das Blut aus seinem Gesicht gewichen war. Er trat vom goldenen Thron seines Vaters zurück.

»Es ist nur eine Vermutung, dass die Macht der Faen weiter geschwunden ist. Aber solange unser Abkommen besteht, haben wir niemanden, der uns das bestätigen könnte«, sagte der König kopfschüttelnd. »Und die Elfen konnten wir besiegen, weil sie eine *Abartigkeit* darstellten. Es hätte niemals *nicht*magische Nachkommen der Faen geben sollen. Sie waren widernatürlich. Ungeziefer, zu erkennen am braunen Blut, das ihnen die Götter gaben. Widernatürliche Kreaturen sind für den Rechtschaffenen leicht zu töten. Die Faen werden sich nicht so leicht auslöschen lassen«, erklärte der König knapp. Er spielte mit dem goldenen Ring, den er am Mittelfinger trug. Das Wappen darauf zeigte ein brennendes Schwert. Es war der Ring, den er während der Blutkriege gegen die Elfen eingesetzt hatte, ein verfluchtes Volk, das sich die Ländereien der Faen und Menschen stahl. Dafür, dass er das Land von ihnen gesäubert hatte, stand der König in der Gunst der Götter, die ihm für jeden getöteten Elfen ein Lebensjahr geschenkt hatten. Zumindest war dies die Geschichte, die er von den Minnesängern bei Hofe verbreiten ließ.

Doch jetzt ertappte er mich dabei, wie ich seinen Ring anstarrte. Schnell nahm ich wieder Haltung an.

»Lord Curringham ist keine Gefahr. Er ist der Blumenfürst!«, widersprach Damien und kicherte über den Spottnamen, den er dem Lord verpasst hatte. Dem König stand der Mund leicht offen, und er holte hörbar tief Luft.

Es stand mir nicht zu, ein Mitglied der Königlichen Familie zu berichtigen, aber Damien irrte sich. Lord Curringham war der ideale Verbündete für die Faen. Der König schien das genauso zu sehen.

»Curringham mag ein Dummkopf sein«, sagte er, »aber er bringt von allen Männern im Königreich die größte Ernte ein.«

»Er erntet Mais und Weizen«, brummte Damien, der sich auf den Stuhl neben seinem Vater fallen ließ.

»Ja. Genau die Güter, die für die Ernährung dieses Königreichs sorgen«, sagte der König, dessen Knöchel weiß wurden. »Und da jetzt die Obstplantagen im Osten keinen Ertrag erbracht haben, verfügt er über die einzigen Vorkommen an *winvra*, die wir noch haben.« Er nahm den Kelch und schleuderte ihn durch den Saal.

»Vater.« Damien setzte sich kerzengerade auf. Jetzt endlich spürte er den Zorn, der vom König ausging. Seine Augen glitten zwischen dem Thron und mir hin und her. »Vielleicht sollten wir dieses Gespräch unter vier Augen führen.«

Der König schnaubte. »Meine Klinge hat sicherlich schon erkannt, dass mein Sohn in seiner Dummheit nicht begreift, dass das Königreich, das er eines Tages zu erben erwartet, schon bald untergehen könnte.« Der grausame Blick des Prinzen schien sich in meine Haut zu bohren, und ich erstarrte. Nach einem tiefen Atemzug sah ich konzentriert auf den Boden. Mein Herz schlug heftig; für diese Bemerkung würde Damien mich später möglicherweise bezahlen lassen.

»Die Dunkelfaen sind zu schwach, um die Krone anzugreifen«, beharrte er, und seine Stimme klang neben der seines Vaters schwach und quäkend.

»Die Dunkelfaen schmieden Pläne, die sich über *Jahrhunderte* erstrecken.« Der König schlug mit der Faust auf die Armlehne seines

Thronsessels. »Lass dich von ihrer Gefügigkeit nicht einlullen, Junge. Das ist nichts weiter als ein Trick. Sie mögen nur noch wenige sein, aber sie haben die Zeit auf ihrer Seite. Seit Jahren – seit Lebensaltern – warten sie darauf, dass die Krone Anzeichen von Schwäche erkennen lässt. Es ist kein gutes Omen, dass die Schemen Gerüchte über ein solches Bündnis aufgeschnappt haben.« Der König griff nach dem goldenen Anhänger auf seiner Brust und rieb ihn schützend zwischen seinen Fingern.

»Die Krone ist so stark wie eh und je!«, rief Damien und breitete die Arme aus, zog sie allerdings zurück, als ihm sein Vater einen kalten, missbilligenden Blick zuwarf. Ich umklammerte hinter dem Rücken mein Handgelenk und zwang mich, den Mund zu halten. Die Krone war so reich wie eh und je, aber das Volk litt Hunger. Ein Funke würde genügen, damit sich der Unmut darüber wie ein Feuerbrand im ganzen Königreich ausbreitete.

»Hältst du es für einen Zufall, dass die Dunkelfaen sich ausgerechnet jetzt, da das *winvra* nicht mehr so reichlich wächst, wieder rühren? Nach allem, was wir wissen, ziehen sie selbst die Magie aus dem Boden«, sagte der König und schwang die Faust. *Winvra* war eine der wenigen Zauberpflanzen, die es in Elverath noch gab. Die meisten erkannten sie vor allem an den karmesinroten Ranken und den schwarzen Blättern, aber die wahre Magie lag in den Beeren. In Beeren von einer nachtdunklen Farbe, aus denen sich alle möglichen Heiltränke brauen ließen, und in blutroten Früchten, von denen ein Tropfen Saft genügte, um eine ganze Tischgesellschaft zu vergiften. *Winvra* brauchte Magie, um zu gedeihen, eine Magie, die es in den Gebieten der Sterblichen jenseits des Meeres nicht gab. Aber auch in Elverath wurde die Magie seit Jahrtausenden schwächer und schien jetzt noch schneller zu verblassen als zuvor.

Der König beugte sich auf dem Thron vor und betrachtete seinen Sohn, die Augen zu grünen Schlitzen zusammengekniffen. »Das ganze Reich würde fallen, wenn sich Lord Curringham mit den Dunkelfaen zusammentäte. Dass ich dir derartige politische Zusammenhänge mit zwanzig erklären musste, war vertretbar, aber du stehst jetzt bald in deinem dritten *Jahrhundert*. Vielleicht solltest du weniger Zeit damit verbringen, dich als Gastgeber irgendwelcher Feste hervorzutun, und dich mehr um deine Studien kümmern. Nimm dir ein Beispiel an deinem Bruder«, fügte der König hinzu. Damien wurde rot, und er presste die Lippen zusammen. Für seinen Bruder Killian hatte er wenig übrig. Deswegen verbrachte der jüngere Prinz auch so wenig Zeit zu Hause.

»Ja, Vater«, stieß Damien mit zusammengebissenen Zähnen hervor.

»Gut. Dieser Schatten wird langsam ein Ärgernis, aber wir müssen uns um die größere Bedrohung kümmern. Sorg dafür, dass Lord Curringham uns treu ergeben bleibt, bevor es weitere Katastrophen gibt. Sobald die Magie aus seinen Landen schwindet, haben wir keine Ernte mehr. Der Fürst der Blumen könnte aus dir einen Bettelprinzen machen, Junge«, bemerkte der König abschließend.

Damien umfasste seinen Schenkel so fest, dass ich glaubte, der Stoff seiner Hosen würde unter seinen Fingern entzweireißen. Dass sein Vater sich derart enttäuscht von ihm zeigte, weckte in ihm einen Trotz, der seine Augen hart werden ließ. Nur eines hasste er noch mehr: mit seinem Bruder verglichen zu werden.

Bußfertig senkte er den Kopf. »Natürlich, Vater.«

Der König schüttelte den Kopf und wandte sich dann an mich. »Ich erwarte, dass du dich schnell auf den Weg machst, meine Klinge.« Mit einem Nicken erhob ich mich. »Diese Faen dürfen nicht noch mehr Zeit bekommen, ihren bösen Einfluss auf Curringham auszuüben. Du reist morgen ab.«

»Ich werde im Morgengrauen aufbrechen«, erklärte ich. In Koratha wartete ohnehin nichts weiter auf mich als ein heißes Bad und ein warmes Bett.

»Benötigst du die Unterstützung der Schemen?«, fragte der König.

»Nein, Euer Majestät. Ich ziehe es vor …«

»Allein zu arbeiten«, beendete der König den Satz für mich. »So sei es. Aber arbeite schnell. Erst der Schatten und nun die Faen.

Falls dir noch etwas durch die Finger schlüpft, werde ich vielleicht eine andere Klinge finden müssen.«

Mir stockte der Atem, und es rann mir kalt den Rücken hinunter.

»Und was ist mit dem Fürsten?«, fragte ich, bevor ich ging.

»Ich würde es begrüßen, wenn er am Leben bliebe. Zumindest bis auf Weiteres«, sagte der König. Der Untergang der beiden Sonnen ließ einen Funken aus rotem Licht in seinen Augen aufflammen. »Das Wissen darum, dass seine Bündnistreue wankt, könnte sich als nützlich erweisen. Falls du irgendeinen Beweis für Verrat findest, kannst du so viele Dunkelfaen töten, wie es dir beliebt.«

Ich nickte. »Wie Ihr wünscht, Euer Majestät.«

ZWEI

Sobald ich den Thronsaal verlassen hatte, zog ich mir die Kapuze wieder über den Kopf. Nur wenige im Palast hatten je wirklich mein Gesicht gesehen. Eine gute Assassine wusste, wie nützlich es war, unerkannt zu bleiben. Allerdings genügte der Titel einer Klinge des Königs, um den meisten eine heilige Angst einzujagen und selbst jene zumindest innehalten zu lassen, die aus Unverstand keine Furcht empfanden.

Während ich mich auf den Weg zu meinen Gemächern machte, hoffte ich, dass mein Gepäck inzwischen dorthin gebracht worden war. An meiner Kleidung hing der Geruch von Pferdemist und abgestandenem Bier; ich brauchte dringend ein Bad.

»Wieder kein Jagdglück gehabt, Keera?« Den überheblichen Ton erkannte ich sofort. Es gab nur einen Menschen, der absichtlich meinen Namen anstelle meines Titels benutzte.

»Schöner Tag heute, *Gerarda.*« Ihren vollen Namen betonte ich nur deswegen besonders, weil ich wusste, dass sie ihn hasste.

Hinter mir stand eine zierliche Halblingfrau, die ihr Lieblingswurfmesser in den Fingern drehte. Sie hatte die Kapuze ein klein wenig zurückgezogen, sodass ich ihr Gesicht erkennen konnte. Auf ihren Lippen lag ein selbstzufriedenes Grinsen. Die Sonne hatte die hervortretenden Bereiche ihrer Wangen und ihrer flachen Nase gebräunt und ihrer Haut eine gelbbraune Färbung verliehen – ein Zeichen ihrer Elfenabstammung.

Gerarda Vallaqar war ebenfalls eine Spionin und Assassine des Königs. Eine Zeit lang waren wir zusammen beim Orden ausgebildet worden, bis sie ihre Prüfungen ablegte und zu den Schemen stieß. Als ich geprüft wurde, war sie bereits zum Dolch des Königs befördert worden. Es war der zweithöchste Rang im Arsenal.

Nur drei Jahre, nachdem ich den Orden verlassen hatte, ernannte man dann mich zur Klinge des Königs – ein herrlicher Augenblick. Gerarda hatte erwartet, nach dem Tod meiner Vorgängerin selbst für diesen Posten ausgewählt zu werden, und sie holte hörbar Luft, als der König mich zu sich rief. In der schlichten schwarzen Kleidung und Kapuze, wie sie auch die anderen Schemen trugen, hatte ich damals den Mantel entgegengenommen, der mit einer Schließe in der Form eines Silberschwerts am Hals zusammengehalten wurde. Der Mantel war ein Symbol des königlichen Arsenals, die Spange ein Symbol meines Titels.

Gerarda war aus dem Thronsaal gerannt, so schnell, dass ihr das kurze schwarze Haar um die Schultern flog. Wäre ich nicht so nervös gewesen, hätte ich gelacht. Für jemanden von so kleiner Statur wurde Gerarda ziemlich oft von unversöhnlicher Wut gepackt.

»Der König müsste vielleicht die Rangordnung in seinem Arsenal überdenken, wenn seine Klinge so oft versagt.« Der süße Tonfall stand in starkem Gegensatz zum gehässigen Inhalt ihrer Worte.

»Das zu entscheiden ist Sache des Königs. Ich halte mich zu seiner Verwendung«, sagte ich vorsichtig. Mich dazu zu bringen, dass ich mich kritisch über den König äußerte, wäre der leichteste Weg gewesen, um vom Dolch zur Klinge aufzusteigen.

»Natürlich könnte dich auch dieser Schatten aus dem Weg räumen«, fuhr sie fort. Ich zollte ihr keine Beachtung und ging weiter. Mir fehlte die Geduld für ihre Gemeinheiten, jedenfalls ohne ein hochprozentiges Getränk in der Hand.

»Er scheint von uns besessen, nicht wahr?«, rief sie mir nach.

Ich blieb stehen. »Was meinst du damit?«

»Er stolziert in einem schwarzen Mantel umher und verbirgt sein Gesicht unter einer Kapuze. Vielleicht hat er sich seinen Namen nicht selbst gewählt, aber nach dem, was ich gehört habe, ermutigt er die Leute durchaus, ihn weiter so zu nennen. Der Schatten. Die Schemen. Er macht den Orden zum Gespött.« Sie riss die Augen weit auf, bis der dicke Tintenstrich auf ihren Wimpern wie ein Knick aussah. Gerarda versuchte stets, sich in ihrer Erscheinung den Sterblichen bei Hofe anzupassen.

Mir wurde kalt, als ich plötzlich begriff. In all den Monaten, in denen ich häppchenweise Informationen über den Schatten gesammelt hatte, war ich nie darauf gekommen, einmal darüber nachzudenken, welche Botschaft er uns eigentlich vermitteln wollte.

»Er macht nicht den Orden zum Gespött«, sprach ich es nun laut aus. »Sondern die Krone.«

Gerarda betrachtete mich mit gerunzelter Stirn, und ich spürte, wie sich meine Halsmuskeln verkrampften, als ihr Blick von Kopf bis Fuß an mir hinab und dann wieder hinauf zu meinem Gesicht wanderte. »Vorsicht, Keera«, warnte sie mich kühl. »Vielleicht beeinträchtigt die Trinkerei deine Urteilskraft mehr, als dir bewusst ist.«

»Wie viel ich trinke oder nicht, steht überhaupt nicht zur Debatte.« Ich massierte mir die Schläfen und rollte hinter meiner Hand entnervt mit den Augen.

»Mag sein. Oder auch nicht.« Ihre Stimme war sanft. Ich runzelte die Stirn. Gerarda war alles andere als sanft. »Aber die Novizin, die ich einst ausbildete, wäre von meiner Bemerkung niemals so kalt erwischt worden. Sie hätte diesen Zusammenhang als Erste erkannt.« Sie eilte den Flur hinunter, und ich blieb zurück – nur noch mehr von dem Wunsch erfüllt, endlich wieder etwas zu trinken zu bekommen.

Auf meinem Weg durchs Schloss nahm ich die Dienstbotengänge, die von den königlichen Gemächern im Westflügel zu den Räumlichkeiten des Arsenals im Ostflügel führten, um unangenehmen Begegnungen möglichst auszuweichen. Die wenigen Bediensteten, die mir entgegenkamen, mieden meinen Blick und machten mir sofort Platz. Sie wussten, dass man ein Mitglied des königlichen Arsenals nicht ansprach, und dass jene, die es trotzdem taten, oft ihre Zunge einbüßten.

Meine Gemächer lagen in jenem Teil des Palasts, der zum Meer hinausging. Von meinem Balkon aus konnte man in einiger Entfernung gerade eben die Umrisse einer identischen Burg ausmachen, die auf einer Insel vor der Küste thronte. Der Orden. Dort hatte ich meine Kindheit verbracht, aus den Fenstern gestarrt und mich gefragt, wie mein Leben als Schemin in Elverath einmal sein würde. Wann immer ich mich nun im Palast aufhielt, hatte ich meine Vergangenheit ständig vor Augen. Kein Wunder, dass ich etwas zu trinken brauchte.

Ich war gerade die drei Treppen hinaufgestiegen, als er neben mir erschien und gekünstelt hüstelte. Als ob ich nicht gewusst hätte, dass er da war. Prinz Damien hatte das Schloss offenbar noch schneller durchquert als ich.

Er war in Begleitung von zwei Frauen, die ihn anhimmelten und hinter ihren Seidenfächern kicherten. Mir waren beide nicht bekannt, aber das wollte nichts heißen. Damien stand in dem Ruf, seine Begleiterinnen sehr schnell zu wechseln. Eine der beiden hatte kleine Ringellöckchen, die ihr über die Ohren fielen. Jeder andere hätte sie für eine Sterbliche gehalten, die vielleicht gerade erst aus den Reichen im Norden eingetroffen war, aber dank meiner geschärften Sinne fiel mir auf, dass ihre Ohrmuscheln ganz leicht zugespitzt waren. Sie hatte Elfenblut.

Schnell wandte ich den Blick ab, und wir sahen uns kurz an. Ihr Fächer beschattete weit aufgerissene Augen, und während sie sich Luft zufächelte, zitterte ihre Hand leicht. Ich nahm wahr, wie sich ihr Puls beschleunigte. Dass sie fröhlich lachend hier umherging, konnte nur bedeuten, dass der Prinz von ihrem Geheimnis keine Ahnung hatte. Nun, von mir würde niemand erfahren, dass sie ein Halbling war.

»Habe ich vorhin etwas vergessen, Euer Hoheit?«, fragte ich und hoffte, dass er den kurzen Blickwechsel zwischen mir und seiner Begleiterin nicht mitbekommen hatte.

Er zog den Mundwinkel leicht nach oben, bevor er den beiden Frauen bedeutete, uns allein zu lassen. Ich sah ihnen nach, wie sie über den Flur gingen und sich noch einmal nach dem Prinzen umsahen. Dabei fielen mir ihre Kleider auf, die sich abgesehen von der Farbe völlig glichen. Von vorn hatten sie ganz normal ausgesehen – lange Röcke und Ärmel sowie ein Ausschnitt, der gerade so viel vom Dekolleté freiließ, wie es für eine Dame bei Hofe schicklich war. Aber jetzt zeigte sich die völlig freie Rückenpartie, die von den Schultern bis zum Po Haut zeigte. Ein schöner Anblick, aber mir war bewusst, dass sich eine Absicht dahinter verbarg.

»Eine hübsche neue Mode, findest du nicht?«, bemerkte Damien und sah mich mit bedeutungsvoll erhobener Augenbraue an. »Höchstwahrscheinlich werden alle Frauen sich in dieser Saison so kleiden.«

»Dann werden sie noch schöner aussehen als sonst, Sire«, erwiderte ich kühl und fragte mich, welche Richtung dieses Gespräch nahm. Er würde kaum vergessen haben, dass ich Zeugin der Szene im Thronsaal gewesen war. Damien hatte die Gewissenlosigkeit des Königs geerbt, aber nicht seinen Takt.

Jetzt strich er mir sanft mit einem Finger über die Schulter bis zum Rücken. Seine Berührung war wie ein Messer aus Eis, als ob er mir noch einmal die Haut aufschlitzte. »Nur zu gern würde ich dich in so einem Kleid sehen.« Sein Atem brannte an meinem Ohr.

Ich entzog mich seinen Fingern. »Es wäre für die Klinge unangemessen, ein Kleid zu tragen, Euer Hoheit. Ich habe mich von den höfischen Festlichkeiten fernzuhalten.«

»Sicher, aber ich könnte veranlassen, dass du ganz privat eins für mich trägst.« Sein überlegenes Lächeln verwandelte sich in ein bösartiges Grinsen. Mir stieg bei diesem Vorschlag die Röte ins Gesicht, und ich fragte mich, ob er jetzt endlich den letzten Schritt tun würde; schließlich drohte er mir schon seit Jahrzehnten damit.

Anstatt zurückzuweichen hielt ich seinem Blick stand. In seinen Augen lag keine Wärme. Der schwarze Rand, der sie einfasste, schien sich bei seinem Grinsen nur noch zu verbreitern. Diese gemeinen kleinen Spielchen machten ihm Spaß.

»Vielleicht habe ich schon eins für dich bereitliegen, wenn du aus Cereliath zurückkehrst«, flüsterte er so nahe an meinem Ohr, dass ich seine Lippen spürte. Es lief mir kalt über den Rücken. Instinktiv fasste ich nach meinem Dolch, aber der Prinz hatte sich schon wieder seinen Damen zugewandt.

Schnell trat ich in meine Gemächer und lehnte mich gegen die Tür, kaum dass ich sie geschlossen hatte. Meine Finger umklammerten noch immer den Griff meines Dolchs. Normalerweise gelang es mir, Damiens Sticheleien zu ignorieren, aber in jüngster Zeit fiel es mir immer schwerer. Glücklicherweise zog der Prinz die meiste Zeit durch das Reich und vergnügte sich bei wechselnden Lords und Ladys. Eine endlose Aneinanderreihung von Festen und Frauen. Zu mir kam er nur, wenn er zu Hause war und sich langweilte.

Mein Zimmer sah so aus wie immer. In der Mitte stand ein großes Himmelbett, eingerahmt von zwei Fenstern links und rechts, die zum Garten hinausgingen. Die gegenüberliegende Wand war ganz und gar aus Glas und blickte auf die sich am Strand brechenden Wellen. Das Glas vergrößerte die Aussicht, sodass es schien, als ob das Wasser bis ins Zimmer ströme. Der Palast von Koratha war das einzige Gebäude im ganzen Reich, in dem es solche Raffinessen gab. Es war ein Relikt der Lichtfaen, die es erbaut hatten, als ihr Volk über diese Ländereien herrschte. Manche sagten, das Glas sei mit Magie durchdrungen worden, andere hielten den Effekt für reine Handwerkskunst, die von den Faen entwickelt worden war.

Falls das stimmte, dann war mit ihrem Aussterben vor vielen Jahrhunderten das Wissen um diese Fertigkeit verloren gegangen.

Der König hatte kein Interesse daran, neue Erfindungen zu fördern. Seit er sich auf den Thron geschwungen hatte, zwang er seine Untertanen stattdessen, die wenige noch vorhandene Magie anzubauen und zu ernten. Er trieb Handel mit allen Ländern der Sterblichen. Auf den Kontinenten, von denen die Menschen stammten, gab es keine Magie, und sie zahlten gut dafür, einen winzigen Bruchteil dessen zu erhalten, was in Elverath noch vorhanden war.

Die Lichtfaen hatten eine Welt der Schönheit hinterlassen. Das Vermächtnis des Königs würde ein anderes sein. Falls er jemals starb, falls er jemals getötet wurde, dann bestand sein Erbe in Tod und Zerstörung. Nicht dass das eine Rolle spielte; er ging davon aus, ewig zu leben. Zumindest behauptete er das, wenn er vor Publikum sprach. Angeblich war er so unsterblich wie die Faen, aber die mussten sich nicht die Haare färben, um das Grau zu verdecken.

Meine Taschen waren bereits heraufgebracht worden und standen nun am Fußende des Bettes; meine Waffen lagen ausgebreitet auf der Kommode und warteten darauf, geputzt zu werden. Gwyn war offenbar woandershin befohlen worden. Sie war die einzige Kammerzofe, die ich meine Gemächer betreten ließ und die meine Waffen berühren durfte. Ich zog den Dolch aus der Scheide an meinem Schenkel und schnallte den Gürtel mit dem Halfter ab. Das Tiefrot der Klinge hob sich deutlich vom Silber der übrigen Waffen ab, als ich ihn vorsichtig danebenlegte.

Anschließend zog ich mich aus, warf meine Kleidung achtlos auf die Bank am Fußende des Betts und ging ins Bad. Dort drehte ich den goldenen Wasserhahn auf, um das große, ovale Becken zu füllen, und träufelte ein wenig Birkenessenz hinein. Der schwere Duft von Holz und feuchter Erde zog durch den Raum – das Einzige, was mir je ein Gefühl von Zuhause vermitteln konnte.

Kurz fiel mein Blick auf mein Bild im Spiegel über dem Waschtisch. Mein dunkelbraunes Haar kroch überall aus dem Zopf, zu dem ich es gewöhnlich zusammenband. Mein Gesicht war schlammbespritzt, und die dunklen Flecken hoben sich beinahe wie Sommersprossen von meiner hellbraunen Haut ab. Meine Augen waren noch immer leuchtend silbern – die Farbe des Todes und der Klingen –, aber mir fiel vor allem auf, wie sehr sie gerötet waren. Vielleicht hatte Gerarda recht. Die vielen durchzechten Nächte waren mir allmählich anzusehen.

Dabei hatte ich früher gar nicht getrunken. Nachdem ich meine Ordensprüfungen abgelegt hatte, nahm ich meine Pflicht und meinen Eid sehr ernst. Ich durchstreifte die Städte und Dörfer und suchte in geflüsterten Gesprächen nach irgendwelchen Geheimnissen. Ich reiste zu Pferd, zu Fuß oder mit Booten durch das Reich, stets nur bestrebt, meinen Auftrag zu erfüllen. Ohne je einen Tropfen Bier oder Wein anzurühren.

Im Laufe der Zeit wurde es jedoch immer schwerer. Das Töten und das Hintergehen. Die gebrochenen Versprechen.

Die meisten Schemen überdauerten keine zehn Jahre, bevor sie von den Feinden der Krone getötet wurden. Wer überlebte, schaffte mit etwas Glück vielleicht zwanzig weitere, bevor sich das Blut der Sterblichen durch Langsamkeit und Schwäche bemerkbar machte.

Aber ich war anders als meine Schwestern im Orden. Aus irgendeinem Grund war mein Elfenblut stärker als bei ihnen. Bei Hofe überragte ich die meisten Sterblichen und sogar die Halblinge. Als Kind hätte ich mir gewünscht, dass ich hätte sagen können, die Augen meines Vaters oder das Haar meiner Mutter geerbt zu haben, aber ich war ein Findelkind gewesen. Es gab keine Eltern und keine Erinnerungen daran, was für ein Leben ich zuvor vielleicht geführt haben mochte.

Schon vor langer Zeit hatte ich mich damit abgefunden, dass ich niemals meine wahre Abstammung erfahren würde. Mein Blut allein war der Grund dafür, dass ich überhaupt in den Orden aufgenommen worden war, und der Beweis für meine sterbliche Abstammung. Die bernsteinfarbene Flüssigkeit in den Adern war das Zeichen eines Halblings, eines Mischlings, zu dessen Vorfahren sowohl Menschen als auch Elfen zählten.

Wer Elfenblut besaß, war in den Augen des Königs eine Abartigkeit. Alle reinblütigen Elfen, die noch am Leben waren, hatten sich in Verstecke zurückgezogen oder waren aus Elverath in andere Länder geflohen. Die meisten, vermutete ich, lebten inzwischen im Faenland westlich der Brennenden Berge.

Und daher waren die Halblinge die einzigen Abartigkeiten, die es im Reich noch gab, obwohl der König uns lieber versklavte, als uns zu töten. Wir waren der Krone viel zu nützlich. Zwar war der Halbling-Erlass schon seit so vielen Jahrhunderten in Kraft, dass die meisten höchstens noch einen Tropfen Elfenblut in sich trugen. Aber ein Tropfen genügte, damit ihr Blut bernsteinfarben anstatt rot durch die Adern floss.

So sehr ich es auch hasste, und auch, wenn ich jedes Mal eine Gänsehaut bekam, wenn mich der Blick des Königs streifte – wo immer ich auch ging oder stand, war ich als sein Eigentum gebrandmarkt. Da ich keine Eltern gehabt hatte, die mir ihren Namen hätten geben können, trug ich den, der allen Waisenkindern gegeben wurde.

Keera Königskind.

Ich drehte den Hahn zu und stieg in die Wanne. Das Wasser war so heiß, dass es prickelte, und ich konnte geradezu fühlen, wie sich der Schmutz und Dreck von meiner Haut und meinen Haaren löste. Außerhalb des Palastes gab es kaum Gelegenheit für ein Bad, schon gar nicht, wenn man ungesehen bleiben wollte. Langsam lehnte ich mich zurück und ließ mich in die Wanne sinken, bis ich ganz eingetaucht war. Ich liebte es, wenn das Wasser in meine Ohren drang und alle Geräusche von außen dämpfte. Die Brandung am Strand war nicht mehr zu hören, ebenso wenig wie die Dienstboten, die draußen den Garten in Ordnung hielten und miteinander scherzten. Ganz kurz hörte ich nichts außer dem Schlag meines Herzens, der durch das Wasser hallte.

Nach einer Weile griff ich nach dem Schwamm und den parfümierten Seifen, die Gwyn für mich wieder aufgefüllt hatte. Die raue Berührung mit dem Schwamm gab mir das Gefühl, mehr abzuwaschen als den äußerlichen Dreck – wenn ich nur fest genug rieb, würde ich vielleicht auch das Blut von meinen Händen bekommen.

Mathias' Blut.

Es lief immer wieder auf dasselbe hinaus. Die Männer bettelten um ihr Leben, die Halblinge kämpften für ihre Familien. Es waren sogar ein paar Kinder darunter gewesen. Aber den Gedanken an diese Dinge ließ ich nur dann zu, wenn ein Fass Wein in meiner Nähe stand.

Als ich meinen Rücken wusch, dachte ich an den Fischhändler. Ob er eine Familie hatte, die ihn vermisste? Ein Kind, das er ernährt hatte? Hatten sie überhaupt schon gemerkt, dass er verschwunden war, seit ich ihn vor sechs Tagen umgebracht hatte? Darauf bekäme ich keine Antwort, aber die Fragen wollten deswegen trotzdem nicht verstummen.

Mein Rücken schmerzte, weil ich ihn zu fest mit dem Schwamm bearbeitet hatte. Auch nach dreißig Jahren waren die Narben noch immer empfindlich. Im Spiegel konnte ich die geröteten Stellen sehen. Harte, geschwungene Linien, die mir Prinz Damien in den Rücken geritzt hatte. Er hatte Stunden damit zugebracht, mir eine alte Elfenrune, die niemand entziffern konnte, in die Haut zu schneiden. Es sei ein Zeichen meiner Treue zur Krone, hatte er behauptet.

Natürlich war das nicht meine einzige Narbe. Inzwischen war ich fast überall gezeichnet. Die kleine weiße Linie an meiner rechten Hüfte war so alt, dass ich nicht mehr sagen konnte, wann sie entstanden war. Sie war zu klar und zu präzise, als dass sie die Folge eines Unfalls hätte sein können, aber ich hatte keine Ahnung, wer sie mir beigebracht hatte. Noch etwas, worauf ich keine Antwort hatte.

Für die anderen war ich selbst verantwortlich. Namen, die sich über meine Schultern, über die Brust und die Arme zogen. Winzige

Auflistungen der Leben, die ich im Namen der Krone ausgelöscht hatte. Von Unschuldigen und Unbewaffneten. Sie alle hatte ich mir eingeritzt, sodass ich die Erinnerung an ihren Tod stets bei mir trug. Es war ein solches Meer von Namen, dass sich kaum sagen ließ, wo einer endete und der nächste begann.

Einer jedoch hob sich vor den anderen ab. Er stand in großen Lettern über den Unterarm meiner Fechthand geschrieben. Die Haut drum herum hatte ich bewusst frei gelassen. Ich schrubbte mit dem Schwamm daran herum und war froh, als die Seifenlauge abtropfte und die Narbe wieder freigab. Mit dem Finger fuhr ich immer wieder über die wulstigen Erhebungen. Es war das Einzige, was mir kurz etwas Seelenfrieden vermittelte.

»Keera? Bist du da?«, hörte ich Gwyn aus dem Schlafzimmer rufen.

»Ich bin im Bad«, antwortete ich, aber Gwyn stand schon im Zimmer. Ich versuchte nicht, ihr gegenüber meine Blöße zu bedecken. Sie war die Einzige, die von meinen Narben und ihrem Ursprung wusste. Tatsächlich trug sie selbst einige Erinnerungen an den Prinzen. Es machte mir nichts aus, dieses Geheimnis mit ihr zu teilen. Sie hatte schon als kleines Halblingmädchen davon gewusst, als noch ihre Mutter meine Kammerzofe gewesen war.

Gwyns weiche Locken umspielten ihr Gesicht, als sie an die Wanne trat. Ihr Haar war teils leuchtend rot, teils kastanienbraun, wie das ihrer Mutter, und ihr Teint war blass, da sie den Palast nicht verlassen durfte, sodass sie stets etwas kränklich aussah. Gwyn war nicht mehr draußen gewesen, seit ihre Mutter gestorben war.

»Entschuldige, dass ich vorhin nicht alles fertig machen konnte. Ich musste kurz in mein Zimmer«, sagte Gwyn schüchtern. Nach dem Warum brauchte ich nicht erst zu fragen. Schon an ihren geröteten Augen und ihrem vorsichtigen Gang erkannte ich, dass der Prinz bei ihr gewesen war. Er liebte es, die Halblingdienstboten des Palastes zu quälen, und hatte eine besondere Schwäche für Gwyn.

»Mach dir deswegen keine Sorgen«, sagte ich und tauchte den

Kopf ins Wasser, um die Seife aus dem Haar zu spülen. »Da ist etwas für dich in der Satteltasche.«

Ich lachte leise in mich hinein, als Gwyn mit einem kleinen Aufschrei ins Schlafzimmer zurücklief, um ihr Geschenk zu holen. Jedes Mal, wenn ich nach Koratha zurückkehrte, versuchte ich ihr etwas mitzubringen, damit sie ein wenig mehr von der Welt draußen kennenlernen durfte.

»Was ist es?«, flüsterte sie, als sie mit dem kleinen roten Säckchen in der Hand zurückkam.

»Du musst es schon aufmachen, Gwyn«, erwiderte ich sanft.

Sie verdrehte die Augen. »Die Vorfreude ist doch schon die halbe Freude, Keera. Das solltest du inzwischen wissen.« Das stimmte, sie sagte es jedes Mal, aber ich wollte unser Ritual beibehalten. Es zählte zu den wenigen Gewohnheiten, denen ich treu blieb.

Mit geschlossenen Augen öffnete sie das Säckchen und zog einen Ring hervor. Anstelle eines Steins befand sich in seiner Mitte ein Knäuel goldener Tressen, das die Form einer Träne hatte. »So einen Ring habe ich noch nie gesehen«, sagte Gwyn und drehte ihn in den Fingern hin und her.

Ich lächelte. »Weil es nicht bloß ein Ring ist.«

»Nicht?« Gwyn machte große Augen, hielt sich das Schmuckstück vor die Nase und betrachtete es genauer.

Ich schüttelte den Kopf, stand auf und griff nach einem Handtuch. Dann bedeutete ich ihr, den Ring anzustecken, während ich mich in das Handtuch wickelte. »Siehst du diesen winzigen Knopf hier?«, fragte ich und führte ihren Finger an die Innenseite.

»Nicht direkt, aber ich fühle ihn«, antwortete Gwyn, die vor Aufregung von einem Fuß auf den anderen trat.

»Gut. Jetzt drück einmal drauf.« Ich zog meine Hand zurück.

»Oh!«, rief Gwyn aus, als sich die gedrehten Goldtressen plötzlich um ihren Finger schlossen, über den nun eine eigentümliche Kralle hinausragte.

»Vorsicht. Die Klinge mag klein sein, aber sie ist ungeheuer scharf«, warnte ich. Der kleine Ring hatte mehr gekostet als die meisten meiner Dolche. Von Elfenhand gefertigte Relikte dieser Art waren nicht billig. »Auf diese Weise hast du immer eine Waffe bei dir.«

Gwyn drehte die Hand, um den Ring von allen Seiten zu betrachten. »Was soll ich denn mit einer Kralle?«

»Kratzen?«, fragte ich achselzuckend.

»Damit bringt man doch niemanden um.« Gwyn lachte. »Rarrrrr!« Spaßeshalber holte sie nach mir aus, aber ich hielt ihr Handgelenk fest.

»Nein, damit wirst du niemanden umbringen«, erklärte ich jetzt in ernstem Ton, ohne sie loszulassen. »Aber wenn du den Wadenmuskel oder den Oberschenkel damit schlitzt, wird es sehr wehtun. Und dir Zeit geben, um wegzulaufen. Falls das nicht geht, kannst du jemandem damit auch ein Auge ausstechen.«

»Keera, das ist eklig!«, kreischte Gwyn, die leicht grün anlief. Damien hatte Gwyn nie ernsthaft verletzt, aber ich wollte, dass sie nicht völlig hilflos war, falls ihm die Schläge und die mentalen Grausamkeiten irgendwann zu langweilig wurden. Sie hatte es verdient, sich wehren zu können.

»Ja, das ist es«, sagte ich mit einem Nicken. »Aber so sind Männer. Ich will nur sichergehen, dass dir nichts passieren kann. Vor allem, wenn ich nicht da bin.« Gwyns Mutter war vor drei Jahren gestorben. Gwyn war erst sechzehn gewesen, schrecklich jung. Viel zu jung, um ihre Mutter zu verlieren, und ganz sicher viel zu jung, um die Schuld abzuzahlen, die nun auf sie überging.

»Danke«, sagte sie und umarmte mich lange. Ich versuchte, mich nicht zu verkrampfen, als ihre Hand über meine Narben am Rücken fuhr.

»Wahrscheinlich willst du dich hinlegen, wenn du morgen so früh losmusst?«, fragte Gwyn, die jetzt mit mir ins Zimmer zurückging. Ich nickte. In meinem Hinterkopf lauerte schon der drohende Kopfschmerz, und ich wollte schlafen, bevor ich ihn mit anderen Mitteln bekämpfen würde.

»Dann nehme ich deine Waffen mit. Sie werden morgen bei deinem Pferd sein.« Gwyn stellte einen großen Korb auf die Kommode.

»Danke, Gwyn.« Ich versuchte zu lächeln, war aber zu müde dazu. Gwyn lächelte mir sanft zu, als ich ins Bett stieg, dann packte sie meine Waffen zusammen.

»Gwyn?«, fragte ich und schlug die schwere Decke zurück.

Sie wandte sich wieder zu mir um. »Ja?«

»Lass den Zaubergriffel hier.« Dabei deutete ich auf den Nachttisch. Sie legte das goldene Werkzeug auf das Tischchen, und ich starrte die scharfe Spitze an, die wie ein Federkiel geformt war. Gwyn warf mir einen wissenden Blick zu und küsste mich auf die Wange. Dann überließ sie mich dem Schlaf und dem nächsten Namen, den ich auf meiner Haut verewigte.

DREI

Nach dem, was die Schemen in Erfahrung gebracht hatten, hielt sich Lord Curringham in Cereliath auf, der Heimat der Erntefürsten. Zwar hätte ich den ganzen Weg zu Pferd zurücklegen können, aber ich zog es vor, bis Silstra ein Kanalboot zu nehmen und erst von dort loszureiten. Auf diese Weise verkürzte sich die Reise ein wenig, und ich würde drei Tage auf einem Kahn faulenzen können, anstatt mich im Sattel wundzureiben.

Den größten Teil der Fahrt blieb ich für mich. Es hatte sich als unnötig erwiesen, dass ich mich während des Beladens heimlich an Bord schlich; der Kapitän stand mit dem Arsenal in Verbindung. Er wurde gut dafür bezahlt, dass er keine Fragen stellte und dafür sorgte, dass uns niemand entdeckte. Trotzdem war es mir lieber, unauffällig zu bleiben. Ich ging aufs Schiff, bevor die Mannschaft kam, und verbarg mich hinter den Seidenballen, die im hinteren Teil des Kahns geladen waren. Man wusste nie, wann es mit der Treue von Menschen, die man bezahlte, vorbei war. Je weniger Leute wussten, dass ich an Bord war, desto besser.

Der erste Tag verging mit Schlafen und viel Wein aus dem eigens mitgebrachten Schlauch. Ich schaukelte in meiner Hängematte, trank die warme Flüssigkeit und dachte über den Schatten nach. Die Mission in Cereliath musste so schnell wie möglich abgeschlossen werden. Bevor der Schatten wieder zuschlagen konnte – oder, was noch schlimmer gewesen wäre, bevor eine andere Schemin ihn vielleicht zur Strecke brachte.

Der König würde nicht lange in so nachgiebiger Stimmung bleiben. Wenn er zu dem Schluss kam, dass seine Klinge stumpf geworden war, würde er sich nicht damit aufhalten, sie zu schärfen. Sondern mich loswerden. Mich abstoßen wie die vielen anderen Waffen, die er entsorgt hatte, sobald sie keinen Nutzen mehr für ihn hatten. Eine ganze Armee von Schemen stand bereit, mich zu ersetzen, mit Gerarda an der Spitze.

Ich musste es sein, die den Schatten aufspürte – der König durfte nicht den geringsten Zweifel daran haben, wie wertvoll ich war. Nicht nur, um meinen eigenen Kopf zu retten, sondern auch, um all die anderen zu schützen, deren Wohl von meinem Einfluss abhing.

Jedes Mal, wenn ich die Augen schloss, sah ich den Umriss dieser Kapuze vor mir. Die dunkle Kleidung, die der Schatten trug, und das lange Schwert, das er bei unserem Kampf geschwungen hatte. Er war groß und muskulös gewesen, und hinter seinen Schlägen hatte so viel Wucht gesteckt, dass es mich einige Anstrengung gekostet hatte, sie abzuwehren.

Ich lag in meiner Hängematte und trank, bis ich so berauscht war, dass ich nicht mal mehr meinen eigenen Namen wusste und auch den Schatten vergaß.

Nach der zweiten Nacht ging mir der Wein aus. Die warme Benommenheit verflog, und ich begann zu zittern und zu schwitzen. Mein Kopf dröhnte so heftig, dass ich ernsthaft erwog, ihn gegen die Planken zu schlagen, um den einen Schmerz mit einem anderen zu vertreiben.

Am dritten Tag packte mich starke Unruhe. Zu gern hätte ich mir die Beine vertreten und frische Luft geschnappt, aber vor allem brauchte ich etwas zu trinken. Jede Stunde, die verging, fühlte sich so an, als ob sie meine letzte sein würde; mein Magen verkrampfte sich, und mein Kopf drohte zu explodieren. Das war nur mit mehr Alkohol zu heilen. Aber mein Weinschlauch war leer, obwohl ich trotzdem immer wieder den Deckel abschraubte und vergebens darauf hoffte, das süße Aroma von Beeren und Tannin würde wieder auf meine Lippen treffen.

Ich konnte mich nicht daran erinnern, wann ich das letzte Mal so lange ohne etwas zu trinken hatte ausharren müssen. Wie lange war es her – fünf Jahre? Der Versuch, mich zu erinnern, löste heftiges Hämmern in meinem Kopf aus. Als ich in den Frostlanden in diesen Schneesturm geraten war, hatte ich nichts zu trinken gehabt. Wochenlang hatte ich in einem verlassenen Haus festgesessen und nach und nach sogar die Holzwände verfeuert, während ich darauf hoffte, in dem wilden Schneetreiben, das nicht aufhören wollte, ein Tier zu erspähen. Die Gier nach Wein war schließlich vom Hunger vertrieben worden. In der dritten Woche betrachtete ich schon meinen linken Arm mit gierigen Blicken, und mir lief der Speichel übers Kinn. Überlebt hatte ich nur, weil mir ein Winterbär über den Weg gelaufen war und ich verrückt genug war, ihn anzugreifen.

Das riesige Ungeheuer wehrte sich nach Kräften und zertrümmerte den Großteil meiner Waffen mit einem einzigen Schlag, sogar den alten Griff meines Dolchs. Am Ende gelang es mir, auf seinen Rücken zu springen und ihm einen abgebrochenen Pfeil ins Auge zu rammen, die einzige Waffe, die mir noch geblieben war. Jetzt hatte mein Dolch einen Griff aus Bärenknochen. Der Pelz brachte mir zudem auf dem Markt ein hübsches Sümmchen ein.

Als es mir endlich gelang, nach Volcar zurückzukehren, mit einigen Erfrierungen und fast verhungert, feierte ich das mit einem billigen Fässchen Bier. Ich konnte mich an keinen einzigen Tag erinnern, an dem ich nicht mindestens einen Schluck Alkohol getrunken hatte. Eine Gewohnheit, die ich nicht hatte wahrhaben wollen.

Gerarda hatte recht. Ich ließ mich gehen. Deswegen war es dem Schatten gelungen, über den ganzen Kontinent zu streifen und sich einen solchen Ruf zu erwerben. Allein, dass es ihn gab, gefährdete meine Position beim König und untergrub das kleine bisschen Macht, das ich mir erarbeitet hatte, um jene zu schützen, für deren Sicherheit ich sorgte. Dass er sich in den Schatten verbarg, würde ihm nicht lange helfen. Von Schatten verstand ich etwas; ich war dafür ausgebildet worden, in ihnen zu leben. Schatten waren kurz vor Sonnenuntergang am längsten, aber wenn die Nacht hereinbrach, verloren sie ihre Macht. Denn im Dunkeln lösten sie sich auf.

Es war an der Zeit, dass ich die Nacht über ihn hereinbrechen ließ.

Silstra war eine Stadt der Kaufleute, Bettler und Diebe. Sie lag am Zusammenfluss dreier Kanäle, den sogenannten Schwestern, die sich durch den größten Teil Elveraths schlängelten. Jede bedeutendere Stadt Elveraths war über ihren Hafen mit einem dieser Kanäle verbunden. Und aus diesem Grund war Silstra das wirtschaftliche Zentrum des ganzen Reichs. Alle Waren, die im Land gehandelt wurden, kamen über seine Gewässer.

Daher gab es hier so viele Kaufleute und Diebe. Die Bettler wiederum kamen, weil der größte Teil der Ernte in Silstras Häfen verladen wurde. Ob das dazu führte, dass die Händler gegenüber den Bedürftigen mildtätiger wurden, wusste ich nicht, aber die Hungrigen gingen eben dorthin, wo es Nahrung gab.

Die Stadt gliederte sich oberhalb eines großen Damms in zwei Teile. Das Westufer, an dem die reichen Kaufleute und die Lords ihre Besitzungen hatten, war aus Stein erbaut worden. Große Villen mit vielen Stockwerken und Wasserleitungen umgaben eine kleine Burg, die, wie es hieß, aus einem Berg herausgemeißelt worden war. Auch Silstra war ein Ort der Lichtfaen gewesen, bevor sich die Sterblichen hier niedergelassen hatten.

Am Ostufer hatten Menschen gebaut, und entsprechend weniger beeindruckend fiel das Stadtbild dort aus. Die kleineren Händler lebten in Ziegelhäusern, die über die Jahrhunderte immer wieder ausgebessert worden waren. Die Armen hingegen zimmerten sich Schutzhütten aus allem, was sie dafür in die Finger bekommen konnten.

Dies war der Teil der Stadt, den ich als Erstes aufsuchte.

Die Armen hatten meist nur wenige Geheimnisse. *Geheimnis* war ein anderes Wort für Macht, und die suchte man bei den Armen schließlich vergebens. Die Glücklichen, die auf irgendeinem Wege mehr Macht erlangten, als ihnen von Geburt an zugebilligt worden war, verließen die Elendsquartiere schneller, als Ratten aus den Abflusskanälen wuselten, wenn ein Sturm aufzog. Hier war ich leichteren Schrittes unterwegs, denn ich musste mir keine Sorgen darum machen, ob ich vielleicht jemandem begegnete, der auf der Soldliste des Königs stand. Selbst die Schemen beschäftigten in den untersten Kreisen Silstras kaum Spitzel. Es lohnte sich nicht, Geld an die Armen zu verschwenden, wenn es niemanden gab, den sie hätten bespitzeln können.

»Keera!«, rief Victoria, als ich durch die Tür eines Gebäudes trat, das einst ein Gasthof gewesen war, inzwischen aber den größten Teil seines Dachs eingebüßt hatte. »Ich habe dich gar nicht erwartet«, raunte sie, während sie mich an sich drückte. Ihr allmählich ergrauendes Haar kitzelte meine Wange. Ich lächelte zu ihr hinunter. Sie war schon immer klein gewesen, aber das nahende Alter hatte sie noch etwas an Körpergröße verlieren lassen.

Mein Blick fiel auf das Baby, das Victoria auf ihrer Hüfte trug. Sie hatte meistens ein kleines Kind bei sich. Dieses hatte wahrscheinlich keine Eltern mehr.

Ihre blauen Augen glitten zu dem schlichten Band an meinem Hals. Bevor ich von Bord gegangen war, hatte ich mir einen grünen Reisemantel umgelegt. Die Leute hier kannten mich nicht als Klinge, sondern nur als Keera. Mein schwarzer Mantel und die Silberspange hätten zu viele ungewollte Blicke auf sich gezogen. Nur Victoria kannte die Wahrheit.

»Leider kann ich nicht bleiben«, sagte ich und drückte ihr einen kleinen Beutel Goldstücke in die Hand. »Ich würde zu gern, aber ich muss ein Pferd finden, das stark genug ist, um mich noch vor Sonnenuntergang nach Cereliath zu bringen.«

Ihre Augen ruhten kurz auf meinen geröteten Silberaugen und dem Schweiß auf meiner Stirn. Zwei Tage ohne Alkohol hatten ihre Spuren hinterlassen.

»Trinke zumindest einen Tee mit mir. Julian muss ohnehin gefüttert werden«, sagte sie und kitzelte den molligen Säugling am Bauch, bis der Kleine gluckste. Er hatte ein rundes Gesicht und weiche, speckige Ärmchen und Beinchen. Seine Ohren formten sich an der Oberseite bereits zu kleinen Spitzen. Er war ein Halbling.

»Gibt es hier noch einen Arzt, der ihm helfen kann?« Ich setzte mich und trank aus dem Becher, den mir Victoria hingestellt hatte.

»Ja, obwohl er nicht viel Zeit hat, um hier vorbeizuschauen. Aber ich denke, er wird ihm die Ohren rechtzeitig stutzen können.« Sie küsste Julians Kopf und schob ihm ein Fläschchen in den Mund. Die meisten Halblinge unterschieden sich optisch nicht von Menschen, sah man von ihren Ohren ab. Und wenn man die früh genug stutzte, sobald sich die Spitzen auszuprägen begannen, konnte ein talentierter Arzt oder Heiler die Ohrmuscheln so formen, dass sie rund zusammenwuchsen und menschlicher aussahen. Wenn das bereits im Kindesalter geschah, war es später kaum noch zu erkennen.

»Hattest du irgendwelchen Ärger?«, fragte ich nach einem weiteren großen Schluck Tee.

»Nein, seit du dich um meine Angelegenheiten gekümmert hast, nicht mehr.« Victorias Lächeln war angespannt. Ich wusste, dass ihr nicht gefallen hatte, was bei meinem letzten Besuch in Silstra geschehen war, aber es hatte getan werden müssen, auch wenn es noch so grausam gewesen war.

»Gut.« Ich stellte den leeren Becher ab und erhob mich. »Ich weiß nicht, wann ich wiederkomme. Mein jetziger Auftrag könnte mich ein ganzes Jahr von hier fernhalten, aber ich werde weiterhin jeden Monat Unterstützung schicken.«

»Du könntest dein Geld auch für dich selbst ausgeben, weißt du«, meinte Victoria neckend, aber ich wusste, dass sie die Zuwendungen annehmen würde. Zu viele Mäuler hingen von ihr ab.

»Es ist nicht nur mein Geld.« Der König merkte nicht, wenn ich einige der Schätze, die ich für ihn zurückeroberte, an die Armen verteilte – oder zumindest hatte er es in den letzten zwanzig Jahren nicht getan. »Davon abgesehen weißt du genauso gut wie ich, dass eine Henkerin niemanden hat, für den sie ihr Geld ausgeben könnte.«

»Du bist keine Henkerin, Keera«, sagte sie mitfühlend, und der harte Zug um ihren Mund bekam einen sanfteren Ausdruck. Ich wandte mich ab.

»Nein, du hast recht. Eine Henkerin hat zumindest die tröstliche Gewissheit, dass ihre Opfer einen Prozess bekommen haben«, erklärte ich, und die Wahrheit, die in meinen Worten lag, lastete schwer auf meinen Schultern.

»Wir alle müssen schlimme Dinge tun, Keera. Dinge, die wir nicht tun wollen, die aber zum Überleben unerlässlich sind. Deine Hände werden mehr dazu gezwungen als die der meisten anderen Leute, aber nicht jeder entscheidet sich dafür, Gutes zu tun. Das sollte das Schlechte mehr als ausgleichen.« Victoria klopfte mir auf die Schulter. Graue Locken umrahmten ihr Gesicht und strichen über die Runzeln, die tief in ihre gebräunte Haut eingegraben waren. Sie war eine freundliche Frau. Mütterlich. Für einen Moment kam mir der Gedanke, ob meine Mutter wohl ähnlich gewesen war.

»Ich glaube, du überschätzt, wie viel Gutes ich tue.« Egal, wie viel es war – nie würde damit das Meer von Blut abzuwaschen sein, das ich vergossen hatte.

VIER

Ich hasste es, durch den Totenwald zu reiten. Die meisten Reisenden entschieden sich für den längeren Weg, der am Flussufer entlangführte, da sie sich vor den Geschöpfen fürchteten, die in dem üblen Wald hausten und nach Menschenfleisch gierten. In den Geschichten erfuhr man nie, ob die Ungeheuer auch an Halblingen Geschmack fanden. Aber das kümmerte mich auch nicht weiter. In den dreißig Jahren, die ich als Klinge des Königs diente, war ich oft genug durch den Totenwald gereist, hin und wieder auch allein. Und dabei war ich selbst vermutlich das schlimmste Monster gewesen, das durch diesen Wald zog.

Die verfaulenden Bäume mit ihren krummen Stämmen und blattlosen Ästen ängstigten mich nicht mehr. Inzwischen wusste ich ihren Schutz sogar zu schätzen, denn ich konnte darauf vertrauen, dass mir auf diesem Pfad kein Fremder begegnen würde und ich daher ungehindert dem mitgebrachten Wein zusprechen konnte. Dunkler Saft trat aus den Baumwurzeln aus. Er war glühend heiß und versengte die Rinde so, dass es aussah, als habe sich ein Feuer in größter Geschwindigkeit durch den Wald gefressen und dafür gesorgt, dass an den Orten der Zerstörung nichts Grünes würde wieder wachsen können.

Einst hatte der Totenwald einen anderen Namen getragen. Einen Namen, den Halblinge und Sterbliche inzwischen vergessen hatten. Bäume von verschiedenster Zauberkraft hatten sich über den ganzen Norden erstreckt und Geschöpfe beherbergt, die mit den Lichtfaen dahingegangen waren. Die Zauberkraft des Waldes schwand jedoch bereits, als die Sterblichen das Land eroberten. In den ersten Jahrhunderten seiner Herrschaft ließ König Aemon den größten Teil des Waldes rund um Cereliath roden, um Ackerland zu gewinnen, das nun das Volk von Elverath ernährte und dem König die Taschen füllte.

Minnesänger zogen durch das Reich und erzählten die Geschichte vom Totenwald. Die Bäume, die den Äxten des Königs zum Opfer fielen, hatten das bisschen Magie, das ihnen noch blieb, genutzt, um ihre Brüder im Süden zu warnen. Wie sie das angestellt hatten, das verrieten die Sänger nie. Sterbliche betrachteten die Magie ohnehin nur aus zweierlei Blickwinkeln: Entweder, sie ließ sich gewinnbringend einsetzen, oder sie war böse. An einem weitergehenden Verständnis hatten sie kein Interesse. Der Totenwald hatte sich dem Gewinn verweigert. Da die verbliebenen Bäume wussten, dass der König auch sie fällen wollte, zogen sie sich in sich selbst zurück. Sie verknoteten ihre Stämme zu Formen, die sich zu nichts verwenden ließen. Ihre Zauberblätter fielen ab und verbrannten den Boden. Saft quoll aus ihrer Rinde und fügte jedem, der es wagte, sich mit einer Axt zu nähern, üble Verbrennungen zu.

Wenn man den Wald sicher durchqueren wollte, musste man sich an die schmalen Pfade halten. Sobald man sie verließ, begannen Pferde plötzlich zu lahmen, und die Reiter wurden versengt. Viele Hundert Halblinge hatten den Tod gefunden, als der König sie zwang, die geschwärzten Bäume beim Straßenbau abzutransportieren. Ihre Leichen hatten die Wegesränder gesäumt. Eine solche Straße führte jetzt durch die Bäume hindurch bis vor die Tore Korathas. Auf der anderen war ich gerade unterwegs.

Falls die Geister der verunglückten Halblinge noch unter den

Bäumen umgingen, so bekam ich sie nie zu Gesicht. Vielleicht hielten die Geister, die mich ohnehin schon heimsuchten, sie von mir fern.

Als sich die Bäume lichteten und schließlich ausgedehnten, flachen Äckern wichen, schmerzte mein ganzer Körper, und meine Schenkel waren vom Reiten wund. Außerdem hatte ich keinen Wein mehr, obwohl noch ein Tagesritt bis zur Stadt vor mir lag.

Mein Pferd trottete an Feldern mit Weizen und Mais vorüber. Hin und wieder lag der Duft von Beeren in der Luft, und ich kam an einem Feld vorbei, auf dem *winvra* angebaut wurde. Die winzigen Früchte wuchsen in kleinen Trauben aus roten und schwarzen Beeren – heilende und tötende. Das *winvra* gedieh an hohen Pfosten, die von den Sterblichen aufgestellt worden waren, und schlang sich um die Rankhilfen wie Efeu dem Sonnenlicht entgegen. Es war die letzte magische Pflanze, die im ganzen Reich noch wuchs, und sie bot dem König die einzige Möglichkeit, mithilfe der Magie, die in diesen Landen früher einmal so reichlich vorhanden gewesen war, seinen Reichtum zu mehren.

In einigen der Obstplantagen wuchsen nur mehr kleine Pflanzen mit schrumpeligen Beeren. Auch ihre Magie begann zu verblassen. Ich konnte beobachten, wie Leute das Wachstum der grauen Früchte maßen und einige davon pflückten, um sie in ihren Laboratorien zu untersuchen. Der König verlangte nach Antworten. Denn das war die eine große Frage, die ihn seit Jahrhunderten beschäftigte: Wieso schwand die Magie Elveraths dahin? Niemand schien ihm das beantworten zu können. Die tragkräftigste Theorie besagte, dass es sich um einen natürlichen Rückgang handelte, der mit der Magie der Faen zusammenhing. Viele waren überzeugt, dass alle Magie aus Elverath vergehen würde, sobald die letzten Dunkelfaen starben.

Mir war die Magie egal. Mich interessierten nur die Menschen, die Hunger litten, weil der König seine Verluste beim Handel mit *winvra* damit ausglich, dass er mehr Nahrungsmittel an andere Länder verkaufte. In Elverath wurde mehr als genug angebaut, um das

Volk zu ernähren, aber der größte Teil der Ernte verschwand auf langen Schiffen übers Meer. Der König und seine Lords schwelgten in Reichtum, während die Armen hungerten.

Als ich mich dem Rand der Stadt näherte, säumten immer mehr Leichen die Straße. Neben den Toten, an denen sich im heißen Licht der Sonnen die Aasvögel gütlich taten, lagen andere, in denen noch ein Funke Leben war. Schwache Hände streckten sich meinem Pferd entgegen; diese Menschen waren selbst zum Betteln schon zu schwach. Um genug zu essen zu haben, musste man auf den Feldern arbeiten. Die Alten und die Kranken blieben der Mildtätigkeit überlassen und mussten darauf hoffen, dass ihnen Passanten etwas zu essen oder ein wenig Geld zusteckten.

Aber je kleiner die Profite durch das *winvra* wurden, desto mehr schwand auch die Freigiebigkeit jener, die noch genug für sich selbst auf den Tisch bringen konnten.

In meinem schwarzen Mantel mit der Silberschließe konnte ich den Armen nicht helfen. Der König wusste, dass die Verhungernden in allen Städten des Reiches bettelten. Er wusste, dass die Vögel an ihnen pickten und dass ihre Knochen von den Pferdehufen in den Straßenstaub getreten wurden. Es war ihm gleich. Er erwies ihnen keine Gnade. Und daher konnte seine Klinge sich nicht anders verhalten.

Ich biss die Zähne zusammen, als ich nach Cereliath hineinritt, die Augen unter der Kapuze meines Mantels starr nach vorn gerichtet. Ich konzentrierte mich auf die verworrene Mähne meines Pferds und gab mir Mühe, den Todeshauch zu ignorieren, der in der Luft hing. Die meisten Verhungernden, an denen ich vorüberkam, waren Sterbliche, wie ich wusste, aber einige erkannte ich als Halblinge, die entweder menschlich genug aussahen, dass sie ihr Geheimnis bisher hatten verbergen können, oder die von den Herren, die sie besessen hatten, vor die Tür gesetzt worden waren. Und die nun, da der König alles an Arbeitskraft aus ihnen herausgepresst hatte, dreckverkrustet einem langsamen Tod überlassen worden waren.

Vielleicht war es ein gnädiges Schicksal, zu den Schemen zu gehören. Wenigstens wusste ich, dass am Ende meines langen Lebens kein langes Siechtum stand, sondern ein schneller, tödlicher Stich mit einer scharfen Klinge.

Trotzdem drehte sich mir der Magen um, als mir derart vor Augen geführt wurde, welch große Zahl von Untertanen der König so leichtfertig zu opfern bereit war. Meine Hände krallten sich um die ledernen Zügel, bis meine Finger kribbelten. In meiner Kehle brannte die Gier nach etwas Betäubendem, das die Gesichter der Sterbenden vor den Stadtmauern verschwimmen lassen würde. Ich wusste, dass nicht ich für ihren Tod verantwortlich war. Es war der Hunger, der ihnen die Eingeweide zerriss, nicht meine Klinge, aber dennoch spürte ich das Bedürfnis, genau das zu tun – mich umzudrehen und sie alle nach ihren Namen zu fragen, bevor ich sie von ihrem Elend erlöste.

Aber das konnte ich nicht.

Als ich meine Lieblingstaverne erreichte, bat ich die Bedienung, mir zwei Krüge Wein auf mein Zimmer zu bringen, und ertränkte meine Gedanken in der Badewanne.

Die Beschattung Lord Curringhams war eine ermüdende Angelegenheit. Jeden Morgen stand ich vor Tagesanbruch auf und schlich nach Gut Erntereich, wo alle Getreidebarone unterkamen, wenn sie in Cereliath weilten. Die Gemächer Curringhams, der von ihnen der reichste war, lagen im obersten Stock. Sie boten den besten Blick über die ganze Stadt und die Felder der Umgebung. Curringham pflegte lange in den Tag hineinzuschlafen, daher saß ich auf dem Dach und wartete darauf, dass er sich erhob, während die erste Sonne über den Horizont stieg und der dunkle Himmel von langen goldenen Streifen überzogen wurde. Ihr Licht wärmte meine Hand, wenn ich den Weinschlauch an die Lippen setzte. Gewöhnlich war er schon halb leer, bevor die Diener eintraten, um ihren Fürsten anzukleiden.

Gut Erntereich war aus einem einzigen hohen Sandsteinfelsen

gebaut worden. Wie bei allen großen Burgen der Faen war der Stein auch hier mit aufwendigen Verzierungen versehen. Um die Säulen schlang sich ein Relief aus Blättern, das an Kletterpflanzen erinnerte. Mit bot es eine ideale Steighilfe, um allmorgendlich aufs Dach zu gelangen, wo ich dann in den Schatten lag und Curringham bei seinem wenig aufregenden Alltag belauschte. Ermüdende Gespräche über Handelsvereinbarungen. Lange Diskussionen über die nachlassende Wirksamkeit der letzten *winvra*-Ernte. Langweilige Erinnerungen an seine Kindheit in Caerth. Aber nichts, was mich zu der Überzeugung gebracht hätte, dass er ein Bündnis mit den Dunkelfaen schmiedete.

»Lady Darolyn wartet auf der Terrasse auf Euch, Sire«, war aus Curringhams Kontor zu hören. Der Stimme nach war es der Sekretär, der Curringham auf Schritt und Tritt folgte.

»Das Mädchen aus Volcar?«, fragte Curringham.

»Nein, Sire. Lady Darolyn stammt vom nördlichen Kontinent. Ihr Vater verfügt über die besten Handelsverbindungen«, erinnerte ihn der Sekretär. Also war Lady Darolyn keine wirkliche Lady, aber reich genug, um sich für die Dauer ihres Aufenthalts diesen Titel zu erkaufen.

»Ich komme gleich herunter«, sagte Curringham. Er klang nicht besonders begeistert über die Aussicht, mit dem neuesten Gast des Herrensitzes zu speisen. Schon gar nicht, wenn die betreffende Person bereits in dem Ruf stand, allzu sehr auf eine Heirat aus zu sein. Curringham war zwar gut aussehend, zeigte aber wenig Interesse daran, sich dauerhaft zu binden. Bisher hatte er noch nicht einmal Anstalten gemacht, die jungen Damen von Cereliath mit einem seltenen Lächeln oder einem Verweis auf seine enormen Reichtümer bezirzen zu wollen. Wie bei allem in seinem Leben ließ sich der Fürst auch bei den zwischenmenschlichen Beziehungen von seinem kaufmännischen Verstand leiten.

Jeden Tag zur Mittagsstunde führte sein Sekretär eine Kurtisane in sein Kontor, und man gab sich einer kurzen Vergnügung auf seinem

Schreibtisch hin. In den drei Wochen, die meine Überwachung inzwischen dauerte, hatte er keine dieser Frauen ein zweites Mal zu sich gebeten, und das Ganze hatte niemals länger als ein paar Minuten gedauert. Wenn es vorbei war, warf er der Betreffenden einen kleinen Beutel mit Münzen zu und entließ sie mit den Worten, für den nächsten Tag eine andere zu ihm zu schicken. Jedes Mal, wenn ich ihn das sagen hörte, hätte ich mich am liebsten übergeben.

Während der Fürst vor sich hinmurmelnd durch sein Kontor tigerte, nahm ich den nächsten Schluck Wein. Wenigstens würde ich jetzt nicht wieder eine Stunde lang Curringhams keuchenden Atem und sein scheußliches Schmatzen mitanhören müssen. Ich wartete, bis ich vernahm, wie er das Kontor verließ, bevor ich an den Rand des Daches rutschte und mich auf den darunterliegenden Balkon fallen ließ. Vier Stockwerke waren zu hoch, als dass ich geräuschlos hätte hinunterspringen können, daher fasste ich nach der schlanken Säule neben dem Austritt und ließ mich daran bis zum Boden gleiten. Die mittäglichen Schatten verbargen mich dabei ausreichend. Selbst falls jemand einen Zipfel meines Mantels erspäht hätte, bewegte ich mich viel zu schnell, als dass man mir durch das Labyrinth aus steinernen Säulen hätte folgen können.

Die Terrasse lag auf der Rückseite des Herrenhauses und wurde von dem Burggraben begrenzt, der einen perfekten Kreis um das Anwesen zog. Curringham hatte ihn ausheben lassen, nachdem er die Fürstenwürde von seinem Vater geerbt hatte.

Die Terrasse war nicht überdacht, daher schlich ich eng an die Mauern gedrückt um das Herrenhaus herum und suchte nach einem guten Versteck, um den Lord und seinen Gast zu belauschen. Zwischen dem Haupthaus und dem Graben befand sich ein kleiner Schuppen. Ich glitt in die kleine Lücke zwischen den Gebäuden und wartete darauf, dass der Fürst erschien.

Seine hochgewachsene Gestalt überquerte die Terrasse mit sechs Schritten. Sein fordernder Gang war der eines Mannes, der in eine reiche Familie hineingeboren worden war, während das hoch erhobene Kinn den Stolz darauf erkennen ließ, diesen Reichtum verdoppelt zu haben. Sein sandfarbenes Haar wirkte im Licht der Sonnen blond und betonte die Blässe seiner Haut. Der Teint eines Mannes, der noch nie in seinem Leben auf einem Feld gearbeitet hatte, aber eine reiche Ernte durch die Halblinge einfuhr, die er von der Krone kaufte und die sich dann für ihn abrackern mussten.

»Lady Darolyn«, sagte er und küsste die Genannte zur Begrüßung flüchtig auf den Hals.

»Lord Curringham«, gab sie zurück und neigte den Kopf, während sie ihm bei ihrem Knicks Ausblick auf ihren üppigen Busen gewährte. Curringham sah nicht einmal hin.

Mit ihrem Schwanenhals und den durchdringend grünen Augen war Lady Darolyn eine echte Schönheit. Ihre Wimpern flatterten, als sie mit Curringham auf der anderen Seite der Terrasse Platz nahm. Sie waren zu weit entfernt, als dass ich durch Lippenlesen das Gespräch hätte verfolgen können, aber meine elfenscharfen Ohren vernahmen jedes Wort.

»Habt Ihr Euren Aufenthalt im Königreich genossen, Mylady?«, fragte Curringham, der dabei nach dem Diener Ausschau hielt. Sein Knie wippte unter dem Tisch auf und ab.

»O ja!« Lady Darolyns Stimme klang unnatürlich hoch. Sie strich ihren roten Rock glatt und spielte dann mit dem perlenbestickten Gürtel am Bund. »Dieses Haus ist vielleicht das schönste im ganzen Reich.« Ihre Worte hatten einen etwas groben Klang, aber das war das Einzige, woran ihr leichter Akzent deutlich wurde.

Curringhams Augen glitten zurück zu seinem Gast. »Großartiger als der Palast?«, fragte er mit erhobenen Augenbrauen.

Lady Darolyn nickte übertrieben heftig, da ihr offenbar auffiel, dass es ihr gelungen war, die Aufmerksamkeit des Fürsten zu gewinnen. »Der Palast hat etwas Kaltes an sich, das mich nicht recht begeistern konnte. Es gab nicht annähernd so viele Gäste, wie ich erwartet hatte, und als ich dann nach Cereliath kam, da erkannte ich, warum – sie waren alle hier! Und das ist ja auch kein Wunder – das

Herrenhaus ist viel gemütlicher, und die Fürsten sind diejenigen, die dafür arbeiten, dass das ganze Reich gut versorgt ist.« Sie sah zu Curringham auf und trank einen Schluck. Dann blinzelte sie einmal, löste aber nicht den Blick von ihrem Gegenüber.

Sie würde nicht ohne einen Bräutigam aus Cereliath abreisen. Und er würde sehr reich sein.

»So ist es!«, rief Curringham, der sich jetzt vollständig Lady Darolyn zuwandte. Er stützte die Ellenbogen auf den Tisch und beugte sich vor. Der goldene Anhänger, den er um den Hals trug, kratzte leise über den Tisch. »Der König fragt mich oft nach meiner Meinung.«

Ich schnaubte, als ich diese Lüge hörte.

»Er ist sehr weise, dass er um den Rat eines Mannes nachsucht, der einen so großen Teil der *winvra*-Ernte seines Reiches einbringt.« Lady Darolyn fuhr sich mit der Zungenspitze über die Lippen. Dieses Mal sah Curringham sie an. Sie merkte das und verzog den Mund zu einem zufriedenen Lächeln.

»Habt Ihr es einmal gekostet?«, fragte Curringham und beugte sich noch weiter vor.

»Würde mich das nicht umbringen?«, fragte sie so leise, dass ich den Atem anhalten musste, um sie zu verstehen.

»Die roten Beeren schon.« Curringham nickte. »Eine einzige genügte, damit Ihr ohnmächtig umfallen und nie wieder aufwachen würdet.«

Lady Darolyn fuhr sich mit dem Finger über die Unterlippe. Curringhams Blick folgte der Bewegung.

Falls ich doch noch mitanhören müsste, wie sie es auf seinem Schreibtisch miteinander trieben, würde ich vom Dach springen, dachte ich.

»Und die schwarzen?«, schnurrte Lady Darolyn.

»Die schwarzen können die verschiedensten wundervollen Dinge bewirken …« Curringham spielte mit seiner goldenen Kette und starrte dabei auf Lady Darolyns Schmollmund. »Die Samen kann man zu Salben verarbeiten, die Verwundete oder Kranke heilen. Der Saft wird in Flaschen abgefüllt und als Serum verwendet, das die Jugend erhält. Aber am besten …«

Jetzt war es Lady Darolyn, die sich vorbeugte.

»Am besten genießt man sie, indem man die schwarzen Beeren direkt von den Ranken pflückt und isst«, erklärte Curringham. Er führte die Finger so zum Mund, als ob er eine Frucht festhielt.

»Was bewirken sie denn?«, fragte Lady Darolyn mit leuchtenden Augen, während ihr Akzent stärker als zuvor zutage trat.

Curringham zog eine Augenbraue in die Höhe. »In dem Augenblick, da die Beere in Euren Mund gelangt, wird heiße Röte Eure Wangen überziehen.« Er umschloss Lady Darolyns Gesicht mit den Händen und fuhr ihr mit dem Daumen über die Wange. »Dann wird Euer ganzer Körper von dieser Flamme erfasst. Eine so tiefe Euphorie wird sich Eurer bemächtigen, dass Ihr Euch nicht einmal an Euren eigenen Namen erinnern werdet oder wisst, wer Ihr seid. Aber das wird Euch nicht kümmern, weil das *winvra* ein *solches* Hochgefühl verursacht. Eine einzige Beere«, jetzt fuhr er ihr langsam mit dem Daumen über den Mund, »würde genügen. Völlige Ekstase.«

Lady Darolyn biss sich auf die Lippe, als ob sie den Saft der Beere bereits schmeckte.

»Wie oft habt Ihr eine zu Euch genommen?«, fragte sie mit rauer Stimme, trank wieder einen Schluck und ließ sich auf ihrem Stuhl zurücksinken.

»Noch nie.« Curringham lehnte sich ebenfalls zurück und verschränkte die Arme. Ein überlegenes Lächeln zog über sein Gesicht, während er beobachtete, wie sich Lady Darolyns Busen hob und senkte.

»Kein einziges Mal?«, hakte Lady Darolyn nach, neigte den Kopf und runzelte fragend die Stirn. Das Sonnenlicht ließ ihre braune Haut sanft schimmern und betonte ihren langen Hals.

»Lords, die sich daran gewöhnen, ihre eigene Ernte zu verzehren, stehen bald ohne da«, sagte Curringham schmallippig.

Die Lady machte große Augen. »Macht es süchtig?«

»Ausgesprochen«, bestätigte Curringham. »Glücklicherweise ist *winvra* so teuer, dass sich kaum jemand eine solche Sucht leisten kann.« Er grinste selbstgefällig. Schließlich sorgte er selbst dafür, dass der Preis künstlich in die Höhe getrieben wurde, und füllte sich so seine Taschen mit Gold.

»Auf meinem Kontinent sagt man, dass Euer König dank *winvra* so bleibt, wie er ist. Dass ihm die Beeren seine Jugend erhalten. Es ist ein Wunder, wie es ihm gelingt, Tod und Abhängigkeit die Stirn zu bieten«, sagte Lady Darolyn, deren Augen zu den Türen des Herrenhauses wanderten.

Curringham hüstelte. Erst dachte ich, dass er darüber hinweggehen würde, aber er beugte sich wieder zu ihr herüber. »Der kurze Glücksrausch durch *winvra* ist keine Versuchung für einen Mann wie den König. Oder wie mich. Der König ist kein Narr. Er würde nicht wollen, dass die ganze Welt das Geheimnis seiner Langlebigkeit erführe, ganz gleich, was damit zu verdienen wäre.«

Ich musste leise lachen.

Lady Darolyn legte den Kopf ein wenig schräg. »Aber wie kann dann …«

»Es geht um das Gleichgewicht«, unterbrach Curringham sie. »Man sagt, das sei entscheidend für die Magie in unserem Land. Die Elfen waren zu gierig, sie beuteten die Magie bis zum Äußersten aus, und selbst das genügte ihnen nicht. Sie wollten mehr. Widernatürliche Geschöpfe wie sie kennen keine natürlichen Grenzen. Der König aber stellte das natürliche Gleichgewicht durch die Blutkriege wieder her, indem er sein Reich von den Elfen säuberte. Die Götter segneten ihn dafür, dass er Elverath wieder in seinen früheren Zustand versetzt hatte, und sie schenkten ihm für jeden erschlagenen Elfen ein Lebensjahr. Dieser Segen wirkt immer noch, und es scheint, dass er seine Unsterblichkeit an seine Söhne vererbt hat.«

Lady Darolyn nickte mit großen Augen. Es war dieselbe Geschichte, die auch sonst überall im Reich erzählt wurde. Von König

Aemon, der die Welt mit seinem brennenden Schwert wieder ins Gleichgewicht gebracht hatte und so bis ans Ende aller Zeiten in den von ihm beherrschten Landen für Wohlstand sorgte. Mir fiel auf, dass in diesen Geschichten nie erklärt wurde, wie die Halblinge, die ja auch unnatürliche Geschöpfe waren, eher durch ihr Leben als durch ihren Tod zu diesem Gleichgewicht beitrugen.

Lady Darolyn schob sich eine lange dunkle Haarsträhne hinters Ohr und drehte dann die Spitze vor ihrer Brust um ihre Finger. Ihre Lippen zuckten, während Curringhams Blick wieder tiefer glitt.

»Als ich in der Hauptstadt weilte, wurde eine große Menge *winvra* gestohlen. Kommt so etwas oft vor?« Lady Darolyns Ton klang lässig, aber ihre Lider flatterten. Es war offensichtlich, dass sie die Antwort bereits kannte, aber Curringham dachte kurz über die Frage nach, während er noch immer auf ihren Busen starrte.

»Nein«, erwiderte er dann, richtete sich auf und krallte die Finger hart in seinen Arm. Es war *sein winvra* gewesen, mit dem sich die Diebe davongemacht hatten.

»Weiß man denn, wer für diese Tat verantwortlich war?«, fragte Lady Darolyn, obwohl sie diese Antwort sicher ebenfalls kannte. Das ganze Reich wusste, wem es gelungen war, dem König ein ganzes Fässchen der kostbaren Früchte zu entwenden.

»Die meisten Leute glauben, es sei der Schatten gewesen«, stieß Curringham hervor. Ich versteifte mich, als ich den Namen hörte. Zeugen hatten die Tat beobachtet. Drei von Curringhams eigenen Leuten, die den Überfall überlebt hatten, hatten den Schatten als den Dieb genannt. Meine Augen wurden schmal, als ich hörte, dass Curringham offenbar daran zweifelte.

»Und Ihr nicht?«, fragte Lady Darolyn, die ihre Augenbrauen so sehr in die Höhe zog, dass sie beinahe an ihren Haaransatz stießen. Offenbar hatte auch sie diese Antwort nicht erwartet.

»Der Schatten hat sich mit Schmugglern und Händlern angefreundet. Der König hält mich darüber auf dem Laufenden, was er tut.« Der Blick des Fürsten glitt wieder zu Lady Darolyns Gesicht.

Ich verdrehte die Augen. Das war schon wieder gelogen. »Falls er es gewesen wäre, der das *winvra* stahl, dann hätte es inzwischen längst auf dem Schwarzmarkt auftauchen müssen. Aber das ist es nicht. Das bestätigen meine Spitzel, die sich für mich dort umschauen.«

Ob das tatsächlich stimmte, würde mir vielleicht das Arsenal bestätigen können. Auch dort war man so gut vernetzt, dass man es bemerkt hätte, wenn überschüssiges *winvra* irgendwo im Königreich oder in anderen Ländern gehandelt wurde. Falls Curringhams Beobachtungen stimmten, war dieser Diebstahl tatsächlich mehr als seltsam.

»Wenn nicht der Schatten, wer dann?«, fragte Lady Darolyn, deren staunender Blick nun nicht länger gespielt zu sein schien.

»Es gibt nur eine einzige Gruppe, die aus anderen Gründen als dem bloßen Weiterverkauf an *winvra* interessiert wäre.« Curringham neigte seinen Kopf in die Richtung der Brennenden Berge. Zwar lagen sie zu weit entfernt, als dass man sie vom Herrenhaus aus hätte sehen können, aber selbst Fremde wussten, dass sie im Westen Elveraths lagen.

Lady Darolyn sah dennoch zunächst verständnislos in die angegebene Richtung. Als sie schließlich begriff, blieb ihr der Mund offen stehen. »Die Dunkelfaen«, hauchte sie kaum hörbar.

Curringham nickte und verschränkte wieder die Arme, wobei er die Hand geschickt so unter seinen Bizeps schob, dass der Muskel stärker hervortrat. »Einige Dunkelfaen wagen es noch immer, dem Abkommen den schuldigen Respekt zu verweigern, und erkennen die Herrschaft des Königs schlicht nicht an. Manchmal schleichen sie sich über die Berge und versuchen, *winvra* zu stehlen. Normalerweise entwenden sie es direkt aus den Anbaugebieten, aber sie werden immer aufsässiger.«

»Aber wie könnt Ihr Euch gegen sie schützen?«, fragte Lady Darolyn angespannt. »Es heißt, einige von ihnen können Menschen mit bloßen Blicken töten, und wieder andere seien in der Lage, in die Seelen einzudringen, um die Betreffenden unaussprechliche

Dinge tun zu lassen …« Allein die Vorstellung ließ sie entsetzt verstummen.

Lord Curringham warf sich in die Brust und rückte seine Manschetten zurecht. »Die Dunkelfaen sind keine so große Bedrohung, wie man allgemein vermutet. Jedenfalls nicht für mächtige Männer wie mich oder den König. Ihre Macht hatte schon zu schwinden begonnen, als die Blutkriege zu Ende gingen, und inzwischen ist sie völlig versiegt. Ich bezweifle, dass mich ein Fae dazu bringen könnte, Dinge zu tun, die ich nicht will, und töten könnte er mich schon gar nicht.«

Ich lehnte mich gegen die Schuppenwand und verschränkte die Arme. Wenn Curringham wirklich mit den Dunkelfaen gemeinsame Sache machen wollte, würde er dann einer Fremden gegenüber derartig offen über sie sprechen? Vorsichtig trat ich etwas näher an die Ecke des Schuppens und kniff die Augen zusammen, um die beiden besser sehen zu können.

»Was ist mit Gestaltwandlern oder Sturmbeschwörern? Mit ihrer Magie haben sie ganze Armeen vernichtet«, gab Lady Darolyn zu bedenken, hob einen Arm zum Himmel empor und ließ ihn zuckend niederfahren. Ich verstand, dass sie einen Blitz darstellen wollte, der durch die Wolken fuhr und den Tisch zerschmetterte, an dem sie saßen. Unwillkürlich grinste ich. Sie hatte nicht unrecht. Der König hatte den Ersten Blutkrieg beinahe verloren, nachdem die Dunkelfaen ihre Kräfte gegen ihn ins Feld geführt hatten.

Curringham stieß ein kurzes Lachen aus. »Seit Jahrhunderten hat niemand mehr Zauberkunst dieser Art gesehen. Selbst in Zeiten, da die Faen auf der Höhe ihrer Macht waren, gab es nur sehr wenige Sturmbeschwörer und Gestaltwandler. Ich glaube kaum, dass noch viele von ihnen am Leben sind, geschweige denn, dass sie Zeit hätten, sich in dieses Reich zu schleichen und *winvra* zu stehlen.« Dem hätte ich nicht widersprochen. Die Schemen hatten seit über zweihundert Jahren keine Faenmagie mehr beobachtet.

»Gerüchten zufolge ist die gesamte Zauberkunst der Faen verblichen, als das letzte Weibchen starb. Heute sind sie nichts anderes mehr als Elfen – kaum noch von Magie berührt«, führte Curringham weiter aus. Er spielte mit seiner Kette. Der Anhänger enthielt einen Schlüssel, und er legte ihn niemals ab.

»Aber die Elfen waren geschickte Krieger«, sagte Lady Darolyn und ließ dabei ihre Hand weiter über den Tisch gestikulieren, bis sie seinen Arm berührte. »Dennoch würdet Ihr sie nicht als Bedrohung betrachten?« Ihr Seidenpantoffel stupste gegen seinen Schuh.

Curringham warf den Kopf in den Nacken und lachte. Lady Darolyns Augen glitten schnell von seinen Händen zu seinem Gesicht, und sie runzelte die Stirn.

Der Fürst stand auf und machte eine weit ausholende Armbewegung. »Seht Euch das hier an. Alles, was Ihr hier vor Euch seht. Dieses Haus. Das Essen. Das *winvra.* Das alles gehörte einst den Elfen, und heute?« Lady Darolyn blickte mit offenem Mund zum Horizont.

»Die Minnesänger erzählen von den Sterblichen, die diese Lande eroberten. König Aemon errichtete den ersten wahren Thron und das erste wahre Königreich. Verräter behaupten, wir hätten es gestohlen. Die Elfen glaubten, wir hätten das Land gemordet. Meiner Meinung nach verhält es sich ganz einfach. Wir haben *gesiegt.* Die Elfen haben verloren. Falls es überhaupt noch welche gibt, dann verstecken sie sich heute im Faenland und stehen kurz vor dem Aussterben, während das Königreich von Elverath gedeiht.« Er zupfte am Aufschlag seiner Jacke. »Ob ich die Elfen als Bedrohung betrachte? Oder die Faen? Absolut nicht. Ich halte sie für Verlierer, und irgendetwas anderes zu denken, wäre schlecht fürs Geschäft.« Damit lehnte er sich zurück.

Ich musste sofort das Arsenal benachrichtigen. Das hier war kein Auftrag mehr für die Klinge.

FÜNF

Nachdem ich zum Gasthaus zurückgekehrt war, sandte ich einen Bericht ans Arsenal. Ich würde noch weitere zwei Wochen in Cereliath bleiben, bis Gebieterin Hildegard ein Schemenpaar zu meiner Ablösung abkommandierte. Die Befehle des Königs verlangten, dass Curringham weiter beobachtet wurde, aber es machte nicht den Eindruck, als ob er jemals einem Dunkelfaen begegnet war, von Verhandlungen über ein mögliches Bündnis ganz zu schweigen.

Das machte meine Arbeit recht einfach. Ich stand weiterhin lange vor dem Fürsten auf und kletterte mit einem zusätzlichen Weinschlauch auf sein Dach. Den Tag verbrachte ich dann auf den Tonziegeln im Schatten des großen Turms, der sich in der Mitte des Herrenhauses erhob. Ich lag da, sah zum Turm hinauf und trank den Wein in großen Schlucken, bis es in meinem Bauch zu gluckern begann. Oben auf dem Turm befand sich ein riesiger Sonnenstein, der scheinbar in der Luft hing. Wie die Faen ihn dort hinbekommen hatten, lag jenseits sterblicher Vorstellungskraft. Die Antwort war stets dieselbe.

Zauberei.

Aber was für eine Art von Zauberei? Während meiner Beschattung hatte ich zu viel Zeit, über diese Frage nachzudenken. Selbst mit dem Wein vergingen die Tage langsam. Ich war mir sicher, dass Gebieterin Hildegard falsche Informationen bekommen hatte und die Dunkelfaen überhaupt nichts mit Curringham im Schilde führten. Aber ich würde die Quelle dieser Information finden müssen; sie hatte mich einen Monat meiner Zeit gekostet. Dem König würde es egal sein, dass an Curringhams Treue nicht zu rütteln war. Er würde es als erneutes Scheitern werten – und vielleicht sogar zu dem Schluss kommen, dass es besser war, mir eine Schlinge um den Hals zu legen und mich an den Mauern Korathas aufzuhängen.

Der Wein betäubte meine Besorgnis.

Drei Nächte später beobachtete ich von meinem Ausguck, wie Curringham Lady Darolyn in eine Kutsche half. Sie wollten sich die durchreisende Gauklertruppe ansehen, die auf dem Marktplatz auftrat. Nach einem letzten Schluck Wein stand ich auf und folgte ihnen.

Doch dann sah ich, dass ein Fremder vor dem Haus erschien. Er hatte hellbraune Haut, aber mehr konnte ich wegen seines marineblauen Reisemantels nicht erkennen. Er glitt schnell durch die Schatten die Auffahrt hinauf und hielt auf einen Seiteneingang von Gut Erntereich zu.

Er war groß. Größer als ich und größer als die meisten Menschen. Zwar konnte ich seine Ohren nicht sehen und es daher nicht bestimmt sagen, aber seine Haltung vermittelte eine Sicherheit, die mich zu der Überzeugung gelangen ließ, dass ich keinen Sterblichen vor mir hatte.

Aber war er ein Halbling oder etwas anderes?

Ich huschte so leise und schnell über das Dach, dass ich kein Geräusch verursachte und kaum zu sehen war. Der Mann war zwischen dem Herrenhaus und den Stallungen verschwunden. Vorsichtig kletterte ich bis zur Traufe und blieb in der Deckung, die mir die Lücke zwischen Dach und Mauer bot. Er wäre niemandem aufgefallen, wie er so an dem Holzpfosten lehnte – er verschmolz mit den dunklen Schatten, die das Laternenlicht warf, aber ich sah die Umrisse seines Oberkörpers und die Spitze seiner Stiefel. Sie waren aus Leder, leicht abgetragen, aber sauber. In das Material war ein Muster geprägt, das ich allerdings auf die Entfernung nicht erkennen konnte.

Ein junger Bediensteter kam aus dem Herrenhaus. Er trug ein gut geschnittenes rotes Obergewand, das an der Brust mit einer Bronzescheide versehen war. Das Symbol eines fürstlichen Sekretärs. Nun erkannte ich, dass es sich um den Mann handelte, der Curringham überallhin folgte und ihm seine Papiere hinterhertrug. Er brachte ihm auch genau zur Mittagszeit jeden Tag seinen Imbiss. Lord Curringham hatte in dem ganzen Monat, den ich ihn nun schon beobachtete, nicht einmal seinen Namen genannt.

Aber wieso sollte sich Curringhams Sekretär zu so später Stunde mit einem Fremden treffen? Noch dazu kurz, nachdem sein Herr das Haus verlassen hatte? Vielleicht war er als Bote des Fürsten unterwegs, während der sich selbst ein Alibi besorgte. Der Sekretär trat näher zu den Stallungen und lehnte sich schließlich an den Pfosten, hinter dem sich sein Komplize verbarg.

Ich rückte etwas näher heran, vorsichtig darauf achtend, keinerlei Geräusche zu verursachen.

»Wann?«, fragte Curringhams Sekretär in die leere Luft hinein. Dann beugte er sich hinunter und tat so, als ob er sich den Schuh zubinden wollte.

»Noch heute Nacht, vor dem Morgengrauen«, erwiderte die Gestalt im Mantel. Meine Schultern entspannten sich leicht. Das war nicht die dunkle befehlsgewohnte Stimme des Schattens. Wer auch immer das hier sein mochte, er war nicht der bedrohliche Kapuzenmann. Was allerdings nicht hieß, dass er nicht vielleicht für ihn arbeitete.

»Am selben Kai wie beim letzten Mal?«, fragte der Sekretär seinen Stiefel.

Also war das schon einmal vorgekommen. Jetzt musste ich nur noch herausfinden, was genau hier eigentlich vor sich ging.

Zur Antwort warf der Fremde einen kleinen Beutel auf den Boden. Der Assistent schnappte ihn sich sofort und schob ihn in seinen Stiefelschaft. Gleichzeitig zog er ein Bündel Papiere aus seinem Gürtel. Dann stand er auf, lehnte sich gegen den Pfosten und steckte der Gestalt in den Schatten die Dokumente zu.

Ganz kurz sah ich, dass der Mann mit der Kapuze eine Klinge am Gürtel trug, als er nach den Papieren fasste. Der Griff war nicht mit Leder umwickelt oder aus Stahl, sondern aus Holz. Dicke, ineinander verschlungene Zweige bildeten das Heft, das oberhalb der steinernen Klinge saß. Es war eindeutig von Elfen gefertigt worden.

Solche Waffen waren im Reich so gut wie unbekannt. Und die wenigen, die es gab, hingen über den Kaminen reicher Leute, nicht am Gürtel unbekannter Reisender. Kein sterblicher Missetäter würde eine solche Klinge tragen. Und ein Halbling konnte sie sich nicht leisten. Wer auch immer sich unter dieser Kapuze verbarg, kam von jenseits der Brennenden Berge.

Ohne ein Wort verschwand der Fremde wieder in den Schatten an der Auffahrt. Ich wollte ihm folgen, aber dann verharrte ich am Rand des Daches. Mir gingen zu viele Fragen durch den Kopf. Wieso war jemand aus dem Faenland gekommen, um sich mit Curringhams Sekretär zu treffen? Bedeutete es am Ende, dass der Fürst doch ein Bündnis mit den Dunkelfaen geschlossen hatte? War das ein Fae gewesen, den ich beobachtet hatte? Oder ein Elf? Ein Halbling?

Ich brauchte Antworten. Und ich wusste, dass ich sie eher von dem jungen Sekretär bekommen würde als von der Gestalt, die gerade verschwunden war. Zum ersten Mal, seit ich als Klinge unterwegs war, wünschte ich mir, nicht allein zu arbeiten. Eine Partnerin hätte den Jungen beim Herrenhaus beobachten können, während ich seinem Verbündeten hinterherschlich.

Aber ich hatte nun mal keine. Also blieb ich auf dem Dach und wartete darauf, dass sich der Sekretär aus dem Herrenhaus schlich und mich zu dem führen würde, was am Hafen wartete.

Curringhams Sekretär ließ sich erst eine Stunde vor Sonnenaufgang wieder blicken. Ich folgte ihm und hielt dabei so viel Abstand, dass er mich mit seinen sterblichen Sinnen nicht bemerkte und ich ihn dennoch nicht aus den Augen verlor. Er ging zu den älteren Hafenanlagen hinunter, wo die Armen darum bettelten, sich eine Passage mit ihrer Arbeitskraft zu verdienen, und Verbrecher mit Kisten mit gestohlenen Waren vorbeihuschten.

Mit seiner gut geschnittenen Kleidung und den sauberen Stiefeln fiel er in dieser heruntergekommenen Gegend sehr auf. Zerfetzte Segel hingen von den Masten der Schiffe. Die Kais selbst waren auch in schlechtem Zustand; an vielen Stegen waren ganze Planken verrottet. Niemand hatte hier das Geld, sie zu ersetzen.

Der Sekretär ging an Bord eines kleinen Seglers, der *Auriela* hieß – ein schöner Name für ein erbärmliches Boot. Kurz bevor es ablegte, machte ich einen Sprung an Deck und versteckte mich hinter ein paar großen Kisten. Als ich einen Deckel hob, stellte ich überrascht fest, dass sich Vorräte darin befanden. Mehl und Pökelfleisch, Marmelade und Getreide.

Warum sollten die Dunkelfaen mit Vorräten handeln?

Jetzt lauschte ich gespannt. An Bord konnte ich nur zwei Herzschläge wahrnehmen: den gleichmäßigen Puls des Sekretärs und einen leiseren, der vermutlich dem Kapitän gehörte.

Nachdem ich mir die Kapuze so tief heruntergezogen hatte, dass mein Gesicht nicht zu sehen war, wagte ich mich weiter vor.

Erst schlich ich in das kleine Ruderhaus, in dem ein gebrechlicher alter Mann hinter dem Steuerrad stand. Zwar war ich nicht sicher, ob er kräftig genug sein würde, von hier aus gegen die Strömung zum Kai zurückzuschwimmen, aber besser, ich ließ ihm diese Möglichkeit, als ihn gleich meinem Messer zu überantworten. Er hatte nicht einmal Zeit für einen lauten Schrei, als ich ihn aus dem kleinen Unterstand zerrte und ins graue Wasser stieß. Erleichtert sah ich, dass er gleich wieder an die Oberfläche kam. Mit seinen schwachen Armen begann er, zum Hafen zurückzupaddeln.

Der Sekretär hatte nicht einmal gehört, wie der Alte ins Wasser fiel, und das gab mir die Gelegenheit, mir etwas Tauwerk zu schnappen. Er wandte sich um, als ich zu einem Schlag gegen sein Gesicht ausholte und ihm die Seile um den Oberkörper schlang. Zwar wollte er schreien, aber ich ließ eine der kleinen Klingen aus den Lederscheiden unter meinem Ärmel gleiten und drückte sie ihm sofort an die Kehle.

»Du lebst nur, solange niemand mitbekommt, dass ich hier bin«, flüsterte ich kalt.

Er hielt inne und starrte dorthin, wo sich mein Gesicht befand, das er jedoch nicht sehen konnte. Dann stieß ich ihn auf eine Kiste und befestigte das Seil an einem Anker neben dem Mast.

»Wenn du schreist, bringe ich dich um. Kapiert?«

Er nickte.

»Gut. Ich habe gesehen, wie du mit diesem Faenmännchen sprachst. Ich will wissen, worum es ging.«

»Ich habe mir ein paar Elfensachen für eine Rüstung gekauft …« Schnell stopfte ich ihm ein Stück seines Obergewands in den Mund, bevor er einen markerschütternden Schrei ausstieß. Ich hatte ihm mit der Zange aus meinem Stiefel einen Fingernagel ausgerissen.

»Wenn du lügst, wird es nur sehr schmerzhaft werden. Möchtest du es vielleicht mit einer anderen Antwort probieren?« Gleichzeitig setzte ich die Zange am nächsten Fingernagel an.

Er nickte. Langsam zog ich ihm den Knebel wieder aus dem Mund.

»Sie wollten wissen, mit wem sich der Fürst trifft.« Er hustete. »Und wie oft.«

»*Sie?*« Ich hatte nur einen gesehen.

»Manchmal kommt jemand anderes. Ihre Gesichter bekomme ich nie zu sehen, aber der andere war …« Er biss sich auf die Lippe, als wollte er die Worte aufhalten, die aus ihm herausbrachen.

Ich legte den Kopf schräg. »Ein Fae?«

Er zuckte die Achseln.

»Und der heute?« Ich sah ihn mit zusammengekniffenen Augen an. Seine Pupillen waren so geweitet, dass seine Augen beinahe schwarz wirkten. Das Adrenalin, das durch seine Adern strömte, konnte ich geradezu riechen.

»Eher ein Halbling, würde ich sagen.« Wieder hustete er, während er auf seine Hand starrte, von der das Blut heruntertropfte. »Ich habe ihn nur einmal ohne Kapuze gesehen, aber seine Ohren hatten eine gewöhnliche Form.« Nun lehnte er sich gegen die Kiste zurück, um den Abstand zwischen uns beiden möglichst groß zu halten.

Also drückte ich ihm die Hand fester gegen seine Kehle. »Was hast du ihnen sonst noch gesagt?«

»Nicht viel. Manchmal gebe ich ihnen Papiere. Verträge. Aufstellungen über die Ernte. Normalerweise wollen sie nur wissen, welche Lords in der Stadt sind und wer ihnen seine Aufwartung macht.« Es gab viele Gründe, die Cereliath zu einem begehrenswerten Ziel für die Dunkelfaen machten, hauptsächlich, wenn es darum ging, die Versorgung mit Nahrungsmitteln zu stören. Genau, wie der König befürchtet hatte.

»Haben sie gesagt, wieso sie das wissen wollten?« Zwar bezweifelte ich, dass die Faen so dumm gewesen wären, ihre Pläne offen darzulegen, aber fragen schadete ja nichts.

»Nein. Ich habe nicht gefragt.« Seine Stimme zitterte, aber er hob das Kinn.

»Du hast dich nicht gewundert?«, hakte ich nach.

»Mir war es egal«, stieß er hervor. Ich hob die Augenbrauen, aber aufgrund der Kapuze konnte er meine Überraschung nicht erkennen.

»Die Menschen hungern«, fuhr er fort. »Überall in der Stadt liegen Tote, so ausgemergelt, dass sich nicht einmal die Aasvögel für sie interessieren. Sie liegen einfach nur da und verfaulen.« Sein Atem ging stoßweise, aber er versuchte trotzdem, die Zähne zusammenzubeißen.

»Und der Fae von heute Abend? Will der vielleicht dafür sorgen, dass das aufhört?« Ich verschränkte die Arme, hielt aber das dicke Seil weiter fest, mit dem ich dem jungen Mann die Arme an den Körper gefesselt hatte. Allerdings war er ohnehin vernünftig genug, sich nicht zu bewegen.

»Das will er. Er und der Schatten.« Er bemühte sich nicht einmal, seinen Zorn zu verbergen.

»Der Schatten?«, wiederholte ich.

Er nickte steif.

»Woher weißt du, dass dieses Männchen mit dem Schatten zusammenarbeitet?«, fragte ich und zog ihn etwas weiter zu mir heran. »Bist du ihm einmal begegnet?«

Er schüttelte den Kopf. »Das weiß ich nicht. Sie nennen keine Namen. Aber diese Kisten«, er stieß mit dem Hacken gegen die, auf der er hockte, »sind randvoll mit Lebensmitteln. Um die Hungernden zu versorgen. Sterbliche. Halblinge. Das spielt keine Rolle. Es ist für alle mit leerem Magen.«

»Und der Schatten hat behauptet, das würde er tun?« Ich presste die Lippen zusammen. Bisher hatte ich noch nichts davon gehört, dass mein Gegner sich in Mildtätigkeit übte.

»Nicht so direkt«, sagte er und zuckte die Achseln. »Aber überall in der Stadt flüstern die Leute seinen Namen. Bei jedem Sack mit Vorräten, der ausgeliefert wird, sprechen die Leute Dankesgebete für den Schatten. Bisher hat niemand anders behauptet, dafür verantwortlich zu sein, weil niemand weiß, dass es überhaupt geschieht.« Jetzt zog ein leises Lächeln über sein Gesicht.

»Curringham weiß davon nichts?«

Der junge Mann schnaubte. »Curringham ist völlig egal, was mit den Armen passiert. Er verbringt seine Zeit in Cereliath damit, das Elend zu ignorieren, er schließt sich im Herrenhaus ein und tut so, als ob außerhalb seiner Mauern alle genug zu essen hätten. In seiner eigenen Stadt ist es sogar noch schlimmer. Dort geht die Hälfte der Bevölkerung hungrig zu Bett. Säuglinge sterben, weil die Mütter vor lauter Hunger keine Milch haben. Kinder von sechs Jahren arbeiten schon auf den Feldern vor dem Landsitz des Fürsten, um ihre Familien zu ernähren.« Er krauste die Nase und biss sich auf die Lippe.

Ich lockerte meinen Griff um das Tau. Mein Magen war so aufgewühlt wie die Wellen, die gegen das Boot schlugen. Noch immer hatte ich den Todeshauch der Stadt in der Nase. Als ich die Augen schloss, sah ich am Rand der Straße nach Cereliath die vielen Halbtoten liegen, die sogar zum Betteln zu schwach waren. Zu schwach für jede Hoffnung.

Aber ich schluckte die Erinnerung herunter und packte wieder das Seil, dann öffnete ich die Augen und sah den Jungen vor mir an. Es spielte keine Rolle, dass ich seinen Zorn nachvollziehen konnte. Es spielte keine Rolle, dass ich ihm beipflichtete. Ich war immer noch die Klinge.

»Dann hast du dich an die Faen gewandt?«, fragte ich mit zusammengebissenen Zähnen.

Er schüttelte den Kopf. »Sie kamen zu mir. Nach ein paar Treffen begriff ich, dass sie die Einzigen waren, die wirklich zu helfen versuchten. Wie hätte ich mir anmaßen können, sie zu verurteilen, wo doch mein eigener Fürst sich von seinem Volk abgewandt hatte?« Jetzt sah er zum Hafen hinüber, zu Gut Erntereich. Am Schimmer in seinen Augen konnte ich ablesen, dass er den Herrensitz am liebsten niedergebrannt hätte.

»Wann hast du angefangen, für sie zu arbeiten?«, fragte ich. Schnell sah er wieder mich an.

»Ich arbeite nicht für sie …« Mein Messer schob sich wieder gegen seine Kehle. »Dieses Frühjahr«, brachte er krächzend heraus.

»Wer seinen Lord verrät, verrät die Krone«, erinnerte ich ihn. Er nickte, und seine Augen ruhten auf der Klingenspange an meinem Mantel. Als er wieder unter meine Kapuze zu spähen versuchte, lag eine neue Härte in seinen Augen, die zuvor nicht zu sehen gewesen war.

»Mich hat mein Fürst verraten, als mein kleiner Bruder im letzten Winter in seinem Bettchen verhungert ist«, entfuhr es ihm, und jetzt stemmte er sich zum ersten Mal gegen seine Fesseln. Ich stieß ihn zurück und drückte fester zu. Eine dünne rote Linie zeigte sich entlang der Schneide.

»Unabhängig von deinen Gründen darf Verrat nicht ungestraft bleiben«, sagte ich. Die Worte hinterließen einen bitteren Geschmack in meinem Mund. Doch ich schluckte den Schmerz herunter und versuchte, nicht an das zu denken, was er über seinen Bruder gesagt hatte.

»Seltsam, dass es Verrat genannt wird, wenn wir die Armen speisen, während die Krone ihr Volk verhungern lässt und dann vom göttlichen Recht des Königs spricht.«

Darauf antwortete ich nicht.

»Wenn wir uns nicht wehren, wer wird den König zur Verantwortung ziehen?«, fragte er. Bei seinen Worten erstarrte ich; sie waren wie ein Echo einer Bemerkung, die ich einmal selbst vor langer Zeit gemacht hatte. Das Echo eines Versprechens, das ich so sehr zu vergessen suchte.

Ich studierte sein Gesicht. Seine Augen waren freundlich und rund, dunkel wie sein Haar und seine Augen. Er konnte nicht älter als zwanzig sein. So jung und doch schon so voller Zorn. Es war ungerecht, was dieses Reich aus herzensguten Leuten machte. Sie waren entweder die Ersten, die starben, oder die Ersten, die verdarben.

Nach einem tiefen Atemzug fragte ich: »Wie heißt du?«

»Rylan Porter«, sagte er selbstbewusst, als ob er spürte, was nun kommen würde.

»Rylan Porter«, wiederholte ich, dann nahm ich den Anker in die eine und das Tau in die andere Hand. »Die Klinge des Königs gewährt dir diese Gnade.« Damit stieß ich ihn und den Anker über Bord, riss aber gleichzeitig ein Wurfmesser aus meinem Gürtel. Die kurze Klinge bohrte sich in sein Auge, bevor ihn das Gewicht unter Wasser zog.

Immerhin ließ ich ihn nicht ertrinken.

SECHS

Das Boot vertäute ich an einem Kai in einer reicheren Gegend, und dem Hafenmeister drückte ich genug Geld in die Hand, dass er darüber Stillschweigen bewahrte. Die Kisten, so sagte ich ihm, würde später jemand abholen. Eine Freundin Victorias leitete ein Refugium in Cereliath. Sie würde dafür sorgen, dass die Vorräte in die Hände der Bedürftigen gelangten.

Anschließend schlich ich durch die Stadt nach Gut Erntereich zurück, um Curringham weiter zu beobachten, hielt mich dabei in den Schatten und schlug einen Bogen um die Hungernden, die auf den Straßen schliefen. Der Fürst stand noch später auf als sonst, und als er von einem Bediensteten erfuhr, dass Rylan an diesem Morgen nicht erschienen war, schien ihn das nicht weiter zu kümmern.

»Besorgt Ersatz«, sagte er lediglich.

Gegen Mittag war ich mir sicher, dass Curringham nichts von den Faen wusste und keine Ahnung hatte, dass sein früherer Sekretär jetzt auf dem Grund des Kanals lag. Als seine neue Kurtisane erschien, packte ich meine Weinschläuche zusammen und beschloss, ins Gasthaus zurückzukehren, um etwas Schlaf nachzuholen.

Ich glitt eine der steinernen Säulen hinunter und sprang dann auf die Mauer, die den Garten von der Auffahrt für die Kutschen trennte. Sie war von hohen Bäumen gesäumt, und die dicken Äste boten mir die perfekte Deckung, als ich oben auf dem steinernen Sims zum Markt zurückhuschte.

Im Gasthaus angekommen, ließ ich mir einen Krug Wein auf mein Zimmer bringen und orderte heißes Wasser für ein Bad. Dann saß ich in der Wanne, bis die Kerzen heruntergebrannt waren, und starrte Rylans Namen an. Ich hatte mir die winzigen, verschlungenen Buchstaben in die Armbeuge geritzt. Die roten Linien auf den Flammenwirbeln würden allmählich verblassen. Mit seinem Namen war das Muster auf meinem linken Arm komplett.

Bernsteinfarbenes Blut sammelte sich auf meiner Haut, und als es auf den Schnitten allmählich eintrocknete, färbte es sich braun. Ich tauchte meinen Arm ins kühle Wasser und sah zu, wie sich das Blut im Becken auflöste.

Den Kopf auf den Wannenrand gelegt, starrte ich zur Decke hinauf; sobald ich mich bewegte, sorgte das abgekühlte Wasser überall an meinem Körper für eine Gänsehaut. Eigentlich hätte ich längst aus dem Bad kommen und mich anziehen sollen, aber mir hallten noch immer Rylans Worte durch den Kopf, zu heftig und zu laut, als dass ich sie hätte überhören können.

Wer wird den König zur Verantwortung ziehen?

Dieser Satz katapultierte mich dreißig Jahre zurück, während ich mit dem Finger den einen Namen nachzog, der auf meinem Unterarm stand. Den Namen, der mir nicht mehr über die Lippen wollte.

Erinnerungen überkamen mich wie eine Springflut. Ich befand mich in meinem Zimmer beim Orden. Der winzige Raum war in den Jahrzehnten meiner Ausbildung auf der Insel alles gewesen, was mir gehörte. Das Mondlicht fiel aufs Bett, während ich stundenlang wach dalag, obwohl wir Novizinnen eigentlich längst hätten schlafen sollen. *Sie* lag neben mir. Wie sie es immer tat. Ihr blondes Haar kitzelte mich im Gesicht, während wir flüsternd darüber sprachen, wie sehr wir den König verabscheuten. Und die Krone.

Ich hatte ihr dieselbe Frage gestellt. *Wer wird den König zur Verantwortung ziehen?*

Ihre Antwort verfolgte mich immer noch, nach all den Jahren.

Wir.

»Möchtet Ihr noch mehr Wein?«, dröhnte die heitere Stimme des Schankmädchens in meinem Kopf. Ich hielt ihr den Kelch hin, den ich aus meinem Zimmer mitgenommen hatte, damit sie mir nachschenkte. Mit ungläubigem Blick goss sie mir ein, hielt aber inne, als der Kelch erst halb voll war. Ich starrte sie böse an. Daraufhin stellte sie den Krug auf dem Tisch ab und eilte in die Küche, um mein Essen zu holen.

Mein Bad lag schon mehrere Stunden zurück. Wie viele, das wusste ich nicht genau, aber die Sonnen standen noch am Himmel und tauchten den Boden in goldenes Licht. Meine Arme waren steif vom kalten Wasser, als ich den Becher an die Lippen hob. Mein Magen knurrte, weil er sich offenbar eher feste Nahrung wünschte, aber der Wein beruhigte den pochenden Schmerz in meinem Kopf.

Die junge Bedienstete kam mit meiner Mahlzeit zurück. Ihr Gesicht war leicht gerötet, und sie verbarg die Augen hinter dem langen Haar. Schweigend stellte sie eine Schale dampfender Suppe vor mich hin, und ein Duft von ausgewählten Gewürzen und herzhaftem Kürbis stieg daraus auf. Das Gasthaus war sicher nicht die erste Adresse und wurde vor allem von Halunken und Halsabschneidern frequentiert, aber die Küche war eine der besten in der ganzen Stadt. Ein kleiner Trost, der die schlecht ausgestopften Matratzen ein wenig ausglich.

Ich schlürfte meine Suppe von einem Holzlöffel und probierte mich durch die Auswahl an Käse und Fleisch, die das Mädchen mitgebracht hatte. Mein Magen beruhigte sich, und das Essen lag üppig und schwer auf meiner Zunge. Wann ich mich das letzte Mal hingesetzt hatte, um in Ruhe zu essen, konnte ich nicht mehr sagen. Also ließ ich mir Zeit und genoss die Aromen, während das Feuer im Kamin allmählich herunterbrannte. Die Schemen, die mich ablösen sollten, würden im Lauf der nächsten Woche hier auftauchen, und bis dahin würde ich Gut Erntereich selbst weiter überwachen, um zu sehen, ob der geheimnisvolle Faenmann für ein weiteres Treffen mit Rylan zurückkehrte.

Unwahrscheinlich, dachte ich bei mir.

Die Dunkelfaen waren uralt. Die Ältesten unter ihnen zählten mehr als achttausend Jahre. Es spielte keine Rolle, wer unter diesem Mantel gesteckt haben mochte – es war närrisch, auf seine Rückkehr zu hoffen. Wer jahrtausendelang am Leben geblieben war, verstand etwas von Selbsterhaltung. Ganz sicher wussten diese Leute, dass der Junge tot war und dass Rylans Mörder nur darauf warten würde, dass sie einen Fehler machten.

Und das bedeutete, dass ich in einer Sackgasse steckte. Es sei denn, dass mir etwas einfiel, um sie aus ihrer Deckung zu locken – aber ich hatte nichts zu bieten. Ihre Kontaktperson war tot. Und selbst wenn ich Rylan nicht getötet hätte – er hatte schon in dem Augenblick keinen Nutzen mehr gehabt, als ich ihn dabei beobachtet hatte, wie er mit einem Kerl sprach, der eine Elfenklinge trug.

»Nächste Woche kommt eine neue Ladung rein«, hörte ich jemanden in der fast leeren Schankstube flüstern. Es lag etwas Verzweifeltes in diesen Worten. Langsam ließ ich die Gabel sinken, dann lehnte ich mich zurück, ließ die Hände auf dem Bauch ruhen und schob meine Schultern in die Richtung, aus der die Stimme erklungen war.

Sie gehörte einem riesigen Mann, der sich über ein kleines Tischchen beugte. Er hatte enorm breite, schwielige Hände und gebräunte, wettergegerbte Haut, die sein blondes Haar betonte. Sein Begleiter war ganz und gar sein Gegenteil. Er war so winzig, dass seine Füße ein gutes Stück über dem Boden schwebten, wie er da so auf dem gepolsterten Sitz seines Stuhls saß. Seine Nase war schief, und er sah sich mit großen Augen im Schankraum um.

Keinen der beiden hatte ich vorher schon einmal gesehen.

»Das behauptest du. Die letzte ist nie angekommen«, erwiderte der Kleine. Seine Lippen bewegten sich dabei kaum, und er hatte das Gesicht von seinem Kameraden abgewandt. Höchstwahrscheinlich hatte außer mir und seinem Freund niemand mitbekommen, dass er überhaupt etwas gesagt hatte.

»Wahrscheinlich gab es auf dem Weg irgendwo Ärger«, gab der Große zurück, zog eine Augenbraue in die Höhe und kniff die Lippen zusammen. Für ihn war Ärger gleichbedeutend mit Tod.

Wie Rylan und seine ausbleibende Lieferung.

»Wir haben nicht einmal Platz, irgendetwas davon zu lagern. Ich hatte dir doch gesagt, du hättest ihm absagen sollen.« Der Sprecher fuhr leicht zusammen, versuchte das aber zu überspielen, indem er die zierliche Hand hob und sich an der Narbe an seiner Nase kratzte.

»Wir kommen schon zurecht. Die Menschen hungern, und der Winter steht vor der Tür. Willst du, dass es wieder so wird wie letztes Jahr?« Der Große schlug mit der riesigen Faust auf den Tisch, der daraufhin erzitterte. Der Kleine fasste schnell nach der Hand, um seinem Gegenüber Einhalt zu gebieten, während er ruckartig über seine Schulter blickte, ob sie auch nicht beobachtet wurden.

Ich tat, als ob ich gähnen müsste, und streckte einen Arm aus, während ich einen Schluck aus dem Kelch nahm. Dann ließ ich mich auf dem Stuhl zurücksinken und senkte das Kinn gegen die Brust, als ob ich döste. Der Kleine wandte sich prompt wieder an seinen Freund.

»Aber wenn wir es nicht verstecken können, dann wird es jemand finden, und was nützt es dann noch?«

»Wir können *ihn* um Hilfe bitten«, sagte der Große, der jetzt ebenfalls nur noch gedämpft sprach. »Vielleicht hat er einen zweiten Platz, den wir benutzen könnten.«

Unter meiner Kapuze spähte ich zu den beiden hinüber. Der Kleine schwenkte unter dem Tisch die Beine und schüttelte den Kopf. »Wieso willst du einem Mann vertrauen, dem du noch nie begegnet bist?«

Meine Ohren zuckten, und beinahe hätte ich mich unwillkürlich aufgerichtet.

»Das stimmt ja nicht«, gab der andere zurück. »Wir haben uns schon getroffen.«

Es lag eine leichte Anspannung in seiner Stimme und in dem abwehrenden Schulterzucken, das seine Worte begleitete. Vielleicht würde ich Rylan als Köder gar nicht brauchen.

»Solange du noch nie sein Gesicht gesehen hast, bist du ihm nicht wirklich begegnet.« Der Kleine beugte sich über dem Tisch vor. »Dann hast du keine Ahnung, wie er aussieht oder wie er heißt.«

Noch bevor der Große antwortete, wusste ich, von wem die Rede war.

Vom Schatten.

Ohne nachzudenken stand ich auf und durchmaß den Raum in fünf Schritten. »Ihr redet vom Schatten«, sagte ich. Es war keine Frage.

Der Kleine erstarrte auf seinem Stuhl, während der Große herumfuhr, als ob er mich angreifen wollte, aber ich war schneller. Mit einem Ruck hatte ich den Tisch hochgerissen und ihm aufs Knie geknallt. Er stürzte nach vorn, und ich packte seinen Kopf. Eine dünne Rasierklinge blitzte zwischen meinen Fingern auf, und der große Kerl blinzelte, als er das Metall schimmern sah. Dann zog ich meinen Dolch aus der Scheide und richtete die Spitze auf seinen kleinen Kumpan.

»Eine Bewegung, und du bist tot«, warnte ich.

Der Kleine nickte. Die Augen des Großen zuckten zwischen meiner Klinge und meiner Kapuze hin und her. Ich drückte ihm den Stahl gegen die Brust. »Kapiert?«, zischte ich und stieß ihn hart zurück auf seinen Stuhl.

»Ja«, hauchte er. Jetzt hatte er die Schließe meines Mantels bemerkt, und ihm trat der Schweiß auf die Stirn. Ich sah, wie die Pulsader an seinem dicken Hals pochte.

»Ich weiß, dass ihr vom Schatten sprecht«, sagte ich wieder.

»Wir haben nicht vom Schatten …« Ich unterbrach den Kleinen, indem ich ganz leicht mit der Dolchspitze zustach. Er stieß einen hellen Schrei aus und sprang so ruckartig auf seinen Stuhl zurück, dass die Lehne gegen die Wand krachte.

»Ist mir egal.« Angesichts des wimmernden kleinen Manns, der sich jetzt wie ein Ball auf dem Stuhl zusammengerollt hatte, verdrehte ich die Augen. »Ich werde euch nicht dem König ausliefern … Aber ich habe eine Botschaft für den Schatten, die ihr ihm gefälligst überbringen werdet, wenn ihr ihn das nächste Mal seht.«

»Wir können ihn nicht töten!«, kreischte der Kleine, der sich die Hände mit gespreizten Fingern vors Gesicht hielt. Dahinter sah man die weit aufgerissenen Augen, die von dünnen roten Linien umgeben waren.

Mit einem verächtlichen Schnauben schüttelte ich den Kopf.

»Ihr müsst ihn auch nicht töten«, sagte ich und senkte den Dolch. Der Kleine sah vorsichtig zu mir auf. »Ihr sollt ihm nur etwas von mir ausrichten.«

»Was denn?« Der große Kerl warf sich in die Brust. Er musterte mich, sah an meinem dunkelbraunen Zopf entlang und versuchte, unter die Kapuze zu spähen. Dann entdeckte er das silberne Schwert, aber er vermied es, mir in die Augen zu sehen.

Ich gönnte mir ein verächtliches Lächeln, auch wenn die beiden es nicht sehen konnten.

»Sagt ihm, dass die Klinge des Königs eine Revanche verlangt.«

SIEBEN

Die Tage vergingen, ohne dass jemand bei Gut Erntereich erschien. Ich verbrachte zwanzig Stunden am Tag damit, dort auf dem Dach zu hocken und mich vor den Sonnen und den Blicken der Menschen in Deckung zu bringen. Kein Verschwörer mit Elfenklinge. Kein Schatten. Überhaupt niemand Auffälliges.

Ich trank einen Schluck Wein. Die zweite Sonne verschwand hinter dem Horizont, und eine kühle Brise strich über meine aufgeheizte Haut. Ich musste dem Schatten Einhalt gebieten. Noch ein Angriff gegen die Krone, und der König würde mich bestimmt ausmustern.

Dabei ging es mir nicht so sehr um meinen eigenen Kopf. Auf gewisse Weise hätte ich einem Strick um dem Hals sogar mit einem Gefühl der Erleichterung entgegengesehen, aber hier stand mehr auf dem Spiel als mein Leben. Ich tötete nur jene, die ich unbedingt töten musste. Die, deren Namen mir der König gab. Wenn ich jemanden verschonen konnte, tat ich das. Gleichzeitig ließ ich den Refugien heimlich Geld zukommen, damit man dort Halblinge verstecken und ernähren konnte. Gerarda würde anders vorgehen, wenn sie zur Klinge ernannt wurde. Sie würde jeden erschlagen, der ihr bei der Erfüllung eines Auftrags im Weg stand, um ihrem König zu dienen.

Durch das Blut, das ich vergoss, war ich verflucht. Aber ich vergoss weniger als andere.

Und weniger, als der König dachte. Angesichts der vielen Leben, die ich beendete und die ich vernichtete, war es eine erbärmliche Buße. Aber es war immerhin etwas. Ich würde nicht zulassen, dass der Schatten die winzige Verbesserung, die ich hatte bewirken können, zerstörte.

Nicht, bevor ich mein Versprechen erfüllt habe, dachte ich. Wieder setzte ich den Weinschlauch an die Lippen und trank, bis der Gedanke weggewaschen war. Was nützte Wein, wenn er die Erinnerung an mein schlimmstes Versagen nicht vertreiben konnte?

Unter mir war zu hören, wie Curringham sich zu Bett begab und seine Diener sich zurückzogen. Die Öllampe, die weiche orangefarbene Lichtstreifen um sein Fenster zeichnete, verlosch. Einige Minuten später hörte ich das vertraute an- und abschwellende fürstliche Schnarchen.

Ich stand zu schnell auf und konnte gerade noch mit ausgestreckten Händen das Gleichgewicht halten, als das Dach unter meinen Füßen schwankte. Meine Weinschläuche lagen leer neben mir. Wenn ich jetzt nicht schnell ins Bett kam, würde mich schon bald ein hämmernder Kopfschmerz quälen.

Eine winzige Bewegung erregte meine Aufmerksamkeit. Ein Diener kam aus dem Seiteneingang und rannte über die gepflasterte Auffahrt. Das allein war nicht ungewöhnlich, aber eben dieser Diener war erst drei Minuten zuvor beim Herrenhaus angekommen, und jetzt waren seine Kleider völlig in Unordnung und er sechs Zoll größer.

Der falsche Diener lief schnell und sah über seine Schulter, als ob er fürchtete, verfolgt zu werden. Wäre er so schlau gewesen, auch nach oben zu blicken, hätte er mich vielleicht entdeckt.

Ich blieb ihm auf den Fersen, indem ich erst auf Curringhams Balkon und dann auf den darunter sprang. Vorsichtig ließ ich mich zu der Mauer hinab und fuchtelte mit den Armen, um nicht abzustürzen. Dass dieser falsche Diener aber auch aufkreuzen musste, *nachdem* ich meinen Wein geleert hatte!

Zweimal sah er sich noch um, während ich ihm über die Mauer folgte. Die Bäume verbargen mich, aber es war etwas Seltsames an seinem Gang. Er kam nicht außer Atem, und seine Schritte waren im Vergleich mit seinen rudernden Armbewegungen viel zu sicher. Seine Gesichtszüge konnte ich nicht erkennen, aber ich war fest überzeugt, dass dieser Mann nicht im Herrenhaus arbeitete.

Es war eine Finte. Noch dazu eine ziemlich offensichtliche.

Am Ende der Mauer hielt ich inne und sah dem Mann nach, wie er den Kutschweg überquerte und in Richtung Innenstadt marschierte.

Es war eine Falle.

Und wer auch immer auf mich wartete, hatte höchstwahrscheinlich nicht so viel Wein getrunken. Ich schwankte bei jedem Schritt, und ich war langsam. Zu langsam zum Kämpfen.

Mit zusammengebissenen Zähnen beobachtete ich, wie der Mann in den Schatten der großen Durchfahrtsstraße im Kaufmannsviertel verschwand. Falls es der Schatten war, durfte ich mir diese Gelegenheit nicht entgehen lassen.

Er oder ich. Nichts sonst spielte eine Rolle.

Nach einem Sprung von der Mauer rannte ich dem falschen Diener hinterher. Meine Beine waren schwer. Mir schmerzten die Finger, als ich mich aufs Dach einer Reihe von Geschäftshäusern zog. Es war nicht schwer, den Mann wieder zu entdecken; er war langsamer geworden. Er sah sich in alle Richtungen um, als versuchte er, mich irgendwo in der Menge zu erspähen. Dabei stieß er mit Karren und Passanten zusammen. Er sorgte dafür, dass ihm leicht zu folgen war.

Der Wein machte sich in meinem Magen bemerkbar. Ich presste mir kurz die Faust gegen den Mund und kämpfte den Drang nieder, mich zu übergeben. Dabei glitt ich auf dem Dach aus und fiel auf den Rücken, rutschte auf die Kante zu. Verzweifelt tastete ich umher, um etwas zum Festhalten zu finden, und bekam einen kleinen Schornstein zu fassen, an dem ich mich wieder in die Höhe ziehen konnte. Dann kroch ich vorsichtig über die Dachziegel und spähte über die Traufe nach unten.

Niemand sah zu den Dächern empor oder flüsterte mit anderen Umstehenden. Der falsche Diener war gerade eben noch auszumachen und hatte den Kopf zur Seite gedreht. Mit dem Sturz hatte ich meine Nüchternheit ein wenig zurückgewonnen. Mir war heiß, aber ich war konzentriert. Und ich rutschte auch kein zweites Mal aus, als ich von einem Dach zum nächsten sprang, um dem geheimnisvollen Mann zu folgen.

Wir durchquerten schließlich die ganze Stadt, bis wir zu einem verlassenen Tempel kamen. Ich sah, wie der Mann die Ketten von der Tür zog – ein Schloss, das sie zusammengehalten hätte, gab es nicht – und sie gerade eben weit genug aufstieß, um hindurchschlüpfen zu können. Oberhalb der Tür war ein Fenster eingelassen, dessen Glasscheibe zerbrochen war, sodass es nicht mehr war als ein Loch in der Wand. Ich zog zwei spitze Messer aus meinem Gürtel und zurrte meine Kapuze fest, dann rannte ich so schnell ich konnte an dem heiligen Haus entlang und tat einen mächtigen Sprung. Um noch ein Stückchen höher zu kommen, federte ich mich vom Türrahmen ab und schlug dann die Klinge in die Mauer, um mich festhalten zu können. Die zweite klemmte ich etwas weiter oben fest und zog mich so bis zum Fenstersims hinauf.

Ein langer Blick ins Innere verriet mir, dass der Tempel aus einem einzigen großen Raum bestand. Das Mondlicht fiel durch die hohen Fenster und brach sich auf aufgewirbelten Staubwölkchen. Der Mann war verschwunden. Hatte sich durch eines der kaputten Fenster davongemacht. Eine leichte Brise rührte an einem lilafarbenen Banner, das an der Kanzel hing. Es war ausgeblichen und eingerissen, aber das Symbol darauf – ein langer, mit Goldfaden gestickter Pfeil – war noch zu erkennen.

Ich beugte mich ein wenig über meinen Ausguck hinaus. Das

alles hier war kein Zufall. Der Mann hatte mir die Verfolgung ganz offensichtlich leicht gemacht, und dann war er verschwunden, kaum dass die Gegend so einsam wurde, dass uns kaum noch Leute sahen oder hörten. Jetzt, nach Sonnenuntergang, waren die Hafenarbeiter nach Hause gegangen und auch sonst kaum noch Leute unterwegs. Es war die perfekte Zeit für einen Überfall.

Jemand wollte mit mir spielen.

Mit einem Ruck zog ich die Zwillingsklingen aus den Scheiden auf meinem Rücken und sprang hinunter, um mit dumpfem Laut auf der Kanzel zu landen.

»Wie ich hörte, wolltest du eine Revanche«, sagte eine tiefe Stimme aus einer Ecke des Tempels, und mein Rücken versteifte sich. Diese Stimme kannte ich noch von unserem Kampf in Volcar.

Der Schatten war ebenso in Schwarz gehüllt wie ich. Seine hohe Gestalt lehnte lässig an einer Säule. Er hatte die Arme verschränkt und hielt nicht einmal das Schwert angriffsbereit; es steckte noch in der Scheide auf seinem Rücken, wie ich an dem Griff sah, der hinter seinem Kopf aufragte. Das Gesicht konnte ich unter der Kapuze nicht erkennen, aber ich wusste trotzdem, dass er lächelte.

Er verspottete mich.

Nun sah ich die Ähnlichkeiten, die auch Gerarda aufgefallen waren. Seine Kapuze hatte genau dieselbe Form wie die der Schemen – oder auch meine. Allerdings war sein Mantel aus einem anderen Material, das irgendwie dunkler aussah. Er trug sogar schwarze Hosen und ein ebensolches Obergewand.

Ich musste ihn unbedingt nach seinem Schneider fragen, bevor ich ihn tötete.

»Schön zu hören, dass meine Botschaft angekommen ist«, sagte ich, während ich die Klinge in der linken Hand kreisen ließ und ihr Gewicht im Handgelenk spürte.

»Es wäre unhöflich, die Bitte der Klinge des Königs zu ignorieren«, sagte er achselzuckend. Ich verdrehte mir den Hals geradezu, als ich darauf wartete, dass er einen Schritt auf mich zu tat.

»Also bist du so erpicht darauf zu sterben?« Kurz hielt ich den Atem an und lauschte, ob sich Komplizen in den Schatten verbargen, aber außer seinem und meinem Herzschlag hörte ich nichts.

»Bist du denn sicher, dass du mich töten *kannst*?«, fragte er und zog langsam das Schwert hervor.

Er tat einen einzigen Schritt in meine Richtung.

»Bist du denn so sicher, dass nicht?«, fragte ich und hob meine Klingen.

»Möge der Sieg an denjenigen gehen, der ihn verdient hat«, sagte er.

Dann griff er an.

Nach sechs Schritten Anlauf tat er einen langen Sprung, riss die Arme über den Kopf und holte mit dem Schwert nach mir aus. Ich duckte mich zur Seite und lenkte seinen Schlag ab. Dann drehte ich mich auf dem Fußballen einmal um mich selbst, und meine Klinge nahm seine Beine zum Ziel.

Er machte einen Satz zurück, aber ich erwischte gerade noch seinen Stiefel. Ein kleiner Schnitt im Leder, nicht tief genug, um seine Haut zu ritzen. Als ich mich aufrichtete, griff er schon wieder an.

Geduckt stach ich nach ihm, und er wich zurück.

Mit einem Schritt trat ich näher an ihn heran, sodass er weniger Raum bekam, die Länge seines Schwerts auszuspielen. Jeder Schlag, den er tat, wurde dadurch zum Risiko. Dennoch holte er aus, aber ich parierte mit meiner eigenen Klinge. Wie erstarrt standen wir da, unser Atem vermischte sich. Er war groß, viel größer als ich.

Wieder schlug er zu. Ich wich seitlich aus und ließ zwei schnelle Hiebe meiner Schwerter folgen.

Er sprang über sie hinweg. Für einen Kerl seiner Größe war er schnell.

»Wir sind jetzt schon über eine Minute dabei, und du hast mich noch nicht bluten lassen«, stichelte er.

»Und wieder scheinst du so erpicht auf deinen Tod«, stieß ich hervor. Jeder Atemzug brannte in meiner Kehle, und mein Kopf dröhnte.

»Der Tod ist die einzige Gewissheit in diesem Leben«, erklärte er und nahm sein Schwert in die andere Hand, während wir uns umkreisten. Ich tat einen Schritt zurück. »Von der Klinge des Königs hätte ich mehr erwartet. Solche Hiebe habe ich schon als Lehrjunge abgewehrt.«

Ein Fauchen drang aus meiner Kehle, bevor ich mich mit aller Kraft auf ihn stürzte, aber er parierte jeden Stoß und jeden Hieb.

Es war wie ein Tanz, bei dem wir uns durch den ganzen Raum bewegten, tödlichen Hieben auswichen und ebensolche austeilten.

Ein neuerlicher Schlag. Ich geriet ins Stolpern, und seine Klinge zischte nur wenige Zoll an meinem Hals vorüber.

Ich sah, wie der blitzende Stahl von meinem Atem beschlug.

Den nächsten Hieb konnte ich abwehren und etwas mehr Abstand zwischen uns bringen, aber er setzte mir sofort wieder nach, und sein Schwert fuhr kraftvoll auf mich herab. Mit einer schnellen Drehung tauchte ich unter seinem Arm hindurch und rannte zu einer der Bänke, die noch in dem alten Tempel standen. An seinem keuchenden Atem hörte ich, dass er direkt hinter mir war.

Ich schnellte von der Lehne einer Bank in die Höhe und federte mit einem Überschlag über den Kopf meines Gegners. Er drehte sich zu langsam um. Mit einem Tritt gegen sein Handgelenk stieß ich ihm das Schwert aus der Hand und ließ es durch den ganzen Raum segeln.

Er versuchte nicht, die Waffe wiederzuerlangen, sondern stürzte sich auf mich, packte mein Handgelenk und entriss mir eine meiner Klingen. Mit der anderen versuchte ich, nach seinem Hals zu schlagen. Er fing meinen Unterarm auf halber Strecke ab, und ich fuhr zusammen. Jetzt schon konnte ich spüren, wie an der Stelle, an der er mich gepackt hatte, eine Prellung entstand.

Sein Knie krachte in meinen Bauch. Und zwar heftig. Mir schoss die Luft aus den Lungen, und mein Schwert fiel mir klappernd aus den Händen. Der Schatten lief bereits zu der Stelle, an der seine Waffe lag.

Ich riss ein Wurfmesser aus meinem Ärmel und schleuderte es hinter ihm her. Es hinterließ einen Schnitt auf seiner Hand. Im Dunkeln konnte ich die Farbe seines Bluts nicht erkennen.

Es war mir auch egal. Ich hatte ihn zum ersten Mal bluten lassen.

»Irgendwelche Vorlieben, was die Todesart betrifft?«, fragte ich herausfordernd und rang nach Luft.

Er verharrte wie erstarrt.

»Nein. Aber ich wüsste gern, *wieso* du mich töten willst«, sagte er und wandte den kapuzenverhüllten Kopf in meine Richtung.

»Weil der König es befiehlt«, sagte ich schlicht und bereitete mich auf den nächsten Angriff vor.

»Träumst du nicht davon, dem König *nicht* zu dienen?« Seine Stimme war dunkel und ruhig. Mir stellten sich die Haare im Nacken auf. Wusste er, wie oft ich vor dem König gestanden und mir vorgestellt hatte, dass einer meiner Dolche aus seiner Brust ragte?

»Das ist ja die Sache mit so einer Krone«, flüsterte ich. »Wenn ein Kopf fällt, setzt man sie einfach dem nächsten auf.«

Er hielt inne. Sein Gesicht konnte ich nicht sehen, aber ich spürte, dass er mich musterte. Mir stockte der Atem.

»Nur, wenn eine Krone bleibt, die jemand beanspruchen kann«, erwiderte er nach einem kurzen Augenblick. Dann beugte er sich vor, und fast hätten seine Finger nun sein Schwert berührt.

Mit einem langen Hechtsprung stieß ich die Klinge aus seiner Reichweite. Er trat nach mir, und ich machte einen Satz zur Seite, verdrehte mir aber dabei den Fuß. Durch den Wein war ich doch unsicher auf den Beinen. Und so stürzte ich gerade in dem Moment, als sich der Schatten aufrichtete.

Hastig stieß ich mich vom Boden ab und riss die Hände über den Kopf, dann landete ich wieder auf beiden Füßen. Und er stürzte sich jetzt unbewaffnet auf mich. Es blieb keine Zeit, meinen Dolch zu ziehen, ich duckte mich nur.

Wieder schlug er zu, und ich trat beiseite. Holte selbst aus. Jetzt wich er aus, und dann flogen die Fäuste. Da mir der Wein die Sinne vernebelte, war er mir durchaus gewachsen.

Ich betrachtete seine Haltung ganz genau. Er machte sichere, gleichmäßige Schritte und hielt die Schultern aufrecht; dabei schien er keine Seite und kein Knie zu bevorzugen.

Er sprang vor. Ich glitt nach links. Aber er hatte das erwartet und den Sprung nur angetäuscht, sodass er mich jetzt gegen die Säule stoßen konnte, vor der ich stand. Die verputzte Oberfläche knackte, als mein Hinterkopf dagegenschlug. Schwarze Flecken tanzten durch mein Blickfeld. Als sie sich wieder verzogen, erhaschte ich ganz kurz einen Blick auf seine dunklen Augen, bevor ihm die Kapuze wieder so nach vorn rutschte, dass sie im Schatten blieben. Sie hatten sich mein Gesicht ganz genau eingeprägt.

Mein Gesicht.

Meine Kapuze klemmte zwischen meinem Kopf und der Säule. Mit nur einem Schlag hatte ich meine Tarnung und den Kampf verloren. Aber wieso setzte er nicht zum Todesstoß an?

»Das ist doch nicht möglich?«, flüsterte er. Ob seine Worte mir galten oder ob er nur zu sich selbst sprach, konnte ich nicht sagen.

»Wovon redest du?«, zischte ich ihn an. Mein Kopf dröhnte, und ich spürte, wie mir mein Blut das Haar verklebte. Seine scharfe Klinge würde mich sicherlich ebenso gut von meinem Kopfschmerz erlösen wie der nächste Becher Wein. Worauf wartete er?

»Spürst du es nicht?«, fragte er, ohne auf meine Frage einzugehen.

Ich hatte schon den Mund geöffnet, um meine Frage zu wiederholen und ihr nun auch mit einigen Flüchen Nachdruck zu verleihen, aber noch bevor ich etwas sagen konnte, waren seine Lippen auf meinen.

Ich war so überrumpelt, dass ich wie versteinert dastand. Sein Mund schmeckte süß und frisch, wie das Gletscherwasser der Brennenden Berge. Während er mich küsste, drängte er sich weiter gegen mich, und ein Schock wie von einer elektrischen Aufladung fuhr durch meinen Körper. An der Art, wie er seinen Griff um meine Taille verstärkte, erkannte ich, dass der Schatten dasselbe fühlte.

Der Schatten.

Der Verräter, den ich töten sollte.

Allmählich kam ich wieder zu Verstand, und ich gab mich seinem Kuss zum Schein noch weiter hin, ließ meine Zunge über seine Zähne gleiten und spürte einen kleinen Stich.

Fangzähne.

Ich zog ihn noch näher an mich. Ein Hauch von Birkenholz und Morgentau lag in der Luft. Während ich an seiner Lippe knabberte, zog ich ganz langsam den Dolch aus meinem Gürtel.

Seine Hand fasste nach meinem Hals, während er meinen kleinen Biss erwiderte, und er grub seine Hände in mein Haar.

Ich stieß ein leises Stöhnen aus, dann stieß ich mit dem Dolch zu, um seine Brust zu treffen.

Der Schatten bewegte sich so schnell, dass meine Augen seinem Arm gar nicht folgen konnten. Eben hatten sich unsere Lippen noch berührt, da packte er auch schon mein Handgelenk. Er riss meine Hand mit dem Dolch in die Höhe, weit über meinen Kopf. Mit seinem anderen Arm drückte er meinen Oberkörper gegen die Säule.

»Machst du das immer so, dass du die Leute küsst, bevor du sie umbringst?«, stieß ich hervor und versuchte, mich seinem Griff zu entwinden, aber er hatte zu viel Kraft. Mehr als ich. Wieder versuchte ich, einen Blick auf sein Gesicht zu werfen, aber die Kapuze verhüllte es zu gut.

»Wird nicht wieder vorkommen«, raunte er an meiner Wange.

Hastig holte ich Luft und erwartete jeden Augenblick den tödlichen Stoß. Aber er kam nicht. Der Schatten sprang zurück, ließ mich an der Säule stehen und verschwand durch eines der zerbrochenen Fenster.

ACHT

Mir blieb nichts anderes übrig, als Cereliath am nächsten Morgen zu verlassen. Im Morgengrauen erschienen zwei Schemen und erwarteten einen Lagebericht. Obwohl wir in dem Zimmer, das sie sich gemietet hatten, allein waren, behielt ich meine Kapuze über dem Kopf. Sie schützte meine Augen vor dem Licht und betäubte den Schmerz, der in meinem Schädel pochte. Jeder Atemzug roch nach dem Erbrochenen, das ich in der Nacht zuvor ausgespien hatte. Gleich, nachdem der Schatten verschwunden war, neben der Säule in dem Tempel, und dann noch einmal, als ich zum Gasthaus zurückgestolpert war.

Mein Mund war ausgedörrt und meine Lippen trocken und gesprungen, als ich mit den Schemen sprach. Wie sehr verlangte es mich nach Wein. Nach irgendetwas, das den Schmerz in meinem Körper besänftigt und meine beschämende Niederlage vergessen gemacht hätte. Aber ich hatte abgelehnt, als das Schankmädchen mich fragte, ob sie mir einen Krug bringen sollte.

Ich hatte es nicht verdient, mich meinem Laster hinzugeben. Es hatte mich fast das Leben gekostet. Ich hatte gegen den Schatten deswegen verloren.

Jetzt würde meine Zunge keinen Tropfen Wein mehr kosten, bevor ich seinen Kopf in den Händen hielt.

Aber ich brauchte Zeit. Um ihn wieder aufzuspüren. Um ihn lange genug ins Licht zu locken, dass ich ihm eine Klinge in die Brust stoßen konnte. Oder in den Hals. Oder ins Auge. Wohin, das war mir egal, solange ich ihn nur damit aufhielt. Solange meine Stellung als Klinge damit wieder gesichert war.

»Gibt es noch etwas anderes zu berichten, Gebieterin?«, fragte eine der Schemen. Ihre dunklen Augen versuchten, unter meine Kapuze zu spähen, aber mich lenkte die lange Narbe ab, die sich vom Ausschnitt ihres Obergewands den Hals hinaufzog. Sie war jung, und nach ihrer bleichen Haut und den geschwungenen Ohrmuscheln zu schließen, beinahe menschlich. Höchstwahrscheinlich war sie kaum älter als zwanzig.

So jung, und schon so viele Narben. Ich lockerte meine Schultern ein wenig, und dabei rieben sich die Namen auf meiner Haut am Stoff meiner Tunika.

»Nein«, log ich und verließ das Zimmer. Was hätte ich den Schemen sagen sollen? Dass ich Curringhams Sekretär getötet und gegen den Schatten gekämpft hatte, aber nichts dafür vorweisen konnte? Solche Geheimnisse behielt ich lieber so lange wie möglich für mich. Bis der König begann, mir Fragen zu stellen.

Irgendwie konnte ich mir nicht recht vorstellen, dass ein unerwarteter Kuss in den Augen des Königs als akzeptable Entschuldigung für mein Versagen galt.

Noch immer verstand ich nicht, wieso der Schatten das getan hatte. War es ein Ablenkungsmanöver gewesen? Das war unwahrscheinlich. Er hatte die Oberhand gehabt. Vielleicht war für ihn alles nur ein Spiel. Mir waren schon viele Männer begegnet, die irgendwelche kranken Fantasien ausleben wollten. Jedes Halbling-Weibchen hatte so etwas schon erlebt.

Prinz Damiens Gesicht erschien vor meinem geistigen Auge.

Ich verzog den Mund zu einem schiefen Grinsen. Sicher, er war grausam, aber ich hätte mir nicht vorstellen können, dass sich der Kronprinz derart vor der Welt verbarg. Er war viel zu großtuerisch, um seine Taten geheim zu halten.

Dann verließ ich die Stadt. In vollem Galopp preschte ich davon, bis ich den Rand des Totenwalds erreichte. Ich wollte die Gesichter der vielen Hungernden nicht noch einmal sehen müssen und nicht wissen, wer von ihnen inzwischen gestorben war.

Der Schweiß stand mir auf der Stirn, als ich mein Pferd zügelte und ausruhen ließ. Ich nahm einen Schluck aus dem Weinschlauch und ließ das warme Wasser über meine Zunge rinnen. Es löschte zwar meinen Durst, aber nicht das Verlangen. Als ich meinen Ritt wieder aufnehmen wollte, musste ich mich vom Pferd herab übergeben. Mein Reittier starrte mich mit schwarzen Augen an, als ich mir den Mund abwischte.

Es würde ein langer Ritt bis in die Hauptstadt werden.

»Guten Tag, Keera«, sagte Gerarda. Sie wartete mit zwei Schemen außerhalb Korathas auf mich. Vor den hoch aufragenden Stadtmauern wirkte ihre zierliche Gestalt noch kleiner. Sieben Tote hingen vor der weißen Wand. Dünne Spuren roter und bernsteinfarbener Tropfen hatten sich unter ihren Füßen gesammelt.

»Darf ich fragen, woher du wusstest, dass ich diesen Weg nehmen würde?«, erkundigte ich mich irritiert. Normalerweise kam ich über die Häfen in die Stadt zurück und nicht zu Pferd.

»Einige von uns sind Spione, Keera«, sagte sie und verzog leicht den Mund. Mir entging weder der Seitenhieb noch, dass sie vor den Schemen meinen Namen benutzte.

»Mir war nicht klar, dass wir uns gegenseitig ausspionieren, *Gerarda*«, gab ich zurück und konnte mit ansehen, wie ihr überlegenes Grinsen in sich zusammenfiel.

»Die Gebieterin möchte mit dir sprechen«, erklärte sie dann, ohne auf meine Worte einzugehen. Sie strich sich das kurze schwarze Haar hinters Ohr und zuckte die Achseln.

Ich krauste die Stirn.

»Jetzt?«, fragte ich mit einem Blick auf meine verdreckte Kleidung. An mir hing der Gestank von Pferdemist, Erbrochenem und Schweiß. Das Einzige, was ich mir gerade noch mehr wünschte als einen Becher Wein, war ein Bad.

Gerarda bedachte mich mit einem gehässigen Grinsen und nickte.

»Welche denn?«, fragte ich, obwohl ich wusste, wen sie gemeint hatte.

»Der Bogen«, antwortete sie und sah bedeutsam zu den Schemen hinüber. Das war Hildegards korrekter Titel als Mitglied des Arsenals; ihre Respektlosigkeiten hob sich Gerarda allein für mich auf.

»Nun gut«, brummte ich, gab meinem Pferd einen kleinen Klaps und schickte mich an, an der gewundenen Stadtmauer entlangzureiten.

»Warte!«, rief mir Gerarda nach. Sie drehte sich auf Zehenspitzen nach mir um und trat federnden Schrittes auf mein Pferd zu. »Ich soll dich dorthin geleiten.«

»Ich brauche keine Aufpasserin«, zischte ich und sprang aus dem Sattel. Wortlos schwangen sich die beiden Schemen hintereinander auf mein Pferd und ritten zu den ersten Stadttoren.

»Betrachte mich eher als Führerin«, bemerkte Gerarda und ging mir dann mit entnervtem Gesicht voran. Als ich keine Anstalten machte, ihr zu folgen, drehte sie sich wieder zu mir um. »Keera, sie würde gern mit uns *beiden* sprechen. Und nur fürs Protokoll, ich schätze es nicht, wenn man mich losschickt, um jemanden abzuholen. Dich schon gar nicht.« Sie hielt die Arme fest an die Seiten gepresst und ballte in ihren Lederhandschuhen die Fäuste.

Wenigstens ärgerten wir uns beide gleichermaßen über diese Vorladung.

Dann wandte sie sich so schnell wieder von mir ab, dass ihr Arsenalsmantel wie ein schwarzer Blitz hinter ihr durch die Luft zuckte. Ich blieb auf Abstand, während wir entlang der äußeren Stadtmauer in Richtung Küste gingen. Meine Ohren konzentrierten sich auf das vertraute Rauschen der Wellen, die gegen die Felsen schlugen. Möwen zogen lässige Kreise über unseren Köpfen und schossen hin und wieder zur Jagd ins Wasser hinab. Unter meinen Stiefeln knirschte der feuchte Ebbsand, als wir an das stumpfe Ende der Stadtmauer gelangten.

Da lag die Insel.

Der Orden.

Das Spiegelbild des königlichen Palasts, nur etwas kleiner, auf seiner eigenen Felsklippe, wie aus dem Spielzeugkasten eines Kinds. Wobei die Insel kein Platz für Kinder war. Dorthin sandte man die stärksten weiblichen Halblinge, um sie zu Novizinnen zu erziehen. Und sie dann, wenn sie sich den Ansprüchen gewachsen gezeigt hatten, zu Schemen auszubilden.

Ich hatte seit mehr als zwei Jahren keinen Fuß mehr auf die Insel gesetzt. Bei jedem Schritt, den ich tat, rebellierte mein Magen. Der Orden war die Kulisse viel zu vieler Albträume. Kurz überlegte ich, stattdessen lieber zum Palast zu rennen. Dort waren meine Gemächer, dort wartete ein Bad. Gwyn. Ich konnte mich Hildegard gegenüber darauf berufen, dass ich vom Rang her über ihr stand, und sie zu mir befehlen.

Aber das tat ich nicht. Ich schlurfte hinter Gerarda her und wischte mir mit dem Ärmel den Schweiß von der Stirn. Der Sommer war zwar schon fast vorbei, aber die Sonnen brannten noch immer heiß, und mein Körper war von den zwei Wochen ohne Wein völlig ausgelaugt. Jedes Mal, wenn ich zu tief in den weichen Sand einsank, schmerzten meine Knie.

Dann hörte ich, wie Gerardas Füße auf Glas trafen, und hob den Kopf. Sie stand auf der einzigen Zuwegung, die zu der Insel führte. Die Verbotene Brücke. Ein langer, gläserner Bogen, der sich über die Meerenge zwischen den Palastgärten und der Insel wölbte. Es war nur den Schemen gestattet, ihn zu betreten – wobei das eigentlich keine Rolle spielte. Die Brücke war nie fertiggestellt worden, sondern endete hoch über dem schäumenden Wasser, gut dreihundert Fuß vom Ufer der Insel entfernt.

Die Lücke wurde durch mehrere kleinere Sockel aus demselben Felsgestein überbrückt, aus dem auch die Klippe bestand, auf der sich der Orden erhob. Sie ragten in unterschiedlicher Höhe aus den Wellen und verteilten sich über die Kluft. Nur wer geschickt genug war, um über sie hinwegspringen zu können, erreichte das Ufer der Insel.

Gerarda ging voran. Sie sprang auf die erste Säule und machte dabei einen Überschlag in der Luft, eine kleine Angeberei, die sicher mir galt. Dann federte sie geschickt von einem Sockel zum nächsten und bewegte sich dabei äußerst sicher, obwohl einige der Trittsteine nicht breiter waren als ihr Fuß. Sie überwand die Lücke wie eine Tänzerin. Nach nur wenigen Sekunden stand sie auf der anderen Seite.

Ich verfügte nicht über dieselbe Eleganz wie Gerarda. Stattdessen stieß ich mich vom Rand der Brücke ab und nahm dabei so viel Schwung wie möglich. Meine Beine machten tretende Bewegungen, um mich weiter nach vorn zu tragen, und damit erreichte ich eine der Säulen in der Mitte. Von dort aus nahm ich die übrigen in einer Art wilden Laufs; mit langen Schritten federte ich von einem Sockel zum nächsten, bis ich vom allerletzten in die Luft sprang und nach einer Drehung wieder fest auf der Erde landete.

Gerarda verzog den Mund und verschränkte die Arme. Dann schlugen wir beide unsere Kapuzen zurück und gingen zum Vordereingang des Ordens. Die Insel war der einzige Ort, an dem die Schemen ihren Schatten ablegen durften.

Wir stiegen die erste lange Treppe hinauf, dann die zweite. Hildegards Arbeitszimmer lag im mittleren Turm. Auf halbem Weg musste ich innehalten, und ich stützte mich auf die Knie, während ich gegen heftige Übelkeit ankämpfte. Ich kniff die Augen zu, um den bohrenden Kopfschmerz abzumildern. Zwar hatte ich gehofft, dass meine Entzugsbeschwerden nach zwei Wochen abgeklungen sein würden, aber mir brach immer noch ständig der Schweiß aus. Meine ausgedörrte Kehle verlangte dringend nach etwas anderem als Wasser, um den Schmerz zu betäuben.

Gerarda schniefte demonstrativ und tippte mit einem Fuß auf die oberste Stufe der Steintreppe. Hinter ihr befand sich die Statue einer Elfenkriegerin. Sie war in Leder gekleidet, und auf Oberkörper und Glieder waren Darstellungen der Elemente eingeritzt. Unwillkürlich zupfte ich an meinem Ärmel, in dem Wissen, dass dasselbe Muster meine Haut zierte. Meine geheime Auflehnung gegen die Krone durfte ich niemandem offenbaren, nicht einmal jenen, an deren Seite ich lange Zeit ausgebildet worden war. Niemand durfte wissen, dass ich diesen verlorenen Teil meines Ichs, mein Elfenerbe, nicht fürchtete, so wie man es mir beigebracht hatte. Stattdessen hatte ich es mir auf meine ganz eigene Art und Weise, mit jedem Namen, den ich in meine Haut geritzt hatte, zurückerobert.

Nachdem ich wieder etwas zu Atem gekommen war, stieg ich die restlichen Stufen hinauf. Gerarda betrachtete vielsagend meine rot unterlaufenen Augen und meine schweißfeuchte Haut. Dann biss sie sich auf die Ober- und auf die Unterlippe und zog beide zu einem geraden Strich. Ich erwartete eine gehässige Bemerkung, aber sie sagte nichts.

Sie klopfte lediglich zweimal an die Tür des Bogens.

»Tretet ein«, ertönte es befehlsgewohnt von der anderen Seite.

Hildegard stand an ihrem Schreibtisch, die Arme hinter dem Rücken, und hatte dieselbe Haltung wie früher, wenn ich als Novizin in Schwierigkeiten geraten war. Damals war ich oft ins Zimmer der Gebieterin gerufen worden. Sie hatte sich das graue Haar im Nacken so straff zu einem Knoten zusammengebunden, dass es an den Fältchen zerrte, die um ihre Augen lagen. Zwar war sie nur fünfzehn Jahre älter als ich, aber sie sah aus wie eine alte Frau, während ich noch als Zwanzigjährige durchging, wenn ich mich entsprechend herrichtete.

Nach einer kurzen Verbeugung nahm ich auf meinem üblichen Stuhl Platz. Gerarda setzte sich nicht, sondern blieb an dem kleinen Fenster stehen, sodass sie uns und die Tür gleichermaßen im Blick hatte. Stets die Modellsoldatin, vor allem in Gegenwart ihrer Lieblingslehrerin. Gerarda war stets eine Kriecherin gewesen.

»Schön, dass du wieder hier auf der Insel bist, Keera«, sagte Hildegard, die leicht die Nase krauste, als der Luftzug vom Fenster meinen Geruch zu ihr hinübertrug. Ich machte ein grimmiges Gesicht. Sie hatte schließlich darauf bestanden, dass wir uns unverzüglich trafen.

»Wir haben dein Arbeitszimmer für dich in Schuss gehalten«, fuhr sie fort und deutete auf die Tür auf der anderen Seite des Flurs. Bisher hatte ich noch nie einen Fuß dort hineingesetzt und hatte auch nicht die Absicht, das jemals zu tun.

»Das ist nicht nötig«, sagte ich. »Ich habe genug Zeit in diesen Hallen verbracht. Davon abgesehen würde ich dir nur im Weg sein. Das wollen wir doch nicht. Du hast doch so ein gutes Händchen bei der Arbeit mit den Novizinnen.« Meine Stimme triefte zwar vor Sarkasmus, aber es stimmte. Hildegard war eine strenge Gebieterin, aber fair. Die Halblinge in ihrer Obhut waren sicher aufgehoben.

»Nicht, dass das sonst deine Aufgabe wäre«, brummte Gerarda am Fenster, die Hildegards Haltung perfekt kopiert hatte – kerzengerade aufgerichtet, mit den Händen hinter dem Rücken.

»Als Klinge ist es meine Aufgabe, das Arsenal so zu leiten, wie ich es für richtig halte, Gerarda«, gab ich kühl zurück. »Bogen und Pfeil haben sich nie über die Pflicht beklagt, die Schemen anzuleiten. Oder?« Ich sah Hildegard fragend an, und mein Blick verharrte auf dem silbernen Bogen, den sie als Brosche an ihrem Obergewand trug.

»Nein«, antwortete sie.

»Ich muss zugeben, dass ich den Schild eine Weile nicht gesehen habe, aber beschwert sie sich, wenn ihr abends beieinanderliegt, über ihre Aufgaben?«, fragte ich Hildegard weiter. Sie schürzte die

Lippen, kniff die grünen Augen leicht zusammen und schüttelte den Kopf. »Das dachte ich mir. Dann bleibst nur noch du, Gerarda«, sagte ich und wandte mich an sie. »Möchtest du dich offiziell beschweren? Ist es dir zu viel, der Dolch zu sein und die Durchführung der Einsätze zu organisieren?« Meinen fragenden Blick unterstrich ich mit einem knappen Lächeln.

»Überhaupt nicht«, erwiderte Gerarda mit zusammengebissenen Zähnen.

»Dann brauchen wir nicht weiter darüber zu sprechen«, erklärte ich mit einer abwehrenden Handbewegung. »Weder heute noch vor dem König.« Meine letzten Worte waren an Gerarda gerichtet, die zumindest den Anstand besaß, den Blick zu senken. Ich hatte nicht vergessen, wie der König mir bei meinem letzten Besuch in Koratha die Leviten gelesen hatte.

»Damit hätten wir wohl genug Nettigkeiten ausgetauscht«, stellte Hildegard mit grimmiger Miene fest. »Es gab einen Überfall in Volcar. Wir haben die Schuldigen zwar noch nicht ausmachen können, aber wir haben vier Schemen verloren.« Ich hielt den Atem an. Angriffe auf Schemen waren stets Alltag für den Orden gewesen, aber in jüngster Zeit häuften sich die Vorfälle.

»Wenn man die drei hinzurechnet, die wir in Königsufer verloren haben, und die Gruppe, die nicht aus der Narrenfalle zurückgekehrt ist, dann hat sich unsere Zahl damit empfindlich dezimiert«, erklärte Hildegard und kaute an der Innenseite ihrer Wange. Nach einem tiefen Atemzug fuhr sie fort: »Der König ist der Meinung, es sei an der Zeit, die Prüfungen anzuberaumen.«

»So schnell?«, fragte ich. »Die letzten fanden erst vor zwei Jahren statt.« Alle Novizinnen wurden für diese Prüfungen ausgebildet; sie bestanden aus fünf unterschiedlichen Herausforderungen, die darauf ausgerichtet waren, die Novizinnen auf möglichst brutale Weise auf die Probe zu stellen. Nur wer alle fünf bestand, wurde danach in den Stand der Schemen erhoben.

Hildegard nickte grimmig.

»Wie viele wirst du dazu aufrufen?«, erkundigte ich mich. Das Arsenal wählte die Novizinnen aus, von denen man glaubte, dass sie bereit waren. Seit ich zur Klinge geworden war, hatte ich den anderen Gebieterinnen diese Entscheidung überlassen.

»Der König ist der Überzeugung, dass jede, die acht Jahre lang Erfahrungen sammeln konnte, genug Ausbildung genossen hat«, erklärte Hildegard. Ihre Stimme klang ruhig. Zu ruhig.

Ich presste den Mund zusammen, dann griff ich nach der Vase, die auf dem Schreibtisch stand, und schleuderte sie durchs Zimmer. Weder Gerarda noch Hildegard zuckten auch nur mit der Wimper, als sie gegen die Wand krachte.

»Acht Jahre?«, schnaubte ich und begann vor dem Schreibtisch hin und her zu tigern. »Acht Jahre reichen knapp aus, um sich die grundlegenden Fähigkeiten anzueignen. Wenn ihr Novizinnen mit so wenig Erfahrung in die Prüfungen schickt, schickt ihr sie in den Tod.« Mit bebender Brust sah ich Hildegard an.

Ihre Augen blickten sanft, aber sie reckte das Kinn entschlossen vor und verschränkte die Arme.

»Ich unterstehe dem König und handle nach seinem Befehl«, sagte sie. »Wie wir alle.«

»Scheiß auf den König!«, schrie ich.

Gerardas Blick flog sofort wieder zu mir, und in ihren weit aufgerissenen Augen stand eine Warnung. Hildegard ging zur Tür und schloss sie.

»Der König ist des Schattens wegen ausgesprochen angespannt«, sagte sie. »Er geht davon aus, dass die Angriffe zusammenhängen, und er macht sich Sorgen um die Stärke seiner Truppen. Seine Armee ist geschrumpft, und es gibt heute weniger Schemen als früher …«

»Wenn er nicht darauf bestünde, alle Halblinge *aufzuhängen*, die er grundlos für Verräter hält, dann hätte er auch mehr Leute zur Verfügung, die in seine Dienste treten könnten!«, entfuhr es mir. Mit einer unbedachten Armbewegung warf ich ein Tintenfässchen auf dem Schreibtisch um, dessen dunkle Flüssigkeit sich über ein loses Blatt Pergament ergoss.

»Keera, das reicht jetzt«, zischte Gerarda und half Hildegard beim Aufwischen.

Ich schüttelte den Kopf. Bei jedem Atemzug dröhnte mir der Schädel. Meine Haut prickelte, als ob sie durch meinen Zorn über die Gleichgültigkeit des Königs in Brand geriet. Ihm war egal, wie viele Halblinge bei den Prüfungen starben. Ihm war egal, dass sie ihm nach einer längeren Ausbildung viel mehr hätten nützen können.

Er wollte mehr Schemen. Egal, zu welchem Preis.

»Er zwingt uns doch jetzt schon, sie zu jagen«, zischte ich. »Wir suchen schließlich das ganze Königreich nach Halblingen ab, die ihre Kinder verstecken. Wisst ihr, wie viele Eltern ich erschlagen habe, um ihre Töchter auf diese verfluchte Insel schleppen zu können? Und wozu? Damit sie sterben, bevor sie auch nur ihre Prüfungen ablegen können? Oder damit sie bei ihrem ersten Einsatz draufgehen, weil sie nicht wissen, wie sie sich schützen können? Hat der König vom letzten Mal denn *gar nichts* gelernt?«

»Offenbar nicht«, sagte Hildegard ganz leise. Bei den letzten Prüfungen hatte der König darauf bestanden, alle Novizinnen mit zehnjähriger Erfahrung einzuberufen. Von denen, die bestanden hatten, war die Hälfte nur ein Jahr später tot.

»Das ist doch Irrsinn.« Ich ließ mich wieder auf meinen Stuhl fallen.

»Und dennoch, so lauten unsere Befehle.« Hildegard seufzte. »Der König lässt sich nicht umstimmen. Ich habe es schon versucht.« Sie biss sich auf die Lippe und sah aus dem Fenster, aber ich bemerkte dennoch den glasigen Schimmer, der sich über ihre Augen legte.

»Wenn du doch nur den Kopf des Schattens mitgebracht hättest«, murmelte Gerarda, die ein paar Glasscherben vom Boden aufsammelte.

»Man hatte mich nach Cereliath geschickt, um *Lord Curringham* zu überwachen«, erwiderte ich. »Was, nebenbei bemerkt, reine Zeitverschwendung war.« Gerarda fasste mit den Fingern eine große Scherbe der Vase. Von Curringhams Sekretär und dem Schatten wusste sie nichts, und ich würde ihr auch bestimmt nicht davon erzählen.

»So oder so«, ergriff sie nun das Wort, »der König ist wegen des Schattens außer sich. Solange es diese Bedrohung gibt, wird er seine Meinung bezüglich der Prüfungen nicht ändern.«

»Dann werde ich dem Schatten ein für allemal den Garaus machen. *Bevor* die Prüfungen stattfinden«, erklärte ich schlicht. »Bitte sagt mir, dass wir noch ein wenig Zeit haben.«

»Der König ist fest entschlossen«, sagte Hildegard, und mir sank der Mut. »Aber ich habe ihm erklärt, dass die Novizinnen eine gewisse Vorbereitungszeit brauchen. Ich denke, ich könnte ihn dazu bringen, bis zur Wintersonnenwende zu warten.«

»Fünf Monate?« Das war nicht viel Zeit, aber ich würde es irgendwie hinbekommen. »Aber als Richterin stehe ich nicht zur Verfügung«, erklärte ich mit verschränkten Armen. Nur ein einziges Mal hatte ich bei einer Prüfung als Klinge auf der Richterbank gesessen. Seitdem hatte ich mich geweigert.

»Das musst du mit dem König klären«, gab Hildegard zurück. Ein Schatten ging über ihr Gesicht, und ich wusste, dass sie an das eine Mal dachte, als ich bei der Auswahl der Schemen dabei gewesen war. Vier Wochen später hatte sie mich in einem Stall gefunden, der dringend ausgemistet werden musste; ich trug noch dieselbe Kleidung wie am Abend der letzten Prüfung. Seitdem war ich von einem Gasthaus zum nächsten gewankt und hatte mich dort volllaufen lassen, bis die Wirte mich vor die Tür setzten. Hildegard zog mich von dem Misthaufen, auf dem ich lag, und kümmerte sich um mich, bis ich allmählich wieder klar denken konnte.

Aber den Prüfungen wohnte ich nie wieder bei.

»Ich werde dabei sein«, sagte Gerarda. Der Stolz, der in ihren Worten mitschwang, verursachte mir wieder Übelkeit. »Aber ich stimme Keera zu. Lass sie den Schatten verfolgen. Es wäre wirklich am besten, wenn die Prüfungen verhindert werden könnten.«

Mir blieb der Mund offen stehen, und ich starrte sie an. Der Dolch erwiderte den Blick der Klinge zwar nicht, nickte aber kurz.

»Wo willst du mit deiner Suche beginnen? Wieder in Cereliath?« Hildegard trat zu der Landkarte, die an der Wand hing. Um die hundert Nadeln steckten darin; sie markierten alle Schemen, die auf einem Einsatz unterwegs waren. Sie nahm eine weitere Nadel zur Hand und ließ sie über der Karte schweben.

»Nein«, antwortete ich. »Im Faenland.«

Gerarda holte hörbar Luft, und Hildegard stieß die Nadel so heftig in den Holzrahmen, dass sie zerbrach und auf den Boden fiel.

»Das ist eine Selbstmordmission«, flüsterte Gerarda. »Von den Brennenden Bergen kehrt niemand zurück.«

»Der König wird das nie zulassen«, erklärte Hildegard. »Für eine bloße Ahnung würde er niemals das Abkommen gefährden.«

»Das wird er«, gab ich zurück, schlug mir die Hände auf die Schenkel und erhob mich mit einem Ruck. »Er will den Schatten mehr als alles andere. Und seine Geduld mit mir neigt sich dem Ende zu. Wenn ich wieder scheitere, werde ich das nicht überleben.«

Gerarda stützte die Hände auf den Schreibtisch. »Er würde dich nie loswerden wollen«, flüsterte sie. »Du bist sein Glanz und Gloria.«

»Wir wissen doch alle, dass ich schon lange nicht mehr geglänzt habe. Zu lange nicht mehr.« Ich senkte den Kopf. Es war die einzige Entschuldigung, die sie je von mir hören würden. »Ich habe mich selbst in diese Lage gebracht. Wenn zur Wahl steht, mein Leben im Faenland aufs Spiel zu setzen, um sie zu beschützen«, dabei deutete ich aus dem Fenster zu den Novizinnen, die unten im Hof ihre Kampfkraft erprobten, »oder darauf zu warten, dass der König mich absetzt, dann lasst mich selbst entscheiden, was ich tue.«

Ich starrte Hildegard so lange eindringlich an, bis sie nachgab. Nach einer langen Pause nickte sie.

»Dann ist es so beschlossen.« Sie klatschte in die Hände. »Wir werden dir so viel Zeit verschaffen, wie wir können, Keera. Aber du musst den Schatten zur Strecke bringen.«

»Das werde ich«, sagte ich und verließ den Raum.

Der Seewind kühlte meinen Zorn. Ich füllte meine Lungen mit der salzigen Luft, und mit jedem Atemzug löste sich meine verkrampfte Brust ein wenig mehr. Jedes Mal, das ich gezwungenermaßen auf die Insel zurückkehrte, schockierte es mich, dass sich dort nie etwas zu verändern schien. Der Spaziergang über das Gelände fühlte sich wie eine Zeitreise an. Riesenfelsen erhoben sich in einem Kreis rund um die Insel aus dem Meer und hielten damals wie heute alle Seefahrer davon ab, an ihren Ufern anzulegen. Auf dem Feld neben dem Hindernisparcours standen noch dieselben Zielscheiben, an denen ich als Novizin ausgebildet worden war.

Ich sah von der Kuppe des Hügels zu den Novizinnen herab, die sich unten ertüchtigten. Selbst sie sahen genauso aus wie meine Kameradinnen von damals. Dieselbe schwarze Kleidung, dieselben straffen Zöpfe. Spitze Ohren neben gerundeten. Es spielte keine Rolle, dass es andere Gesichter waren als vor all diesen Jahren; jede Novizin hatte immer noch das gleiche bernsteinfarbene Blut in den Adern. Das Blut, das sie als Eigentum des Königs brandmarkte.

Die Novizinnen hier waren jung. Nicht nur vom Alter her, auch hinsichtlich ihrer Fähigkeiten. Sie standen nur dreißig Fuß von den Zielscheiben entfernt, und dennoch flogen einige Pfeile daneben. Eine Novizin tat sich noch schwerer als die anderen. Ihre Arme waren verkrampft, und ihre Bogensehne wollte sich nicht richtig spannen lassen. Zwischen ihr und der Scheibe lag ein ganzer Haufen verschossener Pfeile.

Ich ging zu der jungen Halblingfrau und beobachtete, wie sie den Ellenbogen hochriss, als sie den nächsten Pfeil abschoss. Er flog nur fünfzehn Fuß weit und trudelte dann zu Boden.

Langsam trat ich näher. Sie senkte den Bogen und wandte sich mir zu, und ihre Augen weiteten sich, als sie das silberne Schwert an meinem Kragen im Sonnenlicht blitzen sah.

Schüchtern hielt sie sich den Bogen vors Gesicht. »Hal-lo.«

Ich versuchte es mit einem freundlichen Lächeln. »Wie heißt du?«

Jetzt zitterte sie so sehr, dass ich fürchtete, sie würde den Bogen zerbrechen. »Fy-Fyrel.«

»Fyrel«, wiederholte ich so sanft wie möglich. »Du hältst den Bogen falsch, deswegen kannst du die Kraft deines Arms nicht richtig nutzen.« Ich deutete auf den Bogen, der noch immer in ihren Händen zitterte. »Tu einmal so, als würdest du einen Pfeil einnocken.«

Verkrampft umklammerte sie die lederumwickelte Grifffläche des Bogens viel zu weit oben. Ich legte meine Hand darüber und lockerte ihre Finger einen nach dem anderen. Dann musterte ich ihre Haltung und neigte ihre Hand noch einen winzigen Tick nach links.

»Versuch es jetzt einmal«, sagte ich.

Sie zog die Sehne aus, und diesmal war ihr Arm perfekt ausgerichtet.

»Ich habe es geschafft!«, rief sie und starrte mit großen Augen auf den gestrafften Arm.

Jetzt nickte ich zur Zielscheibe hinüber. »Versuch einmal zu treffen.«

Fyrel nahm einen Pfeil, legte ihn auf und holte tief Luft. Dann zog sie die Sehne aus und korrigierte ihren Griff so, wie ich es ihr gezeigt hatte. Der Pfeil flog über das Feld davon und bohrte sich in den inneren Ring auf der Scheibe, neben den roten Punkt.

»Ich habe noch nie zuvor die Scheibe getroffen!«, rief sie und schlang die Arme um mich.

Ich ging ein wenig in die Knie, bis wir auf Augenhöhe waren. »Was ist deine größte Stärke? Was machst du am liebsten?«

»Schwertkampf«, erwiderte sie sofort.

Ich rief eine andere Novizin zu uns, eine zierliche Halblingfrau mit dunklem Haar und dicken Augenbrauen. Sie war die beste Bogenschützin dieser Gruppe.

»Wie heißt du?«, fragte ich sie.

»Saraq«, antwortete sie.

»Kennt ihr euch?« Die beiden nickten schüchtern. »Gut. Fyrel hier braucht Hilfe beim Bogenschießen, und ich weiß, dass du die Beste deines Jahrgangs bist.« Ich lächelte Saraq an, die stolz nickte. »Und Fyrel ist die bessere Schwertfechterin. Ich möchte, dass ihr beiden von jetzt an zusammen übt. Helft euch gegenseitig dabei, besser zu werden.«

Die zwei Mädchen sahen erst sich an, dann wieder mich. Schließlich nickten sie gleichzeitig, als gerade die Glocke oben am Turm zum Abendessen schlug, und nach einer kurzen Verneigung vor mir lieferten sie sich ein Wettrennen über den Hügel zum Speisesaal.

»Das war nett von dir«, sagte Hildegard, und ich sah über meine Schulter. Dass sie zu uns getreten war, hatte ich gar nicht gemerkt.

»Es ist leichter«, sagte ich und ließ die Schultern hängen, »wenn jemand an deiner Seite steht.«

Hildegard seufzte. Ihr Blick folgte den Novizinnen über den Hügel, und ich wusste, dass sie sich fragte, wann der König sie dazu zwingen würde, diese Mädchen in den Tod zu schicken. »Das weißt du ja am besten«, sagte sie nach einer Weile.

Ich wandte mich dem Klippenrand zu und beobachtete, wie die Wellen sich draußen auf dem Meer an den Felsen brachen. Darüber wollte ich nicht reden. Nicht über *sie*. Ich biss mir auf die Lippe und wartete darauf, dass Hildegard das Thema wechselte.

»Erzähl mir, was in Cereliath geschehen ist.« Sie hatte schon immer ein Gespür für meine Stimmungen gehabt.

Ich seufzte. »Ich tanzte mit einem Schatten.« Es war mehr, als ich hätte eingestehen sollen, aber Hildegard würde dem König nichts verraten. Sie wusste, dass jede von uns dem Tod geweiht sein konnte, wenn er schlechte Laune hatte. Sogar seine Klinge.

Jetzt runzelte sie die Stirn. »Aber er ist dir entwischt?«, fragte sie, während sie zum Klippenrand schritt und ich an ihrer Seite folgte.

»Ja.« Ich trat gegen einen Stein. »In dieser Nacht war ich nicht in Form.« Die Worte saßen mir quer im Hals, aber ich schluckte die Scham herunter.

»Ah.« Hildegard verschränkte die Hände wieder hinter ihrem Rücken. »Das ist wohl auch der Grund, weshalb du aussiehst wie der Tod auf Raten?«

»Ja.« Es hatte keinen Zweck, das zu leugnen. Hildegard betrachtete die roten Äderchen in meinen Augen und die dunklen Schatten, die wie Mäntel unter ihnen hingen.

»Wie lange schon?«, fragte sie.

»Dreizehn Tage.« Es war eine so kurze Zeit, aber die Sucht und das quälende Verlangen ließen es so viel länger erscheinen. Jede Minute ohne einen Schluck Wein fühlte sich wie eine Stunde an. Oder wie zehn.

Hildegard lächelte verständnisvoll und zog etwas aus ihrer Tasche. Es war eine Phiole mit einer schwarzen Flüssigkeit.

»Nimm das.« Sie schob mir das Fläschchen in die Hand und schloss meine Finger, drückte dann meinen Daumen auf den Verschluss. Ich hob die Phiole vors Gesicht und schüttelte sie leicht.

»Ist das …«

»*Winvra*-Elixier, ja. Nur ein Tropfen jeden Tag sollte genügen, um dir über das Schlimmste hinwegzuhelfen. Es wird den Schmerz betäuben, bis du allein damit zurechtkommst.«

»Das kann ich nicht annehmen«, flüsterte ich und streckte ihr die Flasche wieder hin. Es war zu teuer. Wie Hildegard überhaupt etwas von dieser Essenz in die Hände bekommen hatte, war mir ein Rätsel.

»Doch, das kannst du«, sagte sie und ignorierte meine Hand. Dann fasste sie mich an der Schulter, und mein Hals versteifte sich, als ihr Daumen auf eine meiner Narben drückte. »Das wird dir helfen, Keera. Dabei, den Schatten zu erledigen und die Novizinnen vor einem Schicksal zu bewahren, das noch schlimmer ist als das, was ihnen sowieso schon bevorsteht. Nimm es. Nutze es. Und komm wieder, wenn du deine Mission erfolgreich abgeschlossen hast.«

Mir blieb der Mund offen stehen, und mir kam kein Wort über die Lippen, weil mir keins einfallen wollte, das so viel bedeutet hätte wie der Trank, den sie mir gerade gegeben hatte. Schließlich zog ich sie in meine Arme und hielt sie fest. Sie sah mich mit großen Augen an, bevor sie meine Umarmung erwiderte.

»Ich werde sie nicht im Stich lassen«, sagte ich nach einem letzten Blick auf die weißen Mauern dieses Ortes, der einst mein Zuhause gewesen war.

Nicht noch einmal.

NEUN

In den Palastgärten war es voll. Nicht voller Menschen, sondern voller Tische und Essen. Bunte Bänder hingen schlaff von den Bäumen. Eines löste sich und segelte auf meine Schulter herab, als ich auf den östlichen Eingang des Palasts zuhielt. Vorsichtig umrundete ich die Glasscherben, die auf dem Weg verstreut lagen, und trat dabei in faulige Reste zerdrückter Früchte. Seufzend streifte ich den roten Fruchtbrei im Gras ab.

»Keera, du hast die Festlichkeiten verpasst.« Ich erstarrte, als Prinz Damien vor mich trat.

»Mir war nicht klar, dass der König ein Fest veranstaltet hat«, sagte ich und richtete mich zu voller Größe auf. Damien lehnte an einer Steinmauer; sein zerknittertes Hemd stand am Hals ein wenig offen.

Er zeigte mit dem Finger in meine Richtung und schwenkte dabei einen Kelch. Dunkle Flüssigkeit spritzte über den Rand. »Wir wissen doch beide, dass mein Vater nur an einem Fest Interesse hat, nämlich an seiner Krönung«, nuschelte er und blinzelte dabei immer wieder, um einen halbwegs klaren Blick zu bekommen. Höchstwahrscheinlich war er noch gar nicht im Bett gewesen.

»Natürlich, Euer Hoheit«, sagte ich und senkte den Kopf. Alle zehn Jahre feierte der König die Gründung seines Reiches mit einer Vielzahl von Veranstaltungen, die den ganzen Sommer dauerten. Wochenlang herrschte im Palast größte Aufregung angesichts der geplanten Turniere, Festivitäten und Konzerte. Glücklicherweise würde ich das erst im übernächsten Sommer wieder erdulden müssen.

Damien hickste und richtete sich dann auf. »Dieses Fest war allein meine Idee«, sagte er und tat schwankend einen Schritt auf mich zu. »Ich hatte es für meinen kleinen Bruder geplant. Er war garantiert *entzückt*.« Selbst in seinem betrunkenen Zustand konnte Damien sich das übliche, gehässige Grinsen nicht verkneifen. Sein Bruder hasste Feste mindestens ebenso sehr, wie Damien sie liebte – wenn nicht sogar noch mehr.

Der Prinz packte mich an der Schulter, und ich biss die Zähne zusammen. Ich wusste, dass er die wulstigen Erhebungen der Narben fühlte, die ich seinetwegen auf dem Rücken trug. Mit einem klebrigen Finger strich er mir über die Wange, während er noch immer den Kelch umklammerte. »Du hättest in einem dieser rückenfreien Kleider zu schön ausgesehen«, flüsterte er, und seine Finger fuhren über meine Wirbelsäule. Ich biss mir auf die Zunge, bis ich Blut schmeckte.

»Die Lords hätten bei deinem Anblick angefangen zu sabbern. Die verbotene Frucht«, sagte er und schob dabei sein Gesicht so weit unter meine Kapuze, dass ich seine Zunge an meinem Ohr fühlen konnte. »So eine schöne Frucht noch dazu, aber …« Jetzt betastete er die breitesten Narben. »Aber leider verdorben.«

Meine Haut brannte unter Damiens Berührung, als würde sie noch einmal aufgerissen. Ich schloss die Augen und hielt den Atem an, in der Hoffnung, so den feurigen Zorn niederkämpfen zu können, der durch meine Adern schoss. Meine Hand schloss sich bereits um den Griff meines Dolches, aber ich zückte die Waffe nicht. Ich wollte auf keinen Fall sein Spiel mitspielen.

»Es tut mir leid, nicht dabei gewesen zu sein, Sire«, erwiderte ich kühl.

Damien warf den Kopf zurück und betrachtete mich angespannt. Der leiseste Anflug eines Grinsens hätte einen brutalen Zornesausbruch provozieren können, daher gab ich mir alle Mühe, eine völlig ausdruckslose Miene aufzusetzen. Er hätte seine Wut nicht an mir ausgelassen, sondern an Gwyn. Sein kalter Blick ruhte weiter auf mir, und er kniff die Augen leicht zusammen, als ob er in die Sonnen sah. Nach einer Weile verzog er abfällig den Mund.

»Ja, das ist wirklich eine Schande.« Er trat zurück und nahm einen großen Schluck Wein. »Diese Lippen wären auf dem *Bastard-Ball* ein Hingucker gewesen.«

Unwillkürlich neigte ich den Kopf und krauste fragend die Stirn.

»Hast du es noch gar nicht gehört?« Damien lehnte sich wieder gegen die Mauer. »Zu Anfang war es nur ein Witz, aber dann hat sich der Name eingebürgert. Vielleicht veranstalte ich beim nächsten Mal, wenn mein Bruder uns mit seiner Anwesenheit beehrt, wieder einen.« An seinem Kiefer zuckte ein Muskel, und er nahm noch einen großen Schluck Wein.

Ich setzte ein falsches Lächeln auf. »Sehr clever, Sire«, sagte ich mit einem knappen Nicken. Damien fuchtelte mit dem Kelch vor den geschürzten Lippen herum. Er hasste schon allein den Umstand, dass sein Bruder überhaupt geboren worden war; dass er der Sohn einer Fae war, kam noch erschwerend hinzu. Damien hatte am Bett seiner Mutter, der ersten Frau des Königs, gesessen, als sie im Alter von hundertsieben Jahren starb. Drei Tage später hatte die Faengeliebte des Königs Killian zur Welt gebracht.

»Ich hätte es den Halblingball nennen sollen«, murmelte er in seinen Kelch hinein und stürzte den Rest Wein hinunter. Ich nickte, aber er beachtete mich schon nicht mehr. Drei Damen waren auf der anderen Seite des Saals aufgetaucht. Die hungrigen Augen des Prinzen begutachteten den Schwung ihrer Röcke. Er warf den Kelch beiseite und ging ihnen nach, ohne mich eines weiteren Wortes zu würdigen.

Ich hob den Kelch auf und stellte ihn auf den Tisch. Damien hatte für seinen Bruder nur Verachtung übrig. Ich verstand das nicht. Killian zeigte keinerlei Interesse für den Thron und ließ sich manchmal über Jahre weder bei seinem Vater noch bei seinem Bruder blicken. Nachdenklich sah ich Damien nach.

Halbling.

Hasste er seinen Bruder deswegen so? Kopfschüttelnd ging ich zur Treppe, die zu meinen Gemächern hinaufführte. Der König hatte ein Kind mit einer Fae zeugen wollen, um den Frieden mit dem Faenland zu besiegeln. Jedenfalls hatte er das behauptet. Und so wurde Killian geboren, während seine Mutter im Kindbett starb.

Zwar mochte es stimmen, dass der zweitgeborene Prinz ein Bastard war, aber ein Halbling war er nicht.

Killian war als Sterblicher geboren worden und besaß weder besondere Kräfte noch war er besonders groß. Selbst sein Blut war rot. Sterbliche und Faen hatten reines Blut – rotes –, und dementsprechend zeugten sie reinblütige Nachkommen. Das Einzige, was den Prinzen von anderen Sterblichen unterschied, war seine verlängerte Lebensspanne, die er ebenso wie sein Bruder vom König geerbt hatte.

In meinem Zimmer angekommen, ließ ich mich aufs Bett fallen, ohne vorher noch zu baden. Um mir Wasser einzulassen, war ich zu müde, außerdem spürte ich das quälende Verlangen in meiner Kehle. Ich zog den Stopfen aus der kleinen Phiole und ließ mir einen Tropfen auf die Zunge fallen, damit mich die Süße des *winvra* in einen traumlosen Schlaf fallen ließ.

Der König ließ einen ganzen Tag verstreichen, dann rief er mich zu sich. Zwei Wachleute öffneten die hohe Flügeltür zum Thronsaal, und das Sonnenlicht, das durch die großen Fenster drang, schien wärmend auf meine Kapuze. Jeder der drei Sessel war besetzt, als ich eintrat. Der König saß auf seinem Thron in der Mitte, flankiert von seinen beiden Söhnen. Mir stockte kurz der Atem. Eine Audienz vor versammelter Mannschaft hatte ich nicht erwartet.

Nachdem ich die Kapuze zurückgeschlagen hatte, fiel ich vor dem Thron auf die Knie. Mir war, als ob ich fühlte, wie sich die Augen des Königs in meinen Schädel bohrten, während Damien mir eher mit seinen Blicken die Leinenbluse auszuziehen versuchte, die ich unter meinem Mantel trug.

»Erhebe dich«, sagte der König, der heute besonders viel Rücksicht auf meine Knie zu nehmen schien. Das war entweder ein sehr gutes oder aber ein sehr schlechtes Zeichen für den weiteren Verlauf der Audienz.

»Was hast du in Cereliath in Erfahrung gebracht?«, fragte er dann in gepresstem Ton.

Also ein sehr schlechtes.

»Nicht so viel, wie ich mir erhofft hatte, Euer Majestät«, antwortete ich mit einer Verbeugung. »Ich habe Lord Curringham einen Monat lang beschattet. Dabei gaben meine Beobachtungen keinen Anlass zu der Vermutung, dass er mit den Dunkelfaen Umgang pflegt oder dass er …« Ich holte tief Luft. »Oder dass er wusste, dass sein Sekretär das tut.«

»Sein Sekretär?« Damien, der sich fast quer auf seinen Sessel gefläzt hatte, sodass er sich auf die eine Armlehne stützte und ein Bein über die andere baumeln ließ, runzelte die Stirn. Killian saß kerzengerade aufgerichtet da, hatte aber die Augenbrauen erhoben.

»Ja, Euer Hoheit«, fuhr ich fort, ohne Damien eines Blickes zu würdigen. Es war riskant, dem König davon zu erzählen, aber ich hoffte, dass es sich für mich auszahlen würde. »Der junge Mann stand seit über einem Jahr in Lord Curringhams Diensten. Ich wurde Zeuge, wie er sich mit einem Verschwörer traf, von dem er glaubte, er stünde mit dem Schatten im Bunde.«

»Mit dem Schatten?«, wiederholte der König, der die Armlehne des Thronsessels so heftig umklammerte, dass seine Knöchel weiß wurden.

»Jawohl, Euer Majestät. Der Mann verbarg sein Gesicht unter seinem Reisemantel, daher konnte ich ihn nicht erkennen. Als ich später den Sekretär verhörte, erklärte er, nur mit zwei Leuten in Verbindung gewesen zu sein – mit einem, den er für den Schatten hielt, und mit einem Komplizen.« Das stimmte nicht ganz, aber das würde der König nie erfahren. Den einzigen Zeugen unseres Gesprächs hatte ich auf den Grund eines Kanals geschickt.

»Willst du damit sagen, dass der Schatten und die Dunkelfaen zusammenarbeiten?«, brüllte der König jetzt und schlug mit der Faust auf die Armlehne. Sein Bart erbebte unter seinen heftigen Atemzügen, und ihm schoss das Blut in die Wangen, während er die Augen zu Schlitzen zusammenkniff.

Ich schüttelte den Kopf. »Da war sich der Junge nicht sicher. Rylan bekam nie viel von ihm zu Gesicht, aber er war der Meinung, dass er sich für einen Sterblichen zu schnell bewegte.«

»Rylan?«, ertönte die sanfte Stimme von Prinz Killian. Ich erstarrte. Killian sprach nur ganz selten bei Hofe, und mit mir schon gar nicht.

»Das war der Name des Jungen, Euer Hoheit«, sagte ich und sah zu dem Prinzen auf, der sich mit leicht schräg geneigtem Kopf vorbeugte.

»Was interessiert mich der Name eines toten Verräters!«, brüllte der König und schlug jetzt auch mit der anderen Faust auf die Sessellehne. »Was hatte der Schatten in Cereliath zu suchen?«

Jetzt wandte ich den Blick wieder zum König. »Der Verschwörer brachte eine Schiffsladung Vorräte in die Stadt. Ich glaube, der andere Mann, der sich mit dem Sekretär traf, könnte der Schatten gewesen sein oder jemand, der für ihn arbeitet.«

»Warum?« Killian zog fragend eine seiner honigfarbenen Augenbrauen in die Höhe, bevor er sich eine Haarsträhne aus dem Gesicht strich.

»Der junge Mann ging davon aus«, sagte ich achselzuckend. »Und das tun auch viele Bauern in Cereliath. Die Armen hungern, und irgendjemand hat ihnen zu essen gegeben. Sie glauben, dass es der Schatten ist.« Killian nickte langsam, und ich sah an seiner schnellen Augenbewegung, dass er auf seine stille Weise über das Gesagte nachdachte.

»In Cereliath verhungert nur, wer sich zu arbeiten weigert«, erklärte der König.

Oder wer es nicht kann, dachte ich und biss die Zähne zusammen.

Damien rieb sich das Gesicht und ließ den Arm wieder über dem Stuhl hängen.

Killian wandte sich erneut an mich. »Das beweist nur, dass der Junge mit dem Schatten zusammenarbeitete, aber nicht, dass der Schatten eine Verbindung zu den Dunkelfaen hat.«

Der König beugte sich vor und zog die Augenbrauen ebenso in die Höhe wie seine Mundwinkel. »Siehst du das genauso, meine Klinge?«, fragte er und leckte sich über die Lippen.

Ich zögerte kurz. »Während meines Aufenthalts in Cereliath konnte ich keine *direkten* Beweise dafür finden, dass die Dunkelfaen an der Sache beteiligt waren. Der Junge versicherte immer wieder, dass er nie mit ihnen zu tun gehabt hatte.« Das war wieder gelogen. Rylan hatte weder das eine noch das andere bestätigen können.

»Also ist die wahre Bedrohung dieser Schatten«, sagte Damien und warf seinem Bruder einen herablassenden Blick zu, bevor er sich mit seinem anmaßenden Grinsen mir zuwandte. »Habe ich das nicht schon gesagt, als du das letzte Mal hier im Thronsaal warst?«

Der König ließ sich gegen die Lehne seines Throns zurücksinken und richtete seinen kalten Blick auf seinen Ältesten.

»Ich würde gern hören, welche indirekten Beweise du gefunden hast«, schaltete sich Killian wieder ein. Ein herausforderndes Lächeln lag auf seinen rosigen Lippen.

»Euer Hoheit?« Ich sah ihn fragend an.

»Du sagtest, du hättest keine *direkten* Beweise dafür gefunden.« Killian machte eine kleine Handbewegung. »Und daher würde ich gern hören, wie die indirekten aussehen.«

Der König nickte, während Damien die Augen verdrehte.

»Der Verschwörer, der mit Rylan sprach, hatte eine Klinge bei sich«, erklärte ich. »Sie war ganz sicher eine Elfenarbeit und eine viel zu schöne Waffe für einen gewöhnlichen Verbrecher.« Killians Lippen zuckten. »Und außerdem«, fuhr ich fort, »kämpft der Schatten viel zu gut. Wer auch immer er sein mag, für einen Sterblichen ist er zu stark. Und wenn er ein Halbling aus Elverath wäre, hätte er keine solche Kampfausbildung.« Der König hielt männliche Halblinge für zu gefährlich, um ihnen Waffen in die Hand zu geben, und ließ sie daher Zwangsarbeit verrichten. Seine Armee war jenen vorbehalten, denen er vertraute – den Sterblichen –, und jenen, die er kontrollieren konnte – den Schemen.

»Dann hast du wieder gegen den Schatten gekämpft?«, warf Damien ein, der sich jetzt aufsetzte. Seine Jadeaugen blickten mordlustig.

Mir rann der Schweiß die Wirbelsäule hinunter, und mein Herz schlug heftig. Wenn ich den König dazu bringen wollte, dass er mich den Schatten verfolgen ließ, dann durfte ich ihn nicht wissen lassen, dass ich unseren Gegner ein zweites Mal nicht hatte besiegen können.

»Ich bezog mich auf unser Duell in Volcar«, entgegnete ich kühl. »Soweit ich weiß, weilte der Schatten während meines Aufenthalts nicht in Cereliath.« Damien nahm wieder seine zusammengesunkene Haltung ein. Killian musterte mich, ließ seine Augen über mein Gesicht und meine Glieder gleiten. Es war nicht der raubtierhafte Blick seines Bruders, es lag eher Neugierde darin. Erst dachte ich, er wollte noch etwas sagen, aber dann lehnte er sich zurück und sah aus dem Fenster.

»Du meinst, der Schatten ist ein Fae?« Die Worte des Königs klangen hitzig und gefährlich.

»Ich habe es in Erwägung gezogen, Euer Majestät«, antwortete ich und senkte den Kopf. »Aber es wäre für Dunkelfaen sehr schwierig, in Elverath unterwegs zu sein, ohne die Aufmerksamkeit der

Schemen auf sich zu ziehen. Oder die Aufmerksamkeit überhaupt aller.« Schon allein durch ihre violette Augenfarbe fielen Dunkelfaen schnell auf. »Deswegen halte ich es für wahrscheinlicher, dass er ein Halbling ist. Vielleicht einer, der im Faenland aufgewachsen ist. Oder …«

»Oder ein Elf«, vervollständigte Killian leise für mich. Ich nickte, und eisige Stille breitete sich im Thronsaal aus. Kaum jemand wagte es, die Elfen in Gegenwart des Königs zu erwähnen, der auch jetzt mit den Zähnen knirschte, wie ich mit angehaltenem Atem hörte.

Damien traute sich, das Schweigen zu brechen. »Mir ist egal, wer dieser Verräter ist. Ein Verräter ist ein Verräter, und er muss den Tod finden.« Während er mit den Fingern auf die Armlehne trommelte, sah er seinen Vater zustimmungsheischend an. Doch der König betrachtete seinen Sohn mit unbewegter Miene. Dann nickte er einmal kurz und wandte sich an Killian.

»Ich bin derselben Meinung«, sagte der, ballte die Faust und lockerte die Finger dann wieder.

»Wie die Klinge oder wie dein Bruder?«, fragte der König und deutete nacheinander auf mich und Damien.

»Beide«, gab Killian zurück. »Wenn ein Dunkelfae durch Elverath zöge, dann würden die Schemen davon wissen. So oder so, dieser Schatten wird allmählich eine Bedrohung, die wir nicht mehr übersehen können.«

Der König bestätigte das mit einem steifen Nicken.

»Es ist an der Zeit, dass der Schatten gerichtet wird.« Er blickte mit blitzenden Augen zu mir. »Bereite dich auf eine Jagd vor, meine Klinge. Kehre nicht wieder zurück, bis du diesen Schatten nicht enttarnt hast und mir am besten gleich seinen Kopf bringst.«

»Das werde ich mit Freuden tun, Euer Majestät«, sagte ich und verneigte mich.

»Habe ich das nicht letztes Mal auch schon gesagt?«, brummte Damien, bevor er seine Beine wieder über die Armlehne schob und ein gelangweiltes Gesicht zog.

Der König maß mich mit grimmigem Blick. »Wie du diesen Auftrag am besten erfüllst, überlasse ich dir. Aber sei dir bewusst, dass ich dir dorthin, wohin du jetzt gehst, keine Unterstützung schicken kann, falls etwas schiefgeht.«

Ich nickte; davon war ich ausgegangen.

»Und wenn du mir nicht den Kopf des Schattens bringen kannst«, fuhr der König fort und kniff die Lippen zusammen, »dann werde ich mir deinen holen.«

Mein Rücken versteifte sich, mein Puls begann zu rasen, und mir war, als ob mein Mantel plötzlich viel straffer um meinen Hals lag als zuvor. Er fühlte sich schon fast wie eine Henkersschlinge an, und ich lockerte ihn schnell ein wenig.

»Ein Elf könnte sich nur jenseits der Brennenden Berge verstecken«, sagte Killian, der mich mit einem sanften Blick bedachte, der in deutlichem Kontrast zur steinernen Miene seines Vaters stand. Kurz sah er den König an. »In welcher Faenstadt wirst du dich umsehen?«, fragte er dann.

»In Aralinth.«

Der Stadt des ewigen Frühlings.

ZEHN

Ich war noch nie zuvor in Aralinth gewesen. Die Dunkelfaen schützten ihre Stadt gut vor jenen, die dem König dienten. Wenn die Krone etwas mit den Faen zu besprechen hatte, trafen sich die Gesandten beider Seiten in Caerth. Auch der Handel, der in sehr kleinem Umfang zwischen dem Faenland und dem Königreich stattfand, wurde östlich der Brennenden Berge abgewickelt.

Nur wenige in Elverath hatten je einen Dunkelfaen zu Gesicht bekommen, obwohl man sich überall im ganzen Reich immer noch von ihren legendären Kräften erzählte. Davon, dass sie ihre Gegner in Dunkelheit hüllten, sodass sie nichts mehr sahen, und ihnen dann einen tödlichen Streich versetzten. Oder dass sie untereinander sprachen, ohne die Lippen zu bewegen, und ihre Gedanken direkt in die Köpfe der anderen übertrugen. Oder dass sie jede Flüssigkeit in ein Gift verwandeln konnten, das man weder roch noch schmeckte und das ihre Opfer unter größten Qualen sterben ließ.

Angeblich war ihre Zauberkraft sehr geschwunden, jedenfalls erzählte man sich das, und ich hoffte, dass es stimmte. Sonst würde ich im Faenland wahrscheinlich nicht lange überleben.

Ich kämpfte meine Ängste nieder, als ich aus dem Thronsaal

schritt. Die Entscheidung war gefallen; ich würde ins Faenland reisen, um den Schatten zu suchen. Wenn ich sämtliche noch lebende Dunkelfaen würde herausfordern müssen, bevor ich meinem Gegner die Kehle durchschnitt, dann ließ sich das nicht ändern. Der Orden zählte auf mich. Die Halblinge zählten auf mich.

Und was hatte ich zu verlieren? Entweder starb ich auf meiner Reise durch die Magie der Faen oder ich würde vom König ausgelöscht, wenn ich mit leeren Händen zurückkehrte. Eine Reise zur Hauptstadt des Faenlandes war gefährlich – vielleicht gefährlicher als alles, was ich bisher unternommen hatte –, aber mir blieb nichts anderes übrig.

Dicke Schweißtropfen traten mir auf die Stirn, während ich durch den Palast ging. Ein vertrautes Verlangen stieg in mir auf, so heftig, dass meine Kehle brannte. Unwillkürlich fasste ich an meinem Gürtel nach dem Weinschlauch, der dort sonst immer hing, jetzt aber nicht mehr da war. Stattdessen nahm ich die kleine Phiole aus meiner Vordertasche und zog den Glasstopfen heraus. Mit dem dünnen Stäbchen, das daran befestigt war, ließ ich einen winzigen ebenholzschwarzen Tropfen auf meine Zunge fallen. Er schmeckte süß, süßer als jede Frucht und jeder Wein, den ich je gekostet hatte.

Augenblicklich lockerten sich meine Schultern, und mein Herzschlag wurde langsamer. Das Brennen in meiner Kehle beruhigte sich so weit, dass ich wieder an andere Dinge denken konnte, nicht nur an die quälende Sucht. Dennoch traute ich mir selbst nicht so weit, dass ich lange allein in meinen Gemächern bleiben wollte. In diesen Räumlichkeiten hatte ich zu viele einsame Nächte damit zugebracht, einen Weinkelch nach dem anderen zu leeren. Es wäre leicht gewesen, in alte Gewohnheiten zurückzufallen und eine Kammerzofe ein oder zwei Krüge heraufbringen zu lassen.

In den Gärten würde ich vielleicht Ablenkung finden. Die Sonnen standen hoch am Himmel, daher war es für die Damen des Hofes zu heiß, um spazieren zu gehen und die vielen Blüten zu betrachten, und die Dienstboten waren noch nicht mit ihren Arbeiten fertig. Es war die beste Zeit, um dort allein zu sein und nachzudenken.

Ich setzte mich unter einen alten Ahorn und lehnte mich mit dem Rücken an seinen kräftigen Stamm. Dann schloss ich die Augen und ließ mich von der Wärme der Sonnen einhüllen. Es roch nach frischen Blumen, und ich hörte die leise Unterhaltung der Dienerinnen, die vor der Palastküche Kleidungsstücke auswuschen. Die leichte Brise, die über das Meer strich und an den zum Trocknen aufgehängten Kleidern zupfte, trug ihre Stimmen zu mir heran. Ich gab mich der friedlichen Stimmung hin, bis ich einnickte.

»Keera«, hörte ich jemanden rufen, und blinzelnd hob ich den Kopf. Außer einem schwarzen Umriss vor dem Licht der Sonnen konnte ich nichts erkennen. »Ich dachte, du würdest inzwischen wieder in deinem Zimmer sein.«

Ich rieb mir die Augen und lächelte. Auch ohne ihr Gesicht zu sehen, erkannte ich natürlich, dass es Gwyn war, die da vor mir stand.

»Ich wusste nicht, dass du auf mich wartest«, sagte ich, stand auf und klopfte den Dreck von meinen Hosen. »Seit ich zurück bin, habe ich dich noch gar nicht zu Gesicht bekommen.«

»Ich weiß, es tut mir leid.« Ihr Blick verharrte auf meinen Stiefeln, während sich ihre Wangen rosa färbten. »Ich war … Prinz Damien … Er ließ mich in seinen Gemächern warten, bis der letzte Gast gegangen war. Erst letzte Nacht, als du schon zu Bett gegangen warst, durfte ich wieder hinaus.« Sie hob den Kopf und fasste hinter dem Rücken nach ihrem Ellenbogen. Ihre Augen waren an den Lidrändern gerötet, und ich biss mir auf die Lippe, um den Prinzen nicht lauthals zu verfluchen.

»Warum?«, fragte ich. Damien war grausam, aber er langweilte sich auch schnell. Es sah ihm gar nicht ähnlich, Gwyn tagelang mit Beschlag zu belegen.

Gwyn zuckte die Achseln und scharrte mit der Stiefelspitze über den Boden. »Er hat eigentlich gar nichts gemacht. Nicht so richtig jedenfalls. Wahrscheinlich wollte er mir einfach nur zeigen, dass er könnte, wenn er wollte.« An ihren Handgelenken waren hellrote Abschürfungen zu sehen. Der Dreckskerl hatte sie gefesselt.

»Willst du ein Stück mit mir gehen?«, fragte ich und streckte ihr den Arm hin, und sie hängte sich breit lächelnd bei mir ein. Jetzt fiel mir der Goldring an ihrer Hand auf, den ich ihr bei meinem letzten Besuch in der Hauptstadt gegeben hatte.

Sie bemerkte meinen Blick und bewegte ihre Finger auf meinem Arm. »Ich musste keinen Gebrauch von ihm machen«, flüsterte sie. Es wollte mir nicht gelingen, ihr Lächeln zu erwidern, aber ich nickte, während mich ein kalter Schauer überlief. Mir graute davor, was der Prinz Gwyn eines Tages antun mochte und wie weit er vielleicht gehen würde. Es war meine schlimmste Angst, dass ich eines Tages in die Hauptstadt zurückkehren und sehen würde, wie Gwyns Leichnam vom Balkon des Prinzen hing.

»Wie war es in Cereliath?« Ihre Frage riss mich aus meinen Gedanken.

»Langweilig«, sagte ich, als wir den Garten verließen und auf den Strand zuhielten. Gwyn ließ meinen Arm los, als ich den ersten Schritt auf den Sand tat. Für sie ging es hier nicht weiter.

»Entschuldige«, sagte ich, als mir das klar wurde; ich hatte gar nicht mehr an ihre Fessel gedacht.

»Ist nicht schlimm«, sagte Gwyn jetzt leiser als zuvor. »Obwohl ich mir wünschte, ich könnte wieder am Strand spazieren gehen.« Mit großen Augen betrachtete sie die Brandung. Nicht so, wie sie es als Kind getan hatte, als sie von Staunen erfüllt durch die auflaufende Flut getollt war, sondern mit dem verlorenen Blick, mit dem Seemannswitwen aufs Meer hinausblickten. Erfüllt von der Erinnerung an etwas, das es einmal gab, voller Schmerz und einem winzigen Funken Hoffnung. Einer Hoffnung, die von ihrer Fessel zunichtegemacht wurde.

Gwyn war aufgrund einer Lebensschuld an den Palast gekettet.

Keine, die sie selbst auf sich geladen hatte; sie verdankte sie einem ihrer Vorfahren, der vor langer Zeit gelebt hatte. Eine lange schon vergessene Zauberei hielt sie, solange der König lebte, im Palast fest. Genau wie ihre Mutter und ihre Großmutter. Nur zu gut erinnerte ich mich an den Tag vor drei Jahren, als ihre Mutter gestorben war. Ich stand neben Gwyn, als ihre Mutter ihren letzten rasselnden Atemzug tat. Eine Träne lief über Gwyns Wange, als es geschah, und sie heulte auf, als die Fessel nun sie erfasste und sich wie ein Brandmal glühend um ihren Knöchel schlang.

Wir gingen durch die äußeren Bereiche des Gartens unter üppig belaubten Bäumen und dicken Blüten zurück. Gwyn erzählte mir den neuesten Klatsch vom Fest. Die Ehefrau eines Fürsten war dabei erwischt worden, wie sie sich in einem leeren Zimmer mit einem Halbling vergnügte. Sie hatte ihre Titel eingebüßt, ihn hatte man sofort getötet.

Als wir die Palastmauern erreichten, ließ Gwyn meinen Arm los. Sie hatte Pflichten zu versehen, versprach aber, noch vor Untergang der Sonnen mit mir zu essen. Ich streckte die Hand nach ihr aus, aber sie drehte sich nicht mehr um. Ein ungutes Gefühl stieg in mir auf, als ich den Arm wieder sinken ließ.

Damien quälte sie. Das schnürte mir die Kehle zu, denn ich wusste, dass ich zumindest teilweise der Grund dafür war. Seit er mir meine Narben beigebracht hatte, dürstete er nach anderen Möglichkeiten, um mich zu verletzen. Ihm war aufgefallen, wie sehr mir Gwyn ans Herz gewachsen war, und daraufhin hatte er es ihrer Mutter gestattet, die Kleine mitzunehmen, wenn sie ihren Arbeiten nachging. Manchmal blieb die kleine Gwyn stundenlang bei mir und lauschte den Geschichten von meinen Reisen. Nachdem die Fessel auf sie übergegangen war, begann er seine Spielchen mit ihr zu spielen. Offenkundig bereitete es ihm eine kranke Art von Befriedigung, dass er, wenn er sie verletzte, auch mir damit wehtat.

Gwyn wusste, wieso der Prinz sie mehr beachtete als die anderen Halblinge, aber sie machte mir nie einen Vorwurf deswegen. Das war eine Güte, die ich ihr gegenüber niemals wieder würde gutmachen können.

Als ich noch einmal zum Strand zurückblickte, kam mir ein Gedanke. Die Sonnen hatten ihren Zenit überschritten, und die Schatten auf der Gartenterrasse wurden allmählich länger. Ich würde mich beeilen müssen, um meinen Plan umzusetzen, bevor Gwyn und ich uns zum Essen trafen.

Ich durchquerte den Garten und betrat die Bibliotheksterrasse. In einer Nische in der Burgmauer befand sich eine kleine Tür zu einem Abstellraum, in dem die Dienerschaft, wie ich wusste, Gartengeräte aufbewahrte. Dort würde es sicher einen Eimer geben, und ich brauchte einen großen.

Tatsächlich fand ich noch etwas Besseres. Eine rostige Schubkarre. Sie war zwar schon recht betagt, würde aber für meine Zwecke taugen. Nachdem ich die Harken und Hacken beiseitegeräumt hatte, konnte ich sie aus dem kleinen Verschlag ziehen. Zwar quietschte das Rad bereits heftig, aber mir war egal, ob sich die Dienerschaft über mich ärgerte, und so warf ich trotzdem noch eine Schaufel in die Lademulde.

Am Rand der Terrasse bahnte ich mir mit meinem Gefährt vorsichtig einen Weg um die steinernen Säulen. Als ich gerade die letzte umrundete, trat jemand dahinter hervor und stieß mit mir zusammen.

»Oh, tut mir leid«, hörte ich leise.

»Hast du keine Augen im Kopf?«, entfuhr es mir gereizt, doch dann wurde ich kreidebleich, als ich erkannte, wen ich vor mir hatte.

Prinz Killian stand vor mir; seine sanften grünen Augen schimmerten im Licht der Sonnen. Er hielt ein Buch in der Hand.

Hastig verneigte ich mich. »Ich muss mich entschuldigen, Euer Hoheit.« Dann schlug ich meine Kapuze so weit zurück, dass er sehen konnte, wer ich war.

»*Ich* bin es, der sich entschuldigen sollte«, gab er mit schiefem

Lächeln zurück. »Natürlich habe ich Augen. Ich sollte es mir wohl auch angewöhnen, sie zu benutzen.«

Darauf wusste ich nicht zu antworten, daher blieb ich unsicher stehen.

»Keera, es ist wirklich in Ordnung.« Er lächelte immer noch. »Tatsächlich freue ich mich, dass ich auf dich gestoßen bin. Ich wollte dir das hier geben.« Damit drückte er mir das Buch in die Hand.

»Ein Buch?« Mit gerunzelter Stirn betrachtete ich den Ledereinband, dessen Goldprägung drei Blätter zeigte, deren verschlungene Stiele sich zu einem Zweig verbanden.

»Es ist eine Sammlung historischer Aufsätze«, erklärte er und fuhr mit dem Zeigefinger über die Elfenschrift auf dem Rücken. »Darin steht einiges über die Geschichte der Elfen und der Faen. Ich dachte, vielleicht wäre es für dich eine gute Vorbereitung für deinen Aufenthalt im Faenland.«

Ich nahm das Buch. Es war schwerer, als ich vermutet hatte.

»Ich danke Euch, Sire«, sagte ich noch immer überrascht. »Obwohl ich nicht weiß, ob ich auf meiner Reise Zeit zum Lesen haben werde. Oder ob es hilfreich sein wird.«

Killian nickte und kaute nachdenklich ein wenig an der Innenseite seiner Wange. »Bisher habe ich noch keinen Krieg oder Konflikt miterlebt. Die Schlachten Elveraths wurden gewonnen, lange bevor ich geboren wurde, aber es war mir stets wichtig, viel über die Kriege der Menschen – und Elfen – in Erfahrung zu bringen. Je mehr man über seine Feinde weiß, desto eher kann man sie schlagen. Vielleicht wird es dir helfen, den Schatten zu besiegen.«

Ich schlug das Buch in der Mitte auf und erblickte das Bild einer Fae, die zwei Säuglinge an der Brust hielt. Mit der Fingerspitze strich ich über ihre üppigen Locken und das kräftige Kinn. Ihre Augen waren wie geschmolzenes Gold.

Sie war eine Lichtfae.

»Liegt darin dann der Schlüssel zur Verhinderung von Kriegen?«, fragte ich, während ich die Zeichnung weiter betrachtete. »Das Wissen über den Feind einzusetzen, um ihn zu schlagen, noch bevor die Schlacht begonnen hat?«

Killians Mundwinkel zuckten, als sich unsere Blicke trafen. »Darin liegt einer der Vorteile«, sagte er.

»Und der andere?«, fragte ich und klappte das Buch wieder zu.

»Vielleicht hilft es zu erkennen, ob ein Feind wirklich einer ist«, sagte er und hielt den Blickkontakt, ohne zu blinzeln. Zwar zog ich fragend eine Augenbraue in die Höhe, aber er führte das nicht weiter aus.

»Wie lange werdet Ihr diesmal hierbleiben?«, erkundigte ich mich dann, während ich das Buch in die Tasche unter meinem Mantel schob.

Killian räusperte sich. »Übermorgen reise ich nach Volcar ab. Ich war nur auf Bitten meines Vaters zurückgekommen.« Er rieb sich den Hals, und mir fiel ein kleiner Tintenfleck an seinem Ärmel auf. Wenn er sich im Palast aufhielt, war Killian fast immer in der Bibliothek. Den größten Teil des Tages verbrachte er mit Lesen, die übrige Zeit schrieb er.

»Jetzt habe ich dir aber schon zu viel Zeit gestohlen«, sagte er mit einer kleinen Neigung seines Kopfes. Sein Blick fiel auf die Schubkarre, und ein Lächeln ging über sein Gesicht, als er mich nun seinerseits fragend ansah. Es war faszinierend, wie sehr seine klar definierten Gesichtszüge denen seines Bruders glichen, obwohl sich die beiden Prinzen dessen ungeachtet überhaupt nicht ähnlich sahen.

»Ich hole ein bisschen Sand«, antwortete ich und deutete zur Bekräftigung auf die Schubkarre.

»Sand?« Zwar nagte er verständnislos an seiner Unterlippe, aber bei dem hellen Glanz in seinen Augen entspannte ich mich trotzdem.

»Ja«, bestätigte ich und war mir unsicher, ob ich das weiter erklären sollte.

Der Prinz ging mit einem kurzen Auflachen zurück zur Bibliothek. »Wir alle haben das Recht auf ein paar Geheimnisse, Keera«, rief er mir über die Schulter zu, bevor er zwischen den Bücherstapeln und Schriftrollen verschwand.

Meine Überraschung war gerade fertig, als Gwyn zur Tür hereinkam.

»Was hast du gemacht?«, fragte sie mit aufgeregter heller Stimme und hielt sich die Hände vor den Mund, während sie auf Zehenspitzen vor- und zurücktänzelte. Genau wie früher, als sie noch klein war, wenn ich ihr etwas von meinen Reisen mitgebracht hatte.

Ich hatte das Zimmer mit dem Sand ausgestreut, den ich vom Strand heraufgebracht hatte. Außerdem hatte ich die Kommode ins Bad geschoben, damit der Blick aufs Meer, den die lange Glaswand bot, durch nichts verstellt wurde. Zwei Handtücher lagen vor dem Fenster, daneben standen ein Korb und ein Krug mit Wasser.

»Wir machen ein Picknick am Strand«, erklärte ich und konnte mir jetzt das Lächeln nicht mehr verkneifen. Mir wurde immer leichter ums Herz, wenn es mir gelang, etwas Freude in Gwyns Alltag zu bringen.

Sie machte große Augen und streifte ihre Pantoffeln ab. Dann ging sie auf den improvisierten Strand zu, blieb aber am Rand stehen. Kurz verharrte sie mit erhobenem Fuß, dann senkte sie langsam ihre Zehen. Ein Kichern kam aus ihrer Kehle, und sie grub ihre Füße in den Sand und wiegte sich in den Hüften.

»Es fühlt sich herrlich an!«, rief sie, rannte durchs Zimmer und warf sich mir in die Arme. Beinahe wäre ich auf den Picknickkorb gestürzt, konnte mich aber gerade noch fangen. »Vielen Dank, Keera!« Sie lachte, als ich sie herumwirbelte. Ich hätte ganze Schubkarrenladungen voll Sand in ihr Zimmer gebracht, jeden Tag, wenn ich dadurch dafür hätte sorgen können, dass ihr Lachen niemals aufhörte.

»Wie schön, dass es dir gefällt«, sagte ich und nahm auf einem der Handtücher Platz. Gwyn wanderte weiter durchs Zimmer, drehte sich und spielte mit dem Sand. Ich musste daran denken, wie sie früher ihrer Mutter gefolgt war, wenn die ihren Arbeiten im Palast nachging, und wie sie von früh bis spät getanzt und gelacht hatte.

»Guck mal unter dein Kissen«, sagte ich, als sie sich auch endlich hingesetzt hatte.

Sie zog ein Päckchen hervor, das mit einem feinen Band versiegelt war. In das Wachs waren zwei gekreuzte Ähren geprägt, das Wappen von Gut Erntereich.

»Was ist das?«, fragte sie ganz wie immer.

Ich schüttelte den Kopf. »Du musst es schon aufmachen, Gwyn«, erklärte ich entsprechend unserem altvertrauten Dialog.

Kichernd zog sie das Band mit dem Siegel ab und klappte das Kästchen auf. Ein Parfümfläschchen aus Glas lag darin. Der schlanke Stopfen war aus Gold, gekrönt von einem kleinen Rubin, dessen Rot mich an ihr Haar erinnerte.

»Das ist wunderschön«, staunte sie und betrachtete die blaue Flüssigkeit, die in dem kleinen Fläschchen schwappte. »Aber was ist das?«

Ich lachte. »Parfüm, und zwar von der edlen Sorte, wie echte Ladys es benutzen. Ich habe es gekauft, weil ich fand, dass es so riecht wie Volcar, wenn es dort schneit.«

Gwyn tupfte sich ein paar Tropfen auf ihr Handgelenk und roch daran. »Riecht so Schnee?«, fragte sie, Mund und Augen weit geöffnet. Dann schloss sie beides, und ich wusste, dass sie sich die schneebedeckte Vulkanstadt vorstellte, die ich ihr so oft schon beschrieben hatte.

»Es muss schön sein«, sagte sie und schnupperte noch einmal an ihrem Handgelenk. »Etwas, das so großartig riecht, muss einfach schön sein.«

»Manchmal ja«, sagte ich, während ich mich zurücklehnte und mich mit den Ellenbogen rücklings auf den Sand stützte. »Aber wenn ein Sturm aufzieht, kann es auch sehr gefährlich sein. Tödlich.«

»So ein bisschen wie du«, sagte Gwyn und bespritzte mich aus dem Fläschchen. Lachend wedelte ich mit den Händen vor meinem Gesicht herum. Der Duft verteilte sich im ganzen Raum und ließ unsere Nasen an Schnee denken, während wir die Zehen in den Sand gruben.

So lagen wir einige Stunden lang auf unserem Strand und aßen die Leckereien, die ich aus der Küche stibitzt hatte. Gwyn wollte mehr von Volcar erfahren und von dem großen, schneebedeckten Berg dort, aus dem Feuerstürme mit glühend heißen Kohlen und Asche hervorbrechen konnten. Nur zu gern hörte sie meine Geschichten, und ich erzählte sie ihr ebenso gern. Meine Aufträge oder die Leute, die ich verfolgte, interessierten sie dabei nicht. Sie fragte nur immerzu nach den Städten. Den Bäumen. Danach, wie die Leute anderswo redeten oder lachten. Was sie aßen. Oftmals, wenn mir in einsamen Nächten kalt und elend war, dachte ich an Gwyn und wie begeistert sie selbst von der gewöhnlichsten Landschaft gewesen wäre. Es half mir dabei, mir klarzumachen, dass viele Leute mit wesentlich weniger zurechtkommen mussten als ich. Leute, denen es schlecht ergehen würde, wenn ich meine Aufträge nicht erfolgreich erfüllte.

»Wie lange wirst du dieses Mal unterwegs sein, was meinst du?«, fragte Gwyn, die sich eine schokoladenumhüllte Beere in den Mund schob.

»Ich weiß nicht«, antwortete ich und zuckte die Achseln. »Monate. Vielleicht noch länger.« Selbst wenn man sich sehr beeilte, dauerte die Reise nach Aralinth mindestens drei Wochen.

»Meinst du, du wirst ihn töten? Diesen Schatten?« Sie leckte sich die Schokolade von den Lippen.

»Mir bleibt keine Wahl.« Ich atmete tief aus und ließ die Schultern hängen.

»Das ist zu schade. Irgendwie gefiel mir die Vorstellung, dass da draußen jemand ist, der gegen den König zu Felde zieht.« Sie drückte die Zehen gegen das kühle Glas.

»Gwyn, so etwas darfst du nicht sagen«, flüsterte ich erschreckt. Hier in Koratha konnten wir jederzeit belauscht werden.

»Ich würde es ja nie zu jemand anderem sagen außer dir«, fuhr sie mit leiserer Stimme fort. »Kannst du es mir verübeln, Keera, dass ich ihm den Tod wünsche?« Sie presste die Lippen zu einem unnatürlichen Strich zusammen.

Ich schüttelte den Kopf. Der Tod des Königs würde ihr die Freiheit bringen. Es war nur zu verständlich, dass Gwyn ihn sich herbeisehnte, obwohl es ein närrischer Traum war.

»Du musst vorsichtig sein«, sagte ich und nahm ihre Hand. Sie erwiderte den kurzen Druck und bettete dann ihren Kopf in meinen Schoß. Sanft strich ich über ihr Haar und schob ihr eine verirrte Strähne hinters Ohr. Jetzt schloss sie die Augen, und die dunklen Schatten, die sie umgaben, verschwanden im kühlen Mondlicht beinahe. Obwohl sie erst neunzehn war, sah sie schon älter aus als ich; kleine Fältchen hatten sich in ihre Stirn gegraben, ihre Handflächen waren schwielig. Gwyn hatte bernsteinfarbenes Blut, war aber größtenteils sterblich. Höchstwahrscheinlich würde ihr keine wesentlich längere Lebensspanne vergönnt sein als einer durchschnittlichen Menschenfrau. Vielleicht sogar nur eine kürzere, je nachdem, wie sehr der Prinz sie weiter quälen würde.

Mir wurde schwer ums Herz, als ich über ihr kurzes Leben in Knechtschaft nachdachte. Mein eigenes währte nun schon länger als sechs Jahrzehnte. Schon früher hatte ich Menschen und Halblinge verloren, die, obwohl jünger als ich, eines natürlichen Todes starben, während ich so langsam alterte, dass es kaum wahrzunehmen war. Jeder Tod durchtrennte eine Faser meines Herzens und hinterließ ein brutales Loch, das sich niemals wieder schließen lassen würde. Es wurde über die Jahre nicht leichter, den Verlust zu ertragen, nur schwerer, wieder jemanden ins Herz zu schließen. Nach Gwyn würde ich das vielleicht nie wieder tun können. Falls mein Herz nicht ohnehin aufhörte zu schlagen, würde es für alle anderen ruiniert sein.

»Keera«, sagte Gwyn, deren Augen sich flatternd öffneten, um wieder die rauschende Brandung zu betrachten. Kurz hielt ich beim Streicheln ihres Haars inne. »Du musst auch vorsichtig sein.«

Ich schluckte. »Das werde ich.«

»Gut.« Sie nahm meine Hand, drückte sie gegen ihre Schulter und lächelte. »Nicht, dass du mir stirbst, bevor du mir ein Geschenk aus Aralinth mitgebracht hast.«

ELF

Ich war beim Orden. Ich konnte das Salz riechen, das in nebligen Schwaden von den Wellen aufstieg.

Wusch. Stille. Wusch. Stille. Wusch.

Zu diesem Lied war ich in den ersten Jahrzehnten meines Lebens allabendlich eingeschlafen. Egal, wie müde oder wütend ich war, den Wellen gelang es immer, mich in den Schlaf zu wiegen.

Aber jetzt schlief ich nicht. Ich wanderte am Klippenrand entlang, die Ordensburg ragte über mir auf, strahlend weiß im Licht der beiden Sonnen. Es war heiß, Mittsommer. Dann ließ mich etwas anhalten, und die Gischt, die über die Klippen trieb, kühlte mich ein wenig ab. Ich sah hinab zu den zerklüfteten Felsen, die schneidend scharf aus dem Wasser in die Luft ragten wie Pfeile, die sich durch ihr Ziel gebohrt hatten.

Ein falscher Schritt, und ich würde hinabstürzen und von ihren Spitzen aufgespießt oder von der Wucht der See zermalmt.

Wusch. Stille. Wusch. Stille. Wusch.

Es war wie ein Sirenengesang, der in die Tiefe locken, zum Sprung verleiten wollte.

»Keera, das darfst du nicht«, rief jemand hinter mir.

Als ich mich umwandte, stand sie da. So angezogen wie immer.

Schwarze Hosen und ein ärmelloses Oberteil in derselben Farbe. Die Uniform einer Novizin.

Ihre Kapuze hatte sie nie bekommen.

»Die Wellen rufen mich«, flüsterte ich. »Ich möchte springen.«

»Das darfst du nicht, Keera«, wiederholte sie.

»Warum nicht?«

»Weil du es versprochen hast«, sagte sie schlicht. Ihr blondes Haar war offen, und der Wind wehte ihr einige Strähnen ins Gesicht. Sie war so schön wie immer.

»Ich habe es versucht«, stieß ich erstickt hervor und fiel auf die Knie. »Du hast keine Ahnung, wie oft ich es versucht habe. Ich schaffe es allein nicht«, flüsterte ich.

»Aber Keera.« Sie trat auf mich zu, und sie nahm meinen Kopf in ihre Hände, aber ich konnte sie nicht fühlen. »Du musst nicht allein sein.«

Eine Träne rann über ihre Wange. Ich stand auf und wischte sie ihr zärtlich mit meinem Daumen ab.

»Du bist nicht hier.« Die Worte hallten in der Leere wider, die sich in mir auftat. »Ich habe niemanden.«

»Du hast es versprochen«, sagte sie und trat einen Schritt zurück. »Du hast mehr als deine Geister, Keera.«

Dann rannte sie an mir vorüber, noch bevor ich erfasste, was sie vorhatte. Bevor ich sie packen und festhalten konnte.

Ich sah zu, wie sie zum Klippenrand lief und sprang, und ich wusste, dass es nichts gab, worauf sie hätte landen oder was sie hätte auffangen können. Dass ich sie nicht rechtzeitig erreichen würde.

Trotzdem streckte ich die Arme aus, und mein Herz wollte mir aus der Brust springen, als ich sah, wie sie in die felsige Kluft hinabstürzte.

Ich schrie ihren Namen.

Und dann wachte ich auf.

Die Träume plagten mich auf meiner ganzen Reise durch Elverath. Dabei war es so lange her, dass ich überhaupt etwas geträumt hatte. Jahrelang war ich in betrunkenem Halbdämmer eingeschlafen, der mich vor den Träumen bewahrt hatte. Jetzt kehrten sie mit einer Wucht zurück, dass ich in jeder Nacht wie zerschlagen und schweißgebadet aufwachte.

Das Elixier, das Hildegard mir gegeben hatte, zeigte seine Wirkung. Zwar brannte jeden Morgen meine Kehle und weckte in mir die starke Begierde nach Wein, aber mit dem *winvra* war dieses Verlangen beherrschbar. Mein Magen hatte sich beruhigt und freute sich offenbar, dass er etwas anderes als Alkohol zu verarbeiten bekam. Ich spürte, wie die Kraft in meine Glieder zurückkehrte. Selbst nach dem tagelangen Ritt war ich nicht völlig gerädert. Die dunklen Schatten rund um meine Augen verblassten auch.

Mir war gar nicht klar gewesen, wie schwach ich geworden war. Kein Wunder, dass der Schatten mich besiegt hatte. Auch die Gedanken an ihn ließen mir keine Ruhe, als ich von Silstra nach Caerth ritt. Jede Nacht lag ich im Schutz eines Berghangs am Feuer und sah zum Himmel empor. Die Monde und Sterne nahm ich überhaupt nicht wahr. Alles, was ich sah, war der Schatten. Wie seine hochgewachsene Gestalt vor mir aufragte und er seine Lippen auf meine presste.

Diese Szene wiederholte sich in meinem Kopf ein ums andere Mal. Immer noch versuchte ich zu verstehen, wieso er mich nicht getötet hatte. Er war mir so nahegekommen, und dennoch war ich noch am Leben. Das Gespenst seiner Lippen brannte überall dort, wo er mich berührt hatte, auf meiner Haut und verfolgte mich in den Nächten.

Wieso hatte er mich geküsst? Das war völlig widersinnig. Und der Kitzel, der mich daraufhin erfasst hatte, als seine Lippen und meine sich berührten … Das hatte er auch gespürt, das wusste ich. So oft ich die Ereignisse dieser Nacht noch einmal durchspielte, es blieben stets nur noch mehr Fragen zurück, keine Antworten.

Vielleicht würde ich, wenn ich den Schatten enttarnte und ihm den Kopf vom Hals schlug, endlich die Antworten bekommen, die ich brauchte.

Noch bevor ich Caerth erreichte, konnte ich es riechen. Rauch und der Duft von *winvra* trieben über die Hänge und blieben in meinen Kleidern hängen. Die Weizenfelder, die ich seit Tagen durchquert hatte, wurden von üppigen Obstgärten und Bauernhäusern abgelöst, die bei jedem Schritt, mit dem ich mich dem kleinen Städtchen näherte, größer und hochherrschaftlicher wurden.

In den Außenbezirken der Stadt säumten zusammengedrängte Grüppchen von Bauern die Straßen, hockten zusammengesunken im Dreck und streckten Schüsseln vor ihren ausgemergelten Gestalten aus. Die meisten waren alt, die Körper von jahrzehntelanger Feldarbeit ausgezehrt. Den jüngeren fehlten Gliedmaßen. Wer von ihnen laufen konnte, stützte sich auf einen Stock.

Ich spornte mein Pferd an und ließ es in leichten Galopp fallen. Ich wollte die Leute nicht ansehen, denen ich nicht helfen konnte. Mein schwarzer Mantel würgte mich, als ich in die Stadt hineinritt, und die Schließe mit dem silbernen Schwert hinterließ ihren Abdruck auf meinem Hals. In dem Gasthaus, in dem ich üblicherweise abstieg, wartete eine Schemin auf mich. Sie trug zwei lange Klingen links und rechts am Gürtel, und wer an ihr vorbeigehen musste, schlug einen weiten Bogen um sie. Als ich meinen geübten Blick über die Straße schweifen ließ, konnte ich ihre Partnerin nicht entdecken. Wahrscheinlich besorgte sie in einem der nahe gelegenen Geschäfte Lebensmittel.

»Gebieterin«, grüßte mich die Schemin, als ich von meinem Pferd sprang.

»Eine Nachricht?«, fragte ich und streckte die Hand aus. Wenn Schemen auf mich warteten, dann stets aus diesem Grund.

Die Frau zog einen schmalen Umschlag aus ihrer Tasche. »Der Botenvogel wurde nach Cereliath geschickt, da hier keine Schemen stationiert sind. Falls du keine Antwort hast, die wir überbringen sollen, würden wir sofort nach Cereliath zurückreisen.«

Nachdem ich das Siegel vom Brief gerissen hatte, erkannte ich sofort die dünne Handschrift Hildegards. Am Ende des Schreibens befand sich ein Stempelabdruck, der einen Bogen zeigte. Bevor ich der Schemin antwortete, las ich den Brief zweimal. Der Schatten hatte in Volcar zugeschlagen. Er hatte zwei Getreidetransporte aufgebracht und ein Bauernhaus angezündet, in dem sich Halblinge aufhielten. Der König und Prinz Damien würden in Koratha bleiben, bis der Schatten besiegt war.

»Hat jemand von den Halblingen überlebt?«, fragte ich die Schemin.

Sie schüttelte den Kopf. »Es wurde ein Brandbeschleuniger benutzt. Das ganze Gebäude verbrannte binnen einer Stunde zu Asche.«

»Wann ist das geschehen?«, fragte ich und zerknüllte das Papier.

»In der Nacht, bevor du Koratha verlassen hast. Wir sollen nach Cereliath zurückkehren und mit den anderen dort stationierten Schemen sofort nach Volcar aufbrechen.« Jetzt war auch ihre Partnerin zurückgekehrt, die sich verneigte, aber stumm blieb.

»Nun denn«, sagte ich leise. »Wenn ihr Cereliath erreicht, schickt Hildegard einen Vogel. Lasst sie wissen, dass ich trotzdem ins Faenland reisen werde. Falls ich dort nichts erreiche, werde ich den südlichen Pass nehmen und in Volcar zu euch stoßen.«

Sie nickten und wandten sich wortlos zum Gehen.

Ich band mein Pferd an einen Pfosten und trug meine Satteltaschen ins Gasthaus, wo ich dem Wirt ein paar Münzen auf den Tresen warf. Er war ein Mann mittleren Alters und so kurz gewachsen, dass ich die beginnende Glatze auf seinem Scheitel sehen konnte.

»Dasselbe Zimmer wie immer?«, krächzte er und bedachte das silberne Schwert an meinem Hals mit einem langen Blick. Dann schluckte er sichtbar und fegte die Münzen in seine Hand.

Mit langen Schritten marschierte ich durch den Flur und die Treppe hinauf, wobei ich den Geruch nach frischem Wein und gekochtem Fleisch ignorierte, der aus der Küche kam. Stattdessen zog ich die Phiole hervor und ließ einen einzigen Tropfen der schwarzen Flüssigkeit auf meine Zunge fallen, noch bevor das Brennen in meiner Kehle anfing. Jetzt gab es wichtigere Dinge für mich zu bedenken.

Beispielsweise den Schatten und die Frage, wo er diese Halblinge wirklich hingebracht hatte.

So wenig ich auch über meinen Gegner wusste, ich war überzeugt, dass er keine zwölf Halblinge im Schlaf getötet haben würde. Wenn man keine Spur von ihnen gefunden hatte, dann nur, weil sie nicht länger dort gewesen waren.

Sie waren nicht tot, sondern frei.

Aber die Frage war vor allem: Wieso hatte er so getan als ob? Dann überlegte ich, was mir die Schemen gesagt hatten. Sie würden sich mit großer Eile nach Volcar begeben. Ich fragte mich, wie viele Schemen Hildegard in die weit im Westen gelegene Stadt abkommandiert hatte. Der Orden suchte inzwischen mit all seinen Kräften nach dem Schatten.

Ich warf den Brief in den Kamin und sah zu, wie er verbrannte.

Sie würden den Schatten in Volcar nicht finden. In all den Monaten, die er schon gegen die Krone vorging, hatte er nie eine Spur hinterlassen. Manchmal vergingen Tage, bis seine Diebstähle bemerkt wurden, und selbst dann war das Einzige, was auf ihn hinwies, sein geflüsterter Name, der durch die Gassen und Tavernen der Umgebung geisterte. Er selbst hatte nie auf sich aufmerksam gemacht. Nicht ein einziges Mal.

Volcar war keine Demonstration seiner Stärke. Es war ein Ablenkungsmanöver.

Der Schatten wollte, dass all unsere Augen dorthin gerichtet waren, um an anderer Stelle zuschlagen zu können. Wo genau, das musste ich herausfinden, bevor er einen neuerlichen Angriff auf den König in die Wege leitete. Ich stützte die Hände auf den Kaminsims, während ich weiter den Flammen zusah, wie sie zwischen den Scheiten tanzten.

Bisher war mir der Schatten stets einen Schritt voraus gewesen. Jedes Mal, wenn ich die Verfolgung aufnahm und im ganzen Reich

Informationen über ihn sammelte, war er längst schon wieder abgetaucht, und ich hatte darauf warten müssen, dass er sich erneut zeigte und ich meine Jagd fortsetzen konnte.

Mit einem leisen Lächeln blickte ich in die Flammen. So war es vielleicht gewesen, als ich meine Nächte noch in weinseligem Halbdämmer verbrachte. Jetzt hatte ich alle Zeit der Welt, um über die Pläne des Schattens nachzusinnen. Zum ersten Mal hatte ich das Gefühl, dass *ich* es war, die bei diesem Tänzchen führte.

Zwar wusste ich nicht, ob der Schatten in Aralinth auf mich warten würde, aber ich war mir ziemlich sicher, dass er mich dort nicht haben wollte.

Und das war ein Grund mehr, genau dort hinzugehen.

Es gab im Norden nur einen Pass, der ins Faenland führte – über die Brennenden Berge, jenen Höhenrücken, der das Faenland vom restlichen Königreich trennte. Nachdem ich meine Vorräte in Caerth aufgefüllt hatte, ritt ich bei Tagesanbruch auf das Vorgebirge zu. Weiße Wolken verbargen die Gipfel und gingen unsichtbar in den Schnee über, der bereits die höheren Lagen der Berge bedeckte.

Der sogenannte Weg des Weisen schlängelte sich zwischen den hohen Felsen dahin und vermied geschickt alle Steigungen, die für schwer beladene Planwagen mit Waren unpassierbar gewesen wären. Obwohl das Gelände flach war, dauerte es mehrere Tage, die Berge zu überqueren. Die ersten drei waren ein leichter Ritt, der erst durch die ebenen Felder vor Caerth führte, dann durch den dichten Wald, der den Fuß der Berge säumte. Die höchsten Bäume waren Birken von einer uralten Art. Ihre weißen Stämme wuchsen nur in direkter Nähe des Faenlandes. Die Bauern aus der Gegend behaupteten, dass die Wurzeln Magie brauchten, um überleben zu können.

Aus der Ferne sah es so aus, als würde der Wald von Feuer verzehrt, weil der Wind flammend rote Blätter umherwirbelte. Dieser Anschein hatte den Bergen ihren Namen gegeben, aber wenn man den Wald einmal erreicht hatte, sahen die Bäume nicht mehr brennend aus. Ihr rotes Laub erinnerte mich vielmehr an Blut. Dunkelrote Adern durchzogen die gerundeten Blätter, die auf den Weg hinabtrudelten. Im Sonnenlicht wirkten manche geradezu bernsteinfarben. Mir lief es bei diesem Anblick kalt über den Rücken.

Dass ich die Hälfte des Weges hinter mir hatte und der Scheitelpunkt des Passes direkt vor mir lag, erkannte ich daran, dass sich der Wald veränderte. Hier wuchsen ebenfalls hohe Birken, aber ihre Stämme waren dicker und breiter als mein Pferd. Ihre Äste verwoben sich zu einem Blätterdach, das eher golden als rot aussah. Auch das Unterholz war anders. Pflanzen jeder Größe und Farbe sprossen zwischen den Birken hervor. Bäume, die es nur im Faenland gab, erhoben sich über das Gebüsch, und manche Stämme hatten sich in ewiger Umarmung ineinander verdreht.

Der Wald war durchdrungen von Magie. Ich hatte das Faenland erreicht.

Inzwischen trug ich meine Zwillingsklingen nicht mehr auf dem Rücken, sondern hatte sie seitlich an meinem Pferd befestigt, und ich hielt Pfeil und Bogen stets griffbereit und fasste danach, sobald ich ein Geräusch hörte. Zwar fürchtete ich nicht, so weit von Aralinth entfernt auf Faen zu treffen, aber es lebten viele Geschöpfe in diesem Wald, die es im Königreich nicht gab. Magische Wesen, die ungesehen zwischen den Bäumen umherstreiften und deren Haut sich den Farnkrautwedeln und dem Dickicht so anpasste, dass sie nicht zu sehen waren. Wenn man den Geschichten Glauben schenken konnte, dann waren einige in der Lage, ganz und gar die Haut zu wechseln. Sie vermochten sich in Hirsche oder Füchse zu verwandeln, damit sich ein Pferd so sicher fühlte, dass sie es mit sich locken und ihm die Kehle aufreißen konnten, sobald die Nacht hereinbrach.

Ich schlief nicht gut in diesem Wald. Bei jedem Windhauch, der über mich hinwegstrich, bekam ich eine Gänsehaut, weil ich in der Luft etwas wahrnahm, das es im Königreich kaum gab. Magie. Sie war spürbar. Ich schmeckte ihr herbes Aroma auf meinen Lippen.

Selbst mein Pferd wurde nachts unruhig. Seine Ohren zuckten hin und her, während es darauf lauschte, was sich im Dunkeln verbergen mochte.

Stundenlang lag ich wach am Feuer. Das bisschen Schlaf, das sich hin und wieder einstellte, wurde von meinen Albträumen verdorben. Sie wurden immer schlimmer. Ich konnte nicht sagen, ob es daran lag, dass ich seit einem Monat nichts mehr getrunken hatte, oder ob die Magie diese Anspannung in mir auslöste.

Das Buch, das mir Prinz Killian gegeben hatte, erwies sich als gute Ablenkung. Es fiel mir nicht leicht, die verschnörkelte Elfenschrift zu lesen, aber der Text an sich war sehr interessant. Einige der Geschichten darin kannte ich schon: die Berichte der Elfen über die Blutkriege, König Aemons Aufstieg in Elverath und die von ihm betriebene Vernichtung ihres Volkes. Den Aufsätzen fehlte allerdings die königliche Verbrämung der Geschichte, wie sie mir beigebracht worden war. Dabei erkannte ich den König in dem Porträt durchaus wieder, das ich auf diesen Seiten fand – einen brutalen Mann mit enormer Machtgier. Die Version, die im Königreich erzählt wurde, war völlig anders: Sie sprach von einem Helden, der das Land von allen Abartigkeiten reinigen wollte. Von Elfen und Halblingen gleichermaßen.

War es das, was ich nach Meinung des Prinzen erkennen sollte? Dass die Faen – und die Elfen, denen sie Unterschlupf gewährten – gute Gründe hatten, um gegen den König vorzugehen? An ihrer Abscheu gegen die Krone hatte ich nie gezweifelt; ich teilte sie ja sogar. Aber die Faen hatten die Möglichkeit, ihr Leben fast völlig frei vom Einfluss des Königs zu verbringen. Sie waren nicht gezwungen, der Krone zu dienen. Sie mussten nicht auf Feldern schuften, um die Sterblichen zu ernähren und deren Börsen zu füllen. Oder ihresgleichen jagen, wenn es einem Herrscher so gefiel.

Nein, dieses Leben hatten sie den Halblingen überlassen. Sicher war es der König, der uns misshandelte, aber die Faen sahen dabei zu. Sie hatten sich damit zufriedengegeben, sich in einen Rest des

Landes zurückzuziehen, das sie einst ganz beherrscht hatten, und dabei die Halblinge verraten. Daher hatte ich wenig Sympathie für ihren Kampf gegen die Krone. Aus meiner Sicht hatten sie gewonnen.

Meine sechste Nacht in den Bergen war länger als jede andere. Nur ein Mond stand am Himmel und beschien die Bäume mit einem schwachen Licht, das meine Augen narrte. Der Wind wisperte laut genug in den Blättern, dass ich bei jedem Knacken eines Zweigs nach meinem Dolch griff. Zu gern hätte ich etwas zu trinken gehabt, um meine Ängste zu betäuben und mir einen tiefen, traumlosen Schlaf zu bescheren.

Aber mehr war es nicht. Ich spürte zwar das Bedürfnis, aber ich dürstete nicht mehr verzweifelt nach einem betäubenden Schluck. Seit Tagen hatte mir nicht mehr der Schweiß auf der Stirn gestanden. Selbst wenn ich an den süßen Duft frischen Weins dachte, löste das kein Verlangen aus. Ich stieß einen langen Atemzug aus. Ein Stückchen verkohltes Holz, das an den Rand des Feuers gerollt war, glühte unter meinem Atem orange auf und kullerte ins Feuer zurück.

Die Phiole mit dem *winvra*-Elixier war inzwischen halb leer, wie ich feststellte, als ich die verbliebene Flüssigkeit im Glas kreisen ließ. Wie sie angestrahlt von den Flammen innen am Glas der Phiole herunterrann, war zu erkennen, dass sie gar nicht schwarz war, sondern von einem tiefen Lila. Ohne etwas davon zu nehmen, schob ich sie wieder in meine Tasche. Es war besser, mit dieser Kostbarkeit sparsam umzugehen, falls das Verlangen doch zurückkehren sollte.

Die ganze Nacht warf ich mich hin und her und fand kaum Schlaf. Noch vor dem Morgengrauen sattelte ich mein Pferd, was dem Tier nichts auszumachen schien. An seinem holprigen Tempo konnte ich erkennen, dass es sich ebenso danach sehnte wie ich, schnellstens aus dem Brennenden Wald herauszukommen. Stunden später gingen die Sonnen auf. Wir waren jetzt weit genug von den Bergen entfernt, dass ich sehen konnte, wie sie sich über dem Wald erhoben und die Gipfel anstrahlten, die hinter mir lagen. Im Morgenlicht sah es aus, als seien die Berge selbst in Gold getaucht.

Unwillkürlich musste ich an den König denken, und ich wusste: Falls er je einen solchen Anblick genossen hatte, dann wäre er überzeugt gewesen, dass die Gipfel allein für ihn so golden leuchteten. Kein Wunder, dass die Faen ihr Land so entschlossen schützten. Seiner Schönheit kam im übrigen Elverath nichts gleich.

Als ich mich wieder umwandte, sah ich, dass mein Pferd mich über eine Hügelkuppe getragen hatte. Unter uns im Tal lag Aralinth. Die goldenen Spitzen des Palasts erhoben sich in der Stadtmitte: eine Altenbirke, größer als alle, die im Wald wuchsen. Ihr Stamm ragte so hoch auf wie der Palast des Königs in Koratha, und ihre Äste reckten sich mit goldenen Spitzen bis zum Firmament.

Niemand aus dem Königreich hatte je diesen Anblick gesehen und war danach zurückgekehrt, um von seiner Großartigkeit zu schwärmen.

Ich würde die Erste sein.

ZWÖLF

Nur wenige Leute beachteten mich, als ich in die Stadt kam. Mein Mantel und die Spange schlummerten gut verpackt in meinen Satteltaschen, und stattdessen war ich in schlichte Reisekleidung gehüllt.

Mein kohlefarbener Umhang wehte hinter meinem Pferd her, als ich durch die Straßen ritt. Die Häuser waren aus Stein und teilweise aneinandergebaut; einige waren groß genug, um vielen Familien Platz zu bieten. Wie die von Faen errichteten Städte im Königreich war auch Aralinth kreisförmig angelegt. Gerade Straßen liefen auf den Stadtpalast zu und wurden dabei von gebogenen Wegen gekreuzt.

Das war am Stadtrand leicht zu erkennen, da hier nur wenige Leute unterwegs waren. Die meisten Häuser waren unbewohnt; zwar waren sie noch immer leuchtend und weiß, aber die Möbel waren mit großen Tüchern verhängt. Einige waren auch ganz leer und sahen aus, als ob noch nie jemand hier gelebt hatte.

Die Einwohnerzahl der Stadt war auf einen Bruchteil ihrer früheren Größe geschrumpft. Ich ging weiter, bis die Häuser kleiner und die Straßen belebter wurden, und machte mich dann auf die Suche nach einem Gasthaus. Blütenkaskaden ergossen sich von den

Dächern. Die Ranken hatten sich großflächig miteinander verwoben, kletterten an den weißen Wänden empor und verbanden alle Gebäude mit einem Dach aus frischen Blüten.

Den Duft, den sie verströmten, atmete ich tief ein. Die Luft erschien mir leichter, und ihr Aroma war herrlicher als in jedem Garten des Königreichs. Ich kam an einem kleinen Gasthaus vorüber, über dessen Tür eine dunkelblaue Rose hing. Das Zeichen glich den Blumen, die die Straßen säumten. Der süße Duft des Morgentaus hing an ihren Blütenblättern.

Taurosen. Eine Art, die nur in den magischen Städten der Faen gedieh.

Nachdem ich mein Pferd draußen angebunden hatte, öffnete ich die Tür, und bei den Gerüchen, die mir entgegenströmten, lief mir das Wasser im Mund zusammen. Feinste Gewürze, Salz und gesottenes Fleisch. Mein Magen knurrte laut.

»Hört sich an, als hätte da jemand Hunger«, rief jemand in der Elfensprache aus dem Nebenzimmer. Ich wandte mich um und schlug meine Kapuze zurück.

Vor mir stand die junge Wirtin – oder zumindest sah sie jung aus. Um ihre dunklen Augen lagen keinerlei Fältchen, und ihre braune Haut war glatt und frisch. Sie war eine Elfin, sicherlich nicht die Einzige, die mir im Faenland begegnen würde. Ich hatte nie geglaubt, dass der König alle Elfen getötet hatte. Und siebenhundert Jahre waren eine lange Zeit. Wie viele Elfen hatten überlebt und in ihren Verstecken im Faenland eigene Familien gegründet?

Vielleicht zählte der Schatten zu ihnen.

»Wir haben gerade einen Hirschbraten aus dem Ofen geholt«, sagte sie und musterte mich mit gerunzelter Stirn. »Wollt Ihr etwas davon?«

»Ja, ich bin sehr hungrig«, erwiderte ich in gebrochener Elfensprache. Tatsächlich beherrschte ich sie ebenso gut wie meine eigene, wollte aber die Rolle eines frisch eingetroffenen Flüchtlings spielen.

Als sie meinen Akzent hörte, zog Überraschung über ihr Gesicht. Ich strich mir eine Haarsträhne hinters Ohr und sorgte dafür, dass sie die spitz zulaufende Muschel sehen konnte.

»Ich komme gleich wieder«, sagte sie jetzt in der Sprache des Königs.

Ich ließ mich auf einen der gepolsterten Stühle sinken. Im Speiseraum saß niemand, aber aus der Küche hörte ich Gelächter. Kurz darauf kehrte die Wirtin mit einem dampfenden Teller voller Fleisch und Gemüse zurück. Ich dankte ihr und ließ es mir schmecken. Es war eine Woche her, dass ich in Caerth zuletzt richtig gegessen hatte, und das Essen dort war nicht halb so lecker gewesen.

»Wein?«, fragte sie, als ich die Mahlzeit verputzt hatte. Sie hatte ihr langes dunkles Haar zu Twists verzwirbelt, die sie sich über die Schulter schob, als sie einen Krug in die Höhe reckte. Noch mit vollem Mund schüttelte ich den Kopf und legte die Hand über meinen Becher, und sie lächelte und ging zum Tresen zurück.

Stattdessen trank ich von dem Wasser, das sie mir mit dem Essen gebracht hatte, und sah den Leuten zu, die am Fenster vorübergingen. Die meisten waren Elfen, und das verstieß gegen das Abkommen; allerdings hatte ich genau das erwartet. Der König vermutete das sicherlich ebenfalls. Höchstwahrscheinlich war es ihm egal, wie viele Elfen sich im Faenland versteckten, solange ihre Zahl klein genug blieb, dass sie keine Bedrohung darstellten. Nach dem, was ich bisher von der Stadt gesehen hatte, gab es in Aralinth kaum genug Einwohner, um den Marktplatz zu füllen, und eine Armee hätte man daraus kaum rekrutieren können.

Wieder ging die Tür auf, und eine große Gestalt trat ein. Das Gesicht konnte ich nicht sehen, aber zwischen dem gewellten braunen Haar sahen spitze Ohren hervor. Unter filigranen kleinen Zöpfchen verbarg sich eine üppige Mähne. Sie oder er sprach kurz mit der Elfin am Tresen, ließ dann etwas auf die Tischplatte fallen und ging wieder hinaus, ohne sich auch nur einmal nach mir umzudrehen.

Die Wirtin starrte mit großen Augen auf den Tresen. Ich trank einen Schluck Wasser und beobachtete, wie ihr Blick zu mir glitt, dann stellte ich den Becher hin und schob die Hand langsam auf den Dolch an meinem Gürtel. Der vorsichtige Gesichtsausdruck und der zögernde Schritt, mit dem sie zu mir herüberkam, ließen nur einen Schluss zu.

Ich war aufgeflogen.

»Das ist für Euch«, sagte sie, und alle Wärme war aus ihrer Stimme gewichen. Sie ließ den Brief auf meinen Teller fallen und ging zurück in die Küche. Ich drehte das dicke Pergament hin und her und betrachtete das wächserne Siegel, das aus einem perfekten violetten Kreis bestand. In seiner Mitte befand sich der mit Gold eingefasste Abdruck eines Blatts einer Altenbirke.

Nach einem tiefen Atemzug öffnete ich das Schreiben. Dieser Brief konnte nur von einer Stelle kommen.

Nachdem ich das Siegel gebrochen hatte, zog ich einen dicken Bogen Papier aus dem Umschlag. Die geschwungene Schrift wies aufwendige Verzierungen auf. Viele Tintenschnörkel formten oben auf der Seite einen einzigen Namen.

Keera.

Scheiße.

Die Faen hatten seit meiner Ankunft in Aralinth gewusst, dass ich hier war. Vielleicht sogar schon, seit ich das Faenland betreten hatte. Wieso umringten mich dann keine Wachen, um mich in den Palast zu schleppen? Ich hatte das Abkommen verletzt, indem ich ohne Erlaubnis in ihr Land eingedrungen war. Der Schutz des Königs hatte hier nur wenig Wert. Wenn sie mich töten wollten, dann würde sie nichts aufhalten. Und es würde auch niemand kommen, um meinen Tod zu rächen.

Meine Augen glitten über den Rest des Blattes, das in meinen Händen zitterte.

Es war eine Einladung.

Lord Feron lädt Euch ein, im Sil'abar zu speisen.

Ich sollte am folgenden Tag für einen Ball gekleidet im Palast erscheinen. Lord Feron hatte meinen Plan, hier unerkannt zu bleiben, mit einem Federstrich durchkreuzt.

Jetzt konnte ich mich vor den Dunkelfaen nicht länger verbergen – stattdessen würde ich mit ihnen tanzen müssen.

Da es nun ohnehin kein Geheimnis mehr war, dass ich mich in Aralinth aufhielt, hatte es auch keinen Sinn mehr, in dem kleinen Gasthaus zu bleiben. Die Wirtin hätte mich ohnehin nicht aufgenommen. Sie kam nicht einmal mehr aus der Küche, um das Geld für das Essen zu kassieren; ich ließ die Münzen auf dem Tisch liegen.

Wenn die Dunkelfaen wussten, dass ich in der Stadt war, konnte ich mir genauso gut die luxuriöseste Suite mieten, die ich fand.

Das Gasthaus, für das ich mich entschied, lag in der Mitte der Stadt neben einem üppig grünen Garten. Die vergoldeten Balkone boten einen freien Blick auf den Sil'abar, den Baumpalast – deswegen hatte ich mich dafür entschieden –, und es hatte einen altelfischen Namen, den ich nicht einmal lesen, geschweige denn aussprechen konnte. Dessen ungeachtet marschierte ich durch den Haupteingang und warf einen schweren Beutel Goldmünzen auf den Tresen.

Der Diener, der dahinter stand, fuhr zusammen und starrte den Beutel an. Mir fiel die stumpfe Rundung seiner Ohrmuscheln auf, die zudem die Spuren ungeschickter, ungleichmäßiger Stiche zeigten – ein missglückter Versuch, die Halblingohren zu verbergen. Also gewährten die Faen in ihrem Land auch meinesgleichen Unterschlupf.

Mein Blick glitt über die hochgewachsene Gestalt des Mannes und sein blondes Haar. Er hatte einen geraden Rücken, und die Haut an seinem Hals und seinen Handgelenken war unverletzt. Keine Narben, die auf Schläge oder Fesseln hingedeutet hätten.

Ich mietete die Prunkgemächer im obersten Stockwerk. Der

Balkon, der dazugehörte, zog sich über die gesamte Vorderfront des Gebäudes. Falls die Faen mich beobachten wollten, würde ich dasselbe tun. Ein üppiger Strauß Taurosen stand auf dem Tisch des Salons. Ich zog eine der Blumen heraus und atmete ihren frischen Duft ein, während der Halbling meine Taschen ins Schlafzimmer trug.

»Wie lange bist du schon im Faenland?«, fragte ich ihn und drehte die Blume unter meiner Nase hin und her.

Er blieb wie vom Donner gerührt stehen, und ich hörte, dass ihm der Atem stockte.

»Ich werde dich nicht melden«, erklärte ich nun, da ich seine Panik wahrnahm. »Mir ist das ganz egal. Ich möchte nur wissen, ob du aus freien Stücken hierherkamst oder ob man dich unter Zwang in dieses Land gebracht hat.«

Er fuhr mit dem Kopf herum. »Glaubt Ihr, dass Lord Feron Halblinge in Ketten legt, so wie der König?«

Meine Hand schloss sich um die Tischkante, und meine Finger trommelten auf dem dicken Holz. »Deiner Antwort entnehme ich, dass er das nicht tut.«

»Nein«, sagte er und wandte sich zur Tür. Erst dachte ich, dass er nicht mehr sagen würde, doch seine Hand verharrte über dem Griff. »Lord Feron bringt allen Halblingen Respekt entgegen. Wir sind hier keine Diener.«

»*Allen* Halblingen?«, fragte ich überrascht. Wie viele hatten im Faenland Zuflucht gesucht?

Er grinste schief. »Willkommen in Aralinth«, sagte er und zog die große Tür hinter sich zu.

Anschließend machte ich mich auf die Suche nach einer Schneiderei. Da ich eigentlich geplant hatte, unter den Faen möglichst gar nicht aufzufallen, hatte ich keine Kleidung dabei, die auch nur annähernd fein genug für ein Essen mit Lord Feron gewesen wäre, und so durchstreifte ich in meiner vertrauten schwarzen Kluft die Straßen.

Das Viertel mit den meisten Geschäften lag westlich des Palasts, einige Straßen von meinem Quartier entfernt. Die Fußwege waren sehr belebt, aber die Leute machten mir schnell Platz, als ich an den Läden entlangging. Alle blieben sie stehen und starrten die schwarze Kapuze und den Mantel an. Einige zeigten auf die silberne Spange und flüsterten ihren Begleitern etwas zu.

Trotz ihrer Vorsicht hielt mich niemand davon ab, ein Geschäft zu betreten. Ich sah mich in einer großen Apotheke um, in deren Fenstern Kräuterbüschel hingen, während über der Feuerstelle Elixiere köchelten. Der Besitzerin zeigte ich das Mittel, das Hildegard mir gegeben hatte, und sie hielt den Atem an, als sie die Phiole so vorsichtig in die Hand nahm, als ob die kleinste Berührung sie beschädigen könnte.

»Ich habe eine oder zwei Phiolen«, sagte sie in der Elfensprache. »Aber die sind sehr teuer.«

Zur Antwort zog ich meinen Beutel hervor; ich war bereit, jeden Preis zu zahlen. Als ich das Geschäft verließ, war ich zwar um einiges ärmer, aber eine zweite Phiole *winvra*-Elixier schlummerte sicher verstaut in meiner Tasche.

Die Läden erinnerten mich an Cereliath. Sie lagen aneinander angrenzend in einer Reihe und waren aus dem riesigen grauen Felsen gehauen worden, der die Straße begrenzte. Ein ebensolcher Felsen erhob sich auf der anderen Seite und beherbergte weitere Geschäfte. Die Dächer waren vermutlich ebenfalls aus Felsgestein, aber das konnte ich nicht mit Sicherheit erkennen. Das Blütenmeer, das die Straßen säumte, setzte sich im Innern der Läden fort. Lange Ranken zogen sich über die Wände, und wo auch immer das Licht der Sonnen den Stein beschien, trieben sie Blüten.

Aralinth wurde auch die Rosenstadt genannt. Seine Magie sorgte dafür, dass im Land ständig Frühling herrschte. Die Pflanzen hatten viele Tausend Jahre Zeit gehabt, um sich über die Stadt auszubreiten, und ihre Blüten welkten nie.

Bei dem dritten Geschäft, das ich aufsuchte, handelte es sich um eine Schneiderei. Schon im Fenster bestaunte ich die herrlichen Roben aus feinster Seide und in kräftigen Farben, die über Schaufensterpuppen aus Rosenblättern hingen. Die Röcke bestanden aus langen Schichten durchscheinenden Stoffs, der entlang des Mieders zu Blüten oder Wellen zusammengefasst worden war. Durchsichtige Ärmel fielen von den perlenbesetzten Halsborten herab und waren so lang, dass sie fast über den Boden streiften.

Ich biss mir auf die Lippe. In so etwas würde ich meine Narben nicht verbergen können.

Als Assassine war es nicht leicht, passende Kleidung zu finden. Sie musste nicht nur die Namen bedecken, die in meine Haut geritzt waren, sondern auch Platz für mindestens drei Waffen bieten und dann sollte sie natürlich auch noch umwerfend aussehen. Lord Feron hatte mich mit seiner Einladung bereits überrumpelt, und nun wollte ich nicht auch noch durch schlechte Kleidung den Eindruck erwecken, ich sei ihm nicht gewachsen.

»Braucht Ihr Hilfe bei der Auswahl?«, ertönte es quer durch den Raum. Als ich mich umwandte, stand die Schneiderin vor mir, die ein kleines Kind auf der Hüfte trug. Ihre Ohren waren lang und spitz, aber die des Kindes leicht abgerundet. Ein Halbling, der im Faenland geboren war und hier aufwuchs.

»Fertigt Ihr auch Kleider nach Maß?«, fragte ich und durchmaß den Raum mit drei Schritten.

Sie kniff die dunklen Augen leicht zusammen und versuchte, unter der Kapuze mein Gesicht zu erkennen. »Ja«, sagte sie dann sehr langsam. »Wann braucht Ihr es denn?«

»Morgen«, gab ich zurück. Sie fing den Beutel Gold, den ich ihr zuwarf, mit einer schnellen Handbewegung auf und nickte.

DREIZEHN

Es hätte mich nicht überraschen sollen, dass eine Kutsche vor dem Gasthaus eintraf, um mich abzuholen. Zwei schwarze Pferde zogen das kunstvoll verzierte Gefährt, das von einem Kutscher gelenkt wurde. Mein Blick verharrte auf seinen langen, gerundeten Ohren und dem roten Haar. Er lächelte angespannt und öffnete den Wagenschlag. Nach nur einer Nacht in Aralinth war ich bereits zu der Erkenntnis gelangt, dass in der Stadt mehr Halblinge lebten als Faen oder Elfen. Nie hätte ich vermutet, dass so viele es gewagt hatten, den Weg über die Berge zu nehmen. Oder dazu je die Möglichkeit bekommen hatten.

Das machte mich nervös.

Zwar war ich froh über alle Halblinge, denen es gelungen war, sich vor dem König in Sicherheit zu bringen. Wenn sie im Faenland Zuflucht fanden, dann würde ich sie nicht verraten. Selbst wenn es gegen das Abkommen war. Mir drehte sich der Magen um. Es gab nur einen Grund, weshalb es den Dunkelfaen egal sein mochte, dass die Klinge mitbekam, wie offen sie das Abkommen verletzten. Sie hatten nicht die Absicht, mich je ins Königreich zurückkehren zu lassen.

Ich saß in der Falle.

Von der Kutsche aus sah ich Aralinth vor den Fenstern vorüberziehen. Das Blütendach und die Bäume, die überall in der Stadt wuchsen, faszinierten mich noch immer. Die Blüten schienen die Gebäude fast zu umarmen; Pflanzen kletterten über Mauern und Dächer und türmten sich zu wahren Kaskaden aus knospenden Ranken und Ästen auf.

Es war, als sei die Stadt selbst lebendig.

Der Palast war ebenso herrlich anzusehen. *Sil'abar*, so war er auf der Einladung genannt worden: der Weiße Baum. Der weiße Stamm war so breit wie das ganze Schloss des Königs, und die dicke Borke bildete die Palastmauer. Die Äste erstreckten sich über die halbe Stadt. Goldene Blätter, groß wie Häuser, wisperten über uns. Es war eine Altenbirke, ähnlich jenen, die in den Brennenden Bergen wuchsen, aber eine riesenhafte Verwandte jener Bäume.

Am Ende einer gepflasterten Zufahrt kam die Kutsche zum Stehen. Der Halbling sprang vom Bock und öffnete den Schlag, ohne mich anzusehen. Nachdem ich ausgestiegen war, blickte ich voller Ehrfurcht zum Eingang. Links und rechts standen zwei Wachleute, aber es gab keine Tür, die sie hätten öffnen können. Stattdessen tat sich das lebendige Holz in der Mitte auf, sodass sich ein breiter Spalt am unteren Teil des Stamms bildete. Die Wächter hielten mich nicht auf, als ich an ihnen vorüberging, beobachteten allerdings jeden meiner Schritte.

Es gab keine Fenster im Palast; stattdessen erhellten warme Leuchtkugeln meinen Weg. *Faenlichter*. Magische Kugeln aus Sonnenlicht, die in der Luft schwebten und die Holzfasern der Wände und des Bodens beschienen. Als ich eine anzufassen versuchte, schwebte sie davon, als würde sie von einer leichten Brise getragen. Die Faenlichter führten zum Ende des Korridors, an dem zwei weitere Wächter standen. Hier flankierten sie allerdings eine große Flügeltür, in die drei Altenbirkenblätter eingeschnitzt waren, deren Stiele sich miteinander verbanden.

Die Wächter zogen jeweils einen Türflügel mit beiden Händen

auf. Der Luftzug, der meine Röcke streifte, brachte Stimmengewirr aus dem Raum dahinter mit. »Lord Feron erwartet Euch«, sagte einer der Wächter, der dabei zum Geländer eines Treppenabsatzes zeigte.

Ich nickte und richtete mich auf. Dann holte ich tief Luft und fragte mich, ob es wohl der letzte Atemzug sein würde, den ich tat. Vielleicht würden sich die Faenwächter, sobald ich diese Stufen hinunterging, auf mich stürzen. Die Dolche, die ich an meine Schenkel geschnallt hatte, würden mir nicht viel nützen.

Wenn ich sterben sollte, würde es aber zumindest schnell gehen.

Also betrat ich die Empore, und die großen Türen schlossen sich knarrend hinter mir. Alle Anwesenden drehten sich gleichzeitig zu mir um und beobachteten, wie ich die Treppe hinunterging. Ich umklammerte die vielen Schichten durchscheinenden Stoffs, die meinen Rock bildeten, und von denen jede eine andere Farbe hatte – Blautöne, Grautöne, Violetttöne. Insgesamt wirkte mein Kleid jedoch so dunkel wie Nachtschatten. Die winzigen Faenperlen, die auf die Stoffbahnen gestickt waren, funkelten wie Sterne am Nachthimmel.

Die Schneiderin hatte mir genau das Kleid genäht, das ich mir vorgestellt hatte. Die langen Ärmel betonten die Reichweite meiner Arme. Am Hals war es hochgeschlossen, aber es verlief ein Schlitz bis hinunter zum Mieder, der einen ganz schmalen Spalt bis hinunter zum Bauchnabel frei ließ. Es offenbarte dabei nicht viel, setzte aber meine Bauchmuskeln in Szene, die sich nach der wochenlangen Abstinenz wieder zeigten.

Am besten gefiel mir der Schleier. Er schlang sich in verschlungenen Ranken voller goldener Dornen um meine Stirn, und schwarze Bänder fielen von den Dornen herab, die mein Haar in einem langen Zopf zusammenfassten. In einem Garten in der Nähe hatte ich Taurosen gepflückt, die jetzt zwischen den einzelnen, seidenumschlugenen Haarsträhnen steckten und meine natürliche Haarfarbe völlig verbargen. Ein breiter Streifen schwarzer Tinte zog sich über mein Gesicht und bedeckte meine Wangen und Augenbrauen.

So würde ich in Erinnerung bleiben. Aber für die Anwesenden wäre ich schwer wiederzuerkennen, sobald diese Nacht vorüber war.

Ich tat den letzten Schritt von der Treppe auf den Boden des Ballsaals. Zwar beobachteten mich noch einige, aber viele Faen hatten sich auch wieder abgewandt. Ihre violetten Augen hatten andere Dinge von Interesse gefunden. Ich reckte den Hals und sah mich um. Keine Fenster, die eine Fluchtmöglichkeit geboten hätten, nur die eine Tür, die zu groß war, als dass man ungesehen hätte hindurchschlüpfen können. Ich würde den Saal nur auf demselben Weg verlassen können, durch den ich ihn auch betreten hatte. Wenn ich denn überhaupt jemals wieder hier herauskommen sollte.

Ein hochgewachsener Fae kam auf mich zu. Er trug eine hellblaue Robe. An der Seidenschärpe, die um seine Taille geschlungen war, hing eine silberne Schwertscheide. Das Faenlicht schimmerte auf seiner satten Haut wie Mondlicht am Nachthimmel. Ein trügerisch jugendlicher Schimmer. In seinem Haar, das ihm in langen gedrehten Twists über den Rücken fiel, war kein bisschen Grau. Am auffälligsten an ihm war das, was alle Dunkelfaen auszeichnete – seine violetten Augen. Auch bei ihm wurden sie von einer Tintenmaske eingerahmt, aber während ich mich für Schwarz entschieden hatte, leuchtete seine in schimmerndem Gold.

Er nickte mir leicht zu, und ich antwortete mit einer kleinen Verbeugung.

»Lord Feron, nehme ich an?«, fragte ich mit einem kleinen Lächeln. Instinktiv fasste ich nach einer der Waffen, die gut verborgen unter vielen Schichten Tüll lagen.

Er nickte und lächelte breit. »Es ist mir eine Ehre, mit Aemons Klinge zu speisen. Willkommen, Keera Königskind.«

»Es ist auch mir eine Ehre, hier sein zu dürfen, Lord Feron«, erwiderte ich. »Aber Ihr dürft mich Keera nennen.« Mir hätten die Ohren geblutet, wenn ich bei jedem Themenwechsel meinen vollen

Titel hätte ertragen müssen. Oder den gottverdammten Nachnamen, den man mir gegeben hatte.

»Nur, wenn Ihr mich Feron nennt«, antwortete er leise lachend. Unwillkürlich zog ich die Augenbrauen in die Höhe. Die Lords von Elverath hätten nie so leichthin auf ihre Titel verzichtet. »Möchtet Ihr etwas Wein?« Feron deutete zu einem Diener hinüber, der ein Tablett mit herrlichen Kristallkelchen trug.

Ich erstarrte. Das vollmundige Bukett zog zu uns herüber, und meine Kehle brannte. »Vielleicht zum Essen«, sagte ich.

»Sehr gern.« Feron nahm sich selbst einen Kelch. »Dann möchte ich Euch gern unseren Gästen vorstellen.«

Die nächste Stunde verging in einem einzigen Strudel aus Gesichtern. Faen, Elfen, hauptsächlich aber Halblinge. Sie alle lächelten gezwungen, als sie Fragen nach dem Königreich und dem König stellten, die ich größtenteils mit Allgemeinplätzen abwehren konnte. Niemand schien wirklich daran interessiert, was in Elverath vor sich ging. Als ob die Leute auf der anderen Seite der Brennenden Berge gar nicht existierten.

Ich nahm einen Schluck aus dem Wasserglas, das Feron mir gebracht hatte. Er begrüßte jeden mit breitem Lächeln und offenen Armen. Dabei schien er nie in Eile, sondern schlenderte mit mir an seinem Arm lässig von einer Gruppe zur nächsten, fragte nach Familien oder Freunden, als ob er alle persönlich kannte. Selbst seine Diener nannte er beim Namen.

Das Glas an den Lippen, beobachtete ich ihn ganz genau. Nie hätte ich mir vorstellen können, dass sich der König bei Hofe so warmherzig gegeben hätte. Ich versuchte, einen Riss in Ferons Maske zu finden, ein Stirnrunzeln oder angespannte Halsmuskeln wahrzunehmen, aber da war nichts. Er war völlig entspannt.

Ganz im Gegensatz zu mir.

»Ihr seid stiller, als ich erwartet hätte«, sagte Feron, als die letzte Gruppe von Gästen sich abwandte, um sich die Gläser nachfüllen zu lassen.

»Es ist mein erster Besuch im Faenland. Wie Ihr ja wisst«, fügte ich mit erhobener Braue hinzu. »Da hielt ich es für das Beste, vor allem zu beobachten.«

Feron legte den Kopf leicht schräg und lächelte auf mich herab. »Und stehen Eure Beobachtungen mit Euren Erwartungen in Einklang?«

Ich wusste nicht, was ich darauf sagen sollte, und hielt kurz nachdenklich inne.

»Ich hatte erwartet, dass Ihr mir ein Messer in den Kopf rammt«, sagte ich dann ehrlich.

Ferons Augen weiteten sich überrascht. Eine kühle Stille trat zwischen uns. Hoch aufgerichtet blieb ich stehen und sah ihn unverwandt an, bis er in lautes Gelächter ausbrach.

»Keera, wir mögen ja alt sein«, sagte er und klatschte in die Hände, »aber bisher mussten wir zu unserer Unterhaltung noch nicht darauf zurückgreifen, beim Abendessen unsere Gäste zu ermorden.« Dazu lächelte er so breit, dass jede seiner Wangen zwei Grübchen bekam.

Mir wurde heiß, und ich versuchte das mit einem Lächeln zu überspielen. »Dann geht es mit dem Töten also erst nach dem Abendessen los?«, fragte ich und stellte mein Wasserglas auf einem Tablett ab, das gerade an uns vorbeigetragen wurde.

Ferons Lachen erstarb, und seine Lippen bildeten einen geraden Strich, als er sich wieder an mich wandte. »Wenn ich Euch hätte töten wollen, Keera, dann hättet Ihr niemals einen Fuß in diese Stadt gesetzt.« Mir rann ein Schauer über den Rücken, als er seine violetten Augen durchdringend auf mich richtete. »Ich habe nicht die Absicht, Euch zu töten. Weder heute Abend noch morgen. Dasselbe erwarte ich von Euch«, fügte er dann hinzu, wobei sein Blick über meine Röcke glitt. Unter den Klingen, die ich an meinem Schenkel verbarg, bekam ich eine Gänsehaut.

Ich holte tief Luft.

»Ihr brecht das Abkommen so offensichtlich, und da soll ich

glauben, dass Ihr mir erlauben werdet, das Land wieder zu verlassen? Damit ich dem König davon berichte?« Ich verschränkte die Arme und hoffte, dass ich gefährlicher aussah, als ich mich fühlte.

»Wenn jemand das Abkommen gebrochen hat, dann doch wohl Ihr«, bemerkte Feron, der nun ebenfalls die muskulösen Arme kreuzte.

Das überhörte ich großzügig.

»Die Faen sind verpflichtet, alle Halblinge an die Krone auszuliefern«, beharrte ich.

Feron verzog den Mund. »Dann erwartet Ihr, dass ich Euch töte, weil Ihr den Bürgern meines Landes begegnet seid?«

»Halblinge gehören dem König«, sagte ich aus Reflex. Die Worte waren kaum über meine Lippen gekommen, als die Namen auf meiner Haut unter meinem Kleid geradezu aufflammten.

Feron hob das Kinn und zog die Brauen über der breiten Nase zusammen. »Dann soll der König sie sich holen.« Sein launiger Ton war verflogen. Jetzt klang er ernst.

Verblüfft blinzelte ich zweimal. »Ihr *wollt*, dass ich dem König davon erzähle?« Mir wich das Blut aus dem Gesicht.

Feron ließ mich kurz schmoren und trank etwas von seinem Wein. »Nein, das will ich nicht«, sagte er dann. »Aber es spielt keine Rolle, ob Ihr das tut oder nicht. Der König wird nicht ins Faenland einmarschieren.«

»Der König ist ein stolzer Mann«, entfuhr es mir unwillkürlich.

Feron lächelte abfällig. »Aemons Stolz ist mir bekannt. Aber lasst mich Euch eines fragen, Keera. Hat der König jemals Besorgnis darüber geäußert, dass Halblinge im Faenland Zuflucht suchen?«

Ich schüttelte den Kopf.

»Das überrascht mich nicht. Ich bin sicher, dass es ihn in größerem Maße beschäftigt, als er Euch glauben lassen will. Dessen ungeachtet ist Aemon sich in Wahrheit völlig bewusst, dass Halblinge frei in diesem Land leben. Genau wie mir völlig bewusst ist, dass er sich nicht die Mühe machen wird, Anspruch auf sie zu erheben, solange ich sein Geheimnis nicht offenbare.« Damit leerte er seinen Kelch und stellte ihn sanft auf einen Tisch hinter sich. Der grüne Edelstein an seinen Fingern reflektierte das Faenlicht.

»Wieso erzählt Ihr mir das?«, fragte ich, während mir alle möglichen Gedanken durch den Kopf gingen. Was spielte Feron für ein Spiel?

Er bot mir seinen Arm, und ich hängte mich zögernd bei ihm ein. »Ich spiele kein Spiel, Keera«, sagte er mit einem Seitenblick, als wir zurück zu den hohen Türen gingen. »Nur denke ich, es ist fair, wenn Ihr ebenso viel wisst wie der Mann, der Euch zu besitzen behauptet.«

Seine Worte erschütterten mich tief im Innern, und ich fühlte mich kalt und leer. Es gefiel mir nicht, wie seine violetten Augen über mich hinwegglitten, als ob er meine Gedanken lesen konnte. Als ob er seine Magie gegen mich einsetzte. Der Boden unter meinen Füßen begann sich zu drehen, und mir wurde schwummrig.

»Keera?« Feron fasste nach meinem Ellenbogen, als er wahrnahm, dass sich mein Herzschlag verändert hatte.

»Gibt es hier einen Ort, an dem ich mich kurz frischmachen könnte?«, fragte ich und hielt mir den Bauch.

»Natürlich.« Feron nickte und führte mich zu einer Wand, die wie die gerippte Borke eines Baumes aussah. Keine Tür. Keine Öffnung, durch die man hätte gehen können. Fragend wandte ich mich wieder zu ihm um, als er auch schon den Arm ausstreckte und die Handfläche auf das Holz legte.

Meine Haut kribbelte, als sich etwas in der Luft veränderte. Sofort danach tat sich die Wand auf. Dahinter lag ein dunkler Korridor.

Feron griff nach einem der Faenlichter. »Das hier wird Euch den Weg zeigen«, sagte er und blies die Kugel wie Pusteblumensamen davon. Sie schwebte durch die Öffnung und hielt dann inne, als ob sie auf mich wartete. Ich trat unter dem gebogenen Holz hindurch und ließ mich von dem Licht zu einem Raum im Herzen des Baumpalasts führen.

Das Faenlicht führte mich zu einem herrlich ausgestalteten Raum mit Abtritt und Bad. Wasser strömte über eine Wand und sammelte sich in einer Rinne am Boden, bevor es durch einen dünnen Riss im Holz verschwand. Blütenblätter schwammen wirbelnd im fließenden Wasser und funkelten beinahe im Licht der Glühkugel. Jetzt, da ich allein war, hörte ich das leise Summen, das von den Wänden ausging. Für einen Sterblichen wäre es nicht zu hören gewesen, aber es war unbestreitbar da. Wie das stetige Pumpen eines Herzens, das jeden Teil des Palasts erreichte.

Sil'abar war nicht nur ein Palast. Es lebte.

Ich befeuchtete ein Tuch in dem Wasserfall und betupfte mir damit den Ausschnitt, um meine Haut zu kühlen. Es war dumm gewesen, mich im Angesicht eines Feindes so erschüttert zu zeigen. Aber war Feron das überhaupt? Ein Feind? Er war nicht einmal gegen mich vorgegangen, als er erfahren hatte, dass ich mich in seiner Stadt befand. Er hatte seinen Wachen nicht befohlen, mich zu ergreifen, obwohl ich Waffen unter meinem Kleid verbarg.

Er war der Feind des Königs, aber war er deswegen auch meiner?

Dem weichen Faenlicht folgend, trat ich wieder in den Flur. Mein Rock blieb an einer gekrümmten Wurzel hängen, die aus dem Boden ragte. Schnell zog ich daran, aber als der Stoff sich löste, stürzte ich nach vorn und prallte gegen etwas Hartes, bevor ich auf den Boden traf. Der schwere Rock hatte mich aus dem Gleichgewicht gebracht.

»Ich hätte gedacht, dass die Klinge des Königs bessere Reflexe hätte.« Vor mir stand jemand. Drei Faenlichter wirbelten um seinen Kopf und tauchten den Korridor in warmes Sonnenlicht. Als ich aufblickte, sah ich ein paar dunkelviolette Augen, die mich beobachteten. Der Mann war groß, selbst für einen Faen, und das schwarze Haar, das ihm bis über die Brust fiel, verdeckte zum Teil sein Gesicht.

»Ich war abgelenkt«, sagte ich einen kleinen Augenblick zu spät. Der Fae sagte nichts, sondern verschränkte die Arme, wobei das weiche Licht den warmen Schimmer seiner goldbraunen Haut verstärkte. Ich rappelte mich auf und strich mir die Röcke glatt. Er bewegte sich nicht, obwohl er so nahe bei mir stand, dass ich den schwachen Duft von Birkenholz und Tau wahrnahm, der von seiner Haut ausging.

»Was wolltet Ihr denn hier in einem leeren Korridor ausspionieren?«, fragte er und verzog verächtlich den Mund, als er sich vorbeugte, um an mir vorbei in den Flur zu blicken.

»Ich habe überhaupt nicht spioniert«, erklärte ich und kreuzte selbst die Arme. »Lord Feron weiß, wo ich bin. Wahrscheinlich gibt es keinen Ort in der Stadt, an dem er mich nicht aufspüren würde.«

Sein Blick glitt zu mir zurück. »Das stimmt, aber ich bezweifle, dass Euch das etwas ausmacht.«

Was war das für ein Vollidiot?

Kopfschüttelnd versuchte ich, mich an ihm vorbeizudrängen. Kurz verharrte er dort, wo er stand, aber ich wich nicht zurück, sondern erwiderte seinen starren Blick und betrachtete sein scharf geschnittenes Gesicht, bis er sich gegen die Wand lehnte und mich vorbeiließ.

»Nur, dass Ihr es wisst«, rief er mir nach, »wir sind nicht alle so freundlich wie Feron. Lasst Euch nicht wieder an Orten erwischen, an denen Ihr nichts zu suchen habt.«

VIERZEHN

Ich war gerade erst wieder in den Ballsaal zurückgekehrt, als sich die hohen Türen auftaten und die ganze Gesellschaft in den angrenzenden Speisesaal weiterzog. In seiner Mitte stand ein langer Holztisch, dessen Beine wie Baumwurzeln aus dem Boden zu wachsen schienen. Oben auf der Platte standen viele Dutzend Taurosensträuße, die von winzigen Lichtkugeln umgeben waren.

»Feron wünscht, dass Ihr an seiner Seite sitzt«, erklärte mir eine Halblingfrau, als ich den Raum betrat. Ich folgte ihr zum Haupt des Tisches, wo links neben dem Faenherrscher noch ein Platz frei war.

»Ich hoffe, es macht Euch nichts aus, mit mir zusammen zu speisen«, sagte Feron. Er zog mit einer Hand den Stuhl zurück und bedeutete mir, Platz zu nehmen.

»Die Ehre ist ganz meinerseits, Mylord«, sagte ich respektvoll, bevor ich mit einem langen Blick die anderen Gäste an der Tafel betrachtete und versuchte, den zornigen Faen zu entdecken, dem ich im Korridor begegnet war, aber ich sah ihn nirgendwo. Dann setzte hinter Feron die herrlichste Musik ein und lenkte mich ab. Eine Gruppe Elfen und Halblinge spielte Instrumente, die ich noch nie gesehen hatte. Einige schlugen goldene Saiten, die glühten, wenn sie erklangen. Andere bliesen winzige Flöten und entlockten ihnen engelsgleiche Melodien. Ich konnte meinen Blick nicht von ihnen abwenden.

»Gefällt Euch unsere Musik, Keera?«, fragte Feron, der von dem gegrillten Fisch aß.

»Sie ist von einer solchen Schönheit, dass sie sich nicht nachspielen ließe«, sagte ich ganz ehrlich. Dann fiel mein Blick auf den Stuhl rechts von Lord Feron, der noch immer leer war. »Erwartet Ihr noch jemanden?«

»Ah, Riven. Er ist noch beschäftigt, wird aber später zu uns stoßen.« Feron hob sein Weinglas, und die übrigen Gäste taten es ihm gleich. Schnell blickte ich zu meinem Kelch und erwartete ebenfalls rote Flüssigkeit darin, aber er enthielt stattdessen Wasser.

Feron begann ein Gespräch mit einer Fae weiter unten an der Tafel, und für den Rest des Abendessens nahm ich kaum an den Unterhaltungen teil. Das war mir lieber, denn so konnte ich einfach nur zuhören, als davon die Rede war, was für die kommende Erntezeit geplant war, wessen Kinder jetzt von einem Lehrer unterrichtet wurden oder eine Ausbildung begonnen hatten. Vermutlich hätte ohnehin niemand etwas Wichtiges von sich gegeben, solange ich mich im Raum befand, aber für mich war auch die kleinste Information von Bedeutung, da ich über das, was in Aralinth vor sich ging, so wenig wusste.

Nachdem ich meinen Fisch verzehrt hatte, legte ich den Löffel auf den Teller, damit die Bediensteten abräumen konnten. Ich spürte, wie Feron mich ansah, und wandte mich ihm zu; tatsächlich glitten seine Augen ohne Lidschlag über mein Gesicht. »Ihr habt wunderschöne Augen«, bemerkte er dann leise. »Ich habe seit langer Zeit niemanden mehr mit solchen Augen gesehen.«

»Mir ist noch nie jemand begegnet, der ähnliche Augen hatte«, sagte ich ehrlich und wunderte mich selbst über die Leichtigkeit, mit der ich diese Worte ausgesprochen hatte.

»Das hätte ich auch nicht vermutet«, sagte Feron. Ich erwartete, dass er das weiter ausführte, aber er sprach nun ein Halblingpaar auf der anderen Seite des Tisches an. Als er sich wieder an mich wandte, waren wir bereits beim Nachtisch.

»Erzählt mir von Euren Eltern«, sagte er. »Woher kamen sie?«

»Das weiß ich nicht.« Ich legte den Löffel hin. »Soweit meine Erinnerung zurückreicht, habe ich keine Eltern. Ich erinnere mich an nichts aus der Zeit, bevor ich vom Orden aufgenommen wurde.«

»An gar nichts?«, hakte Feron nach und strich dabei leicht über meine Finger. Seine Hand fühlte sich warm an.

Ich musste an die Narbe an meiner Hüfte denken, die ich an dem Tag, da man mich fand, bereits gehabt hatte. Die Linien waren präzise und gleichmäßig, und sie formten ein Symbol, das niemand beim Orden zuvor je gesehen hatte. Jemand hatte diese Zeichen in meine Haut geritzt. Vielleicht meine Eltern oder wer auch immer sonst mich zurückgelassen hatte.

Ein Gefühl von Wärme stieg meine Wirbelsäule empor. Erst begriff ich nicht, woher die Hitze kam, unter der sich mein Körper merklich entspannte. Dann begann meine Haut am Hals zu kribbeln, und ein würziger Geschmack legte sich auf meine Zunge.

Magie. Feron wirkte mit seinen Zauberkräften auf mich ein.

Verpiss dich, dachte ich. Zwar ließ er keine Reaktion erkennen, aber das warme Gefühl verflüchtigte sich.

»Ihr seid noch sehr jung«, sagte er nach einer Weile und betrachtete nachdenklich mein Gesicht.

»Danke.« Ich wusste nicht, was ich sonst hätte sagen sollen.

»Wie alt wart Ihr, als man Euch zum Orden brachte?« In Ferons Stimme lag eine Leichtigkeit, die mich misstrauisch machte. Es klang zu nett. Zu bemüht. Dennoch fühlte ich mich genötigt zu antworten.

»Es hieß, ich sei acht gewesen.« Ich nahm mir einen Löffel Mousse. »Aber ohne Eltern und ohne Erinnerungen kann ich nicht sagen, ob das wirklich genau stimmt.«

»Ihr seid schon seit geraumer Zeit die Klinge des Königs. Länger als jede andere vor euch. Und dennoch seid Ihr noch so jung. Da wart Ihr sicherlich nicht lange im Orden«, überlegte Feron nun und tippte dabei seitlich mit den Fingern gegen seinen Kelch.

Wieder fühlte ich, wie die Magie auf mich einwirkte, aber ich kämpfte nicht dagegen an. Was konnte es schaden, wenn ich diese Fragen beantwortete? Meine Willenskraft wollte ich dafür aufsparen, falls er mir später echte Geheimnisse zu entreißen versuchte.

»Ich wurde erst von Gebieterin Carston ausgebildet, dann von Gebieterin Hildegard. Insgesamt verbrachte ich fast dreißig Jahre dort, bevor ich zu den Prüfungen gerufen wurde«, antwortete ich und hoffte, dass das genügte, um seine Neugier zu befriedigen.

Feron schwieg eine Weile und betrachtete mich weiter sinnend. »Es gibt keine Elfen mehr in Koratha, seit zweihundert Jahren nicht mehr. Euer Elfenblut ist noch sehr stark, wenn Ihr schon über sechzigmal den Lauf der Jahreszeiten erlebt habt.« Sein Blick glitt jetzt über den Rand meiner Ohren, die unter dem Schleier lagen, und ich kämpfte gegen das Bedürfnis an, sie mit meinen Händen zu verdecken.

»So wird es wohl sein.«

»Fand man Euch nahe der Brennenden Berge?« Wie er auf diese Frage gekommen war, konnte ich leicht nachvollziehen: Die Vermutung lag nahe, dass ich von einem Elfen aus dem Faenland gezeugt worden war.

Ich schüttelte den Kopf.

»Man fand mich in Calens Kluft. Ich glaube nicht, dass ein Elf sich so weit in die Nähe von Königsufer getraut hätte.« In dieser Stadt im Osten hatten die Blutkriege einst begonnen. Dort hatte man die Elfen schon gehasst, lange bevor sie per Erlass zu Ausgestoßenen erklärt worden waren. Deshalb hatten die Elfen überhaupt erst begonnen, das Land zu verlassen. Selbst zu heutiger Zeit wurden noch viele Halblinge auf den Straßen von Königsufer und den umliegenden Dörfern zusammengeschlagen oder erstochen.

»*In* der Kluft?«, wiederholte Feron mit hochgezogenen Augenbrauen.

Ich nickte. »Es heißt, ich sei hineingestürzt. Man fand mich auf einem Sims innerhalb der Kluft in der Nähe von Wenden. Wie ich dorthin gelangt war, daran hatte ich keinerlei Erinnerung.«

Feron setzte den Kelch an die Lippen, trank aber nicht. Stattdessen tippte er mit dem Finger wieder an die Seite des Glases, bis der Wein im Innern wie ein Strudel kreiste. »Ich war dabei, an jenem Tag, als die Kluft entstand«, sagte er dann mit leiser Stimme, und er starrte vor sich auf den Tisch, als ob er in weite Ferne blickte.

»Ihr saht, wie Calen die Kluft erschuf?«, fragte ich voll Ehrfurcht. Die Erdspalte war breiter als die Hauptstadt von Elverath, und der gezackte Riss war so tief, dass viele glaubten, er sei bodenlos, ein niemals endender Tunnel aus Schatten.

»Die Kluft erschuf?«, fragte Feron nach, der sich jetzt wieder mir zuwandte. »Welche Fassung der Geschichte erzählt man denn auf der anderen Seite des Gebirges?«

Ich lehnte mich zurück. Mir war nie der Gedanke gekommen, dass die Schilderung, die ich im Königreich gehört hatte, nicht der Wahrheit entsprechen mochte. »Dass Calen ein mächtiger Lichtfae war«, sagte ich und versuchte, mich an die Einzelheiten zu erinnern. »Er erschuf die Kluft, nachdem seine große Liebe ohne ihn begraben worden war.« Die Geschichte war beim Orden sehr beliebt gewesen, und die Novizinnen hatten sie sich spätnachts oft leise zugeraunt.

Feron schüttelte den Kopf.

»Alles, was Ihr sagt, ist falsch.« Er lachte leise in sich hinein, lehnte sich ein wenig zurück und trank einen Schluck. »Calen war ein Elf. Kein Fae.«

Ich schüttelte den Kopf. »Wie hätte ein Elf so etwas erschaffen können? Elfen verfügen nicht über Magie.«

Ferons wissendes Lächeln schickte einen Schwall Wärme über meine Haut; wieder spürte ich seine Magie. »Elfen verfügen nicht über die Fähigkeit, Magie *zu gestalten*, aber das heißt nicht, dass sie keine *haben*.«

Ich blinzelte.

»Überall, wohin Ihr blickt, ist Magie. Sie pulsiert in jeder Pflanze in dieser Stadt, in jedem Geschöpf in den Waldhöhen. In uns.« Feron nahm einen Schluck Wein.

Dennoch verstand ich nicht, wie ein Elf zu einer solchen Leistung fähig sein sollte. »Calen verfluchte das Land?«

»Nein. Flüche sind die Geschichten derjenigen, die uns fürchten, Keera«, sagte Feron, dessen Augen wieder zu mir glitten. »Sie existieren nicht. Blutschwüre allerdings sind eine mächtige Spielart der Magie.« Ich hatte gerade meinen Löffel zum Mund führen wollen und verharrte mitten in der Bewegung, um auf seine Erklärung zu warten.

»Die Kluft tat sich vor fünf Jahrtausenden auf, zu einer Zeit, als mein Volk gegen Wesen kämpfte, die zu entsetzlich waren, als dass Aemons Sprache einen Namen für sie hätte. Wir sandten ein Heer aus, um dem Schrecken ein Ende zu machen. Ich zählte zu den Soldaten, ebenso wie Calen und Laurdril. Die beiden waren Elfen, nur wenige Jahrhunderte alt, und erlebten gerade die tiefe Leidenschaft einer jungen Liebe.« Feron lächelte vielsagend, während er wieder einen Schluck trank. »In der Nacht vor dem Angriff sprach Calen einen Blutschwur, um Laurdrils Nerven zu beruhigen. Er stach sich in den Finger und tupfte seinem Geliebten das Blut auf die Stirn, wobei er versprach, dass er nie zulassen würde, dass irgendein Geschöpf ihn verletzte. Am nächsten Tag umringten uns die schrecklichen Wesen. Rauch und Qualm drangen aus ihren Nüstern und blendeten uns. Stundenlang schlugen wir sie zurück, und Calen streckte mehr von ihnen nieder als alle anderen. Er hieb ihnen seine Axt ins Fleisch, bis nur noch dunkle, schuppige Körper zu seinen Füßen lagen.

Im Augenblick des Triumphs senkte er die Axt, um seinen Geliebten zu umarmen. Und in dieser Sekunde schlug eines der Geschöpfe seinen Schwanz in Laurdrils Rücken, und er fiel. Calen stürzte neben seinen Geliebten und hielt ihn in den Armen, als Laurdril den letzten Atemzug tat. Ich sah zu, wie die Magie versuchte, sich Calen zu holen, weil er seinen Eid gebrochen hatte, aber er kämpfte dagegen an. Wurzeln schossen aus dem Boden, schlugen sich um seine Beine, aber er zertrennte sie mit seiner Axt. Er tat alles, um an der Seite seines Geliebten zu bleiben.« Ich beugte mich vor, während Feron die Maserung des Tisches anstarrte.

»Am Ende erschütterte die Magie den Erdboden so gewaltig, dass er aufbrach, und Calen und Laurdril stürzten beide in die Tiefen hinab. Zusammen bis über den Tod hinaus.« Feron hatte seinen Wein ausgetrunken, und es blieb mir erspart, an seine Geschichte anknüpfen zu müssen, da sich jetzt unter lautem hölzernem Knarren erneut die Türen zum Ballsaal öffneten. Der gesamten Tafel verschlug es den Atem, wie sich der große Raum verändert hatte. Jetzt standen dort keine Stühle oder langen Tische mehr, dafür erhob sich ein großes Podest in seiner Mitte. Viele tausend Faenlichter warfen leuchtende Farben über die Wände und den Boden. Feron erhob sich und führte die Gesellschaft hinüber. Ich suchte mir einen Platz an der Wand, um dem Treiben von dort aus zuzusehen.

Mein Blick fiel auf einen hochgewachsenen Faen, der am Ende der Treppe stand, die ich bei meiner Ankunft hinabgeschritten war. Er trug ein langes schwarzes Obergewand mit einem Bronzegürtel, an dem ein Elfendolch hing. Es war der Mann, mit dem ich zuvor zusammengestoßen war. Seine violetten Augen fingen meinen Blick, während er zu mir herüberstolzierte.

Feron erschien an meiner Seite. »Keera, das ist mein Neffe, Riventh Numenthira.«

»Riven«, verbesserte der Fae, der Feron einen Seitenblick zuwarf.

»Neffe?«, fragte ich. Ich hatte nicht gewusst, dass Feron noch lebende Verwandte hatte.

»In dem Sinne, dass alle Faen miteinander verwandt sind«, erklärte

Riven und verbeugte sich. Ich drehte die Augen entnervt zur Decke. Nach dem, was er mir im Korridor gesagt hatte, waren diese Nettigkeiten überflüssig.

Rivens Kinn bebte. »Es ist mir ein Vergnügen, die Klinge kennenzulernen«, fuhr er fort, nahm meine Hand und küsste sie leicht. Ich zog sie weg. Seine Augen waren dunkel wie Nachtschatten, als er zu mir aufblickte. Dann verzog er die Lippen zu einem knappen Lächeln und ließ dabei kurz seine Fangzähne sehen. Er wandte sich an Feron. »Ich muss mit dir sprechen.«

Feron betrachtete seinen Neffen kurz und nickte dann. »Lass mich jemanden suchen, der Keera Gesellschaft leistet«, erwiderte er und tätschelte mir leicht die Schulter.

Ich zuckte zurück. »Das ist nicht nötig …«

»Nikolai!«, rief Feron einem Faen zu, und der besagte Nikolai beendete sein Gespräch mit einem hübschen Halbling und kam zu uns herüber.

»Feron«, sagte er und verneigte sich mit einer übertrieben schwungvollen Handbewegung. Er trug eine herrliche leuchtend rote Robe und war, soweit ich sehen konnte, nicht bewaffnet. Die Farbe betonte den tiefen Bronzeton seiner Haut und die kleinen Locken, die mit den Schatten über seinen Wangen verschmolzen. Mir fiel der grobe Schnitt entlang seiner Ohren auf; sie waren anschließend rund vernäht worden. Er war ein Halbling.

Nikolai schenkte mir ein so breites Lächeln, dass eine Falte auf seiner Stirn erschien.

»Keera, der Ehrengast!«, säuselte er und beugte sich vor, um mich nach Art der Fürsten im Königreich auf den Hals zu küssen. Als er sich wieder aufrichtete, zwinkerte er mir zu. Seine Dreistigkeit war schockierend, aber ich konnte nicht anders und musste lächeln.

»Nikolai, erschrecke sie nicht«, warnte Feron. »Aber ich möchte, dass du Keera eine Weile unterhältst, während Riven und ich in meinen Gemächern sprechen.«

»Natürlich!« Nikolai und Riven wechselten einen Blick. »Du musst mich nicht überreden, mich mit einem so herrlichen Geschöpf anzufreunden.« Feron lächelte Nikolai kurz zu, während Riven die Arme verschränkte. Der Neffe hatte eindeutig nicht die gewinnende Art seines Onkels.

Nikolai fasste mich nun an den Händen und streckte die Arme aus. Dann unterzog er meinen ganzen Körper einer genauen Betrachtung, wobei er am Rocksaum begann und dann den Blick allmählich höher wandern ließ. Bei dem langen, schmalen Schlitz in meinem Mieder verharrte er kurz, bevor er mir schließlich in die Augen sah. »Ihr seid wirklich atemberaubend«, sagte er und zog mich näher an sich. »Tatsächlich hatte ich Lust auf Euch, seit ich Euch die Treppe dort hinunterschreiten sah. Ich *liebe* dramatische Auftritte.«

Mir blieb der Mund offen stehen. »Das ist eine ziemlich kühne Bemerkung für jemanden, der keine Waffe trägt«, erklärte ich und meinte das nur halb im Scherz.

Nikolai zuckte die Achseln und bedachte mich mit einem durchtriebenen Grinsen. »Mir stehen *andere* Waffen zur Verfügung. Und manche davon sind, wie ich festgestellt habe, viel effektiver.«

Ich verdrehte die Augen. »Ja, ganz sicher.«

»Da fällt mir eine im Besonderen ein …« Sein Blick wanderte nach unten.

Ich schnaubte empört und wollte ihm einen Klaps auf die Schulter geben, aber er griff nach meiner Hand. Den anderen Arm schlang er um meine Taille, um mich in einen langsamen Walzer zu ziehen, und genau in diesem Augenblick setzte die Musik ein. Es passte so perfekt, als hätte er diesen Ablauf genau geplant.

»Seid Ihr immer so enervierend?«, fragte ich.

Wieder grinste er breit. »Ihr meint wohl charmant.«

»Nein, meinte ich nicht.«

»Dann ist es also einfach nur meine natürliche Verführungsgabe?«, entgegnete er mit einem überlegenen Grinsen.

»Sind alle Männchen im Faenland so ungestüm?« Die Frage entschlüpfte mir, bevor ich mich bremsen konnte. Ich schloss die Augen und spürte, wie ich rot wurde.

Nikolai zog eine Augenbraue hoch. »Wenn Ihr meint, ich wäre beleidigt, wenn Ihr mich ein Männchen nennt, dann muss ich Euch enttäuschen.«

»Aber im Königreich …«

Nikolai drückte meine Hand. »Ich habe eine Zeit lang im Königreich gelebt.« Meine Augen glitten zu seinen beschnittenen Ohren. »Ich weiß, wie man dort jene mit Elfenblut behandelt. Das ist widerwärtig, und Ihr werdet in diesem Saal niemanden finden, der das anders sieht.« Er wirbelte mich zweimal herum. »Aber die starre Besessenheit der Sterblichen mit den Geschlechtern habe ich nie begriffen.«

Ich neigte den Kopf. »Warum nicht?«

Nikolai zuckte mit den Schultern beim Tanzen. Er beugte sich näher zu mir. »Abgesehen davon, dass diese Herangehensweise inakkurat ist, betrachten wir Elverin uns nicht aus diesem Blickwinkel. Uns erscheint diese Einteilung eher dumm als beleidigend.«

»Elverin?«, fragte ich. Das Wort hatte ich noch nie gehört.

Nikolai grinste. »Elfen und Faen. Und auch Halblinge. Wir ziehen zwischen uns keine so starren Grenzen wie der König.«

Wieder wollte ich eine Frage stellen, aber Nikolai bog mich so schwungvoll nach hinten, dass sich sein Gesicht auf einer Höhe mit meiner Brust befand. Als er mich wieder emporzog, hoffte ich sehr, dass er die Verärgerung bemerkte, die in meinen Augen brannte.

Das tat er offenbar, aber sie ließ ihn nur noch breiter grinsen.

»Ich hoffe, Ihr plant nicht etwa, mich hier zu erstechen, Keera«, sagte er und ließ mich erneut in eine Drehung, bevor er uns mit einer weit ausholenden Bewegung wieder in den Walzer zurückführte. Andere Paare wiegten sich neben uns im Takt, drehten sich und lachten.

»Ich würde nie eine Waffe zu einem Abendessen mitbringen«, sagte ich. »Lord Feron vertraute darauf, dass ich unbewaffnet erscheinen würde. Und das tat ich auch.« Ich versuchte dabei, ebenso lässig zu klingen wie er, aber das war nicht so einfach, da er mich schon wieder herumwirbelte.

»Lügnerin«, neckte er mich mit süffisantem Lächeln.

Ich zog herausfordernd die Augenbrauen in die Höhe.

Nikolai zog mich fester an sich. Sein Kinn war direkt neben meinem Ohr, als er flüsterte: »Ich würde mein Pferd darauf verwetten, dass Ihr mindestens drei Waffen verborgen am Körper tragt. Und genau das würde ich von der Klinge des Königs auch erwarten.« Er sah nach unten. »Unter diesem Rock könntet Ihr doch eine ganze Schatzkiste verstecken. Obwohl ich vermute, nichts wäre so schön wie Eure …«

Meine Hand schloss sich um seine Schulter und drückte zu, bis er zusammenzuckte. »Diesen Satz würde ich nicht beenden, sonst werdet Ihr herausfinden, wie tödlich ich sein kann, Nikolai.« Mir war anzuhören, dass ich das durchaus ernst meinte.

»Ich liebe es, wie Ihr meinen Namen aussprecht. Mit so viel Bosheit. So viel Leidenschaft.« Er grinste breit genug, dass ich seine Fangzähne sehen konnte. »Aber wir wissen doch beide, dass Ihr mich nicht töten werdet.«

»Wieso nicht?«, fragte ich und ließ mich auf sein Spiel ein, obwohl ich mir durchaus der Spannung bewusst war, die sich zwischen uns aufbaute.

»Weil Ihr schon die Möglichkeit dazu hattet, und Ihr habt sie nicht genutzt.« Es lag etwas Wissendes in seinem Lächeln. Als forderte er mich heraus, die Bedeutung seiner Worte zu erraten.

Ich versuchte mir vorzustellen, wie er unter einer Kapuze aussehen mochte, in Schatten gehüllt, dass nur die Linie seines Kinns sichtbar blieb. Er war von derselben Größe wie der Schatten. Aber Nikolai lechzte nach Aufmerksamkeit. Er genoss es, dass aller Augen auf uns gerichtet waren, während wir durch den Raum tanzten. Konnte jemand, dem es so wichtig war, von der ganzen Welt gesehen zu werden, die getarnte Bedrohung sein, die ich hier aufspüren und töten wollte?

»Was wollt Ihr damit sagen?«, fragte ich, als die Musik aufhörte.

Nikolai vollführte eine ähnlich übertriebene Verbeugung wie zuvor gegenüber Feron. »Ihr seid doch schlau, Keera. Ihr werdet es herausfinden, da bin ich sicher.«

FÜNFZEHN

Du hast es versprochen.«

Die Worte erschütterten mich und ließen meine Knochen zu Eis gefrieren. Langsam wandte ich mich um, voller Angst vor dem, was ich entdecken würde.

»Du hast es versprochen«, sagte sie wieder. Sie saß in der Mitte des Raums auf einem Stuhl aus Holz. Im Kamin hinter ihr brannte kein Feuer, und es gab keine Kerzen, die das Zimmer erhellt hätten.

Nichts war dort, außer uns beiden und dem grauen Mondlicht, das ihr schönes Gesicht beschien. Die blasse Narbe, die über ihrem Auge und ihrer Wange verlief, sah silbern aus und zog sich straff, als sie mich grimmig ansah.

»Du hast es mir versprochen.«

»Hör doch endlich auf, das zu sagen!«, schrie ich und fuhr mir durchs Haar. »Ich weiß, dass ich es versprochen hatte. Und ich konnte es nicht erfüllen.«

»Das Scheitern geht dem Erfolg stets voraus«, sagte sie mit leicht hochgezogenen Augenbrauen. Das hatte Hildegard während unserer Ausbildung immer gepredigt.

»Manchmal geht das Scheitern auch dem Tod voraus«, stieß ich hervor. Ich konnte sie nicht ansehen. Es zerriss mir so die Brust, dass ich nicht

mehr atmen konnte. Jeder Herzschlag donnerte so hart gegen meine Rippen, dass ich fürchtete, eine von ihnen würde brechen und mein Herz endgültig aufspießen.

Das wäre weniger schmerzvoll gewesen.

»Dann stirb doch«, flüsterte sie.

Mein Blick glitt ruckartig zu ihr zurück. Sie machte ein gelassenes Gesicht, aber bernsteinfarbenes Blut durchtränkte ihr Obergewand und strömte über ihre Brust, aber sie bewegte die Hände nicht, um den Blutfluss zu stoppen. Entsetzt sah ich dabei zu, konnte mich aber nicht rühren, und schließlich wurde ihr Hals schlaff.

Honigfarbene Augen starrten zu mir hinauf.

»Lass keine Krone bestehen, die jemand beanspruchen könnte.« Ihre letzten Worte drangen rasselnd aus ihrer Brust, bevor ihre Augen kalt wurden.

Meine Lungen steckten sich selbst in Brand, als ich schrie.

Und schrie.

Und schrie.

Ich war es leid, von ihr zu träumen. Und es waren ja keine Träume, sondern Albträume. Sobald ich die Augen schloss, sah ich ihr Gesicht. Sie rief nach mir, immer und immer wieder, bis ich es aufgab, überhaupt schlafen zu wollen. Mein Bettzeug war von Schweiß durchtränkt, als ich mich anzog, um frische Luft zu schnappen. Die erste Sonne schickte sich gerade an, über den Bergrücken zu blinzeln, und die goldenen Blätter des Sil'abar schimmerten über der Stadt.

Ich sah den Blättern zu, die hoch über meinem Kopf leise wisperten. Die Straßen waren leer. In den frühen Morgenstunden nach einem Fest war niemand unterwegs. Ich setzte mich auf eine Bank, die inmitten üppiger Blumen in allen Farben stand. Die Blüten begannen gerade erst, sich unter dem wärmenden Schein der Sonne zu öffnen und waren noch mit Tau besetzt.

Dennoch konnte ich die Schönheit dieses Gartens nicht genießen. Ich hörte nur immer wieder diese Worte durch meinen Kopf hallen.

Du hast es versprochen.

Als ob ich dieses gebrochene Versprechen nicht sowieso überallhin mit mir nahm. Da musste sie mich nicht auch noch in meinen Träumen heimsuchen und mich daran erinnern, wie ich versagt hatte. Wie ich sie im Stich gelassen hatte. Meine Finger zeichneten durch den Leinenärmel hindurch den Namen nach, der auf meinem Unterarm geschrieben stand. Wieder und immer wieder.

»War wohl eine lange Nacht?« Als ich den Kopf hob, stand ein Halbling vor mir. Sie war in eines der durchsichtigen Kleider gehüllt, die ich in der Schneiderei gesehen hatte. Die goldene Tinte auf ihrem Gesicht begann bereits zu verblassen.

»Ich konnte nicht schlafen«, sagte ich und rutschte nervös auf der Bank herum. In meiner Eile, so schnell wie möglich an die frische Luft zu kommen, hatte ich meinen Mantel und die Kapuze vergessen. Jetzt kam es mir vor, als sei ich ihren dunklen Augen schutzlos ausgeliefert, die nun auf meinem Gesicht verweilten.

»Ich hoffe, Ihr hattet vorher wenigstens Spaß«, sagte sie, nahm auf der Bank neben mir Platz und fasste das lange, gewellte schwarze Haar im Nacken zusammen.

Ich schüttelte den Kopf und rückte von ihr ab.

»Habt Ihr gefunden, wonach Ihr suchtet?«, fragte sie dann, während sie die Beine überschlug und das Sonnenlicht genoss.

»Was?« Mit einem Ruck stand ich auf und fasste nach dem Griff meiner Klinge. Wenigstens hatte ich daran gedacht, mich zu bewaffnen. Meine Brauen zogen sich zusammen. Es war mutig von ihr, sich mir derart zu nähern, wenn sie wusste, dass ich die Klinge war.

Ihr Mund verzog sich zu einem schlauen Lächeln. »Es ist nicht nötig, das da zu zücken«, sagte sie und winkte lässig ab, bevor sie die Augen schloss und sich im Sonnenlicht zurücklehnte. »Aralinth ist eine kleine Stadt; hier gibt es keine Fremden. Jeder sieht sofort, dass Ihr neu seid. Und Ihr seid ein Halbling; damit ist klar, dass Ihr das Gebirge überschritten habt, weil Ihr etwas sucht. Die meisten von uns kamen hierher auf der Suche nach Sicherheit. Ich weiß, wovon ich spreche.« Damit zog sie den lang herabhängenden Ärmel ein Stück zurück. An ihrem Handgelenk war das Brandmal einer Krone zu sehen.

»Ihr wart eine Kurtisane des Königs«, erkannte ich. So nannte man die Halblinge, die zur Arbeit in den Freudenhäusern gezwungen wurden. Eigentlich verstießen diese Etablissements gegen die Halbling-Erlasse, aber der König verdiente gut an ihnen. Und außerdem sorgten sie dafür, dass es noch mehr Halblinge gab, die ihm dann gehörten.

Ich ließ meinen Dolch los. Sie hatte schon mehr Gewalt erlebt als die meisten anderen, und dem wollte ich auf keinen Fall noch mehr hinzufügen. »Wie konntet Ihr fliehen?«

Sie zog den Ärmel wieder herunter. »Ich wurde mit einer ganzen Gruppe zur Ernte nach Cereliath geschickt. Der Lord, der mich kaufte, schlief ein, bevor er die ... Dienste, die er gebucht hatte, in Anspruch nehmen konnte. Ich nahm sein Geld und seinen Mantel und marschierte einfach zur Vordertür hinaus.« Sie lachte und drehte eine Haarsträhne zwischen den Fingern. »Ich glaube nicht, dass man überhaupt in Erwägung zog, dass eine von uns einfach gehen würde. So lange Jahre hatte ich von der Flucht geträumt und Pläne geschmiedet, und als es dann endlich passierte, fiel es nicht einmal jemandem auf.«

»Man hat niemanden ausgesandt, um Euch zu verfolgen?«, fragte ich und setzte mich jetzt wieder neben sie.

Ihre dunklen Augen blickten einen Moment lang in meine, und sie ließ die Schultern hängen, als sie sich zu mir beugte. »Ich glaube nicht, dass nach mir gesucht wurde. Der Prinz war in jener Nacht anwesend.«

Mehr musste sie nicht sagen. Meine Finger schabten über den Rand der Bank, während die Narben auf meinem Rücken kribbelten. Wenn Prinz Damien zugegen war, verschwanden öfter Halblinge.

»Dann seid Ihr nicht in Cereliath geblieben?«, fragte ich. Ganz in der Nähe schwangen jetzt die Fensterläden eines Ladens auf.

Sie zuckte die Achseln. »Ich war nicht für die Feldarbeit gemacht, und mit meinem Brandzeichen wäre ich zu leicht entdeckt worden.« Ganz kurz glitt ihr Blick zu mir, und mir stieg die Röte in die Wangen. Als Klinge hatte ich viele Halblingflüchtlinge festgenommen. Kaum jemand von ihnen hatte die Chance bekommen, sein altes Leben wieder aufzunehmen.

»Ich wäre lieber gestorben als zurückzukehren«, fuhr sie fort, »also sicherte ich mir mit dem Geld des Fürsten eine Fahrgelegenheit nach Caerth. Dort packte ich so viele Vorräte zusammen, wie ich tragen konnte, und machte mich auf die Wanderung ins Faenland.« Sie wandte sich auf der Bank um, sodass sie statt zum Sil'abar in die Richtung des goldenen Walds blickte. Er war zu weit entfernt, als dass man ihn von hier aus hätte sehen können, aber irgendwo zwischen den Bäumen und Hügeln begann der Weg des Weisen.

»Ihr habt es zu Fuß ins Faenland geschafft? Hattet Ihr keine Angst?« Ich hatte für diesen Weg zu Pferd eine Woche gebraucht. Wie lange eine ungeübte Wanderin unterwegs sein mochte, konnte ich mir nicht einmal vorstellen.

Sie stieß ein lautes Lachen aus. Es hallte wie ein Glockenschlag durch den Garten und störte ein Vogelpaar auf, das daraufhin in die Äste des Weißen Baums hinaufflatterte. »Ich hatte mehr Angst als je zuvor in meinem Leben. Ihr habt doch sicher auch die Geschichten darüber gehört, was im Wald alles lauert. Und im Faenland natürlich auch.« Das hatte ich tatsächlich. Jeder in Elverath wusste, dass man nicht einfach ins Faenland laufen und erwarten konnte, dieses Wagnis zu überleben.

»Wieso seid Ihr dann gegangen?« Vielen Halblingen gelang es ohne größere Schwierigkeiten, im Reich unterzutauchen. Abgesehen von ihrem Brandzeichen, hätte sie als Sterbliche durchgehen können.

»Ich war verzweifelt«, sagte sie mit tiefem Seufzer, dann sah sie mich mit starrem Blick an. »Wenn ich sterben sollte, dann wollte ich das zumindest unter selbst gewählten Bedingungen tun. Immerhin wäre ich …«

»Frei gewesen«, vervollständigte ich ihren Satz.

Sie nickte, und ein wissendes Schweigen entstand zwischen uns. Ich lehnte mich auf der Bank zurück und sah in das Blütendach, das sich über unseren Köpfen ausbreitete. Das Grün in seinen verschiedenen Schattierungen war von pastellfarbenen Flecken durchsetzt, und dahinter bildeten die goldenen Blätter des Sil'abar eine herrliche Kulisse. Selbst wenn ich viele Tausend Jahre gelebt hätte, wäre ich dieses Anblicks nicht müde geworden. Kein Wunder, dass die Elfen und Faen es hier so schön fanden.

Ich musterte mein Gegenüber, die langen Linien ihrer Arme und die hohen Wangenknochen, und ihr fiel das durchaus auf, aber sie ließ mich gewähren. Gelassen zog sie einen Pfirsich aus den Seidenlagen ihres Rocks hervor und biss hinein.

Zwischen den Schemen und den Kurtisanen gab es nur wenige Unterschiede. Wir wurden alle als Kinder ausgewählt und dazu ausgebildet, dem König mit unseren Körpern zu Willen zu sein. Meiner war zu einer Waffe geformt worden und diente der Krone mit jedem Leben, das ich nahm. Kurtisanen wurden zu Waffen anderer Art geformt und dienten dem König mit jedem niederen Fürsten, zu dem sie sich gezwungenermaßen ins Bett legten.

Bisher war mir weder eine Kurtisane noch eine Schemin begegnet, die diesem Schicksal entkommen wäre. Jedenfalls keine, die lange genug überlebt hätte, um davon berichten zu können.

»Habt Ihr je daran gedacht zurückzukehren?«, fragte ich in die Stille hinein.

Sie biss noch einmal in ihren Pfirsich und wischte sich dann mit dem Handrücken den Saft von ihren vollen Lippen. »Manchmal.« Sie zuckte die Achseln. »Nicht wirklich ernsthaft, aber wenn ich je zurückkehren sollte, dann würde ich …« Sie verstummte.

Ich rutschte auf die Kante der Bank. Als sie mich wieder ansah, lag Mordlust und Kälte in ihren Augen.

»Dann würde ich den König töten«, beendete sie flüsternd ihren Satz, und ihr fiel das dunkle Haar vors Gesicht, als sie sich vorbeugte. »Habt Ihr nicht schon einmal dasselbe gedacht?«

Du hast es versprochen.

»Ja«, flüsterte ich. Die Enge in meiner Brust löste sich, als ich es laut aussprach. »Ja, das habe ich.« Es war das erste Mal, dass ich das vor fremden Ohren zugab. Ich erwartete die durch den Adrenalinstoß ausgelöste Panik, die vertraute Übelkeit, die mich stets überkam, sobald ich zuließ, dass meine Gedanken die Schutzschilde durchbrachen, die ich mir über Jahrzehnte hinweg zugelegt hatte. Vielleicht waren sie ohne den Wein brüchig geworden, denn plötzlich fühlte ich, wie sie nachgaben, und es machte mir keine Angst.

»Ich weiß Euren Namen gar nicht«, sagte ich, als ich die Benommenheit überwand, die mich kurzzeitig befallen hatte.

»Dynara«, antwortete sie und stand auf. Sie war fast ebenso groß wie ich. Dann ging sie in Richtung der Herberge davon, wandte sich aber noch einmal um. Das Sonnenlicht funkelte auf der goldenen Tinte, die noch auf ihren Wangen verblieben war.

»Keera«, rief sie und fuhr sich mit der Hand durchs Haar.

Verblüfft sah ich sie an. »Ihr wusstet die ganze Zeit über, wer ich bin?«

Ihr schlaues Lächeln kehrte zurück, und sie nickte. »Ich erinnere mich gut daran, wie einsam man sich fühlt. Wenn man dem König dient. Wenn man versucht, etwas zu finden, das von Bedeutung ist, bevor man für ihn stirbt.« Ich verschränkte die Arme, um mich gegen ihren durchdringenden Blick zu wappnen. Wieder fühlte ich mich schutzlos ausgeliefert.

»Aber genau das will er ja«, fuhr sie fort. »So funktioniert das. Man überzeugt uns, dass wir ganz allein dastehen, obwohl wir doch von so vielen anderen umgeben sind, die sich ebenfalls zu befreien versuchen.«

»Wollt ihr mir vielleicht helfen, den König umzubringen?«, meinte ich voller Spott.

Sie lachte nicht. Ihr Mund verzog sich zu einem geraden Strich, und sie tat einen Schritt auf mich zu. »Ich fürchte, die Fähigkeiten, die ich erlernte, wären dabei nicht so hilfreich wie Eure, aber es gibt Leute, die Euch vielleicht helfen würden. Wenn Ihr bereit wärt, an unerwarteten Orten nach ihnen zu suchen.«

Mir wurde flau im Magen. »Ich könnte niemals Halblinge, die dem König entflohen sind, darum bitten, gegen ihn zu den Waffen zu greifen.« Ich wollte nicht für weitere Tote verantwortlich sein. Nicht für ein so aussichtsloses Unterfangen.

Dynara zuckte die Achseln. »Vielleicht ist die Entscheidung schon gefallen«, sagte sie kühl. »Ich weiß, wegen wem Ihr hier seid. Ich weiß nicht, ob Ihr aus eigenem Antrieb hierherkamt oder auf Befehl des Königs, aber ich weiß, Euch trieb die Verzweiflung. Aus welchem anderen Grund hättet Ihr wohl eine Reise angetreten, die Ihr nicht zu überleben hofftet? Aber vielleicht werdet Ihr mehr als Überleben hier finden. Vielleicht findet Ihr hier Erlösung.«

SECHZEHN

Dynaras Worte rumorten in meinem Kopf. War das der Grund für die Träume? Es war Jahre her, seit ich mich von dem Versprechen abgewandt hatte, den König zu töten und seiner Herrschaft und der Krone ein Ende zu bereiten. Die damit verbundenen Schuldgefühle hatte ich in ganzen Fässern mit Wein ertränkt. Zwanzig Jahre lang hatte ich alles darangesetzt, sie zu vergessen. Jetzt konnte ich nicht mehr aufhören, an das Versprechen zu denken. Und daran, es noch einmal zu versuchen.

Aber der Schatten? Wieso Dynara glaubte, dass er mir helfen würde, ging über meinen Horizont. Den Großteil des letzten Jahres hatte ich damit zugebracht, den verschiedensten Fährten zu folgen, um unserem geheimnisvollen Gegner die Kapuze herunterzureißen und ihn zu töten. Wieso sollte mir der Schatten vertrauen? Woher wusste er überhaupt, dass ich den Tod des Königs wollte?

Nur, wenn eine Krone bleibt, die jemand beanspruchen kann.

Das hatte er gesagt. Damals hatte ich dem keine große Bedeutung beigemessen, aber es passte ins Bild. Er versuchte nicht nur, den Leuten in Elverath zu essen zu geben. Er war bestrebt, den König zu stürzen. Allerdings würde er das nicht erreichen, indem er

Waren und Lebensmittel stahl. Er musste den König an einer Stelle angreifen, an der es ihm wehtun würde.

An seinem Geldbeutel.

Ich tigerte so lange durch mein Zimmer, bis ich eine Spur in den dicken Teppich getreten hatte. Es war albern. Ausgerechnet demjenigen, den ich hier im Faenland hatte umbringen wollen, ein Bündnis anzubieten.

Gwyn fiel mir ein. Dann die Novizinnen im Orden. Die verschwommenen Gesichter der Verhungernden in Cereliath, die der König zwar nicht hingerichtet, aber gleichwohl dem Tod überantwortet hatte. Zwar wusste ich nicht, wann sie am Straßenrand starben, aber dessen ungeachtet klebte auch ihr Blut an den Händen des Königs. So wie an meinen das Blut derjenigen klebte, deren Namen ich auf der Haut trug.

Wenn ich den Schatten tötete, würde es den Halblingen nur einen kurzen Aufschub gewähren, bevor sich der Zorn des Königs erneut gegen sie richtete. Einige Jahre würden vergehen, die Magie würde noch mehr schwinden, und dann wären sie vor seiner Wut wieder nicht mehr sicher. Schuldete ich es ihnen nicht, zumindest den Versuch zu unternehmen, all dem ein Ende zu bereiten, für alle Zeiten?

Du hast es versprochen.

Vielleicht sollte mich ihr Bild in meinen Träumen gar nicht quälen, sondern anstacheln. Sie hatte die Worte des Schattens wiederholt: *Nur, wenn eine Krone bleibt, die jemand beanspruchen kann.* Glaubte sie, dass ein Bündnis funktionieren konnte?

Es gibt nur einen Weg, um das herauszufinden, dachte ich.

Ich musste den Schatten finden.

Nikolai bot mir dazu den ersten Ansatzpunkt. Zwar war ich nicht überzeugt davon, dass er der Schatten war, aber seine Abschiedsworte gingen mir dennoch durch den Kopf. In meiner Ausbildung hatte ich gelernt, mir Gesichter gründlich einzuprägen, auch wenn ich sie nur kurz gesehen hatte, und ich war mir sicher, dass ich Nikolai vor Ferons Ball noch nie begegnet war. Und doch hatte er auf ein Treffen angespielt, an das ich mich nicht erinnerte.

Es sei denn, dass er dabei sein Gesicht verborgen hatte.

Er war die beste Spur, die ich hatte. *Die einzige.*

Ich brauchte drei Tage, um seine Gewohnheiten gründlich zu erforschen. Nikolai hatte eine luxuriöse Wohnung gegenüber dem Palast bezogen. Meine Beobachtung erbrachte vor allem, dass er nicht nur gern flirtete, sondern auch im Bett jede Menge Spaß haben wollte. Er traf sich jeden Abend mit einem oder sogar zwei Auserwählten und gönnte sich dann mit ihnen raffinierte Gerichte und die besten Weine. Seine Partner waren Faen, Elfen und Halblinge, die meisten davon weiblich.

Wie konnte jemand mit derartig vielen amourösen Abenteuern seine Identität geheim halten?

Einen ausgeklügelten Plan hatte ich nicht, aber ich musste mit Nikolai unter vier Augen sprechen. Am vierten Abend wartete ich, bis seine Verabredung erschien, eine Elfin, die ich auf Ferons Ball gesehen hatte. Ihre dunkle Haut schimmerte im Licht der Monde, das auch die verschiedenen Schichten hellblauen Gewebes, in das sie sich gehüllt hatte, herrlich in Szene setzte.

Ich hatte hinter dem Stamm eines großen Baums nahe beim Eingang Position bezogen und dort, von den Ästen verborgen, bereits die Ablösung der Wachleute beobachtet. Die Männer waren von der bildhübschen Elfin so abgelenkt, dass sie nicht bemerkten, wie ich hinter ihr durch die Tür huschte. Dann drängte ich mich im Korridor gegen die Wand und wartete, bis sie an mir vorüberging.

In meiner Hand lag eine winzige Glaskugel, aus der eine scharfe Nadel hervorsah. Ein Piks, und sie würde für viele Stunden schlafen. Sie drehte sich nicht einmal um, als ich ihr die Spitze in den Hals stach, sondern sackte sofort bewusstlos gegen mich. Ich fing sie auf und verfrachtete sie sanft auf eine kleine Bank.

Dann stieg ich die Treppe bis zum vierten Stock hinauf. Auf dem

Flur gab es nur eine Tür, die sich in der Mitte goldbemalt vor dem weißen Stein der Mauern abhob. Kurz überlegte ich, ob ich sie eintreten sollte, kam dann aber zu dem Schluss, dass die Elfin das wohl kaum getan hätte.

Also klopfte ich.

»Herein«, ertönte es von drinnen.

Er saß auf dem Rand eines großen Betts, und die nachtschattendunkle Kleidung bildete einen harten Kontrast zu dem Weiß der seidenen Laken. Er hatte sich die Kapuze bis vor das Gesicht gezogen, aber ich wusste, dass er jede meiner Bewegungen beobachtete. Jeden Schritt. Jeden Atemzug.

Der Schatten.

»Er ist nicht hier«, sagte er mit dunkler Reibeisenstimme, die mein Blut zu Eis gefrieren ließ.

»Wer?«, fragte ich, um meine Überraschung zu überspielen.

Er stand auf und überschattete mit seiner hohen Gestalt mein Gesicht. »Ich wollte nicht zulassen, dass du Nikolai ermordest.«

»Wieso dachtest du, dass ich hierherkäme, um ihn zu ermorden?« Ich trat einen Schritt zurück; ich brauchte Platz, um mich zu sammeln. Dass der Schatten hier erscheinen würde, hatte ich nicht erwartet, und schon gar nicht, dass er bewaffnet sein würde. »Vielleicht war ich nur eifersüchtig auf seine ganzen hübschen Geliebten.«

»Er wäre entzückt, das zu hören«, sagte der Schatten knapp und zog dann das Langschwert aus der Scheide auf seinem Rücken. »Was ist mit der Elfin? Hast du sie umgebracht?« Er reckte die Klinge in meine Richtung.

Ich zog einen langen, gekrümmten Säbel aus meinem Gürtel.

»Nein«, sagte ich. »Sie schläft.«

Er stürzte sich auf mich, die Waffe hoch erhoben. Ich wich zur Seite aus, und der Stahl schlug klappernd auf den Steinboden, als ich mich über die Sofalehne rollte. Bei seinem nächsten Schlag biss sein Schwert in den Stoff.

Jetzt holte ich mit meiner eigenen Klinge aus, und er sprang zurück, stieß dabei gegen das Bett. Bevor er das Gleichgewicht wiederfinden konnte, schlug ich zu, aber er wehrte den Hieb ab.

Er umrundete das Sofa, das Schwert gezückt, während ich zurückwich. Dabei tat ich so, als würde ich erneut ausholen wollen, trat aber gegen sein Knie. Er machte einen Satz über das Sofa und landete sicher auf den Füßen.

Mein Umhang verfing sich an einem Tischbein, und ich riss ihn los. Nach einem Schritt auf den Schatten zu blieb ich stehen. Ich brauchte den Umhang und die Kapuze nicht. Er hatte mein Gesicht ohnehin schon gesehen.

Mit einem schnellen Griff an den Hals löste ich beides und ließ es zu Boden fallen.

»Du siehst mit Mantel besser aus«, stichelte er.

»Ich bin sicher, du würdest ohne Kopf auch besser aussehen«, gab ich bissig zurück. Er lachte und reckte den Hals, während er meine Bewegungen verfolgte.

»Wenn du nicht Nikolai bist, wieso kümmert es dich, ob ich ihn töte?«, fragte ich.

»Er ist ein Freund«, antwortete der Schatten. Das Mondlicht, das durchs Fenster schien, fiel hell auf das Tintenschwarz seines Umhangs.

»Mir war nicht bewusst, dass der Schatten Freunde hat«, sagte ich und trat vors Fenster.

Er sprang über die Couch. »Mehr als die Klinge.« Jetzt wartete er mit erhobenem Schwert. Wollte mich dazu verleiten, wieder zuzuschlagen. Aber ich wollte noch mehr wissen.

»Freunde sind Schwächen, die sich eine Klinge nicht leisten kann«, zischte ich und holte aufs Neue aus. Er blockte den Schlag ab. Ich fuhr herum, führte einen Angriff gegen seinen Oberkörper. Er trat einen Schritt zurück und ließ meinen Säbel vorbeizischen, bevor er seinerseits wieder zuschlug.

Angriff. Abwehr. Angriff. Ausweichen.

Wir verfielen in einen gleichmäßigen Rhythmus. Das Klappern

unserer Klingen schlug den Takt, zu dem wir uns tänzelnd umkreisten. Er war schnell, aber ich war schneller. Mit jedem Schlag drängte ich ihn weiter zurück, bis er mit den Hacken gegen die Wand stieß.

»Du scheinst es nicht zu sehr darauf anzulegen, mich zu töten«, stieß er mit seiner dunklen, rauen Stimme zwischen den Schlägen hervor.

Ich wechselte die Hand und versuchte seine Brust zu treffen. Zwar konnte er der ganzen Wucht des Hiebs ausweichen, aber die Spitze meiner Waffe zerschnitt den dunklen Stoff seines Obergewands. Grinsend betrachtete ich den Riss, den ich in seinem Ärmel hinterlassen hatte.

»Das liegt daran, dass ich dich nicht töten will«, sagte ich, bevor ich mich duckte und nach seinem Bein stach. Als er beiseitesprang, ließ ich den Griff meines Säbels gegen sein Knie krachen. Er flog nach vorn und stürzte. Noch bevor er sich zu mir umdrehen konnte, hatte ich eine kleine gebogene Klinge aus meinem Stiefel gezogen.

Dann sprang ich in die Luft und machte einen Überschlag über seinem Kopf. Dabei senkte ich den Arm gerade tief genug, dass mein Greifhaken sich in seiner Kapuze verfing, und als ich hinter ihm wieder landete, zog ich den Stoff herunter und drückte ihm das Schwert an die Kehle.

Dunkelviolette Augen sahen zu mir auf. Wirbelnde Abgründe voller Zorn, eingefasst von dunklen Brauen und einem scharf geschnittenen Gesicht.

Ein Gesicht, das ich kannte.

Der Schatten war ein Dunkelfae.

Der Schatten war Riven.

SIEBZEHN

Hübscher Trick«, fauchte Riven. Sein Kopf war nach hinten geneigt und stieß gegen meine Brust, als ich ihm die Schneide meiner Klinge an den Hals hielt. Ich sah in seine Augen, seine violetten Augen.

»Die Dunkelfaen gehen gegen die Krone vor?« Ich konnte nicht verbergen, wie sehr mich das schockierte. Zwar hatte ich gewusst, dass der Schatten Verbindungen ins Faenland hatte, aber ich war davon ausgegangen, dass nur ein Elf oder ein Halbling genug Motivation für einen Angriff gegen den König haben würde. Die Dunkelfaen lebten seit sieben Jahrhunderten unter König Aemons Herrschaft und hatten nie gegen ihn aufbegehrt. Wieso hätten sie mit ihrer Rebellion warten sollen, bis ihr Schicksal ohnehin schon besiegelt war?

»Nein, das tun sie nicht.« Riven hustete und drängte sich weiter nach hinten gegen mich, um der Klinge zu entgehen, die ich sofort stärker gegen seinen Hals presste. Nicht so heftig, dass sie ihn schnitt, doch fest genug, um ihn deutlich fühlen zu lassen, dass es keine gute Idee gewesen wäre, sich jetzt zu bewegen.

Ich schnaubte. »Soll ich dir etwa glauben, dass du der Einzige bist? Ein abtrünniger Aufrührer im Kampf gegen ein ganzes Königreich?«

Schließlich wusste ich bereits, dass er Komplizen hatte. Den anderen Kapuzenträger aus Cereliath zum Beispiel.

Riven biss die Zähne so fest zusammen, dass ich das Knirschen hörte. Ich drückte etwas stärker zu.

»Wenn du mir keine Antwort gibst, bringe ich dich jetzt um.« Es war eine leere Drohung, aber das konnte er nicht wissen.

»Ich arbeite nicht allein«, gab er nun zu. »Aber es sind keine Dunkelfaen unter meinen Mitstreitern. Sie wollen die Vereinbarung mit dem König nicht brechen.«

Ich kniff die Augen zusammen. »Und warum willst du es?«

»Weil ich nicht glaube, dass sich meine Verantwortung allein auf die Bewohner des *Faelinth* erstreckt. Solange es Halblinge gibt, die in Ketten liegen, werde ich gegen die Krone kämpfen. Und sie alle töten, wenn es sein muss.« Seine Stimme klang harsch und bitter. Ich lockerte ganz leicht meinen Griff.

»Wieso *rettet* ihr die Halblinge nicht einfach?«, fragte ich. »Wenn der König euch den Kampf ansagt, werden viele sterben.«

»Was glaubst du denn, wer die ganzen Halblinge hierhergeholt hat? Oder die anderen, die im übrigen *Faelinth* leben? Seit Jahrzehnten rette ich Familien, eine nach der anderen. Das reicht nicht.«

Er hatte recht. Es gab immer weitere Mäuler zu stopfen, immer noch mehr Leute, die Schutz benötigten. Und den konnte man ohnehin nur jenen Halblingen bieten, die genug Sterblichenblut in sich hatten, um nicht aufzufallen. Jene, die leicht zu erkennen waren, mussten ihr Leben der Krone weihen. Ihr Leben in die Hände des Königs legen.

So wie die Schemen.

Wie das Arsenal.

Wie ich.

»Ihr könnt unmöglich ein so großes Heer aufgestellt haben, dass ihr einen Angriff auf Elverath wagen könntet«, flüsterte ich und beugte mich zu ihm hinunter.

»Noch nicht«, stieß Riven erstickt hervor. Jetzt verstärkte ich den

Druck, drehte die Klinge aber leicht, sodass sie ihn nicht schnitt, sondern nur schmerzhaft gegen seinen Kehlkopf presste. »Du bist nicht in der Lage, in der man irgendwelche Informationen zurückhält«, erinnerte ich ihn.

»Ich werde meine Geheimnisse nicht der Klinge des Königs verraten. Das ist mein Leben nicht wert«, sagte er.

»Wie dramatisch.« Ich verdrehte die Augen. »So, wie es sich für mich darstellt, hast du nur zwei Möglichkeiten. Entweder, du schweigst und lässt zu, dass ich dich töte. Dann gibt es aber niemanden mehr, der deinen lieben Nikolai beschützt, oder irgendwen sonst, von dem ich noch herausfinden könnte, dass er dir geholfen hat.« Seine Schultern versteiften sich; offenbar hatte ich einen Nerv getroffen.

»*Oder* aber du erzählst mir alles, und dann töte ich dich nur *vielleicht*«, schloss ich.

Riven stieß ein ungläubiges Keuchen aus. »Vielleicht?«

»Zweifelst du daran?«, fragte ich in einem Ton, der aus Spott besorgt klang. Es gefiel mir, mit ihm zu spielen, während er vor mir kniete und ich mein Messer an seiner Kehle hatte. Beinahe entschädigte mich diese kleine Szene für sein respektloses Verhalten im Sil'abar.

»Ich kann mir nicht vorstellen, dass ich der Klinge des Königs lebend von Nutzen wäre.« Er hielt kurz inne. »Wahrscheinlich wird dich der König töten lassen, wenn du ohne meinen Kopf nach Elverath zurückkehrst.«

»Wahrscheinlich«, gab ich zu.

»Und das scheint dir keine Sorgen zu bereiten?« Rivens Stimme klang abgehackt und dunkel. Allmählich hatte er meine Spielchen gründlich über.

Gut.

Ich zuckte die Achseln. »Planst du, den König zu töten?«

Riven biss demonstrativ die Zähne zusammen und blickte mich aus seinen violetten Augen trotzig an.

»Es geht mir nicht um Einzelheiten«, fuhr ich fort. »Ich möchte nur wissen: Ist das letztlich euer Ziel – den König umzubringen?«

Riven antwortete nicht. Ich sah ihn unverwandt an, und seine schweren Atemzüge vermischten sich mit meinem holpernden Herzschlag. Ich hoffte mehr auf ein Ja, als ich mir gegenüber zugeben wollte.

»Nein«, erklärte Riven schließlich. »Wir wollen nicht nur den König umbringen. Wir wollen die Krone vernichten.«

Jetzt ließ ich sein Haar los und zog meinen Dolch. Dann trat ich um Riven herum und stellte mich vor ihn, den Säbel noch immer an seinem Hals, während ich den Dolch gegen seine Brust richtete.

»Um deine Frage zu beantworten«, sagte ich langsam, »es macht mir keine Sorgen, dass der König mich töten lassen will.«

Mit lautem Klappern ließ ich den Säbel auf den Boden fallen und zog Riven an seinem Arm empor, bis er neben mir stand. Den Dolch hielt ich weiter drohend gegen seine Brust gedrückt.

»Warum nicht?«, fragte Riven und blickte zu der roten Klinge, die sich in seine Lederkleidung bohrte.

»Weil ich dir dabei helfen werde, ihn zu töten.«

Riven stockte der Atem. Seine Brust blieb flach und berührte nicht einmal die Spitze meines Dolchs. Sein Blick schien sich zu verdunkeln, als er mir in die Augen sah. Eine elektrische Spannung brachte meine Haut zum Kribbeln und brachte mich völlig durcheinander – mir war, als müsste ich plötzlich rennen, schreien und kämpfen, alles zur gleichen Zeit. Was für ein Faentrick war das, der gerade zwischen uns lief?

»Das ist eine seltsame Art, ein Bündnis auszuhandeln«, sagte Riven in die Stille hinein und sah bedeutungsvoll auf den Dolch hinab. »Verbündet oder tot?«

»Beginnt so nicht jeder Waffenstillstand?«, hielt ich dagegen.

Er schnaubte und schob das Kinn vor, während er mich musterte. »Falls das deine Art von Ablenkung ist, bevor du mich umbringst, dann ist sie sehr ungewöhnlich.«

»Sollte ich dich lieber küssen?«, fragte ich mit erhobenen Augenbrauen. »Oder ist der Trick nur lustig, wenn *du* ihn anwendest?«

Riven grinste verächtlich und zeigte dabei seine Fangzähne. Offenbar war es nicht der richtige Augenblick für Späße.

»Ich will den König töten«, wiederholte ich.

Riven schüttelte den Kopf. »Langweilt es dich endlich, Klinge zu sein?«

»Ich will das schon seit … sehr langer Zeit«, sagte ich. »Wahrscheinlich länger als du.«

»Warum?«, bohrte Riven nach.

Als Zeichen guten Willens senkte ich meinen Dolch und schob ihn wieder in das Futteral, sah Riven in die Augen und wartete auf seinen Angriff. Der nicht kam.

»Ich habe meine eigenen Gründe. So wie du. Das ändert nichts daran, dass wir beide dasselbe wollen.« Ich wartete immer noch. Entweder würde er mich attackieren, und dann würde nur einer von uns diese Wohnung je wieder verlassen. Oder aber er tat es nicht, und wir würden zusammen hier weggehen. Als Komplizen.

»Wieso sollte ich dir vertrauen?« Riven verschränkte die Arme und ließ meine Hände nicht aus den Augen.

»Reicht es nicht, dass ich dich nicht getötet habe, obwohl ich das gekonnt hätte?«, fragte ich mit hochgezogenen Augenbrauen und richtete die Schwertspitze zum Boden. Riven biss nur weiter die Zähne zusammen und wartete.

»Du kannst mir nicht vertrauen«, seufzte ich. »Jedenfalls nicht wirklich. Und ich kann dir nicht vertrauen. Aber ich kann davon ausgehen, dass wir, wenn wir zusammenarbeiten, eine bessere Chance auf Erfolg haben, als wenn wir es allein versuchten.« Damit hob ich meinen Mantel und meine Kapuze wieder auf und befestigte beides wieder um Hals und Schultern.

»Du bist bereit, alles aufs Spiel zu setzen – deinen Titel, ja, sogar dein Leben – für ein Bündnis mit dem Faen, den du monatelang gejagt hast?«, fragte Riven stirnrunzelnd.

»Mein Titel und mein Leben waren in dem Augenblick verwirkt, als ich beschloss, dich nicht zu töten.« Jetzt nahm ich auch meine Klinge wieder zur Hand. Rivens Finger schlossen sich um den Dolch, den er am Gürtel trug. »Wenn ich ohne deinen Kopf in den Palast zurückkehre, riskiere ich mein Leben. Da kann ich es doch auch für eine Sache einsetzen, die der Mühe wert ist.«

»Wieso jetzt auf einmal?« Riven bückte sich und hob sein Schwert auf. Er hielt es einen langen Augenblick in der Hand, bevor er es wieder in die Scheide auf dem Rücken schob.

»In den ersten Jahren als Klinge habe ich versucht, den König selbst zu erledigen. Dabei bin ich gescheitert …« Es schnürte mir die Kehle zu. »Das kann niemand allein vollbringen, ich habe es versucht.« Ich schmeckte die Bitterkeit auf meiner Zunge.

Riven musterte mich, während er sich den Nacken massierte. Ihm wirbelten viele Gedanken durch den Kopf, das war seinen violetten Augen anzusehen.

»Diese Entscheidung kann ich nicht allein treffen«, sagte er schließlich, die Hände zu Fäusten geballt.

»Das ist verständlich.« Ich nickte. »Ich gebe dir heute Nacht Zeit, dich mit allen zu beraten, die davon erfahren müssen. Doch dann warte ich auf dich im Gasthaus beim …«

»Ich weiß, wo du abgestiegen bist«, zischte Riven.

»Dann weißt du ja, wo du mich finden kannst.«

ACHTZEHN

Ich wurde verfolgt. Jemand hatte auf dem Dach von Nikolais Wohnung gelauert und kletterte jetzt über die Ladenzeile, wie ich an den schweren Schritten über Stein und Ranken hörte. Ein weiterer Verfolger, ein Kerl in einem blauen Reisemantel, ging vor mir her und nutzte die Reflexionen in den Schaufenstern sowie ein verspiegeltes Okular, um mich hinter sich im Auge zu behalten.

Mir war es egal, ob sie mir folgten. Wenn Riven es ehrlich meinte, würden sie mich nicht anrühren. Falls sie es doch wagten, würde ich sie leicht erledigen können.

Ich ging nicht auf direktem Weg zum Gasthaus, sondern aß zunächst in einer der Tavernen in der Nähe des Palastgartens zu Abend. Das Lokal war zwar dunkel, aber sauber, und es roch nach frischen Gewürzen und Bier. Die Besitzer, ein Halblingpaar, gingen von Gast zu Gast und fragten, wie ihr Tag gewesen war und ob ihnen das Essen schmeckte. Schließlich kam die Frau auch zu mir.

»Wie ist der Braten, Liebes?«, fragte sie und füllte mein Wasserglas aufs Neue.

»Herrlich«, antwortete ich.

Sie räumte den leeren Teller ab. »Etwas Nachtisch für Euch, junge Frau?«

»Gern, aber könntet Ihr den auch in mein Zimmer auf der anderen Straßenseite bringen lassen?« Ich deutete zum Gasthaus.

Sie nickte.

»Hervorragend«, sagte ich. »Sagt, meint Ihr, dass Ihr diese Anweisungen ausführen könntet?« Damit warf ich den Zettel, den ich gerade geschrieben hatte, auf den Tisch und legte reichlich Goldmünzen dazu. Aralinth war eine kleine Stadt, deren Einwohner jahrhundertelang lebten. Ich war bereit, meine Geldbörse darauf zu verwetten, dass die Wirtin jeden in der Stadt gut kannte und wissen würde, wessen Name vorn auf dem Zettel stand.

Sie nahm die Goldmünzen und den Zettel an sich, und nachdem sie ihn zweimal gelesen hatte, nickte sie. »Wann soll diejenige bei Euch eintreffen?« Sie kaute an der Innenseite ihrer Wange.

»So in etwa einer Stunde.«

Meine Verfolger setzten mir bis zum Gasthaus nach. Nachdem ich mein Zimmer betreten hatte, zog ich die langen Vorhänge vor den breiten Fenstern beiseite. Jeder, der auf den Dächern der gegenüberliegenden Häuser lauerte, würde direkt zu mir hineinsehen können. So lautete schließlich die erste Lektion im Ausspionieren: Man konnte das, was geschehen würde, leichter kontrollieren, wenn man seinem Beobachter das Gefühl vermittelte, dass er alles erfuhr und alles zu sehen bekam.

Ich ließ mir ein Bad ein. Die Wanne stand in der Mitte einer großen Badestube und war vom Rest der Gemächer durch eine Wand aus Meerglas abgeteilt. Die Faenlichter warfen leuchtend blaue Farbflecke auf die weißen Fliesen. Die Wächter, die Riven mir nachgesandt hatte, würden zwar erkennen können, dass jemand im Bad war, viel mehr aber auch nicht. Ich zog mich aus, in dem sicheren Wissen, dass der Spion auf dem Dach lediglich die verschwommenen Umrisse meines Körpers sah.

Eine halbe Stunde später klopfte es laut. Ich lächelte auf mein Badewasser hinab.

»Herein!«, rief ich und hörte, wie sich die Tür öffnete und mit einem Klicken wieder schloss.

Dynara stand im Eingang zum Bad; sie war wie ein Zimmermädchen gekleidet und trug einen Stapel Handtücher über dem Arm.

Als sie mich in der Wanne liegen sah, zog sie verwundert eine Braue in die Höhe. Selbst im seifigen Badewasser war natürlich alles zu sehen, was ich sonst so vorsichtig verbarg, das war mir klar. Ihr Lächeln erstarb, als sie die Narben auf meinen Armen entdeckte, aber ihr Blick wanderte noch bis zu meinen Schultern, bevor sie das Gesicht abwandte. Ich stand auf, griff nach einem Handtuch und ersparte ihr so den Anblick der scheußlichen Narben auf meinem Rücken.

Unsere Blicke trafen sich. Sie kniff die Lippen zusammen, sagte aber nichts, sondern nickte mir nur steif zu. Sie trug ihre eigenen Narben. Und sie würde mich nicht für jene verurteilen, die ich mir selbst beigebracht hatte.

Dynara reichte mir ein zweites Handtuch für meine Haare, und ich ließ es auf den Boden fallen. Schnell duckten wir uns beide unter den Waschtisch, und sie zog sich hastig die Nadeln aus dem aufgesteckten Haar. Eine wogende brünette Mähne fiel ihr über die Schultern. Aus der Entfernung würde sie mir ähnlich genug sehen.

Anschließend wickelte sie sich in ein Handtuch und zog sich ihr Kleid so weit hinunter, dass ihre Schultern unbedeckt blieben. Ich trocknete mich schnell ab und zog nun die Zimmermädchenkluft an, die ich auf dem Weg in mein Zimmer gestohlen hatte. Als wir aufstanden, war es, als hätten wir die Plätze getauscht. Jetzt war ich die Dienerin und sie die Assassine.

»Danke«, sagte ich, wobei es mich noch immer etwas überraschte, dass es nur meines kurzen Schreibens bedurft hatte, um sie zu ihrer Mithilfe zu überreden.

»Lasst den König um den Tod betteln, bevor Ihr ihm diesen Wunsch gewährt«, sagte sie und fuhr sich mit den Fingern durchs Haar.

Dann verließ ich die Gemächer und verbarg meine Tasche unter den benutzten Handtüchern, die ich mit hinausnahm.

Als ich den Korridor erreichte, schlüpfte ich in einen leeren Wandschrank und wechselte die Kleidung. Ich nahm meine Waffen aus der Tasche und schnallte sie mir um. Als Letztes warf ich mir den Mantel und die Kapuze über. Eine Treppe auf der anderen Gebäudeseite führte mich nach unten, und ich trat in eine dunkle Gasse hinaus.

Die zwei Spitzel ließen sich leicht entdecken. Der eine hockte auf dem Dach gegenüber dem Gasthaus. Der mit dem blauen Mantel saß nahe der Taverne. Falls Riven mich die ganze Nacht lang von seinen Leuten beobachten lassen wollte, würden sie in mehreren Schichten arbeiten. Und sobald sie ihren Posten räumten, würde ich ihnen folgen und herauszufinden versuchen, ob sie mich zum Schatten zurückführten.

NEUNZEHN

Drei Stunden später beobachtete ich, wie der Halbling, der über der Apotheke Wache hielt, abgelöst wurde. Ich lauerte in der Gasse, und mein Mantel verwob sich mit der mondlosen Nacht. Schließlich hatte ich mich schon in der Dunkelheit unsichtbar gemacht, lange, bevor Riven seine Schattenfigur ins Leben gerufen hatte.

Der Halbling, dem ich folgte, war jung. Sein Gesicht konnte ich in der Dunkelheit zwar nicht erkennen, aber er bewegte sich mit einem Selbstbewusstsein, wie es allein der Jugend eigen war. Er nahm unter dem Dach der jetzt geschlossenen Blütenknospen den direkten Weg und bog dann in eine kleine Gasse ein, ohne vor oder hinter sich nach irgendwelchem Ärger Ausschau zu halten. Offenbar war er sich auf dem Dach seiner Sache viel zu sicher geworden und hatte die feste Überzeugung gewonnen, dass seine Zielperson schlafend im Bett lag.

Es war ein Fehler, den die meisten meiner Erfahrung nach nur einmal machten. Falls er sie nicht ohnehin gleich das Leben kostete.

Rivens Kundschafter würden viel disziplinierter vorgehen müssen, damit wir überhaupt nur eine Chance bekämen, uns dem König unbemerkt zu nähern. Ich musste mit ihm darüber sprechen, dass wir bessere Wächter brauchten. Der hier hatte jedenfalls nicht den Hauch einer Ahnung, dass ich ihm auf den Fersen war, seit er seinen Posten verlassen hatte.

Er führte mich zum Stadtrand von Aralinth, wo die Gebäude kleiner und dunkler wurden. Viele Häuser verfielen langsam, seit die Bevölkerung der Stadt schrumpfte. Es war kein Ort, an dem ich einen der Faen erwartet hätte, aber natürlich ein ideales Versteck, wenn man nicht wollte, dass der eigene Onkel davon Wind bekam, was man plante. Vielleicht hatte Riven wirklich die Wahrheit gesagt, und es standen keine weiteren Faen mit ihm im Bunde.

Der Spion wandte sich nun einer heruntergekommenen Taverne zu. In den Fenstern waren überall dunkle Vorhänge am Mauerwerk festgesteckt. Bei dem, das uns am nächsten war, hatte sich der Stoff an einer Ecke gelöst und flatterte leicht im Wind. Durch den Spalt drang kein Licht nach draußen, und von der Straße wirkte das Gasthaus völlig verlassen.

Aber meine Ohren nahmen durch den Regen, der inzwischen in dicken Tropfen fiel, leise geraunte Gespräche wahr. Das Wasser prasselte auf den festgestampften Weg zu den Ställen und wusch dabei kleine Rinnen aus. Er bot die perfekte Tarnung, um die Pläne zu belauschen, die Riven sich ausgedacht hatte.

Ich musste herausfinden, ob er sich mit mir verbünden oder mich umbringen wollte.

Geduckt folgte ich dem Halbling zu den Ställen und achtete dabei vorsichtig darauf, dass ihm mein Mantel nicht auffiel. Statt drinnen an den Pferdeboxen vorbeizuschleichen, sprang ich auf das offene Tor und zog mich aufs Dach.

Der Stein war durch den Regen zwar glitschig, aber solide genug, um mein Gewicht zu tragen. Ganz langsam bewegte ich mich zur Rückseite des Gebäudes, wobei ich bei jedem Schritt vorsichtig prüfte, ob das Gebälk auch nicht knarrte und den Halbling womöglich warnte. Dann kniete ich mich oberhalb eines der Fenster hin und schob den Kopf über die Dachkante.

Von drinnen waren Herzschläge wahrzunehmen – es waren mindestens drei Leute. Vielleicht auch vier.

»Hat sie das Gasthaus verlassen?«, fragte eine weiblich klingende Stimme.

»Nein. Sie hat ein Bad genommen und ist dann zu Bett gegangen. Airrin und Hax beobachten sie jetzt.« Der Bericht kam sicherlich von dem Halbling, dem ich gefolgt war. Mehr sagte er nicht, und ich hörte, wie sich eine Tür öffnete und wieder schloss, bevor wieder jemand das Wort ergriff.

»Glaubst du ihr, dass sie es mit ihrem Angebot ernst meint?« Den Sprecher kannte ich, es war Nikolai.

Ein bestätigendes Brummen war zu hören, und ich verdrehte die Augen, als ich an diesem Laut Riven erkannte.

»Und wenn nicht?«, fragte die Frauenstimme.

»Dann sind wir wahrscheinlich tot«, erwiderte Nikolai. Er klang gelangweilt. »Sie könnte jetzt schon nach Verstärkung geschickt haben. Sie hat dein Gesicht gesehen. Sie kennt deinen Namen. Sie hat jetzt alle Fäden in der Hand, Riv.«

»Daran musst du mich nicht erinnern«, gab Riven zurück, dem anzuhören war, dass er mit zusammengebissenen Zähnen sprach.

»Vielleicht auch nicht.« Das war wieder die Frau. »Wenn sie bisher noch keine Nachricht ausgesandt hat, dann ist es vielleicht noch nicht zu spät. Die Kundschafter sagten, sie sei nur kurz eingekehrt, um etwas zu essen, bevor sie ins Bett ging. Wir könnten sie noch immer …«

»Zum Tee einladen?«, warf Riven grimmig ein.

»Ich wollte nur sagen, wir hätten noch immer Zeit, sie zu töten«, murmelte die Frau. Ich bleckte die Zähne und griff nach meinem Dolch. Das konnten sie ja gern einmal versuchen.

»Ein ganz schön finsterer Vorschlag«, meinte Nikolai verächtlich, und ich pflichtete ihm im Stillen bei. »Soll ich derjenige sein, der sie im Schlaf ersticht, oder wie?« Das eher nicht.

»Ja natürlich, Nik«, gab die Frau jetzt voller Sarkasmus zurück. »*Du* wärst genau der Richtige, um die Klinge des Königs zu ermorden.«

»Wäre nicht das erste Mal, dass man mich bezichtigt, jemanden im Bett getötet zu haben«, bemerkte Nikolai, und ich hörte ihm sein süffisantes Lächeln an.

»Bist du nicht allmählich zu alt für solche kindischen Späße?«, fragte die Frauenstimme.

»Das war natürlich ein Witz – obwohl es in Myrelinth einmal sowas von knapp war …« Nikolai verstummte. »Davon abgesehen können wir sie nicht töten. Ich dachte, du brauchst noch mehr Informationen für deine *Theorie.*«

»Ferons Theorie«, unterbrach Riven ihr Geplänkel.

Was für eine Theorie?, fragte ich mich, bevor Riven weitersprach.

»Und das war, bevor sie in *Faelinth* auftauchte und herausfand, wer ich war. Wir müssen uns entscheiden. Mir wäre es lieb, wenn wir einen einmütigen Beschluss fassten.«

»Können wir erst was essen?«, fragte Nikolai. »Ich bin kurz vorm Verhungern.«

Riven knurrte. Nikolai lachte davon völlig unbeeindruckt in sich hinein.

Ich beugte mich etwas weiter herab und konnte jetzt Nikolais Spiegelbild im Glas des offen stehenden Fensterflügels erkennen. Er lehnte sich auf seinem Stuhl zurück, hatte die Beine so überschlagen, dass sein Knöchel auf dem Knie lag, und hielt die Hände hinter dem Kopf verschränkt.

»Nur, dass ich das richtig verstehe«, sagte er jetzt. »Wenn wir dieses Bündnis ausschlagen, tötet sie uns. Wenn wir das Bündnis eingehen, tötet sie uns *höchstwahrscheinlich*?«

»Genau«, erwiderte Riven knapp.

»Na, dann haben wir doch wohl unsere Antwort.« Nikolai ließ die vorderen Stuhlbeine wieder auf den Boden zurückwippen.

»Wieso sind das die einzigen beiden Möglichkeiten?«, hakte die Frauenstimme nach. »Ich dachte, wir könnten auch immer noch *sie* töten.«

»Das können wir nicht«, sagte Riven.

»Warum nicht?«, fragte die Frauenstimme, und ich fasste nach der Dachkante, um mich festzuhalten. Wer auch immer sie sein mochte, sie ging mir ziemlich auf die Nerven.

»Erstens«, begann Riven, »mag sie vielleicht noch nicht mit den Schemen in Kontakt gewesen sein, aber die wissen sicherlich trotzdem, dass sie hier ist. Wenn sie verschwindet, geben wir dem König damit einen Grund, seine Armeen ins Faenland zu schicken.«

»Und das wollen wir natürlich nicht«, setzte Nikolai hinzu, der klang, als ob er mit vollem Mund sprach.

»Zweitens«, fuhr Riven fort, »würde sie Nikolai binnen Sekunden töten.«

Nikolais Spiegelbild zuckte die Achseln. »Das kann ich nicht bestreiten.«

»Und ich bezweifle, dass ich das Glück hätte, bei einem dritten Kampf gegen sie wieder ungeschoren davonzukommen. In Cereliath habe ich mich gut gegen sie behauptet, aber sie ist mir deutlich überlegen.«

Worauf du dich verlassen kannst, dachte ich.

»Mich würde sie nicht überwinden«, verkündete die Frauenstimme großsprecherisch. Am metallischen Klingen erkannte ich, dass sie eine Waffe gezückt hatte.

»Syrra.« Rivens Stimme war sanfter als zuvor. »Mag sein, dass du mit deinem Leben spielen möchtest, aber ich nicht.«

»Dann stecken wir in einer Sackgasse, mein Freund«, erklärte besagte Syrra. »Jemandem, die ihr ganzes Leben damit verbracht hat, Halblinge zu töten, um sich bei ihrem König einzukratzen, traue ich nicht.« Ich biss mir auf die Lippe, damit mir kein Fluch entwich. Vielleicht sollten sie diese Syrra auf mich ansetzen, dachte ich. Nur zu gern hätte ich ihr beigebracht, wie es aussah, wenn ich mich bei jemandem wirklich einkratzen wollte.

»Mir gefällt das auch nicht«, sagte Riven. »Aber wenn ihr Angebot ehrlich ist, dann haben wir mit der Klinge eine größere Aussicht auf Erfolg als ohne sie.«

»Wie können wir ihr vertrauen?«, beharrte Syrra.

»Gar nicht.« Das war jetzt Nikolai, der offenbar mit dem Essen fertig war. »Wir können die ganze Nacht darüber diskutieren, es bleibt, wie es ist: Wir stehen mit dem Rücken zur Wand. Wir haben ihr direkt in die Hände gespielt. Das lässt sich jetzt nicht mehr leugnen …«

»Und genau deswegen können wir nicht …«, begann Syrra, als Nikolai ihr das Wort abschnitt.

»Und genau deswegen brauchen wir sie. Sie hat direkten Zugang zum König und zu den Schemen. Sie ist die Vorsteherin des ganzen Arsenals. Sie hat ganz offensichtlich taktisches Geschick, und der König weiß nicht, dass sie die Seiten gewechselt hat.«

»*Wenn* sie das denn getan hat«, brummte Syrra. Ich kaute an der Innenseite meiner Wange.

»Nur, weil wir Verbündete sind, müssen wir aber ja nicht *alles* erzählen«, sagte Nikolai jetzt so leise, dass ich ihn kaum verstand. Ich versteifte mich auf meinem Posten. Der Regen tröpfelte auf meinen Hals, als ich den Kopf senkte, um besser hören zu können.

»Meinst du, dass sie dir alles erzählt hat?«, fragte Nikolai. »Oder dass sie das beabsichtigt?«

Natürlich habe ich das nicht getan. Riven wäre dumm gewesen, das anzunehmen.

»Das bezweifle ich«, antwortete Riven. Gut. Ich hasste es, mit Dummköpfen zu arbeiten.

»Eben«, stellte Nikolai fest und nickte. »Gehe auf das Bündnis ein, aber nur, wenn sie damit einverstanden ist, dass wir uns eine gewisse Eigenständigkeit bewahren.« Allmählich begann ich im kalten Regen zu zittern. Mein Mantel war durchnässt und zerrte an meinen Schultern.

»Und wenn sie uns hintergeht?«, fragte Riven, dessen Spiegelbild zur Feuerstelle hinüberging. Ich war neidisch auf die trockene Wärme, die an dem warmen Schimmer auf seinen Beinen abzulesen war.

»Dann werdet ihr, du und Syrra, doch noch die Gelegenheit bekommen, sie zu töten«, erwiderte Nikolai so lässig, als ob er darüber sprach, was sie zum Abendessen kochen wollten. Das nahm ich als mein Stichwort. Ich wollte ihnen keine Zeit mehr lassen, ihren Plan zu überdenken und dann vielleicht doch noch zu dem Schluss zu kommen, dass sie mich besser aus dem Weg räumten.

Ich hielt mich an der Dachkante fest und vollführte einen Überschlag, mit dem ich, die Füße voran, ins offene Fenster sprang. Der Fensterflügel krachte gegen die Mauer, und das Glas zersplitterte, während ich in leicht geduckter Haltung mitten im Raum landete und überlegen grinste.

»Oh, Nikolai«, sagte ich dann, als ich mich aufrichtete und mein Schwert zog. Dann zwinkerte ich ihm spaßeshalber zu. »Und ich dachte, wir würden wirklich Freunde werden.«

ZWANZIG

Nikolai sprang so schnell auf, dass sein Stuhl nach hinten kippte. Die Person neben ihm war in die Hocke gegangen; sie hatte tiefbraune Haut und schwarzes Haar, das ihr lang über den Rücken fiel und von aufwendig gearbeiteten Zöpfchen durchzogen war. Sie hielt zwei kreisrunde Klingen in den Händen, deren Anblick ein neugieriges Kribbeln in meinem Bauch auslöste.

Riven lehnte am Kaminsims und hatte die Augen zu schmalen Schlitzen zusammengekniffen. Er zog nicht einmal das Schwert, das er auf dem Rücken trug.

»Zurück, ihr beiden«, befahl er. »Wenn sie uns töten wollte, hätte sie das längst getan.«

Ich sah ihn daraufhin mit erhobener Braue an.

»Ein Halbling gegen uns drei?« Nikolai zog ein kleines Messer aus dem Gürtel. Es war winzig. Selbst wenn es ihm gelungen wäre, mich damit zu verletzen – um tödlich zu sein, hätte sein Stich extrem präzise sein müssen. »Das glaube ich nicht.« Er schwenkte die kleine Waffe.

Ich ließ mein Schwert durch die Luft pfeifen und mit einer lockeren Handbewegung einmal kreisen. »Ihr wusstet nicht, dass ich hier war, bevor ich durch das Fenster sprang. Ich hätte euch töten können, bevor ihr auch nur einen Schrei von euch gegeben hättet.«

Nikolai ließ den Arm sinken, und sein Blick glitt zu Riven, der nickte.

»Wenn du uns also nicht umbringen willst, wieso bist du nicht einfach zur Tür reingekommen?«, fragte Syrra, die ihre Klingen immer noch erhoben hielt. Ich behielt sie wachsam im Auge. Mit solchen Waffen hatte ich selbst noch nie gearbeitet, aber ich wusste, dass nur die geschicktesten Krieger und Kriegerinnen der Elfen sie führten. Die Narben an ihren Armen bestätigten das. Aufwendige Verästelungen zogen sich über ihre Glieder; sie waren mit Blättern versehen, die mir fremd waren. Bei den Elfen bekam man solche Körperzeichnungen nur für große Taten. Syrra hatte eine ganze Reihe.

»Die Wahrheit?«, fragte ich mit einem süffisanten Lächeln und tippte mit dem Finger auf die Schwertspitze, bis ein kleiner Blutstropfen hervortrat.

Syrras schwarze Augen ruhten unentwegt auf mir, und sie spannte ihre breiten Schultern an. »Lügen interessieren mich nicht.«

»Als ich aufs Dach stieg, hatte ich mich noch nicht entschieden«, erklärte ich. »Ob ich hereinkommen wollte, meine ich. Dann lauschte ich eurer Besprechung. Ihr kamt zu einem Entschluss. Es gab keinen Grund, mit meinem Erscheinen noch länger zu warten. Das Zerschlagen der Fensterscheibe habe ich allein Nikolai zuliebe getan.« Ich täuschte einen Ausfall in seine Richtung vor. Er wich einen Schritt zurück, wobei er das Messer wenig überzeugend vor sich ausgestreckt hielt.

»Für mich?«, fragte er beklommen.

»Nun, ich dachte, du *liebst* dramatische Auftritte«, gab ich achselzuckend die Worte wieder, die ich beim Ball von ihm gehört hatte.

Im Raum herrschte Schweigen, bis Nikolai aus tiefstem Herzen zu lachen begann. Syrra warf ihm einen durchdringenden Blick zu, während Riven den Kopf schüttelte.

»Ich wusste gleich, dass du mir gefällst«, sagte Nikolai, der nach seinem Heiterkeitsausbruch nach Luft rang. Seine Angst war verschwunden, und er tätschelte mir die Schulter. Ich bekam bei seiner Berührung eine Gänsehaut, aber das fiel ihm nicht auf.

»Du kennst mich überhaupt nicht«, erwiderte ich. Zwar wusste ich, dass er meine Narben unter dem dicken Mantelstoff nicht fühlen konnte, aber der Druck seiner schweren Handfläche war mir trotzdem extrem unangenehm.

Nikolai zog die Hand weg und zupfte an seiner Manschette, und etwas an dieser Geste sagte mir, dass er das nicht zur eigenen Beruhigung tat, sondern sich nur noch ein wenig mehr in Szene setzen wollte. »Du warst so *entzückend* beim Dinner, Keera. Willst du jetzt etwa behaupten, das wäre alles nur vorgetäuscht gewesen?«

Ich warf ihm einen Seitenblick zu. »Nur so weit, wie du selbst geschauspielert hast.«

»Das war keine Schauspielerei, Keera«, gab Nikolai zurück, und sein durchtriebenes Grinsen war wieder da. »Alles, was ich an dem Abend sagte, habe ich auch so gemeint. Du sahst wirklich *zum Anbeißen* aus.« Seine Augen glitten über meine durchweichte Kleidung. »Falls du dieses plötzliche Bedürfnis, mich mit irgendwelchen Waffen zu durchlöchern, ablegen könntest, dann würde ich dir nur zu gern zeigen, wie ehrlich ich sein kann.«

»Das reicht.« Riven hob die Hand.

»Ach, komm schon, Riv«, säuselte Nikolai. »Ich lerne unseren Gast doch gerade erst kennen.«

»Sie will davon ebenso wenig hören wie ich.« Rivens Stimme war so hart wie sein Blick. Seit ich so überfallartig bei ihnen eingedrungen war, hatte er mich nicht aus den Augen gelassen.

Nikolai warf Syrra einen flehentlichen Blick zu, aber sie zuckte nur die Achseln und war ebenfalls nicht bereit, ihre Aufmerksamkeit von mir abzuwenden. »Die beiden werden schon noch mit dir warm werden«, raunte Nikolai mir zu.

Das interessierte mich nicht. Wir mussten uns nicht mögen, um gemeinsam den König zu töten.

»Wie viel hast du gehört?«, fragte Riven, dessen Kiefermuskeln sich sichtbar spannten.

Ich nahm auf einem Stuhl neben dem Holztisch Platz, schlug ein Bein über das andere und nahm die Hände hinter den Kopf. Wieder eine kleine Schau für Nikolai, die Riven, wie mir sehr wohl bewusst war, ärgern würde. Ich wollte ja, dass er nervös wurde. Man gab am ehesten dann etwas von sich preis, wenn man sich unwohl fühlte.

»Zugehört habe ich ungefähr, seit sie«, ich deutete mit dem Kinn auf Syrra, »mich umbringen wollte und du sagtest, dass ihr nicht stark genug wärt, um das fertigzubringen.« Dabei konnte ich mein Grinsen nicht verbergen.

Riven spannte die verschränkten Arme an. »Das habe ich nie gesagt.«

Ich legte den Kopf schräg und kreuzte nun ebenfalls die Arme.

»Na ja, *gewissermaßen* schon«, sagte Nikolai und neigte den Kopf. Jetzt endlich wandte Riven seinen Blick von mir ab, um Nikolai böse anzublicken. Nikolai zuckte die Achseln, und ein leichtes Grinsen zupfte an seinen Mundwinkeln. Allmählich fing ich an, mich für ihn zu erwärmen.

»Du hast alles gehört?«, fragte Syrra und senkte ihre Waffen, steckte sie allerdings nicht weg.

»Wieso bist du überhaupt hier?«, fuhr mich Riven an, der nun die Fäuste ballte.

»Ich bin hier, weil ich mir euren Plan anhören wollte, wie ihr der Krone ein Ende bereiten wollt«, sagte ich. »Ich gehe doch mal davon aus, dass ihr einen habt?«

Riven schnaubte. »Willst du ihn jetzt sofort hören?«

»Ja, deswegen bin ich eurem Spion gefolgt«, erklärte ich. »Ihr müsst die Leute besser ausbilden, nebenbei bemerkt. Er hätte nicht einmal eine Novizin bemerkt, wenn sie ihm hinterhergeschlichen wäre.« Syrra ballte ebenfalls die Fäuste, und ich hatte den Eindruck, dass sie genau dieses Problem schon früher zur Sprache gebracht hatte.

»Also, erzählt mir euren Plan«, fuhr ich fort, »und dann sage ich euch, was man ändern müsste, damit er funktioniert.«

Riven schob das Kinn vor, aber er nickte.

»Und falls er keine Verbesserungen nötig hat?« Syrra sprach jede Silbe sehr langsam aus; offenbar versuchte sie so, ihren Zorn in Schach zu halten. Sie hatte die vollen Lippen zu einem Strich zusammengekniffen, sodass ein kleines Grübchen neben ihrem Mundwinkel erschien.

»Wenn ihr auf euren Plan vertrauen würdet, hätte Riven ein Bündnis nie in Betracht gezogen. Ihr habt entweder zu wenig Leute oder zu wenig Ideen. Wahrscheinlich beides.« Syrra warf mir einen entnervten Blick zu. »So oder so, ihr *braucht* mich.«

Ich starrte Riven unverwandt an. Dies war der entscheidende Augenblick. Sobald er mich in ihre Pläne eingeweiht hatte, konnten sie nicht mehr zurück – es sei denn, dass Syrra dann doch versuchen wollte, mich zu töten. Ich rührte mich nicht. Eine weitere Gelegenheit würde ich nicht bekommen.

Riven setzte sich mir gegenüber hin. Seine große Gestalt beugte sich über den Tisch. Dann deutete er auf die zwei leeren Plätze, und seine Augen glitten zu seinen beiden Mitverschwörern. Nikolai hob seinen umgefallenen Stuhl auf. Syrra rührte sich nicht und weigerte sich, mich aus den Augen zu lassen. Kleine Fältchen bildeten sich über dem schmalen Rücken ihrer langen Nase.

»Syrra«, knurrte Riven. »Setz dich hin.«

Sie sah mich noch kurz an und fasste demonstrativ an den Griff ihrer Klinge, bevor sie auf ihren Stuhl glitt.

»Wie ich dir schon sagte«, erklärte Riven, der die Faust auf den Tisch legte, »unserer Meinung nach reicht es nicht, den König zu töten. Wir wollen die ganze Monarchie zerstören. Damit wir sicher sein können, dass niemand anders die Macht an sich reißt und die Halblinge erneut versklavt.«

Er suchte meinen Blick. Ich konnte nur nicken. In meinem Magen rumorte es zu sehr, als dass ich hätte sprechen können.

»Nik.« Riven wandte dem Angesprochenen den Kopf zu. »Du bist unser Pläneschmied. Erkläre es ihr.«

Nikolai holte tief Luft und strich sein Hemd glatt. Mir fiel das Futteral des Elfendolchs auf, den er am Gürtel trug. Diesen mit Flechtmustern verzierten Holzgriff hatte ich schon einmal gesehen – in Cereliath. Nikolai war der mit Kapuze getarnte Mann gewesen, der mit Curringhams Sekretär Geheimnisse ausgetauscht hatte. Als er mich nun ansah, hatte er den spöttischen Dauerflirt abgelegt. Seine Augen blickten konzentriert. Berechnend.

»Wir wollen die Handelsströme zur Hauptstadt destabilisieren«, begann er. »Vor allem, was Nahrungsmittel angeht. Die Flammen des Zorns anfachen, die jetzt schon gegen den König auflodern. Zeigen, wie unbarmherzig und nutzlos er ist, vor allem gegenüber den Halblingen. Den Leuten helfen. Ihnen zu essen geben. Wenn genug von ihnen zu der Überzeugung kommen, dass es Hoffnung gibt, werden sie sich auf unsere Seite schlagen.« Ich nickte, und Nikolai ging jetzt weiter ins Detail.

Ich unterbrach ihn nicht, sondern hörte zu. Und ich erfuhr, dass viel mehr der Probleme, mit denen sich die Krone herumschlug, auf das Konto dieser kleinen Gruppe gingen, als ich erwartet hatte. Sie war schon zwei Jahre lang aktiv gewesen, bevor Riven die Identität des Schattens annahm, damit es jemanden gab, dem man die Verantwortung für die Taten zuschreiben konnte. Nikolai führte nicht genauer aus, welche Kontakte sie pflegten oder wie groß ihr Netzwerk war, aber es war offensichtlich, dass sie bereits in den meisten Städten Elveraths ihre Kontaktleute hatten.

Sie hatten Transporte mit Vorräten und die Flucht von Halblingen über Silstra und Cereliath organisiert – manchmal sogar ganz aus Königsufer. Von den Vorräten hatte ich gewusst, seit ich die Lebensmittel auf dem Kahn in Cereliath gesehen hatte, aber es überraschte mich, dass so viele Halblinge mit ihrer Hilfe durchs Land geschleust wurden.

Sie waren besser vorbereitet, als ich gedacht hatte. Ihr Plan war lächerlich, aber er war zumindest ein Versuch.

Mehr, als ich je zustande bekommen hatte.

»Was meinst du?«, fragte Riven mit rauer Stimme. Er kaute an seiner Lippe, und ich knobelte daran, wie viel ich ihm anvertrauen sollte. Ich musste vorsichtig vorgehen. Sanft.

Was nicht gerade meine starke Seite war.

»Ich denke, es ist schon mal ein Plan«, sagte ich so diplomatisch wie möglich.

»Ein Plan?«, zischte Syrra. »Mehr hast du dazu nicht zu sagen?« Vielleicht war ich zu diplomatisch gewesen.

»Wie viele Leute habt ihr?«, fragte ich. Wenn ich beim Aufbau einer Strategie mithelfen sollte, brauchte ich zumindest ein paar Einzelheiten.

»Wir eingerechnet? Dreißig«, antwortete Riven verlegen. Die meisten seiner Kontakte wurden sicherlich bezahlt. Schmuggler und korrupte Sterbliche, die bereit waren, für ein bisschen Geld im richtigen Moment in die andere Richtung zu schauen. Von denen gab es genug. Ich hatte den größten Teil meines Lebens damit zugebracht, solche Leute zu jagen.

»Das reicht nicht«, sagte ich und kaute an der Innenseite meiner Wange. »Wie viele Leute könntet ihr um euch versammeln? Hier und im Königreich?«

»Wenn wir einen Monat Zeit hätten?« Riven überlegte einen Augenblick. »Zweihundert vielleicht. Aber das würde bedeuten, dass wir mit der Rettung der Halblinge eine Weile aussetzen müssten. Wir könnten keine Flüchtlinge mehr nach Aralinth schmuggeln, wenn ich alle Leute abzöge.«

»Geht es aber nicht darum, die Halblinge zu befreien?«, hakte ich nach. Dies würde nicht das einzige Mal sein, dass wir Leben gegeneinander abwägen mussten.

»Du meinst, wir sollten unsere Prioritäten neu setzen?«, schaltete sich Nikolai ein. Er schlang den Arm um Syrras Stuhllehne. Sie lehnte sich zwar nicht an ihn, aber ich registrierte, dass sie sich kurz ansahen.

Das ist unerwartet, dachte ich. Nikolai schien so gar nicht ihr Typ zu sein. Falls sie überhaupt jemals lange genug aufhörte, übers Töten nachzudenken, um herauszufinden, was eigentlich ihr Typ war.

»Wir müssen größer denken«, sagte ich. Rivens dunkle Brauen glitten bis zu seinem Haaransatz empor. »Selbst falls niemand getötet oder gefangen genommen wird – und davon kann man nicht ausgehen –, reicht es nicht, die Handelswege anzugreifen. Dreißig Leute? Wir könnten uns glücklich schätzen, wenn wir auch nur halb so viele Transporte aufhielten.«

»Bisher hat es jedenfalls geklappt«, sagte Syrra.

»Da habt ihr ja auch nur versucht, die Krone zu *schwächen*.« Ich beugte mich vor. »Es waren kleine Aktionen über einen längeren Zeitraum, während ihr unerkannt bleiben wolltet. Wenn wir die Krone in die Knie zwingen wollen, müssen wir bereit sein, uns in die Karten schauen zu lassen.«

»Dann glaubst du nicht, dass es die richtige Strategie ist, den Warenverkehr zu stören?«, fragte Nikolai.

Ich schüttelte den Kopf. »Wir dürfen ihn nicht nur stören. Wir müssen ihn zum Erliegen bringen.«

»Was schlägst du vor?«, fragte Riven. Zum ersten Mal lockerten sich seine Kinnmuskeln ein wenig. Er stützte sich auf den Tisch, bis das Holz unter seinem Gewicht knarrte.

»Warum die Schiffe angreifen, wenn man doch auch den Damm zerstören könnte?«, erwiderte ich mit einem feinen Lächeln.

Drei weit aufgerissene Augenpaare starrten mich an. Nikolai pfiff leise.

»Du willst Silstra in die Luft sprengen?«, flüsterte Riven.

Syrra rieb sich die Stirn. »Damit würde jeder Kanal komplett geflutet. Und wahrscheinlich jede Anlegestelle zwischen Koratha und Volcar vernichtet.« Ihr Blick glitt zu mir. »Das wird Tote geben.«

Ich zuckte die Achseln. »Wahrscheinlich.«

Riven schlug mit der Faust auf den Tisch. »Kommt nicht infrage.«

Ich seufzte. »Dann ist unser Unterfangen zum Scheitern verurteilt, noch bevor wir begonnen haben.« Es würde nicht reichen, den Untertanen des Königs Schaden zuzufügen. Aemon waren seine Bauern egal. Ihm ging es um sein Geld.

Riven lehnte sich auf seinem Stuhl zurück und sah mich mit seinen violetten Augen durchdringend an. »Wir werden einen anderen Weg finden.«

Jetzt stand ich auf und stützte mich auf den Tisch. »Ihr habt gesagt, ihr wollt den König töten – der *Krone* ein Ende machen. Habt ihr wirklich geglaubt, das könnte man ohne jedes Blutvergießen erreichen?«

Riven verschränkte die Arme. Im warmen Licht vom Kamin sah ich, wie sein Kiefer mahlte.

»Den König kümmert es nicht, ob Leute zu Tode kommen, wenn es Krieg gibt«, setzte ich nach. »Ihm wird es nicht darum gehen, dem Blutvergießen Einhalt zu gebieten. Sondern nur darum, dass uns schnell der Garaus gemacht wird. Wir müssen ihm so heftig zusetzen, dass er Angst bekommt. Und wenn wir den Damm sprengen, erreichen wir das.«

Kurz hielt ich inne, und Riven schüttelte den Kopf. »Wir greifen in der Nacht an«, fuhr ich fort. »Da sollte kaum jemand auf den Anlegern und Feldern unterwegs sein. So könnten wir der Krone möglichst großen Schaden zufügen und hoffentlich möglichst wenige Opfer riskieren. Ihr müsst euch an solche Überlegungen gewöhnen. Und zwar schnell.« Jetzt verschränkte ich die Arme und sah alle drei prüfend an. Mir schlug das Herz bis zum Hals, aber ich wusste, wovon ich sprach. Schon seit Jahrzehnten balancierte ich die Waagschalen von Leben und Tod auf diese Weise aus.

»Wir greifen in der Nacht an«, stimmte Riven mir nach langem Schweigen zu. Selbst Syrra nickte. Ich ließ die Schultern sinken, und mein Herzschlag wurde langsamer.

Syrra runzelte die Stirn. »Wie bekommen wir ausreichend viel …«

»Das erledige ich«, sagte Nikolai mit entschlossenem Nicken. Ich sah ihn überrascht an. »Ich bin mehr als nur gut aussehend, Schätzchen«, setzte er hinzu und grinste.

»Das würde aber doch nur Chaos verursachen«, sagte Riven. »Wir würden lediglich bewirken, dass die kleineren Städte keine Verbindung mehr zueinander haben, wodurch *sie* wesentlich verletzlicher würden, aber die Hauptstadt bliebe davon unberührt. Der König hat genug Lagerhäuser, um die Versorgung für ein Jahr zu sichern.«

Ich fuhr mir mit der Zunge über die Fangzähne. Für jemanden, der auf der anderen Seite des Kontinents lebte, schien Riven ziemlich viel über Koratha zu wissen, und ich legte den Kopf ein wenig schräg und fragte mich, wer seine Kontakte sein mochten.

Jetzt warf er mir einen Blick zu. »Die Menschen in der Hauptstadt werden die letzten sein, die Hunger leiden.«

»Vielleicht auch nicht«, sagte ich und versuchte mich an die Berichte des Arsenals über die Lagerhäuser zu erinnern. Als ich sie zuletzt gelesen hatte, war ich bereits bei der zweiten Flasche Wein angekommen gewesen. »Seit die *winvra*-Ernten immer geringer ausfielen, hat der König damit begonnen, Lebensmittel an die Länder der Sterblichen zu liefern. Er hat die guten Ernten verkauft und versucht, die Hauptstadt allein mit den Reserven zu ernähren. Mein letzter Stand der Dinge ist, dass drei der Getreidespeicher völlig geleert worden sind.«

Schweigen breitete sich im Raum aus.

»Was ist mit allen anderen?«, fragte Nikolai. »Wovon werden sie sich ernähren, wenn wir verhindern, dass die Kornkammern wieder gefüllt werden?«

»Die Städte sollten genug Vorräte haben, um den Winter zu überstehen«, sagte ich. »Aber wir müssen damit beginnen, sofort Nahrungsmittel nach Süden zu liefern. Und dann versammelt so viele Leute, wie ihr entbehren könnt, in Silstra. Dort wird Chaos herrschen, wenn der Damm bricht, und das können wir uns zunutze machen. Stattet Pferdetransporte mit den Farben des Königs aus und schnappt euch die Lebensmittel direkt an der Quelle, ohne dass sie etwas merken.«

»Und die Schemen werden das nicht mitbekommen?«, hielt Nikolai entgegen.

»Doch, sicher«, sagte ich. »Aber bis dahin werden wir schon verschwunden sein.«

»Es gibt keine Garantie dafür, dass sich die Leute unserem Kampf anschließen werden«, warnte Syrra nach langem Schweigen.

»Nein«, stimmte ich ihr zu. »Aber konzentrieren wir uns erst einmal darauf, den Damm zu sprengen. Das ist eine große Aufgabe. Zu groß vielleicht sogar. Ich bin nicht überzeugt davon, dass Nikolai es schafft.«

Nikolai warf mir einen verächtlichen Blick zu. »Wenn du halb Silstra in die Luft sprengen willst, solltest du lieber ein bisschen netter zu mir sein, Keera.«

»Das alles hat mich absolut nicht überzeugt«, gab ich knapp zurück.

Riven schnaubte und schüttelte den Kopf. »Nik bekommt das hin«, sagte er. »Er ist einer der besten Mechaniker im ganzen *Faelinth*. Außerdem muss es ihm gelingen, sonst sind wir nämlich tot.«

»Danke für die Unterstützung«, brummte Nikolai und schlug die Beine übereinander.

Ich klatschte mir auf die Oberschenkel und stand auf. Durch meinen Körper floss viel zu viel Energie. Meine Beine zitterten, und ich musste mich bewegen, irgendetwas tun, um diese Kraft zu kanalisieren und mich wieder konzentrieren zu können.

»Wenn wir den Damm in die Luft sprengen wollen, dann werden wir Sprengstoff brauchen«, sagte ich, während ich zum Kamin hinüberging. Das Feuer wärmte meine Beine; von meinem Mantel tropfte immer noch Wasser.

Nikolai legte den Kopf schräg. »In Cereliath wurde Sprengstoff dafür verwendet, um die Bewässerungskanäle anzulegen. Was auch immer noch davon übrig ist, sollte für unsere Zwecke mehr als genügen.«

»Da stimme ich zu«, sagte ich und spreizte meine Finger vor den Flammen. »Aber wir werden den Schlüssel brauchen, um das Zeug in die Hände zu bekommen.«

»Und wo befindet sich der wohl?«, fragte Syrra und verschränkte die Arme.

»An Lord Curringhams Hals«, erwiderte ich.

EINUNDZWANZIG

Syrra und Nikolai machten sich auf den Weg, um alles für die Reise nach Cereliath vorzubereiten. Als die Tür sich hinter ihnen schloss, fühlte ich Rivens kalten Blick im Rücken.

Seine Schritte waren kaum zu hören, als er durchs Zimmer ging und hinter mich trat. Dann spürte ich die Wärme seiner Brust durch meinen Mantel. Ich erstarrte. Er tat noch einen Schritt, und sein Atem verursachte mir eine Gänsehaut im Nacken. Seit unserem Kuss in Cereliath waren wir einander nicht so nahe gewesen. Ich fuhr mir mit den Fingern über die Lippen. Sie waren warm und geschwollen wie in der Nacht, als er mich im Tempel zurückgelassen hatte.

»Wieso hast du mich geküsst?« Die Worte kamen mir unwillkürlich flüsternd über die Lippen. »Ich habe diesen Abend im Kopf immer wieder durchgespielt, aber es passt für mich einfach nicht zusammen. Du hättest mich dort töten können.« Jetzt drehte ich mich um und sah zu ihm hinauf. Jetzt, da er keine Kapuze trug, konnte ich die hervortretenden Wangenknochen und das kräftige Kinn genau betrachten. Ihm hing das Haar wie Rabenseide bis auf die Brust, wobei er die oberen Strähnen abgeteilt und zu einem kleinen Zopf zurückgebunden hatte. Selbst ohne Mantel und Kapuze prägten Schatten sein Äußeres. Jemanden wie ihn hatte ich noch nie gesehen.

Er sah mich weiter unverwandt an. Der Feuerschein verwandelte seine Augen in violette Flammen. »Es war ein Fehler«, erklärte er. »Es hätte nie geschehen dürfen.« Seine Kinnmuskeln strafften sich, und weiter sagte er nichts mehr.

»Dann war es kein Ablenkungsmanöver?«, fragte ich weiter und stellte mich auf die Zehenspitzen. »Keine Verführung, um näher an den König heranzukommen?«

Riven schüttelte den Kopf. »Mit so etwas hatte es nichts zu tun.«

»Aber was …«

Er fiel mir ins Wort. »Allmählich tut es mir leid, dass ich dich *nicht* getötet habe.« Er verzog das Gesicht. Mein Blick glitt zu dem Schwertgriff, der über seine Schulter ragte. Falls es hier darum ging, wer als Erster einknickte, wollte ich diesen Wettstreit nicht verlieren.

Raven biss sich wieder innen auf die Wange. »Wir werden nicht darüber sprechen«, sagte er und trat zu dem Fenster, das ich zerschlagen hatte.

»Warum nicht?«, fragte ich und verschränkte die Arme.

»Weil ich dir nicht vertraue«, erklärte er schlicht und bückte sich, um ein großes Stück Glas aufzuheben.

Ich trat zurück zum Kamin. »Das geht mir genauso«, murmelte ich, löste meinen Mantel und hängte ihn an einen Haken beim Feuer. Wasser tropfte auf den Steinboden.

»Wieso solltest *du* an *mir* zweifeln?«, fragte er und warf die Glassplitter in einen Mülleimer. Er ballte die Hand zur Faust. »Ich war doch nicht derjenige, der Halblinge getötet hat. Meine Entschlossenheit sollte ja wohl nicht infrage stehen.«

Erstaunt zog ich die Brauen in die Höhe. Offenbar hatte ich mir den selbstgerechtesten Faen des ganzen Königreichs als Bundesgenossen ausgesucht. »Wieso jetzt?«, fragte ich mit eisiger Schärfe.

Riven erstarrte. Er blickte mich stirnrunzelnd an, und wieder tanzten violette Flammen in seinen Augen. »Was meinst du damit?«, fragte er so leise, als ob er eine Drohung ausspräche.

»Wieso jetzt?«, wiederholte ich. »Du bist ein Fae, also musst du älter sein als ich. Zählst du dein Lebensalter in Jahrhunderten, oder bist du schon bei Jahrtausenden angekommen?« Riven sagte nichts, sondern stand an die Wand gelehnt da, die Arme vor der Brust gekreuzt.

»Wie viele Lebensalter hast du gebraucht, bevor du beschlossen hast, den Halblingen zu helfen? Meinesgleichen waren seit *siebenhundert* Jahren gezwungen, dem König zu dienen, während die Faen untätig zusahen. Und sie tun noch immer nichts – von dir abgesehen.« Meine Worte kamen in einem harten Stakkato über meine Lippen, und ich ballte die Fäuste, damit meine Hände nicht zitterten. »Es ist bewundernswert, was du bisher geleistet hast, das will ich nicht in Abrede stellen. Ich bin dankbar für jeden, der sich dafür einsetzt, dass Halblinge in Sicherheit gebracht werden, vor allem, wenn ich sehe, was für ein Leben ihnen hier offensteht. Aber ich lasse mir von dir nicht die sechzig Jahre vorwerfen, die ich gebraucht habe, um mich gegen den König zu wenden. Nicht, wenn es bei dir ganze Lebensalter gedauert hat, bis du zu demselben Schluss gekommen bist.«

Ich wandte mich wieder zum Feuer, weil ich zu wütend war, um ihn auch nur anzusehen. Dann hörte ich, wie er einen Schritt auf mich zuging und innehielt. Zähes Schweigen breitete sich zwischen uns aus. Nur das Knistern der Flammen erfüllte die Luft. Selbst der Regen hatte aufgehört.

»Das will ich gelten lassen«, sagte er. »Aber du sagst, du hättest früher schon versucht, den König zu töten. Du musst doch Gelegenheit dazu gehabt haben. Wieso also ist Aemon noch am Leben?« Er trat neben die Feuerstelle, lehnte sich gegen den Kaminsims und sah mich an. Die einzige Wärme, die es in seinen Augen gab, stammte vom Feuer. Sein Blick durchbohrte mich und verursachte mir eine Gänsehaut.

»Nur, wenn eine Krone bleibt, die jemand beanspruchen kann«, flüsterte ich. Riven stockte der Atem, und er verschränkte die Arme. »Das hast du in Cereliath gesagt. Du weißt, dass es nicht genügt, den König zu töten.«

»Vielleicht nicht, aber du könntest …«

Ich hob die Hand. Meine Finger berührten sein Handgelenk, und ich spürte, dass ein Kribbeln wie von einer elektrischen Ladung meinen Arm hinauflief. Verblüfft zog ich die Hand weg und starrte meine Fingerspitzen an. Riven bewegte die Schultern, und damit kam ich zu dem zurück, was ich hatte sagen wollen. »Den König zu töten, die Krone aber bestehen zu lassen, könnte sich als schlimmer erweisen, als wenn man zuließe, dass Aemon weiterregiert, solange er noch lebt.«

Riven zog seine buschige Augenbraue in die Höhe. Die Lippen hatte er zu einem geraden Strich zusammengepresst, und er sagte nichts.

»Was hast du über den Kronprinzen gehört?«, fragte ich.

Riven kniff die Augen leicht zusammen und zuckte die Achseln. »Er ist ein eitler Mann, der mehr an der Macht interessiert ist als an den Feinheiten, die für die Regierung eines Reiches entscheidend sind.«

»Das stimmt«, meinte ich und nickte. »Aber davon abgesehen ist er rücksichtslos und grausam. König Aemon ist es egal, ob Halblinge oder Bauern zu Tode kommen, aber bei ihm geschieht das nicht grundlos. Der Prinz hingegen tötet Halblinge zum Vergnügen. Man kann unmöglich sagen, zu was er imstande wäre, wenn er je auf den Thron gelangen sollte.«

Riven spannte die Halsmuskeln an, als er schluckte. »Das ist doch sicher wenigstens zum Teil eine Übertreibung.«

Ich schlug mit der Hand auf den Kaminsims. »Er lässt Halblinge in seine Gemächer einsperren, foltert sie und gibt ihnen das Gefühl, nichts wert zu sein. Manchmal fügt er ihnen Schnittverletzungen zu. Manchmal hinterlässt er Spuren auf ihrer Haut, die wochenlang nicht heilen. Manchmal berührt er sie gar nicht, lässt sie aber tagelang an eine Wand gefesselt stehen.« Meine Brust hob und senkte sich bei jedem Wort. Zwar sprach ich ganz allgemein von Damiens Neigungen, aber vor meinem geistigen Auge sah ich nur Gwen.

Riven ließ die Hände sinken. Die Höhlung seiner Wange wurde tiefer, als er von innen kaute. »Ich wusste nicht, dass es so schlimm ist«, sagte er und senkte den Blick zum Feuer hinunter. Die Narben auf meinem Rücken rieben an meinem Obergewand. Ich wusste, dass ich ihm hätte zeigen können, wie grausam der Prinz tatsächlich war. Sie waren hässlich genug, um jeden davon zu überzeugen, dass mein Hass auf den König und seinen Sohn echt war. Aber das konnte ich nicht. Zu lange hatte ich sie allein getragen. Sie jetzt vor der Welt zu entblößen, fühlte sich verkehrt an. Dazu war ich nicht bereit, noch nicht einmal, um mir Rivens Vertrauen zu sichern.

Ich würde es mir auf andere Weise verdienen.

Riven starrte mich eine gefühlte Ewigkeit lang an. Seine Augen glitten über meine Gesichtszüge, so langsam, dass ich kaum sah, wie sie sich bewegten. Mir war unwohl unter seinem intensiven Blick, und ich trat von einem Fuß auf den anderen, konnte mich aber auch nicht abwenden.

»Wir werden auch den Prinzen töten«, sagte Riven und nickte steif. »Beide Prinzen, wenn es sein muss.« Sein ernster Blick ließ keinen Zweifel zu.

Jetzt öffnete sich die Tür, und ich wandte mich von Riven ab.

»Was ist denn, Collin?«, rief Riven über seine Schulter. Der Halbling, dem ich gefolgt war, trat ein. Seine blonden Locken waren noch feucht vom Regen und klebten an seinen sommersprossigen Wangen. Rivens Schultern strafften sich, als er durchs Zimmer schritt. Collin flüsterte ihm etwas ins Ohr, zu schnell, als dass ich die Worte in Elfensprache hätte verstehen können. Dann zog Riven den Kopf wieder zurück. »Wo ist sie?«, fragte er fordernd, und seine dunkle Stimme hallte durch den Raum.

»An der Ostseite der Stadt«, antwortete Collin. »Und sucht nach *ihr*.« Sein Blick wanderte zu mir.

Das klang nicht gut.

»Wer?«, fragte ich und griff nach meinem Mantel.

»Der Dolch«, zischte Riven. »Sie ist hier.«

Nein. Ganz und gar nicht gut.

Trotz des Feuers, das mich von hinten wärmte, rann es mir kalt über den Rücken. »Wieso ist sie hier?«, fragte ich Collin, während ich den Mantel vom Haken nahm und mir den schweren schwarzen Stoff am Hals befestigte. Er zerrte an meiner Kehle, aber das kümmerte mich nicht. Wenn Gerarda hier war, konnte das nur bedeuten, dass etwas Böses im Busch war.

»Ich hätte vermutet, du wüsstest das besser als wir«, gab Collin kühl zurück. Er hob eine Augenbraue und wechselte einen Blick mit Riven.

»Ich weiß nicht, wieso sie hier ist«, sagte ich, und meine Wangen brannten. »Als ich fortging, war sie in Koratha stationiert.«

»Wenn das jetzt ein Trick ist …«, begann Collin.

»Ist es nicht.« Ich zog mir den feuchten Stoff wieder um die Schultern. »Ich habe keine Ahnung, was der Dolch hier will. Aber wenn ich zu ihr gehen kann, werde ich sie nach Elverath zurückschicken, bevor sie zu viel herausfinden kann.«

»Nein.« Es war keine Feststellung, es war ein Befehl. Ich fuhr kampfbereit zu Riven herum.

»Nein?«, wiederholte ich.

»Du wirst nicht mit ihr sprechen«, fuhr Riven fort und kam auf mich zu. »Ihr werdet euch nicht einmal sehen. Vielleicht glaube ich dir, dass du deine eigenen Gründe dafür hast, den König loswerden zu wollen, aber ich werde dir keine Möglichkeit geben, uns zu enttarnen. Oder uns in eine Falle zu locken.«

»Sie wird nicht wieder abreisen, bevor sie mich gefunden hat oder zu der Überzeugung gekommen ist, dass ich nicht mehr hier bin.« Ich kannte Gerarda. Sie würde ihren Auftrag so lange zu erfüllen versuchen, bis sie sich sicher sein konnte, dass diejenige, auf die man sie angesetzt hatte, geflohen war. Ich musste mit ihr reden. »Ich versichere euch, ihr wollt nicht, dass sich der Dolch allzu lange in eurer Stadt umsieht; sie wird nicht annähernd so gnädig sein wie ich.«

Zwölf Stunden. So viel Zeit würden wir allenfalls haben, bevor der Dolch Aralinth zeigen würde, wie sie sich ihren Titel erworben hatte. Vielleicht sogar weniger, falls sie einen Grund für einen Angriff sah.

»Du wirst sie nicht in unserer Stadt treffen«, wiederholte Riven.

Ich biss die Zähne zusammen. »Dann müssen wir sie hinauslocken.«

Collin schnaubte. »Wohin denn?«

»Zurück über die Berge«, sagte ich und deutete in die entsprechende Richtung. »Jedenfalls gehe ich davon aus, dass ihr nicht wollt, dass sie ihre Suche auf das restliche Faenland ausdehnt.«

Riven schüttelte den Kopf. Collins Wangen färbten sich rot, vermutlich aufgrund der Worte, die er vor mir lieber nicht aussprechen wollte.

»Dann kommt nur Caerth infrage.« Ich legte meine Hände auf den Gürtel. »Wir werden ihr einen Grund geben, über den Pass zurückzugehen. Am besten lassen wir es so aussehen, als sei ich in die Hauptstadt zurückgereist.«

»Und wenn sie dich einholt?«, fragte Collin, dessen honigfarbene Augen zu schmalen Schlitzen wurden.

Ich zuckte die Achseln. »Das klären wir unterwegs. Wichtig ist, dass ich einen Vorsprung bekomme.« Mein Blick glitt zu Riven. Collin traute mir nicht, aber er würde Rivens Befehle befolgen.

»Dann brechen wir heute Nacht auf«, sagte Riven. »Wir werden mit Syrra und Nik über den Pass reiten und den Dolch von der Stadt weglocken. Die übrigen Elverin werden hierbleiben und auf unser Zeichen warten, dass die Überquerung sicher ist.« Er warf Collin einen Blick zu, der daraufhin nickte und den Raum verließ.

»Ich brauche meine Klingen«, sagte ich und deutete zur Tür nach draußen.

Riven nahm seinen Mantel von einem Wandhaken, dann befestigte er ihn mit einem festen Knoten aus Elfenseil an seinem Hals. »Ich komme mit dir«, sagte er und ging hinaus.

ZWEIUNDZWANZIG

Wir gingen schweigend durch die Stadt. Riven bewegte sich ebenso leichtfüßig durch die Schatten wie ich und sah sich dabei stets auf den Straßen um, ob sich der Dolch auch nirgendwo sehen ließ. Ich ging hinter ihm her und behielt die Dächer im Auge. Dann schlichen wir uns von der Rückseite ans Gasthaus heran, und ich drückte Riven meinen Schlüssel in die Hand.

»Warte in meinem Zimmer auf mich«, flüsterte ich. »Du weißt ja wohl, welches das ist.«

Er stieß verärgert die Luft aus.

»Ich muss die Dienerschaft davon in Kenntnis setzen, dass ich nach Caerth zurückreite«, sagte ich. »Schließlich müssen wir Gerarda eine Spur hinterlassen, wenn sie uns dorthin folgen soll.«

Riven knirschte hörbar mit den Zähnen, aber er nickte. »Wenn du nicht in einer Minute oben bist, komme ich dich holen.«

Ich nickte und sah ihm zu, wie er in verschwommener Dunkelheit über die Gasse eilte. Dann ging ich ihm ein kleines Stück nach, wandte mich aber um und hielt stattdessen auf den Haupteingang des Gasthofs zu. Der Halbling, der mich bei meiner Ankunft in Empfang genommen hatte, stand auch jetzt hinter dem Tresen.

»Guten Abend«, grüßte er mit einem höflichen Nicken.

»Ein schöner Abend«, bestätigte ich und schob ihm einen Beutel Goldmünzen herüber. »Leider muss ich sofort abreisen und in die Hauptstadt zurückkehren. Allerdings wollte ich vorher noch meine Rechnung begleichen. Ich breche heute noch auf.«

Er nahm den kleinen Beutel an sich, und seine Augen weiteten sich, als er merkte, wie schwer er war. »Aber natürlich«, brachte er heraus. »Ich werde sofort Euer Wechselgeld holen.«

»Stimmt so«, sagte ich und klopfte leicht auf den Tresen. »Was übrig ist, ist für Euch.« Ich hatte den Halbling jeden Morgen aus irgendeiner Kneipe kommen sehen. Blieb nur zu hoffen, dass er heute Nacht überall herumerzählen würde, woher er plötzlich so viel Gold für Getränke hatte.

Nach einem knappen Lächeln wandte ich mich um und eilte die Treppe hinauf.

Riven stand neben dem Kleiderschrank, als ich eintrat. Das Zimmer wurde lediglich von zwei Kugeln mit goldenem Faenlicht erhellt. Sie beschienen eine Seite von Rivens Gesicht, während die andere in Schatten lag. Kurz blieb ich stehen, und mir wurde klar, dass ich ihn, seit ich ihn enttarnt hatte, noch weniger verstand als zuvor. Der Schatten war mir vertraut, aber der hochgewachsene grimmige Fae in meinem Zimmer war ein Fremder.

Kurz fiel mein Blick auf die zerwühlten Laken auf dem Bett. Dynara, meine Doppelgängerin, war verschwunden.

»Ich hatte ganz vergessen, dir zu sagen, dass sie hier ist«, sagte ich mit einem Blick auf das Bett. »Hast du sie erschreckt?«

»Nein. Eher umgekehrt. Ist sie …« Er verstummte; offenbar war er zu reserviert, um seine Gedanken auszusprechen.

»Aus einem Bordell?«, fragte ich und verschränkte die Arme. Zwar wusste ich nicht, was Dynara gesagt haben mochte, aber es hatte Riven offenbar durcheinandergebracht.

Er hustete. »So nennen wir das hier nicht.«

»War sie jedenfalls, in einem früheren Leben«, erklärte ich und eilte zu dem großen Tisch, auf dem meine übrigen Klingen ausgebreitet lagen. »Ich brauchte jemanden, der deine Spione ablenkte. Da war es die einfachste Lösung, eine Doppelgängerin zu engagieren.«

»Du hast eine Kurtisane gebucht?«, flüsterte Riven. Seine violetten Augen weiteten sich und glitten unruhig hin und her, als er das zerwühlte Bett betrachtete.

»Schließlich bin ich die Klinge des Königs«, entgegnete ich und klappte eine meiner Reisetaschen auf. »Ich bringe Leute um. Und zwar jede Menge. Und dich schockiert die Vorstellung, dass ich Umgang mit Kurtisanen pflege?«

»Mich überrascht, dass du überhaupt mit irgendjemandem Umgang pflegst«, sagte er ruhig. Ich fühlte seinen bohrenden Blick in meinem Rücken, und es ließ mich erschauern, wie leicht er meine Worte umzudrehen verstand. Und wie akkurat seine Einschätzung meiner Person war, selbst in einem nur so nebenbei geäußerten Kommentar. Ich war es nicht gewohnt, dass man mich derart aufs Korn nahm, schon gar nicht, wenn es eigentlich umgekehrt hätte sein sollen.

Aber Riven war ja jetzt eigentlich keine Zielperson mehr für mich, oder?

Höchstwahrscheinlich würde unser Bündnis nicht ausreichen, um eine Freundschaft zwischen uns entstehen zu lassen. Nicht, dass ich das gewollt hätte. Aber welche Beziehung hatten wir dann zueinander? Ich hielt es eigentlich nicht für möglich, dass aus Rivalen wirklich Verbündete wurden.

Komplizen vielleicht?

»Du hast einen Zaubergriffel?«, fragte Riven und riss mich aus meinen Gedanken. Er drehte das goldene Messerchen zwischen den Fingern. In seiner Hand sah es viel kleiner aus als in meiner. Aus Reflex zog ich meinen Mantel enger um den Körper und vermied es, den Griffel anzusehen.

»Ja«, sagte ich und warf wahllos Kleidungsstücke in eine Satteltasche.

»Wie kam denn das?« Leises Staunen lag in seiner Stimme. »Sie sind sehr selten, selbst für Faen sind sie kaum zu bekommen.«

»Ich habe ihn gestohlen«, sagte ich achselzuckend. Für eine kreative Lüge fehlte mir die Zeit.

Seine Augen weiteten sich vor Neugier, als ihm klar wurde, dass das die Wahrheit war.

»Von wem?« Er drehte den Griffel in den Fingern und betrachtete die winzige scharfe Spitze. Eine Spitze, die niemals abstumpfte, egal, wie viel Zeit verging oder was sie schneiden musste.

»Spielt das eine Rolle?«, gab ich zurück. Die Erinnerungen an die betreffende Nacht versuchte ich möglichst wegzuschieben, vor allem, wenn ich kein starkes Getränk in Reichweite hatte.

»Was ist denn los?« Jetzt war die Neugier aus seiner Stimme gewichen, und es war nur noch die analytische Maske geblieben, die er mir zeigte, seit ich ihm die Kapuze vom Kopf gerissen hatte. Wie viele Gesichter hatte Riven eigentlich?

Ich hörte mit dem Einpacken auf, holte tief Luft, um mich zu sammeln, und ignorierte das Brennen in meiner Kehle. »Einige Dinge, die man als Schemin tut, und als Klinge umso mehr, setzen einem sehr zu. Sie reißen einen in Stücke, bis man sich selbst nicht mehr erkennt. Ich rede nicht gern darüber, also frag mich nie wieder nach diesem Griffel.«

Riven legte das Werkzeug wieder auf den Tisch. »Was hat …«

Mit einem Seufzer warf ich die letzten Kleidungsstücke in die Tasche. »Wenn wir nicht sofort das Thema wechseln, werde ich dich wirklich erstechen.« Schnell warf ich ihm eine Tasche zu. Er fing sie mit Blitzgeschwindigkeit.

Dann öffnete er den Mund und wollte offenbar noch etwas sagen, entschied sich aber dagegen. Stattdessen nahm er die Satteltasche auf die Schulter und griff nach der zweiten. Nachdem ich den Rest eingepackt hatte, zog ich meinen Mantel über die Sachen.

»Wir müssen gehen«, flüsterte ich und löschte die Faenlichter im Wasserbecken. Riven öffnete die Tür und hielt sie mit seinem langen

Arm für mich auf. Wir schlichen uns durchs Gasthaus, ohne dass uns jemand sah, und Riven folgte mir in die Nacht.

Kein Wort fiel zwischen uns, als wir in die schmale Gasse traten. Ich schlich voraus. Riven folgte mir so dicht auf den Fersen, dass ich ihn ein- und ausatmen hörte. Die Gasse kreuzte eine der Hauptstraßen, die von den Faenlichtern, die unter dem Blütendach hingen, gut erleuchtet war. Ich duckte mich und spähte um die Ecke. Riven machte einen Schritt nach vorn, aber ich hielt ihn mit ausgestreckter Hand zurück und fühlte seine harte Brustmuskulatur unter dem Hemd. Er erstarrte unter meiner Berührung, und ich ließ die Hand sinken. Als er mich mit seinen violetten Augen ansah, deutete ich zu den Dächern hinauf.

Falls Gerarda die Stadt überwachte, würde sie sich dort oben aufhalten.

Riven sah hoch, ließ den Blick über die Dächer schweifen und nickte. Er streckte die Hände nach oben, über meinen Kopf. Seine Brust befand sich nur wenige Zoll von meinem Gesicht entfernt. Ich hob abwehrend die Hand, damit er mich nicht berührte. Er wich nicht zurück und sagte auch nichts, als ich zu ihm hochsah. Sein kräftiger Kiefer und die scharf geschnittenen Wangenknochen schimmerten im Mondlicht wie silberne Klingen. Sein Geruch umgab mich, warm und erdig und mit einer vertrauten Note, die ich nicht genau bestimmen konnte.

Die Augen hatte er geschlossen, und seine Hand war um ein Gewirr aus Kletterpflanzen geschlungen, das vom grünen Dach hinunterhing. Dort, wo die Ranke seine Haut berührte, sah ich eine winzige Andeutung von Licht hindurchströmen, als ob sie sich im Licht der Sonnen aalte, obwohl der Himmel dunkel war.

Magie.

Riven benutzte Magie. Abgesehen von Ferons Versuchen, mich derart in Wohlbefinden einzulullen, dass ich bereit war, die Wahrheit auszuplaudern, hatte ich noch nie miterlebt, wie Faen ihre

Macht einsetzten. Verglichen mit den Geschichten, die von Gestaltwandlung oder Blitzschlägen erzählten, war das hier weniger dramatisch, aber ich erstarrte trotzdem vor Ehrfurcht. Was machte Riven mit dieser Pflanze? Und was für Kräfte hatte er sonst noch?

Jetzt öffnete er langsam die Augen. Seine Iriden hatten einen strahlenden Schimmer, bevor sie wieder ihr dunkles Violett annahmen. Sein Atem setzte kurz aus, als er merkte, wie nahe sich unsere Gesichter waren. Die Gedanken an das letzte Mal, dass wir uns so nahegekommen waren, schob ich weg. Rivens Mund zuckte, und einen Moment lang fragte ich mich, ob dieser Kuss in Cereliath mehr als nur ein Fehler gewesen war.

»Sie wartet in der Taverne auf dich«, flüsterte er heiser und durchbrach damit die Spannung, die zwischen uns entstanden war.

»Haben die Ranken dir das verraten?« Das war nur halb als Scherz gemeint.

»Auf gewisse Weise, ja.« Riven trat aus der Gasse und verschwand in den Schatten. Ich verdrehte entnervt die Augen und folgte ihm. Als wir den westlichen Stadtrand erreichten, verlangsamte er seinen Schritt endlich so weit, dass ich neben ihm hergehen konnte.

»Willst du diese Sache mit den Ranken nicht erklären?«, fragte ich herausfordernd.

Riven blickte über seine Schulter, ließ den Blick über die Dächer schweifen und wandte sich dann wieder mir zu. Er deutete auf eine kleine Lücke zwischen zwei verlassenen Gebäuden und stieß mich gegen die Wand.

Er packte mein Handgelenk. Sein Griff war fest, aber sanft, als er eine Ranke aus dem Blätterdach über unseren Köpfen zog. Dann schlang er den Stängel um meine Hand, bevor er seine Finger mit meinen verschränkte. »Jedes Lebewesen kann mit anderen sprechen«, flüsterte er, als er seine Magie heraufbeschwor. »So wie Elfen mit Faen sprechen oder Tiere sich miteinander austauschen.«

In meinem Ausatmen lag hörbarer Zweifel.

»Pflanzen sind die besten Kommunikatoren.« Riven ignorierte

meine ungläubige Haltung. »Sie müssen sich darauf verlassen können. Dass sie miteinander sprechen, ist Teil ihrer Überlebensfähigkeit.« Wassertropfen von den vorangegangenen Regenschauern spritzten von den Blüten über uns herab und fielen auf seinen Mantel, als er die Ranke schüttelte.

»Du meinst, du kannst mit Pflanzen sprechen?«

Riven nickte, und die Ranken, die zwischen unseren Händen verliefen, begannen zu glühen. Ich fühlte Wärme an all den Stellen, an denen die Pflanze meine Haut berührte, und da war noch etwas anderes. Etwas wie …

»Traurigkeit«, sprach ich meinen Gedanken aus. Riven schlug sofort die Augen auf, und das Glühen verging.

»Das konntest du fühlen?«, fragte er und ließ meine Hand los, während sich die Ranke an der Mauer entlanghangelte.

»Sollte ich das nicht?«, fragte ich verwundert. Wozu hatte das Händchenhalten gut sein sollen?

»Ein wenig Wärme von der Magie schon«, sagte er. »Aber die Pflanzen zu verstehen, das ist etwas, das eigentlich nur den Begabten möglich sein sollte.«

»Ich habe die Pflanze nicht verstanden. Sie hat nichts zu mir gesagt.«

»Sie sprechen auch nicht im eigentlichen Sinne«, sagte Riven kurz angebunden. »Nicht mit Worten. Es ist mehr wie ein Gefühl. Mit etwas Übung kann ein Fae lernen, eine Pflanze durch andere wahrzunehmen. Und dann können wir sie schließlich verwenden, um andere zu erspüren, die in der Nähe sind.«

»Die Pflanzen spüren Gerarda?« Mir blieb der Mund offen stehen. Auf diese Weise hatte Feron herausbekommen, dass ich in Aralinth war. Ich fragte mich, wie weit diese Kräfte reichten.

»Nicht so richtig, mehr ihre Natur. Dass sie hier neu ist«, erklärte Riven, der mit der freien Hand eine wedelnde Bewegung machte. »Feron sorgt dafür, dass ich jeden Bewohner Aralinths spüren kann, und dann sind Neuankömmlinge leicht auszumachen.«

Ich lehnte meinen Kopf gegen die Mauer. »Also sitzt Gerarda neben einer Pflanze?«

Rivens Blick glitt schnell über die Straße und dann wieder über die Dächer. Wir vertaten zu viel Zeit damit, meine Fragen zu beantworten, aber ich konnte mich nicht zum Aufbruch aufraffen, bevor meine Neugier gestillt war. »In Aralinth befindet sich jeder neben einer Pflanze«, sagte er. Während ich zu dem Dach aus Blattwerk und geschlossenen Blüten über unseren Köpfen emporblickte, sah Riven jedoch nach unten.

Ich bekam große Augen. »Der Erdboden?«

Riven nickte langsam. »Ihr unterirdisches Netzwerk reicht viel weiter. Die meisten Gebäude wurden so errichtet, dass es Tunnel in den Wänden gibt, sodass die Pflanzen hindurchwachsen können.«

Deswegen hatte Feron keine Spione ausgesandt, um zu verfolgen, wo ich mich aufhielt. Er konnte das ganz bequem von seinem Palast aus tun.

Die Faen waren viel mächtiger, als ich vermutet hatte.

»Der König glaubt, dass die Magie der Faen völlig vergangen ist«, flüsterte ich.

Rivens Mund verzog sich zu einem geraden Strich. »Da hat der König zum größten Teil recht. Viele unserer Kräfte sind geschwunden. Das, worauf wir noch Zugriff haben, ist normalerweise … irgendwie eingeschränkt. Vor allem bei mir.«

Ich neigte den Kopf. »Was für …«

»Ich muss sichergehen, dass sie noch da ist. Wir haben uns hier viel zu lange aufgehalten«, unterbrach mich Riven. Er schlang sich erneut die Ranke um sein Handgelenk. Etwas in mir wollte die Hand ausstrecken und noch einmal dieses Gefühl von Magie spüren, aber ich tat es nicht.

»Was sind eigentlich deine Erwartungen?«, drang Rivens rauchige Stimme durch den Regen, der inzwischen wieder eingesetzt hatte. Das Wetter würde uns bei unserem Bemühen, schneller als Gerarda zum Pass über die Berge zu gelangen, gute Tarnung bieten. Ich fragte mich, ob auch das auf Faenmagie zurückzuführen war. Verfügte Riven über die Fähigkeit, es regnen zu lassen? Steckte hinter den Geschichten, die im Königreich erzählt wurden, doch ein Körnchen Wahrheit?

»Erwartungen?« Ich sah ihn von der Seite an. Inzwischen hatten wir die letzten bewohnten Gebäude hinter uns gelassen, und jetzt säumten nur noch verlassene Steinhäuser unseren Weg. Die Läden, mit denen die Fenster verschlossen waren, klapperten im starken Wind, daher mussten wir lauter sprechen.

»Für dieses Bündnis«, erklärte Riven. Wir standen unter dem Vordach der Stallungen bei der Taverne, und er lehnte an dem Pfosten, an dem ich vorher aufs Dach geklettert war; sein Kopf stieß beinahe an die Dachbalken. Jetzt sah er mich durchdringend an. Er wollte eine Antwort.

Ich stellte meine Satteltaschen ab und rieb mir die Schulter, bis das Blut kribbelnd wieder durch die Muskelpartien schoss, die der Tragriemen abgeschnürt hatte. »Sie hängen ganz von deinen ab«, sagte ich und erwiderte seinen Blick. Das war die Wahrheit. Es war für mich ebenso ein Glücksspiel wie für ihn.

Ich sah ihm an, dass er im Geist abwog, welche Möglichkeiten wir hatten; seine violetten Augen ruhten zwar auf mir, blieben aber seltsam ungerichtet. Als ob er mich gar nicht wirklich sah.

»Wärst du bereit, all deine Karten auf den Tisch zu legen?«, fragte er dann, als sich sein Blick wieder klärte. »Und mir Antworten auf jede Frage geben, die ich dir stelle?«

»Auf gar keinen Fall.« Dazu hatte ich zu viele Geheimnisse. Und die meisten davon würden andere das Leben kosten, falls Riven mich hinterging. Die anderen betrafen Dinge, die ich noch niemals laut ausgesprochen hatte. Wenn das der Preis für dieses Bündnis sein sollte, dann war ich nicht bereit, ihn zu zahlen. »Würdest du dich vielleicht darauf einlassen?«, stellte ich die Gegenfrage, während ich meinen Mantel zum Trocknen über eine Stalltür hängte.

»Nein.« Er schüttelte den Kopf. »Aber ein Bündnis zwischen zwei Parteien, die einander nicht vertrauen, ist zum Scheitern verurteilt.«

Ich zog die Falten in dem schwarzen Stoff meines Mantels glatt. Dicke Wassertropfen rannen auf meine dreckigen Stiefel. Seiner Einschätzung konnte ich nicht widersprechen.

»Was schlägst du also vor?«, fragte ich und wandte mich ihm zu. Ich wollte unbedingt, dass dieses Bündnis funktionierte, ich brauchte es. Aber unsere Chance, den König zu besiegen, war klein. Vor allem war ich nicht bereit, dafür die Leute zu gefährden, deren Leben ich jahrzehntelang allein auf die Hoffnung vertrauend geschützt hatte.

»Wir erzählen uns, was wir wissen *müssen*«, sagte Riven und unterstrich seinen Vorschlag mit einer entschiedenen Bewegung seines kantigen Kinns. »Nicht mehr, aber auch nicht weniger.« Dann verschränkte er die Arme und stieß sich von dem Pfosten ab. Seine hohe Gestalt warf einen Schatten über mein Gesicht, als er zu mir trat, aber ich rührte mich nicht.

»Ich kann nichts versprechen«, erklärte ich. »Wenn ich auf deine Bedingungen eingehe, haben wir eine Abmachung. Ich werde meinen Teil halten, aber ich schwöre keine Eide, und ich gebe keine Versprechen.«

Riven sah mit zusammengekniffenen Augen zu mir herab. Erst dachte ich, er würde protestieren, aber er zuckte nur die Achseln.

»Wie können wir sicher sein, dass der andere ehrlich ist?«, fragte ich.

Wieder ein Achselzucken. »Wir müssen einfach …«

»Vertrauen?«, unterbrach ich ihn, und es gelang mir nicht, den Sarkasmus aus meiner Stimme zu verbannen.

Riven atmete schwer aus. »Darauf *hoffen*, dass unsere gemeinsame Abneigung gegen den König ausreicht, damit wir ehrlich bleiben.«

»Und wenn nicht?«, fragte ich, während ich versuchte, den Schlamm von meinen Stiefelspitzen zu streifen.

»Dann ist einer von uns ein Verräter. An den Halblingen und an sich selbst.« Das war mehr als nur eine Feststellung; es war eine Warnung. Riven wollte, dass ich seine Zweifel bestätigte und ihm bewies, dass er recht gehabt hatte, was mich betraf. Dass ich nicht mehr war als ein Halbling, der sich gegen die eigenen Leute wandte.

Er hielt mich nicht nur für nicht vertrauenswürdig.

Er hielt mich für einen hoffnungslosen Fall.

Ich ließ die Zunge über meine Zähne gleiten. Riven konnte über mich denken, was er wollte, solange er mir half, den Damm zu sprengen. Mir ging es nur darum, die Halblinge zu befreien. Wenn meine Zustimmung, ihm ein Minimum an Informationen anzuvertrauen, uns den Weg nach Silstra ebnete, dann musste es eben sein. Rivens Meinung war sein Problem.

Ich streckte die Hand aus.

»Nicht mehr wissen als unbedingt nötig«, sagte ich und schüttelte gerade Rivens Hand, als Nikolai und Syrra auftauchten, ausgerüstet mit Waffen und Gepäck.

Falls wirklich eine Revolution bevorstand, dann hatte sie gerade begonnen.

DREIUNDZWANZIG

Riven ließ den Rest seiner Elverin unter Collins Führung zurück. Ich versuchte, ihr Gespräch zu verfolgen, aber Syrra nahm mich mit nach draußen, um die Pferde zu satteln. Daher bekam ich von dem gedämpften Streit der beiden wenig mit, das meiste wurde vom Stampfen der Reittiere und vom Prasseln des Regens überdeckt. Als Riven aus der Tür stürmte, machte er ein finsteres Gesicht, und ich hätte schwören können, dass die Schatten um ihn herumwirbelten. Fast konnte ich den Zorn riechen, der aus seinen Poren drang, während sein Herz raste.

Ganz offensichtlich war Collin von der Idee eines Bündnisses nicht begeistert. Und von mir auch nicht.

Wortlos stieg Riven auf sein Pferd. Ich folgte hinter Nikolai, während Syrra die Nachhut übernahm. Wir ritten nach Südwesten und ließen Aralinth hinter uns zurück. Der Schein der vielen Faenlichtkugeln, die in den riesigen Ästen des Sil'abar hingen, wurde immer schwächer, bis sie nur noch wie Sterne am Nachthimmel funkelten.

Kein Wort fiel, bis wir einen kleinen Hain erreichten. Die Monde standen am Himmel und beleuchteten unseren Weg, der am Waldesrand endete. Hier standen hohe Bäume mit schwarzen Blättern, die von dichtem Unterholz umgeben waren. Dicke Kletterpflanzen umfingen schlangengleich die Äste; sie waren so kräftig, dass es schwergefallen wäre, sich den Weg freizuschlagen.

Falls es hier einmal einen Pfad gegeben hatte, war er inzwischen überwachsen. Ich zügelte das Pferd, das man mir gegeben hatte, und die braune Stute blieb stehen.

»Es gibt keinen Grund, hier anzuhalten«, rief Syrra hinter mir. »Wir müssen uns beeilen.«

Ich drehte mich zu ihr um und deutete auf den überwucherten Pfad. Sie hätte doch wohl selbst erkennen müssen, dass es hier nicht weiterging? Als Elfin hatte sie sicherlich ebenso gute Augen wie ich.

»Sieh doch«, sagte sie und deutete auf Riven. Ich wandte mich im Sattel wieder um. Riven und Nikolai hatten nicht angehalten, und jetzt machte Rivens Pferd einen Schritt ins Brombeergestrüpp. Es war viel zu dicht, und das Pferd konnte sich dort schwer verletzen – aber das geschah nicht.

In dem Augenblick, als die Pferdehufe das üppige Grün berührten, verschwand das Unterholz. Es zersprang wie bemaltes Glas und gab einen ausgetretenen Pfad durch den Wald frei. Der Wald wich zurück, und die hohen Bäume und die dicken Kletterpflanzen rückten so weit beiseite, dass zwei Wagen nebeneinander hätten herfahren können. Die Äste und Ranken verwoben sich über den Wipfeln und bildeten ein so dichtes Blätterdach, dass nicht einmal das Licht der Monde hindurchdrang.

Syrra zügelte neben mir ihr Pferd. »Man nennt das einen Zauberschein.«

»Magie«, flüsterte ich. »Hat Riven das bewirkt?« Sein Mantel verschwand vor mir in der Dunkelheit. Nikolai folgte ihm, ohne sich umzublicken.

»Nein, dieser Zauberschein ist an das Land gebunden. Er speist sich aus Magie«, antwortete sie, während ihre schwarzen Augen mich betrachteten. »Sobald man weiß, welche Wahrheit er verbirgt, verliert ein Zauberschein seine Wirkung. Du kennst jetzt ein Geheimnis des *Faelinth*. Ich hoffe, du bist dieses Vertrauens würdig.« Nach einem letzten abschätzenden Blick schnalzte sie leicht mit der Zunge und schloss zu den anderen auf.

Ich hielt noch kurz inne; ihre Worte legten sich wie ein Gewicht auf meine Schultern. Wieder ein Geheimnis, das ich bewahren musste. Das würde ich auch; es gab keinen Grund, die Faen zu verraten, aber dennoch fragte ich mich, wie viele Geheimnisse ich noch in mir verschließen würde, bevor meine Mission erledigt war. Meine Finger begannen im kalten Regen zu zittern, als sich das vertraute Brennen wieder in meine Kehle schlich. Zu gern hätte ich mein Bewusstsein in Wein ertränkt, bis ich sämtliche Geheimnisse vergaß und ihre ganze Last hätte abstreifen können.

Stattdessen zog ich die Phiole aus der Tasche und ließ zwei Tropfen *winvra* über meine Zunge strömen. Der süße, würzige Geschmack wärmte meine Haut und betäubte den Schmerz in meiner Kehle. Das Verlangen wurde zu einem leichten Druck in meinem Bauch, und mein Pferd trottete in die Schwärze hinein.

Ich übernahm die erste Wache in der folgenden Nacht. Seit wir Aralinth verlassen hatten, waren wir ohne Halt weitergeritten, die ganze Nacht und den ganzen Tag. Wir hatten den Wald im Süden der Stadt betreten und dann einen Bogen geschlagen, um zum Pass zu gelangen, der im Norden lag. Zum Reden waren wir zu müde, daher ritten wir schweigend dahin, bis uns der Rücken wehtat, und hielten erst an, als unsere Glieder sich taub anfühlten.

Aber schließlich wollten wir einen möglichst großen Vorsprung vor Gerarda herausholen. Möglicherweise war sie schon wieder zurück nach Elverath unterwegs und nur noch wenige Stunden hinter uns. Ich wusste, dass sie, sobald sie Aralinth verlassen hatte, schnell und lange reiten würde. Daher mussten wir unbedingt jede Minute, die nicht zum Ausruhen nötig war, dafür nutzen, um weiter vorwärtszukommen.

Während die anderen ihre schlafsackähnlichen Deckenlager, die an der Unterseite mit einer dünnen Matte gegen Feuchtigkeit geschützt waren, am Feuer anwärmten, setzte ich mich an einen Baumstamm gelehnt auf den Boden. Die Blätter hatten im Feuerschein einen rosigen Schimmer, und die leuchtend gelben Ranken schienen zu glühen. Zwar konnte ich keine Früchte an dem Baum entdecken, aber er roch nach Blüten. Ich versuchte meine Erschöpfung im Zaum zu halten, indem ich Stöcke mit meinem Messer scharf zuspitzte. Sie würden später als Spieße dienen oder sich für Fallen auf der Straße eignen, aber vor allem lenkte mich diese Beschäftigung davon ab, dass mir die bleischweren Augenlider zuzufallen drohten.

Der Wald war stiller, als ich ihn auf dem Hinweg erlebt hatte. Das leise Lied, das der Wind durch die Blätter pfiff, hatte die Wesen, die in ihm umgingen, wohl in den Schlaf gesungen. Selbst mit meinem verstärkten Hörvermögen konnte ich nichts wahrnehmen, das um unser Lager herumgeschlichen wäre. Ich kuschelte mich enger an den Baum und ließ den Kopf in den Nacken sinken, während ich an einem dünnen Zweig schnitzte.

Dann bewegte sich etwas. Bei dem Geräusch hob ich den Kopf und fasste nach meiner Klinge. Aber es gab keinen Grund zur Aufregung. Es war nur Riven, der von seinem Lager aufstand, sich reckte, die Arme weit ausbreitete und den Hals zu einer Seite dehnte. Plötzlich fuhr er herum, als hätte er gespürt, dass ich ihn beobachtete.

Ich machte mich wieder an dem Zweig zu schaffen und achtete nicht weiter auf ihn. Er verließ das Lager, und bald verhallten seine Schritte. Als er zurückkam, hielt er mir einen frisch gefüllten Wasserschlauch hin und setzte sich neben mich.

»Hast du den vergiftet?«, fragte ich.

Riven schnaubte und trank einen großen Schluck. »Bring mich ja nicht auf Ideen«, sagte er finster und streckte mir den Schlauch wieder hin.

Ich trank ein wenig von dem Wasser, das kühl und frisch über meine Zunge strömte. Und noch ein wenig mehr. Rivens Blick verharrte auf meinen Lippen, als ich ihm den Schlauch zurückgab, und ich wischte sie mir mit dem Handrücken ab. Nun glitten seine Augen zum Feuer. Hinter den Flammen waren die verschwommenen Umrisse zweier Schlafender zu erkennen. Syrra lag völlig still da, die Hand angriffsbereit auf der kreisrunden Klinge, die sie neben sich liegen hatte. Nikolai erschauerte, während er leise schnarchte, da er seine Decke halb abgestreift hatte.

»Was machst du da?«, fragte Riven, der noch etwas Wasser trank. »Du sollst Wache halten.«

Ich warf ihm einen scharfen Blick zu, während ich den nächsten Span abschabte. »Ich mache Spieße. Zum Jagen und zum Braten. Und da mein Gehör ebenso gut ist wie deins, solltest du wissen, dass sich nichts an uns anschleichen wird, solange ich wach bin.«

Eigentlich erwartete ich daraufhin eine Zurückweisung oder eine verächtliche Bemerkung. Stattdessen nahm er nun selbst einen Stock zur Hand, und ich reichte ihm ein Messer aus der Tasche, die neben mir stand. Dann saßen wir schweigend und schnitzend da, und nach einer Weile stellte sich ein gleichmäßiger Rhythmus ein, in dem wir unsere Klingen durch das Holz zogen. Unsere Spieße waren zur gleichen Zeit fertig.

»Das kannst du nicht wissen«, sagte Riven nach langem Schweigen. Ich runzelte fragend die Stirn. »Dass dein Gehör so gut ist wie meins. Ich bin ein Fae. Du bist ein Halbling.«

»Und?« Ich warf den fertigen Spieß auf den Haufen und nahm mir den nächsten Stock.

Riven lehnte sich gegen den Baumstamm und schloss langsam die Augen. »Faen sind stärker als Halblinge. Schneller. Und wir können auch besser hören.«

Gern hätte ich das mit einem verächtlichen Schnauben abgetan, aber ich riss mich zusammen. In den letzten zwei Tagen hatte vielfach betretenes Schweigen geherrscht. Er und die anderen hatten flüsternd miteinander gesprochen. Ich war nicht nur die Außenseiterin unserer Gruppe, sondern musste auch am meisten beweisen. Unter meinem Obergewand juckte meine Haut. Zwar wollte ich meine Narben nach wie vor nicht zeigen, um damit zu untermauern, wie wichtig mir unsere Mission war, aber vielleicht konnte ich sein Vertrauen gewinnen, indem ich nach und nach ein paar andere Wahrheiten preisgab.

»Ich wurde beim Orden getestet«, sagte ich, obwohl ich mir nicht sicher war, ob ihn das überhaupt interessieren würde. Zumindest unterbrach er mich nicht, also sprach ich weiter. »Nachdem man mich gefunden hatte. Ich hatte keine Ahnung, wer ich war. *Was* ich war. Es waren keine Eltern zu finden, und ich hatte keine Erinnerungen. Dafür das Gesicht und die Ohren einer Elfin. Um ein Haar hätte man mich auf der Stelle getötet, aber dann ritzte mir jemand den Arm mit einem Messer, und es trat bernsteinfarbenes Blut hervor.« Ich starrte ins Feuer, bis das verschwommene orangene Glühen zu der Erinnerung an jenen Tag verblasste. Ein Wächter des Königs hatte mir Handschellen angelegt, bis das Arsenal kam, um mich in Augenschein zu nehmen.

»Halblingblut«, murmelte Riven und riss mich damit aus meinen Gedanken.

Ich nickte und ließ den Stock in meinem Schoß fallen. »Aber das reichte ihnen nicht«, flüsterte ich. »Sie ließen mich gegen andere Halblingkinder antreten, deren Abstammung sie nachverfolgen konnten. Gegen männliche und weibliche. Schließlich auch gegen ausgewachsene Halblinge. Aber ich war immer stärker und schneller. Jede Prüfung, die sie mir auferlegten, bestand ich.« Jetzt schnürte sich mir die Kehle zu. Das waren nur die ersten Tests gewesen, denen man mich unterzogen hatte. Die anderen waren blutiger Art.

Riven legte die Arme auf die Knie, während er den letzten Stock bearbeitete. »Sie meinten, du seist ein Elfenkind?«

Ich nickte. »Die meisten dachten das. Ein paar glaubten sogar, ich sei eine Fae, trotz meines Blutes. Aber meine Ohren sind länger als deine, nicht wahr? Mehr wie die der östlichen Waldelfen, sagte man mir. Und das war dann auch der Schluss, zu dem sie am Ende kamen. Ich sei halb Elf, halb Halbling.« Damit schob ich mein Messer wieder in das Klingentuch neben mir.

»Und du?«, fragte Riven, der nun den Kopf zu mir wandte. »Was glaubst du?«

Ich holte tief Luft. Jetzt, da ich nichts mehr in der Hand hatte, um mich abzulenken, machte sich die Erschöpfung heftig bemerkbar. »Halblingblut ist Halblingblut. Ich bin nicht anders als die anderen. Nicht nach dem Wortlaut des Erlasses.«

»Du bist hier«, sagte Riven, der sein Messer oben auf das aufgerollte Klingentuch warf. Als er dafür den Arm vor meiner Brust ausstreckte, hüllte er mich in seinen Duft nach Tau und Birkenwasser ein. »Du bist freier als jeder Halbling, den ich sonst getroffen habe.« Er machte sich nicht die Mühe, das Gift in seinen Worten zu verbergen.

Ich konnte nicht anders als höhnisch auflachen. Die Namen, die auf meiner Haut eingeritzt waren, brannten, und sie bettelten darum, enthüllt zu werden. Seufzend rieb ich mir über dem Gewand den Arm. Nur, wer den Orden nicht erlebt hatte, konnte auf die Idee kommen, dass eine Schemin frei war.

»Ich bin nicht so frei, wie du denkst.« Ich war zu müde, um dabei noch besonders kämpferisch zu klingen. »Und die Freiheiten, die ich genieße, haben einen Preis, den die meisten nie bezahlen müssen.«

Ich spürte Rivens Augen auf meinem Gesicht, als ich den Kopf zurücklehnte und weiter gegen den Schlaf ankämpfte.

»Reden wir nicht mehr über mich«, sagte ich dann gähnend. »Darf ich auch etwas über dich erfahren?«

Riven hielt inne, und sein Blick glitt zwischen mir und dem Stock, den er in seinen Fingern drehte, hin und her. »Was willst du denn wissen?«

»Wie alt bist du?« Das hatte mich interessiert, seit wir unsere Vereinbarung in Aralinth getroffen hatten. Bisher hatte ich noch nie von Riven gehört. Im Königreich hatte man sich nichts über ihn erzählt. Entweder war er zu jung oder zu unwichtig, als dass es irgendwelche Legenden über ihn gab. Inzwischen hatte ich schon viel zu viel darüber nachgedacht, was von beidem stimmte.

»Älter als ein Sterblicher.« Zwar hielt ich die Augen geschlossen, zog aber trotzdem eine Augenbraue hoch. »Älter als du«, setzte er hinzu.

»Ich wurde geboren, nachdem die letzte weibliche Fae gestorben war«, sagte ich und rollte den Hinterkopf so weit über die raue Borke zur Seite, bis ich ihn sehen konnte. »Von daher war mir das schon klar.« Faen konnten nur von zwei Faen gezeugt werden. Aus Verbindungen von Faen und Elfen gingen stets Elfen hervor, und die verfügten nicht über Magie. Falls es je Kinder von Faen und Sterblichen gegeben hatte, dann hatte die Geschichte ihre Namen vergessen – abgesehen von Killian. Aber wenn man dem König Glauben schenken wollte, dann war ihm ewiges Leben zuteilgeworden, weil er den Elfen den Garaus gemacht hatte. Wenn man allerdings bedachte, dass noch viele Hundert Elfen im Faenland lebten, war der König vielleicht doch nicht so menschlich, wie er behauptete.

»Bist du so alt wie dein Onkel?«, fragte ich. Zwar alterten die Faen nicht, aber ich wusste bereits, dass Feron älter war. Seine Gefühle waren, anders als bei Riven, auf gewisse Weise gedämpft gewesen. Es erinnerte mich an die entspannte Lässigkeit alter Sterblicher, die sich nicht mehr so schnell aus der Fassung bringen ließen wie junge Menschen.

»Nein«, sagte Riven. »Feron ist inzwischen einer der Ältesten von uns.« Jedes seiner Worte kam Silbe für Silbe gedehnt über seine Lippen, als ob er sich nicht entscheiden konnte, ob er meine Frage wirklich beantworten wollte.

»Sag mir wenigstens, ob du älter bist als Nikolai«, sagte ich. Nach nur zwei Tagen war es unübersehbar, dass Riven und Nikolai sich nahestanden. Einen Augenblick lachten sie miteinander, im nächsten stritten sie – sie wirkten beinahe wie Brüder auf mich.

Riven wog seine Antwort ab, bevor er aufstand und sich mir zuwandte. »Nik ist der Ältere«, sagte er, dann trat er mit verschränkten Armen einen Schritt von mir weg.

»Wie viel älter?«, hakte ich nach. Bei Nikolai hielt ich achtzehn ebenso für möglich wie achtzehnhundert.

Riven sah mich lange an, bevor er schließlich wissend grinste. »Nicht mehr wissen als unbedingt nötig«, verwies er dann auf unsere Abmachung. Mehr konnte ich aus ihm in dieser Nacht nicht herausholen.

»Ich kann nicht schlafen«, sagte er dann. »Lass mich den Rest deiner Wache übernehmen.«

Damit ging er davon und ließ mich neben dem Baum sitzen. In den Tagen, die ich Riven inzwischen kannte, hatten wir fast jede Stunde zusammen verbracht, und ich wusste trotzdem noch gar nichts über ihn. Unter der Kapuze des Schattens hatte ich einen Faen enttarnt, der ständig eine Maske trug, die er scheinbar nicht abnehmen wollte.

Der Ritt über den Weg des Weisen war anstrengend. Der gewundene Pass schlängelte sich zwischen den Bergen hindurch, und kalter Wind fuhr von ihren Gipfeln herab. Die Finger, mit denen ich die Zügel hielt, wurden steif, als wir immer höher hinaufstiegen und die Bäume nur noch spärlich wuchsen. Wir trieben unsere Pferde an, bis sie sich weiterzugehen weigerten. Schließlich half ich Syrra dabei, unser Lager aufzuschlagen, während Nikolai unsere Tiere mit einem Elixier versorgte, das sie für den nächsten Tag wieder ausgeruht und kräftig machen sollte. Die beiden flüsterten in der Elfensprache miteinander, aber zu schnell, als dass ich etwas mitbekommen hätte. Riven sagte gar nichts. Falls Syrra und Nikolai das störte, ließen sie es sich nicht anmerken.

Bis wir die Ostseite des Gebirges erreichten, dauerte es drei Tage. Dann sorgte das leichte Gefälle dafür, dass wir die Pferde auf dem schmalen Pfad langsamer gehen lassen mussten. Außerdem waren wir gezwungen, einzeln hintereinander her zu reiten und die Felsbrocken zu umgehen, die von den Hängen heruntergestürzt waren. Riven zügelte sein Reittier neben einem Haufen großer Findlinge. Dann trieb er sein Pferd direkt in sie hinein, und sie verschwanden.

Ich blinzelte verblüfft. Eben war da noch ein Steinhaufen gewesen, und nun tat sich ein schmaler Steig auf, der vom Hauptweg abzweigte und durch eine Spalte in der Bergwand führte. Hier befand sich eine Höhle, die von einem Zauberschein der Faen verborgen worden war. Niemand würde auf sie stoßen, solange er nicht wusste, dass sie sich hinter den Felsen verbarg.

Gerarda würde sie jedenfalls nicht entdecken.

Wir richteten uns in der kleinen Höhle für die Nacht ein. Riven führte die Pferde tiefer in den Berg bis zu einer kleinen Quelle, deren Wasser sich vor der Felswand sammelte. Dort konnten sie sich ausruhen, während wir darauf warten würden, dass Gerarda uns einholte. Ich breitete mein Deckenlager neben einer kleinen Spalte aus, die sich über die Höhlenwand zog, und ich fiel in tiefen Schlummer, kaum dass mein Kopf das dünne Polster meines Schlafsacks berührte.

Als ich einige Stunden später erwachte, hörte ich, wie die drei anderen am kleinen Feuer stritten. Ich blieb still liegen und lauschte, ohne mich zu ihnen umzudrehen.

»Wir drei sind mehr als genug.« Syrras leise Stimme klang verärgert.

»Vielleicht, aber es ist trotzdem ein Risiko«, erklärte Riven. An ihrem ungeduldigen Ton konnte ich erkennen, dass sie schon eine ganze Weile über diese Sache diskutierten.

»Es wäre den Versuch wert, wenn das bedeutete, dass wir dann in Caerth oder Cereliath nicht mehr überrumpelt werden könnten«, gab Syrra zurück.

»Das habe ich schon verstanden«, fuhr Riven sie an.

»Soweit ich gehört habe, ist sie winzig. Ich bezweifle, dass wir dafür zu dritt sein müssten«, sagte Nikolai lauter als die beiden anderen.

Sie redeten über Gerarda.

Jetzt setzte ich mich auf und warf Riven, der sich gegen die Höhlenwand lehnte, einen strengen Blick zu. Syrra saß neben ihm und starrte mich an.

»Ihr werdet den Dolch nicht umbringen«, erklärte ich unumwunden, während ich mir das Gesicht rieb und durchs Haar fuhr. Ich war davon ausgegangen, dass wir dieses Thema bei unserem letzten Gespräch geklärt hatten.

»Und warum nicht?«, fragte Riven in sarkastischem Tonfall.

»Weil selbst dann, wenn euch das gelingen sollte«, sagte ich und verschränkte die Arme, »mindestens sechs Schemen in Caerth auf sie warten. Die werden nicht so einfach zu beruhigen sein, wenn ihre Gebieterin nicht zurückkehrt. Und wenn wir gezwungen sein sollten, sie auch zu töten, dann wird das Arsenal erkennen, dass etwas im Busch ist, noch bevor wir Silstra erreichen. Dabei geht es doch darum, dass uns der König so lange wie möglich nicht bemerkt.«

»Und wenn der Dolch diese Höhle findet?«, fragte Syrra und warf einen Kiesel in die Flammen.

»Wird sie nicht«, gab ich zurück und reckte die Arme über meinen Kopf. »Ihr habt doch gesagt, dass Feron selbst einen Zauberschein über den Eingang gelegt hat. Der wird uns nicht im Stich lassen. Und falls doch – falls sie unser Bündnis entdeckt, werde ich sie selbst erledigen.« Bei meinen Worten sah ich Syrra unverwandt an, damit sie begriff, wie ernst es mir damit war. Zwar *wollte* ich Gerarda nicht töten, würde es aber im Notfall tun.

»Sie hat recht«, sagte Riven nach einer Weile. »Wir können es uns nicht leisten, Aufmerksamkeit auf uns zu lenken.« Er legte sich zum Schlafen hin und wollte keinen von uns mehr ansehen.

Aber ich war noch nicht fertig. Mir war egal, ob er mich hasste oder nicht, aber die Abneigung, die er gegen die Schemen hegte, würde er ablegen müssen, bevor wir das Königreich betraten.

»Gut«, sagte ich und warf einen Kiesel über Rivens Kopf gegen die Wand. »Ich fände es auch problematisch, wenn du ein Heuchler wärst.«

»Ich bin kein Heuchler«, fuhr Riven jetzt wie erhofft auf. Er setzte sich hin, und seine dunklen Augen bedachten mich mit einem Blick, wie ihn ein Wolf für seine Beute zeigte. Aber ich konnte auch ein Wolf sein.

»Ach ja?« Ich schürzte die Lippen. »Hast du mir nicht gesagt, dass du alle Halblinge retten wolltest? Dass du sie als deine *Familie* betrachtest?«

Riven nickte, und seine grimmige Miene ließ die hohen Wangenknochen noch deutlicher hervortreten. Zorn legte einen Schleier über seine violetten Augen, und seine Brust hob und senkte sich heftig.

»Die Schemen sind auch Halblinge«, sagte ich und stand auf. Mir wurde heiß, und mir krampfte sich der Magen zusammen, als ich Rivens angeekeltes Gesicht sah. »Du darfst sie nicht danach beurteilen, was nach dem Willen des Königs aus ihnen geworden ist. Die Schemen wurden nicht als Waffen geboren. Sie wurden nicht als Mörderinnen geboren. Sondern als *Kinder*. Die dann gestohlen wurden. Ihren Eltern entrissen und auf diese gottverlassene Insel verschleppt.« Unwillkürlich ballte ich die Fäuste. Mir brach die Stimme, als ich weitersprach, aber ich weigerte mich, Rivens Blick auszuweichen. »Sie waren Kinder, die vor einer einfachen Wahl standen: überleben oder sterben. Du hast kein Recht, sie danach zu beurteilen, wie sie überlebten. Wenn ihr die Halblinge befreien wollt, dann befreit auch alle.«

Riven runzelte die Stirn. Er sah nicht zu Nikolai und Syrra hinüber, die wie erstarrt auf ihren Deckenlagern saßen. Stattdessen drehte er sich einfach um und legte sich schlafen.

VIERUNDZWANZIG

Syrra polierte eine ihrer Waffen, und die anderen packten ihre Taschen, als ich aufwachte. Schnell sprang ich aus meinem Deckenlager. Gerarda musste an uns vorübergekommen sein, während ich schlief. Unwillkürlich fasste ich nach der Waffe an meinem Gürtel, die sich allerdings in ihrem Futteral neben mir auf dem Boden befand; ich selbst hatte sie am Vorabend dort hingelegt.

Syrra wischte weiter über die Klinge und raunte etwas vor sich hin, bevor sie sich leise an mich wandte. »Ganz ruhig, mein Kind. Wir haben dem Dolch nichts getan.«

Mit zusammengekniffenen Augen betrachtete ich den schimmernden Stahl auf ihrem Schoß. »Nein?«

»Es ist eine gute Angewohnheit, sich vor dem Beginn einer Reise um seine Waffe zu kümmern. Und mehr tue ich nicht.« Syrra unterstrich jedes ihrer Worte mit einer neuerlichen Wischbewegung. »Etwa eine Stunde, nachdem ich meine Wache angetreten hatte, kam der Dolch hier schon vorbei. Ich spürte ihr auf dem Pfad nach. Sie lagerte ein paar Stunden und ritt dann weiter. Jetzt sollte sie uns einen halben Tagesritt voraus sein.«

»Sie wird morgen vermutlich Caerth erreichen«, warf Riven ein, der den Riemen einer Satteltasche festzog.

»Sollten wir noch einen Tag warten? Nur um sicherzugehen, dass wir sie nicht einholen?«, fragte Nikolai, der eine Tasche auf den Rücken seines Pferds legte. »Es wäre alles umsonst gewesen, wenn wir uns in Caerth über den Weg laufen sollten.«

Ich schüttelte den Kopf. »Wir müssen uns zwar nicht mehr so beeilen wie zuvor, aber wir sollten dennoch weiterreisen. Der Beginn der Ernte steht kurz bevor, wir können es uns nicht leisten, auch nur einen Tag zu verlieren.« Die Blätter des Waldes begannen sich bereits zu verfärben, allerdings in anderen Farbtönen als im Königreich. Schwarze Blätter wurden grau, und das leuchtende Karmesinrot der Altenbirken verwandelte sich in das Braungelb dunklen Bernsteins.

»Bist du sicher, dass sie nicht länger in Caerth verweilen wird?«, fragte Syrra zum dritten Mal.

»Nein. Sie denkt, ich wäre ins Königreich zurückgekehrt. Was auch immer sie mir mitteilen wollte, hier kann sie das über unser Netzwerk tun. Sie geht davon aus, dass ich nach Koratha unterwegs bin, und wird daher in Caerth nur kurz übernachten. Wie ich sie kenne, wird sie nur lange genug bleiben, um den Bericht der Schemen zu hören und ein paar Stunden zu schlafen. Im Morgengrauen wird sie aufbrechen.« Gerarda war stolz darauf, dass sie stets sehr schnell unterwegs war; sie zwang ihre Schemen oft, achtzehn Stunden am Tag im Sattel zu sitzen, wenn sie einen Auftrag hatte.

»Wird sie die Schemen denn nicht in Caerth zurücklassen? Damit sie beobachten, ob jemand ihr aus dem *Faelinth* gefolgt ist?«, fragte Riven, der gerade mit dem letzten Pferd aus dem hinteren Bereich der Höhle kam.

»Gerarda reist mit drei Schemenpaaren. Als ich auf der Hinreise durch Caerth kam, waren dort keine stationiert, daher gehe ich davon aus, dass sie einem Paar befohlen haben wird, zur Überwachung in der Stadt zu bleiben. Sie stellen aber keine Gefahr für uns dar.«

Riven erstarrte und ließ die Zügel aus der Hand gleiten. »Du willst sie umbringen?«, fragte er und sah mich mit zusammengekniffenen Augen an.

Ich schüttelte den Kopf und versuchte, mir meine Empörung nicht anhören zu lassen. »Nein. Schließlich geht es darum, *keine* Aufmerksamkeit darauf zu lenken, wo wir sind oder wo wir hinwollen. Wenn wir nach Caerth kommen, werde ich die Schemen aufsuchen. So kann ich herausfinden, was Gerarda im Faenland wollte, und die beiden mit einer Nachricht wegschicken.«

»Du willst dich mit den Schemen in Caerth treffen?«, fragte Riven jetzt. Er legte seinem Pferd den Sattel auf und zurrte ihn mit einer kräftigen Bewegung fest.

»Ja«, sagte ich und bereitete mich auf Widerspruch vor. »Es ist schlauer, sie zu lenken, als sich vor ihnen zu verstecken.«

»Kommt nicht infrage«, erklärte Riven mit einer so entschiedenen Handbewegung, dass sein schwarzes Pferd den Kopf zur Seite schwenkte.

»Ich dachte, wir wären Verbündete?«, fragte ich und merkte, wie mein Blut zu kochen begann. »Bisher bist du bei jeder Gelegenheit gegen mich angegangen.«

»Und das werde ich auch weiter tun, solange du es darauf anlegst, dass wir getötet werden!«, brüllte Riven, und sein Zorn wogte heftig gegen die Wände unseres Unterschlupfs.

»Wir sitzen seit drei *elenden* Tagen in dieser gottverdammten Höhle fest!«, schrie ich zurück und warf die Arme in die Luft. »Wenn ich dich hätte töten wollen, wieso würde ich mir das vorher antun?«

»Selbst *ich* wollte dich nach dem zweiten Tag umbringen«, murmelte Nikolai in sich hinein. Riven warf ihm einen Blick zu und zeigte seine Fangzähne.

»Das reicht«, erklärte Syrra, die ihre Klingen in die dazugehörigen Scheiden schob. Ich nutzte den Augenblick, um mir meinen eigenen Dolch wieder umzuschnallen. Wenn Riven wieder auf mich losgehen wollte, würde ich ihm mit Stahl antworten. »Wir haben uns mit Keera verbündet, *weil* sie die Klinge ist. Wenn wir uns dann weigern, sie entsprechend einzusetzen, ergeben sich daraus nur Nachteile für unsere Mission.«

»Dann wäre das geklärt«, sagte ich und verstaute die Zwillingsklingen auf meinem Rücken. »Zwei Stimmen von dreien ist besser als nichts. Riven, du bist überstimmt.«

»Moment.« Syrra streckte mir die Hand entgegen, und ich konnte dabei die Narben sehen, die bis in ihre Hand hineinreichten. Braune Blätter, die in den sandfarbenen Linien ihrer Handfläche verblassten. Vielleicht war sie die einzige Elfenkriegerin, die es auf der ganzen Welt noch gab. Mir kribbelte die ganze Haut, so sehr wünschte ich mir, meine Ärmel hochzurollen und meine eigenen Zeichnungen zu offenbaren. Ihre stolzen Narben neben meinen – wie auch immer man die bezeichnen wollte. Stattdessen zog ich meinen Ärmel tiefer über das Handgelenk. Syrra würde nicht verstehen, warum ich mir all die Namen eingeritzt hatte, dass ich damit versucht hatte, ein Erbe für mich zu beanspruchen, das ich nie gekannt hatte. Vermutlich hätte sie nur Verachtung für meine billige Nachahmung ihrer Ordensrituale und ihrer heiligen Fähigkeiten gehabt.

Vielleicht stand ich in ihren Augen über einer Sterblichen, aber eine Elfin würde ich niemals sein.

»Ich bin auch der Meinung, dass es besser wäre, die Schemen wegzuschicken«, sagte Syrra ruhig, »aber das heißt nicht, dass ich dir vertraue, mein Kind.« Sie verschränkte die Arme und sah mich an. Ihr Mund bildete wie immer einen geraden Strich.

Ich zuckte die Achseln. Von ihrer Loyalität war ich schließlich ebenso wenig überzeugt. Als Vertrauensbeweis konnte man bisher allenfalls ansehen, dass sie darauf verzichtet hatten, jemanden zu töten.

»Nikolai kann ja mitkommen«, bot ich an. »Und sich überzeugen, dass ich nichts tue, was ich nicht tun sollte.« Ich warf Riven, der das letzte Pferd sattelte, tödliche Blicke zu. An der Art, wie er die

Schulterblätter zusammenschob, konnte ich ablesen, dass ihm der Vorschlag nicht gefiel, aber er ging auch nicht dagegen an.

»Ich?« Nikolai legte sich die Hände auf die Brust. »Was soll ich denn dabei tun?«

»Nichts«, erklärte ich ihm. »Du sagst nichts. Am besten atmest du nicht einmal, wenn es nicht sein muss.« Er schnaubte beleidigt. »Mir ist es ernst, Nikolai«, fuhr ich fort, während ich die übrigen Messer in meinen Gürtel schob. »Du kommst nur deswegen mit, weil Riven denkt, ich müsste überwacht werden. Du bist der Einzige, der als Sterblicher durchgehen könnte.«

»Bekomme ich eine Waffe?«, erkundigte sich Nikolai mit hochgezogenen Augenbrauen.

Ich sah ihn verwundert an. »Weißt du denn, wie man mit einer umgeht?«

»Nicht so richtig«, antwortete er achselzuckend. »Aber das müssen deine Freunde ja nicht gleich wissen.«

»Die Schemen sind nicht meine Freunde«, erklärte ich aus Reflex. »Schemen haben keine Freunde.«

»Ach, und warum wohl nicht?« Nikolai betrachtete seine Fingernägel, aber ich erkannte, dass seine Nonchalance nur gespielt war. Wahrscheinlich, weil Riven ihn beobachtete.

»Weil Freundschaften tödlich sind.«

Die Sonnen gingen unter, als wir die Außenbezirke von Caerth erreichten. Nachdem wir an den ersten Holzgebäuden vorübergekommen waren, wandte Syrra ihr Pferd um; sie sollte zu dem sicheren Unterschlupf reiten, der am Südrand der Stadt gelegen war. Nikolai und ich wollten bis zum Marktplatz weiterreiten und uns auf die Suche nach den Schemen machen. Zum Schutz vor neugierigen Blicken hatten wir uns die Kapuzen tief ins Gesicht gezogen.

Während die anderen Reisemäntel in verschiedenen Farben trugen, hatte ich mir meinen schwarzen Mantel mit der Silberspange umgelegt. Jetzt, da wir uns wieder im Königreich befanden, schien mir beides enger um den Hals zu liegen als zuvor. Ich hustete und schob die Finger unter das Silberschwert an meiner Kehle, um es zu lockern. Riven hatte sich kerzengerade im Sattel aufgerichtet und hielt die Zügel so fest umklammert, dass seine Knöchel hervortraten. Er nickte Nikolai zu, während er mir einen tödlichen Blick zuwarf.

»Wenn du irgendetwas tust, das zu seinem Tod führt, werde ich dich bis ans Ende des Reichs verfolgen.« Ein gefährlicher Sturm tobte in seinen Augen, obgleich er seinen Zorn äußerlich zu bezähmen suchte. Gleichzeitig erkannte ich die Sorge in den violetten Wirbeln – die Befürchtung, dass er seinen Freund vielleicht zum letzten Mal sah.

Ich wandte mich Nikolai zu und erwartete ein mürrisches Grinsen, aber stattdessen sah ich plötzlich Gwyn vor mir. Die Angst, die ich jedes Mal empfand, wenn ich sie allein in den Klauen des Prinzen im Palast zurückließ. Ein kurzes Blinzeln, und Gwyn verschwand. Stattdessen verwandelte sich Nikolai in *sie*. Doch auch ihr Bild verging, verblich wieder in meine Träume, wohin es gehörte.

Abrupt blickte ich mich wieder zu Riven um und drängte die Erinnerungen zurück in die Gruft, die in den dunkelsten Ecken meiner Gedanken verborgen war. Es war so lange her, dass ich es mir gestattet hatte, mir ihr Gesicht vorzustellen oder zu spüren, wie sehr ich sie vermisste.

Als mir der Schmerz bis in die Augen stieg, schluckte ich und fuhr leicht zusammen. Ich weiß nicht, ob es nur geschah, weil ich mich ablenken wollte, oder ob mich die Sorge in Rivens Gesicht dazu trieb, aber ich zog den blutroten Dolch, den ich um den Schenkel geschnallt trug.

Ohne nachzudenken, führte ich die Klinge über die Spitze meines Ringfingers, tief genug, dass das bernsteinfarbene Blut hervortrat. Dann streckte ich die Hand nach Nikolai aus, der neben mir auf seinem Pferd saß, und schmierte ihm das Blut über die Stirn.

»Wenn er durch meine Hand stirbt, dann werde auch ich sterben.« Feron hatte keine Zauberformel oder Eid genannt, als er mir die Geschichte von Calen und seinem Geliebten erzählt hatte, sondern nur erwähnt, dass die Magie des Schwurs im Blut selbst gelegen hatte.

»Ist sie dazu in der Lage?«, fragte Riven an Syrra gewandt. Sie sah mich mit geweiteten Augen an – erst mein Gesicht, dann meinen blutenden Finger.

»Sie hat Elfenblut«, sagte sie leise mit schräg gelegtem Kopf. »Die Halblinge üben sich nicht in Magie, weil man ihnen deren Anwendung nicht zugesteht, aber auch in ihren Adern fließt die Kraft.« Syrra sah zu Riven hinüber. Er verschränkte die Arme und sah mich an.

»Der Blutschwur wird halten«, erklärte Syrra abschließend mit knappem Nicken.

Ich sah Riven abwartend an, aber er wollte nichts mehr sagen und wandte sich um, dann ritt er die Straße hinunter zum geheimen Unterschlupf. Syrra folgte ihm, aber ihr Blick ruhte noch auf meiner Hand, bis ihr Pferd sie an mir vorübertrug.

Nikolai tupfte sich die Stirn mit einem seidenen Taschentuch ab. »Das kann doch nicht hygienisch sein«, brummte er.

»Ich würde ja sagen, dass es mir leidtut«, flüsterte ich und beugte mich etwas weiter zu seinem Pferd hinüber, »aber wahrscheinlich werde ich diesen Trick in Bälde noch einmal bemühen müssen.«

Nikolai warf den Kopf in den Nacken und lachte, dass ihm die Kapuze auf den Rücken rutschte. Nachdem er mir zugeblinzelt hatte, zog er sie sich wieder über und verbarg sein Gesicht in Schatten.

Ich erwiderte sein Lächeln. Hoffentlich würde dieses Blut das einzige bleiben, das in Caerth vergossen wurde.

Mir brannten die Augen, als wir an den kleinen Holztresen des Wirtshauses traten. Die Wände waren zwar sauber gescheuert, aber der Gestank nach Pfeifentabak hing dennoch in der Holzvertäfelung.

Ich spürte geradezu, wie das schale Aroma in meine Kleider einsickerte, und Nikolai hinter mir hustete.

Offenbar war der Name dieser Taverne – Zum Pfeifenraucher – mehr als passend. Bisher war ich bei meinen Reisen nach Caerth noch nie hier abgestiegen, wenn auch eher deshalb, weil das Haus in dem Ruf stand, eine lausige Getränkeauswahl anzubieten. Aber es war auch für seine billigen Preise bekannt. Und während die meisten Leute es als Absteige für Ganoven betrachteten, würde es für Gerarda die beste Möglichkeit darstellen, der Krone etwas Geld zu sparen.

Von daher wusste ich, dass sie die Schemen nirgendwo anders untergebracht haben würde.

»Eure Gesichter brauche ich nicht zu sehen, aber wenn Ihr die Kapuzen aufbehalten wollt, dann brauche ich eine Vorauszahlung«, klang mir eine grobe Stimme von der anderen Seite des Tresens entgegen. Ich reckte mich ein wenig, bis ich zwei braune Augen erkennen konnte, die mich dahinter von unten anblinzelten. Sie gehörten einer vom Alter gebeugten Frau, deren Beine heftig zitterten, als sie auf einen kleinen Hocker stieg und ihr Kopf schließlich über den Tresen ragte.

Bevor Nikolai laut loslachen konnte, trat ich ihm mit dem Hacken auf die Zehen.

»Ich suche die Schemen, die bei Euch abgestiegen sind«, sagte ich der Alten. Sie machte große Augen, bis sie das Silberschwert an meinem Hals bemerkte, das heller als alles andere in diesem Raum durch die Rauchschwaden funkelte.

»Sie sind noch nicht wieder zurück, Gebieterin«, stieß sie wie einstudiert hervor. Die Härte ihrer Stimme hatte sich in ein leises Knarren verwandelt.

»Haben sie gesagt, wann Ihr sie zurückerwarten könnt?«

Die Frau schüttelte den Kopf.

Ich wandte mich mit fragendem Blick zu Nikolai um, der die Achseln zuckte. Wir würden warten müssen. Das würde Riven nicht gefallen, aber die Schemen kannten mich gut genug, um zu wissen, dass ich ihnen nicht nachspüren würde. Schon gar nicht, wenn ich eine lange Reise über einen Bergpass hinter mir hatte. Also durfte ich auf keinen Fall den Verdacht aufkommen lassen, dass irgendetwas anders war als sonst.

Wir würden am nächsten Morgen wieder zu Riven stoßen.

»Dann brauche ich zwei Zimmer.« Damit schob ich einen kleinen Beutel mit Münzen über den Tresen. Mit einer schnellen Bewegung, die ihr Alter Lügen strafte, nahm die Frau ihn an sich. »Wenn die Schemen eintreffen, sagt ihnen, sie sollen beim ersten Morgenlicht hier unten auf mich warten.«

Die Frau nickte, bevor sie mir und Nikolai je einen Schlüssel gab.

»Soll ich einen Krug Wein aufs Zimmer bringen lassen?« Die Wirtin sah mir dabei nicht in die Augen, sondern starrte wieder die silberne Schließe an meinem Hals an.

Mit einem Mal war das Brennen in meiner Kehle wieder da, und meine Hand schloss sich fest um den eisernen Schlüssel. Es war einige Tage her, dass ich zum letzten Mal einen Tropfen von meinem Elixier genommen hatte. Jetzt hämmerte mein Herz so heftig in meiner Brust, dass ich es hören konnte. Nichts hätte ich lieber gehabt als ein wenig Wein, aber ich wusste, dass ich nach Wochen der Enthaltsamkeit nicht nach einem Krug würde aufhören können.

Nikolai legte mir sanft die Hand auf die Schulter, und mit einem Ruck wandte ich meine Aufmerksamkeit wieder der Frau und ihrer Frage zu.

»Das wird nicht nötig sein«, sagte Nikolai unter seiner Kapuze.

Meine Kehle brannte immer noch, aber meine Schultern lockerten sich, als ich seine Worte hörte. Bevor ich weiter darüber nachdenken konnte, rannte ich die Treppe hinauf und stürmte in mein Zimmer. Ich schloss die Tür, lehnte mich dagegen und zerrte an der Spange an meinem Hals. Dann zog ich hastig die Phiole mit der schwarzen Flüssigkeit hervor und ließ einen dicken Tropfen auf meine Zunge fallen.

Von draußen hörte ich, wie Nikolai über den Flur ging und stehen blieb. Ich schloss die Augen und wartete auf sein Klopfen, aber es kam nicht. Endlich vernahm ich, wie er die Tür des Zimmers gegenüber aufschloss und hinter sich wieder zuzog, und dann ließ ich mich an der Tür bis auf den Boden rutschen. Ich hatte Nikolai meine Sucht offenbart. Er war ein viel zu guter Beobachter, um nicht zu erraten, was mit mir los war, und das würde er Riven sagen.

Vielleicht formulierte er schon in diesem Augenblick eine Nachricht: *Tu nichts Dummes … aber wir müssen die Nacht hier verbringen. Und offenbar hat die Klinge eine innige Beziehung zur Flasche.* Ich konnte mir sogar seine übertrieben schnörkelige Handschrift vorstellen, während er seine scherzhafte Bemerkung formulierte. Die Riven überhaupt nicht lustig finden würde.

Erschöpft kroch ich zum Bett und sank darauf zusammen. Ich hatte keine Kleider zum Wechseln, aber das war mir egal. Wenn ich zu der spitzwinkligen Zimmerdecke emporblickte, sah ich dort immer nur Rivens grimmige Miene. Wie er aussehen würde, wenn ihm klar wurde, dass die Mörderin, mit der er sich eingelassen hatte, auch noch eine Säuferin war. Diese Vorstellung saß wie ein Stachel in meiner Brust.

Inzwischen war es nicht mehr mein Verstand, der nach Alkohol verlangte, sondern mein Körper. Es war so lange her, seit er sich dem dunklen Vergessen hatte ergeben können. In dem es zu finster war, um die Geister jener zu sehen, die ich getötet hatte. Und zu kalt für den Schmerz, den diese Wahrheit auslöste.

Aber mehr hatte es auch nie bewirkt. Mit jeder Flasche, die ich leerte, hatte ich ein kurzes Nichts erschaffen, in dem ich ein kleines bisschen freier atmen konnte. Diesen Augenblicken war ich jahrzehntelang hinterhergejagt und hatte zu vergessen versucht, auf wessen Befehl hin ich getötet hatte. Und darüber mein Versprechen, den König zu vernichten, ebenfalls aus den Augen verloren.

So nahe wie jetzt mit diesem Bündnis war ich meinem Ziel noch nie gekommen. Kein Krug der Welt war es wert, unsere Chance, die Herrschaft des Königs zu beenden, aufs Spiel zu setzen – so klein sie auch sein mochte. Entweder würden wir es schaffen und die Halblinge befreien, oder wir würden sterben.

Mir waren beide Möglichkeiten recht.

FÜNFUNDZWANZIG

Nikolai redete im Schlaf. Riven hatte Glück, dass er dabei nichts Interessantes preisgab. Er raunte nur alle paar Atemzüge etwas in der Elfensprache vor sich hin. Allerdings schien er, nach den Worten zu schließen, die ich dabei aufschnappte, ziemlich viel Spaß zu haben. Ich trat kräftig gegen sein Bett und grinste, als er in die Höhe fuhr und sich das Laken über der nackten Brust zusammenraffte.

Er würde wirklich leicht zu töten sein. Selbst die unbedarfteste Schemennovizin wäre dazu in der Lage gewesen.

»Die Sonnen gehen gleich auf«, sagte ich in Elfensprache und setzte mich auf seinen Bettrand.

»Wie bist du hier reingekommen?«, fragte Nikolai und nahm sein Kopftuch ab.

»Ich bin die Klinge des Königs. Glaubst du, da kann ich keine Schlösser knacken?«, gab ich wieder in der Elfensprache zur Antwort. Tatsächlich war ich durchs Fenster eingestiegen. Schon weit vor dem Morgengrauen hatte ich nicht mehr schlafen können, und da hatte ich beschlossen, den Sternen vom Dach beim Verblassen zuzusehen. Und nach den Schemen Ausschau zu halten.

Nikolais müde Bescheidenheit verging mit einem einzigen Gähnen.

Er streckte die Arme in die Höhe, sodass das Laken ihm bis zu den Hüften herunterrutschte. Dabei warf er mir einen schelmischen Blick zu und stand dann splitternackt auf.

Ich rollte mit den Augen. Nikolai lachte leise und nahm seine Hosen, die über dem Stuhl hingen.

»Weißt du, so etwas sehe ich nicht zum ersten Mal«, erklärte ich möglichst gelangweilt, weil ich wusste, dass ich Nikolai damit am besten ärgern konnte.

Er zog sich das Hemd über den Kopf und sah mich erstaunt an. »Du beherrschst die Elfensprache sehr gut«, sagte er in der Sprache des Königs.

»Warum auch nicht?« Ich griff nach seinen Stiefeln und warf sie ihm zu.

Er hielt den Kopf leicht schräg. »Du wurdest vom Orden aufgezogen. Mir war nicht klar, dass man dort die Möglichkeit bekommt, die Elfensprache zu lernen.«

»Ich schon.« Kurz erwog ich, ihm zu sagen, wie genau es dazu gekommen war, aber ich wusste, dass ihn die Wahrheit schockieren würde. Für so ein Gespräch war es noch zu früh am Tag.

»Ihr müsst euch wegen mir nicht in der Sprache des Königs unterhalten«, setzte ich dann hinzu, während Nikolai seine Stiefel schnürte.

»Es ist nicht wegen dir«, sagte er. Obwohl er zu Boden blickte, konnte ich sehen, dass er die Stirn krauste, während er die Verschnürung neu festzog. »Das ist Rivens Idee. Er meint, dass wir weniger auffallen, wenn wir die Sprache der Sterblichen benutzen. Das ist ihm inzwischen zur Gewohnheit geworden.«

Ich nickte. Nikolai hatte die Lippen fest zusammengekniffen. Ganz offensichtlich gab es zu dieser Entscheidung mehr zu sagen, als er mir anvertrauen wollte. Ich gab meiner Neugier nicht weiter nach, dazu war jetzt ohnehin keine Zeit.

»Gehen wir.« Ich öffnete die Tür und wartete auf Nikolai. »Kapuze«, erinnerte ich ihn, bevor er in den Korridor trat. Meine hatte ich bereits über das Gesicht gezogen. Die Zipfel meines Mantels wischten über die Stufen, als wir die Treppe hinuntergingen.

Unten wartete die Wirtin auf uns. Dunkle Schatten lagen um die von Knitterfältchen umgebenen Augen. Sie hatte nicht geschlafen.

»Sie sind nicht gekommen«, stellte ich fest, und obwohl es keine Frage gewesen war, nickte die alte Frau.

»Haben sie ihre Zimmer geräumt?«, erkundigte ich mich.

»Nein, Gebieterin.« Ihr brach die Stimme. »Ihre Wechselkleidung hängt noch immer auf ihrem Zimmer.«

Unwillkürlich spannte ich die Schultern an. Dann warf ich Nikolai schnell einen Blick zu, aber er ging bereits zur Tür.

»Wenn sie zurückkommen, sagt ihnen, dass sie die Taverne nicht verlassen dürfen, bevor ich nicht mit ihnen gesprochen habe«, rief ich der Wirtin über meine Schulter hinweg zu, während ich Nikolai zu den Ställen folgte.

Dort sattelten wir wortlos unsere Pferde; auf die Hilfe des Stallburschen, der in einer der leeren Boxen geschlafen hatte, verzichteten wir. Ich sprang auf meine braune Stute und galoppierte über die Straße hinter Nikolai her. Dabei überließ ich es dem Pferd, den Weg durch die Stadt zu finden, und ließ den Blick zu den Dächern schweifen, in der Hoffnung, irgendwo eine Spur der Schemen zu entdecken.

Nichts.

Mir wurde ganz flau. Es gab nur zwei Gründe, weshalb sie nicht auf ihren Posten zurückkehren hatten können. Entweder waren sie tot. Oder jemand anders war es.

Nikolai führte uns zu einem kleinen Haus im südlichen Teil der Stadt. Das Dach war verblasst, und wie bei vielen der anderen Gebäude in der unmittelbaren Umgebung lief ein Sprung durch die Fensterscheibe an der Vorderseite. Syrra kam nach draußen, als wir uns näherten.

»Was ist passiert?« Meine Stimme klang hart, aber das kümmerte mich jetzt nicht.

»Mitten in der Nacht kam hier ein Kundschafter an.« Sie hielt die Arme hinter dem Rücken, während sie Nikolai einen verstohlenen Blick zuwarf, woraufhin er frustriert den Kopf schüttelte. »Offenbar hatte der Rest unserer Gruppe auf dem Weg Probleme.«

»Die Schemen?«, fragte ich und umklammerte die Zügel so fest, dass meine Knöchel schmerzten.

Syrra nickte.

»Wo ist Riven?«, fragte ich.

»Er ist mit dem Kundschafter zurückgeritten. Ich sollte hier auf euch warten.« Ihre Augen glitten wieder zu Nikolai. Auch ohne die Erfahrung eines Jahrhunderte währenden Lebens verstand ich diesen Blick sofort zu deuten.

»Du meinst, du sollst mich hier ablenken«, zischte ich durch die zusammengebissenen Zähne. Mein Herz raste, mein Blickfeld verdunkelte sich.

Syrra verzichtete darauf, das abzustreiten. Wir wussten beide, dass es stimmte.

»Wo ist Riven jetzt?«, fragte ich wieder.

»Etwa eine Wegstunde zu Pferd entfernt, in Richtung der Berge.« Sie deutete auf ihr Reittier, das schon fertig gesattelt war. Es war ihr klar gewesen, dass sie mich nicht würde aufhalten können, sobald ich herausgefunden hatte, wo die Schemen waren.

»Nicht so, wie ich reite.« Damit spornte ich mein Pferd zu wildem Lauf an und flog den flammend roten Bäumen der Brennenden Berge entgegen.

Die Elverin, die wir in Aralinth zurückgelassen hatten, lagerten neben einem kleinen Bach, nur wenige Schritte von der Straße entfernt. Zwei Halblinge sprangen mir in den Weg, als ich heranpreschte. Ich zog hart an den Zügeln, aber mein Pferd bäumte sich auf und trat einen von ihnen gegen die Brust.

»Geschieht dir recht«, zischte ich, sprang aus dem Sattel und warf dem anderen Halbling die Zügel zu. Die Frau hatte die Augen zornig zusammengekniffen, fügte sich jedoch und hielt mein Pferd fest.

Die anderen bildeten eine Mauer, sodass ich nicht sehen konnte, was oder wer sich hinter ihnen befand.

»Riven!«, brüllte ich und zog die Zwillingsklingen, die ich auf den Rücken geschnallt hatte. »Wenn du noch lebst, hast du drei Sekunden Zeit, um deine Meute zurückzurufen, bevor ich sie erledige.« Ich schwang eine Klinge über dem Kopf und ging in die Hocke. Noch eine Sekunde, und ich würde mit dem Halbling rechts von mir anfangen.

»Lasst sie durch«, befahl Riven. Diesen kalten, verächtlichen Ton hätte ich überall wiedererkannt.

Die Gruppe zog sich zurück. Riven stand an einem kleinen Feuer, und eine Schemin lag gefesselt und geknebelt bei ihm am Boden. Sie hatte bereits ein blaues Auge, und ihr Mund war dick mit Blut verschmiert. Bernsteinfarbene Flüssigkeit durchtränkte ihren blonden Zopf.

»Leg die Waffen weg«, befahl Riven. Seine Stimme war hart und kalt, entzündete aber dennoch ein brennendes Feuer in meiner Brust.

»Was hat das zu bedeuten?« Ich streckte meine Klingen vor mir aus und beugte die Knie. Bei der kleinsten Bewegung würde ich zum Sprung ansetzen.

»Es gab einen Angriff ...«

»Wo ist ihre Partnerin?« Die zweite Schemin war nirgendwo zu sehen. Falls es ihr gelungen war zu fliehen, war unser ganzer Plan zum Scheitern verurteilt.

»Sie ist tot«, verkündete eine gut gelaunte Stimme. Mein Blick glitt über die Elverin, bis er am selbstzufriedenen Lächeln eines Halblings mit sandfarbenem Haar hängen blieb. Collin.

Jetzt waren endlich auch Nikolai und Syrra zu uns herangekommen. Syrra sprang von ihrem Pferd, bevor sie das Tier zum Stehen gebracht hatte, zog ihre kreisrunden Klingen und drängte sich zwischen mich und Riven.

»Was geht hier vor sich?« Nikolai klang viel zu entspannt, als nun auch er vom Pferd glitt.

»Riven wollte mir gerade erklären, wieso seine Kundschafter eine Schemin *getötet* haben«, stieß ich durch die zusammengebissenen Zähne hervor.

Nikolai schluckte. Sein Blick glitt zu Riven.

»Wie ich schon sagte«, Rivens dunkle Augen suchten Nikolai, »es gab einen Angriff. Die Schemen überfielen letzte Nacht die Karawane.«

Die Schemin, die gefesselt am Feuer lag, stemmte sich gegen ihre Fesseln. Durch den dicken Knebel waren die Worte, die sie wütend hervorstieß, nicht zu verstehen.

»Es waren nur zwei«, brüllte ich und deutete auf das winzige Bündel Frau am Boden. »Wenn die Schemen sie angegriffen haben, dann haben sie diese Attacke auf irgendeine Weise provoziert.«

Riven sah Collin an, der auf seine Füße starrte.

Ich richtete meine Klinge auf den jungen Halbling. »Los, raus damit«, befahl ich.

Collin sah Riven an, der nickte. Ich trat näher zu ihm, bis die Spitze meiner Klinge nur noch wenige Zoll von seiner Brust entfernt war.

»Wir haben hier unter den Bäumen gelagert. Ich hatte zusammen mit Tarvelle Wache.« Collin nickte zu einem hochgewachsenen Elfen mit tiefbrauner Haut und grünen Augen hinüber. »Als wir gerade unsere Wasserflaschen am Bach auffüllten, griffen uns die Schemen an.«

Ich schüttelte den Kopf und richtete meine Schwertspitze auf Collins Herz. Sofort nahm ich wahr, wie es zu rasen begann und mit schnellen, abgehackten Schlägen gegen seine Brust hämmerte. »Wieso haben sie euch attackiert?«

Collin zuckte die Achseln. »Weil wir leichte Beute sind? Woher soll ich denn wissen, warum Mörder morden.« Der gehässige Gesichtsausdruck, mit dem er dabei mich bedachte, war nicht zu übersehen.

Jetzt schlug ich nach Collins Kehle. Er fiel nach hinten und stürzte zu Boden, und ein winziger Tropfen bernsteinfarbenen Bluts sammelte sich auf seiner Haut. Ich ließ die Klinge sinken und schob beide Schwerter wieder in die Futterale auf meinem Rücken. Collins Augen glitten zwischen Riven und mir hin und her. Als Riven ihn jedoch nicht verteidigte, rappelte er sich auf und kroch auf allen vieren zur Gruppe der anderen zurück.

Wenn er also nicht bereit war, mir zu antworten, dann musste es eben jemand anders tun. Ich trat zu der Schemin, deren Blicke mich die ganze Zeit verfolgt hatten, und kniete mich vor ihr hin, damit wir auf Augenhöhe waren.

»Weißt du, wer ich bin?«, fragte ich leise. Sie nickte. Ihre Pupillen waren so geweitet, dass ihre Augen schwarz erschienen; aufgrund der Schläge, die sie im Gesicht getroffen hatten, war das Weiße rot geädert. An den dunklen Schwellungen konnte ich erkennen, dass man sie erst gefesselt und dann verprügelt hatte. Schemen schützten um jeden Preis ihre Köpfe: Sie stellten unsere größte Waffe dar.

Ich warf Riven einen Blick zu und wollte ein paar ausgesuchte Flüche hinterherschicken, sah dann aber seinen schuldbewussten Gesichtsausdruck.

»Damit war Schluss, sobald ich kam.« Seine Stimme war so hart wie seine geballten Fäuste. Ich wusste, dass er so etwas nicht noch einmal zulassen würde.

Jetzt wandte ich mich wieder der jungen Schemin zu und machte mich an dem Strick zu schaffen, der sich mit ihrem Zopf verwickelt hatte. »Ich werde dir jetzt den Knebel abnehmen«, raunte ich leise. »Du darfst dann aber *nicht* schreien.«

Sie nickte wieder.

Vorsichtig zog ich erst einen und dann noch einen zweiten Stofffetzen aus ihrem Mund. Das war unnötig und übertrieben hart, aber das hatte es wahrscheinlich auch sein sollen. Collin hatte Rache nehmen wollen, bevor er auch sie umbrachte.

»Wie heißt du?«, fragte ich.

Die Schemin bewegte den Unterkiefer einige Male steif hin und her, bevor sie antwortete. »Alys«, stieß sie dann angestrengt und rau hervor.

»Und deine Partnerin?«

»Elinar.«

»Wieso habt ihr die Halblinge angegriffen, Elinar und du?« Mein Blick glitt wieder zu Collin. Er verschränkte die Arme vor der Brust, die sich bei jedem Atemzug heftig hob und senkte.

»Er hat schlecht von dir gesprochen«, gab Alys zurück.

Ich sah sie verblüfft an. »Von *mir*?«

Sie nickte. »Er sagte, dass es dumm sei, alles zu glauben, was die Klinge sagte ... Dass man niemandem trauen dürfte, der sein Leben lang die eigenen Leute umgebracht hätte.« Sie senkte den Blick.

Sanft schob ich ihr einen Finger unter das Kinn und hob ihren Kopf, bis sie mich wieder ansah. »Was hat er sonst noch gesagt?«

»Dass du sie alle in ihr Verderben locken würdest. Und dass sie dich, wenn sie schlau wären, im Schlaf umbringen würden.« Sie spießte Collin mit ihren Blicken auf und spuckte dann in seine Richtung aus. Zwar hätte ich beinahe über ihre Unerschrockenheit gelächelt, aber eine böse Ahnung breitete sich in meiner Brust aus und nahm mir fast die Luft.

»Also habt ihr diese Leute angegriffen, weil er mich töten wollte?« Mein Auge brannte an derselben Stelle, an dem ihres verletzt worden war. Man hatte sie so zugerichtet, weil sie mir treu ergeben war, und ich hatte noch nicht einmal ihren Namen gewusst. Meine Hände ballten sich zu eisernen Fäusten, so fest, dass sich meine Nägel in die Handflächen bohrten. Ich spürte es kaum. Verglichen mit Alys' Verletzungen oder Elinars Schicksal war das gar nichts.

»Wir haben vermutet, dass du irgendeinen Plan verfolgtest, um den Schatten aus seinem Versteck zu locken. Er gefährdete diesen Plan. Elinar ...« Alys verstummte, und Tränen rannen über ihre Wangen. Ich streckte die Hand in Nikolais Richtung aus, weil ich wusste, dass er ein Taschentuch dabeihaben würde. Tatsächlich schob er mir ohne ein Wort ein kleines, quadratisches Stück Seide in die Hand.

Nach einer Weile sprach Alys weiter. »Elinar und ich gingen in das Wäldchen, um zu baden und ein paar Brennende Blätter für eine Heilsalbe zu pflücken. Dann erschien dieser Trupp auf der Straße, und wir verbargen uns, um ihn zu beobachten. Aber wir hatten nur zwei Schwerter dabei, und das hätte nicht genügt, um sie zu entwaffnen.«

Ich schloss die Augen und versuchte, mir meine Gedanken nicht anmerken zu lassen. Es verstieß gegen die Regeln, dass Schemen sich ohne ausreichenden Schutz irgendwohin auf den Weg machten, aber Alys war jung. Es hätte mich nicht gewundert, wenn sie zur letzten Gruppe Novizinnen gehört hätte, die ihre Prüfungen bestanden hatten. Seitdem waren nur zwei Jahre vergangen, und sie hatte noch nicht genug von der Welt gesehen, um jede Biegung mit Misstrauen zu betrachten.

Und jetzt würde sie auch nichts mehr davon zu sehen bekommen.

Ich zog ein kleines Kästchen aus der Innentasche meines Obergewands. In seinem Innern befanden sich sieben kurze Glaspfeile, die mit einer flammend roten Flüssigkeit gefüllt waren. Eine Vertiefung war leer, da ich in Aralinth bereits einmal ein Schlafmittel eingesetzt hatte. Jetzt zog ich einen weiteren Pfeil heraus und drehte die kleine Phiole zwischen meinen Fingern hin und her.

»Du bist jetzt in Sicherheit«, raunte ich und berührte Alys' Arm mit der Pfeilspitze. Sie runzelte die Stirn. Dann weiteten sich ihre Augen noch mehr und glitten zwischen meiner Hand und meinem Gesicht hin und her. Ich strich ihr mit dem Daumen über die Wange. »Schschsch … Davon wirst du schlafen. Ich werde dir nicht wehtun, und du wirst keine Schmerzen mehr haben.«

Mehr konnte ich nicht für sie tun.

Als sie wieder langsamer und ruhiger atmete, fasste ich wieder nach ihrem Arm.

»Okay«, sagte sie. Ich drückte den Pfeil gegen den Stoff ihres

Ärmels, bis er auch in die Haut darunter drang. Binnen Sekunden erschlaffte ihr Körper und sank gegen meine Schulter. Das Mittel würde sie fast einen Tag bewusstlos bleiben lassen.

Aber so lange würde sie gar nicht mehr leben.

Sanft ließ ich die bewusstlose Alys auf den Boden sinken und sorgte dafür, dass nichts gegen ihre geschwollene Wange oder die blutigen Rippen drückte. Eine lose Haarsträhne hing ihr ins Gesicht, und ich strich sie ihr hinters Ohr. Trotz der Schwellungen sah sie friedlich und sogar jünger aus als zuvor, wie sie jetzt schlafend dalag. Lange Wimpern rahmten ihre Augen ein, die noch unberührt von Fältchen waren, und kleine Sommersprossen bedeckten ihre Nase.

Das Taschentuch, mit dem sie sich die Tränen getrocknet hatte, hielt sie noch immer mit der Hand umklammert. Ich zog es aus ihren Fingern und warf es ins Feuer. Hinter mir holte jemand tief Luft, aber ich hatte jetzt keinen Sinn dafür, mit Nikolai über feine Seidenstoffe zu debattieren. Es gab Wichtigeres zu besprechen.

»Wo ist Elinars Leiche?«, fragte ich Riven und richtete mich zu voller Größe auf. Seine dunklen Augen maßen die bewusstlose Schemin zu meinen Füßen, und ich konnte die Gedanken förmlich sehen, die hinter seiner gerunzelten Stirn vor sich gingen.

»Sie liegt noch am Bach«, antwortete er mit rauer Stimme, während er unverwandt Alys' Gesicht anstarrte.

»Schicke zwei deiner besten Leute hin, um sie zu holen. Und wenn sie nicht ganz vorsichtig mit ihr umgehen, dann schlitze ich ihnen die Kehle auf.« Kurz glitten seine violetten Augen zu mir, bevor er zwei Halblingen in grünen Mänteln einen Wink gab.

»Tut, was sie sagt.« Sie machten sich sofort auf den Weg und drängten sich durch die Gruppe, um zum Bach hinunterzugehen, der hinter uns lag.

»Ich würde die anderen jetzt wegschicken«, sagte ich wesentlich ruhiger, als ich mich eigentlich fühlte.

»Ich werde nicht mit dir kämpfen.« Riven straffte die Schultern, und seine Hand glitt zu seinem Schwert.

»Es geht nicht ums Kämpfen. Aber du wirst nicht wollen, dass alle mitanhören können, was ich jetzt sagen werde.« Ich verschränkte die Arme. Wenn er darauf bestand, dass wir uns vor aller Ohren stritten, dann war ich auch dazu bereit. Aber es war mir lieber, wenn jemand wie Collin nicht dabei war.

Die zwei Leute, die Elinars Leiche hatten holen sollen, kamen zurück und legten die Tote am Feuer neben Alys auf den Boden. Das Gesicht der Schemin war unversehrt, aber ihr Obergewand war blutdurchtränkt. Der Griff eines kleinen Elfenmessers ragte aus ihrer Brust. Wenigstens hatte sie einen schnellen Tod gefunden.

Etwas an ihrem Anblick ließ Riven jetzt munter werden.

»Collin, du ziehst mit deiner Einheit weiter nach Cereliath. Haltet nicht in Caerth an, sondern reitet schnell und zügig voran. Du weißt, wo du auf uns warten musst.« Sein Ton ließ keinen Widerspruch zu.

Collin wollte etwas antworten, schloss den Mund aber schnell wieder, als er Rivens verschränkte Arme und seinen harten Blick sah. Mit einem Nicken schritt er zu den Wagen.

»Tarvelle«, wandte sich Riven nun an den hochgewachsenen Elfen, der Elinar erstochen hatte. »Du bringst die anderen nach Caerth. Dort wartet ihr zwei Tage, dann fangt ihr an, Kundschafter zu den Handelswegen auszusenden, die wir angreifen wollen. Syrra kann dir weitere Anweisungen geben, während du die Pferde sattelst.« Tarvelle nahm diese Befehle mit einer leichten Verbeugung entgegen. Syrra wartete bereits neben einigen Stuten und flüsterte ihm dann die Ortsangaben in Elfensprache zu.

Ich blieb schweigend stehen, bis die Gruppe sich aufgelöst hatte. Meine Zunge brannte wie die Flammen, die in meinem Inneren wüteten und danach drängten, aus mir hervorzulodern. Dann endlich war ich mit Riven, Syrra und Nikolai allein.

Aus meinem Gürtel zog ich eine kleine Klinge. Sie war zwar

kürzer als die meisten Waffen, die ich bei mir hatte, aber eine der schärfsten. Sie würde ein Leben schmerzlos beenden. So schnell, dass das Opfer dabei nicht einmal aus seinem Schlummer erwachen würde.

Ich streckte sie Riven hin.

»Was soll ich damit?«, fragte er und wog die Klinge auf seiner Handfläche.

»Sie darf nicht am Leben bleiben – dazu weiß sie zu viel. Derjenige, der das zu verantworten hat, sollte ihr Leben auch beenden.« Meine Stimme war heiser. Der glühende Zorn brannte weiter in meinem Bauch und füllte meine Lungen mit Rauch. Meine Kehle und meine Augen brannten bei jedem Wort. Alys war in dem Augenblick tot gewesen, als Collin den Mund aufgemacht hatte.

»Meine Elverin haben diese Schemen nicht angegriffen. Ich werde keine Verantwortung dafür übernehmen, dass Collin sich verteidigt hat, auch wenn die Umstände noch so unglücklich gewesen sein mögen.« Riven krauste die scharf geschnittene Nase und presste die Lippen zu einem dünnen Strich zusammen.

»Collin wäre niemals angegriffen worden, wenn er nicht geglaubt hätte, es stünde ihm frei, deine Befehle offen zu missachten«, schoss ich zurück. »Die Elverin sollten doch in Aralinth auf neue Anweisungen warten. Dass sie hierherkamen, war überhaupt nicht vorgesehen.«

Riven umklammerte den kleinen Messergriff so fest, dass ich die Adern auf seinem Handrücken hervortreten sah. »Ich werde mit Collin sprechen, wenn wir in Cereliath eintreffen«, schlug er ruhig vor.

»Collin ist ein Idiot, aber das hier war *nicht* seine Schuld«, sagte ich. Riven wollte protestieren, aber ich schnitt ihm das Wort ab. »Du hast allen, die dir folgen, deine Verachtung für *mich* und dieses Bündnis deutlich gezeigt. Und dann hast du Aralinth verlassen, ohne deinen Leuten auch nur ansatzweise den Eindruck zu vermitteln, du würdest an diesen Plan glauben, oder ihnen zu erklären, weshalb du unserem Pakt überhaupt zugestimmt hast. Dir ging es nur darum, mir und allen anderen zu zeigen, wie sehr du ihn *verabscheutest*. Die Botschaft ist angekommen.«

Ich wandte mich den Flammen zu, als ob ich darauf hoffte, sie würden den Zorn in meinem Innern aufs Neue anfachen können, aber das geschah nicht. Meine Kehle war rau, und mir schmerzte die Brust, während ich versuchte, woanders hinzusehen als zu den beiden jungen Schemen zu meinen Füßen. Von denen eine schon tot war und die andere so gut wie.

Alle Emotionen sickerten aus mir heraus, und nur eine leere Hülle blieb zurück. »Mir ist klar, dass du mir gegenüber deine Vorbehalte hast«, sagte ich leise. »Auch was unseren Plan angeht. Aber wir werden keinen Erfolg haben, wenn jeder Kundschafter und jeder Halbling mit etwas Selbstbewusstsein meint, dass er deine Befehle infrage stellen darf. Hinter verschlossenen Türen darfst du so unsicher sein, wie du willst. Aber vor *denen*«, damit deutete ich zu dem Weg, den der Trupp eingeschlagen hatte, »musst du Entschlossenheit zeigen. Unerschütterlichkeit. Du musst sie *anführen*, Riven, sonst werden wir mehr Tote zu beklagen haben als diese beiden.«

»Erwartest du etwa, dass ich sie im Schlaf ersteche?«, stieß Riven erstickt hervor. Ich wandte mich ihm wieder zu. Die Hand, in der er das Messer hielt, zitterte.

»Würde es dir besser gefallen, wenn wir sie aufweckten, damit sie voller Angst stirbt?« Es lag keine Bosheit in meiner Stimme. Ich wusste, dass es schrecklich war, ein unschuldiges Leben zu nehmen, und dass es nichts gab, um diese Tat für sich selbst auch nur ein kleines bisschen leichter zu machen. Es war an der Zeit, dass Riven das ebenfalls lernte.

Syrra kam ans Feuer und zog einen ihrer eigenen Dolche aus der Scheide.

»Ich kann das übernehmen«, erklärte sie und zog die Mundwinkel nach unten, während sie Riven ansah und auf seine Zustimmung wartete.

»Nein.« Ich streckte abwehrend die Hand vor ihr aus. »Wenn man die Klinge jemand anderem in die Hand drückt, wird der Schmerz nicht geringer, sondern nur größer.« Dann trat ich zu Riven und legte ihm die Hand auf die Schulter. »Dennoch wird dir ihr Tod bis zum letzten Atemzug auf deinem Gewissen lasten. Dafür zu sorgen, dass niemand anders diese Bürde mit dir tragen muss, ist das *Mindeste*, was du tun kannst. Erweise ihr die Ehre, nicht zwei, sondern nur eine Seele heimsuchen zu müssen.«

Riven lehnte sich gegen meine Hand, und seine dunklen violetten Augen suchten meinen Blick. Tränen sammelten sich in einem Augenwinkel, rannen jedoch nicht herab. Stattdessen atmete Riven tief durch und blinzelte. Als er die Augen öffnete, lagen Konzentration und Entschlossenheit darin.

»Sag mir Bescheid, wenn es getan ist«, sagte ich und ließ ihn allein, um sie zu töten.

SECHSUNDZWANZIG

Zwanzig Minuten später kam Riven aus dem Wäldchen. Der leichte Wind blies ihm das lange Haar ins Gesicht, aber er machte keine Anstalten, es zurückzustreichen. Er saß mit ungerichtetem Blick auf seinem Pferd, kerzengerade aufgerichtet und verkrampft. Nikolai und Syrra folgten ihm auf ihren eigenen Reittieren, und Nikolai hielt den Blick fest auf Rivens Rücken gerichtet. Von seinem überheblichen Grinsen war jetzt keine Spur mehr, er kaute vielmehr an seiner Unterlippe. Ich sagte nichts, als er an mir vorüberkam.

»Wir sehen uns im Versteck«, sagte ich zu Syrra, die ihr Pferd kurz neben mir anhielt.

Ihre dunklen Augen ruhten eine ganze Weile auf mir.

»Nur jemand, der diese Bürde schon viele Male zu tragen hatte, hätte erkannt, dass es eine Lektion war, die er lernen musste.« Ihre Lippen bewegten sich kaum bei diesen Worten. Dann sah sie Riven und Nikolai nach, die schon so weit vorausgeritten waren, dass sie klein wie Ameisen schienen. »Wir werden beim Versteck auf dich warten. Halte dich nicht zu lange auf.« Syrra schnalzte mit der Zunge, und ihr Pferd galoppierte davon.

Ich blieb mit den Schemen zurück.

Der Weg zur Feuerstelle war ein Kampf. Meine Stiefel hatten sich in Eisen verwandelt und waren fast zu schwer, um auch nur einen einzigen Schritt zu tun. Als ich die beiden erreicht hatte, ging mein Atem stoßweise. Das Messer, das ich Riven gegeben hatte, ragte aus Alys' Brust, genau wie die Klinge, die das Leben ihrer Partnerin beendet hatte. Elinars Gesicht wirkte so unberührt, als hätte sie ebenfalls geschlafen, als der Tod sie ereilte. Ihr schwarzes Haar war hinter die spitz zulaufenden Ohren gekämmt und breitete sich neben ihr in einer lockeren Spirale aus. Wo ihre Flechten endeten, begann Alys' blonder Zopf.

Im Tod miteinander verbunden, so wie sie es im Leben gewesen waren.

Waren sie Freundinnen gewesen, trotz allem, was der Orden predigte? Mir klang noch in den Ohren, wie Alys um ihre Partnerin geweint hatte, und meine Kehle war so rau, als hätte ich selbst diese Schluchzer ausgestoßen. Erinnerungen, die ich so lange von mir weggeschoben hatte, wollten in meiner Brust aufsteigen, bis mir die Augen brannten. Mein Körper war wie eine leere Hülle, und es gab nichts als Verlust. Das war alles, was ich kannte. Und alles, was ich anderen brachte.

Vielleicht war es gnädig gewesen, Alys zu töten, sodass sie nicht ohne Elinar an ihrer Seite weiterleben musste. Egal, ob sie Freundinnen gewesen waren oder nicht, sie waren alles gewesen, was sie je gehabt hatten. Was sie je gekannt hatten. Nach einem solchen Verlust fühlte sich das Leben nicht mehr wie ein Leben an.

Ich schichtete einen einzelnen Scheiterhaufen auf, so groß, dass die beiden jungen Frauen nebeneinander darauf Platz fanden. Dann hob ich Elinar auf. Sie fühlte sich leicht und schwach in meinen Händen an. Vorher war mir gar nicht aufgefallen, wie klein und zerbrechlich sie war. Anschließend nahm ich Alys.

Ich schlang ihre Zöpfe wieder zu einer Spirale zusammen und schob ihre Hände ineinander. Die Messer steckten immer noch in den Wunden, und ich zog sie nicht heraus. Falls es nach dem Tod eine Gelegenheit zur Rache gab, sollten die beiden zumindest bewaffnet sein. Alle Schemen waren sich darüber im Klaren, dass ihr Leben ein gewaltsames Ende finden würde. Es war eine Ehre zu wissen, dass der Tod mit einem harten Schlag und nicht als Ergebnis von vielen tausend Nadelstichen kommen würde.

Schließlich summte ich eine traurige Melodie, zu der ich den Text nicht wusste. Leise, sanfte Töne, wie das Rauschen nächtlichen Regens. In der Mitte brach ich ab, weil ich mir nicht sicher war, wie das Lied zu Ende ging, und steckte ein Stück Totholz in Brand, das mir als Fackel diente. Damit zündete ich den Scheiterhaufen an fünf Stellen an, so wie Hildegard es für die gefallenen Schemen zu tun pflegte, deren Leichen zum Orden zurückgebracht wurden.

Was mir noch an Stärke geblieben war, schmolz dahin, als ich zusah, wie die beiden jungen Frauen verbrannten. Ich war aus Koratha aufgebrochen und hatte mich auf die Suche nach dem Schatten begeben, um zu verhindern, dass Novizinnen ein frühes Grab fanden. Ich hatte das Bündnis mit Riven geschlossen, um *alle* Halblinge zu retten. Und jetzt war ich noch keinen ganzen Tag zurück im Königreich, und zwei Schemen waren tot. Wie viele Halblinge würden noch sterben, bevor der König starb? Wie viel Blut würde noch an meinen Händen haften?

Im Rauch des Scheiterhaufens sah ich die schattenhaften Gesichter all jener, denen ich das Leben genommen hatte. Die meisten waren unschuldige Halblinge, die nach ihren Namen riefen, die ich in meine Haut geritzt hatte. Viele hundert Tode hatte ich zu verantworten, und mein ganzer Körper brannte, während ich sie alle vor meinem geistigen Auge noch einmal auferstehen sah.

Ihr Flehen um Gnade hallte durch meinen Kopf. Die Schreie der Eltern, die wussten, dass ihre Kinder verschleppt werden sollten. Oder, schlimmer noch, ebenfalls unter meiner Klinge sterben würden. So viele Tode hatte der König befohlen. So viele Leben hatte ich in seinem Namen nehmen müssen.

Ich fiel auf die Knie, und warme Asche bedeckte meine Hosen, als ich schrie. Am liebsten hätte ich vor dem Wald, vor den Geschöpfen, die sich zwischen den Bäumen verbargen, laut geschworen, nie wieder zu töten. Aber das konnte ich nicht. Ich hatte nichts anderes gelernt. Die Zeiten, in denen ich im Namen des Königs mordete, waren vorbei, aber töten würde ich nach wie vor.

Diese Wahrheit senkte sich wie eine schwere Last auf meine Schultern. Meine Stiefelspitzen stießen in den Boden, als ich zu meinem Pferd schlurfte und im Sattel zusammensank. Zu mehr als einem leisen Ruck mit den Steigbügeln war ich nicht in der Lage, aber die Stute fiel auch ohne Führung durch die Zügel in leichten Trott und brachte uns nach Caerth zurück.

Wir erreichten den Rand der Stadt, als die Sonnen gerade untergingen. Ich bog nicht in die schmale Straße, die zu dem Unterschlupf führte, in dem Riven und die anderen warteten. Stattdessen ritt ich die Hauptstraße entlang und hielt nach einem Wirtshaus Ausschau.

Das erste Haus, das nach billigem Bier und vergossenem Wein stank, war mir recht. Der Fußboden klebte, als ich zu einem Tisch hinüberschlingerte und darauf wartete, dass das Schankmädchen zu mir kam. Eine junge Frau mit schwarzen Locken und rot bemalten Wangen erschien schließlich neben mir. Ihr Rock streifte mein Bein, und eine Aschespur blieb auf ihrer Schürze zurück.

Vermutlich hatte sie schon Schlimmeres auf ihrer Kleidung gehabt.

»Ich nehme das Stärkste, was es hier gibt«, erklärte ich und warf einen kleinen Beutel Silbermünzen auf den Tisch. »Und zwar reichlich davon, also bringt Nachschub.«

Ihr Blick ruhte kurz auf dem Geld, dann steckte sie es hastig ein. Etwas später brachte sie ein Bier von so dunkler Farbe, als hätte man die Nacht verflüssigt. Ich hielt die Phiole mit dem *winvra*-Elixier in der Hand. Kurz stellte ich mir vor, wie ich den süßen Tropfen kostete und dann zur Tür hinausging, aber meine Beine wollten das

Gewicht des Schmerzes einfach nicht mehr tragen. Sie brauchten Ruhe. Sie brauchten das Vergessen.

Ich nahm den Becher und leerte ihn in einem Zug.

Als ich erwachte, lag ich in einem Bett. Es war hart, aber besser als der klebrige Fußboden des Wirtshauses, auf dem ich, wie ich mich vage erinnerte, irgendwann zusammengesunken war. Das Zimmer war dunkel und klein. Ich spürte das vertraute Zupfen meines Gewands an meinen Narben und das Gewicht von Decken. Die Stiefel trug ich nicht mehr, aber meine Füße steckten noch in meinen langen Socken.

Als ich den Kopf hob, war es, als ob mir der Schädel platzen wollte. Mir gegenüber zündete jemand eine Öllampe an. Ich schützte mich mit der Hand vor dem Licht und gewahrte dann durch die zusammengekniffenen Lider die Umrisse einer Person. Eigentlich wollte ich fragen, mit wem ich es zu tun hatte, aber stattdessen stieg ein lauter Rülpser aus meinem Magen auf.

»Neben dir steht ein Eimer.«

Ich rollte mich über den Bettrand und erbrach mich in den bereits zum Teil gefüllten Nachttopf.

»Was ist passiert?« Mir war zu übel, als dass mir meine Gedächtnislücke peinlich gewesen wäre.

»Du hast die halben Biervorräte von Caerth vernichtet.« Syrra überschlug die Beine.

So wie ich mich fühlte, mussten es die Biervorräte von ganz Elverath gewesen sein. Ich wischte mir den Mund ab. »Sind wir in eurem Unterschlupf?« Die Vorhänge waren zugezogen, und ich nahm dahinter kein Sonnenlicht wahr. Wir hätten überall sein können.

»Nein«, antwortete Syrra.

Ich massierte meine Schläfen. »Wieso nicht?«

»Weil ich mir dachte, dass es dir nicht recht wäre, wenn Riven dich in diesem Zustand sähe. Oder Nikolai.«

Ich öffnete den Mund und wollte etwas sagen, aber die Worte

fielen mir nicht ein. Welchen Grund hatte Syrra, mir so viel Freundlichkeit zu erweisen? Bisher hatte ich kaum Anstrengungen unternommen, mich bei ihr beliebt zu machen.

Wieder musste ich mich übergeben, und Syrra hielt mir ein feuchtes Handtuch hin.

»Warum?« Meine Kraft reichte nur für ganz kurze Fragen.

Syrra stand auf und starrte in die kleine Flamme des Öllämpchens. Fast wäre mir wieder übel geworden, bevor sie antwortete.

»Ich kenne den Schmerz, den du empfindest.« Sie blickte immer noch in das kleine Licht.

Ich wischte mir den Mund erneut ab. »Das glaube ich nicht.«

»Nein?« Syrra schnaubte. »Ich habe schon Jahrtausende gelebt, *ikwenira*. Schon lange, bevor dein König diese Gestade erreichte. Bevor die Magie aus der Erde sickerte. Zu Zeiten, als mein Volk frei war und in Frieden lebte. Seine Tage damit zubrachte, sich im Wettstreit zu erproben und zu lachen und sich unter den Sonnen zu lieben.« Ein Kratzen schlich sich in Syrras Stimme, und sie hustete.

»Ich musste mit ansehen, wie alles verging. Wie mein Volk starb. Wie meine *Familie* zugrunde ging, als sie gegen den König kämpfte, dem du dienst, in dem Wissen, dass ich zu machtlos war, um es zu verhindern. Diese Schuld habe ich eine ganze Weile mit mir herumgeschleppt. Auch ich habe sie mit mehr als nur Alkohol erstickt. Mit allem, was mir diesen Schmerz ersparte. Die Erinnerungen. Die Entscheidungen, die ich getroffen hatte. Und die ich nicht rückgängig machen konnte.« Syrra goss Wasser aus dem Krug auf dem Waschtisch in ein Glas und schob es mir hin.

»Ich will nicht so tun, als wüsste ich, welcher Schmerz genau dich quält. Aber ich weiß, wie schwer er ist. Und daher werde ich dich nicht dafür verurteilen, auf welche Art du ihn für dich leichter erträglich machst.« Ihre dunklen Augen sahen zu mir herab. Es lag keine Freundlichkeit in ihnen, kein Hauch der Wärme, die in ihnen leuchtete, wenn sie Riven oder Nikolai ansah. Aber es lag auch keine Ablehnung darin.

Ich spürte, wie meine Schultern sich entspannten, und lehnte mich gegen das Kopfteil des Bettes.

»Was aber, wenn der Schmerz zu stark wird? Wenn er mich zermalmt?«, flüsterte ich. Diese Fragen hatte ich bisher nur mir allein gestellt.

»Wird er nicht«, erklärte sie lapidar. Die Bestimmtheit in ihrer Stimme verwunderte mich. »Wenn der Schmerz zu stark wäre, hättest du ihm bereits ein Ende gesetzt.« Ihr Blick durchdrang mich, und ich fragte mich, ob sie etwas von dem Geheimnis erspäht hatte, das ich unter meiner Kleidung verbarg. Ich zog die Bettdecke etwas höher.

Ihre Worte reizten meine Augen, bis sie brannten. Ich blinzelte die Wahrheit weg. »Ich habe diese Art von Erleichterung nicht verdient.«

»Das Gewicht, das auf dir lastet, ist nicht deine Strafe, Keera. Es ist dein Herz. Eines Tages wird es aufhören zu bluten.«

Syrra packte den Stoff ihres Hemds und ballte die Hand zur Faust. Über ihrem eigenen zusammengeflickten Herzen.

»Ich habe kein Herz mehr«, sagte ich leise. »Es wurde zu Stein an dem Tag, da ich meine Prüfungen bestand.«

»Heute sah ich aber eine Frau«, sagte Syrra, »die noch immer an andere denkt. Sehr sogar. Mag sein, dass Schmerz dich erfüllt, aber es gibt noch immer Dinge, die dir wichtig sind.«

Ich verzog das Gesicht. »Die Klinge zu sein?«

»Die zu sein, die du sein musst, um deine Aufgabe zu erfüllen.« Aus ihrem Mund klang es so einfach.

Den Kopf gegen die Wand gelehnt, starrte ich auf die dunklen Dachbalken, bis mir die Holzfasern vor Augen verschwammen.

»Ich bin zu kaputt für meine Aufgabe.« Ich ließ den Kopf auf eine Schulter sinken und kniff die Augen zu. Die Narben fühlten sich scharf an, nicht wie das Messer, mit dem ich sie geritzt hatte, sondern wie die gezackten Ränder gesplitterten Glases. Ich bestand aus vielen Bruchstücken, und scharfe Kanten bohrten sich mit jeder Bewegung in mich hinein. Mit jedem Atemzug.

»Eine zerbrochene Klinge kann wieder neu geschmiedet werden und ganz sein.« Syrras Stimme klang schwer. Zum ersten Mal hörte ich die vielen Lebensalter hinter ihren Worten.

»Wie?«, fragte ich, und wieder brach mir die Stimme, so sehr dürstete ich nach einer Antwort.

Syrras Lippen zuckten, dann streckte sie mir die Hand hin, um mir aus dem Bett zu helfen. »Den König zu töten, wäre schon einmal ein guter Anfang.«

SIEBENUNDZWANZIG

Die Morgenluft war frisch und brachte den Duft feuchter Erde mit; die ersten gefallenen Blätter begannen zu vermodern. Längst brannten die Sonnen nicht mehr richtig heiß auf meinem Rücken, nicht einmal, wenn sie ganz hoch am Himmel standen. Inzwischen hielt ich meinen Mantel die meiste Zeit über fest um mich geschlungen, um mich gegen die kühle Brise zu wappnen, die auf unserem Weg ein ständiger Begleiter geworden war.

Der Herbst kam sehr schnell. Bis zur Tag- und Nachtgleiche waren es nur noch zwei Wochen, dann würden die Erntefeste beginnen. Silstra beging diesen Tag traditionell damit, dass man mit Korn und Gemüse voll beladene Kähne über die Drei Schwestern schickte – Elveraths Vorräte für den Winter. Bis dahin mussten wir den Damm gesprengt haben, damit unser Plan aufging. Das war allen in unserer Gruppe bewusst. An den meisten Tagen ritten wir so gut es ging mit stetiger Geschwindigkeit dahin. Geredet wurde kaum, und wenn, dann nur unter den drei anderen.

Nikolai genoss meine Gesellschaft, weil ich wohl eine Abwechslung zu den Gefährten bot, mit denen er offensichtlich bereits sein ganzes Leben verbracht hatte. Ganze Leben, soweit ich wusste.

Am fünften Tag erreichten wir ein so kleines Dorf, dass es nicht einmal einen Namen hatte. Es bestand größtenteils aus einem einzelnen großen Hof, auf dem die meisten hier ansässigen Menschen und Halblinge arbeiteten. Die verstreut liegenden Häuser waren abgewirtschaftet; es fehlten Schindeln auf den Dächern, und viele Glasscheiben waren gesprungen. Das machte allerdings wenig aus, da die Fenster so dick mit Staub überzogen waren, dass man ohnehin nicht hätte hindurchsehen können.

Riven und ich überließen es den beiden anderen, unser Lager aufzuschlagen. Wir wollten unsere Vorräte ergänzen, um bis Cereliath versorgt zu sein. Ich hatte allerdings auch deswegen losziehen wollen, weil Victoria vor einigen Jahren ein kleines Refugium in diesem Dorf aufgebaut hatte, das ich mir ansehen wollte. Riven wiederum hatte darauf bestanden, mich ständig im Auge zu behalten.

Wir schritten schweigend aus dem kleinen Wäldchen, in dem wir Syrra und Nikolai zurückgelassen hatten. Zu Fuß war es zwar ein langer Weg bis ins Dorf, aber unsere Pferde brauchten die Rast nötiger als wir. Riven marschierte hinter mir her, während ich absichtlich langsam voranging. Ich konnte spüren, dass er sich bei jedem Schritt mehr über mich ärgerte, und ich grinste in mich hinein. Wenn er es darauf anlegte, mir auf dieser Reise auf die Nerven zu gehen, konnte ich das schon lange.

Im Dorf angekommen, stießen wir schnell auf den Markt – er bestand aus einer Ansammlung von Händlerkarren, die entlang der einzigen Straße aufgestellt waren. Ich kaufte etwas Gemüse, das bereits recht welk war, und Riven legte sich mit einem Metzger an, weil er sich über das geringe Angebot beschwerte. Während sie sich stritten, tat ich so, als ob ich mich für den Wagen mit Schmuck interessierte.

Eine der anderen Händlerinnen sagte Riven, dass es im Wirtshaus Pökelfleisch zu kaufen gäbe, wenn man bereit war, etwas tiefer in die Tasche zu greifen. Er nickte der Frau unter seiner Kapuze kurz zu und ging zur besagten Taverne hinüber.

Ich nutzte die Gelegenheit und rannte schnell die Straße entlang, in der sich Victoria zufolge das Refugium befinden sollte.

Es war nichts Großartiges. Wahrscheinlich hätte ich es übersehen, wenn ich nicht von seiner Existenz gewusst hätte – eine kleine Hütte, die sich an ein Nebengebäude kuschelte. Das Dach bestand aus Leinenfetzen und Abfallholz. In den Sommermonaten mochte es reichen, um die Bewohner vor den heißen Sonnen zu schützen, aber im Winter ließ es sich vermutlich kaum warmhalten.

Die in die Steinplatten der Zuwegung gravierte Rose war schon so verwittert und abgetreten, dass niemand außerhalb unserer Untergrundvereinigung sie als Zeichen eines Refugiums erkannt hätte. Aber das war vielleicht auch gut so. Ich betrat das Haus durch eine Öffnung in der Mauer, von der ich vermutete, dass sie früher einmal von einer Tür verschlossen gewesen war. Es gab keinen Fußboden, nur festgestampfte Erde, und in einer Ecke stand ein kleiner Ofen mit vier Stühlen drum herum.

Keine Betten. Nichts zu essen.

Auf einem der Stühle saß eine Frau, die ihre Zehen zum Feuer streckte. Ihre langen, gerundeten Ohren ragten aus ihrem schütteren weißen Haar hervor, durch das man die rosa Kopfhaut sah. Sie reckte den Hals, als ich durch die Tür schlüpfte. Ihre schwerlidrigen Augen waren von Fältchen eingerahmt, die so tief waren, dass sie wie Narben wirkten. Vielleicht waren sie das auch.

»Hallo«, sagte ich vorsichtig; ich war mir nicht sicher, ob sie mich hören konnte. »Ich suche die Hüterin dieses Hauses.«

Die Halblingfrau sagte nichts. Aber sie nickte langsam, ohne dabei den Kopf zu heben, und griff nach dem Stock, der an ihrem Stuhl lehnte. Kurz dachte ich, sie würde mit seiner Hilfe aufstehen wollen, obwohl ihre Beine unter ihrem Gewicht nachzugeben drohten, aber sie beschränkte sich darauf, den Stock zu schwenken.

An sein Ende war ein Glöckchen gebunden, das nun läutete. Ein leises, aber vernehmliches Geräusch in dem staubigen und leeren Dorf.

Durch den Hintereingang der Hütte kam nun eine Frau herein, die sich das rote Haar am Hinterkopf zusammengebunden hatte. Sie war jünger, vielleicht sogar eine Sterbliche; die bleiche Haut auf ihrem Nasenrücken schimmerte rot. Wie bei den blassen Sterblichen, deren Haut sich rötete, wenn sie zu lange im Schein der Sonnen gewesen waren.

»Wrae? Was ist denn …« Jetzt hatte sie mich gesehen und hielt inne. »Kann ich Euch helfen?«, fragte sie und richtete sich gerade auf. Ihr Blick glitt zur Tür hinter mir.

»Ich suche nach der Hüterin dieses Hauses«, sagte ich noch einmal.

»Ihr habt sie gefunden«, erwiderte sie langsam und schob sich den Korb mit sauberer Wäsche auf der Hüfte etwas höher.

Mit einem Lächeln zog ich den Rosenanhänger hervor, den ich unter meinem Hemd verborgen trug. Sie warf einen Blick darauf und entspannte sich sichtlich.

»Oh, verstehe«, flüsterte sie erleichtert. »Erst dachte ich, du würdest zu diesen Schemen gehören.«

»Waren sie hier?«, fragte ich.

»Ja. Aber sie sind nur durchgeritten. Ich glaube nicht, dass sie nach Halblingen suchten.«

Natürlich. Gerarda würde auf ihrem Weg zurück in die Hauptstadt diese Straße genommen haben.

Ich versuchte, ganz beiläufig zu klingen. »Wie lange ist das her?«

»Sechs Tage, glaube ich.« Sie stellte den Korb auf einen Stuhl und begann die Wäsche zusammenzulegen. »Sie haben nicht viel gemacht. Haben im Gasthaus übernachtet, was gegessen, und dann sind sie wieder zurück zur Stadt.«

»Nach Cereliath?«

»Ja«, sagte sie.

»Wie viele waren es?« Die Antwort wusste ich schon, aber ich fragte trotzdem.

»Vier.« Ich nickte. Gerarda war sicherlich im Gasthaus geblieben und hatte gewartet, bis ihre Schemen frische Vorräte besorgt hatten.

Ich sah wieder zu der Halblingfrau. Sie war inzwischen auf ihrem Stuhl eingeschlafen, hatte das Kinn auf die Brust sacken lassen und nickte im Rhythmus ihrer pfeifenden Atemzüge mit dem Kopf.

»Kümmerst du dich noch um andere?«, fragte ich.

»Im Moment nicht«, gab sie zurück. »Normalerweise nutze ich das Geld, das ich erhalte, um die Leute in einer größeren Stadt unterzubringen. In Cereliath oder Silstra. Dort kann man leichter untertauchen.«

»Und sie?« Ich nickte zu der schlafenden Wrae hinüber.

Die Frau lächelte. »Sie ist dem Großbauern oben an der Straße verpflichtet. Aber sie ist zu alt, um noch nützlich zu sein, deswegen kümmert es ihn nicht, dass sie hier ist. So ist er seine Verantwortung los, und ich kann sichergehen, dass niemand auf komische Gedanken kommt, was sie angeht«, setzte sie düster hinzu. Viele Halblinge wurden ausgemustert, wenn ihre Besitzer zu dem Schluss kamen, dass ihr Unterhalt mehr kostete, als ihre Arbeitskraft einbrachte. Manchen wurde verboten, ihre Häuser zu betreten. Anderen rammte man ein Messer in die Seite und ließ sie irgendwo liegen.

Die Frau streckte mir nun die Hand entgegen. »Ich heiße übrigens Emeline.«

Ich schüttelte ihre Hand, nannte selbst aber keinen Namen.

»Ich bekomme nicht oft Besuch«, sagte sie nun und wandte sich wieder ihrer Wäsche zu. »Allerdings gibt es auch wenige, die meiner Hilfe bedürften, von daher ist das nicht überraschend.«

Nun zog ich einen kleinen Beutel mit Goldmünzen hervor. Es war weniger, als ich normalerweise gab, aber ich hatte nicht mehr bei mir; ich musste meine Geldmittel dringend wieder aufstocken, wenn wir Cereliath erreichten.

»Du wirst vielleicht noch mehr erhalten«, sagte ich und warf ihr die Börse in den Wäschekorb. Sie versteckte ihn schnell zwischen den zusammengelegten Laken. »Wir versuchen, so viele Halblinge wie möglich nach Westen zu verlegen. Falls also welche hier auftauchen, versuche, sie nach Caerth zu bringen.«

»Caerth?«, flüsterte sie. »Das ist doch nicht viel größer als unser Dorf. Dort werden sie sich nur schwer verstecken können.«

»Sie werden nicht dort bleiben.«

Emelines blaue Augen weiteten sich, als sie verstand, was ich damit andeutete. Die meisten Sterblichen verließen kaum je die Stätten ihrer Geburt, und ins Land der Dunkelfaen reiste man schon gar nicht.

»Werden sie in Sicherheit sein?«, fragte sie in verängstigtem Flüsterton.

»Sicherer als jetzt unter dem König.«

Wrae wurde ruckartig wach und brachte ihren Stuhl dabei so ins Wanken, dass ihr Stock zu Boden rutschte und das Glöckchen an seinem Ende laut klingelte.

»Ich nehme das als Zeichen, um mich zu verabschieden«, sagte ich. »Halte dich bereit.«

Unauffällig trat ich aus der kleinen Hütte wieder auf die Straße. Ich war noch keine zwei Schritte weit gekommen, als Riven aus einem Gässchen marschierte und mich am Arm packte.

»Was machst du hier?«, flüsterte er mir so harsch ins Ohr, dass ich ihn nicht nur hörte, sondern auch seinen heißen Atem wahrnahm.

»Ich versuche mich daran zu erinnern, wieso ich dich noch nicht erstochen habe«, gab ich zurück.

Er verstärkte den Griff um meinen Arm und drückte so fest zu, dass es bis auf den Knochen ging. Ich fauchte ihn an, und er trat erschreckt zurück und ließ los. Dabei zeigte ich meine Fangzähne nur selten. Im Orden lehrte man jene, die welche besaßen, sie zu verbergen. Fangzähne waren ein Zeichen von Unreinheit.

»Ich werde nicht zulassen, dass du dich mit irgendwelchen Fremden versteckt triffst, ohne dich zu erklären«, fuhr er mich zur Antwort an und ließ die eigenen spitzen Eckzähne sehen. Glücklicherweise waren keine Dorfbewohner in der Nähe.

Ich schnaubte. »Wie war das? *Nicht mehr wissen als unbedingt nötig?*«

»Ich muss sichergehen, dass du uns nicht verraten hast.« Seine Stimme war tief und knurrend.

Ich schüttelte den Kopf und drängte mich an ihm vorbei; mir war klar, dass er mitten im Dorf keine Szene machen würde. Dieses Gespräch konnte warten, bis wir wieder unterwegs waren. Aber ich spürte seinen Blick durchdringend auf meinem Hinterkopf, als wir ohne ein weiteres Wort durchs Dorf gingen.

Sobald die Häuser hinter uns lagen, überholte er mich und stellte sich mir in den Weg.

»Wer war diese Frau?«, fragte er in giftigem Ton.

Ich sah ihn verwundert an. »Du hast sie gesehen?«

»Ja.« Seine violetten Augen glitten über mein Gesicht. Er war so nahe, dass ich jedes Mal, wenn er ausatmete, einen leichten Lufthauch spürte. »Und ich habe auch gesehen, dass du ihr etwas gegeben hast. Eine Nachricht für den König?«

»Was brauchst du denn noch, damit du mir glaubst?«, schrie ich und raufte mir das Haar. »Ich will, dass der König vernichtet wird. Mehr sogar noch als du.« Wie konnte er daran zweifeln? Nach dem, was in Caerth geschehen war? Die beiden Schemen waren ohne Grund gestorben. Die Schuldgefühle waren wie Dornen, deren Kratzer schwärten und eiterten, wann immer ich sie zu ersticken versuchte. Ich konnte es nicht mehr. Ich hatte viel zu viele Dornen meine Haut zerfetzen lassen. Jetzt wollte ich den Schmerz nicht mehr aushalten. Ich musste meine Wunden versorgen, damit mein Körper nicht länger von innen verfaulte.

Riven wandte sich ab; offensichtlich wollte er sich dieser Situation jetzt, da die Spannung zwischen uns immer größer wurde, wieder entziehen und den Rückzug antreten, so wie er es auch als Schatten stets getan hatte. Diese Verkleidung hatte ich ihm inzwischen aber schon genommen, und ich wollte ihm auch keine Flucht mehr gestatten. Ich packte ihn am Arm.

»Nein«, sagte ich und schlug ihm das Handgelenk nach unten. »Ich habe es satt, hier ständig im Kreis zu laufen und mir deine Sticheleien und Gehässigkeiten anzuhören. Wir sind allein. Kein Nikolai, der dich beruhigt, und keine Syrra, die zwischen uns vermittelt. Was kotzt dich mehr an – dass ich dich *besiegt* habe oder dass du mich *brauchst*?«

Seine violetten Augen blitzten, und er tat einen Schritt auf mich zu.

»Mir ist scheißegal, dass du mich besiegt hast«, sagte er so dunkel und langsam, als ob er mich gerade in eine Falle locken wollte. »Mir gefällt es nicht, dass du nach den langen Jahren, die du dem König gedient hast, nun einfach so *beschlossen* hast, damit aufzuhören. Nachdem du ihm so lange gehorcht hast, ohne Reue oder Schuldgefühl gegenüber jenen, die du verletzt hast, wirfst du diesen schwarzen Mantel jetzt einfach so beiseite und wechselst die Seiten. Soll mich das vielleicht beeindrucken? Soll ich dir vielleicht dafür danken, dass du uns hilfst? Was geschieht, wenn das alles vorbei ist? Wirst du dich dann für *deine* Verbrechen verantworten?« Sein Atem fuhr heiß über meine Wange, und ich fühlte, wie sich seine Brust hob und senkte.

»Das ist es also, was du denkst?«, fuhr ich ihn an, ohne auch nur einen Schritt zurückzuweichen. »Dass ich dem König die ganze Zeit über gern gedient habe? Glaubst du, ich genieße mein Leben, in dem Wissen, dass ich mit Blut dafür bezahle? Mit Halblingblut! Mit dem Blut *meiner* Leute.« Riven biss sich auf die Unterlippe, und beinahe ritzten seine Fangzähne dabei die Haut. Seine scharf geschnittenen Wangenknochen waren mir so nahe, dass ich mich daran hätte verletzen können, aber ich wollte mich nicht von der Abscheu einschüchtern lassen, die in seinen Augen lag.

»Willst du wissen, wer diese Frau ist?«, fragte ich ihn und ließ ihm vor Zorn keine Zeit für eine Antwort. »Sie leitet ein Refugium für Flüchtlinge. Sie hilft dabei, Halblinge vor dem König zu verstecken. Vor den Schemen. Ich wollte sie sehen, weil ich ihre Arbeit unterstütze und ihr Geld dafür gebe.«

Riven sah mir prüfend ins Gesicht, als wollte er die Wahrheit hinter meinen Worten herausfinden. »Du kennst die Rosenstraße?«, flüsterte er ungläubig.

Also wusste er von den Flüchtlingen? Ich konnte mir das überlegene Grinsen nicht verkneifen.

»Ob ich sie kenne?« Unverwandt sah ich ihn an und zog dann mit einem Kopfschütteln den Bronzeanhänger unter meinem Hemd hervor. »Ich habe sie gegründet.«

Riven betrachtete prüfend mein Gesicht und ließ seine Augen auf meiner Unterlippe ruhen. Ganz kurz musste ich an unser zweites Duell denken. Wie er mich gegen die Mauer gedrückt hatte und ich davon ausging, dass mein letztes Stündlein geschlagen hatte, bis ich dann seine Lippen auf meinen fühlte. Mir stockte gespannt der Atem. Würde er es wieder tun? Würde ich es zulassen?

Nach einer langen Pause trat er einen Schritt zurück und senkte den Blick. »Das habe ich nicht gewusst«, sagte er leise.

»Du hast auch nicht gefragt.« Ich schob den Anhänger wieder unter das Hemd.

Er sah mich an und schürzte die Lippen. »Da hast du recht.« Damit wandte er sich um und ging den Weg zurück.

»Und nur fürs Protokoll«, rief ich ihm nach, auch wenn ich nicht wusste, wieso ich eigentlich das Bedürfnis verspürte, mich weiter zu rechtfertigen. Wieso mir überhaupt wichtig war, was er über mich dachte. Riven wandte sich zwar nicht um, aber er blieb stehen und wartete auf meine nächsten Worte. »Ich habe nicht ein Leben mehr beendet, als ich unbedingt musste. Wenn die Krone fällt und ihr mich für die Toten, für die ich verantwortlich bin, zur Rechenschaft ziehen wollt, werde ich euch nicht daran hindern. Jedes Leben, das ich nicht verschonen konnte, lastet auf mir. Du musst mir nicht sagen, dass ich für all diese Tode eines Tages geradestehen muss. Das weiß ich schon.«

Damit drängte ich mich an ihm vorbei. Es interessierte mich nicht mehr, weiter über den Hass zu sprechen, den er für mich empfand. Mein Hass reichte für uns beide.

ACHTUNDZWANZIG

Riven hielt sich auf dem ganzen Rückweg hinter mir. Mir war gleich, wie weit er zurückblieb; weder verlangsamte ich meinen Schritt noch drehte ich mich nach ihm um. Der ausgetretene Pfad, der vom Dorf wegführte, bog allmählich zur Königsstraße nach Cereliath ab. Ich verließ ihn daher und trat auf das weiche Gras der Lichtung. Ein sanfter Wind fasste in mein Haar und fing sich in den Zipfeln meines Mantels; er brachte einen leichten Hauch von *winvra* und Weizen mit.

Die Sonnen hatten ihren Zenit längst überschritten, und bald würde die Dämmerung hereinbrechen. Mein Magen knurrte laut. Schließlich erreichte ich das kleine Wäldchen, in dem Nikolai und Syrra auf uns warteten. Der Wald war grün, schön anzusehen, aber nach meiner Zeit im Faenland fühlte es sich an, als ob ihm etwas fehlte. Ich vermisste die metallisch schimmernden Blätter und die ungewöhnlichen Farbkombinationen des Laubs.

Schließlich stieß ich auf das halb errichtete Lager. Ein Haufen Holz lag mitten auf einer kleinen Lichtung. Unsere Taschen waren wie üblich in einem Kreis um die spätere Feuerstelle ausgelegt, aber Nikolai und Syrra waren nirgendwo zu sehen.

Erst, als ich mich bückte und in meiner Tasche nach etwas zu essen suchte, fiel es mir auf. Drei unserer Pferde waren an den Bäumen festgebunden, aber die Zügel des vierten hingen lose herab. Eine von Syrras kreisrunden Klingen lag neben den Hufen des Tiers.

Niemals hätte Syrra ihre Waffe so achtlos herumliegen lassen.

Sie mussten verschleppt worden sein.

Ich zog mir den Mantel über die Schultern und duckte mich, dann schloss ich die Augen und lauschte so konzentriert wie möglich. Da war der stete Rhythmus von Rivens Herzschlag, der hinter mir über die Lichtung kam. Im Westen hörte ich fließendes Wasser; vermutlich eine Quelle, nach dem kühlen, frischen Geruch zu urteilen, der in der Luft hing. Im Osten nahm ich leises Gemurmel wahr.

Ich schlug die Augen wieder auf und wandte mich in diese Richtung, wobei ich alle paar Schritte stehen blieb und auf Stimmen und Herzschläge lauschte. Die Geräusche wurden lauter, als ich mich wie eine Wildkatze auf der Suche nach Beute zwischen den Bäumen entlangschlängelte. Auf einem Fleck feuchter Erde entdeckte ich Fußabdrücke. Sie waren frisch und schimmerten nass, waren aber von vielen anderen Spuren durchzogen. Es waren mindestens zehn Gegner gewesen.

Vorsichtig kroch ich am Fuß eines kleinen Bergrückens entlang. Zwischen den Bäumen, von dichtem Buschwerk verborgen, lag ein großer Stein. Ich lehnte mich dagegen und lauschte.

»Ein Halbling – und ein Elf!«, rief eine harsche Stimme. »Das wird uns in der Hauptstadt niemand glauben. Stellt euch bloß mal vor, wie viel Zaster uns dieses Geschöpf einbringen wird.« Mehrere Stimmen brachen in lautes Gelächter aus. Ich prüfte die Festigkeit einer Wurzel, die sich um den Felsbrocken schlang. Sie würde halten. Mit einer schnellen Bewegung schwang ich mich auf den Stein und spähte dann über die Kante nach unten. Dort stand etwa ein Dutzend Menschen, einige grobschlächtig und groß, andere kurz gewachsen und dünn, um ein Feuer herum. Am Rand des Lagers wartete eine braune Kutsche, deren Türen eine Zeichnung der äußeren Stadtmauer von Koratha schmückte, mit sechs kleinen Gehängten, die von ihren Steinen baumelten.

Sklavenschmuggler.

Nikolai und Syrra befanden sich in der Nähe der Kutsche; sie waren gefesselt. Nikolai stemmte sich gegen die Stricke, mit denen man ihm die Hände auf den Rücken geschnürt hatte. Syrra war ebenfalls gebunden, aber sie lag zusammengesunken neben ihm. Eine böse Ahnung durchfuhr mich wie eine Klinge. Ich betrachtete ihren Körper ganz genau und versuchte herauszufinden, ob sie sich regte, aber Syrra lag völlig still da.

Meinem Instinkt folgend riss ich die Zwillingsschwerter von meinem Rücken und sprang von dem Felsen herab, dann streckte ich den ersten Mann nieder, noch bevor er den Kopf heben konnte.

Ich hockte mich auf seine Schultern, bis er verblutet war. Und zählte um mich herum vierzehn weitere Gegner.

Nachdem der Mann tot war, erhob ich mich. Ein zweiter fuhr herum und bekam meine Klinge in den Hals.

Damit waren es noch dreizehn.

Plötzlich war Riven neben mir. Er griff einen großen Kerl an, der am Feuer stand. Mein Verbündeter stürmte laut knurrend voran und machte damit die ganze Gruppe auf uns aufmerksam, aber das war nicht weiter schlimm. Ich hatte bereits den dritten getötet. Falls es sich wirklich um Schmuggler handelte, waren es nicht besonders gute; die meisten von ihnen waren nicht einmal anständig bewaffnet.

Wie hatten sie Syrra überwältigen können? Nikolai war vermutlich leichte Beute gewesen, aber die Elfenkriegerin musste zumindest handlungsunfähig gewesen sein, wenn nicht Schlimmeres. Ich sah zu der Stelle hinüber, wo die beiden lagen. Er war bei Bewusstsein und versuchte, trotz seines Knebels zu schreien, aber Syrra lag schlaff da. Dann sah ich den roten Pfeil, der aus ihrem Hals ragte, und Erleichterung durchströmte mich.

Betäubungsmittel.

Die Sklavenschmuggler waren anscheinend besser ausgerüstet, als ich zunächst gedacht hatte.

»Wurde auch Zeit!«, rief ich, als ein stämmiger Mensch mit einem Loch im Bauch zusammenbrach. Er hatte einige Schläge mit Riven ausgetauscht, bevor der seine Deckung hatte überwinden können.

»Ich wollte dich nicht in den Schatten stellen«, rief Riven zurück. Er umkreiste zwei Männer, die mit ihren Doppeläxten gegen sein Schwert losschlugen.

Grinsend schob ich meine Klingen wieder in ihre Scheiden. Ein kleiner Mann mit wettergegerbtem Gesicht stürzte sich auf mich. Ich federte mich vom Boden ab und machte einen Salto über seinen Kopf. Währenddessen schleuderte ich kleine Messer in die Kehlen zweier Reiter, die noch immer auf ihren Rössern saßen, und sie stürzten zu Boden, noch bevor ich wieder auf meinen Füßen stand.

Mit einem schnell ausgestreckten Bein brachte ich dann meinen Angreifer ins Straucheln, und mit einem Griff hatte ich meinen Dolch gepackt und in seinen Hals gerammt, noch bevor er stürzte. Blut spritzte aus seiner Kehle, als er ein letztes Mal hustete.

Nur noch neun.

Ich rannte auf die vier Männer neben Nikolai und Syrra zu. Sie standen da und streckten mir ihre rostigen Schwerter entgegen; es blieb mir überlassen, den ersten Schritt zu tun. Einer von ihnen zitterte so sehr, dass es den Anschein hatte, als sei seine Klinge aus Leinen, nicht aus Stahl.

»Habt ihr Angst?«, spottete ich und steckte den Dolch wieder weg, um nun das eigene Schwert zu ziehen. Die Klinge schimmerte im Sonnenlicht.

Jetzt stürmten alle vier gleichzeitig auf mich los. Dem ersten wich ich aus, packte aber die Kapuze seines Mantels und schleuderte ihn gegen den Kerl, der ihm folgte. Sie gingen beide zu Boden, und ich erledigte sie mit einem einzigen Streich.

Nikolai lag da, geknebelt und bewegungslos. Seine Augen waren auf etwas gerichtet, das sich hinter mir befand.

Mit einem Grinsen drehte ich meine Klinge um und rammte sie dem Gegner, der sich hinter mir befand, in die Brust, ohne mich auch nur umzudrehen. Als kleinen Gruß an Nikolai, um ihn daran zu erinnern, wozu ich in der Lage war. Er sah mich mit großen Augen an, und ich zwinkerte ihm zu.

Der vierte Mann war stehen geblieben und schwang seine Waffe hoch über seinen Kopf. Sie würde auf mich herabschießen, wenn er nach mir schlug.

Hätten nicht Syrra und Nikolai gefesselt hinter mir gelegen, wäre ich seinem Angriff lediglich ausgewichen, aber ich musste dafür sorgen, dass er die beiden nicht verletzte.

Ich ließ meine Waffe sinken und sprang. Mit einem langen Satz federte ich über die Bahn seiner Klinge hinweg und fuhr von oben auf sie herab, um sie am Griff zu packen, als der Kerl zum Schlag ausholte.

Als ich dann wieder auf die Füße kam, drehte ich sein Schwert um und warf es mit Schwung in seine Richtung. Es drang ihm mit genug Wucht in die Brust, dass er sechs Fuß weit nach hinten gerissen und an die Kutsche genagelt wurde.

Links von mir erhaschte ich eine Bewegung. Riven hatte seine zwei Gegner erledigt, und nun war nur noch einer übrig. Zwar hielt er eine Waffe in der Hand, aber sie hing schlaff herab. Er streckte Riven die Hand entgegen und bat damit um Schonung.

Nikolai stieß unter seinem Knebel einige Laute aus und schwang seine Beine über dem Boden hin und her. Riven lief zu ihm und zog ihm den Knebel aus dem Mund.

Während ich nach meinem Dolch griff, behielt ich den letzten Sklavenhändler genau im Auge, ob er sich nicht doch bewegte. Er ließ sein Schwert fallen und hob die Hände.

»Ich will niemanden töten.«

»Das ist wahr, Keera«, sagte Nikolai, als Riven ihm die Hände und Füße losband. »Er hat mit dem großen Kerl da drüben gestritten.« Dabei deutete er auf den grobschlächtigen Mann, den Riven erledigt hatte. »Er wollte nur unser Geld und hat sich mit den anderen angelegt, als sie uns angriffen.«

»Ich will euch nichts tun«, bekräftigte der Mann. »Ich habe nur Hunger.« Ein flehender Ausdruck lag in seinen blauen Augen, aber dann fiel sein Blick auf meinen Hals. Auf das Silberschwert, das mich als die Klinge auswies. Es war ihm anzusehen, dass er verstand, und er ließ die Arme noch weiter hängen.

Ich sah Nikolai und Syrra an. Ihre Gesichter waren beide entblößt worden, als man sie fesselte. Dann sah ich Riven an, dem die Kapuze während des Kampfes vom Kopf gerutscht war. Der Mann hatte uns alle gesehen.

Mein Blut wurde kalt wie Eis, dann versteifte ich mich. Mit einem tiefen Atemzug versuche ich mich auf die Mission zu konzentrieren. Auf die vielen Leben, die wir retten würden.

Das änderte nichts daran, dass ich dafür schon wieder eines würde nehmen müssen.

»Wie heißt du?«, fragte ich und trat zu ihm.

Erleichterung malte sich auf seine Züge, und er streckte mir die Hand entgegen.

»Gareth«, sagte er.

Ich schüttelte ihm die Hand und sah ihm dabei ein letztes Mal ins Gesicht. Blaue Augen, über die Wange zog sich eine gezackte Narbe. Dann durchtrennte ich ihm mit schnellem Schnitt die Kehle.

»Wir müssen weiter. Sofort«, befahl ich den beiden hinter mir. Ich wagte nicht, mich umzudrehen und mich dem Entsetzen zu stellen, das in ihren Augen geschrieben stand, sondern ging zurück zu den Pferden. Nikolai trug Syrra zu seinem Pferd und zog sie zu sich in den Sattel, während Riven ihr Reittier führte. Ich wandte mich nicht mehr um, bis wir uns einen neuen Lagerplatz gesucht hatten, lange, nachdem die Monde über unseren Köpfen aufgegangen waren. Gareths Blut, das an meinen Fingern klebte, schimmerte in ihrem Licht.

NEUNUNDZWANZIG

Ich überließ es den anderen, unser Lager aufzuschlagen, und ging auf die Suche nach einem Bach, an dem ich mir das Blut von den Händen waschen konnte. Dann ritzte ich mir Gareths Namen über den Rippen in die Haut. Sein Leben vollendete die Schaumkrone einer Welle, die meine Brust einrahmte. Mit einem Streifen Leinenstoff, den ich in meiner Satteltasche fand, verband ich die Schnitte, die allerdings schnell aufhörten zu bluten.

Am Rand des kleinen Flüsschens blieb ich stehen und lauschte dem Wasser, das mit dem Blut stromabwärts rauschte. Es war mir nicht eilig, zum Lager zurückzukehren. Die anderen hatten die wahre Natur der Klinge mitbekommen – meine wahre Natur. Jede Annäherung, die mir bei Riven geglückt sein mochte, war jetzt ebenso hinweggewaschen wie Gareths Blut. Ich konnte nur hoffen, dass sie mich, wenn sie mich schon für ein Monster hielten, wenigstens als nützliches Monster betrachteten.

Als ich wieder zum Lager kam, stritten Syrra und Nikolai darüber, welches Kaninchen zuerst gebraten werden sollte.

Niemand sprach ein Wort, als ich mich auf meinem Deckenlager niederließ. Erleichtert streckte ich mich aus. Ich wollte meine

Entscheidung, den Mann zu ermorden, nicht verteidigen. Und so lag ich da und sah zu, wie der Rauch sich durch das Geäst über unseren Köpfen ringelte. Es waren bereits viele Blätter gefallen, und das ließ den Blick auf das Sternenmeer zu, das den Himmel überzog.

»Keera hat es verdient, sich das erste Stück aussuchen zu dürfen«, sagte Nikolai, als die Kaninchen durchgebraten und der Tee gebrüht waren.

»Nicht nötig«, sagte ich, weil ich für seine Charmeoffensive gerade nicht die Nerven hatte.

»Das ist als Dankeschön gedacht, Keera«, erklärte Nikolai sanft und hielt mir einen Fleischspieß hin. »Greif lieber schnell zu, bevor ich dir das Karnickel ins Gesicht werfe.« Er hielt das Tier hoch, das Syrra gerade aufschnitt, und tat so, als wollte er es in meine Richtung schleudern. Ich lachte, aber Syrra bedachte ihn mit einem tödlichen Blick. Dass man ihr besser nicht in die Quere kam, wenn es ums Essen ging, hatte ich bereits gelernt.

»Danke«, sagte ich und trat zu ihnen.

»Danke, dass *du* uns heute gerettet hast«, erwiderte Syrra ohne den kleinsten Hauch von Sarkasmus. Sie hatte sich eine Paste auf den Hals geschmiert, um das Betäubungsmittel schneller aus der kleinen Stichwunde zu ziehen, würde aber noch einige Tage lethargisch bleiben.

Ich zuckte die Achseln. »Das hättet ihr auch getan.«

»Zu meiner Schande muss ich gestehen, dass ich gezögert hätte«, gab Syrra zu. Als sie mich ansah, lag keinerlei Humor in ihren dunklen Augen. »Dich deinem Schicksal zu überlassen, wäre mir in diesem Augenblick vielleicht wie eine ideale Lösung erschienen. Nach dem, was Riven und Nikolai mir sagten, hast du dir nicht einmal die Zeit genommen, dir eine Strategie zu überlegen. Das werde ich nicht vergessen, und auch nicht, dass ich dir mein Leben schulde.« Sie reichte mir eine Portion Kaninchen mit einem großen Stück Keule. Das allein bewies bereits, wie ernst es ihr war.

Eine Veränderung war eingetreten.

»Ich denke, *ich* hätte schon geholfen«, sagte Nikolai und grinste Syrra von der Seite an. »Aber selbst wenn, dann wäre es mir garantiert nicht gelungen, fünfzehn Leute zu erledigen. Schon gar nicht auf so spektakuläre Weise.« Jetzt zwinkerte er mir zu.

»Riven hat sich schließlich auch beteiligt«, erinnerte ich die beiden, während ich das Kaninchen probierte. Syrra hatte bei der Zubereitung irgendeine Zutat verwendet, durch die das Fleisch eine viel zartere Note bekam. Ich biss noch einmal ab, und mein Magen gurgelte vor Zufriedenheit.

»Nicht sehr allerdings, nach dem, was ich gehört habe«, bemerkte Syrra, während sie kaute.

»Ich habe drei von denen umgebracht!«, protestierte Riven. Erst dachte ich, er sei beleidigt, aber dann sah ich, dass er Syrra mit einem seltenen Lächeln bedachte, dessen Wärme ein Feuer in meiner Brust entzündete. Riven sah gut aus, wenn er einmal keine finstere Miene zog. »Und bei mir hat sich offenbar niemand bisher bedanken wollen«, setzte er hinzu und warf etwas mehr Holz aufs Feuer.

»Du hast drei von denen umgebracht, während sie … lass mich nachdenken … zehn erledigt hat?« Nikolai warf mir einen fragenden Blick zu.

»Elf«, verbesserte ich, ohne mein Grinsen zu verbergen.

Nikolai lachte laut. »Du warst lediglich moralische Unterstützung, Riv.«

Riven verschränkte die Arme und versuchte sein Lachen zu verbergen.

»Ich ziehe es vor, ihn als Lehrling zu betrachten«, bemerkte ich. Rivens Augen schossen pfeilschnell zu mir, und jetzt lag Zorn darin. Er hätte mich gern mit seinen Blicken getötet, aber ich weigerte mich wegzusehen. Mir war es mit dem, was ich ihm zuvor gesagt hatte, ernst gewesen: Ich würde es mir nicht länger gefallen lassen, dass er über mich urteilte.

Nach einer Weile grinste er mich ganz kurz an und nickte.

»Du bist nicht halb so übel, wie ich anfangs dachte«, gestand Nikolai immer noch lachend. »Allmählich wird mir klar, dass du uns damals, als du durch das Fenster gesprungen kamst, wirklich hättest umbringen können.«

»Ohne Weiteres«, bestätigte ich und nagte das letzte Fleisch vom Knochen.

»Kämpfen alle Schemen so wie du?«, fragte Syrra, deren dunkle Augen auf mir ruhten, als wollte sie durch mich hindurchsehen, um meine Tricks zu erkennen. Sie war eben durch und durch eine Kriegerin; darin glichen wir uns.

»Wir bekommen alle dieselbe Ausbildung«, antwortete ich diplomatisch und warf den Knochen ins Feuer.

»Also nein«, sagte Nikolai verschmitzt.

»Jede Schemin könnte Nik umbringen, falls es das ist, was ihr wissen wollt«, erklärte ich und grinste zurück. Nikolai legte sich gespielt dramatisch die Hand auf die Stirn und ließ sich nach hinten sinken, als sei er schwer in seiner Eitelkeit gekränkt, aber er blinzelte mit einem Auge zu mir herüber, um festzustellen, ob ich auch darüber lachte. Ich warf ein Stück Kaninchen nach ihm.

»Verschwendet nichts von dem Essen!«, schalt Syrra uns in lockerem Ton, aber mit ernster Miene. Nikolai erstickte fast vor Lachen.

»Und was ist mit mir?«, fragte Riven. »Könnte eine Schemin mich aus dem Weg räumen?« Er lehnte an einem der Bäume. Zwar tat er ganz scherzhaft, aber er spannte die Kiefermuskeln an. Im Feuerschein waren seine Augen von tiefer Maulbeerfarbe, und sie beobachteten mich ganz genau; meine Haut prickelte geradezu unter diesem Blick. Allmählich begann ich dieses Gefühl zu genießen.

»Du könntest dich gegen eine Schemin behaupten, vielleicht auch gegen zwei«, räumte ich ehrlicherweise ein. »Falls dir aber jemals drei oder mehr gegenüberstehen sollten, würde ich dir empfehlen, das Weite zu suchen. Und zwar schnell.«

Riven stieß ein kurzes Lachen aus, bevor er sich dem Essen widmete. Er aß immer erst dann, wenn alle anderen sich bedient hatten, und wartete dabei sogar auf mich.

»Mit wie vielen Schemen könntest du es aufnehmen?«, fragte Syrra und nahm sich das nächste Stück Kaninchenbraten.

»Mit so vielen, wie ich muss«, gab ich zurück. Zwei Schemen hatten aufgrund unseres Bündnisses bereits den Tod gefunden. Mir war durchaus bewusst, dass viele weitere sterben würden, bevor wir an den König herankamen. Mir ging es dabei allein darum, die Verluste so gering wie möglich zu halten.

Syrra zeigte mir mit einem Nicken, dass sie mich verstand. Ohne Riven anzusehen, merkte ich, dass er mich sinnend betrachtete.

»Jetzt sprechen wir ja plötzlich über ganz ernste Dinge«, sagte Nikolai. Er streckte sich am Feuer aus und streifte sich die Stiefel ab. »Also, Keera, du hast doch so viele Leute umgebracht – welches Mal war besonders beeindruckend?«

Ich holte entnervt Luft. »Sieht so etwa dein Versuch aus, unser Gespräch wieder in fröhlichere Bahnen zu lenken?«

Nikolai zuckte gleichgültig die Achseln. »Ist doch egal, wann ich diese Frage stelle. Das wollen wir doch alle wissen.«

Das brachte mich zum Lachen, aber als ich den Kopf hob, sahen mich drei Augenpaare erwartungsvoll an.

»Ich habe mal einen Winterbären erledigt«, erklärte ich schließlich. »Nur mit einem abgebrochenen Pfeil bewaffnet.«

»Du lügst«, behauptete Nikolai und warf einen Kaninchenknochen ins Feuer, der in den Flammen knackte und zischte.

»Ich habe ihm das Ding ins Auge gerammt.« Jetzt löste ich den Waffengurt an meinem Schenkel und warf ihm meinen Dolch zu. Nikolai hielt den Atem an, als er ihn aus der Scheide zog.

»Blutstahl?«, fragte er ehrfürchtig, während er über die dunkelrote Klinge strich.

Ich nickte. »Den ursprünglichen Griff hat der verdammte Bär auf dem Gewissen, deswegen ließ ich ihn durch einen seiner Knochen ersetzen.« Aufmerksam betastete Nikolai jetzt den weißen Griff, besonders den Tatzenabdruck, den der Schmied am Knauf eingraviert hatte. Dann reichte er die Waffe an Syrra weiter, die sie vorsichtig und mit deutlich erkennbarer Wertschätzung genau betrachtete.

»Von Bären abgesehen«, fuhr Nikolai fort, während er die Blutstahlklinge weiter betrachtete. »Auf welchen Tod bist du am meisten stolz?«

Das brachte mich aus dem Konzept. Stolz war ich auf gar keinen. Das Töten hatte man mir aufgezwungen, und ich war gut darin. Aber es war nie etwas gewesen, worauf ich stolz gewesen wäre. Kurz erschien Gareths Gesicht in meiner Erinnerung. Ich hatte ihn nicht töten *wollen*. Ich hatte bedauert, dass ich es tun *musste*. Aber das hatte nichts mit Stolz zu tun. Oder mit Leistung oder Befriedigung. Wenn überhaupt, dann hatte jeder Tod, für den ich verantwortlich war, meinen Stolz eher verringert, bis nichts mehr davon übrig war. Bis ich mich nicht mehr wie eine Person, sondern nur noch wie eine Mörderin fühlte. Und auch das hatte mich nicht stolz gemacht.

»Ich weiß es.« Rivens leise Stimme riss mich aus meinen Gedanken.

Verwirrt sah ich ihn an.

»Letztes Jahr in Silstra«, begann er und trat weg von dem Baum, näher ans Feuer. Näher zu mir.

Dann setzte er sich neben mein Deckenlager und stocherte mit einem Stock im Feuer.

»Ein Trupp Sklavenschlepper hatte ein paar Halblinge zusammengetrieben«, fuhr er fort. »Hatte sie aus den Elendsvierteln und Hurenhäusern geholt. Es waren so viele von diesen Schurken, dass ihnen niemand hatte Einhalt gebieten können. Schließlich wollte auch keiner wegen ein paar Halblingen sein Leben riskieren.«

Achtzehn Halblinge, dachte ich.

»Waren das etwa Keetes Leute?«, unterbrach Syrra mit ungläubiger Miene. »*Vierundsechzig* fand man später an den Dämmen aufgeknüpft. Willst du damit sagen, dafür war nur eine Einzige verantwortlich?« Sie sah Riven an.

Er nickte.

»Du?«, fragte Syrra und sah mich an. »Wie hast du das gemacht? Wie hast du so viele Männer in einer Nacht aufgespürt und dort hingeschleppt?«

Darauf antwortete ich nicht. Es war eine lange Nacht gewesen, und um der Wahrheit die Ehre zu geben, konnte ich mich an nicht mehr viel davon erinnern. Nur daran, dass ich gelaufen war, in der Dunkelheit unter meinem Mantel verborgen, und mir die Männer einen nach dem anderen geschnappt hatte, bis sie alle von dem Kanalsperrwerk baumelten. Den letzten stieß ich über die Kante, als gerade die erste Sonne aufging.

Wie mochte Riven das herausbekommen haben? Ich sah ihn fragend an, und er zuckte die Achseln.

»Ich wusste: Das konnte nur jemand getan haben, der fest entschlossen war, Halblingen zu helfen, egal, wie groß das Risiko dabei war«, erklärte er dann, ohne mich anzublicken. »Als du mir im Dorf deinen Anhänger gezeigt hast, wusste ich, dass du es gewesen warst. Wer sonst hätte das tun können? Wer sonst hätte das tun *wollen*?« Seine Augen glitten zu mir, und all der Zorn, der mir sonst aus ihnen entgegengestarrt hatte, war verschwunden. Ihr sanftes Violett wirkte beinahe freundlich. Riven runzelte die Stirn, während er mich musterte, als sähe er mich zum ersten Mal.

»Mir hätte schon früher klar sein sollen, dass du es warst. Aber mir standen meine Vorurteile im Weg«, gab er zu. Das war so nahe an einer Entschuldigung, wie ich nur je von ihm hören würde.

Unvermittelt streckte er die Hand aus und legte sie auf mein Knie. Wieder durchfuhr mich dieser Schlag, den es jedes Mal zu geben schien, wenn wir uns berührten. Er zuckte über meine Haut und drang bis in mein Blut. Riven zog die Hand zurück und betrachtete seine Fingerspitzen. Was auch immer es für eine Spannung war, die sich jedes Mal aufs Neue zwischen uns entlud, Riven wusste darüber auch nicht mehr als ich.

Die Szene glich dem Angriff am Nachmittag. Ihre Kutsche. Zwei Tote, denen meine Klingen in der Kehle steckten, lagen neben ihren Pferden; einer hing noch mit einem Fuß im Steigbügel. Die anderen, die Riven und ich erledigt hatten, befanden sich noch dort, wo sie zusammengebrochen waren, aber Riven war nirgendwo zu entdecken. Syrra oder Nikolai ebenfalls nicht.

Sie waren einfach weg.

Gareth stand vor mir, mit erhobenen Händen. Ich spürte, wie ich nach dem Dolch griff und mich auf den Todesstoß vorbereitete. Ich würde es wieder tun müssen. Das musste ich immer. Das Morden hörte niemals auf.

Aber dann war es gar nicht Gareth, der dort stand.

Sondern sie.

Blondes, leicht gewelltes Haar flatterte in einem sanften Wind, der mich nicht erreichte. Die Sonne wurde von ihr zurückgeworfen, so hell wie ihr Lächeln. Ein warmes, breites Lächeln rosiger Lippen von derselben Farbe, in der ihre Wangen erglüht waren, wenn ich sie angesehen hatte.

Ich erwiderte es und wollte sie berühren. Nur noch ein einziges Mal.

Ihr Lächeln erstarb. Jetzt strömten Tränen über ihre Wangen, und dicke graue Wolken schoben sich vor die Sonnen. Ihre honigfarbenen Augen schwammen in den Tränen, die über ihr Gesicht liefen.

»Du hast es versprochen«, flüsterte sie und streckte die Hand nach mir aus.

Du hast es versprochen.

Du hast es versprochen.

Du hast es versprochen.

Nein, ich wollte das nicht noch einmal erleben. Wieso suchte sie mich immer wieder heim? Ließ mich das alles wieder und wieder durchmachen?

»Zwinge mich nicht dazu«, flehte ich.

»Du hast es versprochen«, schluchzte sie und fiel auf die Knie.

»Das habe ich nie versprochen«, erklärte ich wie schon so viele Male zuvor.

Obwohl ich es nicht wollte, trat ich wieder zu ihr. Mein Körper gehorchte mir nicht. Er wurde vom Willen meines Traums beherrscht. Meiner Erinnerung.

Sie blickte zu mir auf. Herzzerreißend und schön.

»Du hast es versprochen, Keera«, flüsterte sie.

Ich stieß ihr den Dolch ins Herz. Es war die einzige Möglichkeit, sie zum Schweigen zu bringen.

Als ich aufwachte, lag ich auf meinem Deckenlager, und das erlöschende Feuer schickte seinen letzten schwachen Lichtschein über mein Gesicht. Jemand hielt mich fest und flüsterte mir etwas ins Ohr.

»Es ist alles gut. Du musst keine Angst haben.« Rivens Stimme war so sanft, wie ich sie noch nie gehört hatte. Dabei strich er mir übers Haar und sprach weiter beruhigend auf mich ein.

Ich ließ mich in seine Umarmung fallen – der Traum hatte mich so ausgelaugt, dass es mir egal war, was er von mir dachte oder wie nahe seine Hände den Narben auf meinem Rücken kamen. Das Adrenalin schoss durch meinen Körper und ließ mich hart und keuchend atmen, während ich mir klarzumachen versuchte, dass nichts davon real gewesen war. Es war nicht real.

Riven bog den Kopf leicht nach hinten, um mich ansehen zu können, und legte die Hand an meine Wange. »Du hast die Pferde wild gemacht«, raunte er.

»Das wollte ich nicht«, gab ich noch wie betäubt zurück. »Normalerweise sind sie nicht so schlimm. Die Träume.«

Die Finger an meiner Wange versteiften sich. Ich erwartete einen zornigen Blick, aber er sah mich ganz sanft an, während sich sein Kinn straffte und die Lippen kräuselten. Er war besorgt. Mir stockte der Atem. Ich war schon lange niemandem mehr so wichtig gewesen, dass er oder sie meine Albträume beunruhigend gefunden hätte.

»Es ist alles gut«, flüsterte Riven wieder, und seine Lippen fuhren dabei über mein Ohr. Er strich mir mit dem Daumen über die Wange und hielt dann inne, als ob ihm ganz plötzlich bewusst wurde, was er tat. Zwar nahm er die Hand von meinem Gesicht, aber ich konnte noch immer seine Wärme um mich fühlen.

»Hast du solche Träume oft?«, fragte er leise und sah mir in die Augen.

»Nicht mehr wissen als unbedingt nötig«, sagte ich abwehrend.

Riven biss sich auf die Lippe und sagte nichts weiter dazu. Dann nickte er, und er wiederholte seine Frage nicht. Ich holte tief Luft und merkte, dass sich die Beklemmung in meiner Brust zu lösen begann. Beim nächsten Atemzug roch ich nichts anderes mehr als Riven.

»Ich dachte, du gibst keine Versprechen?«, fragte er, nachdem mein Atem wieder in seinen Rhythmus zurückgefunden hatte. Ich erstarrte. Was hatte ich im Schlaf gesagt?

»Tue ich auch nicht«, flüsterte ich nach einigen Atemzügen. »Nicht mehr.«

»Wegen der Albträume?« Er runzelte die Stirn und wischte mir die Wange trocken. Ich hatte geweint.

Ich schüttelte den Kopf. »Weil es reicht, dass mich ein gebrochenes Versprechen verfolgt«, sagte ich und mied seinen Blick, als ich mich wieder auf mein Deckenlager sinken ließ.

Er fragte nicht weiter, aber er blieb neben mir liegen, bis ich wieder in Schlaf fiel. Ganz kurz, bevor mich das vertraute Nichts wie eine Decke umfing, fühlte ich, wie etwas Warmes über meine Hand streifte. So lagen wir beieinander, uns kaum berührend, bis der Morgen kam.

DREISSIG

Als ich aufwachte, roch es nach brennendem Holz und gebratenem Fleisch. Syrra kniete am Feuer und drehte ein frisch gefangenes Kaninchen an einem Bratspieß, den sie aus herabgefallenen Ästen gebastelt hatte; nebenbei schürte sie das Feuer und kochte Tee, alles mit schnellen, entschlossenen Bewegungen. Riven und Nikolai waren nicht zu sehen, und ich konnte mich des Eindrucks nicht erwehren, dass sie die beiden weggeschickt hatte.

»Du hättest mich wecken können«, sagte ich zu ihr und rollte meine Decken in die feuchtigkeitsgeschützte Matte. »Es macht mir nichts aus, meinen Teil der Arbeit zu erledigen.«

»Wenn ich das Gefühl bekomme, dass du nicht genug mit anpackst, werde ich es dir bestimmt sagen.« Sie lächelte, und in ihren Augen war eine Unbekümmertheit, die ich bisher noch nie an ihr wahrgenommen hatte. Jedenfalls nicht, wenn sie mich ansah.

»Wie lange kennst du Riven schon?«, erkundigte ich mich. Das hatte ich mich gefragt, seit wir in Aralinth aufgebrochen waren, aber ich hatte nie das Gefühl gehabt, dass sie mir eine Antwort darauf geben würde. Selbst jetzt erwartete ich beinahe noch, sie würde einen brennenden Stock nach mir werfen.

»Lange«, erwiderte sie und drehte das Kaninchen so, dass der aufgeschnittene Bauch von den Flammen gekitzelt wurde. »Wir wurden in Myrelinth zusammen ausgebildet. Haben viele Tage damit verbracht, uns gegenseitig mit Messern zu durchbohren oder zu Mus zu schlagen.« Jetzt grinste sie breit, und ihre Augen schienen von offenbar sehr lang zurückliegenden Erinnerungen erleuchtet.

»Dann seid ihr gleich alt?« Das war immerhin möglich; Elfen und Faen konnten Tausende von Jahren leben. Aber mir war Syrra immer älter vorgekommen, eher wie Feron. Nie in Eile und nie aus der Fassung zu bringen.

Sie sah mich lange an, bevor sie meine Frage beantwortete. »Ich bin älter«, sagte sie dann schlicht.

»Wie viel älter?«

Das Feuer flackerte plötzlich auf, und Syrra stieß schnell ihren Stock hinein, um die Flamme wieder zu zügeln. Ich ließ sie nicht aus den Augen.

»Ich bin alt genug, dass Jahre wie Tage vergehen«, erwiderte sie dann vage, und ich lehnte mich ein wenig zurück, unfähig, die Lebenszeit, die sie hinter sich hatte, zu erfassen. Meine Tage als Klinge waren lang. Jede Minute, die ich dem König diente, zerrte an mir und dehnte die Stunden scheinbar endlos aus. Falls sich die Tage für Syrra auch nur annähernd ähnlich anfühlten, dann betete ich darum, dass ich genug Menschenblut in mir hatte, um nicht mit Unsterblichkeit geschlagen zu sein.

»Wolltest du schon immer Kriegerin sein?«, fragte ich nun, um das Thema zu wechseln. Dabei glitt mein Blick über die geschwungenen Narben, die in ihren Arm geritzt waren. Jeder Ast, jedes Blatt stand für das Erlangen einer neuen Fähigkeit oder eine große Tat.

Syrra zog die Zeichnung an ihrem Handgelenk mit einer Fingerspitze nach und lächelte angesichts der verschlungenen Verästelungen. »Ich wurde als Kämpferin geboren. Sobald ich alt genug war, um einen Dolch zu halten, konnten meine Eltern mich nicht mehr davor zurückhalten, von morgens bis abends mit der Waffe zu üben. So bekam ich auch früher als die meisten anderen eine Ausbildung.«

Wie gern hätte ich mich im Kampf mit ihr gemessen! Wir hätten Tage damit verbringen können, dass Syrra mir alles beibrachte, was sie wusste. »Und Riven?«, fragte ich.

»Er war ein Spätzünder«, erklärte sie mit knappem Lächeln.

»Wer?«, rief Nikolai über das Feld herüber. Riven war bei ihm, sie hatten noch mehr Kaninchen gefangen.

»Das geht dich nichts an«, antwortete Syrra und warf ein Stück glühendes Holz nach ihm. Nikolai fing es auf, ohne sie aus den Augen zu lassen. Ich hörte das Knistern, als er die Glut mit den Fingern zerdrückte, aber als er die Hand öffnete, war auf seiner Haut kaum eine Spur zurückgeblieben. Ich neigte den Kopf. Er musste einer starken Elfenlinie entstammen, dass seine Haut durch Feuer nicht verletzt wurde.

»Wir haben Essen mitgebracht, Syr.« Nikolai schwenkte die beiden mit einem Strick zusammengebundenen Kaninchen. »Da ist es doch nur fair, wenn du uns antwortest! Es geht um Riven, oder? Ich dachte, wir hätten uns darauf geeinigt, uns nicht darüber lustig zu machen, dass er mit zwanzig noch nie jemanden geküsst hatte.«

Riven versuchte, Nikolai einen leichten Schlag auf den Hinterkopf zu versetzen, aber der duckte sich weg. Syrra schüttelte nur den Kopf.

»Tut mir leid, Riv«, neckte Nikolai. »Aber es war nun einmal offensichtlich, dass nicht von mir die Rede sein konnte.« Er zwinkerte, und Syrra verdrehte die Augen, während sie sich wieder dem Feuer zuwandte. Ich überspielte mein Lachen mit leichtem Husten.

»Zwanzig?«, wiederholte ich dann und sah Riven verstohlen an. Er sah gut aus; man konnte sich nur schwer vorstellen, dass die Elverin von Aralinth so lange gewartet haben sollten, bevor sie versucht hatten, ihn zu erobern.

»Ich war *neunzehn*«, verbesserte er.

»Ja, noch etwa zwei Stunden lang«, brummte Syrra über ihrem Tee.

»Na schön«, räumte Riven ein, »ich war nicht so forsch mit den *ikwenira* wie Nikolai. Und wenn ich mich endlich getraut hatte, ein Mädchen anzusprechen, dann hat Syrra es mir in der Regel ausgespannt.« Er warf der Elfenkriegerin einen Seitenblick zu.

»Du hattest wirklich keine Ahnung, wie man Frauen anspricht«, erklärte sie mit leichtem Grinsen. »Daran hat sich bis heute nichts geändert.« Nikolai setzte sich neben sie und legte ihr den Arm um die Schultern, während er ihr die Kaninchen hinhielt.

»Und ihr beide habt nie …?«, fragte ich an Nikolai und Syrra gewandt. Schließlich standen sie sich so nahe, flüsterten ständig in der Elfensprache miteinander oder saßen gemeinsam am Feuer.

»Ganz bestimmt nicht«, sagte Syrra und verzog dabei die Lippen, als hätte sie etwas Bitteres geschmeckt.

Nikolai ließ die Kaninchen fallen und brach in lautes Gelächter aus. »Wie kommst du denn darauf?«, stieß er amüsiert hervor.

»Ihr wirkt so vertraut. Ich dachte, da wäre etwas zwischen euch.«

»Nikolai ist mein Neffe«, antwortete Syrra, und kurz dachte ich, sie wollte sich in ihren Tee übergeben. Ich hatte inzwischen die letzten Deckenlager zusammengerollt und packte sie auf einen Haufen. Jetzt sah ich Nikolai, der mit dem Lachen aufgehört hatte, verblüfft an.

»Dein Vater war ein Sterblicher?«

»Nein.« Nikolai runzelte die Stirn. »Er war ein Fae.«

Jetzt war ich vollends verwirrt. »Dann war *deine* Schwester ein Halbling?«, fragte ich jetzt Syrra.

»Nein, sie war eine Elfin«, gab sie zurück und versetzte mir mit dem Handrücken einen Stups gegen die Stirn, während sie die Mundwinkel nach unten zog.

Riven begriff nun, was mich so verwunderte. »Nikolai ist ein Elf«, erklärte er. »Kein Halbling.«

Syrra und Nikolai zogen gleichzeitig die Augenbrauen in die Höhe. Jetzt, da ich von ihrer Verwandtschaft wusste, nahm ich die Ähnlichkeit ihrer Augen und Wangenknochen deutlich wahr.

»Aber du trägst doch den Namen eines Sterblichen?«, überlegte ich laut. »Und gekappte Ohren?« Plötzlich wurde mir klar, dass ich nur wegen der Narben an seinen Ohrmuscheln zu dem Schluss gekommen war, er müsste ein Halbling sein, und ich verschränkte die Arme.

Nikolais Lächeln verblich. »Meine Eltern wurden bei der letzten Blutsäuberung gefangen. Sie hatten nicht rechtzeitig davon erfahren, dass sie sich besser ins *Faelinth* aufgemacht hätten. Mein Vater starb bei der Verteidigung unseres Clans. Meine Mutter konnte mit mir entkommen. Ich war noch sehr klein. Sie wurde am Stadtrand von Volcar gefasst, aber einer der Soldaten des Königs hatte Mitleid mit mir und brachte mich in ein Waisenhaus in der Stadt. Dort wurden meine Ohren gekappt, und ich bekam einen neuen Namen, um als Sterblicher durchgehen zu können. Ich war vier, als Syrra mich entdeckte und zu sich nach Hause holte.«

Darauf entgegnete ich nichts. Mit den Blutsäuberungen – gut organisierten Überfällen auf ahnungslose Elfen – hatte sich König Aemon den Thron erkämpft. Als die Faen in den Konflikt eingriffen, waren die meisten Clans bereits getötet worden, und Aemon hatte sich längst seine Krone aufgesetzt.

»Dann hast du nie deinen Elfennamen wieder angenommen?«, fragte ich und streckte die Hand nach Nikolai aus.

Er drückte sie. »Ich weiß ihn nicht mehr«, sagte er dann. »Aber ich würde ihn so oder so nicht ändern. Er ist eine Erinnerung daran, was unserem Volk angetan wurde. Was ihm noch immer angetan wird.« Er sah nach Osten. Die Elfen betrachteten die Halblinge als Teil ihres Volkes. Als Verwandte, von denen sie hofften, dass sie eines Tages zu ihnen zurückkehren würden, aber ich war mir nicht sicher, ob ich das genauso sah. Die Halblinge waren ein verlorenes Volk. Sie hatten keine eigene Kultur. Selbst wenn wir sie befreiten – sie würden sich nicht alle als den Elfen zugehörig betrachten, das wusste ich.

»Komm jetzt, Keera«, sagte Nikolai, nachdem er eine Weile schweigend gegessen hatte. Im Aufstehen hielt er mir die Hand hin, aber ich nahm sie nicht, sondern erhob mich aus eigener Kraft. »Je schneller wir aufbrechen, desto eher habe ich Gelegenheit, mich in die Jungfrauen von Cereliath zu verlieben.«

»Kein Interesse an den Männern von Cereliath?«, neckte ich ihn. In Aralinth war er ganz sicher auch dafür offen gewesen.

Nikolai verdrehte die Augen. »Sterbliche sind so eingefahren in der Art, wie sie die Welt betrachten. Ich kann mit dem Schamgefühl ihrer Männer nichts anfangen. Mit den Jungfrauen kann man wenigstens Spaß haben.«

»Du wirst den Abend damit verbringen, den Mädchen *Angst zu machen*«, sagte ich süffisant. »Sie werden sich von deinem Geld anlocken lassen, nicht von deinen Liebesschwüren. Und wenn du tatsächlich mit einer im Bett landen solltest, dann war sie garantiert keine Jungfrau mehr.«

Syrra lachte laut auf, und Riven zeigte ein eigentümliches Grinsen, während ich aufs Pferd stieg.

»Da ist wohl etwas Wahres dran, liebe Keera«, räumte Nikolai ein, der in sich hineinlachte. »Wenn ich mich eines Tages wirklich verliebe, werde ich ein ganz anderer werden.«

»Falls das jemals geschieht«, erwiderte ich und hätte ihm beinahe die Zunge herausgestreckt.

»Da ist endlich wieder der Zynismus, der uns schon den ganzen Morgen gefehlt hat«, lachte Nikolai und galoppierte unserer Gruppe voran.

Irgendwie verging dieser Tag schneller als die vorigen.

Als wir Cereliath erreichten, war es nur noch ein Tag bis zum Erntefest. Ich sah zur herrlichen Sandsteinfassade des Herrenhauses hinüber, die vom Licht der untergehenden Sonnen in warme Rottöne getaucht wurde. Schon morgen, wenn der Beginn der Ernte gefeiert wurde, würde es hier vor Fürsten und ihren Gästen nur so wimmeln. Gastgeber war natürlich Lord Curringham, mit dem Schlüssel für die Lagerhäuser um den Hals.

Riven und ich ließen Syrra und Nikolai am Stadtrand zurück. Sie wollten sich mit Collins Leuten treffen und versuchen, uns eine Unterkunft zu besorgen. Selbst die übelsten Kaschemmen waren meist voll belegt, wenn Gut Erntereich einen Ball veranstaltete.

Da ich noch ein Kleid brauchte, wollte ich eine Schneiderei aufsuchen. Das Fest stand unmittelbar bevor, und natürlich würde jede Näherin und jeder Schneider ausgebucht sein. Von daher würde es richtig teuer werden, wenn ich jemanden dazu bringen wollte, meinen Auftrag bevorzugt auszuführen.

»Ich muss als Erstes beim Geldhaus vorbeischauen«, sagte ich also zu Riven, nachdem wir unsere Pferde in einem Mietstall untergebracht hatten. Ich warf dem Stallburschen eine Silbermünze zu. »Wir treffen uns in einer Stunde im Händlerkorridor.«

Beinahe hätte ich mit entnervtem Augenrollen auf seinen kalten Blick reagiert, verkniff es mir aber. Riven fing gerade an, mich mehr in Ruhe zu lassen, da musste ich ihn jetzt nicht provozieren. Er wandte sich mit einem Nicken um, ging die Straße hinunter und war bald in der Menge verschwunden.

Während ich den Platz überquerte, rückte ich die Klingenspange an meinem Mantel zurecht. Vor dem Geldhaus hatte sich eine Schlange gebildet; Sterbliche warteten hier in der Hoffnung auf einen Kredit, um sich zumindest genug Vorräte für die nächste Woche besorgen zu können. Die Hungernden, für die das aufgrund von Krankheit außer Frage stand, säumten die Außenbezirke der Stadt.

Ich schritt geradewegs durch die große Tür, ohne dass ich mein Abzeichen hätte vorzeigen müssen. Ein junger Angestellter kam schon am Eingang auf mich zu.

»Womit kann ich zu Diensten sein?«, fragte er forsch.

»Ich brauche Gold«, erklärte ich und reichte ihm das kleine Stück Pergament, auf dem ich die Summe notiert hatte.

»Das ist mehr, als ich üblicherweise auszahlen darf, ohne mit dem Kontor in Silstra Rücksprache zu halten«, wandte er daraufhin im Flüsterton ein, sah mich dabei aber nicht an.

»Darauf kann der König nicht warten«, erklärte ich und schlug den Mantel so zurück, dass er die Sammlung von Klingen sah, die ich am Körper trug. »Ich bin mir sicher, dass es hier jemanden gibt, der gern bezeugen wird, dass mein Konto die erforderliche Deckung aufweist.« Tatsächlich war es sehr gut gefüllt, und selbst die große Summe, die ich gerade abheben wollte, würde daran wenig ändern.

»Nun gut. Sicherlich kann ich eine Ausnahme machen.« Hastig eilte er den marmornen Flur hinunter, um wenige Minuten später mit einer kleinen Holzkiste zurückzukehren.

»Ihr könnt es einfach hier hineintun.« Damit öffnete ich einen Lederbeutel, der mit einem Ziehband verschlossen wurde. Der Angestellte verstaute mehrere kleinere Säckchen mit Gold darin, bevor ich den Beutel wieder über die Schulter nahm und den Mantel darüberzog.

Anschließend suchte ich eine Schneiderei auf. Über der Tür hing ein Schild aus gegossener Bronze, aus dem eine Fadenspule und eine Nadel ausgefräst worden waren. Im Geschäft waren Roben aus jedem nur denkbaren Stoff ausgestellt. Kräftige Farbtöne und zarte Spitze, die aus den verschiedensten Ecken der Welt stammten. Keines der Kleider trug ein Preisschild.

Ich trat ein. Drei Frauen bestaunten ein Gewand, das im Fenster drapiert war. Sie sahen mich kurz an und erbleichten dann, bevor sie sich schweigend abwandten. Ich behielt die Kapuze auf. Es war mir lieber, wenn keine von ihnen mein Gesicht zu sehen bekam, vor allem dann nicht, falls sie morgen bei der Feier zugegen sein würden, zu der wir uns Einlass verschaffen wollten.

Möglichst unerkannt zu bleiben war jetzt wichtiger denn je.

Ich schlenderte gemächlich durch das Geschäft. Wilden hatte mir zugenickt, als ich eintrat, war aber jetzt mit einer Kundin beschäftigt. Es war eine Sterbliche mittleren Alters, die edel ausstaffiert war. Ihre Robe war so eng geschnürt, dass sie nur ganz flach atmen konnte; dementsprechend klang ihre Stimme schwach und keuchend.

Höchstwahrscheinlich die Frau eines Fürsten. Sie waren die Einzigen, die auch dann noch die neueste Mode tragen wollten, wenn die Blüte ihrer Jahre schon vergangen war.

Mir fiel ein Kleid im hinteren Bereich des Ladens ins Auge. Es bestand aus dünner Seide in verschiedenen Schattierungen: tiefes Rot, leuchtendes Orange, aber auch Nachtschwarz. Für das straffe Mieder und die Ärmel waren die Stoffe in Schichten übereinandergenäht. Der Rock war nicht so weit ausgestellt und üppig wie bei den Roben, die gemeinhin in Adelskreisen getragen wurden, sondern folgte den Kurven eines Frauenkörpers. Das Kleid ließ kaum Haut sehen, abgesehen von dem langen Schlitz, der seitlich an einem Bein bis hinauf zur Hüfte verlief.

Das Ganze erweckte den Eindruck einer lebendigen Flamme.

Zu gern hätte ich es getragen, aber dann ging ich um das Kleid herum, und mir sank der Mut. Der hochgeschlossene Kragen an der Kehle setzte sich auf der Rückseite nicht etwa fort, sondern öffnete sich so weit, dass der Rücken bis hinunter zum Steißbein völlig frei blieb.

Unter meinem Hemd kribbelten meine Narben. In einem solchen Kleid würde ich sie zwangsläufig der ganzen Welt offenbaren. Mich offenbaren. Das kam nicht infrage.

»Keera.« Wilden riss mich aus meinen Gedanken. Die anderen Frauen waren verschwunden, im Atelier waren nur noch wir beide. Das »Geöffnet«-Schild an der Ladentür war umgedreht.

»Wilden.« Nickend streifte ich meine Kapuze ab. Er hatte mir alle Kleider gefertigt, die ich für meine Missionen gebraucht hatte, abgesehen von der Robe, die ich in Aralinth getragen hatte. »Ich brauche ein Kleid.«

»Das habe ich mir schon gedacht«, bemerkte er. Seine braunen Locken fielen ihm ins Gesicht, und er strich sie zurück.

»Das hier gefällt mir«, sagte ich und deutete auf den Feuersturm aus Stoff. »Aber …« Mehr brauchte ich nicht zu sagen. Wilden wusste, dass ich stets Wert darauf legte, dass der Rücken und die

Arme bedeckt waren. Meine Narben hatte ich ihm nie gezeigt, und er hatte niemals irgendwelche Fragen gestellt.

Jetzt strich er mit dem Finger über das Mieder. »Ist es für das Erntefest?«

»Ja, von daher brauche ich es schnell«, sagte ich ein wenig schuldbewusst.

»Ihr braucht immer alles schnell«, erklärte er in scherzhaftem Ton, obwohl es stimmte. »Ich könnte es für euch umarbeiten. Braucht Ihr auch eine Maske?« Das Erntefest war stets ein Maskenball.

»Ja. Eine, die tatsächlich das Gesicht verdeckt.« Manche Frauen trugen bei solchen Anlässen nur dünne Streifen aus durchscheinendem Stoff. Ich hingegen wollte wirklich möglichst unerkannt bleiben.

»Auch die Ohren?« Wildens Frage klang völlig neutral. Ihm war es egal, wer seine Kleider trug. Ihm war nur wichtig, dass das Gesamtergebnis am Ende wirklich schön aussah.

Ich nickte.

»Dann muss ich sofort anfangen. Zieht Euren Mantel aus, ich muss neu Maß nehmen.« Er zog ein Maßband hervor.

»Warum?«, fragte ich. Das letzte Mal war das nicht nötig gewesen, wie ich mich erinnerte.

»Weil Ihr besser ausseht als bei unserer letzten Begegnung.« Sein Blick glitt über meinen Körper und meine klar hervortretenden Wangenknochen. Zwar waren mir selbst kleine Veränderungen aufgefallen, seit ich Aralinth verlassen hatte, aber ich hatte nicht erwartet, dass auch andere sie bemerkten. Mein Körper hatte an Kraft gewonnen, seit ich nicht mehr trank, und Muskeln, die zuvor beinahe verschwunden waren, zeichneten sich jetzt wieder unter meiner Kleidung ab. Mein Kinn und mein Bauch hatten alles Schwammige verloren, und selbst mein Haar glänzte mehr als früher.

Wilden rollte sein Maßband aus und machte sich an die Arbeit.

Wieder draußen auf der Straße, trat ich über die Bettler hinweg, die am Boden schliefen. Ich zog mir die Kapuze tiefer ins Gesicht. Es fühlte sich falsch an, mit einem Beutel voller Gold an all den Hungrigen vorüberzugehen, aber ich trug noch immer meinen schwarzen Mantel und die silberne Spange. Solange es irgend möglich war, musste ich meine Rolle weiterspielen.

Um schneller voranzukommen, bog ich in eine der kleinen Gassen ein und durchmaß sie zügig, bis ich im Augenwinkel zwei Gestalten wahrnahm. Als ich mich umwandte, sah ich Riven, der an einer Kreuzung mit jemandem sprach, der in einer Nebenstraße stand.

Zwar verschluckten die Schatten ihre Gesichter, aber Rivens beeindruckende Gestalt hätte ich auch in der Schwärze der Nacht erkannt. Bei der Abzweigung handelte es sich um eine Sackgasse. Nur wenige Fuß hinter ihnen ragte die Rückseite eines hohen Backsteingebäudes auf. An einem solchen Ort traf man sich nur, wenn man nicht gesehen oder gehört werden wollte.

Mein Instinkt riet mir, in die Schatten zurückzutreten und über die Mauer aufs Dach des benachbarten Gebäudes zu klettern. Unwillkürlich suchte ich die Ziegelwand bereits nach geeigneten Vorsprüngen ab. Aber Riven war keine Zielperson. Zwar war mir klar, dass wir niemals Freunde sein würden, aber mir zog es den Magen zusammen bei dem Gedanken, einen Verbündeten zu bespitzeln.

Sicher, er vertraute mir nicht völlig, aber seit wir das Faenland verlassen hatten, war ich doch etwas in seiner Achtung gestiegen. Wenn er mich jetzt beim Spionieren erwischte, würde es damit sofort wieder vorbei sein. Ich sah noch, wie Riven seinem Gegenüber ein Päckchen in die Hand drückte, aber dann drehte ich mich um und ging davon.

Es war ein junger Mann gewesen, der ein burgunderrotes Obergewand und gut geschnittene Hosen trug. Die Uniform der Sekretäre von Gut Erntereich. Aber was wollte Riven dort hineingelangen lassen, das wir nicht selbst hätten mit uns führen können?

Ich schob die Frage weg. Sicher, ich vertraute Riven auch nicht in jeder Hinsicht, aber darum ging es bei einem Bündnis auch nicht. *Nur so viel Wissen wie unbedingt nötig.* Die Worte hallten in mir nach. Riven hatte das respektiert, jedenfalls größtenteils. Also würde ich mich auch daran halten. Ich brauchte ihn nur als Unterstützer bei dem Unterfangen, den König aus dem Weg zu räumen.

Und in dieser Hinsicht vertraute ich ihm vollständig.

Am Stand eines Seifenhändlers blieb ich stehen. Hohe Glasflaschen stapelten sich am Rand des Wagens. Die Korken zeigten verschiedene Pastellfarben, die im Licht der untergehenden Sonnen funkelten. Ich nahm eine Flasche, die nach Birke roch, und ließ den frischen Duft auf mich wirken. Dieses Aroma vermittelte mir mehr als alles andere ein Gefühl von Geborgenheit, von einem Zuhause, auch wenn ich nie eins gehabt hatte.

»Hast du etwas Passendes gefunden?«, fragte Riven, der plötzlich hinter mir stand. Ich nickte, schnupperte noch einmal an der Flasche und schloss die Augen, um den Geruch noch intensiver wahrzunehmen. Dann lächelte ich den Händler entschuldigend an, weil ich nun doch nichts kaufte.

»Nik hat im Osten der Stadt ein Quartier für uns gefunden.«

»In der Kornkammer?«, vermutete ich. Das Gasthaus war klein, aber sauber.

Riven nickte, und wir gingen schweigend zum Mietstall, um unsere Pferde zu holen. Die Sonnen schickten lavendelfarbene Streifen über den Himmel. Es würde dunkel sein, bevor wir unsere Unterkunft erreichten.

Ich folgte mit meinem Reittier Rivens Pferd. Allmählich machten sich die vielen Reisetage bemerkbar. Mein Körper schmerzte an allen Stellen, an denen er auf den Sattel traf, und ich sehnte mich nach den Nächten auf dem harten Deckenlager nach einer weichen Matratze.

Riven holte die Schlüssel, während ich die Pferde unterstellte. Als er wieder zu mir stieß, schwenkte er einen einzelnen schwarzen

Schlüssel und eine zerknickte Notiz. »Nik und Syrra sind schon ins Bett gegangen. Er schreibt, es wären nur noch zwei Zimmer übrig gewesen, daher hätten sie uns den Schlüssel für das eine dagelassen.« Ungehalten zerknüllte er das Pergament. Offenbar stand ich in seiner Achtung doch noch nicht so hoch wie gedacht.

Jedenfalls konnte er den Gedanken wohl nicht ertragen, ein Zimmer mit mir zu teilen.

Aber auch ich stand wie erstarrt da, den Sattel noch in den Händen. Ich hatte mich so darauf gefreut, in einem Zimmer zu schlafen, in einem Bett. Auf eine Nacht, in der ich mir keine Sorgen machen musste, dass wir von Schemen oder Sklavenhändlern überrascht wurden. Und vor allem nicht darüber, dass meine Kleidung verrutschte und meine Narben preisgab.

Riven hatte gerade erst aufgehört, mich als Ungeheuer zu betrachten. Wenn ich ihm die endlose Namensliste offenbarte, die ich in meine Haut geritzt hatte, würde er sofort erkennen, wie zutreffend seine erste Einschätzung gewesen war.

Wir stiegen zu einem Zimmer im ersten Stock hinauf, und jetzt begriff ich Rivens Verärgerung. Der Raum war so winzig, dass er praktisch nur aus einer kleinen, abgeteilten Waschgelegenheit und einem Bett bestand.

Einem einzigen Bett.

Es war zwar groß genug für uns beide, aber auch nur gerade eben. Wir würden jedenfalls keine Möglichkeit haben, Berührungen zu vermeiden. Ich hätte im Zweifelsfall lieber wieder in meinem Deckenlager geschlafen, aber wir hatten die eingerollten Matten nicht mit nach oben genommen. Außerdem wäre auf dem Boden gar kein Platz dafür gewesen.

Meine Reisetasche stand auf einer kleinen Bank, und ich schnürte sie auf. Darin befanden sich lediglich Wäsche zum Wechseln und mein Nachthemd.

Mir wurde eiskalt. Seit meinen Prüfungen hatte ich kein Zimmer mehr mit einer anderen Person geteilt. Dabei war es nicht die

Vorstellung, mit jemand anderem in einem Bett schlafen zu müssen, die mir den Atem nahm. Wir lagerten nicht unter freiem Himmel, unter dem kühlen Licht der Monde, wo es sinnvoll war, mehrere Kleidungsschichten zu tragen, um unter den Decken auf der dünnen Matte warm zu bleiben. Wir befanden uns in einem geheizten Gasthaus.

Ich hatte kein Schlafzeug, das meine Narben verborgen hätte.

Riven bemerkte, dass ich wie erstarrt dastand. »Ich kann auf dem Boden schlafen«, sagte er und verschränkte die Arme. Seine raue Stimme klang weniger harsch als sonst, aber dennoch schwang deutliche Verärgerung darin mit.

»Nein«, versicherte ich viel zu schnell. »Es ist in Ordnung.« Nie und nimmer hätte er mit seiner riesenhaften Statur auf dem Boden Platz gefunden.

Ich beschäftigte mich damit, meine Sachen aus der Tasche auf die Bank zu packen. Das Nachthemd hatte eine zartorangene Farbe und war schimmernd weich. Es fühlte sich zum Schlafen herrlich an, aber es bedeckte nur wenig von meinem Körper. Ich warf es achtlos auf die Bank und ließ es dort liegen.

Das restliche Gepäck bestand aus unterschiedlich dicker Alltagskleidung. Daraus wählte ich ein Leinenhemd, das meine Narben einigermaßen verhüllen würde. Riven würde Fragen stellen, wenn er sah, was ich so mühevoll vor allen Blicken verborgen hatte. Es waren viel zu viele Geschichten auf meiner Haut eingeritzt. Geschichten, die ich selbst hatte vergessen wollen. Ich war nicht stark genug, um seine Abscheu zu ertragen, wenn er erkannte, wozu mich der König gemacht hatte. Das war *mein* Geheimnis. Eines, das Riven nicht erfahren musste.

Ich verschwand im winzigen Bad nebenan und ließ ein wenig heißes Wasser in das kleine Becken laufen, um mir den Dreck von der Haut zu waschen. Ein Badezimmer konnte man diesen Verhau nicht nennen, aber das war mir gleich. Wenn ich nach Pferdemist und Schweiß stank, dann würde Riven im Bett vielleicht weiter von mir abrücken.

Als ich wieder herauskam, trug ich zwar andere Sachen, aber noch immer Hemd und Hose. Riven sah zwar zu dem zerknüllten Nachthemd auf der Bank hinüber, sagte aber nichts, sondern trat jetzt selbst in den kleinen Nebenraum, um sich zu waschen.

Derweil kletterte ich ins Bett und legte mich auf die Seite, die an die Wand grenzte. Die Matratze war weich und dazu angetan, die Gliederschmerzen vergessen zu lassen. Ich schloss die Augen und hoffte, dass ich schon schlafen würde, wenn Riven ins Bett kam. Langsam zählte ich meine Atemzüge, aber der Schlaf wollte nicht kommen. Schließlich drehte ich mich zur Wand und versuchte es aufs Neue. Es klappte nicht. Ich lag einfach nur da und lauschte, wie Riven mit dem Wasser herumspritzte.

Dann hörte ich, wie er die Lampe neben der Tür herunterdrehte und sich auf den Bettrand setzte. Die Matratze gab unter seinem Gewicht nach. Er nahm noch einen Schluck aus dem Wasserschlauch und kroch dann unter das Laken, das wir uns teilen mussten.

Sein Ellenbogen streifte meinen Rücken, und mir entfuhr ein leiser Aufschrei. Schnell drehte ich mich um und presste den Rücken gegen die Wand, damit das nicht noch einmal passierte. Meine Brust hob und senkte sich unter meinen hastigen Atemzügen. Ich hatte noch immer das Gefühl, den Druck seines Arms auf meiner Wirbelsäule zu spuren, heiß und pulsierend wie eine Verbrennung.

»Ich wollte dich nicht erschrecken«, sagte er leise. Mit meinen überscharfen Sinnen erkannte ich sein Stirnrunzeln, als er mich ansah. Er kaute an der Innenseite seiner Wange. »Ist alles in Ordnung?«, fragte er dann und kam mir noch etwas näher.

»Ich werde nicht gern am Rücken berührt«, sagte ich. Meine Hand lag jetzt auf meiner Brust, und ich fühlte, wie heftig mein Herz schlug; es hämmerte so laut, dass ich fürchtete, das Bett würde unter seinen Schlägen erbeben.

Mit einem tiefen Atemzug schob ich mich noch weiter gegen die Wand. Selbst mit geschlossenen Augen spürte ich Rivens prüfenden Blick. Er bohrte sich in mich hinein, drückte mich auf die

Matratze, verankerte mich an seiner Seite. Das vertraute Kribbeln lief über meine Haut, eine elektrische Spannung floss über mein Rückgrat und wollte mich dazu bringen, noch näher an ihn heranzurücken. Also öffnete ich die Augen und sah ihn an.

Fühlte er das auch?

Zuerst hatte ich gedacht, dass es sich um einen Trick seinerseits handelte, um einen Zauber, den die Dunkelfaen kannten, um andere in ihrer Nähe zu beeinflussen. Aber die Kräfte der Faen konnten nicht endlos angezapft werden und brauchten Zeit, um sich wieder aufzuladen. Das Gefühl zwischen uns war aber immer da.

Spürst du es nicht? Das hatte er mich doch gefragt, vor vielen Monaten. Direkt, bevor er mich geküsst hatte.

In diesem Augenblick war es mir gar nicht aufgefallen, aber schon damals hatte mich dasselbe Gefühl erfasst, als Riven mich an diese Säule gepresst hatte.

Ich betrachtete seine Lippen und dachte daran, wie mein Körper auf ihre Berührung reagiert hatte. Damals hatte ich es als Ablenkungsmanöver, als Kniff abgetan, aber Riven war deswegen zornig gewesen. Er hatte so getan, als sei das nie passiert.

Das hatte ich auf meine Stellung als Klinge zurückgeführt, auf das, was ich getan hatte. Vielleicht fand er grässlich, was damals geschehen war. Aber je mehr Zeit ich mit ihm verbrachte, desto mehr erkannte ich, dass sich hinter seiner grimmigen Miene ein Fae verbarg, den ich kaum verstand. Erst hatte er sich in den Schatten verborgen. Und jetzt versteckte er sich hinter seinen Geheimnissen. Vielleicht wollte er auch nur, dass ich *glaubte,* er hätte diesen Kuss so schrecklich gefunden.

Was auch immer er denken mochte, blieb in dem Sturm verborgen, der hinter seinen Augen tobte. Er sah mich an, aber ich merkte, dass er mit seinen Gedanken woanders war.

»Woran denkst du?«, flüsterte ich. Die Worte kamen unwillkürlich aus meinem Mund, und ich wappnete mich für eine verächtliche Bemerkung.

Riven antwortete sofort; seine Stimme drang wie Samt durch die Dunkelheit. »Daran, dass es nach morgen kein Zurück mehr geben wird. Wenn wir den Schlüssel stehlen, ist es nur eine Frage der Zeit, bis der Diebstahl entdeckt wird.«

»Hast du Zweifel?«, fragte ich und hielt gespannt den Atem an.

Riven schüttelte den Kopf. »Es ist eine *Erleichterung*, dass wir etwas unternehmen können. Mir kommt es so vor, als würde ich dauernd nur planen und nie …«

»Nie genug erreichen«, beendete ich seinen Satz. Das Gefühl kannte ich gut. Egal, wie viele Halblinge ich rettete, wie vielen Leuten ich half, es gab immer zahllose weitere in Not, für die ich nichts tun konnte.

Riven nickte und biss sich auf die Lippe.

Ich merkte, dass ich seinen Mund anstarrte, als er meine Frage nun zurückgab: »Und woran denkst du?«

»Ich frage mich, warum du mich geküsst hast«, antwortete ich ehrlich. Mir fehlte die Kraft für eine Lüge.

Rivens Schulter spannte sich so stark an, dass die Matratze knarrte. Seine Augen verdüsterten sich. Er öffnete den Mund, wollte etwas sagen, machte ihn aber wieder zu. Ich konnte gerade eben den Abdruck der Fangzähne auf seiner Lippe erkennen.

»Ich hatte nicht erwartet, etwas zu fühlen, dass … Ich hätte das nicht tun sollen«, antwortete er nach angespanntem Schweigen. »Es wird nicht wieder vorkommen.«

»Wieso nicht?«, fragte ich gähnend. Ich war zu müde, um meine Neugier im Zaum zu halten.

»*Willst* du, dass es wieder passiert?«, fragte er nun, diesmal ganz ohne seinen üblichen Sarkasmus, und drehte sich weiter zu mir um. Sein Blick ging zwischen meinem Mund und meinen Augen hin und her.

»Wieso denkst du, dass du es nicht hättest tun sollen?«, wiederholte ich und wich so einer Antwort aus. Meine Wangen brannten. »Ich sehe es zwar genauso, aber mich interessiert deine Begründung.«

Er sah mir in die Augen, und er wirkte kein bisschen verärgert, nur ernst. »Ich hatte dich überrumpelt«, sagte er. »Und du hast mir in Aralinth deutlich gemacht, dass du es schrecklich fandest.« Er strich sich das lange Haar aus dem Gesicht und rieb sich den Hals. Ich nahm den Geruch nach Tau und Birkenholz an seiner Haut wahr. »Nie zuvor habe ich jemanden auf diese Weise berührt, ohne dass diejenige das auch gewollt hätte. Daher bedaure ich es sehr, dich in diese Lage gebracht zu haben. Auch wenn du versucht hattest, mich umzubringen.«

Obwohl ich schon so müde war, machte ich vor Staunen große Augen. So offen war er zuvor noch nie mit mir gewesen.

»Es war ein wenig unorthodox«, antwortete ich abwehrend. »Aber im Kampf ist alles erlaubt, Riven. Und es war schließlich ein Kampf, den ich gesucht hatte, wenn du dich erinnerst.« Er verzog den Mund zu einem leichten Grinsen.

»Außerdem würde ich nicht sagen, dass ich es *schrecklich* fand«, setzte ich gähnend hinzu und kuschelte den Kopf in das weiche Kissen.

Eigentlich hatte ich darauf noch eine bissige Bemerkung erwartet, aber Riven sagte nichts. Er blinzelte lediglich, bevor er sich auf den Rücken drehte. Ich beobachtete, wie sich das Laken im Rhythmus seiner Atemzüge hob und senkte, und die Gleichförmigkeit dieser Bewegung entspannte mich; mir war, als verginge darüber eine Ewigkeit. Als mir gerade die Augen zufallen wollten und ich schon spürte, wie mich der Schlaf umfing, hörte ich ihn noch einmal etwas flüstern.

»Gute Nacht, Keera.«

Zum ersten Mal benutzte er meinen Namen. Ich schlief mit einem Lächeln ein. Vielleicht war ich in Rivens Achtung doch mehr gestiegen, als ich erwartet hatte.

EINUNDDREISSIG

Am nächsten Tag ließ ich Riven nach dem Mittag bei den anderen und sagte, dass ich länger brauchen würde, um mich auf den Ball vorzubereiten. Zum Teil stimmte das, vor allem aber wollte ich Zeit für mich.

Es war gut möglich, dass wir an diesem Abend allesamt auffliegen würden. Zwar hatte ich mich schon früher oft weit aus dem Fenster gelehnt, wenn ich meine Stellung als Klinge ausnutzte, um etwas für die Halblinge zu tun, aber so ein großes Risiko war ich noch nie eingegangen. Wenn wir Lord Curringhams Schlüssel an uns brachten, würde das nicht lange unentdeckt bleiben. Sicherlich würde der Fürst sofort die Speicher überprüfen lassen und feststellen, dass sie leer waren. Dieser erste Teil des Plans setzte uns sofort stark unter Druck: Falls es uns nicht gelang, ein großes Loch in den Damm bei Silstra zu sprengen, bevor uns die Zeit davonlief, bedeutete das unseren Tod. Oder Schlimmeres.

Das wollte ich auf keinen Fall zulassen. Wir würden es schaffen. Dafür würde ich sorgen. Lord Curringham war ein Trottel. Ihm einen Anhänger abzunehmen, war verglichen mit vielen meiner anderen Taten als Klinge eine Kleinigkeit. Wir durften nur keine Fehler machen und mussten uns strikt an den vereinbarten Plan halten – dann sollten wir Cereliath unversehrt verlassen können.

Mein Kleid lag schon für mich bereit, als ich ins Gasthaus zurückkehrte. Die neugierige Frau des Wirts interessierte sich über Gebühr dafür, wieso ein Paket von Wildens Nadelwerkstatt für mich abgegeben worden war, aber ich gönnte ihr keinerlei Erklärung, sondern zog mir nur die graue Kapuze tiefer ins Gesicht. Ungewöhnliche Geschehnisse prägte man sich immer am besten ein. Und danach würden die Schemen als Erstes fragen, wenn es uns nicht gelingen würde, noch in der Nacht unbemerkt zu verschwinden.

Ich bestellte mir heißes Wasser aufs Zimmer und ließ die Frau mit offen stehendem Mund an ihrem Tresen zurück. Oben angekommen warf ich Wildens Lieferung aufs Bett. Noch war ich nicht bereit, sie mir anzusehen; erst musste ich einen Brief an Victoria schreiben.

Dazu brauchte ich länger als sonst, denn zur Sicherheit benutzte ich einen Code. Aber ich wollte sichergehen, dass sie weiterhin über Geldmittel für die Halblingflüchtlinge verfügen würde, auch wenn unser Plan scheiterte. Daher teilte ich ihr die genauen Ortsangaben dreier Grabstätten mit, an denen ich jeweils Schätze versteckt hatte. Kisten mit Gold und Edelsteinen, die Hunderten von Halblingen Sicherheit erkaufen würden. Ich wusste, dass Victoria über die richtigen Beziehungen verfügte, um diese Kisten an sich zu bringen und dafür zu sorgen, dass die Flüchtlingsunterkünfte weiterhin betrieben werden konnten. Zumindest, bis das Geld verbraucht war.

Wenn ich scheiterte, würde niemand mehr da sein, der sie finanziell unterstützte.

Dunkle Tinte befleckte meine Finger, da ich den Federkiel viel zu fest gehalten hatte. Das fiel mir erst auf, als ich nach einem Blick auf mein Hemd bemerkte, dass auch der Ärmel voller Tinte war. Ich hatte mir offenbar mehrfach über die Narben am Unterarm gestrichen. Immer wieder, als ob ich sie aufs Neue einritzen wollte.

Ich konnte nicht aufhören, an *sie* zu denken.

Von ihr geträumt hatte ich nicht wieder. Nicht mehr seit der Nacht, in der Riven mich geweckt hatte.

Dafür hatte ich in jedem wachen Augenblick an sie gedacht. Oder sie in den Gesichtern von Fremden, die an mir vorübergingen, zu erkennen geglaubt. Oder gedacht, dass jemand, der in einiger Entfernung lachte, ganz wie sie klang. Bei jedem blonden Haarschopf hatte ich mich unwillkürlich umgedreht und wider besseren Wissens darauf gehofft, dass sie es war.

Vielleicht war sie es auch.

Endlich hielt ich mich an mein Versprechen und setzte alles daran, den König und sein Königreich zu zerstören, so wie wir es gemeinsam geschworen hatten. Aber jetzt tat ich es für *sie*. Ich würde den Schwur erfüllen, vor dem ich mich so lange gedrückt und den ich so lange zu vergessen versucht hatte.

Und wenn es mir nicht gelang, würde ich zumindest wieder mit ihr vereint.

Das war es, was mir durch den Kopf ging, als ich mich wusch, mir den Dreck von der Haut und aus dem Haar spülte und die Tinte von den Fingern rieb. Als ich fertig war, bürstete ich mein Haar und ließ es an der Luft in sanften Wellen trocknen. Von Nikolai hatte ich mir etwas Haaröl geben lassen. Es roch wie ein Faengarten. Ein Hauch von Taurosen lag darin, aber auch die vielen anderen Blumendüfte, die Aralinth erfüllten, und ich merkte, dass ich mich ein wenig nach der Faenstadt sehnte.

Kurz vor der siebten Stunde erschien Nikolai mit der Kutsche, um mich abzuholen. Er war in der schlichten Livree eines Kutschers gekleidet, damit es ihm möglich sein würde, nahe an Gut Erntereich heranzukommen, die Augen aufzuhalten und uns eine Fluchtmöglichkeit zu bieten, falls irgendetwas schiefging. Unter seiner Uniform blitzte die Kette seines Zauberscheinanhängers auf. Das Schmuckstück würde Sterbliche daran hindern, ihn überhaupt wahrzunehmen, solange alles nach Plan verlief.

Nikolai sprang vom Kutschbock. Verblüfft glitt sein Blick über mein Äußeres.

»Sag mir bitte, dass das nicht dein Kleid ist«, bemerkte er mit leicht hochgezogener Oberlippe.

Wilden hatte mir einen Mantel mitgegeben, den ich tragen konnte, um das Kleid auf der Fahrt zum Herrenhaus zu verbergen. Er war schwarz, aus feinerem Stoff als mein üblicher Umhang, und verhüllte meine ganze Gestalt bis hinunter zu den Füßen. Die Maske hielt ich in der Hand. Es bestand kein Grund, sie aufzusetzen, bevor wir aus der Kutsche ausstiegen.

»Ich hätte auch die Rolle des Kutschers übernommen, wenn du dann dafür den Fürsten abgelenkt hättest«, erinnerte ich ihn. Mich als Spielzeug für die reichen Männer Elveraths herauszuputzen, war für mich der deutlich unangenehmste Teil dieses Plans.

»Ja, aber aus irgendeinem unerfindlichen Grund denke ich, dass sie *dich* viel attraktiver finden werden. Auch wenn *meine* Erscheinung mit Sicherheit aufregender gewesen wäre.« Er öffnete den Schlag der Kutsche mit einer übertriebenen Verbeugung.

Ich starrte in die leere Kabine.

»Wo ist Riven?«, fragte ich. Wir hatten gemeinsam bei dem Fest erscheinen wollen, wobei er als Botschafter der Dunkelfaen auftreten sollte, um den Fürsten auf Augenhöhe begegnen zu können. Ohne ihn oder eine Einladung würde ich sofort peinlichen Fragen ausgesetzt sein, sobald ich durch die Tür trat.

»Eine kleine Planänderung«, brummte Nikolai, der verärgert klang.

»Was für eine kleine Änderung?«, fragte ich mit zusammengebissenen Zähnen.

»Keine große Sache.« Nikolai hob die Hände. »Er wollte nur schon früher zum Herrenhaus, um ein paar Dinge zu klären. Aber er wird am Eingang auf dich warten.«

Ich wollte protestieren, aber es war ja nicht zu ändern. Riven war schon vor Ort, und er hatte unsere Pläne geändert, ohne mich in seine Überlegungen einzubeziehen. Falls wir die Nacht überstehen würden, konnte er sich auf etwas gefasst machen.

Ohne ein weiteres Wort stieg ich ein und zog die Tür zu.

»Das wird lustig«, hörte ich Nikolai draußen murmeln.

Ich sah aus dem Fenster, als wir die Sandsteinauffahrt hinauffuhren. Vom Boden aus wirkte das Herrenhaus ganz anders. Nachdem ich so lange auf seinen Dächern und Mauern umhergeschlichen war, hatte ich fast vergessen, wie schön es war. Das Anwesen war kreisförmig angelegt, wie der Rest der Stadt. Die Auffahrt führte über den Burggraben, der das Haus wie ein Ring umschloss, und war auf beiden Seiten von Steinmauern eingefasst.

Überall im Graben befanden sich kleine, kreisrunde Inseln, auf denen Bäume mit roten und orangefarbenen Blüten wuchsen. Das Herrenhaus selbst war ebenfalls aus Sandstein erbaut. Das erste Stockwerk war von einer offenen Terrasse umgeben, die, da das Gebäude auf dem höchsten Hügel Cereliaths errichtet worden war, einen herrlichen Blick über die ganze Stadt bot. Große Säulen aus gelbem Stein stützten das Dach und den Sonnensteinturm, der sich darüber erhob.

Nikolai lenkte die Pferde zu der kleinen Schlange wartender Kutschen, die sich vorm Haupteingang gebildet hatte. Ich saß geduldig da, während es im Schneckentempo weiter voranging, und hielt durchs Fenster nach Riven Ausschau, konnte ihn jedoch nicht entdecken.

Das war kein gutes Omen für den restlichen Verlauf der Nacht.

Nach einigen Minuten sprang Nikolai vom Bock, öffnete den Wagenschlag und streckte mir den Arm entgegen. Ganz kurz zögerte ich. Der Klinge des Königs wurde niemals eine stützende Hand geboten.

Aber heute Abend war ich nicht die Klinge des Königs. Das war ich schon seit Wochen nicht mehr.

Die Leute würden nichts anderes sehen als eine weitere Sterbliche in einem überwältigenden Kleid.

Falls wir je so weit kamen. Wir würden nur mit Riven ins Innere des Hauses gelangen. Das war uns sicherer erschienen, als auf meine Autorität als Klinge zu setzen. Kaum jemand würde es wagen, einem Botschafter der Dunkelfaen entgegenzutreten und ihm den Zutritt zu verweigern, dazu fürchteten sich alle viel zu sehr vor seinem Volk. Darauf hofften wir jedenfalls.

Und jetzt hoffte ich vor allem, dass Riven endlich erschien, um mich hineinzugeleiten.

Nikolai schloss hinter mir die Tür und verneigte sich höflich. Ich bemerkte, wie schwer es ihm fiel, auf seine üblichen übertriebenen Gesten zu verzichten, die nicht zu seiner Rolle als einfacher Kutscher gepasst hätten. Er sollte schließlich so unauffällig wie möglich bleiben. Was für Nikolai eine echte Herausforderung war.

Ich zog meine Kapuze ins Gesicht und spielte mit dem goldenen Armband an meinem Handgelenk. Syrra hatte es geschmiedet, und Riven hatte das Metall mit einem Zauberschein belegt. Es würde die Leute daran hindern, mich in meiner wahren Gestalt wahrzunehmen. Selbst wenn meine Maske einmal herunterrutschte, würden meine Ohren allen Anwesenden ganz und gar menschlich erscheinen, während das Silber meiner Augen einem ganz normalen Braun wich, jedenfalls für jene, die nicht wussten, wer sich hinter der Maske verbarg. Es funktionierte genau wie der Zauberschein, durch den wir bei Aralinth in den Wald getreten waren.

Ohne Riven zog ich dennoch viel zu viele Blicke auf mich, wie ich so am Eingang stand, ohne Einladung oder Begleitung. Frauen wurden nicht nach Gut Erntereich eingeladen; sie begleiteten lediglich die Fürsten, die dort Umgang pflegten.

Doch jetzt kam Riven schnellen Schritts über den Gartenweg geeilt. Ich seufzte, und mein Zorn wich der Erleichterung. Er war ganz in Schwarz gekleidet. Seine langen Stiefel reichten bis zum Knie, darüber trug er eine Hose in derselben Nachtschattenfarbe. Seine Jacke war lang und über der Brust mit mehreren Knöpfen geschlossen, und vom obersten Knopf zog sich ein dünnes Goldkettchen zu dem goldenen Wappen, das drei Altenbirkenblätter zeigte.

Das Wappen der Faen.

Als seien diese Aufmachung und sein riesenhafter Wuchs nicht schon auffällig genug, trug er dazu noch eine Maske in dunklem Blaugrün, die seine Faenohren freiließ. Sie betonte seine Augenfarbe und die scharf geschnittenen Gesichtszüge. Das schwarze Haar hatte er an den Seiten zu kleinen Zöpfen geflochten und über dem Scheitel mit einer goldenen Spange zurückgebunden, sodass es lang über seinen Rücken fiel.

Er sah mehr als nur gut aus. Er war atemberaubend. Selbst ich fühlte mich unwillkürlich von ihm angezogen. Keiner der anwesenden sterblichen Männer konnte Riven das Wasser reichen. Und genau das hatten wir beabsichtigt. Unser Auftritt sollte so viel Aufmerksamkeit auf uns lenken, dass niemand es bemerken würde, wenn wir den Schlüssel von Lord Curringhams Hals zogen.

Ich fasste nach Rivens Arm und richtete meinen Blick auf seinen scharf geschnittenen Nasenrücken. Er wandte sich ab und wollte mich nicht ansehen. Mein Magen rutschte mir bis in die Kniekehlen.

Dass Riven Geheimnisse hatte, kümmerte mich nicht. Ich hoffte nur, dass sie uns nicht das Genick brachen.

In der Eingangshalle war es voll. Gäste und Halblingdiener starrten uns an, als wir an ihnen vorübergingen – nicht wegen mir, sondern wegen Riven.

Es war Jahrzehnte her, seit ein Dunkelfae eines der großen Häuser Elveraths betreten hatte. Und dementsprechend fielen den Anwesenden die Augen aus dem Kopf, als ihnen klar wurde, wer – *was* – Riven war. Die Gattin eines Fürsten sank in Ohnmacht, als er an ihr vorbeiging.

Jetzt gab es kein Zurück mehr. Es würde keinen Tag dauern, bis die Schemen von Rivens Anwesenheit erfuhren, vielleicht sogar nur

Stunden, falls jemand eine Nachricht nach Silstra sandte. Wie gut, dass alle Schemen nach Volcar beordert worden waren.

»Ich muss meinen Umhang abgeben«, sagte ich zu Riven und deutete zur Garderobe im hinteren Teil der Eingangshalle. Zwei Halblingdiener standen vor dem kleinen Raum und begrüßten die Lords und Ladies, die ihnen ihre Mäntel in die Hand drückten. Riven nickte, während er aufmerksam die Gesichter der maskierten Gäste betrachtete. »Wir treffen uns auf der Empore an der Treppe«, sagte er und reckte weiter den Hals, um zu sehen, ob unser Opfer schon irgendwo zu entdecken war.

Nachdem ich den beiden Dienern erklärt hatte, dass ich meinen Mantel selbst aufhängen wollte, drängte ich mich an ihnen vorbei; eigentlich ging es mir vor allem darum, meine Maske ungestört ausrichten zu können. Zwischen den Kleiderständern voller Bügel und Mäntel hing ein großer Spiegel, und ich zog einen der Ständer näher heran, damit er mir Deckung bot. Schließlich wollte ich nicht, dass die Diener meine Ohren sahen, auch wenn der Zauberschein sie tarnen würde.

Dann setzte ich die Maske auf. Sie bedeckte den größten Teil meiner Stirn mit vergoldeter Spitze und schwang sich dann wie Flügel im Aufwind nach außen, wodurch sie das Flammenmotiv meines Kleids wieder aufnahm. Befestigt wurde sie mit einem dicken roten Band. Bevor ich es zuknotete, steckte ich mein Haar kurz hoch und legte das Band über meine Ohren. Als ich das Haar wieder löste, stellte ich erleichtert fest, dass meine Ohrspitzen völlig versteckt waren.

Da der Zauberschein meine Augenfarbe verbarg, war ich absolut nicht zu erkennen.

Sterbliche, Halblingfrau oder sogar Elfin – ich hätte alles sein können.

Die Gäste würden den ganzen Abend darüber tuscheln und sich fragen, wer die Begleiterin war, die der Fae mitgebracht hatte. Mir war egal, was man über mich sagte, solange der Tratsch über uns den Hausherrn gründlich ablenkte.

Schließlich legte ich den Mantel ab und reichte ihn einem der Diener, als ich wieder ging. Seine Augen weiteten sich und glitten über den Saum meines Kleids. Wilden hatte sich selbst übertroffen.

Hinter der Eingangshalle befand sich der große Ballsaal. Eine große Flügeltür öffnete sich vor einer Empore, von der links und rechts eine Treppe hinunterführte. Riven stand in der Mitte dieses Balkons und blickte auf die Menge zu seinen Füßen. Unten auf der Tanzfläche hatte sich bereits ein gedämpftes Raunen erhoben. Die Damen flüsterten hinter ihren Seidenfächern miteinander, und die Fürsten standen mit ihren Weinkelchen da und tuschelten ebenfalls verblüfft.

Nach einem tiefen Atemzug trat ich zu Riven. Einigen Damen blieb der Mund offen stehen, als ich an ihnen vorbeiging, und sie erstarrten mit erhobenen Fächern. Ein Diener ließ sein Tablett fallen, was aber niemand hörte. Jedes Gesicht im Saal war mir zugewandt. Sie alle hielten die weit aufgerissenen Augen auf mich gerichtet, während ich zur Treppe ging.

Bei jedem Schritt bewegte sich der Stoff des Kleids, und aus Rot wurde zuerst Gelborange, bevor die Schichten aus Kohle und Rauch sichtbar wurden. Ich war in lebendiges Feuer gekleidet. Die Blicke der Menge machten mich nervös; schließlich hatte ich lange Zeit lieber in den Schatten gelauert und es um jeden Preis vermieden, auf mich aufmerksam zu machen. Ich hatte die Blicke gefürchtet, die man mir zuwarf, wenn man meinen schwarzen Mantel oder die Schwertspange an meinem Hals erkannte. Aber die Reaktion der Leute hier war anders.

Es lag keine Angst, kein Ekel darin. Nur ehrfürchtiges Staunen. Ich hob das Kinn ein klein wenig. An diesem Abend war ich kein Ungeheuer, sondern ein begehrenswerter Preis.

Jetzt bemerkte auch Riven das Geflüster der Gäste und wandte sich mir zu, und als seine Augen mich erfassten, atmete er spürbar heftig aus. Sein Blick fuhr über die wirbelnden Feuerschichten, nahm die nackte Haut meiner Wade wahr und folgte dem Schlitz meines Kleids nach oben. Mir stockte der Atem, als er bis zu meiner Hüfte gewandert war. In seinen Augen schien ein violetter Sturm zu toben, als er das eng geschnittene Mieder genauer betrachtete.

Das vertraute Kribbeln elektrischer Aufladung ging über meine Haut. Unsere Blicke kreuzten sich. Es lag kein Hass in seinen Augen, sondern etwas anderes. Etwas Ungezähmtes, Wildes. Kurz erhaschte ich das Blitzen seiner Fangzähne, bevor ich seine Hand nahm und ihn an meine Seite zog.

»Du glotzt mich an«, flüsterte ich.

Riven blinzelte kurz und räusperte sich dann. »Entschuldigung«, sagte er und führte uns zur linken Seite der Empfangstreppe. Dabei führte er die Hand über meinen Rücken und legte sie dann an meine Taille. Die Berührung löste ein solches Feuer auf meiner Haut aus, dass es mir wirklicher schien als die Illusion, die mein Kleid erweckte.

Lord Curringham stand am Fuß der Treppe. Der goldene Anhänger hing über seiner schwarzen Jacke und bewegte sich bei jedem Atemzug ein klein wenig über seiner Brust.

Hinter ihm stand Lady Darolyn, die mich mit zusammengekniffenem Mund anstarrte. Natürlich hatte sie die Begierde in Curringhams Blick bemerkt.

Riven verstärkte den Griff um meine Taille.

Curringham deutete eine winzige Verbeugung in Rivens Richtung an, wobei er mich geflissentlich übersah.

»Bitte entschuldigt, dass ich Euch nicht am Eingang begrüßte. Mir war nicht bewusst, dass Lord Feron einen Gesandten zu unseren Festlichkeiten schickt«, erklärte Curringham diplomatisch. Seine Wangen waren leicht gerötet, und ein Schweißfilm stand auf seiner Stirn.

Das entlockte mir ein leises Grinsen, und ich hoffte, dass er in diesem Moment befürchtete, Riven würde sich in einen Werwolf verwandeln und ihn mit Haut und Haaren verschlingen. Es war viel lustiger, Curringham in freier Wildbahn zu beobachten, anstatt auf seinem Dach herumzulungern.

»Ich hoffe, Ihr und Eure … Lady …« Curringham ließ erneut seinen Blick über mich schweifen und versuchte offenbar herauszufinden, was für ein Wesen ich sein mochte. Kurz überlegte ich, ihm aus reiner Gehässigkeit die Fangzähne zu zeigen. »Ich hoffe, Ihr werdet uns die Ehre erweisen, am ersten Tanz teilzunehmen.«

Riven wollte ablehnen, aber mir gefiel die Vorstellung, den Fürsten noch etwas mehr zu schockieren.

»Es wäre uns ein Vergnügen«, erklärte ich und genoss seine Fassungslosigkeit angesichts der Tatsache, dass gerade eine Frau das Wort an ihn gerichtet hatte. Oder vielleicht sogar ein Weibchen. Dass er das nicht eindeutig bestimmen konnte, machte ihm zweifelsohne schwer zu schaffen. Dann fasste ich Rivens Arm fester und zog ihn davon.

»Wir müssen es irgendwie schaffen, an die Kette heranzukommen«, flüsterte er rau.

»Wir werden uns aber keinen Gefallen tun, wenn wir uns weigern zu tanzen«, sagte ich, ohne die Lippen zu bewegen.

Riven sah mich zweifelnd an, und er ließ die Schultern hängen, während er beobachtete, wie sich die Tanzfläche mit Paaren füllte.

»Du kannst doch tanzen, oder?«, fragte ich. Mein Magen krampfte sich zusammen. Da hatten wir wochenlang geplant, an einem *Ball* teilzunehmen, und mir war nie der Gedanke gekommen, Riven zu fragen, ob er tanzen konnte! Ich war einfach davon ausgegangen, dass man das als Unsterblicher irgendwann lernte.

»Natürlich kann ich tanzen«, zischte Riven. Er blieb mitten auf der Tanzfläche stehen.

Ich grinste. »Das ist gut, weil ich hier nicht so führen kann, wie ich das normalerweise tue.«

Das Streichorchester begann zu spielen, und die Paare stellten sich zum Tanz auf. Das langsame Tempo der Musik erfüllte den Raum. Riven nahm meine Hand und fasste nach meiner Taille. Dort, wo er mich berührte, brannte meine Haut geradezu.

Dann zog er mich an sich, und unsere Körper berührten sich bei jedem Atemzug, als wir mit dem Walzer begannen. Ich legte den Kopf in den Nacken, als wir durch den Raum kreisten. Rivens Augen ruhten auf meiner schutzlosen Kehle. Der Gedanke daran, wie warm sich seine Lippen an meiner pochenden Pulsader anfühlen würden, löste ein Kribbeln in meinem Magen aus. Er verstärkte seinen Griff, als wir uns wie die anderen Paare drehten.

Der Cellist begann schneller zu spielen, und wir passten unsere Schritte an. Die anderen Paare tanzten neben uns durch den Saal, wogten wie eine einzige synchrone Welle dahin. Riven grinste und packte mich mit beiden Händen um die Taille. Meine Augen weiteten sich, als er mich in die Höhe hob, als sei ich federleicht. Dann drehte er sich mit mir über dem Kopf um die eigene Achse, und ich hielt den Atem an. Die Gesichter um uns herum verschwammen, und außer dem violetten Augenpaar unter mir war da nichts, woran ich mich hätte festhalten können.

Die vielen Stofflagen meines Kleids flatterten durch die Luft, als wollten sie den Saal in Brand stecken. Riven ließ mich eng an seinen Körper gepresst langsam sinken, bis meine Füße fast über den Boden strichen. Er hörte nicht auf zu tanzen und drehte sich im Kreis, während er mich weiter festhielt. Ich warf den Kopf in den Nacken und lachte, als wir uns schneller und schneller drehten. In seiner Umarmung musste es aussehen, als würde ich tanzen, aber mir war, als würde ich fliegen.

Die Musik wurde langsamer, und jetzt ließ mich Riven wieder los. Er streckte den Arm aus, und ich drehte mich wie ein Kreisel, eingehüllt in Flammen. Dann zog er mich mit einem Ruck an seine Brust. Die anderen Paare verneigten sich, als das letzte Crescendo durch den Ballsaal hallte, und applaudierten dem Orchester. Riven hielt mich weiter fest.

Als ich den Kopf hob, blickte ich in seine Augen. Sie kündeten von derselben Bewunderung wie die Gesichter der anderen Gäste, aber für mich war sein Blick so viel süßer. Es war keine geheimnisvolle Frau, die er so betrachtete. Er sah in meine Silberaugen und wusste, dass ich es war, die hinter dieser Maske steckte.

Sein Daumen strich sanft über meinen Wangenknochen. »Du bist immer schön«, flüsterte er. »Aber wenn du lachst, bist du *unvergleichlich*.«

Als er mir die Hand küsste, vergaß ich zu atmen. Mir versagte die Stimme. Die vertraute elektrische Spannung schoss mir derart durch die Glieder, dass jeder Zoll meiner Haut sich bloßgelegt und wund anfühlte.

Hinter mir schnaufte jemand, und der Zauber dieses Augenblicks verflog. Ich biss die Zähne zusammen. Als ich mich umwandte, stand Curringham hinter mir.

Er streckte mir die Hand entgegen, sah dabei aber Riven an. »Wenn ich um diesen Tanz bitten dürfte?«

Riven ballte die Fäuste. Seine violetten Augen blitzten, und ich nahm etwas Bitteres in der Luft wahr. »Da müsst Ihr sie fragen«, antwortete er gepresst.

Curringham hatte Rivens Mienenspiel bemerkt und wurde bleich. Ich griff nach seiner Hand und setzte hastig ein Lächeln auf. »Natürlich, Mylord«, sagte ich mit einer Verbeugung. »Es wäre mir ein Vergnügen.«

Curringham legte mir die Hand tief unten auf den Rücken. Ich schob sie etwas höher und kniff ihn dabei absichtlich.

»Die Faen mögen ihre Frauen also gern wild?«, flüsterte er mir ins Ohr. Meine grimmige Miene konnte er nicht sehen, da ich über seine Schulter blickte.

Riven stand hinter einer Gruppe Fürsten und war in den Schatten der Empore gehüllt. Er beobachtete, wie Curringham mich wie einen Pokal durch den Saal führte. Ich hätte mich am liebsten übergeben, aber wir brauchten immer noch diesen Anhänger.

Eigentlich hatten Riven und ich Curringham betrunken machen wollen, aber jetzt sah ich eine andere Möglichkeit. Zwar wagte ich nicht, während unseres Tanzes einen Blick auf das Schmuckstück zu werfen, aber meine Finger bahnten sich bereits den Weg über seine Schulter und warteten nur noch auf den richtigen Moment. Dann stieß Curringham gegen ein anderes Paar, und die Chance war dahin. Er starrte die beiden Tänzer an, als sei es ihre Schuld, und ich widerstand der Versuchung, die Augen zu verdrehen. Curringham mochte noch so viel Geld haben, das Tanzen hatte ihn sein Reichtum nicht gelehrt. Er trampelte achtlos durch den Saal und trat mir dabei immer wieder auf den Rocksaum.

Als die Musik aufhörte, löste ich mich von ihm und vollführte eine tiefe Verbeugung. »Ich danke Euch, Mylord«, sagte ich und ging davon, um mir ein Glas Wasser zu holen. Lady Darolyn drängte sich sofort an seine Seite und nagelte ihn auf der Tanzfläche fest.

Ich trank das ganze Glas in einem Zug, als wollte ich die Wut in meinem Innern damit löschen. Curringham ließ Lady Darolyn mitten unter den Tänzern stehen und gesellte sich zu vier Fürsten, die laut lachend beieinanderstanden und ihre Kelche so wild schwenkten, dass der Wein darin immer wieder überschwappte.

Gerade wollte ich auf sie zugehen, als plötzlich ein anderer Fürst neben mich trat. Sein Gesicht war mir vage vertraut; schließlich hatte ich das Herrenhaus monatelang beschattet. An seinen Namen erinnerte ich mich allerdings nicht.

»Wollen wir?«, fragte er und hielt mir seinen Arm hin. Offenbar hatte ich mich unabsichtlich für einen weiteren Tanz verpflichtet, als mein Blick Curringham über die Tanzfläche gefolgt war. Mein Gegenüber runzelte die Stirn und streckte mir nach wie vor auffordernd den Arm entgegen. Zögernd willigte ich ein.

Bei jeder Drehung versuchte ich die Fürsten im Auge zu behalten. Riven stand hinter ihnen und wartete auf eine günstige Gelegenheit. Ich tanzte an der Seite des namenlosen Lords einen Walzer durch den Saal und machte bewusst größere Schritte, um uns in die richtige Richtung zu bewegen.

Schließlich waren wir Curringham ganz nahe, und ich konnte

sehen, dass er mich immer noch mit den Augen verschlang. In diesem Augenblick löste ich mich für einen Moment aus dem Griff meines Partners, hielt aber dabei noch kurz seine Hand, damit es so aussah, als sei die Bewegung von ihm ausgegangen. Wenn Curringham und seine Begleiter mir jetzt nicht auswichen, würde ich direkt mit ihnen zusammenstoßen.

Es klappte.

Die Fürsten traten mit einem überraschten Ausruf zurück. Curringham bemerkte es nicht einmal, dass Riven ihm die nachgemachte Kette über den Hals warf. Jetzt musste er nur noch die echte mit dem Anhänger zertrennen, dann hatten wir es geschafft.

Mit angehaltenem Atem verfolgte ich, wie er ein Messer zückte, das allein ich sehen konnte. Er packte die Goldkette und schob die Klinge darunter. Ausgerechnet in diesem Augenblick wandte sich Curringham mit einem Ruck nach vorn, um nach einem Champagnerglas zu greifen, das ein Diener auf einem Tablett vorübertrug, und die Kette rutschte von der Messerklinge.

Der Diener hatte ihn nicht bemerkt und ging weiter. Curringham ließ die Fürsten stehen und marschierte ihm hinterher.

Und Riven stand mit einem Messer und ohne Schlüssel da.

Wie lange würde es dauern, bis Curringham auffiel, dass er zwei seiner einzigartigen Anhänger trug?

Ich musste etwas tun. Und zwar schnell.

»Mir wird schwindlig«, erklärte ich meinem Tanzpartner bei der nächsten Drehung. Er ließ seine Hand sinken und fragte, ob er mir einen Sitzplatz suchen sollte, aber das lehnte ich ab.

Stattdessen sah ich mich nach Riven um, der Curringham entlang der gerundeten Wände des Ballsaals folgte. Dann fing ich seinen Blick auf und nickte kurz. Er warf mir sein Messer zu, als ich an ihm vorüberging. Mit einer schnellen Bewegung hatte ich den Griff gepackt und presste die Klinge gegen mein Handgelenk.

Curringham hatte den Diener an der Treppe erreicht und hielt ihm wegen der erbärmlichen Bedienung lautstark einen Vortrag, der von den Marmorstufen zurückschallte. Ich schob das Messer in den linken Ärmel und tat so, als wollte ich ein Glas von dem Tablett nehmen, das der Bedienstete trug. Dabei stolperte ich mit Berechnung über meinen Rocksaum, fiel gegen Curringham und stützte mich mit ausgebreiteten Händen an seiner Brust ab.

»Ich bitte um Entschuldigung, Mylord«, sagte ich mit so rauchiger Stimme, wie ich es irgendwie zuwege brachte. Meine linke Hand ruhte auf seiner Schulter, und meine Finger legten sich um die erste Kette. Welche von den beiden die echte und welche die falsche war, konnte ich beim besten Willen nicht sagen.

»Das ist schon in Ordnung«, sagte Curringham in einem begierigen Ton, der mir überhaupt nicht gefiel. Er fasste nach meiner Taille und kniff mich dabei in die Hüfte. »Ich würde doch nie zulassen, dass so ein herrliches Geschöpf vor mir auf die Knie fällt, auch wenn das ein sehr bestechender Anblick wäre.« Jetzt fand ich ihn noch ekelhafter als zuvor.

Meine Finger krallten sich um eine der beiden Goldketten, aber ich wusste noch immer nicht, ob ich nun den echten Anhänger erwischt hatte. Ich tastete nach dem zweiten. Er fühlte sich anders an. Beinahe schwerer, als ob er von etwas umhüllt war, das die andere Kette nicht aufwies.

Magie.

Wie war es möglich, dass ich das spürte? Zum Überlegen war keine Zeit. Rasch durchtrennte ich das dünne Metall mit dem kleinen Messer und zog an der Kette, aber sie hatte sich in der anderen verhakt.

Curringham versteifte sich und senkte schon den Kopf, um auf seine Brust zu blicken.

»Da bist du ja«, sagte eine dunkle Stimme hinter mir.

Curringham sah jetzt zu Riven, der über die Tanzfläche auf uns zukam, mich an sich zog und meine Hand samt Anhänger mit seiner umschloss. Dann beugte er sich zu mir und küsste mich.

Die unterschwellige elektrische Spannung zwischen uns explodierte. Sie fuhr mir wie ein Schlag durch die Brust und trieb mir den

Atem aus den Lungen. Riven wich kurz ein kleines Stück zurück, und seine Augen weiteten sich; mir war klar, dass er ebenso wie ich in seinen Grundfesten erschüttert worden war. Ich wandte mich nicht um, als Curringham davonmarschierte.

Ich sah nur Riven. Seine violetten Augen senkten sich in meine, und mir wurde so heiß, dass ich mich beinahe fragte, ob mein Kleid vielleicht wirklich in Flammen stand. Seine Zunge fuhr kurz über seine Unterlippe, als wollte sie die Stelle schmecken, die meine kurz zuvor noch berührt hatte.

Ich wollte mehr. Ich wollte ihn wieder kosten, noch einmal diese Spannung zwischen uns erleben.

Fast hatte ich mich schon auf die Zehenspitzen gestellt, um ihn näher an mich zu ziehen, aber das war gar nicht nötig. Er reckte sich mir entgegen, schlang die Arme um meinen Rücken und drückte mich mit so viel Kraft an sich, dass zwischen uns kein Blatt Pergament mehr gepasst hätte.

Als er mich dann endlich küsste, war es nicht sanft, sondern voller Begierde. Auch er sehnte sich offenbar danach, dass dieser Kitzel zwischen uns erneut aufflammte. Ich fasste mit der freien Hand nach seinem Haar und krallte mich leicht darin fest. Riven stieß ein leises Stöhnen aus und knabberte an meiner Unterlippe, sodass ich spüren konnte, wie scharf seine Fangzähne waren.

Er schmeckte wie ein Frühlingsmorgen, nach Frische und nach Holz. Ich gab mich ganz und gar dieser Umarmung, dieser Wärme hin. Seine Hand streifte über meinen Arm und schmiegte sich an meine Wange. Dann beendete er den Kuss, obwohl noch immer so viel Leidenschaft in seinen Augen stand, und berührte mit den Lippen ganz leicht meine Stirn.

»Ich bringe den Schlüssel zu Nik«, flüsterte er mir ins Ohr. Ich nickte, ohne etwas erwidern zu können, und sah ihm nach, wie er die Treppe hinaufging. Mein Blick verschwamm, als er durch die Türen schritt und verschwand.

Ich musste mich hinsetzen.

Für ältere Sterbliche hatte man ein paar kleinere Stühle aufgestellt, und dort ruhte ich mich noch ganz durcheinander aus. *Was war denn das eben?*, fragte ich mich und strich mit dem Finger über meine Lippen. Noch immer brannte die Erinnerung an Rivens Berührungen auf meiner Haut. Sicher, er hatte mich geküsst, um Curringham abzulenken, aber deswegen hätte es nicht *so intensiv* sein müssen.

Ich sah immer noch zur Treppe. Jetzt, da ich ihn nicht mehr sehen konnte, sehnte sich meine Haut so sehr nach Rivens Berührung, dass es beinahe schmerzte. Ohne den Blick von der Empore zu lösen, trank ich einen Schluck aus einem Wasserglas.

»Wo ist George?«, hörte ich einen hochgewachsenen Gast zwei Bekannte fragen, die sich um einen Tisch nahe der Wand geschart hatten.

»Ich weiß nicht genau«, gab ein kleiner, untersetzter Mann zurück. »Seit wir uns mit dem Prinzen unterhielten, habe ich ihn nicht mehr gesehen.«

Mit dem Prinzen?

Mir wurde eiskalt. Das Wasserglas knackte in meiner Hand.

Damien. Natürlich, er ließ kein Fest aus. Nicht einmal, wenn ihm sein Vater befohlen hatte, in der Hauptstadt zu bleiben. Mir drehte sich der Magen um, während ich mich hektisch umsah. Die Narben auf meinem Rücken brannten.

Wir mussten hier weg. Damien war stolz, zu stolz. Er würde das Fest nicht verlassen, ohne mit der Begleitung des Dunkelfaen geflirtet zu haben. Wahrscheinlich reichte ihm ein Blick auf mein Kleid oder dass mich ein Fürst erwähnte, den er nicht mochte, damit er mich zum Ziel seiner nächsten Eroberung machte.

Das durfte ich nicht zulassen. Der Zauberschein würde verhindern, dass die Fürsten mich so sahen, wie ich wirklich war. Leute, die weder mein Gesicht noch meinen Namen kannten. Bei Damien war das anders. Er würde mich in eine Ecke drängen und versuchen, meine Geheimnisse herauszufinden, um mich zu verführen. Was, wenn er mich erkannte? Vielleicht an meiner Stimme? Es bedurfte nur eines kurzen Moments des Zweifels, eines flüchtigen Gedankens, und der Zauberschein würde zerbrechen.

Er würde mich entdecken.

Ein Blick auf meine Silberaugen würde genügen, damit ihm alles klar wurde. Wer ich war. Dass ich die Begleitung des Dunkelfaen war. Dass ich mit einem Trupp Verbrecher durchs Land zog. Dass die Klinge des Königs ihren Monarchen verraten hatte. Alles, was wir getan hatten, würde wie ein Kartenhaus zusammenstürzen, nur wegen Damien und seines blöden Stolzes.

Ich holte tief Luft. Jetzt musste ich Riven sofort finden.

Mit einem Ruck sprang ich auf, so schnell, dass mein Stuhl umfiel und die Lehne auf dem Boden zerschellte. Es war mir egal. Ich rannte die Treppe hinauf. Riven war nicht auf der Empore. Hastig lief ich durch die Eingangshalle und blickte mich unter den Anwesenden um, die dort verstreut standen. Er war nicht darunter.

Ich ging in die Garderobe und schaute dort nach.

Aber da war er auch nicht.

»Keera?«, rief jemand hinter mir, und Erleichterung überkam mich. Riven war der Einzige hier, der mich beim Namen kannte.

»Riv…«, begann ich und drehte mich um.

Aber der Fae hinter mir hatte keine violetten Augen, und er hatte auch kein dunkles Haar, das ihm lang über den Rücken hing. Er war überhaupt kein Fae.

Er war ein Sterblicher.

Ein Prinz.

Allerdings nicht der, den ich erwartet hatte.

ZWEIUNDDREISSIG

Ich verneigte mich einen Augenblick zu spät. »Euer Hoheit«, sagte ich und richtete den Blick auf den Boden.

»Dachte ich mir doch, dass du das bist«, flüsterte Killian und trat zu mir. Seine grünen Augen glitten prüfend durch den Raum; er wollte sichergehen, dass uns niemand belauschte. »Vorhin sah ich dich mit einem Faen tanzen, aber deine Augen …« Er verstummte, und ich fühlte, wie er mich mit seinen Blicken maß. Nicht lüstern, so wie Curringham vorhin, und auch nicht so grausam, wie sein Bruder es getan hätte. Er sah vielmehr so aus, als versuchte er, ein Rätsel zu lösen.

Er wusste zu viel. Ich war aufgeflogen. Schnell umfasste ich mein Handgelenk mit der anderen Hand, um das verzauberte Armband zu verbergen.

»Das ist doch albern«, sagte Killian und lächelte sanft. »Deine Augen sind genauso wie immer.«

»Wie habt Ihr mich erkannt?«, fragte ich und deutete auf die Maske und das Kleid. Und dann war da ja auch noch der Zauberschein, der mich eigentlich perfekt hätte tarnen sollen.

Killian antwortete nicht gleich, sondern trat noch näher. Eine widerspenstige Locke fiel ihm ins Gesicht, legte sich über die hohen

Wangenknochen. Er fuhr sich durchs blonde Haar und strich sie zurück; dabei kam er mir so nahe, dass ich den leichten Pergamentgeruch wahrnahm, der ihn umgab.

»Silberaugen«, sagte er und beugte sich zu mir, bis sein Atem meine Wange streifte. »Deine Schönheit ist ohnegleichen, Keera«, flüsterte er mir dann ins Ohr. »Vor allem in diesem Kleid.« Dann lehnte er sich wieder zurück und grinste mich so spitzbübisch an wie schon einmal vor langer Zeit in Koratha. Neben seinem Mundwinkel erschien auf einer Seite ein Grübchen.

Prinz Killian hatte mich auf den ersten Blick erkannt? Ich atmete tief aus und setzte ein steifes Lächeln auf. Dann war ihm gar nicht bewusst, dass er einen Zauberschein durchschaut hatte. Und er ahnte nicht, dass mein Gesicht für alle anderen verborgen war. Aber wie konnte das sein?

Im Palast waren wir uns nur selten begegnet. Wieso hatte der Zauberschein auf ihn keine Wirkung, obwohl wir uns gar nicht kannten? Und er gar nicht gewusst hatte, dass ich hier sein würde?

»Euer Hoheit?« Ein Fürst trat hinter den hohen Türen zur Bibliothek hervor.

»Ich bin gleich wieder bei Euch, verehrter Herzog«, sagte Killian lächelnd. »Jetzt möchte ich mir erst einmal die Tanzfläche zeigen lassen.« Damit bot er mir seinen Arm.

Meine Schultern versteiften sich. Ich konnte ihn nicht abweisen, er war der Prinz. Wieder sah ich mich nach Riven um, konnte ihn aber nirgendwo entdecken.

»Wollen wir?«, fragte Killian, der auffordernd zu seinem ausgestreckten Arm sah. Ich lächelte und nickte. Wenn Killian nicht wusste, dass ich mich mit Zauberschein getarnt hatte, dann wusste er vielleicht auch nicht, dass ich mit einem Faen hier war. Dann konnte ich den Tanz vielleicht dazu nutzen, um die Interpretation der Ereignisse des Abends vorzugeben und damit auch zu kontrollieren, welche Version dem König übermittelt würde.

Mit einem tiefen Atemzug nahm ich Killians Arm. Ich spürte

seine Wärme unter meiner Hand. Angesichts seiner Abstammung hatte ich erwartet, dass er sich anders anfühlen würde als andere Menschen. Stärker und kräftiger, eher wie ein Halbling, aber so war es nicht. Killian fühlte sich ganz und gar sterblich an. Eine leichte Röte überzog seine blasse Haut und verriet die Farbe seines Blutes. Rot.

»Ich will wissen, was hier los ist«, flüsterte er mir ins Ohr, als wir die Treppe hinuntergingen. Seine Lippen bewegten sich kaum, sondern zeigten weiter das sanfte Lächeln, das er für die Fürsten und ihre Gäste aufgesetzt hatte. Vermutlich war das die erste Maske, die man sich als Angehöriger der Königsfamilie schon in jungen Jahren zulegte.

»Sire?«, fragte ich zurückhaltend. Bevor ich seine Fragen beantwortete, wollte ich mehr Information.

»Ich weiß, dass du mit einem Dunkelfaen getanzt hast«, raunte er und zog mich an seine Brust, als wir mit dem Tanz begannen. »Ich nehme an, es hat etwas mit dem Schatten zu tun?«

Meine Füße huschten über den Boden, während ich mich seiner erfahrenen Führung überließ. Er dachte noch immer, dass ich in meinem Auftrag unterwegs war. Damit konnte ich arbeiten.

Ich nickte langsam und ließ mir Zeit, eine Antwort zu konstruieren. Zwar durfte ich nicht ganz und gar die Unwahrheit erzählen, aber wenn ich zu nahe an der Wahrheit blieb, würde Killian genug Informationen bekommen, um meine Tarnung auffliegen zu lassen.

»Ich bin wie geplant nach Aralinth gereist«, sagte ich. Er stieß mich leicht von sich ab, damit ich Platz für eine Drehung bekam. Meine Röcke flatterten wie eine Flamme um mich herum, als er mich wieder an sich zog. Sein Körpergeruch war erdig und sterblich, und ich vernahm seinen Herzschlag, als ich zu ihm aufsah. Er beschleunigte sich, als ich meine Hand auf seine Brust legte.

»Dort verbrachte ich zwei Wochen, aber ich fand keine Spur«, fuhr ich fort. Killian drehte mich immer wieder beim Tanzen um mich selbst herum und zeigte sein falsches Lächeln, während ich weiter flüsterte. »Dann hörte ich, dass ein Faenbotschafter nach Cereliath entsandt werden sollte, und ich *vermutete*, dass der Schatten sich hier mit ihm treffen würde.«

»Dann glaubst du also nicht, dass es sich bei diesem Faen um den Schatten handelt?«, fragte er und hielt in seinen Bewegungen kurz inne, während er über die verschiedenen Möglichkeiten nachdachte.

»Falls doch, dann habe ich keine Hinweise darauf entdeckt«, log ich elegant. Killian verzog bei meinen Worten keine Miene. Sein Puls ging nicht schneller. Er nickte nur. Eine Haarsträhne löste sich hinter seinem Ohr, aber er ließ mich nicht los, um sie zu bändigen.

»Meinst du, die Dunkelfaen planen einen Angriff auf meinen Vater?« Nur ganz kurz wich sein Lächeln einem Stirnrunzeln.

Ich tat so, als würde ich über diese Frage nachdenken müssen.

»Nein. Lord Feron scheint sich überhaupt nicht für Elverath zu interessieren.« Das stimmte immerhin. »Der Fae, dem ich hierher folgte, gehört zu seiner Familie. Ich glaube nicht, dass er schon viel vom Königreich gesehen hat. Lord Feron war sehr ungehalten über seine Abreise.« Das war zwar leicht übertrieben, aber es würde vielleicht helfen.

»Dann meinst du, diese Reise ist eine Rebellion gegen seinen Fürsten?« Prinz Killians Blick wurde hart, als er darüber nachdachte, gegen wen sich der Fae vielleicht sonst noch auflehnen mochte.

»Ein ganz klein wenig vielleicht«, sagte ich, um Killians Gedanken in eine andere Richtung zu lenken. »Bisher habe ich noch nicht viel über diesen Fae in Erfahrung bringen können, weder von meinen Spitzeln noch von den Schemen. Ich denke, er ist noch jung, vielleicht sogar der Jüngste unter ihnen. Jedenfalls habe ich bisher noch keinerlei Hinweise darauf, dass es sich um mehr als einen harmlosen Ausflug handeln könnte. Davon abgesehen scheinen dieser Fae und seine Leute wenig für das Königreich übrig zu haben. Allmählich habe ich meine Zweifel, ob es überhaupt eine Verbindung zum Schatten gibt.« Wieder drehte ich um meine eigene Achse, sah Killian aber weiter unverwandt an. Es war von größter Bedeutung, dass er meinen Lügen glaubte.

Killian wirkte nachdenklich. »Dann glaubst du also *nicht*, dass der Schatten hier ist?«

Ich seufzte scheinbar und tat so, als hätte ich mich schon mit derselben Frage herumgeschlagen. »Der Schatten ist schlau. Ich denke, es ist kein Zufall, dass ich darauf kam, eine Verbindung zwischen ihm und diesem Faen herzustellen. Höchstwahrscheinlich hat er genau das geplant und sogar ein entsprechendes Gerücht ausgestreut.«

Jetzt begriff Killian, das war seiner Miene anzusehen. Er zog die Augenbrauen so hoch, dass sie beinahe unter seinem Haar verschwanden. »Eine Finte.«

Ich nickte. »Ganz genau. Und ich bin mir nicht sicher, ob der Fae überhaupt darin eingeweiht war.«

»Dann haben die Schemen nur falsche Fährten verfolgt«, sagte Killian. Er kaute an der Innenseite seiner Wange und schnaubte.

Das war meine Chance. Das Blatt hatte sich gewendet, nun da ich hier gesehen worden war. Ich konnte nicht mehr darauf vertrauen, unerkannt zu bleiben und so dem Zorn des Königs zu entgehen. Ich musste ihm bewusst machen, dass ich sehr wertvoll war. Zu wertvoll, um getötet zu werden. Und das würde nur funktionieren, indem ich dem Prinzen einen Teil der Wahrheit anvertraute.

Riven würde das Spiel nicht gefallen, das ich jetzt spielte. Aber Riven war nicht hier.

»Ich denke, der Schatten verbirgt sich in aller Öffentlichkeit«, sagte ich, während wir uns weiter im Tanz drehten. Dabei sah ich mich mit einem so bedeutsamen Blick um, wie ihn Nikolai nicht dramatischer hätte zustande bringen können.

Killian musterte die Menge nun ebenfalls, bevor er wieder mich ansah. »Du meinst, er ist hier?«

Das war es. Ich musste nur genug von der Wahrheit offenbaren, um eine Lüge aufzubauen, die ich später in der Hauptstadt erzählen konnte.

»Da ich keine echte Spur gefunden hatte«, erklärte ich nun also achselzuckend, »dachte ich mir, Gut Erntereich sei der beste Ort, um meine Suche fortzusetzen. Der Schatten hatte hier bereits zugeschlagen, und jetzt, da die Ernte kurz bevorsteht …« Ich verstummte. Mein Magen krampfte sich so sehr zusammen, dass ich kaum atmen konnte. Hatte ich zu viel preisgegeben?

Ich musste alles auf eine Karte setzen. Entweder würde mir Killian völlig vertrauen oder mich meinem Schicksal ausliefern.

Verständnis malte sich auf seine Züge. »Du meinst, er will die Handelswege angreifen?«, fragte er mit leicht offen stehendem Mund.

Ich nickte kurz und verzog dabei keine Miene.

»Ich denke, es wäre der effizienteste Weg, um einen Angriff gegen den König zu führen«, erklärte ich in aller Ehrlichkeit. Hoffentlich war das Wahrheit genug, um Killian vor Augen zu führen, dass der Rest der Schemen mit dem Abzug nach Volcar völlig in die falsche Richtung blickte, während ich dem Schatten tatsächlich sehr nahegekommen war. Wenn dann der Staudamm in die Luft flog, würden der König und sein Sohn gar nicht anders können, als mich als Klinge zu behalten. Ich war die Einzige, die erkannt hatte, was der Schatten wirklich im Schilde führte.

So würde ich noch immer als die Spionin gelten, zu der sie mich gemacht hatten, und nicht als die Verräterin, die ich mittlerweile war.

Killian sah nachdenklich über meine Schulter, während wir uns in den letzten Takten des Tanzes wiegten.

»Mein Vater muss davon erfahren«, sagte er schließlich mit einer steifen Kopfbewegung, die Lippen zu einer harten Linie zusammengepresst. »Ich muss sofort eine Nachricht nach Koratha schicken.«

Ich nickte, während mir das Herz in die Hose rutschte. Ein Vogel konnte die Entfernung bis zur Hauptstadt in drei Tagen zurücklegen. Sogar in zweien, falls der Prinz einen Falken wählte. Alle Schemen, die noch in der Hauptstadt weilten, würden sofort zur Sicherung der Handelswege abkommandiert werden. Wir würden uns einen Wettlauf nach Silstra liefern.

Es würde knapp werden, war aber immer noch machbar.

Ich verneigte mich. »Wie Ihr meint, Euer Hoheit.«

Er packte mein Handgelenk. »Wir müssen beide nach Koratha reiten. Wenn mein Vater all das erfährt, wird er seine Söhne und seine Klinge bei sich haben wollen.« Ich nahm einen winzigen Hauch Verzweiflung in seinen Worten wahr, die sich aber sofort wieder verflüchtigte.

»Wir treffen uns dann«, sagte er und klang plötzlich unerwartet rau. Ich senkte den Kopf, da ich das als Verabschiedung verstand, aber Killian hielt meine Hand weiter fest. Mit einem leichten Ruck zog er mich an sich, tat noch einen Schritt auf mich zu und beugte sich zu mir.

Mir stockte der Atem, als ich sein Gesicht direkt vor mir sah. Unfähig, mich aus seinem Griff zu lösen, schloss ich die Augen und wartete auf den Kuss, der jetzt als Nächstes kommen musste.

Aber dann spürte ich seine Lippen nicht auf meinem Mund. Sondern auf meinem Hals. Mein Puls begann zu flattern. Killian verabschiedete sich von mir, als sei ich eine Dame bei Hofe.

Es war Menschen streng verboten, sich einem Halbling derart zu nähern. Zwar wusste nicht jeder hier im Saal, dass ich einer war, aber Killian natürlich schon. Und er hatte es trotzdem getan.

Er sagte weiter nichts. Stattdessen trat er zurück, und seine Augen glitten über die Zeichnung meiner Maske, bevor sie meinen Blick fingen. Seine Haut war leicht gerötet, und ihm fiel das Haar ins Gesicht, aber er strich es nicht zurück. Er sah mich nur an, nahm mein Kleid in seiner ganzen Länge ebenso in sich auf wie das Silber meiner Augen. Dann wandte er sich um und verschwand in der Menge.

DREIUNDDREISSIG

Ich wartete fünf Minuten, bevor ich selbst wieder die Treppe hinaufeilte. Ich musste Riven finden.

Der Prinz und ich hatten etwa für die Dauer zweier Stücke miteinander getanzt und miteinander geredet. Riven hatte gesagt, er wollte nur kurz den Schlüssel zu Nikolai bringen. Ob ihm etwas zugestoßen war? Oder gar ihnen beiden?

Ohne mir erst noch meinen Mantel geben zu lassen, marschierte ich nach draußen und sah mich nach der schwarzen Kutsche um, die Nikolai für uns gemietet hatte. Tatsächlich lümmelte er lässig ausgestreckt und halb schlafend auf dem Kutschbock. Riven war nirgendwo zu sehen.

»Wo ist er?«, fragte ich und gab Nikolai einen so harten Schubs, dass er sich am Sitz festhalten musste, um nicht herunterzufallen.

»Wer?«, fragte er und hob seinen Hut wieder auf.

»Was glaubst du wohl, Nik?«, fuhr ich ihn an und wedelte mit dem Arm.

Nikolai rieb sich die Augen, und dann klappte ihm die Kinnlade herunter, als er mein Kleid sah. »Du steckst voller Überraschungen«, erklärte er grinsend.

»Das ist jetzt nicht der richtige Augenblick«, knurrte ich. »Wo. Ist. Riven?«

Nikolai sah über den Hof. »Was ist passiert? Habt ihr den Schlüssel bekommen? Hat Curringham euch erwischt? Bist du verletzt?« Seine Stimme schraubte sich bei seinen Fragen immer weiter in die Höhe, während er mich mit großen Augen beunruhigt ansah.

»Dann hast du ihn nicht gesehen?« Ich trat auf die andere Seite der Kutsche und überprüfte mit einem schnellen Blick über meine Schulter, ob uns auch niemand beobachtete und vielleicht auf dem Dach oder auf den Vorsprüngen an der Fassade lauerte, die ich so gut kannte. Keine Schemen. Überhaupt niemand.

Vorsichtig blieb ich im Schatten unseres Gefährts stehen und lehnte mich mit dem Rücken gegen die Tür. Nikolai war schlau genug, auf dem Kutschbock sitzen zu bleiben, weiter stur geradeaus zu blicken und die Stimme zu senken.

»Nein. Nicht, seit ihr hineingegangen seid.«

Mir wurde ganz flau im Magen, während ich dabei war, meine Finger zu verknoten. So zu verschwinden, sah Riven nicht ähnlich. »Er hat den Schlüssel. Eigentlich wollte er ihn zu dir bringen, aber er kam nicht wieder zurück.«

»Wie lange ist das her?«, fragte Nikolai.

»Eine Viertelstunde.«

»Vielleicht hat er etwas gesehen, das ihn abgelenkt hat«, überlegte Nikolai, der sich gegen den Kutschersitz lehnte. »Vielleicht spioniert er nur.«

Für solche Überlegungen war nicht die richtige Zeit. Wieso sollte Riven verschwinden, so kurz, nachdem wir den Anhänger in die Hände bekommen hatten? Was konnte in diesem Augenblick wichtiger sein, als den Schlüssel in Sicherheit zu bringen?

»Das ist noch nicht alles«, flüsterte ich, fast ohne die Lippen zu bewegen. Mir zitterten die Beine. Ich war es nicht gewöhnt, mit anderen zusammenzuarbeiten; bisher hatte ich mich immer nur um mich selbst kümmern müssen. Und mich auch nur um mich selbst sorgen. Jetzt schnürte sich mir die Kehle zu, und ich raufte mir die Haare.

Nikolai wandte sich zu mir um. »Was denn noch?«

Ich schloss die Augen und wünschte mir, dass alles, was seit dem Kuss geschehen war, nur ein Traum gewesen war. »Der Prinz ist hier«, sagte ich mit einem tiefen Seufzer.

Nikolai fluchte und zog so hart an den Zügeln, dass die Pferde unruhig stampften. Schnell hängte er die Leinen wieder über die Querstange vor dem Bock. »Welcher? Ich dachte, du hättest gesagt, beide Prinzen würden sich anderswo aufhalten.« Er sah sich auf der Auffahrt um, als ob er erwartete, dass der Prinz wie aus dem Nichts vor ihm erscheinen würde. Meine Wangen brannten: Tatsächlich hatte ich meinen Mitstreitern gesagt, ich wüsste, wo sich die Prinzen befänden. Damien hatte auf Befehl seines Vaters in Koratha bleiben sollen, während Killian nach Volcar zurückkehrte. Wenn wir diese Nacht überlebten, würde ich herausfinden müssen, wieso er seine Pläne geändert hatte. *Falls* wir überlebten.

»Killian, den Göttern sei Dank«, sagte ich. Nikolai entspannte sich sichtlich. Ich neigte den Kopf und fragte mich gerade, ob er von Damiens grausamer Natur wusste, als sich hinter mir jemand bewegte.

Mit einer schnellen Bewegung griff ich an meinen Oberschenkel und riss den Parierdolch aus dem Futteral, das ich dort umgeschnallt hatte. Fast hätte ich dem Neuankömmling die Waffe schon in die Brust gestoßen, als ich den vertrauten Geruch nach Birkenholz und Tau wahrnahm.

»Entspann dich«, schnurrte Riven.

»Verdammte Scheiße, wo warst du?«, zischte ich und richtete die Klinge auf seine Kehle, so nahe, dass der blanke Stahl von seinem Atem beschlug. Das kümmerte mich nicht. Ich wollte eine Erklärung.

»Ich wurde aufgehalten«, erklärte er und wich leicht gegen die Kutschentür zurück, um Abstand zu meiner Waffe zu gewinnen.

»Aufgehalten?« Mich packte eine solche Wut, dass die Ränder meines Sichtfelds verschwammen, und am liebsten hätte ich ihn zumindest ein kleines bisschen mit meiner Klinge gekitzelt.

»Ich erzähle es euch in der Kutsche, aber wir müssen unbedingt los«, presste Riven hervor, dem meine Klinge noch immer sehr nah war. »Jetzt.«

»Was ist denn los?« Als ich die Sorge in seiner Stimme bemerkte, wurde mein Ton etwas weicher. Was war geschehen, seit er sich von mir getrennt hatte?

»Wir haben heute Abend einen zu großen Eindruck hinterlassen«, sagte er, während ich meinen Dolch sinken ließ. »Wir müssen weg. Und wir sollten darum beten, dass irgendein betrunkener Fürst sich noch so gründlich blamiert, dass man unsere Anwesenheit über diesen Skandal bis zum Morgengrauen vergessen haben wird.« Damit öffnete er den Wagenschlag und bedeutete mir, ich solle einsteigen.

Ich musste lachen. Ehrlich und aus vollem Herzen. Mir war egal, wie weit man mich hörte. Unsere Anwesenheit würde man ganz sicher nicht vergessen, ganz gleich, was jetzt noch geschah. Im Gegenteil, in diesem Augenblick wurde bereits eine Nachricht verfasst, die den König davon informierte.

»Dazu ist es jetzt zu spät«, stieß ich hervor, als ich meinen Lachanfall überwunden hatte, während Riven mich stirnrunzelnd anstarrte. Er warf einen irritierten Blick auf Nikolai, der einen Arm über die Lehne des Kutschbocks geschlungen hatte.

»Der Prinz ist hier«, warf Nikolai ein. Seine Stimme war hart, und er und Riven tauschten einen Blick, den ich nicht deuten konnte.

»Meinst du, er hat dich gesehen?« Riven fasste nach meinem Armband, um zu überprüfen, ob der Zauberschein noch wirkte. Was er, wie ich wusste, durchaus tat.

»Nicht nur das«, sagte ich und schürzte die Lippen. Alles, was hätte schiefgehen können, war schiefgegangen.

»Hat er dich erkannt?«, fragte Nikolai.

»Wir haben miteinander getanzt«, antwortete ich mit hochgezogenen Brauen. »Ich musste ihm sagen, dass ich mich getarnt auf das Fest geschlichen hatte, um dem Schatten das Handwerk zu legen.« Dabei sah ich Riven an, der meinen Blick aber nicht erwiderte.

»Er wusste, wer du bist?«, fragte Nikolai verblüfft. »Trotz des Zauberscheins?« Wieder warf er Riven einen Blick zu, und dieses Mal erkannte ich Besorgnis darin.

Ich löste die Bänder meiner Maske und nahm sie ab.

»Ja«, gab ich dann zu und ließ die Schultern hängen. »Aber ich glaube nicht, dass er den Zauberschein überhaupt bemerkt hat. Er hatte mich erkannt, *bevor* ich mich umdrehte.« Ein Kribbeln regte sich in meinem Bauch, als ich mich daran erinnerte, wie seine Augen über mich geglitten waren, und unwillkürlich fasste ich mir an den Hals. Riven schnaubte.

»Ach, wirklich?«, erkundigte sich Nikolai in spöttischem Ton, während er wieder Riven ansah.

»Habe ich da irgendetwas nicht mitbekommen?«, fragte ich verärgert.

»Nein«, antwortete Riven, während Nikolai den Kopf schüttelte.

»Nein, natürlich nicht«, erklärte Nikolai sarkastisch. »Nur, dass ein Spross der königlichen Familie, der eigentlich in *Volcar* sein sollte, hier ist, ohne dass wir davon wussten. Und der dann auch noch Keera sofort erkennen konnte.« Bisher hatte ich noch nie erlebt, dass Nikolai derartig über Riven verärgert war und ihm das zeigte, aber jetzt blähte er die Nasenflügel und zog die Augenbrauen so zusammen, dass ein dunkler Schatten über seine Wangen fiel. Sein sanftes, freundliches Gesicht sah plötzlich bedrohlich aus.

»Dann haben wir nicht die richtigen Informationen eingeholt.« Rivens Stimme klang so scharf wie der härteste Stahl.

»Ach, dann ist das wohl *meine* Schuld, oder wie?«, bellte Nikolai und hob die Hände. Eines der Pferde warf den Kopf herum, und Nikolai nahm die Zügel, um die Tiere zu beruhigen.

»Wir haben keine Zeit, um uns darüber zu streiten, wer dafür verantwortlich ist«, unterbrach ich die beiden und stellte mich zwischen sie. Was auch immer Nikolai so aufgebracht hatte, würden wir später klären müssen. »Der Prinz dürfte jetzt gerade einen Brief an seinen Vater schreiben. Wir müssen zu den anderen stoßen und sofort aufbrechen. Wir werden von Glück sagen können, wenn wir es nach Silstra schaffen, bevor die Schemen die Handelswege bewachen.«

»Wir dürfen jetzt nichts überstürzen«, wandte Nikolai ein und schüttelte den Kopf. »Sonst machen wir Fehler, irgendjemand wird geschnappt und wir landen schlimmstenfalls alle am Galgen.« Seine Stimme war kalt. Er hatte ja recht. Hast und Eile forderten Fehler heraus, aber das ließ sich jetzt nicht mehr ändern.

»Wir haben keine andere Wahl«, sagte ich.

»Da bin ich anderer Meinung«, beharrte Nikolai.

»Nein. Wir haben keine Wahl«, erklärte Riven in bestimmtem Ton. »Das sehe ich genauso wie Keera. Wir müssen jetzt los.«

Nikolai wollte protestieren, aber Riven starrte ihn mit seinen violetten Augen nieder. Sein Blick ließ nicht nur die Macht erkennen, die hinter ihnen lag; er war zugleich eine Warnung und die Erinnerung daran, wer von beiden den höheren Rang bekleidete.

Nach einer Weile gab Nikolai nach und wandte sich wieder den Pferden zu. Ich sprang in die Kutsche, und Riven stieg hinter mir ein. Allerdings war ich noch immer so zornig, dass ich ihn gar nicht ansehen konnte.

»Es tut mir leid, dass ich dich derart sitzen ließ«, sagte er nach einigen langen Minuten, den Blick auf den Kutschenboden gerichtet.

»Das ist eine ziemliche Untertreibung«, gab ich zurück und verschränkte die Arme. Den Parierdolch hielt ich noch immer fest umklammert, und ich war mehr als bereit, ihn einzusetzen, falls Riven mich weiter so erzürnte.

»Ich hatte aber nicht gerade das Gefühl, als könntest du nicht auf dich selbst aufpassen, Keera«, fuhr er fort. »Du bist seit dreißig Jahren die Klinge. Das ist sicher nicht das erste Mal, dass du deinen Charme bei einem der Söhne des Königs spielen lassen musstest.« Er gab sich nicht einmal Mühe, seine Andeutung zu verschleiern, und der giftige Unterton, den er mir gegenüber vorher so oft angeschlagen hatte, war auch zurück.

»Was soll das denn heißen?«, fragte ich und ließ den Dolch über mein Handgelenk wirbeln, um mich von dem Schlag abzulenken, den seine Worte mir gerade versetzt hatten.

»Nichts, außer dass ich überzeugt bin, dass du auf dich aufgepasst hast.« Rivens Kinnmuskeln spannten sich.

»Du machst dir Sorgen darüber, was ich dem Prinzen gesagt habe?« Ich schüttelte den Kopf und umklammerte den Dolchgriff noch fester. Wie oft würde Riven noch daran zweifeln, dass es mir mit unserem Plan ernst war?

Immerhin hatte er den Anstand, schuldbewusst auszusehen.

»Nicht ich habe unsere Pläne geändert und bin verschwunden, Riven«, sagte ich und stieß die Klinge in die hölzerne Verkleidung der Kabine unserer Kutsche. »Aber wenn du darauf bestehst, dass für uns beide unterschiedliche Maßstäbe gelten, dann lass dir eins gesagt sein: Ich habe ihm *nichts* von dir erzählt. Oder von Nik oder sonst jemandem. Im Gegenteil. Ich habe *mein* Leben aufs Spiel gesetzt. Falls der Prinz irgendwelche Zweifel hat oder einen Schuldigen braucht, nachdem der Damm gesprengt wurde, dann wird nicht dein Name fallen. *Ich* werde es sein, die sich vor der Krone verantworten muss. *Ich* werde es sein, die ihren Kopf verliert.«

Damit wandte ich den Blick aus dem Fenster. Die eleganten Hecken des Herrenhauses wichen Steinmauern, als wir das Anwesen verließen.

»Wie kann ich dir glauben?«, flüsterte Riven.

»Du bist ein echter Vollidiot, weißt du das?«, schnauzte ich und riss den Dolch wieder aus dem Holz. »Ich weiß nicht, wie oft wir dieses Gespräch noch führen müssen, Riven. Wieso sollte ich mehr Leute nennen als nötig? Mein Leben ist nicht mehr wert als deins oder das einer deiner Elverin.« Meine Brust hob sich heftig unter dem engen Mieder und hüllte mich in ein Feuer, das meine Wut weiter anfachte.

Rivens Gesichtszüge entspannten sich, während er über das Gesagte nachdachte. Ich setzte mich kerzengerade auf. Inzwischen war ich es müde, meinen Teil zu unserer Mission beizutragen *und* außerdem noch Rivens ständige Zweifel auszuhalten. Ich warf die Klinge auf die gepolsterte Bank und verschränkte die Arme. Er musste sich jetzt entscheiden.

»Ich habe das alles gründlich satt«, erklärte ich in gezwungen ruhigem Ton. »Du musst dir ein für allemal überlegen, ob du mir traust oder nicht. Falls du es nicht tust, werden wir nicht lange genug leben, um unseren Plan auszuführen. Ich hätte gedacht, das wäre dir nach Caerth klar geworden, aber nein – du rennst mittendrin weg, ohne mir zu sagen, wieso oder warum, und überlässt es dann mir, hinter dir aufzuräumen. Und dann hast du noch den Nerv, *mich* eine Lügnerin zu nennen.« Ich schnaubte und spürte dabei, wie mein heißer Atem aus meiner Nase fuhr. Dabei konnte ich nicht sagen, was mich mehr erzürnte – Rivens Anschuldigungen oder meine Enttäuschung darüber, dass wir uns doch nicht so weit angenähert hatten, wie ich geglaubt hatte. Die Erinnerung an Rivens Kuss ging mir wieder durch den Kopf. Hatte ich es mir nur eingebildet, wie er mich angesehen, wie er mich wahrgenommen hatte, als wir miteinander tanzten? Wie konnte er so zärtlich sein und im nächsten Augenblick zeigen, dass er so wenig von mir hielt?

»Du hast recht«, sagte Riven in meine Gedanken hinein, und ich blinzelte überrascht.

»Ich hätte nicht gehen sollen, ohne dir zu sagen, was ich vorhatte«, sagte er und strich sich eine Haarsträhne aus dem Gesicht. »Deswegen ist auch Nik so verärgert. Ich weiß, dass dir das aufgefallen ist.«

Ich nickte, unterbrach ihn aber nicht; jetzt würde ich vielleicht endlich einmal eine Erklärung bekommen.

»Nik hatte erfahren, dass Curringham in eine neue Handelsverbindung investieren wollte«, fuhr Riven fort und lehnte den Hinterkopf an die Kutschenwand. »Er möchte eine Straße von Cereliath nach Volcar bauen. Das erschien mir eine Gelegenheit zu bieten, die zu gut war, um sie ungenutzt verstreichen zu lassen, daher wollte ich seinem Sekretär gegenüber unbedingt mein Interesse bekunden.«

»Nik war nicht einverstanden?«, fragte ich mit hochgezogenen Augenbrauen. Falls wir es nach Silstra schafften, würde ich Nik einen Wein ausgeben.

»Ja. Er hielt es für zu gefährlich, kurzfristig noch etwas anderes in den Plan aufzunehmen. Vor allem gefiel es ihm nicht, dass ich loszog, ohne dir Bescheid zu sagen.« Damit hatte sich Nik noch einen Wein verdient. Wenn nicht sogar eine ganze Kneipe.

»Wieso hat er mir das nicht erklärt, als er mich abholte?«, fragte ich und biss mir auf die Lippe. Falls Riven ihn angewiesen hatte, mir nichts zu verraten, dann war ich mir nicht sicher, was ich gleich mit der Klinge machen würde, die neben mir lag.

»Das solltest du ihn selbst fragen«, antwortete Riven achselzuckend. »Aber wie ich Nik kenne, wollte er dich nicht grundlos aufregen. Eigentlich wollte ich bis zu deinem Eintreffen mit dieser Handelsgeschichte fertig sein, aber dann hielt mich der Sekretär beim Hinausgehen noch einmal auf, weil er ein weiteres Gespräch in Curringhams Schreibzimmer wollte. Dort war ich dann.«

»Das ist alles?«, fragte ich.

Riven nickte.

»Ehrlich?«, hakte ich noch einmal nach. »Mir ist gerade nicht nach *Nicht mehr wissen als unbedingt nötig*.«

»Alles, was ich dir gesagt habe, ist wahr«, erwiderte Riven jetzt mit sanfterer Stimme. »Ich habe dich niemals angelogen, Keera.« Seine violetten Augen nahmen mich gefangen, bis ich das Atmen vergaß. Die Luft knisterte, erfüllt von derselben elektrischen Spannung, wie sie über meine Haut gehuscht war, als wir uns berührten.

Ich ließ mich gegen die Lehne sinken. Jetzt war ich zu wütend, um ihm nahezukommen, auch wenn ich das gern gewollt hätte. »Vertraust du mir?«, fragte ich und nahm die Klinge wieder zur Hand – ich brauchte einfach etwas in den Fingern, damit ich nicht doch noch auf Riven losging.

Er biss sich auf die Lippe. Meine Finger umklammerten den Dolchgriff. Ich war es so leid, ständig von ihm auf die Probe gestellt zu werden.

»Ich glaube dir, dass du den König aus dem Weg räumen willst. Dass du alles opfern willst, was dazu nötig ist«, sagte er und trommelte dabei mit den Fingern auf seinem Knie. »Und ich verspreche dir, dass ich keine weiteren Planänderungen beschließen werde, ohne sie mit dir zu besprechen. Mehr kann ich nicht tun.«

Ich seufzte. Allmählich verebbte der letzte Adrenalinstoß in mir. Unsere Kämpfe hatten mich erschöpft, ich wollte jetzt endlich nach Silstra aufbrechen.

»Wenigstens hasst du mich nicht mehr«, murmelte ich und lehnte mich mit dem Kopf an die Kutschenwand.

»Das würde ich so nicht sagen«, gab Riven mit überlegenem Grinsen zurück. Seine violetten Augen sahen mich herausfordernd an, aber ich war zu müde, um darauf einzugehen.

»Vergiss nicht, ich habe einen Dolch in der Hand, und ich wäre durchaus bereit, ihn einzusetzen«, drohte ich und war mir dabei nicht sicher, ob ich wirklich nur Spaß machte.

»Keera«, sagte Riven, der erst die Waffe betrachtete und dann aus dem Fenster sah, »du könntest mich tiefer verletzen als jede Klinge.«

Danach sagten wir nichts mehr zueinander. Unser Plan hatte noch Bestand, jedenfalls so gerade eben. Trotzdem aber hatte ich das Gefühl, wir hätten gewonnen, oder zumindest ich. Riven hatte versprochen, mich ab jetzt in alles einzubeziehen. Das war zwar nur ein kleiner Schritt, aber mir bedeutete er viel. Riven war mit seinem Vertrauen noch sparsamer als ich. Ich wusste, wie schwer ein solches Versprechen wog.

VIERUNDDREISSIG

Vor dem verlassenen Lagerhaus warteten Syrra und Collin auf uns. Syrra stand mit verschränkten Armen da und ihre Körperzeichnungen leuchteten im warmen Licht der letzten untergehenden Sonne. Über den breiten Schultern trug sie lederne Klappen, und sie überragte den neben ihr stehenden, eher zierlich gebauten Collin deutlich. Ganz offensichtlich war sie für den nächsten Teil unserer Mission bereit.

Syrra schüttelte den Kopf, als Nikolai die Kutsche durch das breite Tor des Gebäudes steuerte und ich die Tür aufstieß und nach draußen sprang, noch bevor die Kutsche stand; ein Geruch nach abgelagertem Getreide und Schimmel umfing mich. Sie musterte mein Kleid, und ich merkte, wie ich mich versteifte, doch dann hob Syrra eine Augenbraue und nickte anerkennend. »Du kommst spät«, bemerkte sie statt einer Begrüßung.

»Beklag dich bei Riven«, erwiderte ich, ohne meinen Ärger zu verbergen.

Der stieg hinter mir aus und warf Syrra den Anhänger zu. Sie fing ihn mit einer Hand. »Dann hat es geklappt – ohne böse Überraschungen?« Mit einer entschlossenen Bewegung drehte sie den Anhänger in der Mitte, und das Schmuckstück öffnete sich wie ein

Ei. Im Innern befand sich ein goldener Schlüssel. Kein geschmiedeter aus Eisen, wie er in Wirtshäusern oder Schänken verwendet wurde, sondern ein kreisrundes Stück Gold. Ein Elfenschlüssel.

Syrra warf Nikolai die nutzlose Hülle zu. Er ließ sie von einer Hand zur anderen springen und fing sie schließlich mit der Ellenbeuge. Syrra musste unwillkürlich grinsen.

»Es gab jede Menge Überraschungen«, sagte ich, während ich den runden Schlüssel betrachtete. »Aber das müssen wir dir auf der Fahrt erzählen.« Ich sah sie nachdrücklich an; sie musste jetzt schnell begreifen, wie viel Eile geboten war. »Wir brechen noch heute Abend auf. Sofort.«

Syrra sah zum Horizont. Die letzte Sonne war beinahe untergegangen. Dunkelviolette Streifen zogen sich über den Himmel, und im Westen begannen die Sterne zu funkeln. »Meine Leute stehen bereit, um die Sprengstoffe zu holen. Wenn ich ihnen den Schlüssel gebracht habe, werden wir in einer Stunde zurück sein.« Sie schob das Goldstück in eine verborgene Tasche ihrer Lederkleidung. »Ich brauche jemanden, der die Pferde sattelt. Collin, hol die Packtaschen …«

»Ich glaube nicht, dass wir genug Zeit haben, um den Weg zu Pferd zurückzulegen«, sagte ich. »Mit der Kutsche werden wir schneller sein.« Kurz sah ich zu Nikolai und Riven hinüber, die vor unserem Gefährt miteinander flüsterten. Nikolai verdrehte nach einer Bemerkung Rivens die Augen. Erst dachte ich, sie hätten mich gar nicht gehört, aber dann kam Nikolai einen Schritt auf mich zu.

»Mit einer Kutsche kommen wir nicht annähernd so schnell vorwärts wie mit Pferden«, entgegnete er.

»Das stimmt«, sagte ich. »Aber nachts könnten wir nicht ununterbrochen weiterreiten. Ich möchte so bald wie möglich in Silstra sein. Mit der Kutsche müssen wir nur halten, um die Pferde zu wechseln.«

Jetzt trat Riven neben mich. Ich spürte die Wärme, die von seinem Körper ausging, und kämpfte gegen den Wunsch an, mich in sie hineinzuversenken. Was auch immer mit uns in Gut Erntereich passiert war, es war ein Fehler gewesen. Eine kurze Ablenkung. Für so etwas hatten wir jetzt keine Zeit mehr.

»Es ist wesentlich wahrscheinlicher, dass uns die Schemen anhalten und kontrollieren werden, wenn wir mit einer Kutsche reisen. Wir müssen dann auf der Königsstraße bleiben und haben keine Möglichkeit, uns zu verstecken«, sagte Riven ablehnend. Ich spürte seine violetten Augen auf mir, erwiderte seinen Blick aber nicht.

»Zum Glück seid ihr ja mit der Klinge des Königs unterwegs«, gab ich zurück. »Sollten wir wirklich kontrolliert werden, werde ich mich auf meinen Rang berufen. Niemand wird Fragen stellen oder die Kutsche durchsuchen, sobald ich mich zu erkennen gebe.«

Nikolai schüttelte den Kopf. »Es besteht kein Grund, ein solches Risiko einzugehen und deine Identität zu enthüllen. Es wäre besser, nichts zu überstürzen und verborgen zu bleiben.« Er nahm die Kutschermütze ab und ließ die schwarzen Locken wieder frei in die Stirn fallen.

»Das hat sich ohnehin erledigt, seit ich gezwungen war, mit dem Prinzen zu tanzen«, fuhr ich ihn an. »Wir haben keine Zeit. Ich wurde bereits gesehen – noch dazu mit einem Dunkelfaen. Im Vergleich zu dem, was geschehen könnte, falls wir Silstra nicht rechtzeitig erreichen, ist alles andere bedeutungslos.«

Nikolai sah Riven beschwörend an. »Wir müssen doch nicht so hetzen, Riv«, sagte er und warf die Mütze auf den Boden.

Riven schwieg, er blickte nur von Nikolai zu mir. Ich verschränkte die Arme und wartete. Rivens Kiefermuskeln bewegten sich, und der leichte Wind, der durch das Tor hineinblies, fasste in sein langes Haar, aber er sah mich lediglich unverwandt an. Nikolai war sein Freund, sein bester Freund. Trotzdem hatte ich recht. Was auch immer wir sein mochten – Verbündete, Komplizen, Rivalen –, er musste sich auf meine Seite schlagen. Und mir vor allen anderen recht geben. Nur so würden die anderen der Planänderung zustimmen.

»Keera hat recht«, erklärte Riven mit einem Nicken. »Wir brechen heute Abend auf.«

Erleichtert atmete ich auf, dann gab ich die ersten Befehle.

»Nikolai, kannst du den Sprengstoff unter dem Boden der Kutsche unterbringen – ist dort genug Platz?« Er nickte. »Gut, dann bereite das mit Collin vor, während Syrra die Säcke stiehlt.« Die Elfin schlich bereits aus dem Lagerhaus und verschwand in der Nacht. »Alles andere ist schon gepackt«, fuhr ich fort. »Riven und ich werden unsere Route planen und dann die einzelnen Schichten einteilen. Ich denke, in der Kutsche hätten fünf Leute Platz. Wen sollten wir deiner Meinung nach noch mitnehmen?«, fragte ich Riven.

»Collin«, antwortete er. »Er kennt sich mit Sprengstoff fast so gut aus wie Nik.«

»Darf ich dazu auch noch etwas sagen?«, fragte Collin. Alle Anwesenden erstarrten und sahen den Halbling an. Man widersprach Rivens Befehlen nicht.

»Hast du ein Problem mit dem Plan?« Ich sah die Veränderung, die in Rivens Augen vor sich ging, die Dunkelheit, die hinter ihnen wogte. Er spannte die Rückenmuskeln an, als ob er sich auf einen Kampf vorbereitete.

»Ja, habe ich.« Collin richtete sich auf und hielt die Arme so fest an den Körper gedrückt wie ein Rekrut in der Königlichen Armee beim Appell. Der Puls an seiner Kehle ging schneller, aber er wich keinen Schritt zurück.

Riven, der ihn ein gutes Stück überragte, trat auf ihn zu, und sein langes Haar schien wie Ranken aus Schatten hinter ihm herzuwogen. Ob er absichtlich seine Macht derart erkennen ließ und deutlich seine Überlegenheit zeigen wollte oder ob er sich einfach nicht unter Kontrolle hatte, konnte ich nicht sagen. Jedenfalls würde es für Collin übel ausgehen.

»Dann leg mal los«, sagte Riven und sprach dabei so betont, dass Collin seine Fangzähne deutlich sehen konnte. Es war kein Befehl, es war eine Herausforderung.

Nun blickte Collin wieder zu mir, und er krauste die Stirn und rümpfte die Nase, als er die Augen über mein Gesicht gleiten ließ.

»Bist du sicher, dass wir ihr vertrauen können?«, fragte er dann in schneidendem Ton. »Was wenn das hier genau ihrem Plan entspricht? Wenn sie uns nur in diese Kutsche zwingen will, eingepfercht und ohne Fluchtmöglichkeit, um uns den Schemen auszuliefern? Oder vielleicht gleich dem König? Da hilft sie uns, *eine Kette* zu stehlen, und plötzlich werfen wir den ganzen Plan um, nur weil sie es sagt? Sie hat ihr ganzes Leben lang Leute wie mich umgebracht. Sie ist die Mörderin des Königs *und* seine Hure.«

Zorn flammte wie ein Feuerblitz in mir auf. Meine Finger kribbelten und schlossen sich fest um den Parierdolch, den ich noch immer in der Hand hielt. Collin hatte unsere Pläne schon einmal mit seiner anmaßenden Art gefährdet. Zwei Schemen hatten dabei ihr Leben verloren. Ich hob den Dolch und wollte Collin gerade sagen, was ich von seiner Unzuverlässigkeit hielt, als Riven so laut fauchte, dass die Wände bebten.

Die Halblinge, die weiter hinten in dem großen Raum standen, hielten in dem, was sie gerade taten, inne und starrten ihn an. Riven sah zu Collin herab, und seine scharfen Zähne waren nur ein paar Zoll von dessen Gesicht entfernt. Die Luft knisterte, und ich nahm wieder dieses vertraute, beißende Aroma darin wahr. Die Schatten, die Riven umgaben, schienen sich zu biegen und krochen über den Boden auf Collins zitternde Beine zu. Riven hatte zwar gesagt, dass seine Macht extrem beschränkt sei, aber das, was er besaß, setzte er gerade in ganzem Ausmaß ein. Seine violetten Augen waren fest auf Collin gerichtet, und um die Pupillen glühten silberne Ringe.

Er war schrecklich und schön zugleich.

Erst dachte ich, er würde Collin direkt angreifen, aber dann packte Nikolai ihn am Arm. Riven wandte sich seinem Freund ruckartig zu und zeigte noch mehr die Zähne. Er hob den Arm weit über den Kopf, zum Schlag bereit. Nikolai wich kein Stück zurück, sondern hielt Rivens Blick stand. Jetzt trat ich an die beiden heran und bereitete mich darauf vor, Nik beiseitezudrängen, aber ganz plötzlich verrauchte Rivens Zorn ein wenig. Sein Blick wurde weicher, die Schatten zogen sich entlang der Wand zurück. Er blinzelte kurz, und ich merkte, dass er Nikolai als Freund und nicht als Bedrohung betrachtete.

Riven holte mehrmals tief Luft, dann zog er die Schultern nach vorn. Als er wieder aufblickte, hatte er den Mund zu einer geraden Linie zusammengepresst. Ich sah, wie die Pulsader an seinem Hals pochte, und den kleinen roten Tupfer auf der Lippe, wo er sich mit den eigenen Fangzähnen verletzt hatte.

Die eigenwillige Spannung, die zwischen uns hochgekocht war, explodierte. Mich durchströmte eine solche Hitze, dass ich mich nicht traute, meine eigene Haut zu berühren. Unruhig bewegte ich die Beine und merkte dabei, dass ich dessen ungeachtet angefasst werden wollte, aber nur von Riven. Er sah mich an und blähte die Nasenflügel, als ob er mein Begehren wittern konnte. Ich verschränkte die Finger hinter meinem Rücken. Ich wusste nicht, was das für ein Gefühl war, das zwischen uns bestand, oder was es bedeutete, aber jetzt mussten wir uns auf etwas anderes konzentrieren.

Riven nickte, als ob er meine Gedanken lesen konnte. Er wandte sich Collin und der Gruppe Elverin hinter ihm zu.

»Damit das ein für alle Mal aus der Welt geräumt ist«, donnerte Riven los. »Ich weiß, ich habe euch nicht gerade ermutigt, Keera zu vertrauen … oder sie überhaupt als eine von uns zu betrachten.« Sein Blick zündete in meinem Bauch ein Feuer an. »Das ist meine Schuld. Ich hatte selbst Vorbehalte gegen sie, aufgrund ihrer Position – einer Position, die ihr aufgezwungen wurde.« Er zischte Collin noch einmal an. »Dabei hätte ich nie zulassen dürfen, dass es eure Einstellung ihr gegenüber beeinflusst. Falls jemand sich unsicher gefühlt hat, weil ich als Anführer versagt habe, möchte ich mich entschuldigen. Bei euch allen, und besonders bei Keera.« Bei seinen Worten schnürte sich meine Kehle zu. Es lag keinerlei Sarkasmus in seiner Stimme, und sein Gesichtsausdruck verriet keinerlei

Härte. Seine Entschuldigung rührte mich zutiefst. Er hatte genau gehört, was ich in Caerth gesagt hatte. Er hatte zugehört und vertraute darauf, dass ich recht hatte. Die Gesichter der beiden Schemen standen mir wieder vor Augen. Die Erinnerung an sie tat weh, so wie immer, aber der Schmerz war jetzt leichter zu ertragen, da ich wusste, dass Riven ebenfalls verstand, was ihre Tode bedeuteten.

»Wir müssen einander vertrauen«, fuhr Riven fort, »wenn wir lange genug überleben wollen, um den Halblingen die Gerechtigkeit angedeihen zu lassen, die sie verdienen. Keera hat sich selbst in Gefahr gebracht, als sie uns ein Bündnis anbot. Wir hätten nicht darauf eingehen müssen … *ich* hätte nicht darauf eingehen müssen, aber ich habe es getan. Und das bedaure ich *nicht*. Sie hat schon zweimal ihr Leben riskiert, und sie hat Nikolais und Syrras Leben gerettet. Heute war allein sie es, die unsere Mission zu einem erfolgreichen Abschluss gebracht hat. Eine Mission, die nur deshalb auf der Kippe stand, weil ich ihr nicht genug vertraute.«

Jetzt sah er mich an und legte sich die Hand auf die Brust. Ich zog die Lippen zu einem Strich und nickte. Es sollte niemand sehen, wie sehr mich Rivens Worte bewegten. Auf gewisse Weise hatte ich schon wochenlang darauf gewartet, dass er sie aussprach, aber sie machten mich nervös. Es war nun einmal so – jeder, der sichtbar erkennen ließ, dass ich ihm etwas bedeutete, war irgendwann verletzt oder tot. Ich wollte nicht dafür verantwortlich sein, dass Riven etwas zustieß.

Collin verlagerte sein Gewicht von einem Fuß auf den anderen. Riven fuhr so schnell herum, dass ich kurz dachte, er hätte sich vollständig in Schatten verwandelt.

»Für dich ist hier kein Platz«, sagte er und trat wieder auf Collin zu. Dieses Mal beugte er die Schultern nicht, und die Lippen bedeckten seine Zähne. Er verströmte eine tödliche Ruhe, die Gelassenheit eines Raubtiers, das vor seiner Beute steht.

Collins Augen weiteten sich, und er sah Riven und Nikolai an, als wollte er Letzteren dazu bringen, sich wieder zwischen ihn und Riven zu stellen. »Es tut mir leid, Riven«, wimmerte er.

»Du wirst die Elverin führen, die nach Königsufer ziehen. Syrra wird dich wissen lassen, wie die frischen Vorräte dort verteilt werden sollen und welche Dörfer zuerst versorgt werden müssen. Ist das klar?« Rivens tiefe Stimme schallte von den Wänden zurück.

Collin senkte den Kopf und ging ohne ein weiteres Wort.

Der Rest unserer Gruppe war mit Packen beschäftigt. Zwei Halblinge schirrten die Pferde aus und führten sie weg. Nikolai kniete sich hin, um die Unterseite der Kutsche in Augenschein zu nehmen.

»Ich werde im Vorraum sein, wenn ihr fertig seid«, sagte Riven zu mir und ging hinaus, ohne eine Antwort abzuwarten. Ich orientierte mich an Nikolai und den anderen und beschloss, ihm einen Augenblick Zeit zu lassen, um sich wieder zu sammeln. Mit meiner Packtasche bewaffnet, stieg ich wieder in die Kutsche, um mich umzuziehen. Es war angenehm, mich aus dem Kleid zu schälen und die gewohnte einfache Kleidung, Hemd und Hose, überzustreifen. Nachdem ich mir den Mantel um die Schultern gelegt hatte, fühlte ich mich endlich wieder wie ich selbst.

Dann stieg ich aus und lehnte mich draußen gegen die Kutsche. Nikolai inspizierte sie immer noch von unten und hatte sich dafür auf ein Rollbrett gelegt. Es handelte sich, wie er sagte, um eine Vorrichtung, die er selbst konstruiert hatte; damit war es für ihn leichter, die verschiedenen Erfindungen zu bauen, die überall in dem Lagerhaus verstreut herumstanden. Er hämmerte mit irgendeinem Werkzeug gegen das Metall des Fahrgestells. Nach ein paar weiteren Schlägen rollte er mit einem Schraubenschlüssel in der Hand auf seinem Brett darunter hervor und sah mich an. Daran, wie er die Stirn runzelte und an seiner Unterlippe kaute, sah ich, dass er eine Frage hatte.

»Was denn, Nik?«, erkundigte ich mich, damit er nicht lange herumdrucksen musste.

Er legte den Kopf ein wenig schräg. »Irgendwas ist zwischen dir und Riv im Herrenhaus vorgefallen.« Es war keine Frage.

Röte überzog meine Wangen, während er wieder unter die Kutsche verschwand. Ich war froh, dass er meine schuldbewusste Miene nicht sehen konnte. Weil ich nicht wusste, was ich dazu sagen sollte, zuckte ich nur die Achseln, als Nik aufs Neue erschien, und hoffte, dass er nicht weiter nachhaken würde.

»Das erklärt, weswegen er so angespannt ist«, brummte Nikolai und schraubte an irgendetwas herum, das sich unter dem Kutschenboden befand.

»Wenn wir miteinander zu tun haben, ist er immer angespannt«, sagte ich. »Ich glaube, er hasst mich.«

Nikolais leises Lachen drang gedämpft unter der Kutsche hervor. Er schob sich auf dem Rollbrett wieder heraus und warf mir einen spöttischen Blick zu. »Hast du seine Rede eben nicht gehört?« Jetzt grinste er mich spitzbübisch an. »Riven hasst dich nicht, Keera. Und wir wissen doch beide, wieso er in deiner Nähe angespannt ist.«

Ich verdrehte die Augen. Das war etwas, worüber ich mit Nikolai ganz sicher *nicht* reden wollte. »Ich weiß nur eins, dass du dich nämlich beeilen musst. Wahrscheinlich haben wir gerade einmal fünf Tage, bevor die Schemen die Handelsrouten überwachen werden. Und das bedeutet, uns bleiben nur vier, um den Damm zu sprengen.«

Die Fahrt verging wie im Nebel, während wir versuchten, kreuz und quer auf den Sitzbänken liegend zu schlafen, obwohl uns die unebene Straße alle hundert Fuß wieder wachrüttelte. Wenn die Pferde langsamer wurden, hielt ich die Augen nach einer günstigen Möglichkeit zum Wechseln offen, und ich zahlte jedes Mal mit einem kleinen Beutel Gold, der gut den dreifachen Wert zweier Pferde enthielt. Zum Feilschen hatten wir keine Zeit. Wir hielten jedes Mal nur für wenige Minuten, bevor wir wieder weiterfuhren.

Einige der gestohlenen Sprengladungen hatten wir unter dem Boden der Kutsche verstaut. Andere lagerten unter der Bank, auf der ich saß. Der Rest war im Dach versteckt, das Nikolai mit einem doppelten Boden versehen hatte. Seine Arbeit fügte sich nahtlos in die Originalkonstruktion ein, und ich war überzeugt, dass die Geheimfächer nur zu entdecken waren, wenn jemand von ihrer Existenz wusste.

Wir hatten die Tage in Vierstundenschichten unterteilt. Einer von uns lenkte die Kutsche, ein weiterer hielt Wache. Die anderen beiden versuchten sich auszuruhen, und alle vier Stunden wurde gewechselt. Ich hatte mich mit Nikolai zusammengetan, da ich mir in Rivens Nähe selbst nicht traute. Wir mussten uns auf den Damm konzentrieren. Ein Fehler, und unsere Mission würde scheitern.

Nikolai schlief kaum. Er verbrachte Stunden damit, lange Stoffbahnen zusammenzunähen. Ich hatte keine Ahnung, was genau daraus werden sollte, und wusste nur, dass es dafür gedacht war, den Sprengstoff zu verpacken. Nikolai konzentrierte sich zu sehr auf die schnell durch den Stoff gleitende Nadel, um meine Fragen zu beantworten, und seine roten Augen zeigten deutlich, wie übernächtigt er war.

Wir sprachen wenig. Dazu waren wir alle zu erschöpft, aber zudem steigerte sich mit jeder Meile, die wir Silstra näherkamen, eine unterschwellige Spannung. Mir schwirrten so viele Fragen durch den Kopf, dass ich keinen Schlaf fand. Würden uns die Schemen aufhalten, bevor wir die Stadt erreichten? Hatten wir genug Sprengstoff, um den Damm wirklich einzureißen? Würde der Schaden groß genug sein, um die Kanäle zu zerstören? Die ganze Zeit über fühlte es sich an, als stünden wir an einem Abgrund, und ein starker Wind würde genügen, um uns in die Tiefe zu reißen.

In der zweiten Nacht sprach ich meine Fragen flüsternd aus, weil ich schlicht zu müde war, um sie zurückzuhalten. Nikolai, der sich ein Schnittmesser für den Stoff hinters Ohr geklemmt hatte und eine Fadenspule zwischen den Zähnen hielt, sah von seiner Arbeit auf und ließ die Spule in seinen Schoß fallen.

»Der Damm wird brechen, Keera«, erklärte er. Ein wilder Blick lag in seinen geröteten Augen. »Das habe ich genau berechnet. Sobald ich die Stoffschläuche mit Sprengstoff gefüllt habe, werden sie sich als stark genug erweisen, um den Königspalast in Koratha in die Luft zu jagen, wenn wir das wollten.« Dann nahm er seine Näharbeit wieder auf und murmelte vor sich hin. Von seiner sonst üblichen energiegeladenen Leichtlebigkeit war nichts mehr zu spüren, und der Nikolai, den ich jetzt vor mir hatte, war mir fremd.

Das war Nikolai der Erfinder, dem nichts so wichtig war wie seine Arbeit.

Nach drei Tagen erreichten wir Silstra. Wir hatten eine Geschwindigkeit vorgelegt, die an ein Wunder grenzte, und ich hoffte, dass ich nie wieder so schnell würde unterwegs sein müssen. Mir tat jeder Knochen weh, und meine Kehle brannte vor Durst. Um genau sagen zu können, ob ich mich eigentlich nach Wein oder nur nach Wasser sehnte, war ich zu müde, daher zog ich einfach die Phiole mit dem *winvra*-Elixier heraus und tropfte mir etwas von der schwarzen Flüssigkeit auf die Zunge. Das Kratzen in der Kehle verging sofort, auch der steife Nacken, aber die Erschöpfung steckte mir noch immer in allen Gliedern, als ich mich aus der Kutsche mühte.

Unsere Packtaschen waren hinten auf die Gepäckablage geschnallt, aber als ich sie holen wollte, trat Riven hinter mich und nahm mir seine und meine Tasche aus der Hand. »Das können die anderen erledigen«, sagte er leise, während gerade drei Halblinge aus dem Haus kamen, das uns als Versteck diente. »Du musst dich ausruhen, Keera.«

Es war das erste Mal seit der Abreise aus Cereliath, dass wir miteinander sprachen. Ich nickte und trat ins Haus; tatsächlich sehnte ich mich nur nach einem warmen Bad und einem Bett. Riven begrüßte die Halblingfrau, die drinnen auf uns wartete. Sie trug ein praktisches Kleid, dessen Röcke von einer Schürze bedeckt waren, und hielt uns zwei Schlüssel hin.

Den einen, schwarz mit einem goldenen Etikett, wollte sie Riven in die Hand drücken, aber er schüttelte den Kopf. »Gib ihr das Zimmer«, sagte er und deutete auf mich. Ich zog eine Augenbraue in die Höhe, während ich den Schlüssel nahm.

»Das ist das einzige mit eigenem Bad«, erklärte Riven mit warmem Blick. Seine freundliche Geste berührte mich sehr, und ich stand wie vom Donner gerührt da, während er mit seinem Schlüssel die Treppen hinaufstieg.

Ich ließ mir im Bad viel Zeit und wusch jede Minute der letzten drei Tage gründlich herunter. Dankbar ließ ich mich aufs Bett sinken und genoss es, dass ich in einem Nachthemd schlafen konnte statt in den Kleidern, die ich schon seit Tagen trug. Mein Körper entspannte sich auf der weichen Matratze und wäre gern eingeschlummert, aber mein Verstand grübelte unablässig darüber nach, ob diese Nacht meine letzte sein würde.

FÜNFUNDDREISSIG

Als ich am nächsten Morgen nach unten kam, herrschte dort bereits großes Durcheinander. Die Tische im Esszimmer waren so aneinandergeschoben worden, dass wir auf der großen Fläche Nikolais gesamte Kette aus Sprengstoffbeuteln ausbreiten konnten. Die Stühle hatten wir vor den Fenstern aufgestapelt und die Vorhänge vorgezogen, sodass von draußen niemand hineinsehen konnte. Überall im Gasthaus waren Leute unterwegs, die Waffen oder Lebensmittel zusammentrugen.

Nikolai und ein Halbling, den ich nicht kannte, maßen das Sprengpulver sorgfältig ab und überprüften dreifach die Verbindungen zwischen den Zündschnüren. Am Abend würden wir die beiden Ketten, die er zusammengenäht hatte, zu großen Spindeln aufwickeln, um sie dann am Fundament des Damms wieder auszurollen. Sobald alles an Ort und Stelle war, würden wir die Zündschnüre in Brand stecken und gerade noch genug Zeit haben, uns aus dem Gefahrenbereich zu begeben, bevor uns alles um die Ohren flog.

Wenn Nikolais Berechnungen stimmten.

Und falls es uns gelang, die Sprengladungen richtig anzubringen.

»Wir haben den Damm seit zwei Wochen beobachtet. An jedem

Turm sind Wachen postiert, und drei Schemen patrouillieren von einem zum anderen«, berichtete ein Halbling Riven, der am Wirtshaustresen stand. Der Mann hatte gekappte Ohren und trug die Kleidung eines Metzgers. Noch ein Halbling, der gut getarnt in aller Öffentlichkeit lebte. Rivens Netzwerk war größer, als ich erwartet hatte.

»Es sind keine drei«, sagte ich und trat zu Riven. Er trug keinen Mantel, nur ein Hemd. Sein Haar war zur Hälfte zu einem Zopf zusammengefasst, während der Rest seine Schultern in sanften Wellen umspielte. Ich betrachtete die scharf geschnittenen Linien seines Kinns und seiner Wangen. Es war selten, dass er sein Gesicht so zeigte; meist verbarg er sich hinter seiner Kapuze oder seinem Haar.

Er wandte sich zu mir um und merkte, dass ich ihn ansah. »Woher weißt du das?« Die Frage kam nicht in seinem üblichen scharfen Ton, sondern klang so, wie er sonst mit Nikolai sprach. Neugierig und nachdenklich, immer hungrig nach Informationen.

»Schemen arbeiten immer zu zweit. Wenn ihr drei gesehen habt, muss es noch eine vierte geben.« Ich nahm mir einen Apfel vom Tresen und biss hinein. Er war leicht mehlig, aber die Süße glich das aus. Mir knurrte der Magen; ich hatte vorm Einschlafen am Tag zuvor nichts mehr gegessen.

Dann studierte ich die auf dem Tisch ausgebreitete Landkarte, und die Gebäude erstanden vor mir auf dem Pergament, als flöge ich über die Stadt und könnte alle Einzelheiten von oben betrachten. Der lange Fluss teilte Silstra in zwei Hälften. Die Ufer waren auf beiden Seiten mit gemauerten Kais befestigt, und im Westen erhoben sich die Steingebäude der alten Faenstadt, während im Osten die planlos errichteten Häuser der Sterblichen standen. Die Bebauung erstreckte sich vom Fluss bis ins Hinterland; auf einer Seite begrenzte sie der hohe Damm.

Silstra war unterhalb eines steilen Hangs entstanden, der sich über den Hafenanlagen erhob. Der Fluss, der die Stadt durchschnitt, hatte sich früher einmal mit einem enormen Wasserfall über die Klippe gestürzt, aber der König hatte dem Wasser Einhalt geboten, als er die Kanäle anlegen ließ. Jetzt krönte eine riesige Staumauer den Felsen und tauchte die Stadt in ihren Schatten. Sie wurde von zwei Wachttürmen eingefasst, die über die zinnenbewehrten Mauern blickten. Auf der inneren Seite des Damms schäumte das Wasser in langsamen Strudeln. Auf der äußeren Seite verlief etwa zweihundert Fuß unterhalb der Mauerkrone, weit unten am Fuß des Bauwerks, ein kleiner Laufgang. Normalerweise war er kaum zu sehen, weil die Abflüsse, aus denen sich das Wasser in das tief darunter liegende Becken ergoss, einen feinen Sprühnebel aufwirbelten.

»Habt ihr die Dächer überprüft?«, fragte ich den Halbling.

Er nickte. »Dort verbirgt sich niemand. Ich war diese Woche jeden Tag dort.«

Das hatte ich vermutet. »Dann ist die vierte innen unterwegs.« Ich biss ein letztes Mal von meinem Apfel ab und warf das abgenagte Kerngehäuse in das Feuer im Kamin, wo es zischend neben einem Scheit liegen blieb.

»Innen?«, wiederholte Riven mit rauer Stimme.

»Auf der *anderen Seite*«, sagte ich. »Ich vermute, dass ihr nicht versucht habt, die abgewandte Seite zu beobachten, denn ihr hättet einen Wächter aus dem Weg räumen müssen, um einen guten Aussichtsposten zu beziehen. Und dann hätten wir Aufmerksamkeit erregt.« Das war geraten, aber der Halbling nickte mit staunenden Augen.

»Aber wieso sollte nur eine auf dieser Seite unterwegs sein?«, fragte Riven. »Bleiben die Paare denn nicht zusammen?«

»Sie arbeiten vermutlich als Einheit«, sagte ich. »Es sind immer dieselben Paare, die miteinander eingesetzt werden. Und außerdem bezweifle ich, dass der Laufgang unten am Damm sehr breit ist. Mit einem Angriff wäre viel eher oben auf der Mauer zu rechnen, daher ist es sinnvoll, die meisten Bewacher dort zu stationieren. Wahrscheinlich übernehmen sie die Wache unten auf dem schmalen

Gang abwechselnd. Klingt nicht gerade nach einer angenehmen Aufgabe.«

»Es scheinen immer dieselben drei zu sein«, wandte der Halbling ein, der sich durch die braunen Locken strich.

»Das ist auch so beabsichtigt«, erwiderte ich. »Schemen sollen völlig gleich aussehen. Unsere Partner und Einheiten werden extra so ausgewählt, um diesen Eindruck zu erwecken. Die Schemen sind alle gleich groß, nicht wahr?« Der Halbling nickte verblüfft. »Genau. Und sie wurden so ausgebildet, dass sie auch dieselbe Körperhaltung annehmen. Sie könnten sich jede Nacht abwechseln, und eure Kundschafter würden niemals einen Unterschied bemerken.«

»Das ist schlecht für unser Ablenkungsmanöver«, sagte Riven, der die Landkarte studierte. »Wir können nicht darauf warten, dass die vierte Schemin den Damm verlässt. Damit würden wir viel zu viel Zeit verschwenden.«

»Es bleibt dabei, dass wir das Haus in der Stadt anzünden?«, fragte ich. Riven und seine Elverin hatten ein Anwesen an der Silstra gekauft. Vier Leute würden es in Brand stecken, wenn die Sonnen untergingen, und uns mit dem dadurch entstehenden Aufruhr Zeit verschaffen, ungesehen die Sprengladungen anzubringen.

»Ja.« Riven nickte. »Aber mit dieser vierten Schemin …«

»Überlass die Schemin mir«, unterbrach ich ihn. »Ich werde sie zügig ausschalten.«

»Du willst sie umbringen?«, fragte Riven jetzt verwundert. Ich hatte zuvor darauf bestanden, dass wir die Wachleute und die Schemen vom Damm weglockten – zum einen, weil es für uns sicherer war, zum anderen, weil die Sprengung dann weniger Todesopfer fordern würde.

»Wenn es nicht anders geht, dann ja«, sagte ich düster und ließ angesichts dieser Aussicht die Schultern hängen. »Aber wenn ich sie aus dem Weg räumen kann, bevor sie mich oder jemand anderen sieht, dann gibt es keinen Grund, weshalb sie sterben sollte. Sie wird nichts mitbekommen.« Ich erwartete Rivens Widerspruch, aber er kam nicht. Stattdessen sah er mich nur eine Weile prüfend an und nickte dann zustimmend.

»Und du bist sicher, dass die Wachleute ihre Posten verlassen werden?« Riven zog eine Linie vom Damm bis zu dem Haus, das in wenigen Stunden in Flammen aufgehen würde.

Ich nickte. »Ja. Sie werden das Feuer als Bedrohung betrachten, erst recht, wenn es sich so ausdehnt, dass es das Handelshaus der Krone gefährden könnte. Das dürfte reichen, damit sie angelaufen kommen.« Ich hielt kurz inne. »Die Ausbildung dieser Wächter ist viel zu unflexibel. Ihr Verhalten ist zu vorhersehbar. Die Schemen werden sich nicht um das Feuer kümmern, aber sie werden nach den Brandstiftern suchen. Deine Leute müssen vorbereitet sein.«

Darauf, zu sterben, dachte ich, sprach das aber nicht aus.

Riven versteifte sich. Er kaute an der Innenseite seiner Wange, und sein Blick glitt über die winzigen Straßen Silstras, wie sie sich auf der Karte zeigten. »Sie wissen, was von ihnen verlangt wird«, sagte er ernst. »Sie haben die schnellste Route zum Tunnelsystem ausgekundschaftet. Wenn sie es dorthin schaffen, haben sie gute Chancen, mit dem Leben davonzukommen.« Es lag etwas Beschwörendes in seinem Blick. Der Gedanke, dass er seine Rekruten vielleicht in den Tod schickte, war entsetzlich für ihn.

»Wenn sie es bis dorthin schaffen, dann ja.« Sie würden sehr schnell sein müssen, wenn die Schemen erst einmal ihre Fährte aufgenommen hatten. Wir wurden dafür ausgebildet, dass wir jede Abkürzung und jeden Weg kannten – und außerdem waren wir schneller als Sterbliche und die meisten Halblinge. Selbst mit ein paar Minuten Vorsprung war es wahrscheinlich, dass die Schemen sie einholen würden.

Rechts von mir nahm ich eine Bewegung wahr. Syrra trat zu uns, in makelloser Lederkleidung, die reichlich Befestigungsmöglichkeiten für ihre kreisrunden Klingen bot. Auf dem Rücken trug sie einen Bogen und den dazugehörigen Köcher. Sie hatte sich die Augenpartie mit Tinte bemalt, so schwarz wie ihre Iriden. Die Farbe bedeckte auch ihre Stirn und rann auf die Wangen hinunter.

Die Kriegsbemalung der Elfen.

Es stand ihr gut. Unwillkürlich musste ich bei ihrem Anblick lächeln. Vielleicht würden wir es tatsächlich schaffen.

»Es ist alles vorbereitet«, sagte sie zu Riven, nickte dann und beendete ihren Bericht.

Jetzt kam Nikolai zu uns herüber. Pulverspuren zierten sein Gesicht, und seine Kleidung war völlig zerknittert; so hatte ich ihn noch nie gesehen. »Die Sprengladungen sind auch fertig. Niemand berührt sie, sonst sprengen wir womöglich noch dieses Gasthaus mit uns drin in die Luft.« Ich erwartete sein übliches Lachen, das aber dieses Mal ausblieb.

»Was steht als Nächstes an?«, fragte er und wischte sich über die pulververschmierte Stirn.

»Für dich?« Ich rümpfte die Nase. »Erst ein Bad und dann ein Schläfchen. Und zwar in dieser Reihenfolge.« Die dunklen Schatten unter seinen Augen beunruhigten mich. Er hatte seit unserer Ankunft in der Stadt nicht mehr geschlafen.

»Und für euch?«, fragte er gähnend. Dann hielt er sich schnell die Hand vor den Mund, bevor er zu der Treppe sah, die zu dem Stockwerk führte, auf dem sein Bett auf ihn wartete.

Ich stützte mich auf die Landkarte und beugte mich über den Tisch, während ich die Miniaturversion des Damms betrachtete, die darauf eingezeichnet war. Als ich den Kopf wieder hob, stellte ich fest, dass mich alle Anwesenden ansahen. »Wir warten bis zur Abenddämmerung. Und dann ziehen wir gegen den König.«

Wir teilten uns in zwei Gruppen auf. Zur ersten gehörten vier Kundschafter, die Riven mit Öl und einer Phiole mit flüssigem Feuer losschickte, um das Haus in der Stadt anzuzünden. Das Gebäude würde in nur wenigen Sekunden so lichterloh brennen, dass der Rauch ein Loch in den Himmel riss und die Flammenzungen nach den Wolken griffen.

Die zweite Gruppe bestand aus Riven und Syrra, die von Westen aus zum Damm vorrücken würden, und Nikolai und mir, die von Osten kamen. Es würden uns nur wenige Minuten bleiben, um die Sprengladungen anzubringen und die Zündschnüre anzuzünden, und dann mussten wir uns möglichst schnell in Sicherheit bringen.

Nikolai und ich zogen als Erste los. Er trug den aufgewickelten, mit Sprengstoff gefüllten Stoffschlauch auf dem Rücken, während ich meine Waffen und Kletterhaken unter meinem Mantel verbarg. Schweigend schritten wir über die Straßen, die wir uns noch vor wenigen Stunden auf der Karte angesehen hatten. Wenn Karren an uns vorüberrollten oder Händler oder Bauern an uns vorüberkamen, hielten wir uns in den Schatten. Je weniger Leute uns bemerkten, desto besser.

Am steinernen Ostufer angekommen, warteten wir verborgen in einer schmalen Gasse, bis sich das Orangerot am Himmel in dunkles Blau verwandelte. Dann endlich waren die Sonnen untergegangen. Ich wandte mich nach Süden und blickte zu den steinernen Zinnen hinauf, die den Rand der Klippe befestigten. Sie waren hoch, und ein Kind hätte wohl nicht über sie hinwegklettern können, aber verglichen mit dem Damm, der sich daneben scharf vom Himmel abhob, wirkten sie dürftig.

Die ersten Anzeichen von Rauch trübten die Luft. Kleine Wölkchen ballten sich zu größeren zusammen, dann trieb der Wind kohlenschwarze Streifen am Himmel bis über den Damm. Ich sah, wie die Wächter oben an der Brustwehr auf die Qualmwolken zeigten, wobei ihre Rufe bereits vom Brüllen des Feuers übertönt wurden, das hellrot vor dem schwarzen Himmel aufflackerte. Der Wachmann, der mir am nächsten war, verließ seinen Posten und rannte zur Klippe auf der Westseite des Damms, wo sich der andere Wächter befand. Dann liefen sie beide in die Richtung des brennenden Hauses.

Drei Gestalten unter weiten Kapuzen beobachteten den Brand ebenfalls und tauschten sich knapp miteinander aus, bevor sie auf die Mauern und dann von einer Zinne zur nächsten sprangen, bevor sie in dem rauchgeschwängerten Viertel auf der anderen Flussseite verschwanden.

Die Schemen waren auf der Jagd. Jetzt war der Augenblick gekommen, an dem ich an der Staumauer hinaufklettern musste. Nikolai blieb in dem Gässchen zurück, während ich mich leise davonstahl.

Ein Pferd bäumte sich auf der Straße auf, und ich sprang ihm aus dem Weg. Dann drängte ich mich gegen die hohe Kaimauer. Meine Brust hob und senkte sich unter meinen tiefen Atemzügen. Kurz schloss ich die Augen und holte dreimal tief Luft, um meine Mitte zu finden.

Als sich meine Augen wieder öffneten, sah ich schärfer als zuvor. Ich legte den Pfeil mit dem Greifhaken auf die Sehne und spannte den Bogen. Mein Ziel – die Brustwehr oberhalb des Wachtturms – befand sich direkt über meinem Kopf. Das Geschoss verhakte sich mit einem nur ganz leisen Klappern hinter einer der Zinnen. Probeweise zog ich kräftig an dem Seil, aber es gab kein bisschen nach.

Ein leichter Wind, der den Gestank von Öl und Rauch mit sich brachte, fasste in meinen Mantel, als ich nach oben kletterte. Überall in der Stadt waren inzwischen panische Rufe zu hören. So sollte es sein – die Einwohner waren jetzt so abgelenkt, dass wir praktisch unsichtbar geworden waren.

Ich schwang mich über den Rand der Mauer und landete auf dem steinernen Sims, den die Schemen gerade verlassen hatten. Geduckt blickte ich auf der anderen Seite des Damms in die Tiefe. Selbst in der Dunkelheit bekam ich einen Eindruck davon, wie hoch wir über der Bucht waren. Die Lichter der Hafenhäuser funkelten wie die kleinsten Sterne in der Nacht. Zwischen der glatten Staumauer und den Hafenanlagen tief unten befand sich nur noch der schmale Laufgang, der gerade breit genug war, dass eine Person darauf hin und her patrouillieren konnte. Dort entdeckte ich eine dunkle Kapuze, die zu der Rauchsäule blickte, die inzwischen den Himmel ausfüllte.

Ich zog das Blasrohr, das ich in einem Futteral am Gürtel trug, und schickte einen kleinen Pfeil zu der Schemin hinunter. Er traf sie in der rechten Schulter. Sie wandte kurz den Kopf, dann brach sie zusammen. Sie würde stundenlang schlafen.

Jetzt nahm ich die kleine Phiole, die Nikolai mir gegeben hatte, und schüttelte sie. Ein gleißend blaues Licht flammte in dem Glas auf, und ich ließ seinen hellen Schein von meiner Klinge reflektieren, bis ein Strahl blauen Lichts über den Himmel zuckte. Zu kurz, um irgendjemandem aufzufallen, außer Syrra und Nikolai natürlich, die auf dieses Signal warteten.

Die Schemin lag auf dem schmalen Steg, die Glieder in seltsamen Winkeln verdreht; sie war bewusstlos, aber am Leben. Gesehen hatte sie mich auch nicht, und sie war nicht von dem Laufgang heruntergefallen. Ihr Leben würde ich verschonen können.

Als ich wieder an der Mauer war, kam Nikolai bereits darüber hinweggeklettert. Die Leute unten auf der Straße starrten nur zu den riesigen Qualmwolken und den Flammen hinauf. Niemand hatte bemerkt, wie der Elf mit seiner Last auf dem Rücken an der Staumauer hochgestiegen war. Ich hoffte, dass es bei den anderen beiden genauso problemlos ablief.

»Was ist mit der Schemin?«, fragte Nikolai und nahm die Sprengstoffpakete vom Rücken.

»Bewusstlos.« Ich half ihm dabei, die großen Metallklammern anzubringen, die er so entworfen hatte, dass sie jeweils straff um eine Zinne fassten. Nikolai warf das Bündel, das an den Klammern hing, über den Rand, sodass es sich zu einer Strickleiter ausrollte, die nur wenige Zoll über dem steinernen Wehrgang endete. Ich hoffte, dass sich seine übrigen Berechnungen als ebenso exakt erweisen würden.

Riven und Syrra erschienen auf der anderen Seite der Staumauer, und Riven stand hoch aufgerichtet da, obwohl er unsere ganze schwere Ausrüstung auf dem Rücken trug, um zu prüfen, wie weit wir inzwischen gekommen waren. Auf mein Handzeichen hin nickte er, nahm sein Gepäck ab und warf ihre Leiter ebenfalls über die Mauer.

Ich machte mich als Erste an den Abstieg, wobei ich die Sprossen gar nicht nutzte, sondern mich frei von der Mauer fallen ließ, um erst kurz vor dem Boden nach der Leiter zu fassen. Dann trat ich ohne Zögern auf den Laufgang.

»Angeberin«, brummte Nikolai, der die Leiter mit den aneinandergereihten Sprengstoffbeuteln hinunterkletterte. Die einzelnen Pakete waren unhandlich aufeinandergestapelt und ragten hoch über seine Schultern. Ich hielt mich bereit, entweder ihn oder einen der Beutel aufzufangen, falls etwas passierte.

Aber es passierte nichts.

Nikolai zwinkerte mir zu, als er unten angekommen war.

»Ich bin gleich zurück«, sagte ich und warf mir die bewusstlose Schemin über die Schulter, um mit ihr noch einmal hinaufzuklettern. Sie war leicht, und sie war kleiner als die meisten Schemen, ähnlich wie Gerarda. Aber sie war nicht der Dolch, das wusste ich sicher, obwohl ich ihr Gesicht nicht sah, denn schließlich war mir ihr langer kastanienbrauner Zopf über den Arm gerutscht. Ich ließ sie oben an die Mauer gelehnt liegen, sodass sie von unten nicht zu sehen war. So würde ich sie schnell in Sicherheit bringen können, wenn wir den Rückweg antraten.

Im Augenwinkel nahm ich eine Bewegung wahr. Eine Gestalt mit schwarzer Kapuze rannte über den Damm und kam mit gespanntem Bogen auf die Strickleiter zugerannt.

Die Partnerin der Schemin.

Schnell zog ich meinen eigenen Bogen und legte einen Pfeil auf die Sehne. Mir sank das Herz bis zu den Grundfesten des Damms, als ich zielte und tat, was getan werden musste. Der Pfeil flog davon, und Tränen flossen über meine Wangen, als er die Schemin traf, mitten in die Brust.

Sie war sofort tot. Das war die einzige Gnade, die ich ihr erweisen konnte. Sie hatte zu viel gesehen. Sie hatte mich gesehen.

Ihr Leichnam fiel in die Schlucht und war vergessen. Ihr Pfeil aber nicht.

Ein lautes Stöhnen drang von unten herauf. Nikolai lag am Boden und hielt sich den Oberschenkel.

»Nicht anfassen!«, rief ich und suchte die Dächer und Ufer nach weiteren ungebetenen Gästen ab, aber es war niemand da. Noch nicht jedenfalls.

Wieder glitt ich, fast ohne die Leiter zu benutzen, an der Mauer herab und kam mit einem dumpfen Geräusch auf dem steinernen Laufgang auf. Als ich Nikolai erreichte, war auch Syrra schon fast bei ihm. Er hatte die Hand um den Pfeilschaft gelegt und wollte ihn herausziehen.

»Lass das!«, brüllte ich und versetzte ihm einen Stoß gegen die Brust. Mir schlug das Herz so heftig gegen die Rippen, dass ich kaum atmen konnte, und nun packte ich seine Hand und löste seine Finger von dem Geschoss, einen nach dem anderen.

»Ich glaube nicht, dass der Knochen verletzt ist.« Nikolai verzog das Gesicht. »Wenn ich ihn herausziehe, kann ich das hier immer noch zu Ende bringen.«

»Wenn du ihn rausziehst, bist du tot«, gab ich zurück. Mich durchfuhr eine Angst, als sei der Damm bereits gebrochen. Ich roch das Gift in dem Blut, das über sein Bein lief. Es war ein süßes, angenehmes Aroma – eine Tarnung, wie der Tod sie oft annimmt.

»Die Pfeilspitze war mit Honigschatten getränkt«, erklärte ich und merkte, dass ich zitterte, als ich Nikolais Hand nahm; dann versuchte ich, die Angst in meiner Stimme zu verbergen. »Wenn du sie herausziehst, wird nur noch mehr davon in die Wunde eindringen. Wir müssen dich zu einer Heilerin bringen.« Ich sah Syrra an, die nickte und begriff, welche neue Aufgabe sie jetzt übernehmen musste.

»Zwei Leute reichen für diese Aufgabe nicht aus«, stieß Nikolai mit zusammengebissenen Zähnen hervor. Ihm trat bereits der

Schweiß auf die Stirn, und seine Augäpfel nahmen eine leicht gelbliche Färbung an.

»Jetzt schon«, erklärte ich zwischen zwei abgehackten Atemzügen. Ich wollte nicht noch jemanden sterben sehen, und schon gar nicht Nikolai. »Riven und ich sind am schnellsten. Wir werden dafür sorgen, dass alles erledigt wird.« Ein Stück entfernt war Riven bereits damit beschäftigt, die Sprengsätze anzubringen. Ich wusste, dass er jedes Wort hörte und es ihn quälte, selbst nichts für Nikolai tun zu können.

»Riven wird dir helfen, ihn bis oben auf die Mauer zu bringen«, sagte ich zu Syrra. »Schaffst du es von dort, ihn allein bis zur Straße hinunterzubringen?« Nikolai war zwar nicht annähernd so breit gebaut wie Riven, aber doch recht groß.

»Ja«, gab sie zurück und zog Nikolai auf die Beine. Sie schlang seinen Arm um ihre Schultern und führte ihn humpelnd über den Laufgang. Riven hatte die letzte Sprengladung präpariert, als sie die Leiter erreichten.

Jetzt machte ich mich so schnell wie möglich an die Arbeit. Alle drei Fuß positionierte ich einen Sack Sprengstoff, und dazwischen montierte ich jeweils einen Zünder. Dreißig Stück hatte ich noch. Ich rannte, stellte zwei Säcke gleichzeitig ab und trieb die Zünder mit einem einzigen Schlag ins Mauerwerk. Jedes Mal, wenn sich die Kralle in den Stein bohrte, hallte Nikolais Schrei in meinen Ohren wider.

Jetzt ließ sich Riven wieder die Steilwand hinabgleiten und installierte die letzten beiden Zünder. Dann zog ich die Zündschnüre aus Nikolais Packtasche und gab Riven eine Rolle. Wir mussten die Lunte sorgfältig immer abwechselnd mit einem Zünder und einem Sack verbinden, und wir arbeiteten uns von außen zur Mitte vor, um dann die langen Schnüre am Boden wieder bis zu unseren Strickleitern zu führen. Sobald wir sie angezündet hatten, blieben uns nur wenige Minuten, um die Leitern zu erklimmen und vor der Explosion in Deckung zu gehen.

Ein Streichholz in der Hand, hob ich den Kopf. Rivens Augen ruhten bereits auf mir; er nahm meinen Anblick ganz und gar in sich auf. Mir war die Kapuze vom Kopf gerutscht, und jetzt glitt sein Blick über meine Augen bis zu meinem Zopf, ganz langsam, als ob er sich jedes Detail genau einprägen wollte.

Dann sah er zur Zündschnur und nickte.

In perfektem Gleichklang führten wir beide die brennenden Streichhölzer an die Lunte. Die Enden fingen Feuer, und sofort huschten zwei winzige Flämmchen über die lange Schnur auf die Mitte der Staumauer zu. Zwei Flämmchen, die schließlich die große Explosion auslösen würden.

Hastig hangelte ich mich an der Strickleiter hinauf, und Riven tat es mir auf seiner Seite gleich. Auf halbem Weg warf ich einen prüfenden Blick nach unten. Rivens Lunte brannte noch immer, wie ich an der kleinen Spur blauroter Funken erkannte, die über den gemauerten Laufgang lief, genau, wie es sein sollte.

Aber meine war ausgegangen. Die Zündschnur war erloschen, nur wenige Fuß von der Stelle, wo ich sie hatte fallen lassen.

Auf der Fahrt in der gottverdammten Kutsche hatte Nikolai immer wieder betont, wie wichtig es war, dass die Explosionen sich zeitgleich ereigneten. Nur so konnten wir sichergehen, dass die Erschütterung ausreichte, um die ganze Staumauer zu sprengen und eine Sturzflut über die Kanäle hereinbrechen zu lassen.

Ich sah, wie Rivens Mantel über die Mauerkrone glitt und er zu mir herübergerannt kam. Er hatte nicht bemerkt, dass unser Plan gescheitert war. Dass ich versagt hatte.

Nein, noch nicht, verbesserte ich mich in Gedanken.

Ich ließ die Leiter los, sprang nach unten und landete wieder auf dem Gang. Dann lief ich zur Mitte des Damms und sah mir Rivens Lunte an. Ich musste meine an genau derselben Stelle wieder anzünden.

Schnell hastete ich zu der betreffenden Stelle und zog noch ein Streichholz heraus, während ich darauf wartete, dass Rivens Funken denselben Punkt erreichten. Bis zum ersten sprengstoffgefüllten Sack waren es keine fünfzig Fuß. Es würde mir nicht mehr gelingen, der Explosion zu entkommen, aber das war mir egal.

Riven war in Sicherheit.

Syrra und Nikolai hoffentlich auch.

Wenn eine von uns sterben musste, dann war ich froh, dass es mich traf – die Verderbteste von uns.

Hinter den anderen stand eine Legion Elverin, die darauf brannten, die Halblinge zu befreien. Sie würden weitermachen.

Ich entzündete das Streichholz und hielt den Atem an.

Mit einem Mal war die ganze Unruhe in meinem Innern verschwunden. An ihre Stelle trat nicht etwa Angst, sondern Erleichterung.

Das ist das Einzige, was ich tun kann, um unser Versprechen zu halten, dachte ich, als ich die Lunte wieder anbrannte.

Hinter mir schlug ein Greifhaken ein und verkeilte sich am Laufgang. Das Seil war straff gespannt; Riven hatte es oben fest um eine Zinne geschlungen. Er sah über den Rand und zog meine Strickleiter an der Staumauer entlang. Mir blieb keine Zeit, um ihm etwas zuzurufen, ihm zu sagen, dass er mich meinem Schicksal überlassen sollte. Wenn wir uns jetzt stritten, waren wir beide tot.

Ich rannte so schnell ich konnte das Seil hinauf und tat sieben große Schritte, bevor ich sprang.

Es reichte nicht, meine Hände schrammten über die glatte Mauer.

Riven reckte sich zu mir hinunter, und seine große schwielige Hand schloss sich um mein Handgelenk, während die Strickleiter gegen den Damm schlug. Er hatte die Kletterhilfe hoch genug gezogen, dass er wie auf einer Schaukel daran schwingen konnte. Jetzt zog er mich auf seinen Rücken und kletterte über den Rand.

Mit zitternden Beinen glitt ich auf den Boden. Er wandte sich um und rannte zur seitlichen Begrenzungsmauer, über die er mit einem langen Satz hinwegfederte, ohne sich noch einmal umzublicken.

Mir blieben nur Sekunden.

An der Mauer sah ich die Schemin liegen, und ich wusste, dass ich sie zurücklassen musste, wenn ich überhaupt noch eine Chance haben wollte, die Explosion zu überleben.

Aber das konnte ich nicht. Sie war nicht nur eine Schemin, sie war ein Halbling.

Ich durfte nicht noch ein unschuldiges Leben opfern. Ich wollte nicht in dem Bewusstsein in Stücke gerissen werden, dass ich auch sie zum Sterben verurteilt hatte.

Im Laufen bückte ich mich nach ihr und warf sie mir über die Schulter.

Die erste Sprengladung detonierte hinter mir, als ich über die Mauerkrone rannte. Menschengroße Steinbrocken wurden in die Luft geschleudert, als die zweite gezündet wurde, dann folgte die dritte.

Bumm! Bumm! Bumm!

Jetzt waren es nur noch zehn Fuß, und ich stieß mich mit aller Kraft, die noch in mir war, nach vorn. Mit dem letzten Schritt sprang ich vom Damm auf die darunterliegende Straße, trieb uns dabei mit weit ausholenden Beinbewegungen weiter nach vorn.

Ein Windstoß fegte heran und fing sich in meinem Mantel. Die Schemin drohte meinem Griff zu entgleiten. Unter mir sah ich die geschotterte Straße, die von immer neuen Explosionen erschüttert wurde.

Es würde eine harte Landung werden. Ich bereitete mich auf den Aufschlag vor, auf gebrochene Knochen, aber dann ertönte die letzte Sprengung, und ich fühlte nur noch Hitze, während ich durch die Luft geschleudert wurde. Vergebens versuchte ich mein Gesicht vor der sengenden Druckwelle zu schützen und spürte, wie meine Haut verbrannte.

Dann wurde alles schwarz.

SECHSUNDDREISSIG

Jeder Knochen schmerzte. Ich blutete am ganzen Körper. Winzige Steinbrocken hatten meine Kleidung zerrissen und sich wie Granatsplitter in mein Fleisch gebohrt. Als ich aufzustehen versuchte, war mir, als ob mir der Kopf gespalten würde, und die ganze Welt drehte sich. Ich sank wieder zu Boden und rieb mir die Schläfen, als ob das den pochenden Schmerz in meinem Schädel hätte vertreiben können. Dann spürte ich etwas Nasses und zog die Hände weg. Es dauerte, bis meine Finger vor meinen blinzelnden Augen Gestalt annahmen. Sie waren mit bernsteinfarbenem Blut verklebt.

Ich muss hier weg, dachte ich. Sonst würden uns die Wächter schnappen, die sicherlich gleich hier auftauchen würden.

Uns. Wo war Riven?

Haben die Explosionen ihn erwischt?, dachte ich und versuchte, um Hilfe zu rufen, aber dann musste ich husten, weil mir Blut in die Kehle geriet.

Ich wandte mich um und sah ein Gesicht.

Es war nicht Rivens. Der Schemin war bei der Explosion die Kapuze heruntergerutscht, und ich erkannte den langen Zopf. Ihre Augen standen offen, bernsteinfarbenes Blut tropfte von einer Wunde an der Braue auf die Erde, und ihre Iriden zeigten sicher noch dasselbe durchdringende Topaz wie zu ihren Lebzeiten.

Die Schemin.

Sie wirkte vage vertraut. Vielleicht hatte ich sie im Orden ausgebildet oder war ihr dort begegnet. Aber ihren Namen wusste ich nicht, und ich würde ihn auch nie herausfinden. Ich sah nur, dass sie jung war. Das erkannte ich an ihrer Haut, an ihren Händen. Sie zählte zu den Halblingen, die zu ihren Prüfungen gedrängt worden waren, ohne dafür schon reif zu sein.

Und jetzt war sie tot.

Mein Magen krampfte sich zusammen, und ich erbrach einen Schwall Blut. Meine Augen brannten. Ich hatte die Halblinge retten wollen, und jetzt lag wieder eine tot vor mir. Unermesslicher Schmerz schoss durch meinen Körper, schlimmer als alle Verletzungen, die ich erlitten hatte.

Ich hatte diese junge Frau im Stich gelassen. Da hatte ich alles darangesetzt, sie am Leben zu erhalten, und es war mir nicht gelungen. Noch einmal packte mich der Brechreiz, und ich fühlte mich innerlich völlig leer, als mich der Schmerz in seliges Vergessen sinken ließ.

Ich hatte sie im Stich gelassen, aber ich würde nicht mehr lange mit dieser Schuld leben müssen. Bereit, mich dem seligen Vergessen zu ergeben, schloss ich die Augen. Sollte doch jetzt der Schmerz, den ich jahrelang in mir getragen hatte, mit meinem letzten Atemzug verblassen. Meine Schultern entspannten sich, ich sank auf dem Boden in mich zusammen.

Eine Gestalt erschien in dem Rauch und Qualm, der uns umgab.

Riven sprang vom Pferd und kniete neben mir; er musterte mich schnell, um zu erfassen, wie schlimm es um mich stand. Seine Lippen bewegten sich, aber meine Ohren dröhnten so laut, dass ich ihn nicht verstand.

Ich fasste nach der Schemin und zog an ihrem gebrochenen Arm. Riven war anzusehen, dass er begriff. Er schloss ihr sanft die

Augen und sah mich an. »Mehr können wir für sie nicht tun«, meinte ich an seinen Lippen abzulesen.

Dann hob er mich hoch und setzte mich aufs Pferd. Schmerzerfüllt krümmte ich mich zusammen, aber er stieg hinter mir auf und umklammerte meinen Bauch. Ich durchtränkte seinen Ärmel mit meinem Blut, als wir davongaloppierten. Bei jedem Schritt schoss neuer Schmerz durch mich hindurch. Ich lehnte mich gegen Riven und ließ den Kopf kraftlos an seine Schulter sinken.

»Haben wir es geschafft?«, fragte ich ihn keuchend. Bei all dem Rauch konnte ich nicht erkennen, wie viel Schaden wir verursacht haben mochten. Ich hoffte sehr, dass ich mich nicht umsonst mit solchen Schmerzen quälte. Und dass diese Schemen nicht umsonst gestorben waren.

Er nickte knapp, sah zu mir herunter und saugte an seiner Wange. Ich wollte den Kopf neigen und selbst sehen, wie schlimm ich verletzt war, aber Riven hinderte mich daran. Seine sanfte Hand, zarter als die ersten Schneeflocken, fasste nach meinem Kinn. Er wollte nicht, dass ich es wusste. Offenbar stand es so schlimm um mich, wie es sich anfühlte.

Nebelhafte Bilder wirbelten durch meinen Kopf. Nikolais Bein. Riven, der mich an der Mauer packte. Die ersten Steinbröckchen, die sich in meine Haut bohrten. Mein Kopf schlug gegen Rivens Schulter, und noch nicht einmal der starke Geruch nach Birkenholz und Tau half mir, wieder einen klaren Gedanken zu fassen. Ich versuchte, mich zu stabilisieren, indem ich mich auf meinen Atem konzentrierte, aber jedes Einatmen riss an meinen Lungen, und jedes Ausatmen klang wie ein schwaches Pfeifen. Die Gebäude, an denen wir vorbeikamen, verschwammen. Riven ritt viel zu schnell, und ich sah viel zu langsam hin, als dass ich mich hätte orientieren können. Mir fielen die Augen zu. Als ich sie wieder öffnete, war aus den Gebäuden ein verschwommenes Etwas in mondbeschienenem Beige geworden.

Ein Feld?, fragte ich mich, konnte es aber nicht mit Bestimmtheit sagen. Wieder blinzelte ich, und dann waren wir von Bäumen umgeben. Mein Kopf sackte gegen Rivens Kinn. Er drückte mir die Wange gegen das Haar, vielleicht auch die Lippen. Ich konnte es nicht sagen. Ich wollte schlafen. Einfach ins Nichts eintauchen, damit ich die Schmerzen nicht mehr spüren musste.

Meine Lider waren schwer. Mir war egal, wohin wir gingen. Ich wusste, was Riven sich aus Angst nicht eingestehen wollte. Ich lag im Sterben. Der Schmerz in meinen Beinen verging bereits; ich spürte sie schon nicht mehr. Bald schon würde ich gar nichts mehr fühlen.

Ich hörte Rivens Herz, wie es in seiner Brust hämmerte, fühlte seine schweren Atemzüge an meinem Rücken. Ich drückte die Hand an meine Rippen und erwartete, denselben schnellen Schlag zu fühlen, aber mein Herz klopfte langsam. Ruhig.

Ich war bereit.

Riven hatte wohl gesehen, dass ich die Augen schloss, denn jetzt schüttelte er mich leicht. »Wachbleiben, Keera«, sagte er mir laut ins Ohr. Ich zuckte zusammen. Inzwischen war das Dröhnen in meinen Ohren so weit zurückgegangen, dass seine Stimme wehtat.

»Ich bin müde«, flüsterte ich.

»Nur noch ein bisschen«, beschwor mich Riven und gab seinem Pferd die Sporen.

»Riven. Ich bin *müde.*« Ich flehte ihn an. Bettelte darum, dass er mich einschlafen ließ. Dass er mich einfach friedlich am Straßenrand zurücklassen würde. Mein Körper war völlig zerstört. Ich hatte sehr viel Blut verloren, und ich war mir sicher, dass meine Beine zertrümmert waren. Ich wollte ihn ansehen und neigte dafür leicht den Kopf, aber sein Gesicht verschwamm. Es war von roten Flecken bedeckt. Wieder fielen mir die Augen zu, und ich war zu müde, um dagegen anzukämpfen.

»Nein!«, rief Riven und schüttelte mich, bis ich die Augen wieder öffnete. »Du darfst nicht einschlafen, Keera. Bleib wach. Ich bringe dich zu jemandem, der dir helfen kann.«

»Ich brauche keine Hilfe«, widersprach ich.

»Jetzt ist nicht der richtige Zeitpunkt, um stur auf die eigene Unabhängigkeit zu beharren«, erklärte Riven scheinbar leichthin, aber ich nahm die Anspannung darunter wahr.

»Das habe ich nicht gemeint«, nuschelte ich und versuchte meinen Blick auf seinen gebogenen Nasenrücken zu konzentrieren. Riven wandte den Kopf und sah mich mit starren Augen an. Gern hätte ich seine Wange gestreichelt, aber ich schaffte es nicht, den Arm zu heben. »Lass mich einfach sterben. *Bitte.*«

Den nahen Tod derart einzugestehen, nahm mir die letzte Kraft. Meine Brust entspannte sich, meine Glieder wurden schlaff. Ich war es müde zu kämpfen. Zu töten. Meine vielen Verletzungen taten unsagbar weh, aber nicht annähernd so sehr wie die vielen Jahrzehnte, in denen ich versucht hatte, die Gesichter von Menschen, von Kindern zu vergessen. Die Gesichter der Unschuldigen, deren Namen ich mir eingeritzt hatte, als ob das eine annähernd ausreichende Buße hätte sein können.

Ich wollte einfach nicht mehr.

»Ich bin müde«, sagte ich wieder, und die heißen Tränen, die über meine Wangen strömten, zogen bernsteinfarbene Schlieren. Riven starrte mich an, und die Falte zwischen seinen Brauen vertiefte sich, als er den Kopf schüttelte. Seine Hand umschloss meine Taille nur noch fester, als ob er mich allein durch seinen Willen dazu bringen konnte, am Leben zu bleiben. Er schüttelte meinen Oberkörper, und ich merkte, dass wir durch einen Wald ritten. Zwar wollten mir die Augen nicht weit genug offen bleiben, als dass ich die Bäume hätte sehen können, aber außer meinem eigenen Blut roch ich deutlich feuchte Erde.

Riven atmete tief aus und sagte dann rau in mein Haar: »Ich werde dir jede Frage beantworten, die du mir stellst, aber du musst wachbleiben, Keera.« Er wollte mit mir handeln.

Durch die Wimpern hindurch betrachtete ich sein Gesicht. Seine Kinnmuskeln zuckten, und seine Augen waren gerötet. Ein kreisrunder bernsteinfarbener Fleck an seiner Wange zeigte, wo ich zuvor meinen Kopf angelehnt hatte. Wieso erkannte er nicht, wie schwer verletzt ich war? Und wieso war ihm nicht klar, dass ich es nicht wert war, gerettet zu werden?

»Das kann ich nicht«, flüsterte ich.

Er schluckte so hart, dass ich es an meinem Kopf fühlen konnte. »Du musst«, sagte er mit brechender Stimme. Wieder sah ich ihn an. Er hatte den Kopf leicht geneigt und konzentrierte sich auf den Weg. Zwar konnte ich bei ihm keine Verletzungen erkennen, und alles Blut, das an ihm war, stammte vermutlich von mir, aber Riven stand auch kurz davor aufzugeben.

Nun wenn es ihm half, noch ein bisschen länger durchzuhalten, dann konnte ich das Spiel vielleicht doch mitspielen. »Wie alt bist du?«, fragte ich. Für ein süffisantes Grinsen reichte meine Kraft nicht.

Riven zog bebend die Luft ein und lachte leise in mein Haar. »Ich wurde vor kaum mehr als neunzig Jahren geboren. Ich bin der Jüngste unseres Volkes und war der Sohn einer Fae namens Laethellia Numenthira.«

Der Name rührte an eine Erinnerung in mir, aber mein Kopf tat mir zu weh, als dass ich sie hätte zutage fördern können. Ich ließ den Kopf nach vorn sacken und begann im Einklang mit den Bewegungen des Pferds zu nicken, bis Riven mich gegen sein Schlüsselbein drückte.

»Sie war schön«, flüsterte er, während er mit einem schnellen Blick überprüfte, ob ich noch bei Bewusstsein war. Ich versuchte zu lächeln, aber mir taten die Wangen weh; sie brannten ebenso wie die Haut rund um meinen Mund. »Sie war eine wunderbare Sängerin und Bogenschützin. Ihre Lieblingsblumen waren Taurosen, und deshalb ist ganz Aralinth mit ihnen bepflanzt. Feron sorgte dafür, dass es sie in großer Zahl in seinen Gärten gab, wenn sie zu Besuch kam. Jetzt lässt er sie zu ihrem Gedenken dort das ganze Jahr über wachsen.«

Ich nickte und schloss die Augen, während ich mich an den frischen Duft der dunkelblauen Blüten erinnerte. Es war derselbe Taugeruch, den ich an Rivens Haut wahrnahm.

»Sie war so begabt«, fuhr er fort und schüttelte mich wieder wach. »Selbst für eine Fae. Es hieß, sie besaß die Fähigkeit, sich in eine Eule zu verwandeln.«

Jetzt blinzelte ich schockiert, obwohl mir alles so wehtat. »Sie war eine Gestaltwandlerin?«

»Ja«, gab Riven zurück. »Eine Fähigkeit, die selbst bei den Faen sehr selten ist.«

Er tippte mir leicht gegen die Wange, damit ich mich wieder konzentrierte. Ich gab mir alle Mühe, ihn durch die Wimpern hindurch anzusehen. Dabei spürte ich den Sog immer stärker. Ich lag wirklich im Sterben. Ich musste jetzt nur zulassen, dass die Dunkelheit mich zu sich holte.

»Außerdem war sie eine Heilerin«, sagte Riven und stieß mich leicht mit der Schulter an. »Sie wusste nicht nur alles über Elixiere und Tränke, obwohl sie auch eine hervorragende Alchemistin war. Sie hatte die Gabe zu heilen. Die Fähigkeit, zerstörtes Gewebe wieder ganz zu machen oder die Kranken von der Schwelle des Todes zurückzuholen.«

Wie schade, dass sie nicht hier ist, dachte ich.

»Und dein Vater?«, hauchte ich und versuchte, bei Bewusstsein zu bleiben. Meine Lungen brannten und schickten bei jedem Atemzug entsetzliche Schmerzen durch meinen Körper. Der metallische Geschmack nach Blut lag dick auf meiner Zunge. Mir blieb nicht mehr viel Zeit.

»Ich habe keinen Vater«, sagte Riven und kaute an seiner Unterlippe, als er mich ansah. »Halte durch, Keera. Wir sind fast da.« Es lag Panik in seiner Stimme, und sein Puls hämmerte an seinem Hals. Ich roch das Adrenalin, das durch seine Adern schoss. Riven hatte Angst. Mehr Angst, als ich je bei ihm erlebt hatte. Dabei war das doch gar nicht nötig.

Ich hatte keine Angst vor dem Tod.

Der Tod ist die einzige Gewissheit in diesem Leben. Das hatte er selbst gesagt. Der Schatten. Jener Fae, der mich jetzt an sich drückte und mit jeder Faser seines Körpers wollte, dass ich überlebte.

Aber ich war jetzt für diese Gewissheit bereit. Ich schloss die Augen und öffnete sie nicht wieder.

Stimmen. Ich hörte Stimmen.

»Was ist passiert?«, rief eine raue Stimme, der jedoch die typisch selbstbewusste Lebhaftigkeit fehlte. Es war Nikolai.

»Die Zünder haben nicht richtig funktioniert, und Keera hat daraufhin beschlossen, die Ladungen selbst anzuzünden.« Riven klang hart und ganz nahe. Ich spürte seinen Atem auf meiner Wange. Er trug mich in seinen Armen.

Mühsam öffnete ich die Augen einen ganz kleinen Spalt. Mehr war nicht möglich; die Schmerzen waren zu heftig. Wir befanden uns in einem Raum. Nein, in einer Höhle. Die Decke und die Wände waren aus dunklem Stein, aber es gab Licht. Viel Licht. In einer Ecke stand eine große Faenlampe.

»Bring sie hier herüber«, befahl eine heisere Frauenstimme. Durch den schmalen Spalt zwischen meinen Wimpern sah ich eine kleine grauhaarige Frau zu Riven treten. »Leg sie auf den Tisch.« Die Worte klangen gedämpft, als spräche sie von sehr weit her.

Wieder spähte ich durch meine Wimpern. Die Frau war nahe. Jemand anders sagte etwas, aber auch das hörte ich wie unter Wasser; ich bekam nur den Tonfall mit.

Riven setzte mich mit überwältigender Vorsicht ab. Die harte Fläche unter meinem Rücken tat weh. Ich vermisste die Schwerelosigkeit, die ich auf seinen Armen empfunden hatte. Als ich zu sprechen versuchte, kam nur ein unnatürliches Geräusch aus meiner Kehle. Ich glaube, ich schrie.

»Wie konnte sie erwarten, die Sprengung zu überleben?«, fragte jetzt die heisere Stimme. »Da ist so viel Blut. Es ist ein Wunder, dass sie es lebend bis hierher geschafft hat.« Meine Arme krümmten sich unkontrolliert, und ich stöhnte. Mir war heiß. Als ob ich von innen nach außen verbrannte.

»Ich glaube nicht, dass sie überhaupt die Absicht hatte, das zu überleben.« Riven brach die Stimme, und jetzt fühlte ich, wie jemand meine Hand ergriff und sie drückte.

»Offenbar neigt sie dazu, die Heldin zu spielen, und hat eine Faszination für den Tod. Es ist wirklich ein Wunder, dass sie noch lebt.« Das war noch immer diese heisere Stimme, die ich nicht zuordnen konnte. Ich hörte das Schaben von zwei Stahlflächen. »Ihre Kleider nützen ihr nichts mehr. Es geht schneller, wenn wir sie herunterschneiden.«

Jetzt wurde ich am Arm gepackt, und etwas zerrte an meinem blutdurchtränkten Ärmel. Der Stoff wurde am Handgelenk leicht angehoben, und dann fuhr etwas Kaltes, Metallisches über meine Haut. Sie wollten mir das Hemd aufschneiden.

Dann würden sie meine Narben sehen.

Mit einem Ruck öffneten sich meine Augen, und ich stieß den Arm weg. Keuchend sah ich mich nach der Person um, die sich an meinem Ärmel zu schaffen machte. Eine Frau mit grauen Locken sah auf mich herab.

»Was ist denn, mein Kind?« Sie hielt eine Schere in der Hand.

»Nicht …«, begann ich, aber dann versagte mir die Stimme. »Lasst nicht zu, dass er mich sieht«, sagte ich mit Blick auf Riven. Ich fasste nach ihrer Hand, mit der sie die Schere hielt, und meine Finger schlossen sich um die Klingen.

»Lasst nicht zu, dass er … dass niemand … Nur Ihr allein«, flüsterte ich. Mir wurde schwindlig, und ich atmete nur noch flach. Ich ließ mich wieder auf den harten Tisch sinken. Ihre gelben Augen ruhten auf meinem Gesicht, während sie die Schere auf und zu schnappen ließ. Dann nickte sie entschlossen und legte ihr Werkzeug kurz beiseite.

»Raus!«, fuhr sie Riven an.

»Aber was ist mit …«

»Raus, habe ich gesagt!« Gedämpfte Schritte hallten von den Steinwänden zurück und entfernten sich.

Wieder erschienen die gelben Augen über mir. Ich blinzelte, wähnte mich in einem Traum. »Ich werde niemanden zusehen lassen«, sagte sie. Der erste Schnitt durch mein Hemd fühlte sich an, als würde eine Klinge mein Fleisch durchdringen. Der zweite war wie ein Schlag gegen mein Kinn. Ich wehrte mich, wollte nicht, dass sie die Wahrheit sah, die auf meiner Haut geschrieben stand.

»Ganz ruhig«, flüsterte sie. Dann spürte ich einen kleinen Piks an meinem nackten Arm, und mir fielen die Augen zu.

SIEBENUNDDREISSIG

Als ich erwachte, nahm ich einen dumpfen Druck am ganzen Körper wahr. Es war kein Schmerz, aber ich war sehr empfindlich. Mein Kopf war schwer, als ich langsam wieder zu Bewusstsein kam, und meine Glieder steif, als hätte ich viele Stunden in derselben Haltung verbracht. Tage. Ich versuchte mich aufzusetzen, aber irgendetwas hielt mich auf dem Tisch fest.

Nein, nicht auf dem Tisch.

Da war nichts Hartes mehr unter mir. Stattdessen trieb ich in einer Flüssigkeit. Ich öffnete die Augen und musste erst einmal blinzeln, bis ich mich an das weiche Licht gewöhnt hatte, das von einer Fackel in der Nähe zu mir drang. Offenbar lag ich in einem kleinen Becken, und mein Oberkörper und meine Beine waren mit einer feuchten Pflanze bedeckt.

Es fühlte sich herrlich kühl und lindernd an. Als ich einen Arm aus dem Wasser hob, sah ich, dass auch er mit dünnen Streifen einer türkisfarbenen Pflanze umwickelt war. Sie war klebrig und weich, und eine violette Flüssigkeit trat aus, als ich sie betastete. Meine Fingerspitze kribbelte, dann spürte ich auch darin die beruhigende Kühle.

Vorsichtig zog ich die Verpackung über meinem Arm ein wenig hoch. Meine Haut war überall dort, wo ich von den umherfliegenden Steinbröckchen getroffen worden war, mit kleinen roten Punkten übersät. Die Verletzungen hatten sich bereits geschlossen und waren nicht mehr geschwollen. Vermutlich würde ich keine Narben von der Explosion zurückbehalten.

Narben.

Die Namen auf meinen Armen sahen genauso aus wie immer. Dünne Linien, die in Spiralen über meine Haut liefen. Nichts davon war verschwunden. Selbst dort, wo die Splitter mich verletzt hatten, war die Schrift unversehrt. Die Namen schimmerten durch die Röte, als sei nichts passiert.

Jetzt wickelte ich auch die Streifen an meinem anderen Arm ab. An den Beinen, an der Brust. Jeder Name, den ich mir eingeritzt hatte, war noch da. Makellos, als ob es die Explosion gar nicht gegeben hätte. Seufzend ließ ich mich wieder in das Becken sinken und schwebte auf einem Gefühl der Erleichterung dahin. Und dennoch – ein Versuch, mich zu opfern, war keine Wiedergutmachung für die Leben, die ich genommen hatte.

Mein Rücken stieß gegen den Beckenrand, und ein dünner Pflanzenstreifen löste sich. Zwar erinnerte ich mich nicht, auch am Rücken getroffen worden zu sein, aber die Heilerin hatte mich sicherlich überall untersucht. Also hatte sie auch die Narben dort gesehen.

Ich löste den ganzen Pflanzenverband ab, bis nichts mehr übrig war. Nur noch meine Haut. In der Höhle gab es keinen Spiegel, in dem ich mich hätte betrachten können, und das Fackellicht wäre dazu auch zu schwach gewesen. Also schlang ich die Arme um mich und fuhr über meine Haut, bis ich die vertrauten Riefen am Rücken fühlte. Dann betastete ich meine Hüfte und atmete auf. All meine Narben waren noch an Ort und Stelle.

Beruhigt legte ich mich wieder ins Wasser. Die abgestreiften Verbände lagen auf einem Haufen neben dem Becken, aber meine Haut klebte noch von ihrem Saft. Doch nun entdeckte ich am Beckenrand ein Fläschchen Seife, das ich dankbar zur Hand nahm, um mich von den Überresten zu säubern. Es war mit einem Glasstopfen verschlossen, der von einem blauen Edelstein gekrönt war. Als ich daran schnupperte, schloss ich unwillkürlich die Augen – der Geruch von Birken umfing mich. Auf der Flasche war eine winzige Schrift aufgebracht, und ich erkannte, dass die Seife von dem Händler in Cereliath stammen musste. Mit einem Lächeln ließ ich mir die Flüssigkeit über die Schultern rinnen. Riven musste sie gekauft haben, ohne dass ich es mitbekommen hatte.

Ich bearbeitete Haar und Körper mit dem Schaum und genoss das Gefühl, wieder sauber zu sein. Dann spülte ich die Seife ab und sah mich in dem Raum um. Wenn es denn überhaupt einer war. Es gab keine Tür, und offenbar war es nur ein anderer Teil der Höhle, aber der Umstand, dass es nur einen einzigen schmalen Durchgang gab, vermittelte das Gefühl eines privaten Raums.

Neben dem einen Becken, in dem ich lag, gab es noch zwei weitere, die jedoch leer waren. Das bedeutete hoffentlich, dass Nikolai und Syrra unseren Anschlag überstanden hatten. Neben meinem Becken stand ein Stuhl, auf dessen Sitzfläche ein Buch lag, und an der Wand dahinter befand sich eine Halterung, in der die abgebrannten Reste einer Fackel steckten. Irgendjemand hatte über mich gewacht, während ich mich erholt hatte.

Neben dem Stuhl lagen eine Decke und Kleidung; ich nahm an, für mich. Aber noch war ich nicht bereit, mich anzuziehen. Wenn ich diesen Raum verließ, wollte ich mich wieder ganz auf den nächsten Teil unseres Plans konzentrieren können. Um dafür zu sorgen, dass die Krone fiel.

Das wollte ich immer noch. Aber erst, nachdem … nachdem ich einen Augenblick Ruhe gehabt hatte.

Ich streckte die Arme auf dem Beckenrand aus und legte meinen Kopf darauf. Wenn ich den Rücken aus dem Wasser streckte, kam ich mit den Zehen gerade noch an den felsigen Boden. Nach der Pflanzenpackung war die kühle Luft angenehm erfrischend auf meiner Haut. Sie strich über meinen Rücken, während mein Atem immer langsamer über meinen Arm fuhr.

Allmählich döste ich ein wenig ein. Wahrscheinlich schlief ich wirklich, und deswegen hörte ich ihn nicht, als er eintrat.

Riven atmete hörbar ein und hielt kurz die Luft an. Er hatte eine Fackel bei sich, und in ihrem Licht hatte er freien Blick auf meinen Rücken und meine Schultern.

Ich machte mir nicht die Mühe, wieder unterzutauchen, um mich zu verbergen. Die übliche Panik blieb aus. Stattdessen überkam mich eine Welle der Erleichterung, auf die ein seltsames Gefühl inneren Friedens folgte. Jetzt wusste er Bescheid. Jetzt musste ich mich nicht mehr verstecken. Die Wahrheit war ans Licht gekommen. Der Beweis dafür, dass der König ein Ungeheuer aus mir gemacht hatte.

»Jetzt kennst du eines meiner Geheimnisse«, sagte ich mit mehr Überzeugung, als ich wirklich empfand, und ich sah mich dabei nicht zu ihm um. Es war so lange her, dass ich jemandem meinen ganzen Körper offenbart hatte. Jahre. Jahrzehnte. Und in dieser Zeit waren meine Narben von meinem Rücken über meine Schultern und in Spiralen über meine Arme gekrochen. Ich fühlte mich nicht nur nackt. Ich fühlte mich entblößt.

Dennoch stieg ich aus dem Becken und wandte mich ihm zu. Das Wasser tropfte von mir herab und benetzte den Felsrand. Ich versuchte nicht, mich zu bedecken. Für mich war das Enthüllen meiner Narben intimer als das Enthüllen meiner Nacktheit.

Er blieb ein paar Schritte vor mir stehen; sein Haar war offen und ungekämmt. »Was sind das?« Er flüsterte die Worte nur.

Ich richtete mich auf und widerstand dem Drang, meine Arme zu verschränken. »Namen.«

»Namen?«, wiederholte er stirnrunzelnd. Mit erhobenem Kinn stellte ich mich seinem Blick. Seine violetten Augen glitten über meine Glieder, meine Brust. Studierten jede Linie, die ich in meine Haut geritzt hatte, als würde er mich lesen.

Die Fackel über den Kopf erhoben, folgte er den Namensspiralen, als sei ich ein Brief, den er sich unbedingt einprägen wollte. Ein Stück Prosa, das er besonders liebte. »Wieso ausgerechnet Namen?«, fragte er und trat näher zu mir.

Die Antwort wollte mir angesichts seiner sanften Stimme und des liebevollen Blicks im Hals stecken bleiben. Ich hatte meine Narben stets als etwas Schreckliches angesehen, aber Riven betrachtete sie, als seien sie ein herrliches Kunstwerk.

»Es sind die Namen aller Unschuldigen, die ich getötet habe.« Ich schluckte. »Ich habe sie mir eingeritzt, damit ich sie stets bei mir trage.« Riven war mir jetzt ganz nahe. Zu meiner eigenen Überraschung blieb ich an Ort und Stelle stehen. Und ich wich auch nicht zurück, als er mich berührte und sanft über die Welle aus winzigen Schriftzeichen strich, die auf meiner rechten Schulter begann und über meiner Brust ihren Scheitelpunkt erreichte. Sein Finger hinterließ eine Feuerspur auf meiner Haut, die mir den Atem verschlug.

»Sie sehen aus wie Wellen«, flüsterte er und führte den Finger noch einmal in die andere Richtung. »Und hier …« Jetzt glitt seine Hand der Länge nach über meine Arme. »Die sehen aus wie Flammen.«

Es überwältigte mich, dass er die Muster so schnell erkannt hatte, und ich nickte. »Ich habe sie so geritzt wie …«

»Wie eine Elfenrüstung«, vollendete er meinen Satz. Mein Magen machte einen Satz, als mir klar wurde, dass er mich keinesfalls angeekelt betrachtete, sondern voller Staunen. Er kam noch einen Schritt näher, bis wir nur noch einen Atemzug voneinander entfernt waren. »Sie sind wunderschön. Du bist wunderschön«, flüsterte er und küsste mich sanft auf die Schulter. Mir zersprang die Brust, als mir klar wurde, wie aufrichtig ernst er das meinte. Er sah die Narben. Er wusste, was sie bedeuteten. Und dennoch nahm er die Schönheit wahr, die ihrer dunklen Wahrheit innewohnte, in meinem Licht *und* meinen Schatten.

Riven streichelte meinen Arm, und ich bekam eine Gänsehaut. Mir stockte der Atem, als er mein rechtes Handgelenk umfasste.

»Und das hier?« Er hob meine Hand so, dass mein Unterarm vom Fackellicht beschienen wurde. Ich versteifte mich, als Riven die Linien dort betrachtete.

Mit einem Ruck entwand ich mich seinem Griff und drehte mich zum Stuhl um.

»Manche Namen sind größer als andere«, antwortete ich, dann nahm ich die Kleider und ließ ihn allein im Dunkeln zurück.

Offenbar war es mitten in der Nacht, denn ich stellte fest, dass alle anderen sich in einer kleinen Höhle auf ihren Lagern zur Ruhe gebettet hatten. Ich wartete nicht darauf, dass Riven mir hinterherkam, sondern nahm mir einen Stapel Decken und suchte mir eine andere Nische.

Mir schwirrte der Kopf, so viele Gedanken wirbelten darin umher, so schnell, dass ich sie kaum fassen konnte. So viele Leben, so viele Geschichten, in denen ich die Schurkin war. Sie alle waren auf meiner Haut verewigt. Selbst in tausend Lebensaltern würde ich diese Schuld nicht abzahlen können.

Aber jetzt tat ich etwas dafür.

Ich war bereit gewesen zu sterben. Als ich zu den Zündschnüren gerannt war, hatte ich gewusst, dass jemand anders den Rest des Plans ausführen würde. Riven. Er würde die Krone zu Fall bringen, selbst wenn ich es nicht mehr konnte.

Wie lange schon hatte ich das gewollt? Jetzt erschien es machbar.

Ich strich über den Namen auf meinem Arm. Die Erinnerungen an *sie* erfüllten meine Gedanken. Der Schwur, den wir vor so langer Zeit getan hatten. Der eine, den ich so unbedingt hatte vergessen wollen.

Eine Einzelne war nicht in der Lage, die Krone zu stürzen. Aber jetzt war ich nicht mehr allein.

Auf irgendeine Weise hatten sich um mich herum genau die Leute geschart, die ich brauchte. Vielleicht waren sie sogar meine Freunde. Sofort meldete sich die gewohnte Härte in mir und erinnerte mich, dass es besser war, auf Abstand zu bleiben. Damit ich keinen Schaden nahm.

Damit *sie* keinen Schaden nahmen.

Aber es hatte dennoch immer wieder Tote gegeben. Indem ich mich abkapselte, hatte ich keine Leben gerettet, sondern eher noch mehr Opfer verursacht. Vielleicht gab es einen Weg, andere an mich heranzulassen und dennoch meinen Schwur zu halten. Aber ich würde dafür stark sein müssen.

Meine Narben zu enthüllen, war ein erster Schritt gewesen. Die Reihe von Gesichtern und Namen, die ständig durch meinen Kopf gingen, veränderte sich. Sie waren noch immer da, aber freundlicher. Als ob auch sie verstanden hatten, dass ich sie rächen würde.

Dass die Erinnerung an sie geteilt und nicht nur gewahrt worden war.

Eine Träne rann mir über die Wange. Vielleicht war es das, was ich die ganze Zeit über schon hätte tun müssen – diese Bürde zu teilen. Wenn auch nur, damit ich meine Aufgabe erledigen konnte.

ACHTUNDDREISSIG

Ich schlief ein, als das erste Licht von oben in die Höhle fiel, dünne Strahlen, die durch die Spalten in der Decke schienen und warme Goldtöne auf den Boden zeichneten. Es sah aus wie Sterne aus Tageslicht. Unser felsiger Unterschlupf wirkte sofort gemütlicher.

Während ich noch auf meinem Stuhl sitzend schlief, stellte jemand einen Becher heißen Tee vor mir ab. Ich kam mit einem Ruck zu mir und stellte fest, dass mich die Heilerin mit ihren durchdringenden gelben Augen ansah.

»Du wirst schnell gesund«, stellte sie fest und rührte mit einem Zweig in ihrem Getränk.

»Danke, dass du mir geholfen hast.« Ich trank einen Schluck von dem Tee, der nach Zedernholz und Zitrone schmeckte – ein Heilelixier.

Die Frau nickte. Sie war früher sicher einmal groß gewesen, aber jetzt vom Alter gebeugt. Ihr Gesicht war faltig und wettergegerbt, aber ihre Augen waren aufmerksam und nahmen jede meiner Regungen wahr. Das Haar fiel ihr in einem geflochtenen Zopf über den Rücken und war völlig grau, abgesehen von den Spitzen, die ein dunkles Braun zeigten. Ihre Hände waren kräftig, aber ihre Finger begannen sich in verschiedene Richtungen zu krümmen, und die Knöchel waren von der Gicht geschwollen. Die Falten darauf wirkten grau in ihrer sonst gebräunten Haut.

Für eine Sterbliche war sie sehr alt.

»Dennoch nicht so alt wie du«, sagte sie, als hätte sie meine Gedanken gelesen.

»Wie meinst du?«, fragte ich und runzelte die Stirn. »Ich habe nur achtundsechzig Jahreszeiten erlebt.« Sie war mir sicher zwei Jahrzehnte voraus.

»Tatsächlich?«, fragte sie und kniff die gelben Augen zusammen.

Ich schüttelte den Kopf. »Das sollte ich doch wohl wissen.« Zwar war ich der Frau dankbar, dass sie mir das Leben gerettet hatte, aber das Alter nahm ihr offenbar den Verstand.

»Rheih, ich hoffe, du gehst Keera nicht auf die Nerven. Die arme *ikwenira* ist doch gerade erst wieder aufgewacht.« Nikolai stand in der Höhlenöffnung und lachte leise. Mit einem breiten Grinsen kniff er die Augen leicht zusammen. Sein Bein war noch geschient, und er stützte sich auf einen Stock.

»Rheih?«, wiederholte ich den Namen.

Sie streckte mir die Hand entgegen. »Rheih Adlerklaue.«

»Du kannst mich Keera nennen«, sagte ich mit einem kleinen Lächeln und schüttelte ihre Hand. Dann wandte ich mich Nikolai zu, aber ich spürte, dass Rheihs Augen weiter auf mir ruhten.

»Ich bin ja dankbar, dass es dir gelungen ist, den Staudamm zu sprengen«, sagte er. »Aber du hättest dich nicht gleich selbst in Stü cke reißen lassen müssen.« Sein Lächeln wirkte angestrengt.

»Du hast dein Bein nicht verloren«, stellte ich überrascht fest.

Demonstrativ belastete er den verletzten Schenkel mit seinem ganzen Gewicht, als er zum Tisch hinüberging. Rheih brummte etwas, aber Nikolai gelang es, sich so unbeschwert wie immer zu zeigen.

»Die Schiene ist nur für den Übergang. Rheih konnte mich komplett wieder zusammenflicken. Wohl offenbar nicht so gut wie dich.«

Sein Blick glitt über meine Gestalt, und erst jetzt fiel mir auf, dass ich ganz aufrecht dasaß und überhaupt keine Schmerzen mehr spürte.

»Das war nicht mein Verdienst. Ihre Wunden heilten schon, noch bevor ich sie berührte«, erklärte Rheih und nahm noch einen Schluck Tee.

»*Was* taten meine Wunden?« Mir blieb der Mund offen stehen. Natürlich musste ich Riven dafür dankbar sein, dass er mich rechtzeitig hierhergebracht hatte, aber diese Frau war ganz offensichtlich verrückt.

»Sie heilten«, wiederholte sie. »Jede andere wäre lange, bevor ihr hierhergekommen seid, an ihren Verletzungen gestorben.«

»Das ist doch Unsinn. Nur Faen verfügen über Heilungszauber«, erwiderte ich und verdrehte ungehalten die Augen. Eigentlich erwartete ich Unterstützung von Nikolai, aber der betrachtete mich mit einem interessierten Blick, als ob er eine seiner Erfindungen vor sich hätte.

Rheih zuckte die Achseln und schenkte uns Tee nach. »Und dennoch sitzt du hier. Quicklebendig.«

Syrra kam herein und setzte sich zu Nikolai. Er flüsterte ihr etwas in Elfensprache zu und wiederholte offenbar Rheihs fantastischen Behauptungen.

Ich verschränkte die Arme. »Nennst du mich eine Lügnerin?«

»Nein, ich nenne dich eine *Valitherian*«, gab sie zurück und stellte ihre Tasse ab.

Syrra hielt den Atem an, und ich erschrak unwillkürlich vor ihren weit aufgerissenen Augen. Sie betrachtete meinen Körper, als sähe sie mich zum ersten Mal. »*Valitherian*«, flüsterte sie. »Natürlich.«

»Ich spreche die Alte Elfensprache nicht«, erinnerte ich sie und breitete die Hände aus.

»Es bedeutet *die Gesegneten*«, erklärte Syrra, und ihr Blick ging in die Ferne, als ob sie sich auf eine sehr weit zurückliegende Erinnerung besann. »In den frühen Tagen nach der Ankunft der Menschen wurden hin und wieder Kinder von Faen und Halblingen geboren. Das war selten, kam aber vor. Manchmal kamen diese Kinder mit einer Zauberkraft zur Welt. Bei den meisten handelte es sich darum, dass sie trotz ihrer menschlichen Ahnen unsterblich waren. Einige wenige hatten das Talent, sich mit sprachenlosen Wesen verständigen zu können, das Wetter vorherzusagen oder aber …«

»Besonders schnell zu heilen?«, beendete ich ihre Aufzählung.

»Ich dachte mir das gleich, als sie die Augen aufschlug«, sagte Rheih zu Syrra, deren Lippen zuckten, als sie zustimmend nickte.

»Meine Augen?«, fragte ich. In diesem Augenblick trat Riven ein und warf Rheih einen fragenden Blick zu; er hatte alles gehört, was sie gesagt hatte. Die Frau zuckte die Achseln, und jetzt wandte Riven sich an mich. Seine Augen blickten sanft, als er die verblassenden roten Spuren auf meinem Gesicht und meinem Hals betrachtete, aber er wirkte angespannt.

Nach einem tiefen Atemzug nahm er meine Frage auf. »Hat nie jemand etwas über deine Augenfarbe gesagt?«

Ich rieb mir die Stirn. »Sicher haben die Leute darüber Bemerkungen gemacht. Es ist ja auch eine ungewöhnliche Farbe. Ich habe noch nie andere mit solchen Augen gesehen.«

»Das bezweifle ich nicht«, sagte Rheih in ihre Tasse hinein.

Ich warf ihr einen Blick zu, aber Riven sagte: »Seit tausend Jahren hat niemand mehr solche Augen gesehen. So wie die Dunkelfaen an ihren violetten Augen zu erkennen sind, erkennt man an den silbernen die Lichtfaen.«

Seine Worte schlugen zunächst von außen gegen meinen Schädel, ohne dass ich ihre Bedeutung erfasste.

»Aber die Lichtfaen hatten doch goldene Augen?«, dachte ich laut und biss mir auf die Lippe. Überall im Königreich erzählte man sich Faengeschichten. Über die grausamen violetten Augen der Dunkelfaen und die durchdringend goldenen der Lichtfaen.

Rheih schüttelte den Kopf, aber es war Syrra, die mir antwortete. Sie hatte sich kerzengerade aufgesetzt und drückte ihre Finger auf die Tischplatte. »Es gab nur drei Faen mit goldenen Augen, mein Kind.« Ihr Blick glitt zu Riven. »Und sie alle starben, lange bevor die Lichtfaen verschwanden.«

Ich nahm ihre Worte in mir auf, und sofort schwirrten Fragen durch meinen Kopf. Meine Kehle war wie zugeschnürt, und ich blickte auf meine Hände. Bernsteinfarbenes Blut floss durch meine Adern. Es bestand kein Zweifel, dass ich ein Halbling war, aber konnte ich auch von den Faen abstammen?

»Die letzten Lichtfaen starben vor mehr als tausend Jahren aus«, sagte ich, den Blick noch immer auf meine Hände und die Geheimnisse gerichtet, die mein bernsteinfarbenes Blut sogar mir selbst vorenthielt.

»Vielleicht auch nicht«, sagte Rheih achselzuckend. »Entweder haben einige Lichtfaen versteckt überlebt, oder aber du bist mehr als tausend Jahre alt.«

»Das heißt aber noch immer nicht, dass ich Heilkräfte habe«, beharrte ich. Mein Herz schlug immer heftiger gegen meine Rippen.

»Ich habe es selbst gesehen, Keera«, sagte Riven kopfschüttelnd. »Als ich dich nach der Sprengung der Staumauer aufs Pferd hob, war dein halbes Gesicht weggerissen. Als wir den Wald erreichten, war es fast geheilt.« Er spannte die Kiefermuskeln an und wirkte zornig.

»Aber wieso gerade jetzt?«, fragte ich und stand auf. »Wieso sollte ich plötzlich, nach sechzig Jahren, in der Lage sein zu heilen?« Verständnislos verschränkte ich die Arme. Wenn ich mein ganzes Leben lang Heilkräfte gehabt hätte, dann hätte ich das doch sicher längst gemerkt.

»Wurdest du jemals so schwer verletzt?« Rheih trank ihren Tee. »Du wärst keine gute Klinge gewesen, wenn du dich gewohnheitsmäßig in die Luft gesprengt hättest.«

Das ließ mich nachdenken. Sie hatte recht. Sicher hatte ich mir hin und wieder etwas gebrochen oder bei Schwertkämpfen Schnittwunden davongetragen, aber ich war noch nie lebensbedrohlich verletzt gewesen. Dass ich jedes Mal schnell wieder gesund wurde, hatte ich meiner Elfenabstammung zugeschrieben. Halblinge gesundeten schneller als Sterbliche, und ich hatte mich sogar schneller erholt als andere Halblinge.

»Aber ich habe Wunden, die nicht geheilt sind. Nicht ganz jedenfalls«, erinnerte ich ihn. Allerdings versuchte ich es so zu sagen, dass Nikolai und Syrra es nicht gleich mitbekamen.

»Aber nur solche, die du dir mit einem Zaubergriffel zugefügt hast«, erklärte Rheih kühl. »Davon abgesehen ist deine Haut makellos, Keera.«

Ich starrte sie verständnislos an. So lange hatte ich mich auf die Narben konzentriert, die ich hatte, dass mir gar nicht aufgefallen war, wie viele mehr ich eigentlich hätte haben sollen. Unwillkürlich musste ich an die Schemen denken, deren Körper ich in all den Jahren gesehen hatte. Stichwunden, die nicht heilten, Brandmale von Feuer und Folter. Sie alle hatten Spuren hinterlassen. Nur bei mir nicht.

»Woher weißt du, wie sie entstanden sind?«, fragte ich Rheih und spürte, wie sich meine Härchen im Nacken aufrichteten. Ich trat zu ihr und blickte auf sie herab.

»Ich habe das Gefühl, dass ich hier irgendetwas Wichtiges nicht mitbekommen habe«, flüsterte Nikolai, der von mir zu Rheih blickte.

Ich beachtete ihn nicht, sondern konzentrierte mich auf die Frau, die vor mir saß.

»Ich *bin* eine Magierin«, sagte Rheih und trank weiter ihren Tee. »Meine Tochter und ich sind die letzten aus der Klauen-Blutlinie.«

Mit ungläubiger Miene setzte ich mich wieder hin. Magierinnen waren Zauberkundige – *sterbliche* Zauberkundige. Die Geschichten über sie wurden flüsternd an den Feuerstellen erzählt oder machten nachts den Kindern Angst. Aber es waren eben nur Geschichten. Warnungen, um Kinder daran zu hindern, in die Wälder zu laufen. Perplex sah ich die gebrechliche Frau vor mir an und fragte mich, wie viel Zauberkunst in ihr stecken mochte.

»Ich wusste, was die Narben verursacht hatte, noch bevor ich den Griffel sah. Wahrscheinlich hätte nichts anderes irgendwelche Spuren an dir hinterlassen können.« Rheih betrachtete meine Arme, als ob sie die Narbenspiralen durch mein Hemd hindurch sehen konnte.

»Du hast meine Sachen durchschnüffelt?«, fragte ich kalt. Auch wenn sie mir das Leben gerettet hatte, musste ich sie ja nicht mögen.

»Ich habe das getan«, erklärte Riven und senkte den Blick.

»Riven sagte mir, dass er dich mit einem gesehen hatte«, sagte Rheih. »Das wollte ich ihm nicht glauben, daher brachte ich ihn dazu, den Griffel zu holen. Sie waren sehr, sehr selten, selbst als noch viel Zaubervolk auf Erden wandelte. Deiner ist möglicherweise der allerletzte, der noch existiert. Wie ist ein solches Ding in deine Hände geraten?« Ihre Pupillen zogen sich zusammen, und jetzt erkannte ich, dass ihre Augen denen eines Vogels glichen. Einem Adler, dem Symbol ihrer Abstammung.

»Ich habe es gestohlen«, gab ich zu. Es hatte keinen Zweck, das zu verheimlichen.

Riven und Nikolai grinsten. Rheih starrte mich an und versuchte offenbar, etwas in meinen Augen zu lesen.

»Ich habe keine Antworten für dich«, sagte sie dann. »Aber eines ist sicher: Du stammst von Faen ab. Mag sein, dass die Lichtfaen heute verschwunden sind, aber an dem Tag, als du gezeugt wurdest, war ganz sicher zumindest eine noch am Leben.« Damit drehte sie sich um und verließ den Raum.

Am nächsten Tag trennten wir uns. Ich musste mich nach Koratha begeben; der König würde wüten nach dem, was wir in Silstra getan hatten, und seinem Zorn konnte ich mich nicht entziehen. Er würde seine Klinge jetzt noch dringender an seiner Seite wissen wollen. Oder aber meinen Kopf fordern, falls er auch nur im Geringsten ahnte, dass ich hinter den Explosionen steckte. Davon abgesehen war Prinz Killian ohnehin schon davon ausgegangen, dass ich mich auf dem Rückweg befand.

Riven sattelte neben mir das schwarze Pferd. Das andere ließen wir für Nikolai und Syrra zurück. Sie würden so lange hier warten, bis Nikolai wieder ganz genesen war. Riven würde ihnen mitteilen, wo sie auf uns warten sollten, sobald ich den König gesprochen hatte. Einstweilen bestand unser einziges Ziel darin, mit heiler Haut und dem Kopf auf den Schultern wieder aus der Hauptstadt herauszukommen, am besten so, dass ich weiterhin das Vertrauen des Königs genoss.

»Wir werden uns wiedersehen«, sagte Nikolai, während ich die letzte Packtasche an den Sattel schnallte. »Und hoffentlich nicht in einer Kerkerzelle«, setzte er hinzu und umarmte mich.

»Werde schnell gesund«, flüsterte ich und drückte ihn fest. »Ich brauche deinen Humor, wenn Riven wieder in seine düstere Stimmung verfällt.« Nikolai lachte, dann schloss er Riven in die Arme. Falls er zum Abschied innige Worte mit ihm wechselte, so bekam ich sie nicht mit.

Syrra steckte ein eingewickeltes Päckchen in die Tasche an meiner Seite. »Ein bisschen Kaninchenfleisch für die Reise«, sagte sie und zog mich in eine steife Umarmung. Ich stieß überrascht die Luft aus, schlang aber dann gleich ebenfalls meine Arme um sie. »Lass dich in Koratha nicht zu Unvorsichtigkeiten verleiten«, flüsterte sie dann so leise, dass niemand es hörte. »Tu, was du tun musst, um zu überleben, und ich werde dir dann helfen, die Antworten zu finden, die du suchst.« Dann trat sie mit einem warmen Lächeln zurück und klopfte mir auf die Schulter, bevor sie sich zu Nikolai stellte.

Ich stieg auf und wartete, bis Riven hinter mir in den Sattel glitt. Dann nahm ich die Zügel. Wenn wir uns schon ein Reittier teilen mussten, wollte wenigstens ich es lenken. Ich winkte Syrra und Nikolai zu, während wir uns auf den Weg machten, Koratha entgegen.

Riven sagte nichts, während wir dahinritten. Er umschlang meine Taille sehr locker und lehnte sich weit zurück, als wollte er möglichst viel Abstand von mir halten. Nach einer Stunde fühlte ich mich bemüßigt, etwas zu sagen. Wenn er sich weiterhin derart verkrampfte, würde er im Falle eines Kampfes überhaupt keine Hilfe sein.

»Falls du Angst hast, mir wehzutun«, bemerkte ich über meine Schulter hinweg, »dann kann ich dir nur versichern, dass ich voll und ganz wiederhergestellt bin.« Als er darauf nicht antwortete, zog ich seinen Arm fester um mich. Nach einem kleinen Augenblick lehnte er sich entspannt gegen meinen Rücken.

»Ich wollte nur nicht, dass es für dich unbequem ist«, raunte er mir ins Ohr. Ich musste mich zusammenreißen, um nicht seinem warmen Atem, der über meinen Hals strich, entgegenzukommen.

»Das ist nett gemeint, aber es ist nicht unbequem.« Ich lächelte, denn so war es. Die Last der Namen erdrückte mich nicht länger. Ohne dieses Geheimnis war mir um die Schultern plötzlich leicht. Ich konnte mir nicht vorstellen, dass ich mich in Rivens Nähe je wieder unbehaglich fühlen würde.

Wir ritten ohne Pause weiter, bis wir an den Kanal gelangten, der nach Koratha führte. Oder das, was von ihm übrig war. Die steinernen Mauern waren von der Sturzflut schwer beschädigt. Die gestampfte Erde, mit der die Sterblichen den Fluss bezwungen hatten, hatte nachgegeben. Große Erdmassen waren flussabwärts gerissen worden, ebenso wie Teile der Hafenanlagen und Kähne, die der Flut nicht hatten standhalten können. Der Fluss hatte seine frühere Größe wiedererlangt und das Korsett gesprengt, in das ihn der König gezwängt hatte. Jetzt floss er wieder zum Meer.

Ich hoffte sehr, dass es sich bei den anderen beiden Kanälen ähnlich verhielt. Nicht wegen unseres Plans, sondern ganz einfach deshalb, weil ich mich der Schönheit nicht verschließen konnte, die im freien Fluss des Wassers lag, das sich zurückholte, was ihm einst gehört hatte.

Wir orientierten uns auf unserem Weg an seinen Ufern. Gegen Mittag erreichten wir den verfallenen Handelshafen. Das Hauptgebäude erhob sich auf einer hohen Klippe entlang des ehemaligen

Kanals. Die einst rote Farbe war grau verblasst, und niemand hatte sich darum gekümmert, das leckende Dach zu reparieren. Das Hafenbecken war von der Flut weggespült worden, aber vor dem Haus lagen noch zwei Kähne auf dem Trockenen. Ich verhandelte mit dem Besitzer, einem alten Mann, der sich niedergeschlagen auf seinen Tresen stützte. Er hatte drei Schiffe samt ihrer Ladung durch die Flut verloren.

Ich warf ihm einen großen Beutel mit Münzen zu und fragte, ob er uns mit einem der kleineren Boote flussabwärts bringen könnte. Mit zitternden Händen nahm er das Geld, und Tränen standen in seinen geröteten Augen. »Ich weiß nicht, wie weit ich Euch bringen kann«, brachte er zwischen seinen Seufzern heraus. »Nach Silstra hin ist das Fahrwasser an vielen Stellen blockiert. Das könnte auf dem Weg nach Osten auch so sein.«

»Bringt uns einfach, soweit es geht«, sagte ich und verließ ihn dann, damit er das Boot klarmachen konnte.

Riven und ich kehrten in der Abenddämmerung zurück. Der Mann führte uns unter Deck des kleinen Kahns, der nach Tee und Gewürzen roch und sachte mit der Strömung dahintrieb. Es gab nur eine Hängematte für uns beide. Riven bot an, auf dem Fußboden zu schlafen, aber davon wollte ich nichts hören. Die Hängematte war für uns beide groß genug, und die Planken des Kahns waren zudem feucht. Bis wir Koratha erreichten, würde einiges an Wasser hier eindringen.

Zögernd willigte Riven ein und legte sich neben mich, wobei er vorsichtig darauf achtete, meine Narben nicht zu berühren. Wir schliefen Rücken an Rücken ein, aber als ich wieder aufwachte, ruhte mein Kopf an Rivens Brust, und er hatte die Arme um mich geschlungen. Ich erstarrte in dieser Umarmung – es war so lange her, dass ich zuletzt derart eng bei jemandem gelegen hatte. Riven spürte im Schlaf, dass ich mich gerührt hatte; er zog mich fester an sich und strich mir über den Rücken. Ich atmete in seinen Geruch hinein, ließ mich vom Birkenholz und Tau einhüllen. Dann schloss ich die Augen und genoss seine Wärme.

Aber da war noch etwas. Dasselbe Gefühl, das zwischen uns aufgeflammt war, während wir als Klinge und Schatten gegeneinander gekämpft hatten. Die elektrische Anziehungskraft, die nie verging. In der Stille auf dem Kahn, auf dem außer dem Gluckern des vorbeifließenden Wassers nichts zu hören war, spürte ich es wieder. Ein Sog, den ich nicht erklären konnte, der aber zweifelsohne da war.

Ich fragte mich, ob er ihn ebenso fühlte.

Als hätte er meine Gedanken gehört, schlug Riven die Augen auf. Er gähnte, fuhr sich mit der Hand über die Brust und stellte fest, dass dort schon meine lag. Seine Augen weiteten sich, als er sah, wie eng wir uns aneinandergeschmiegt hatten. Dann zog der Anflug eines Grinsens über sein Gesicht. »Guten Morgen«, sagte er mit noch ganz verschlafener Stimme.

»Es ist noch nicht Morgen«, flüsterte ich. Der Kapitän hatte mir eine Achtstundenkerze gegeben, damit wir die Zeit im Blick behalten konnten, und sie brannte noch, war sogar noch fast halb hoch. Bis zum Morgengrauen waren es noch einige Stunden.

Minuten vergingen, in denen ich Rivens Herz lauschte, wie es in seiner Brust schlug. Irgendwann begann er, mir übers Haar zu streichen. Ich ließ mich ganz und gar in diesen kleinen Augenblick des Friedens fallen. Vielleicht würde es der letzte sein, den wir genießen konnten. In Koratha würde es vor Wächtern und Schemen nur so wimmeln, die nach Spuren suchten. Nach Schuldigen. Und wir würden direkt vor ihrer Nase über die Straßen spazieren.

Rivens hohe Wangenknochen wurden vom schwachen Licht der Kerze angestrahlt. Er sah nachdenklich zu den Balken hinauf, die über uns das Deck des Kahns stützten. Zum ersten Mal seit dem heilenden Schlaf in dem Wasserbecken war ich glücklich, dass ich nicht gestorben war. Ich wollte alles dafür tun, die Halblinge zu befreien und den König aus dem Weg zu räumen. Dafür würde ich wieder mein Leben aufs Spiel setzen, wenn es sein musste, aber ich war froh, dass mir ein zweiter Versuch vergönnt war. Bisher hatte ich noch nie darüber nachgedacht, was danach passieren würde. Ich hatte stets geglaubt, dass der Tod des Königs zwangsläufig meinen eigenen nach sich ziehen würde.

Vielleicht stimmte das auch immer noch, vielleicht aber auch nicht.

»Was geschieht danach?«, fragte ich Riven und wandte ihm den Kopf zu. »Wenn die Krone zerstört ist, wer wird dann Elverath regieren? Die Dunkelfaen? Du?« Noch nie zuvor hatte ich so weit nach vorn geblickt. Es war mir immer wie ein Traum vorgekommen, daher hatte ich mich mit solchen Überlegungen nie abgegeben. In jener Nacht an der Staumauer war es mir wie eine Zukunft erschienen, die mir nicht gehörte. Die ich nicht verdiente.

Und jetzt? Ich wusste nicht, was die Zukunft war oder wie sie sich anfühlen würde, aber ich war neugierig.

Riven hörte auf, mir übers Haar zu streichen und schwieg eine ganze Weile. »Nein, nicht ich«, sagte er dann, und seine Stimme klang ein wenig scharf. »Ich bin sicher, dass die Faen dabei helfen würden, eine Regierung aufzubauen, aber ich glaube nicht, dass sie selbst an der Spitze stehen wollten.«

Ich kuschelte mich an seine Brust. »Haben sie nicht früher über das Land geherrscht?«

»Nein.« Riven drehte eine Haarsträhne von mir um seine Finger. »Bevor die Sterblichen kamen, bevor Aemon das Land eroberte und sich auf den Thron schwang, regierten die Elverin durch einen Rat. Lichtfaen, Dunkelfaen und Elfen, alle zusammen. Jedes der Gebiete und jeder Clan entsandte seine Vertreter … Ich denke, das wäre auch für Elverath das Beste. Ein Rat, in dem alle Völker vertreten sind, die noch in seinen Landen leben. Faen, Elfen und Halblinge.«

»Eine Beteiligung für alle?« Ich dachte darüber nach. Wie anders würde die Welt wohl aussehen, wenn mehr Leute bei den Entscheidungen mitbestimmen konnten? Wie anders würde es für die Halblinge werden, die jetzt nach dem Gesetz des Königs lediglich als Besitztümer galten? Eine eigentümliche Anspannung erfasste mich.

Ein Kontinent, auf dem sich niemand würde verstecken oder so tun müssen, als ob sein Blut eine andere Farbe hätte.

»Es wäre wunderschön, das zu erleben«, sagte ich gegen seine Brust.

Riven strich mir eine Haarsträhne aus dem Gesicht, und ich sah zu ihm hoch, reckte mich seiner Berührung entgegen. Seine Augen wirkten dunkel in dem schwachen Licht, und ich las etwas darin, das er nicht aussprechen wollte.

»Frag einfach«, flüsterte ich, ohne den Blick von ihm zu wenden. Inzwischen gelang es mir besser, seine Miene zu deuten.

»Ich weiß nicht, ob ich das sollte«, sagte er und kniff die Lippen zusammen.

»Ich weiß nichts über meine Eltern«, antwortete ich und zog eine Augenbraue hoch. »Und so ganz bin ich von Rheihs Theorie nicht überzeugt.«

Riven lachte leise, wobei sein warmer Atem über meine Wange fuhr. »Ich weiß auch nicht, ob ich das glaube. Aber ich werde Feron fragen, wenn wir ins *Faelinth* zurückkehren.« Er legte mir einen Finger unters Kinn und hob meinen Kopf leicht an, um mir in die Augen sehen zu können. »Das wollte ich aber gar nicht fragen«, flüsterte er und sah mich sanft an, während seine Hand vorsichtig und zart über meine Wange strich.

Ich erstarrte. Wenn es nicht um meine Abstammung ging, dann konnte es nur eine Sache geben, die er sich nicht anzusprechen traute. Seine Hand strich über meinen Rücken, und seine Finger fuhren über die wulstigen Ränder der Narben. Meine Kiefermuskeln verkrampften sich, aber ich hielt ihn nicht auf. Es war eine Erleichterung gewesen, das Wissen um die Namen mit ihm zu teilen. Vielleicht würde es mir bei dieser anderen Geschichte auch so gehen.

»Diese Narben sind anders.« Er nagte an seiner Lippe. »Als die Namen, meine ich.«

Ich nickte und schluckte in der Hoffnung, dass meine Kehle

sich dann nicht mehr so zugeschnürt anfühlen würde, aber es half nichts.

»Du hast sie dir nicht selbst zugefügt, oder?«, fragte Riven, in dessen Stimme jetzt ein harter Ton mitschwang, aber er streichelte mich genauso zärtlich wie zuvor.

»Nein«, sagte ich und zwang mich, ihm ins Gesicht zu sehen. »Sie stammen von meinen Prüfungen. Sie stehen für meine beeindruckendste Leistung.«

Riven holte tief Luft, und Verständnis malte sich auf seine Züge. »Trägt man dafür nicht sonst Tätowierungen?«, fragte er. Die Hand auf meinem Rücken hielt inne, und ihm stockte der Atem. Ich fühlte, wie sein Herzschlag sich beschleunigte, während er auf meine Antwort wartete.

»Normalerweise schon«, sagte ich und sah zu den Balken hinauf. »Aber meine Prüfung war anders als die meisten anderen. Und daher ging man davon aus, dass dafür eine besondere Zeichnung nötig war.«

»Wer ist man?« Rivens Hand legte sich um meine Taille. Seine Stimme war wie Eis, hart und kurz vor dem Zerbrechen.

Ich zupfte einen losen Faden von seinem Hemd und mied seinen Blick. »Das war wohl der Prinz.«

Rivens Brust hob sich unter mir. Die Hand, die auf meiner Hüfte lag, krümmte die Finger und bekam dabei ein Stück meines Hemds zu fassen. Die Schatten in der Kajüte begannen im Kerzenlicht umherzutanzen, und eine eigentümlich scharfe Note lag in der Luft. Rivens Augen hatten ein wildes Leuchten angenommen. Ich strich ihm über die Wange, um ihn wieder zu mir zurückzuholen, weg von den Bildern, die ihm jetzt durch den Kopf gehen mochten.

»Es ist sehr lange her«, erinnerte ich ihn. Die Narben waren der am wenigsten schreckliche Teil der Geschichte.

»Wieso tat Damien das?«, fragte Riven und begann wieder, mich zu streicheln.

»Er sagte, es sei eine Lektion«, erwiderte ich und wiederholte damit die Worte, die mir der Prinz wieder und wieder zugeflüstert hatte, während er meinen Rücken zerfleischte.

Rivens Stimme triefte von Hass. »Was für eine Lektion?«

»Eine, die ich niemals gelernt habe«, sagte ich und zog mich etwas höher, bis ich meine Wange an Rivens Halsbeuge schmiegen konnte, dann schloss ich die Augen. Riven hielt mich weiter im Arm, während ich schlief, und drängte damit die Albträume zurück.

NEUNUNDDREISSIG

Der alte Mann setzte uns in der Nähe eines Dorfes ab, nur noch einen Tagesritt von Koratha entfernt. Die Sonnen standen zu hoch am Himmel, um die Reise fortzusetzen, als wir an Land gingen. Die Planken knarrten unter meinen Füßen, als Riven als Erster von Bord sprang. Er landete mit eleganter Leichtigkeit auf dem schwimmenden Anleger und verzichtete darauf, mir die Hand hinzustrecken; er wusste, dass ich keine Hilfe brauchte.

Ein Stück flussabwärts hatten sich geborstenes Holz und andere Trümmer, die von der Flut herangespült worden waren, an den Stromschnellen gefangen. Es würde Wochen dauern, bis all diese Hindernisse beseitigt sein würden. Und selbst danach würden die Kähne an dieser Stelle nicht mehr weiterkommen, da die Mauern des Kanals weggerissen worden waren und kein Schiff die scharfkantigen Felsen und Wasserfälle überwinden konnte. Ab jetzt konnten Waren nur noch mit Pferd und Wagen nach Koratha gebracht werden. In einigen Wochen würde es zu schneien beginnen, und dann würde der Handel fast völlig zum Erliegen kommen.

Genau, wie es unserem Plan entsprach.

Wir gingen durch das kleine Dorf, die Gesichter unter den

Kapuzen verhüllt, aber die Straßen waren leer. Fast alle Bewohner waren in die Hauptstadt geflüchtet, als die Fluten kamen, um sich dort mit ausreichend Gütern und Lebensmitteln für den Winter einzudecken. Mir drehte sich der Magen um, als ich die Alten und die Kinder sah, die man zurückgelassen hatte. Wie viele würden überleben? Der König würde sich jetzt ganz sicher nicht vorrangig um die Versorgung der Hungernden kümmern. Diese Erkenntnis schmeckte bitter. Natürlich wusste ich, dass wir all das taten, um am Ende viel mehr Leute zu retten. Aber deswegen war es trotzdem schwer erträglich, dass wir zunächst einige Leben opfern mussten.

In einem alten Gasthaus fanden wir eine Unterkunft und etwas zu essen. Ein Fensterladen an der Vorderseite hing schief an nur noch einer Angel und knarrte. Wir setzten uns am Feuer an einen Tisch, auf dem sich schon Staub gesammelt hatte, weil er offenbar selten benutzt wurde.

Außer uns saß in der Gaststube noch ein alter Sterblicher, der auf seinem Stuhl eingeschlafen war und dem das Haar in die Essensreste hing, die noch auf seinem Teller lagen. Die Wirtstochter kam nur heraus, um uns unsere Mahlzeiten zu bringen. Ich hörte, wie sie hinter den Schwingtüren zur Küche mit den Angestellten kicherte.

Falls es andere Gäste gab, hatten sie sich in ihre Zimmer zurückgezogen.

Riven und ich aßen in entspanntem Schweigen. Es war die Ruhe vor dem nächsten Schritt. Wir würden uns nach Koratha hineinwagen, immer vorausgesetzt, dass es uns überhaupt gelang, die Stadtmauern zu überwinden. Ich nagte den letzten Entenknochen ab und wischte meine Finger an der Serviette ab, die neben dem angeschlagenen Teller lag. Riven nahm einen Schluck Wein. Ich nahm zwar das kräftige Bukett von Eiche und Beeren aus seinem Becher wahr, hatte mich aber für Wasser entschieden.

Dann sah ich Riven dabei zu, wie er sein Essen verzehrte. Er hatte sich das Lammfleisch in perfekte Stücke geschnitten und genoss jetzt jeden Bissen. »Bist du froh, dass es mal kein Kaninchen ist?«, fragte ich grinsend. Riven nickte lachend, bevor er weiteraß.

Das Feuer neben uns brannte heiß. Ich hatte bereits meinen Mantel abgelegt, aber trotzdem begann ich zu schwitzen. Nachdem ich mich mit einem kurzen Blick davon überzeugt hatte, dass wir allein in der Gaststube waren, rollte ich die Ärmel auf. Die längsten Flammenzungen meiner Narben sahen unter dem Stoff hervor, waren aber zu klein, als dass sie jemandem aufgefallen wären. Nur eine einzige Narbe war deutlich sichtbar; der Name auf meinem Unterarm. Meine Finger glitten immer wieder darüber, während Riven aß.

Nachdem er sein Lamm verzehrt hatte, legte er die Gabel beiseite und beobachtete meine Bewegung.

»War das der erste Name?«, fragte er dann leise. Ich wusste, dass er eigentlich keine Antwort auf diese Frage erwartete. Und dass er nicht nachhaken würde, falls ich nicht darüber reden wollte.

Aber das wollte ich.

In letzter Zeit hatte ich so oft an sie gedacht, dass es wehtat und meine Haut so heftig brannte, als ob jeder Gedanke mich aufs Neue ritzte. Auf irgendeine Weise hatte die Tatsache, dass Riven meine Male gesehen hatte, den Schmerz verringert, der mit ihnen verbunden war. Durch seine Anerkennung hatte sich das Gift, das ich unter meiner Haut trug, allmählich neutralisiert. Vielleicht würde es auch diese Bürde erleichtern, wenn ich ihm davon erzählte.

»Ja, das war er«, antwortete ich nach einer Weile, dann fuhr ich wieder über die Lettern.

»Wessen Name war es?«, fragte er so sanft wie zuvor und ließ mir wieder dieselbe Wahl.

»Sie hieß Brenna«, erwiderte ich in einem leisen Flüstern, das sich gegen meine Kehle sträubte. Seit jenem Tag hatte ich ihren Namen nicht mehr ausgesprochen. Damals hatte ich ihn mir eingeritzt und geschworen, unser Versprechen zu erfüllen. »Sie war meine Zimmergenossin im Orden. Zuerst mochten wir uns nicht besonders, aber im Laufe der Zeit wurden wir Freundinnen, beste Freundinnen … und dann *mehr* als das.« Meine Lippen brannten, seit ich ihren Namen ausgesprochen hatte, als hätte ich eine eiternde Wunde geöffnet. Es tat weh, musste aber sein.

Riven räusperte sich. »Ihr wart ein Paar?« Sein Gesichtsausdruck war hart, aber ich las keine Verurteilung in seinen Augen.

Ich nickte. »Ja, das waren wir wohl.« Als ich an ihr Gesicht dachte, biss ich mir auf die Lippe. Die blonden Locken und honigfarbenen Augen, die ich nicht hatte vergessen können. Ein Paar – der Ausdruck erschien mir gar nicht mächtig genug, um zu beschreiben, auf welch vielfältige Weise Brenna in mir existierte. »Aber es war mehr als das«, fuhr ich fort und sah Riven an. »Wir waren alles, was wir hatten. Freunde, Familie, Geliebte, *Hoffnung*. Die meisten finden beim Orden nichts davon, und schon gar nicht alles.«

Wieder dachte ich an die Schemen, die schon gestorben waren. Wie viele weitere würden nie die Möglichkeit bekommen, ein klein wenig Hoffnung zu finden, um sich daran festzuhalten? Meine Augen brannten, als ihre Gesichter in meiner Erinnerung auferstanden. Die Schemen auf dem Damm, die ich nicht gekannt hatte. Alys. Elinar. *Brenna.*

»Was ist mit ihr geschehen?« Rivens Augen blickten sanft und entgegenkommend, aber auch jetzt wusste ich, dass ich nicht antworten musste. Riven brauchte das nicht zu wissen, um mir vertrauen zu können. Um mich zu *sehen.* Ich war Keera, mit meinen Geheimnissen und auch ohne. Das machte es leichter, sie zu offenbaren.

Riven streckte die Hand aus und legte sie auf meine Armbeuge. Dann strich er über meinen heilen Unterarm.

»Sie hatte Feuer. Strebte stets danach, sich und alle anderen zu übertreffen«, sagte ich und lächelte schief. »Zwar stieß sie später zum Orden als die meisten, wurde aber schließlich eine der Besten. Aber nicht, weil sie Talent gehabt hätte. Tatsächlich hatte sie nur wenig, aber sie kämpfte sich mit enormer Willenskraft voran. Für sie war nichts unmöglich, und wenn man das behauptete, nahm sie das als Herausforderung.« Jetzt musste ich lachen, und ich verwob meine Finger mit Rivens. Ich hatte nie zugelassen, an die schönen Erinnerungen zu denken, sondern sie stets in Dunkelheit gehüllt. Sie jetzt ans Licht zu bringen, nahm mir die Last von der Brust und linderte das Brennen in meiner Kehle.

»Sie war diejenige, die mich erkennen ließ, was der König getan hatte, was er noch immer tut. Dass er unser Volk einsperrt, die Leute für sich sterben lässt und aushungert, obwohl ihre Arbeit genug Nahrung für das ganze Reich erwirtschaftet. *Sie* war es, die entschlossen war, ihn aufzuhalten. Die Krone zu zerstören, bis nichts mehr blieb. Sie wollte es von innen heraus schaffen, als Schemin. Das wollten wir beide.« Jetzt sprudelten die Worte nur so aus mir heraus, als sei ein Damm gebrochen. Die Erinnerungen strömten hervor, rissen die Mauern nieder, die ich um mich herum errichtet hatte. Riven sagte nichts, aber er drückte mir so sanft die Hand, dass ich den Tränen nahe war.

»Ich weiß nicht, ob es aus Liebe war oder aus naivem Gerechtigkeitssinn, jedenfalls schworen wir einen Eid – ein Versprechen. Dass wir zusammen daran arbeiten und nicht ruhen wollten, bis der König tot und das Königreich zerstört war.« Das Ungesagte blieb mir im Hals stecken. Es war das einzige Versprechen, das ich je gegeben hatte, und wie schnell hatte ich es gebrochen.

»Habt ihr versucht, den König zu stürzen? Ist sie dabei …« Riven brach ab, aber ich verstand trotzdem, was er hatte sagen wollen.

»Nein. Die Chance haben wir nie bekommen«, flüsterte ich bedrückt. »Brenna war gut. Die Beste in unserer Klasse, gleich nach mir, und besser als ganze Klassen von Novizinnen vor uns und nach ihr. Aber ich … ich war anders. Ich weiß nicht, ob es jemals eine Schemin gab, die für alle Bereiche eine so … natürliche Begabung besessen hatte. Damals oder überhaupt in der ganzen Geschichte des Ordens.« Seufzend lehnte ich mich zurück und ließ Rivens Finger los. Er legte seine Hand flach auf den Tisch und wartete darauf, dass ich weitersprach.

»Uns war überhaupt nicht klar, wie gefährlich wir mit unserem Talent waren. Wir merkten nicht, wie genau man uns beobachtete … Unser ganzes Leben lang hatten wir alles darangesetzt, die Besten zu sein. Stärker zu sein, schneller und schlauer als jeder Feind, dem wir einmal gegenüberstehen würden, aber …« Mit einem tiefen Atemzug sah ich Riven an. »Wir waren nur Mädchen auf einer Insel. Wir begriffen gar nicht, was wir für eine Gefahr darstellten. Wir versuchten nicht einmal zu verbergen, wie tief unsere Gefühle füreinander waren. All unsere Ausbilderinnen wussten, dass wir beste Freundinnen waren, und sicher vermuteten viele, dass es darüber hinausging …« Ich verstummte und starrte in die Flammen der Feuerstelle. Ihre Wärme erreichte mich jetzt nicht mehr, stattdessen musste ich mir die Arme reiben, damit ich nicht zitterte.

Rivens schwarzes Haar schimmerte im Feuerschein, als ich mich wieder ihm zuwandte. Mit einem tiefen Atemzug bereitete ich mich darauf vor, die Wahrheit auszusprechen, die ich als junges Mädchen nicht erkannt hatte. »Zwei gut ausgebildete Schemen können für den König eine mächtige Waffe sein, aber nur, wenn er sich darauf verlassen kann, dass sie ihm völlig zu Willen sein werden.« Kurz hielt ich inne und berührte die unebenen Ränder ihres Namens. »Wir wurden in dieselbe Prüfung berufen und waren deswegen unglaublich aufgeregt. Brenna war erst seit fünfzehn Jahren beim Orden, hatte aber dennoch immer erwartet, bald an der Reihe zu sein.«

»Du nicht?«, fragte Riven leise.

Ich schüttelte den Kopf. »Ich hoffte dabei zu sein, als die Namen bekannt gegeben wurden. Aber ich war bereits seit fünfundzwanzig Jahren in meiner Ausbildung. Seitdem hatte es neun Prüfungen gegeben, und ich war nie dazu aufgerufen worden. Obwohl ich so gut war. Aber in jenem Jahr entschieden die Gebieterinnen, dass es für uns beide an der Zeit war.« Ich kaute innen an meiner Wange und schlug die Beine übereinander, dachte an diesen Tag zurück. Wie aufgeregt ich gewesen war. Wie naiv.

»Da man so lange auf meine Prüfung gewartet hatte«, fuhr ich fort und blickte wieder in die Flammen, »war die Krone bei allen Teilen anwesend.«

Riven sah mich verblüfft und fragend an. »Der König war dabei?«

Ich nickte langsam, während ich mich an diese erste Prüfung erinnerte. »Und Prinz Damien auch.«

»Hat er dir dabei diese Wunden zugefügt?«, fragte Riven und ballte die Hand zur Faust.

»Ja, nach der letzten.« Ich biss mir auf die Lippe. »Er hat es selbst übernommen.«

Ein wilder Blick zuckte über Rivens Gesicht, bevor er wieder die ruhige Maske aufsetzte, die er die ganze Zeit getragen hatte. Beruhigend und geduldig, weil er wusste, dass ich genau das jetzt brauchte.

»Sie sahen sich jede Prüfung an. Und dann wurde ich zur letzten gerufen, zum Treuetest.« Ein kalter Schauer lief mir bei meinen Worten über den Rücken, als ich an das Symbol dachte, das sich jetzt dort befand.

»Niemand weiß, worin die Prüfungen bestehen, bevor man sie ablegen muss«, sagte ich. »Wir bereiten uns zwar darauf vor und wissen, dass wir unsere Fähigkeiten steigern müssen, aber die Schemen dürfen nicht darüber reden, und daher haben die Novizinnen oft nur eine vage Vorstellung davon, was sie erwartet.

Ich weiß nicht einmal, ob die Prüfungen immer gleich sind oder ob sie sich von Jahr zu Jahr ändern. Es ist alles ein großes Geheimnis.« Ich rieb mir den Kopf und lehnte mich wieder zurück. »Wahrscheinlich könnte ich es jetzt herausfinden. Als Klinge müsste man es mir wohl sagen. Aber ich habe seit meiner eigenen erst einer weiteren Prüfung beigewohnt. Und seitdem habe ich mich geweigert, an dieser Auslese teilzunehmen.« Meine Kehle brannte, wenn ich an jenes Jahr dachte. An den Monat, den ich damit verbracht hatte, alle Erinnerungen in Wein und Bier zu ertränken. Ich griff rein aus

Gewohnheit nach der kleinen Phiole mit dem Elixier in meiner Tasche, aber sie war nicht da; sie befand sich immer noch in meinem Gepäck.

Riven räusperte sich und stützte sich dann auf die Tischplatte, bis sie knarrte. »Hat Brenna von ihren Prüfungen erzählt? Ist sie deswegen …«

»Gestorben?«, beendete ich seinen Satz. Er nickte und berührte leicht meine Hand. »Nein, sie wurde nicht wegen Hochverrats hingerichtet … Sie hat die Prüfungen nicht überlebt. Das Arsenal versucht das zu vermeiden – normalerweise werden Novizinnen, von denen man glaubt, dass sie der Auslese nicht gewachsen wären, aus dem Orden ausgeschlossen. Aber es kommt trotzdem vor. Bei den Prüfungen soll man seine eigenen Grenzen austesten. Wenn man nicht besteht, stirbt man. Brennas Tod kam … unerwartet.«

Ein Schatten fiel über Rivens Gesicht, als ob ihn das Licht des Feuers nicht länger erreichte. »Mir war nicht klar, dass es so schlimm war«, flüsterte er und sah vor sich auf den Tisch. Dann hob er den Blick wieder zu mir. »Will der König nicht so viele Schemen wie möglich?«

In meiner Reaktion lag ein höhnischer Unterton. »Nein, er will so viele *gehorsame* Schemen wie möglich. Der Wettbewerb, die Möglichkeit des Scheiterns und des Todes … das gehört alles dazu. Schemen, die ihre Prüfungen bestanden haben, sind glücklich, dass sie auserwählt worden sind und überlebt haben. Das nutzt der König aus.« Ich wollte meine Verachtung hinunterschlucken, aber mein Mund war zu trocken.

Etwas in mir hätte Riven gern die ganze Geschichte erzählt. Wie Brenna wirklich gestorben war. Was Prinz Damien ihr angetan hatte. Und mir. Aber die Worte kamen nicht. Ich hatte dreißig Jahre gebraucht, bevor ich überhaupt wieder ihren Namen hatte aussprechen können. Vielleicht würden noch einmal dreißig vergehen, bevor ich bereit sein würde, in allen Einzelheiten über diese entsetzliche Sache zu reden.

Also fasste ich es nur kurz zusammen.

»Es war Prinz Damien«, sagte ich. Sein Name ging mir kaum von der Zunge. »Er fand … *Gefallen* an Brenna. Er glaubte, dass sie ihn besiegt hatte, bevor sie in den Orden eintrat, und das verzieh er ihr nie. Daran erinnerte er sie gern, obwohl sie unter dem Schutz des Ordens stand.« Ich verzog den Mund, als ich mich an sein Gesicht erinnerte. »Wobei das auch nicht viel heißt, wenn der Kronprinz Interesse an einer Novizin hat.« Eine Hitzewelle überkam mich, und mein Herz schlug so heftig, als säße Damien vor mir und nicht Riven.

»Damien merkte schließlich auch etwas«, sagte ich und verschränkte die Arme. »Dass wir mehr waren als nur Freundinnen. Daraufhin überzeugte er den König davon, dass es gefährlich war, wenn eine Schemin irgendetwas oder irgendjemanden mehr liebte als die Krone. Dass so etwas ihre Fähigkeiten beeinträchtigte und sie unbrauchbar machte. Der König kam daraufhin zu dem Schluss, dass er lieber *eine* talentierte Schemin wollte, von der er wusste, dass sie ihm gehorchte, als *zwei*, denen er nicht vertrauen konnte.« Die Worte blieben mir im Hals stecken, und ich wischte mir die Tränen ab. Riven nahm meine Hand.

»Damien fällte schließlich die Entscheidung«, fuhr ich fort, als ich mich wieder gefasst hatte. »Und dann schnitt er mir dieses Zeichen in den Rücken, damit ich mich stets daran erinnern würde, dass ich es war, die leben durfte, während Brenna dafür bezahlte. Sie war der Preis meiner Treue zur Krone.« Ich sank auf meinem Stuhl zusammen. Müde, aber auch erleichtert. Brenna war nicht länger ein Geist, der zwischen uns stand, den aber nur ich sehen konnte. Sie war nicht länger vergessen oder wurde bewusst übersehen. Mit meinen Worten hatte ich der Erinnerung an sie wieder Leben eingehaucht, und ich spürte, dass es mir besser ging. Dass ich mich leichter fühlte.

Lebendig.

Riven saß stocksteif da und hatte aufgehört zu atmen. Dass er überhaupt noch lebte, war nur an der Wärme seiner Hand zu spüren, die meine Finger umfasste.

»Wenn du je die Chance dazu bekommst, dann bringe ihn um«, sagte er schließlich mit zusammengebissenen Zähnen, und seine Stimme klang dunkel und gefährlich. »Und wenn du es nicht kannst, dann werde ich es für dich tun.« Seine Augen verengten sich zu violetten Schlitzen, und der ungezähmte Gesichtsausdruck kehrte zurück.

»Deswegen habe ich mir ihren Namen eingeritzt«, sagte ich und strich wieder über die Narben. »So wie Damien mich gezeichnet hat … Er sagte, es sei eine Hommage an die Narben, wie sie die Krieger der Faen und Elfen trugen. Wie Syrras Zeichnungen. Bei ihr stehen sie für ihre Fähigkeiten und Kraft. Aber er hat aus meinen Malen etwas sehr Grausames gemacht.« Ich fuhr sanft über Rivens Haut und genoss es, seine Wärme zu spüren.

»Er vergaß, den Zaubergriffel wieder mitzunehmen, den er benutzt hatte. Ich wollte nicht, dass seine Narben mich definieren. Deswegen ritzte ich mir Brennas Namen in den Schwertarm und sagte mir, dass dies der Arm sein würde, der Prinz Damien eines Tages niederstreckt.« Erneut brach mir die Stimme. »Es war eine Erinnerung daran, dass ich nicht die Schemin sein würde, für die man mich hielt … Ich würde eine Kriegerin sein, wie die Elfen, die meine Vorfahren waren. Indem ich mir die Namen derer einritzte, die ich töten musste, zollte ich ihnen Tribut und eroberte gleichzeitig diesen Teil meines Ichs zurück, den ich verloren hatte. Den der König ausgelöscht hatte. Brennas Name war der erste. Um sie und mein Versprechen lebendig zu halten.«

»Das hast du getan«, sagte Riven und drückte mir die Hand. Sein Kinn bebte, als er mir ganz sanft über die Wange strich. »Du hast sie lebendig gehalten. Und du wirst deinen Eid erfüllen, Keera. Ich weiß, dass du keine Versprechen gibst, aber ich werde dir eins geben. Solange ich lebe, werde ich darauf hinarbeiten, den König zu stürzen. Für die Halblinge, für Elverath … und für Brenna.« Ein Sturm tobte in seinen Augen, als er mich ansah. Dann drückte er mir die Hand, und mir lief eine Träne über die Wange. Ich wusste, dass es ihm mit jedem Wort seines Versprechens ernst war. Und dass er wusste, was mir diese Worte bedeuteten.

VIERZIG

Riven ließ mich allein, damit ich in unserem Zimmer baden konnte. Ich lag im heißen Wasser, bis meine Haut schrumpelig wurde, und wusch mich ausgiebig mit der Seife, die Riven mir gekauft hatte. Als ich fertig war, betrachtete ich mich im Spiegel. Mir war nicht anzusehen, dass ich noch vor wenigen Tagen mit dem Tod gerungen hatte. Im Gegenteil. Ich sah aus wie das blühende Leben. Die geröteten Augen, die mir die durchzechten Nächte und die verkaterten Morgen eingebracht hatten, waren wieder klar, die dunklen Ringe verschwunden. Mein Haar wirkte im Kerzenschein weich und leuchtend. So gut hatte ich seit Jahren nicht ausgesehen. Und ich fühlte mich lebendiger, als ich mich überhaupt je hätte erinnern können. Mein Körper war auch kräftiger. An meinen Armen zeigten sich klar definierte Muskeln, die jahrzehntelang verschwunden gewesen waren. Ich war belastbarer. Ich atmete freier.

Weil ich endlich etwas habe, wofür ich leben kann, dachte ich. Es stimmte. Mit dem Kampf gegen den König hatte ich ein Ziel, das mir so lange gefehlt hatte. Viele Jahre lang hatte ich versucht, vor meinen Dämonen zu fliehen, und es hatte mich fast umgebracht. Wenn ich ihnen jetzt entschlossen entgegentrat, würde ich dabei zwar vielleicht auch umkommen, aber wenigstens würde ich mir dabei wieder selbst ins Gesicht sehen können.

Sogar meine Narben sahen besser aus. Die Schnitte auf meinem Rücken waren nicht mehr rot und geschwollen, und sie schmerzten bei Berührungen auch nicht mehr. Rheihs Verbände hatten offenbar eine Entzündung auskuriert, die lange darin geschwelt hatte. Hatte ich vielleicht dreißig Jahre lang Gift unter meiner Haut getragen? Der Gedanke schockierte mich nicht. Zwanzig davon hatte ich mich schließlich selbst vergiftet.

Für mich war der Schmerz, den diese Narben verursachten, meine Strafe gewesen. Ich hatte ihn verdient, zum Ausgleich für das, was Damien ihr angetan hatte. Aber jetzt fragte ich mich, ob es nicht eher daran gelegen hatte, dass ich sie nicht hatte gehen lassen wollen. Ob ich diesen Schmerz nicht hatte fühlen wollen, weil er die Erinnerung an Brenna lebendig hielt und dafür sorgte, dass ich immer an sie dachte. Als ob ich das nicht auch so getan hätte, bis zum letzten Atemzug.

Ich suchte in meiner Packtasche nach meiner Haarbürste. Dabei stieß ich auch auf das Nachthemd, das ich sonst auf meinen Missionen zum Schlafen getragen hatte. In den letzten Wochen hatte ich meine normale Reisekleidung auch nachts nicht abgelegt, damit niemand meine Narben sah. Das war aber jetzt nicht mehr nötig.

Ich zog das Nachthemd an. Es wurde über den Schultern von zwei dünnen Trägern gehalten, die sich auf dem Rücken kurz über dem Steißbein trafen. Der Ausschnitt und der Saum waren mit weicher Spitze verbrämt, die das Tiefrot des Stoffs perfekt ergänzte. Ich hatte einige Hemdchen dieser Art bei einem Schneider in Koratha gekauft. Sie waren die einzige Nachtwäsche, die nicht an meinen Narben rieb.

Dann hörte ich, wie Riven zurückkam und die Tür schloss. Er ging an der Tür zur Badestube vorbei, ohne hineinzusehen, und stellte seine Tasche auf den kleinen Tisch. Plötzlich fühlte ich mich befangen bei dem Gedanken, den kleinen Raum zu verlassen. Erst überlegte ich, mir noch das Haar zu flechten, um dabei ein wenig ruhiger zu werden, aber mir gefiel es eigentlich, dass es mir jetzt, nach dem Trocknen, in leichten Wellen bis zur Taille über den Rücken fiel. Wenn ich schon beschlossen hatte, dass ich mich nicht mehr verstecken wollte, dann musste ich auch mein Haar nicht mehr bändigen.

Riven lehnte an dem Tisch und umfasste die Kante mit beiden Händen. Er sah nicht mich an, sondern blickte zu Boden, als dächte er über etwas nach. Als ich die Tür zur Badestube mit einem leisen Einrasten des Riegels hinter mir schloss, blickte er auf, und ich hielt den Atem an.

Seine Augen waren von einem geradezu brennenden Violett, das unter seinen dunklen Brauen hervorleuchtete. Das Zimmer wurde nur von einer einzigen Lampe erhellt, deren warmes Licht einen Schimmer über seine Haut legte. Ich folgte dem Weg der Schatten seinen Hals hinab bis zu seinem leicht geöffneten Hemd.

Plötzlich aufwallende Hitze überkam mich, und ich schluckte, als sie die Mitte zwischen meinen Schenkeln erfasste. So hatte ich mich lange nicht gefühlt.

Ich war auch lange nicht mehr auf diese Weise angesehen worden.

Dabei sah Riven mich nicht nur an, er verzehrte mich mit seinen Blicken. Sie glitten über meine Beine, verharrten kurz am Saum meines Nachthemds und wanderten dann weiter hinauf bis zu meinem Hals. Dabei betrachtete er meine Narben auf eine Weise, als würde er nicht *sie* ansehen, sondern mich. Er sah mich, mich als Ganzes, alles, was ich war, und konnte den Blick nicht abwenden.

Ich trat auf ihn zu. Eine Haarsträhne fiel mir ins Gesicht.

Sein Griff um die Tischplatte verstärkte sich, und der Duft von Birkenholz und Tau durchflutete das Zimmer. Auf mich wirkte das Aroma betörend, aber Riven sah aus, als ob er überhaupt nicht atmete.

»Ist alles in Ordnung?«, fragte ich, wenngleich ich mir nicht sicher war, ob ich die Antwort hören wollte.

Riven schloss die Augen; er umklammerte immer noch den Tisch.

»Ich habe noch eine Frage an dich.« Seine Stimme war rau und heiser.

Ich machte noch einen Schritt nach vorn. »Was denn?«

Jetzt standen wir nur noch eine Armeslänge voneinander entfernt.

»Du hattest niemals jemand anderen als Liebhaber, oder?« Seine Kiefermuskeln spannten sich, und er hatte die Tischplatte jetzt so fest umfasst, dass seine Knöchel weiß hervortraten. Als ob er sich mit aller Macht beherrschen wollte. Aber in seinen Augen lag Bewunderung. Dafür, was es für mich bedeutet hatte, ihm von Brenna zu erzählen, und dass er meine Narben gesehen hatte. Das hatte ich zuvor noch nie jemandem gestattet.

Das Atmen fiel mir schwer. »Nein.«

»Wenn du … jemand anderes …« Seine Stimme war nur ein heiseres Flüstern. »Wäre es dann eine andere *ikwenira*? Eine Frau?«

Die Frage überrumpelte mich völlig. Bisher hatte ich noch nie darüber nachgedacht. Außer Brenna hatte es nie jemanden gegeben. Niemand sonst war mir je wichtig gewesen.

»Warum?«, fragte ich, um Zeit zu gewinnen.

Riven sah mir direkt ins Gesicht. Seine Augen waren nicht länger violett, sondern fast schwarz. Er bewegte das Handgelenk, umfasste den Tisch neu, stand aber sonst ganz still.

»Weil ich jetzt nur eins will – mehr als alles auf der Welt. Nämlich, dich küssen. Aber nicht, wenn es dir nicht auch gefiele.« Seine Züge waren hart, aber es lag eine gewisse Sanftheit in seinem Blick. Er sorgte sich um mich. Wie an dem Tag, als er mich zu Rheih gebracht oder als er meine Narben entdeckt hatte. Oder wie noch vor wenigen Stunden, als ich ihm die schlimmsten Dinge über mich verraten hatte, die er dann als Stärke bezeichnete.

Ich wollte ihn. Das konnte ich nicht leugnen. Aber er war mir so wichtig, dass er unbedingt wissen sollte, wie sehr auch ich ihn begehrte.

»Riven.« Ich trat noch einen kleinen Schritt weiter zu ihm. Seine

Augen senkten sich durchdringend in meine, seine dunklen Brauen warfen einen Schatten über sein Gesicht. Er biss sich auf die Lippe, dass die scharfe Spitze eines Fangzahns sichtbar wurde. Begierde. Er hungerte nach mir. Es kribbelte in meinem Bauch, als ich direkt vor ihn trat. »Du solltest mich küssen«, flüsterte ich.

Noch bevor ich das letzte Wort gesprochen hatte, berührten seine Lippen meine. Das Tischchen ächzte, als er endlich die Platte losließ und seine Hände stattdessen um meine Hüften schlang. Sein Mund war weich und neugierig. Langsam erforschte er meine Lippen und ertastete mit der Zungenspitze ihren Umriss.

Eine Einladung und eine Botschaft. Dass er nicht weitergehen würde, als es mir recht war. Dass ich die Kontrolle hatte.

Ich wollte mehr.

Meine Finger krallten sich in sein Hemd, und mit einem Ruck zog ich ihn an mich. Unsere Körper waren sich so nahe, dass ich seinen Puls auf meiner Brust fühlen konnte. Ich fasste in sein dunkles Haar und zog daran, und er stöhnte und knabberte an meiner Lippe, bevor er mich hochhob.

Als ich die Beine um seine Hüften schlang, spürte ich seine harten Muskeln. Das Verlangen zwischen meinen Schenkeln wurde immer stärker, und ich bekam seine Unterlippe mit den Zähnen zu fassen. Er begann daraufhin, meinen Hals mit Küssen zu bedecken, auf einer Seite hinunter, auf der anderen hinauf. Ein leises Stöhnen drang aus meiner Kehle, dann krallte ich meine Finger in seine Schulter.

»Wunderschön«, flüsterte er mir ins Ohr, bevor er die Narben auf meiner Brust liebkoste. Die Anerkennung, die dahintersteckte, ließ mich am ganzen Körper erschauern. An der Art, wie er mich küsste, wie seine Hand meine Rückseite, meine Schenkel umfasste, konnte ich fühlen, wie ernst es ihm war.

»Keera«, flüsterte er, nachdem er mich eine ganze Weile mit Küssen überhäuft hatte.

Meine Augen öffneten sich flatternd, als ob ich gerade aus einem

Traum erwachte. Riven sah mich spitzbübisch an und beugte sich zu mir, um mich weiter zu küssen. »Können wir damit nicht im Bett weitermachen?«, fragte er und strich mir zärtlich mit dem Daumen über die Wange.

Unwillkürlich erstarrte ich. Ob ich dafür schon bereit war, wusste ich nicht.

»Doch nicht *dafür*.« Er küsste mich auf die Stirn. »Ich will dich küssen, bis du einschläfst.« Sein Griff um meine Taille verstärkte sich. »Und dafür brauchen wir ein Bett.«

Lachend warf ich den Kopf in den Nacken und nickte, den Blick zur Decke gerichtet.

Als ich den Kopf wieder senkte, sah er mich mit großen Augen an und nahm mein Gesicht in seine Hände. »Ich könnte Jahrhunderte damit verbringen, dieses Lachen zu hören.« Dann grinste er und schob mich auf die Matratze.

Meine Haut kribbelte, als ich zu ihm aufsah. Er saß rittlings auf meinen Beinen, und seine Arme umrahmten mein Gesicht; seine Finger spielten mit einer Haarsträhne. Er küsste mich auf die Wange und auf die Stirn, dann strich er mir über den Hals.

»Ich könnte dich überall küssen«, seufzte er, und Ehrfurcht lag in seinem Blick.

»Dann solltest du das tun«, sagte ich, woraufhin er sich schelmisch grinsend wieder zu mir hinunterbeugte.

Jetzt waren seine Küsse nicht mehr sanft, sondern hungrig, als ob er jeden Zoll von mir kosten wollte. Er fing an einer Schulter an und fuhr mit seinen Lippen über meinen Arm; als er meine Hand erreichte, hob er sie sanft an seine Lippen, bevor er jeden meiner Finger küsste. Unter dem Blick, den er mir dabei zuwarf, presste ich unwillkürlich die Schenkel zusammen.

Auf der Brust folgte sein Mund dem Wellenmuster meiner Narben, bis seine Lippen auf ungezeichnetes Gebiet gelangten. Er schob das Nachthemd nicht beiseite, sondern küsste einfach über dem Stoff weiter. Das Gewebe war so dünn, dass ich trotzdem jede

Berührung genau spürte. Er leckte über meine Brust, und ich bäumte mich auf und stieß ein leises Stöhnen aus.

Mit noch mehr Leidenschaft küsste Riven weiter, während er die gewölbten Hände um meine Brüste legte. Mein Atem ging schneller, und mein Begehren wuchs. Seine Küsse wanderten über meine Beine, während seine Hände über meine Hüften glitten und sich in das Nachthemd krallten, das er dabei so weit hochschob, dass er ganz oben an meinem Schenkel knabbern konnte.

Nur ganz kurz tauchte seine Hand unter den Saum des Hemdchens, gerade lange genug, um zu merken, wie feucht es dort war.

»Darum kann ich mich kümmern«, raunte er mir tief und rau ins Ohr. »Wenn du das willst.«

Ich erschauerte, als sein warmer Atem über meinen Hals strich. »Ich glaube, ich bin noch nicht so weit, dass ich …« Das auszusprechen, war ich zu schüchtern.

Riven widmete sich daraufhin wieder meinen Lippen und liebkoste mit dem Daumen mein Gesicht, bevor er seine Hand seitlich unter meine Wange legte und dort ruhen ließ.

»Dann werde ich warten, bis du es bist«, flüsterte er, suchte mit seinem Mund meine Lippen und zog mich an sich. Ich verflocht meine Finger mit seinem Haar und schob ein Bein über seins, um mich tiefer in seinen Kuss fallen zu lassen. Es fühlte sich an, als ob wir Stunden in der Hitze des anderen verbrachten, bevor unsere Leidenschaft sich ein wenig legte und wir eng umschlungen liegen blieben.

Wie lange wir so verharrten, weiß ich nicht. Wir waren zufrieden, dieselbe Luft zu atmen und nichts zu sagen. Dann aber kam mir ein Gedanke in den Sinn, der mich nicht mehr losließ.

»Bin ich im Küssen eigentlich so schlecht, dass du mich nicht nur einmal, sondern sogar zweimal geküsst hast und trotzdem noch davon überzeugt warst, ich könnte mich niemals in dich verlieben?«

Riven lachte leise in mein Haar und küsste meinen Scheitel. »Nein, im Gegenteil. Nach diesem ersten Kuss konnte ich kaum noch schlafen. Eigentlich hatte ich es gar nicht geplant, es ist einfach …

passiert. Und als ich dich in Cereliath geküsst hatte, wusste ich, dass ich es nicht in deiner Nähe aushalten würde, ohne es wieder zu tun«, gab er zu. Jetzt küsste ich ihn auf den Hals. »Dann war es Syrra, die mich auf diesen Gedanken brachte. Sie kam wohl wegen irgendeiner Bemerkung darauf, die du auf dem Weg nach Cereliath gemacht hattest. Jedenfalls ging sie davon aus, dass dir noch während deiner Zeit beim Orden das Herz gebrochen worden war, und dann machte sie einen Witz darüber, dass du ja nur von *ikwenira* umgeben aufgewachsen warst ...« Riven zuckte die Achseln. »Von daher hätte es gepasst, wenn du in der Liebe auch nur an ihnen interessiert gewesen wärst.«

»Nicht nur an *ikwenira*«, sagte ich und ließ mir das fremde Wort über die Zunge gleiten. Es war so viel besser, als von Halbling-Weibchen zu sprechen.

»Syr hatte mich damit ziemlich verunsichert.« Riven zog mich fester an sich. »Dann lagst du tagelang in diesem Becken, und ich machte alle anderen nervös, weil ich nur durch die Gegend tigerte. Ich konnte nicht schlafen, wollte nichts essen. Ich wollte einfach nur wissen, dass es dir wieder gut gehen würde. Als Syr mich fragte, ob du dieselbe ... Leidenschaft empfändest, kam ich ziemlich ins Grübeln und fing an, mich zu fragen, ob ich mir das alles nur eingebildet hatte. Beim ersten Mal hattest du gerade versucht, mich zu erstechen, und das zweite Mal hätte einfach nur Teil unserer Tarnung sein können.«

»War es nicht«, sagte ich ehrlich. Inzwischen hatte ich es satt, mich dauernd zu verstecken, und es war so leicht, ihm Dinge anzuvertrauen.

»Verdammt, da bin ich aber froh«, sagte Riven aus vollem Herzen und zog mich für einen weiteren Kuss an sich. Irgendwann lösten sich unsere Lippen wieder voneinander, und die Erschöpfung brachte uns beiden schließlich den Schlaf. Ich lag die ganze Nacht in Rivens Armen – ohne Träume, ohne Albträume. Nur in friedlichem Schlaf.

EINUNDVIERZIG

Am nächsten Tag erreichten wir den Stadtrand von Koratha, aber dort ging es für uns nicht weiter. Jedenfalls nicht gemeinsam.

Ich trug meinen schwarzen Mantel und meine Kapuze, und die Mantelspange mit dem Schwert hatte ich erst am Morgen auf Hochglanz poliert. Mir würde es als Klinge keine Probleme bereiten, die Stadt zu betreten, aber Riven würde einen eigenen Weg hinein finden müssen.

»Ich werde bei der Höhle auf dich warten«, raunte er mir ins Ohr. Wir ließen unsere Pferde am Waldsaum grasen, als wir uns verabschiedeten. Einmal noch inhalierte ich seinen Duft, diese beruhigende Mischung aus Birkenholz und Tau.

Voller Anspannung nickte ich. Wir würden uns nur dann jemals wiedersehen, wenn wir beide die Wächter an der Nase herumführen konnten und ich zudem den König.

Falls der mich überhaupt noch behalten wollte.

Ob wir unseren nächsten Angriff planen konnten, hing allein davon ab, wie gut es mir gelang, Aemon zu manipulieren. Und wie viel Information ich während meiner Audienz aus ihm herauslockte.

Riven umfasste unter dem Mantel meine Taille. Ich lehnte meinen

Kopf an seine Brust. Sein Herzschlag war so ruhig und verlässlich wie alles an ihm. Wir redeten nicht. Es gab nichts zu sagen, was wir uns nicht schon in der Nacht zuvor zugeflüstert hätten. Jetzt wollten wir uns nur ein letztes Mal nahe sein, da wir nicht sicher sein konnten, ob wir uns jemals wiedersehen würden.

Schließlich löste ich mich aus unserer Umarmung und küsste Riven auf den Mund. Er legte seine Hand an meine Wange, und ich spürte die Schwielen, die vom langjährigen Waffengebrauch kündeten. Damit er meine eigenen fühlte, strich auch ich ihm übers Gesicht.

Er lächelte, bevor er mir einen Kuss auf die Stirn hauchte und mich aufs Pferd steigen ließ.

»Vielleicht werde ich als Erste dort sein und auf dich warten«, sagte ich und klang dabei entspannter, als mir zumute war. Dann ritt ich zur Stadt, während er erst nach Einbruch der Nacht aufbrechen würde, um mir zu folgen.

In der Stadt herrschte Chaos. Ich ritt durch das erste Tor, das für alle offen stand. Die Wachttürme waren nur mit zwei Soldaten bemannt. Innerhalb der Stadtmauern schrien sich die Leute an, brüllten, stritten um Essen oder Kleidung und kämpften in den Straßen, während die Wächter versuchten, die Menge in Schach zu halten. Im nächsten Ring war es noch schlimmer. Händler standen mit verdutzten Gesichtern an ihren leeren Ständen. Inzwischen hatten die Nachrichten von der Sprengung in Siletra die Stadt erreicht, und die Einwohner hatten von Panik erfüllt sofort alle verfügbaren Güter aufgekauft. Normalerweise freute sich jeder Kaufmann, wenn er die gesamte Ware umsetzen konnte, aber jetzt starrten sie die leeren Ladeflächen an und fragten sich, wann die nächste Lieferung eintreffen mochte. Wenn sie überhaupt jemals kam.

Ob ich wollte oder nicht, ich fühlte mich schuldig, als ich an immer mehr weinenden Leuten vorüberkam. Natürlich hatten wir gewusst, was wir taten, dass wir Chaos und Aufruhr provozieren würden. Jetzt blieb mir nichts anderes übrig, als das Elend und die Sorgen dieser Menschen anzuerkennen und mir im Stillen zu schwören, alles daranzusetzen, dass sich ihr Leid gelohnt haben würde.

Die Wächter vor den Palastmauern winkten mich durch, und die schmiedeeisernen Tore öffneten sich knarrend. Der weiße Stein des Palasts wirkte unter dem bedeckten Himmel grau, als wüsste er, dass die Stadtbevölkerung weinte.

Zwei Schemen warteten am Dienstboteneingang des Palasts auf mich. Ich sprach kein Wort mit ihnen. Immerhin hatte ich erwartet, dass mich der König zu sehen wünschte, sobald ich in der Stadt eintraf.

Im Palast eilten Diener eifrig hin und her und waren viel zu sehr mit dem geflüsterten Klatsch beschäftigt, um auch nur zu bemerken, dass die Klinge an ihnen vorüberschritt. Mir war das geschäftige Durcheinander lieber als das sonst hier herrschende Schweigen, obwohl ich wusste, dass es in ihren Gesprächen um Silstra ging. Sie alle fragten sich, wer für einen derart unverhohlenen Angriff auf den König verantwortlich sein mochte, ohne dabei zu ahnen, dass die Schuldige gerade an ihnen vorüberging.

Obwohl ich unter meiner Kapuze gut verborgen war, achtete ich auf einen unbeteiligten Gesichtsausdruck. Schließlich wusste ich nicht, was mir blühte, was der König gehört hatte und was von den Schemen in Erfahrung gebracht worden war. Vielleicht ging ich gerade meinem Tod entgegen. Allerdings vermutete ich, dass man nicht nur zwei unerfahrene Schemen ausgesandt haben würde, falls man mir wirklich ans Leder wollte. Solange meine Hände noch nicht in Handschellen steckten, würde ich davon ausgehen, dass kein Grund zur Sorge bestand.

Ich folgte den Schemen über die breite Marmortreppe in den Gebäudeflügel mit den vielen Fenstern, und ich sah, dass die ersten Regentropfen auf die gläserne Decke fielen. Die Wolken türmten sich zu düsteren Gebilden auf, und ich musste ein Grinsen unterdrücken. Bei Regen würde es noch schwieriger werden, Waren über Land zu transportieren. Die Straßen wurden schlammig, und die Karren würden nur noch langsam vorankommen oder sogar stecken bleiben. Die Natur spielte uns gerade in die Hände.

Vor den hohen Türen, die zum Thronsaal führten, blieb ich kurz stehen und holte tief Luft. Dann schwangen sie auf, und ich ließ meine Eskorte im Flur hinter mir zurück. Mit gesenktem Kopf trat ich vor den König. Links und rechts von seinem Thron standen zwei kleinere Sessel; sie waren zwar, im Gegensatz zu Aemons Platz, nicht vergoldet, aber reich verziert und herrlich anzusehen. Hier saßen die Prinzen.

Ich bemühte mich, ruhig zu atmen, als ich die Kapuze abstreifte. Dass Prinz Killian so schnell wieder nach Koratha gelangt war, hatte ich nicht erwartet. So sehr er sich auch beeilt haben mochte, eigentlich hätte er erst in einigen Tagen hier eintreffen sollen. Offenbar war er die Nächte durchgeritten, so wie wir es auf dem Weg nach Silstra getan hatten, in dem Wissen, dass ihn sein Vater brauchte.

Ich kaute an der Innenseite meiner Wange. Jetzt musste ich bei dem, was ich dem König sagte, umso vorsichtiger sein.

»Erheb dich!«, fuhr mich der König an. Der Zorn stand ihm ins Gesicht geschrieben und vertiefte die wenigen Falten um seine Augen und auf seiner Stirn. Er hatte die Hände so heftig zu Fäusten geballt, dass die Knöchel weiß hervortraten, und seine Wangen waren flammend rot. »Da sende ich dich aus, damit du diesen Schatten erledigst, und bei deiner Rückkehr liegt mein Staudamm in Trümmern! Und meine Handelswege sind zerstört!« Ich musste nicht so tun, als ob ich erschreckt zurückwich; die Worte des Königs trafen mich tief. Ich hatte versagt, indem ich nicht schon viel früher gegen ihn vorgegangen war. Dieses Scheitern ließ ich mir jetzt ansehen.

Damien stützte sich auf eine Armlehne seines Sessels und legte die Fingerspitzen aneinander, während er mich beobachtete. In seinen Augen flackerte die Hoffnung auf, dass sein Vater seine Wut vielleicht auf körperliche Weise an mir ausließ. Oder er vielleicht sogar dabei zusehen durfte, wie man mir eine Lektion erteilte.

Die Narben auf meinem Rücken brannten nicht mehr so wie früher unter seinem Blick. Meine Muskeln verkrampften sich nicht. Die Macht, die Damien in den letzten dreißig Jahren über mich gehabt hatte, sie war gebrochen. War es an dem Tag geschehen, da ich ein Bündnis mit dem Feind seines Vaters knüpfte? Oder an dem Tag, da ich mein Leben riskierte, damit der Staudamm in die Luft flog? Oder war es das Heilbad gewesen, das die Entzündung auskurierte, die ich jahrelang mit mir herumgetragen hatte?

Vielleicht war diese Macht aber auch ganz langsam zerfallen. Wie eine Glasscheibe mit vielen Sprüngen, die sich wie die Äste eines Baums verzweigten und gar nicht auffielen, bevor das Glas in so viele kleine Stücke zersprang, dass man es nie wieder zusammensetzen konnte. Seit meiner Abreise aus Koratha hatte ich mich verändert. Zwar war mir diese Entwicklung selbst nicht aufgefallen, aber jetzt, da ich vor dem Thron stand – vor den Leuten, die meinesgleichen versklavt, die Schemen ausgebildet und mich zerstört hatten –, konnte ich nicht leugnen, dass ich anders war als früher.

Ich war nicht länger die Klinge, die sie geschaffen hatten. Ich war etwas völlig anderes.

Damien schnaubte, als ob er spürte, dass ich nicht mehr unter seinem Blick erzitterte. »Das Königreich befindet sich in völliger Unordnung«, stieß er hervor und beugte sich dabei weit vor. »Meine Jagd an der Kluft wurde abgesagt. Selbst Killian fühlte sich berufen, aus Volcar zurückzukehren.« Dabei warf er seinem Bruder einen Blick zu und machte eine verächtliche Handbewegung.

»Volcar?«, wiederholte ich und warf Killian einen Blick zu. Es wäre dem Prinzen niemals möglich gewesen, dorthin zu reisen und auf dem Rückweg noch einen Abstecher nach Cereliath zu machen, seit wir vor so vielen Wochen in der Bibliothek miteinander gesprochen hatten. Als ich ihn beim Erntefest getroffen hatte, war ich davon ausgegangen, dass er überhaupt nicht in Volcar gewesen war.

Killian verbarg irgendetwas. Das stand einmal fest.

»Ich habe es nicht bis Volcar geschafft, das sagte ich dir doch, Bruder«, erklärte Killian, der vom Thron seines Vaters zu Damien blickte. »Ich hatte bei Wenden Rast gemacht und dort ein Gerücht gehört, dass der Schatten sich in der Nähe aufhielt und einen Angriff auf Silstra plante.«

Das musste wirklich ein Gerücht gewesen sein, denn Riven war ja die ganze Zeit bei mir gewesen. Es passte einfach alles zu gut zusammen. Zu perfekt, als dass ich wirklich an einen Zufall glauben wollte. Prinz Killian wollte nicht, dass seine Familie etwas von unserer Begegnung in Cereliath erfuhr. Das war entweder ein besonders glücklicher Umstand oder aber ein schlechtes Omen.

»Daher brachte ich in Wenden so viel wie möglich darüber in Erfahrung und kehrte dann nach Koratha zurück. Dort war ich gerade erst angekommen, als ich erfuhr, dass du auch in der Stadt warst«, erklärte Killian abschließend. Er warf mir einen angespannten Blick zu, der mich deutlich aufforderte, bei seiner Lüge mitzuspielen.

Als ob mir eine Wahl geblieben wäre.

»Ich vermute, dass du in Aralinth keine Spur des Schattens fandst?«, erkundigte sich Killian jetzt. Es war ein perfektes Ablenkungsmanöver. Der König würde meine Geschichte niemals anzweifeln, wenn einer seiner Söhne sie bestätigte. Aber warum? Welchen Nutzen hatte Killian davon, seinen Vater zu hintergehen? Welche Wahrheit verbarg er?

Ich schüttelte den Kopf und hielt mich an unsere gemeinsame Geschichte. »Nein, Euer Hoheit, ich fand nichts«, log ich und bemühte mich um eine ausdruckslose Miene, obwohl mein Magen sich bereits zusammenkrampfte. »Ich verbrachte die Zeit im Faenland damit, die Dunkelfaen zu bespitzeln, und dabei spürte ich jedem nach, der in der Stadt lebt, sowie allen Verwandten. Es gab keinerlei Hinweise darauf, dass sie mit dem Schatten im Bund standen oder sich auf irgendeine Weise gegen die Krone erheben wollten. Nachdem ich mich überzeugt hatte, dass der Schatten nicht dort war und sich vermutlich auch nie dort aufgehalten hatte, trat ich die Heimreise an. Ich vermutete, dass unser Feind versuchen würde, die Handelswege anzugreifen. Leider schaffte ich es nicht nach Silstra, bevor der Damm gesprengt wurde, und danach hielt ich es für das Beste, unverzüglich nach Koratha zurückzukehren.«

»Ganz richtig«, bemerkte der König, der von Killians Ansprache und meiner Erklärung beschwichtigt schien. »Jetzt brauche ich meine Klinge mehr denn je in meiner Nähe. Aber vielleicht bist du nicht die richtige Klinge.« Er sah mich mit durchdringendem Blick und zusammengepressten Lippen an und hob das Kinn, als ob er von mir erwartete, dass ich protestierte oder um mein Leben bettelte.

Ich wollte mich keinem weiteren seiner Befehle mehr fügen. Auch nicht, wenn er mir eine Schlinge um den Hals legte. Und so stand ich hoch aufgerichtet da, hielt die Hände hinter dem Rücken verschränkt und stellte mich seinem Blick.

»Vater«, wandte Killian ein, »wir können Keera nicht dafür verantwortlich machen, dass sie falsche Informationen bekam. Sie ist für dich nach Aralinth gereist und mit ihrem Kopf auf den Schultern zurückgekehrt. Das an sich ist schon ein Sieg.« Völlig perplex sah ich ihn an. Der König schürzte die Lippen und verzog dabei den Mund, während er mit den Fingern auf seinen Thron trommelte.

»Und davon abgesehen«, fuhr Killian fort, »hat sie gerade gesagt, sie habe vermutet, dass der Schatten einen Schlag gegen unsere Transportwege ausführen wollte. Außer ihr sah niemand diesen Anschlag kommen. Vielleicht wird sie auch die Einzige sein, die erkennt, welcher Angriff als Nächstes drohen könnte.« Er warf mir ein beinahe unsichtbares, verschmitztes Lächeln zu, und mir wurde ganz beklommen zumute. Ich wusste nicht, ob er mit mir spielte, aber ich hatte nur eine Chance – mitmachen oder sterben.

Der König hielt inne und dachte über die Argumente seines Sohns nach. Ich blieb stocksteif stehen, um ihn auf keinen Fall zu unterbrechen, während er den Wert meines Lebens abschätzte. Nach einem quälend langen Augenblick nickte er. »Diese Bedrohung meiner Person kann ich nicht hinnehmen. Ich erwarte, dass du das Feuer austrittst, bevor es den ganzen Wald in Brand steckt.« Sein Blick war hart, als er mich musterte. Nach einem Anzeichen von Schwäche suchte.

»Ich glaube, das Feuer lodert schon«, brummte Damien. Sein Vater ging nicht auf ihn ein.

Mit steinerner Miene erklärte ich: »Euer Majestät, ich werde nicht ruhen, bis die Bedrohung ihr Ende gefunden hat.« Dabei starrte ich auf den Sockel seines Throns.

»Gut. Dann bleibt deine Aufgabe unverändert bestehen.« Der König fasste nach seinen Armlehnen, und Gift troff aus seinen Worten. Ich neigte den Kopf und erwartete, nun entlassen zu werden.

»Vater?« Das war Killian, der sich mit fragendem Blick an den König wandte.

»Was denn?«, schnauzte ihn der König an.

Früher einmal wäre Killian vor der Härte seines Vaters zurückgewichen und viel zu ängstlich gewesen, um sein Anliegen auszusprechen. Aber in der Zeit, die er abseits des Hofes verbracht hatte, war er ein anderer geworden. Seine Schüchternheit war ruhigem Selbstbewusstsein gewichen. Seine Präsenz war deutlich spürbar, wie er ruhig und abwägend neben dem Thron saß und zuhörte. Zwar sprach er immer noch wenig, aber seine Worte hatten ein ganz anderes Gewicht als früher.

Durch seine Reisen und Studien hatte Killian, der Bastardprinz, so viel Charakter gewonnen, dass er inzwischen besser als Thronerbe geeignet erschien als sein ehelich geborener Bruder.

»Ich denke nicht, dass wir die Klinge weiterhin auf die Jagd nach dem Schatten gehen lassen sollten«, sagte Killian.

Damien schnaubte und schob sein Bein über die Armlehne. »Würdest du lieber abwarten wollen, Bruder? Bis der Schatten uns hier im Thronsaal den Hals umdreht? Was taugt eine Klinge, wenn sie ihn nicht vorher tötet?« Er sah seinen Vater an und erwartete offensichtlich das übliche bestätigende Nicken, aber es kam nicht. Der König sah stattdessen Killian abwartend an.

»Nein, Bruder«, erwiderte der. »Dieser Schatten ist eine Bedrohung. Nicht nur für das Königreich, sondern für die gesamte Monarchie – für dein Vermächtnis, Vater«, setzte er mit einem Blick auf den König und seine Krone hinzu. »Wir können nicht einfach nur die Klinge auf ihn ansetzen und erwarten, dass das reicht. Sie führt mehr als nur ein scharfes Schwert, sie hat auch einen scharfen Verstand. Meiner Meinung nach täten wir besser daran, all ihre Fähigkeiten voll auszuschöpfen.«

»Was schlägst du vor, Killian?« Der Ton des Königs war jetzt weniger aggressiv als zuvor.

»Die Klinge ist die Kommandantin Eures Arsenals, und als solche sollte sie jetzt auch handeln«, sagte Killian. »Ruft das Arsenal zusammen. Ruft die Schemen zusammen. Lasst uns sehen, was sie erreichen kann, wenn ihr der gesamte Orden zur Verfügung steht. Keera hat die Position, die sie jetzt innehat, nicht erreicht, um lediglich als Scharfrichterin zu dienen. Das könnte jede gut ausgebildete Assassine. Sie ist die Klinge, weil sie nicht nur großes Geschick bei der Führung ihrer Waffen bewiesen hat, sondern auch über ebenso herausragende Geistesgaben verfügt. Lassen wir sie doch *beides* einsetzen.« Killian würdigte mich kaum eines Blickes, aber ich starrte ihn ungläubig an. Mir rumorte es so heftig im Magen, dass ich nicht sagen konnte, ob ich mich übergeben oder den Prinzen einer peinlichen Befragung unterziehen wollte.

Jedenfalls würde ich ihn wesentlich stärker im Auge behalten müssen.

Der König bedachte seinen Sohn mit einem langen, nachdenklichen Blick. Als hätte er gerade erst bemerkt, dass Killian nicht länger ein schlaksiger, schwächlicher Junge war, sondern ein Mann. Nach einer langen Pause nickte er langsam.

»Ruf das gesamte Arsenal zusammen«, befahl er mir dann. »Du wirst dich mit den anderen Mitgliedern treffen und einen Plan ersinnen. Ich wünsche, dass *alle* Schemen für die Jagd auf den Schatten abgestellt werden. Ich will wissen, wie groß die Gefahr ist, die uns durch ihn droht, und dann soll sie unverzüglich ausgeräumt werden. Ich erwarte, dass meine Klinge ihre Schemen entsprechend anleitet. Und jetzt lass uns allein.«

Ich verneigte mich tief und verließ den Saal. Die Prinzen blieben mit ihrem Vater zurück.

Killian hatte mich nicht nur vor dem Zorn des Königs bewahrt, sondern mich in eine Position gebracht, in der ich die perfekten Hebel ansetzen konnte, um unsere Sache voranzutreiben. Direkter Zugang zum Arsenal und zu den Schemen, und das auf Befehl des Königs.

Ich würde etwas Zeit brauchen, um herauszufinden, wie ich das in meinem Kampf gegen die Krone nutzen konnte, aber erst einmal musste ich etwas anderes erledigen – nämlich herausfinden, was Killian plante, bevor er mich mit sich in den Abgrund riss.

ZWEIUNDVIERZIG

Verborgen unter meiner Kapuze eilte ich sofort in meine Gemächer. Dabei dachte ich unentwegt über Killian und seine Motive nach. Mir wollte nur ein einziger Grund plausibel erscheinen: Der Bastardprinz von Elverath wollte selbst den Thron besteigen.

Er hatte den größten Teil seines Lebens außer Reichweite seines Vaters zugebracht. Dabei hatte ich vermutet, dass er vor allem versucht hatte, dem Geflüster bei Hofe und den Hänseleien seines Bruders aus dem Weg zu gehen. Der Zweitgeborene des Reichs führte rund um die Bibliotheken von Volcar ein schönes Leben, und wenn er auf Reisen war, heuerte er Tutoren an, die ihn in Geschichte und Sprachen unterrichteten. Das war das Angenehme am Leben eines Prinzen, der wusste, dass er niemals König werden würde.

Aber was, wenn all das nur Tarnung gewesen war? Hatte Killian die Zeit genutzt, um Ränke gegen seinen Vater zu schmieden und am Ende die Krone zu stürzen? Ich hatte Erzählungen über die Reiche der Sterblichen gehört, in deren blutiger Geschichte Königsmord und Aufstände an der Tagesordnung gewesen waren. Vermutlich war es nur eine Frage der Zeit, bis Ähnliches Eingang in die Chroniken von Elverath finden würde.

Aber ich wollte mich nicht wie eine Schachfigur im Spiel um den Thron hin- und herschieben lassen. Mir ging es nicht darum, die Krone von einem Haupt aufs nächste zu setzen. Ich wollte sie abschaffen. Sie so vollständig zerstören, wie zuvor die Halblinge und Elfen zerstört worden waren.

Und wenn Killian mich dabei aufhalten wollte, würde ich nicht zögern, ihn zu töten.

Mit diesen Überlegungen betrat ich meine Gemächer und hoffte auf etwas Ruhe zum Nachdenken, aber ich hatte kaum die Schwelle überquert, als ich auch schon gegen die Tür gedrückt wurde.

»Keera!«, rief Gwyn voller Begeisterung und riss mich in ihre Arme.

»Ich bekomme keine Luft mehr«, flüsterte ich, aber Gwyn drückte mich nur noch fester. »Gwyn, ich bekomme keine Luft mehr«, stieß ich noch einmal hervor.

»Was?« Überrascht ließ sie mich los und merkte, dass ich keuchte. »Ach du liebe Zeit, das tut mir leid.« Sie schlug sich die Hand vor den Mund, und ihre Wangen färbten sich vor unterdrücktem Lachen rosa.

»Du bist überraschend kräftig für eine Kammerzofe«, sagte ich und musste selbst lachen.

Gwyn strahlte mich an und zuckte die Achseln, und während sie sich vor- und zurückwiegte, zupfte sie an ihrem Rock. »Wie war es nun in Aralinth? Hast du Elfen dort gesehen?«, fragte sie mit vor Neugier großen Augen.

Ich ließ mich aufs Bett fallen und zog mir die Stiefel aus. »Ein paar.« Gwyn stieß einen entzückten Schrei aus, und ich musste grinsen.

»Wie sahen sie denn aus? Waren sie schön? Angsteinflößend? Magisch? Hast du auch Faen gesehen?«, bestürmte sie mich.

Ich lachte leise. »So viele Fragen.«

Gwyn biss sich auf die Unterlippe, um nicht weiterzuplappern. »Ich war wahrscheinlich zu lange eingesperrt«, sagte sie dann, und mit einem Mal war die lockere Leichtigkeit völlig aus ihrer Stimme verschwunden.

»Was meinst du damit?«, fragte ich und merkte, wie sich mein Rücken versteifte.

»Ach, eigentlich gar nichts.« Als ich sie mit erhobenen Augenbrauen ansah, gab sie nach. »Prinz Damien wollte in der letzten Woche auf die Jagd gehen, aber dann kam die Nachricht aus Silstra, und der König befahl ihm hierzubleiben. Er wollte nicht, dass sein Erbe durch die Wälder zieht, während sich nur wenige Hundert Meilen entfernt Widerstand gegen die Krone erhebt.«

»Da hatte der König recht«, sagte ich, aber das hatte ja mit Gwyn weiter nichts zu tun.

»Damien war verärgert. Er rief mich in seine Gemächer und hielt mich dort fest. Es war nicht so schlimm, die meiste Zeit war er gar nicht da. Und nach einigen … Sitzungen langweilte ich ihn wohl auch. Aber ich durfte seine Gemächer nicht verlassen, und er mag es nicht, wenn Dienstboten in seinen Räumlichkeiten ein und aus gehen, deswegen hatte ich lange niemanden, mit dem ich reden konnte.« Sie rieb sich die Finger.

Ich biss die Zähne zusammen. Sie musste dringend heraus aus dem Palast, aber solange der König lebte, war das einfach nicht möglich.

»Also …«, unterbrach Gwyn meine Gedanken; ihre Augen ruhten auf den Packtaschen, die auf der Bank am Fußende meines Bettes standen. »Hast du auf der Reise irgendetwas Interessantes *gefunden*?«

»Ist das der Grund, weshalb du in meinem Zimmer wartest?«, lachte ich. »Ich verstehe. Erst gibst du mir das Gefühl, du hättest mich vermisst, aber eigentlich willst du nur deine Geschenke.«

Gwyn machte ein bestürztes Gesicht. »Ich habe dich wirklich vermisst! Ich kann nicht glauben, dass du – oh, warte, sagtest du *Geschenke*? Also, im Sinne von mehr als eins?« Ihre gespielte Entrüstung war sofort vergessen, und sie lief zu den Satteltaschen und brachte sie mir.

»Auf meiner Reise war ich an vielen verschiedenen Orten«, sagte ich und zog ein Päckchen hervor, das in dunkelblaue Seide eingeschlagen war. In dem Siegelwachs, mit dem es verschlossen war, steckte das Blütenblatt einer Taurose, das auf der Reise nur ein paar Knicke abbekommen hatte.

Gwyn setzte sich aufs Bett, ließ die Beine baumeln und tippte dabei aufgeregt mit den Füßen auf den Boden.

»Was ist es?«, fragte sie.

Unserem gewohnten Ritual folgend, neigte ich den Kopf und sagte: »Du musst es schon aufmachen.« Damit legte ich das Päckchen in ihren Schoß.

Sie war zu aufgeregt, um sich an ihre übliche Antwort zu erinnern, und machte sich mit geschickten Fingern an den Seidenbändern zu schaffen. Als sich die Verpackung löste, stockte ihr hörbar der Atem: In dem Seidentuch lagen zwei Ohrringe mit herrlichen Saphiren. Sie waren klein, aber sie strahlten hell und waren in das feinste Gold gefasst, das es im ganzen Faenland gab.

»Sind die schön!« Gwyn hielt sich die beiden Schmuckstücke dicht vor die Nase, um sie sich ganz genau anzusehen. Die Haken waren ebenfalls aus Gold und wie eine Taurose geformt.

»Sie sind nicht nur schön.« Ich klappte einen Verschluss auf und befestigte den Schmuck an Gwyns Ohr. »Sie sind mit Faenmagie verzaubert.« Als sie das hörte, sprang Gwyn vom Bett und umklammerte ihr Ohr, als stünde es in Flammen.

Faenmagie war, ebenso wie alles, was damit aufgeladen war, in Elverath verboten. Wenn ein Halbling damit erwischt wurde, drohte ihm oder ihr die Todesstrafe.

»Keine Sorge. Diesen Zauber wird niemand je entdecken«, versicherte ich ihr. Davon hatte ich mich überzeugt, bevor ich das Geschenk für sie erwarb. »Wenn du sie trägst, werden sie dich wissen lassen, ob die Person, die du am meisten fürchtest, in deiner Nähe ist. Du – und nur du allein – wirst ein leises Klingeln hören, das sich verstärkt, je näher die Person kommt. Aber das funktioniert allein bei dir; falls du die Ohrringe verlierst oder sie dir jemand wegnimmt, wird er nichts von dieser Eigenschaft bemerken.« Um so etwas zu bekommen, hatte ich extra ein kleines Fläschchen mit Gwyns Blut eingesteckt, bevor ich nach Aralinth aufgebrochen war. Wahrscheinlich erinnerte sie sich gar nicht mehr daran, wie ich es ihr abgenommen hatte; sie war noch ein Kind gewesen. Aber ich hatte nur für den Fall, dass ich es je ins Faenland schaffen würde, vorbereitet sein wollen.

Verzauberte Artefakte waren im Königreich schwer genug zu finden. Einen Zauber speziell anfertigen zu lassen, das war so gut wie unmöglich.

Gwyn steckte sich den zweiten Ohrring an und betrachtete sich im Spiegel. Die kleinen Schmuckstücke bildeten einen so starken Kontrast zu ihrer Haarfarbe, dass die Gesamtwirkung die meisten Trägerinnen blass gemacht hätte, aber Gwyn schien nur umso mehr zu strahlen. »Sie sind so toll. Vielen, vielen Dank, Keera.« Sie lächelte, aber ich hatte ihrem Ton angehört, dass sie verstanden hatte, welche Überlegung hinter diesem Geschenk steckte. Derzeit waren solche Ohrringe der größte Schutz, den ich ihr bieten konnte.

»Das andere Geschenk ist in dieser Tasche«, sagte ich und deutete auf den großen Tornister aus Leder, in dem sich meine Kleidung befand.

»Eine Maske?«, fragte Gwyn, als sie das vergoldete Stück Spitze herauszog, das ich in Cereliath getragen hatte.

»Ich musste auf einem Kostümfest unerkannt bleiben«, sagte ich achselzuckend. »Jetzt brauche ich sie nicht mehr, und ich weiß, dass du schöne Dinge magst. Deswegen dachte ich, du würdest sie vielleicht gerne haben wollen.«

»Hast du sie getragen, als du bei den Faen spioniert hast?«, flüsterte Gwyn fasziniert.

Ein Lachen stieg in mir auf. »Ich habe sie getragen, als ich mit einem Faen tanzte«, antwortete ich im gleichen Flüsterton.

»Ehrlich?« Ihre Augen weiteten sich ungläubig.

»Die Faen sind großartige Tänzer«, sagte ich und beschrieb ihr das Abendessen bei Lord Feron und den Ball in Cereliath. Dabei verwob ich beides zu einem einzigen Ereignis, das ich allein in Aralinth ansiedelte; ich konnte nicht riskieren, Gwyn zur Mitwisserin meiner Geheimnisse zu machen.

Eine Stunde später hatte ich Gwyn alles geschildert, was ich preisgeben durfte. Sie lag quer auf meinem Bett und ließ den Kopf herunterhängen, die goldene Maske vor dem Gesicht. In ihrer Neugier und Unbedarftheit erinnerte sie mich an das kleine Mädchen von früher. Dabei war sie inzwischen nicht nur erwachsen geworden, sondern gealtert. Sie hatte erfahren müssen, wie grausam das Leben für Halblinge sein konnte.

Die Glocke läutete zum Essen, und sie sprang auf; schließlich war es ihre Aufgabe, mir meine Mahlzeit zu bringen. Schnell nahm sie die Maske ab, und sie hielt sie noch in der Hand, als ich für sie die Tür öffnete.

»Ich bin gleich wieder …« Sie verstummte. Vor meiner Tür stand ein Mann.

Prinz Killian hatte den Arm erhoben, als sei er gerade im Begriff gewesen, bei mir anzuklopfen.

Seine Augen weiteten sich, als er Gwyn betrachtete; kurz ruhte sein Blick auf der Maske in ihrer Hand. Ein blitzartiges Wiedererkennen zog über sein Gesicht.

Ich stand hoch aufgerichtet da und dachte vor allem daran, Gwyn zu schützen. Was auch immer es für Ränke waren, in die mich der Prinz hineinziehen wollte, sie durfte nichts damit zu tun haben. Auf keinen Fall sollte sie der Zorn des Königs treffen – oder der seines Sohnes.

»Euer Hoheit«, sagte Gwyn, verneigte sich und verließ das Zimmer. Hinter Killians Rücken sah ich noch, wie sie vor Staunen den Mund aufsperrte.

»Ist bei Seiner Majestät etwas nicht in Ordnung?«, fragte ich, nachdem Gwyn außer Hörweite war. Dabei wusste ich genau, dass Killian hier war, um sein Verhalten bei der Audienz zu erklären.

»Meinem Vater geht es gut, und hinsichtlich seiner Sicherheit gibt es keinen Grund zur Besorgnis«, sagte er so lässig, als ob seine Worte nicht angedeutet hätten, welcher Bedrohung seine Familie derzeit ausgesetzt war.

»Wie kann ich dann zu Diensten sein, Sire?«, fragte ich und vollführte eine kleine Verbeugung.

Killian schüttelte lächelnd den Kopf. »Du musst dich nicht so formvollendet gebärden, Keera. Wir sind doch unter uns.« Er trat in mein Zimmer.

Seine Dreistigkeit verblüffte mich, aber ich schloss hinter ihm die Tür. Auf gar keinen Fall wollte ich mit einem Prinzen gesehen werden, der es darauf anlegte, einen Vatermord zu begehen.

»Was wollt Ihr also?«, fragte ich geradeheraus.

Killian lachte leise, und ein Grübchen zeigte sich auf seiner linken Wange.

»Nichts weiter, als mich bei dir bedanken. Dafür, dass du meinem Vater *nicht* offenbart hast, dass ich in Cereliath war«, sagte er und verschränkte die Hände hinter dem Rücken.

»Es blieb mir kaum etwas anderes übrig«, bemerkte ich und sah besorgt zu meinen Waffen, die sich auf der anderen Seite des Zimmers befanden.

Killian zuckte die Achseln. »Wohl nicht, aber ich bin trotzdem dankbar.« Er ging zur Tür zurück und fasste an den Knauf.

»Das war alles?«, fragte ich ungläubig. Ich hatte nicht erwartet, dass sich der Prinz darüber Gedanken machte, was in mir vorgehen mochte, und schon gar nicht, dass er sich persönlich bei mir bedankte.

»Für den Augenblick«, sagte er und öffnete die Tür. »Bis zu unserem nächsten Treffen.«

DREIUNDVIERZIG

Das Arsenal trat am nächsten Tag zusammen. Ich konnte mich nicht daran erinnern, wann wir uns zum letzten Mal alle in einem Raum befunden hatten. Es musste Jahre her sein. Jahrzehnte. Ich hatte unsere Treffen beinahe ebenso sehr verabscheut, wie ich meine Position als Klinge gehasst hatte.

Noch vor dem Aufgang der Sonnen verließ ich meine Gemächer und überquerte die unvollendete Brücke. Geschickt sprang ich von einem Stein zum anderen, während unter mir die wilde See toste und die salzige Luft meine Lungen füllte. Dabei fühlte ich mich viel kräftiger als das letzte Mal, als ich die Gestade der Insel betreten hatte. Jetzt war ich bereit, das Kommando so zu führen, wie ich es schon vor dreißig Jahren hätte tun sollen.

Der Orden war dank der vielen Spitzel, die sich dort aufhielten, kaum sicher, aber immer noch besser als der Palast, wo der König und Damien darauf hätten bestehen können, unserer Besprechung beizuwohnen. Die kleine Burg, die sich jenseits der Meerenge gegenüber von Koratha erhob, war der einzige Ort, der genug Privatsphäre bot, um offen sprechen zu können.

Dennoch durfte ich auch nicht *zu* offen sein und mich vor dem

Arsenal aus meiner Deckung herauswagen. Es bestanden zu viele Verbindungen zwischen den Mitgliedern untereinander und zur Krone, und es war unmöglich zu sagen, wer wem treu ergeben war. Aber ich würde sie trotzdem gegen den König ins Feld führen können. Winzige Manöver würden reichen, um das Fundament des Throns zu erschüttern, ohne dass es jemand merkte, bis er schließlich zusammenbrach.

Ich schritt den langen Weg zur Ordensburg hinauf, und eine kühle Brise fuhr mir durchs Haar, als die Sonnen aufgingen. Das metallische Klingen von Stahl durchdrang die Luft. Eine kleine Gruppe Novizinnen übte sich auf dem Gelände im Schwertkampf. Auch die beiden Mädchen, die ich bei meinem letzten Besuch zusammengespannt hatte, waren darunter. Sie umkreisten sich wie Löwinnen, wehrten die gegnerischen Schläge ab und teilten selbst aus. Ihre Schritte vollführten einen Tanz über das Gras und hinterließen schimmernde Fußabdrücke im Morgentau. Lächelnd erkannte ich, dass sie ganz und gar in ihrem Kampf aufgingen. In diesem Augenblick gab es für sie nichts anderes als ihre Partnerin und die zwei Klingen. Alles andere um sie herum blendeten sie aus.

Hoffentlich würde die Welt, die auf sie wartete, sich verändert haben, wenn sie die Insel eines Tages verließen. Ich rieb Brennas Namen auf meinem Arm und ging weiter den steilen Pfad zur weißen Burg hinauf.

Dort angekommen sprach ich zu niemandem ein Wort. Die Flure waren so früh am Tag ohnehin noch recht leer. Als ich die breite, steinerne Treppe hinaufging, fand ich mich unversehens der Statue der Faenkriegerin gegenüber. Wahrscheinlich war ich viele tausend Male an ihr vorbeigekommen, hatte ihre vollen Lippen betrachtet und die wilde, lockige Mähne bestaunt. Sie trug keinen Mantel, sondern ähnlich wie Syrra Lederkleidung, die mit Darstellungen der Elemente verziert war. Mit denselben Mustern, die ich mir in die Haut geritzt hatte.

Ihre Lider waren geschlossen, und unwillkürlich fragte ich mich, ob sie silberne Augen hatte, so wie ich. Augen wie die Lichtfaen, die mich am Grund der Kluft zurückgelassen hatten. Ich brauchte Antworten auf all die Fragen, die sich in mir aufgetan hatten. Nachdenklich musterte ich ihr Gesicht. Rheihs Worte hallten wieder durch meinen Kopf. Hatten sich die Lichtfaen wirklich die ganze Zeit über nur versteckt?

Falls es noch welche gab, würde ich sie finden. Und sie davon überzeugen, dass sie uns beim Kampf gegen den König unterstützen mussten.

Eine Gruppe Novizinnen kam auf der Treppe an mir vorüber und riss mich aus meinen Gedanken. Die Mädchen neigten grüßend den Kopf und eilten dann die Stufen hinunter. Ich hingegen ging den Korridor zum Versammlungsraum entlang und wartete dort auf die anderen Mitglieder des Arsenals.

Der große Holztisch, der hier stand, war rund, das klassische Haupt der Tafel gab es daher nicht. Ich setzte mich mit dem Rücken zum Fenster, das zur wogenden See hinausging. Vor dieser Kulisse hatte ich schon zu viel Lebenszeit verbracht. Das wollte ich mir nicht noch länger antun.

Myrrah war schon da gewesen, als ich eintrat. Sie saß neben dem Platz, den ich mir gewählt hatte, und hielt eine große Landkarte vor sich ausgebreitet, die über die Tischkante hinausragte und bis auf die Räder ihres Stuhls hinunterhing. Sie war auf einer Mission schwer verletzt worden, als ich noch eine Novizin war. Ihre Beine hatte sie danach nie wieder gebrauchen können, aber das hatte sie nicht davon abgehalten, zum Schild aufzusteigen. Elveraths Verteidigung hatte sich in den Jahren nach ihrer Verletzung enorm verbessert: Alle Schwachstellen waren ausgemerzt worden, jede Bedrohung neutralisiert.

Bis auf den Schatten zumindest.

Und jetzt war ich da.

»Guten Morgen, Gebieterin«, grüßte ich sie. Myrrah hatte auch keinen eigenen Nachnamen, und sie hasste den Namen *Königskind* genauso wie ich.

»Lange nicht gesehen, Keera«, sagte sie, die grauen Augenbrauen erhoben. Dann musterte sie mich mit ungläubigem Blick, als stünde jemand vor ihr, der aus dem Reich der Toten zurückgekehrt war. Vielleicht war es auch so ähnlich. Jahrelang hatte ich mich lediglich mit Geistern umgeben. Jetzt aber hatte ich beschlossen, für die Lebenden zu kämpfen. Myrrah nickte mir anerkennend zu und beschäftigte sich dann wieder mit ihren Landkarten. Überall auf dem Kontinent standen kleine Holzfiguren, ähnlich wie die Nadeln, mit denen Hildegard in ihrem Schreibzimmer den Einsatzort der Schemen markierte. Dann zog sie ihre langen Ärmel auf ihren Schoß. Im Gegensatz zu uns anderen trug sie weder die schwarze Kapuze noch den Mantel der Schemen. Durch ihren Rollstuhl war sie ohnehin stets zu erkennen, ob sie nun eine Kapuze trug oder nicht, und der Mantel hätte sie behindert. Daher hüllte sie sich in ein langes schwarzes Gewand und hatte sich den silbernen Schild an die Brust gesteckt.

»Hattest du eine angenehme schnelle Reise von Volcar hierher?«, fragte ich, um ein wenig Konversation zu machen, bis die anderen eintrafen.

Sie nickte. »Die See war ruhig«, antwortete sie mit leicht rauer Stimme. »Wir waren gerade wieder zurück, als die Fluten heranströmten.« Mehr Einzelheiten verriet sie nicht, und ich kannte sie gut genug, um nicht weiter nachzufragen. Myrrah war stets ein wortkarger Halbling gewesen.

Nun betrat Hildegard den Raum, gefolgt von einer kapuzenverhüllten Gestalt. Obwohl ihr Gesicht verborgen blieb, erkannte ich an den breiten Schultern und daran, wie sie Hildegard überragte, dass es sich um Gebieterin Moor handeln musste. Der silberne Pfeil schimmerte im Sonnenlicht, als sie sich setzte. Sie nahm die Kapuze ab und offenbarte darunter einen grauen Zopf, der weit über ihren Rücken reichte. Ihre Augen waren schwarz und von dunklen Ringen umgeben, die sich tief unter ihren Wimpern eingegraben hatten; selbst ihre Haut wirkte grau. Ich sah zu Hildegard hinüber, die neben Myrrah Platz genommen hatte. Die beiden sahen genauso müde aus.

Ich holte tief Luft und knetete unter dem Tisch meine Finger. Das Chaos hatte meine Kameradinnen bereits heftig angegriffen. Wieder meldeten sich die Schuldgefühle, aber ich schob sie beiseite. Von kurzfristigen Auswirkungen wie diesen durfte ich mich nicht aus der Ruhe bringen lassen. Es kam auf das langfristige Ziel an: Freiheit für alle.

Für die Halblinge.

Die Schemen.

Für uns.

Darauf musste ich mich konzentrieren.

Gerarda kam als Letzte. Wie erwartet setzte sie sich direkt neben mich. Ein überdeutlicher Hinweis darauf, dass sie meine Stellvertreterin war.

»Wieso hast du dieses Treffen einberufen, Keera?«, fragte Hildegard.

Ich seufzte. Es hatte keinen Zweck, um den heißen Brei herumzureden.

»Der König hat befohlen, dass das Arsenal die Übeltäter verfolgt, die hinter dem Anschlag von Silstra stecken. Also den Schatten und all die Mitverschwörer, die wir noch enttarnen werden. Er wünscht zudem, dass wir alle Schemen für diese Aufgabe abstellen.« Jetzt legte ich die Hände auf den Tisch und wartete auf Protest und Kritik.

»*Alle* Schemen?«, wiederholte Myrrah, die ihre Augenbrauen so weit hochzog, dass sie beinahe ihren Haaransatz streiften. Sie trommelte mit den Fingern auf den Armlehnen ihres Stuhls.

Ich nickte.

»Einige Schemen sind derzeit sehr weit im Westen im Einsatz, manche sogar in Volcar. Es würde Wochen dauern, bis sie überhaupt von der neuen Order erführen, und noch wesentlich länger, bis sie hier einträfen«, sagte Gerarda und hob das Kinn. Sie liebte es, wenn sie auf Fehler hinweisen konnte, die ich gemacht hatte, selbst wenn es sich dabei um königliche Befehle handelte.

»Das ist mir bewusst«, sagte ich und warf ihr einen kurzen Blick zu. Dieses Problem war mir schon klar geworden, als der König seine Anweisungen geäußert hatte. »Ruft alle zusammen, die sich im Umkreis von vierzehn Tagesreisen befinden. Alle anderen werden angepasste Aufgaben bekommen, beispielsweise die Überwachung der Grenzen zum Land der Dunkelfaen und das Ausspähen von Personen, die wir mit dem Schatten in Verbindung bringen.«

Gerarda sah mich überrascht an. »Ich dachte, du hättest dem König gesagt, die Dunkelfaen hätten nichts damit zu tun?«

Beinahe hätte ich die Augen verdreht, aber ich zähmte mich. Dass Gerarda unsere Audienz belauscht hatte, überraschte mich nicht. Sie legte viel Wert darauf, möglichst alles zu wissen, ganz besonders dann, wenn sie das Gefühl hatte, dass ich ihr Informationen vorenthalten wollte.

»Ja, das stimmt.« Ich nickte kurz. »Tatsächlich habe ich in Aralinth keine Beweise für ihre Beteiligung entdecken können. Aber *nur für den unwahrscheinlichen Fall*, dass ich mich irre – willst du dann dem König sagen, dass wir die Grenze zu ihnen völlig unbewacht ließen?« Jetzt war ich es, die sie mit erhobenen Augenbrauen ansah. Sie richtete sich ein wenig auf, sagte aber nichts.

»Für eine Aktion wie diese Sprengung braucht man viele Leute«, unterbrach uns der Pfeil. »Es ist bemerkenswert, dass die Täter so etwas organisieren konnten, ohne dass die Schemen Wind davon bekamen, aber das kann nicht lange so bleiben. Der Schatten muss über viele Dutzend Leute verfügen, die für ihn arbeiten.«

»Genau das habe ich auch gedacht, Rohan«, stimmte ich Gebieterin Moor zu. »Haben wir irgendwelche Berichte über Silstra erhalten?«

»Das Feuer wurde mit einem sehr wirksamen Brandbeschleuniger gelegt«, erklärte Myrrah. »Meine Kontaktleute meinen, es war flüssiges Feuer, was bedeuten würde, dass die Angreifer über gute

Ressourcen verfügen oder gute Verbindungen zum Schwarzmarkt haben. Vermutlich beides. Eine Gruppe zündete das Haus in der Stadt an, und die andere zerstörte den Damm. Keine von beiden wurde von den Schemen oder der Wache des Königs erwischt.«

Ich tat so, als würde ich über diese Informationen nachgrübeln und schob leicht die Unterlippe vor.

»Also reden wir von zehn Personen?«, fragte ich, als wüsste ich nicht, wie viele wir wirklich gewesen waren.

Myrrah nickte und rückte die Schildnadel an ihrer Brust gerade. »Mindestens ein Dutzend. Am Fuß des Damms waren über sechzig Sprengladungen angebracht. Was auch immer das für Leute waren, sie waren verdammt schnell.«

»Und sie werden nur noch schneller werden«, setzte ich hinzu.

Gerarda, die einen Wurfstern zwischen ihren Fingern drehte, verbarg ihre entnervte Miene nicht. »Das wissen wir nicht.«

»Doch, das wissen wir«, beharrte ich und wandte mich zu ihr um. »Der Schatten hat seinen ersten erfolgreichen Angriff verbuchen können. Er wird schon bald den nächsten vorbereiten, und wir wären dumm, wenn wir diese Bedrohung nicht ernst nähmen.«

»Das sehe ich auch so«, sagte Myrrah. »Sie haben Blut geleckt. Wir müssen diesen Kampf beenden, bevor er alles zerstört.«

Schweigen breitete sich im Raum aus. Jede Waffe des Arsenals überlegte, in welchem Bereich des Königreichs die Aufständischen als Nächstes zuschlagen würden. Jetzt war die Zeit reif, die Führungsrolle zu übernehmen.

»Bis wir Genaueres wissen, müssen wir unsere Verteidigung optimieren«, erklärte ich in die Stille hinein. »Myrrah, du wirst mit der Wache des Königs einen Einsatzplan für die Bewachung der Hauptstadt und von Königsufer aufstellen. Außerdem wirst du berechnen, welche Essensrationen ausgegeben werden können und wie lange die Stadt versorgt werden kann, falls es einen neuerlichen Angriff auf die Handelswege gibt.«

Der Schild nickte.

»Gebieterin Hildegard«, sagte ich dann, »besteht der König noch immer darauf, demnächst neue Prüfungen abzuhalten?«

Sie nickte langsam, die Lippen fest zusammengepresst. »Ja«, antwortete sie und räusperte sich. »Allerdings denke ich, er ließe sich davon überzeugen, dass es unklug wäre, eine so große Veranstaltung abzuhalten, solange der Schatten noch irgendwo lauert.«

Gut, dachte ich. Die Novizinnen waren einstweilen in Sicherheit.

»Ich würde die Novizinnen so lange wie möglich verschonen«, sagte ich mit einem Blick aus dem Fenster zu den Übungskämpfen draußen. »Solange wir noch nicht wissen, wie groß die Bedrohung ist, der wir gegenüberstehen, sollte es nicht unsere erste Sorge sein, uns zahlenmäßig zu verstärken. Seht ihr das auch so?«

Alle nickten, sogar Gerarda. Tatsächlich waren wir also einmal einer Meinung.

»Hildegard und Rohan werden weiter im Orden bleiben und den Unterricht aufrechterhalten«, sagte ich, und der Bogen und der Pfeil nickten. »Alle Übrigen unterstelle ich dir, Gerarda.«

»Mir?«, wiederholte sie perplex und stützte sich auf den Tisch.

»Ja. Du wirst in der Hauptstadt meine Augen und Ohren sein und alle Schemen so einsetzen, wie es dir geraten erscheint. Alle anderen werden die Informationen, die sie bekommen, als Erstes dir melden. Ich erwarte regelmäßige Berichte.«

»Ist das nicht deine Aufgabe?«, fragte Gerarda, die sich wieder auf ihren Stuhl sinken ließ.

Ich biss die Zähne zusammen. Mit ihr war immer alles ein Kampf. »Solange ich in der Stadt bin, ja«, erklärte ich. »Aber ab morgen bin ich das nicht mehr.«

»Warum nicht?« Jetzt stand Gerarda auf. »Du willst uns im Stich lassen, während das Königreich von der größten Bedrohung der jüngsten Zeit heimgesucht wird?«

»Nein.« Ich erhob mich ebenfalls. »Ich werde mich inkognito in Königsufer umsehen.«

»In Königsufer?« Sie schnaubte verächtlich und verschränkte die

Arme, während sie sich unterstützungsheischend zu den anderen umsah.

Ich trat zum Fenster. Gerarda mochte die stellvertretende Befehlshaberin sein, aber an der Spitze des Arsenals stand ich. Daher konnte ich mir ihre Kritik nicht gefallen lassen. Auch wenn sie das Recht hatte, sie zu äußern.

»Ja, in Königsufer«, sagte ich mit lauter Stimme und wandte mich zu ihr um. »Und obwohl die *Klinge* dem *Dolch* keine Rechenschaft schuldig ist – und den anderen schon gar nicht –, werde ich es trotzdem erklären. Der Schatten hat nicht nur die Handelswege angegriffen. Er hatte es auf die Lebensmittelversorgung abgesehen. Wenn ich nun versuchen würde, meinen König zu stürzen, dann würde ich als Nächstes einen Schlag gegen die Tuchmanufakturen führen, vor allem jetzt, da der Winter bevorsteht.« Alles schwieg, und alle im Arsenal hoben die Augenbrauen.

»Daher ist Königsufer das nächste logische Ziel«, fuhr ich fort. »Bedenkt man zudem, dass ich im Norden nirgendwo eine Spur des Schattens entdecken konnte, gibt es nur wenige Orte, an denen er sich verbergen und gleichzeitig weiter seine Verbindungen pflegen könnte. Königsufer bietet die perfekte Tarnung und liegt außerdem ideal, falls eine schnelle Flucht vonnöten ist.«

Gerarda öffnete den Mund und wollte offenbar etwas sagen, fand aber keine Worte. Sie setzte sich wieder hin.

»Nun, da du ja offenbar mit deinem kleinen Trotzausbruch fertig bist«, fuhr ich fort, »ist es mir tatsächlich ernst damit, dass du den Befehl übernehmen wirst, während ich unterwegs bin, Gerarda. Ich dachte, ich hätte die richtige Person dafür gewählt, aber bitte korrigiere mich, falls ich mich geirrt haben sollte.«

Gerarda antwortete nichts, sondern starrte auf ihre Stiefel.

»Dachte ich mir doch«, sagte ich mit einem abschließenden Nicken. »Wie ich schon sagte: Du wirst die Schemen anführen und ihre Einsätze koordinieren, während ich weg bin. Ich werde einmal im Monat ein Treffen mit dir arrangieren, damit du mich mit allen

Informationen versorgen kannst, die zu heikel wären, um sie als codierte Nachricht zu schicken. Bis ich zurückkehre, wirst du gegenüber dem Arsenal mein Sprachrohr sein.«

»Wie lange?«, flüsterte Gerarda.

Ich grinste süffisant. »Bis ich seinen Kopf bringe.«

Es gab nur einen Kopf, an den ich dabei dachte, und das war der des Königs.

VIERUNDVIERZIG

Am nächsten Tag brach ich noch vor dem Morgengrauen auf. Das Arsenal würde sich um die offiziellen Angelegenheiten kümmern, während ich die Saat der Rebellion im ganzen Reich ausbrachte und nach Antworten suchte. Ich zog die Landkarte hervor, die Riven mir gegeben hatte. Es handelte sich um eine uralte Pergamentrolle, die in der Mitte einen so tiefen Knick aufwies, dass ich fürchtete, der Wind würde sie an dieser Stelle entzweireißen.

Die Sonnen erhoben sich über den Horizont im Westen, und ihr warmes Licht strömte über die Karte. Auf diesen Augenblick sollte ich warten, hatte Riven mir gesagt. Ich zügelte mein Pferd und hielt mir die Karte vors Gesicht, bis das Licht das dünne Pergament durchflutete. Unter den Sonnenstrahlen erschienen darauf verteilt über Elverath kleine Symbole, bezeichnet mit Namen, die ich weder lesen konnte noch wiedererkannte.

Diese Karte, die noch von den Lichtfaen stammte, zeigte eine Reihe uralter Verstecke. Riven und seine Leute hatten sie schon seit Jahren benutzt; ich suchte jetzt nach einer Höhle, die am Rand des Totenwalds lag. Es war ein perfekter Treffpunkt, um den nächsten Teil unseres Plans vorzubereiten.

Der genaue Ort war mit blauer Tinte eingezeichnet. Meinen Berechnungen nach würde es, wenn ich dem Fluss folgte, einen ganzen Tag dauern, bis ich zum Wald gelangte. Wenn ich es vor Sonnenuntergang schaffte, konnte ich mich glücklich schätzen.

Ich faltete die Karte zusammen und schob sie wieder in meine Tasche. Der Himmel war klar, als ich über Land ritt. Auf meinem Weg überholte ich immer wieder Leute, die ihre ganze Habe auf dem Rücken trugen; Bürger der Krone, die bei der Flutwelle ihr Zuhause verloren hatten. Jedes Mal, wenn ich am Flussufer an einer Familie vorbeikam, schnürte es mir die Kehle zu. Ich konnte nur hoffen, dass uns unser Vorhaben gelang und sie nicht umsonst gelitten haben würden.

Stunden später erreichte ich den Rand des Totenwalds. Gebeugte Stämme bogen sich um verbrannte Äste, und aus ihrer Borke sickerte schwarzer Saft; die Hitze, die er verströmte, drang bis zu meinen Beinen. Ich warf noch einen Blick auf die Karte. Der Pfad verlief direkt an dem großen grauen Stein, neben dem mein Pferd gerade stand. Also sprang ich, die Zügel noch in der Hand, aus dem Sattel auf die scheinbar geschwärzte qualmende Erde.

Der Zauberschein zerbrach. Die toten Bäume rückten beiseite, um einen deutlichen Weg durch den Wald zu offenbaren, der von Steinen eingefasst über einen kleinen Hügel führte. Ich zog an den Zügeln, aber mein Pferd traute sich nicht voran. Erst, als ich noch einen weiteren Schritt tat und hinter dem Zauberschein verschwand, folgte mir die Stute.

Die Höhle lag zwischen dicken Bäumen, schwarz wie die Nacht, und ich band mein Pferd an einen Baumstumpf vor dem Eingang an. Hinter mir knackte ein Zweig, und ich hatte gerade noch Zeit, mich umzudrehen, als mich jemand umfasste und hochhob.

»Ich habe doch gesagt, ich würde als Erster hier sein und auf dich warten«, raunte mir Riven ins Ohr und drehte mich herum. Sein warmer Atem fuhr kitzelnd über meinen Hals, und ich lachte. Er hielt mich so fest, dass meine Füße über dem Boden schwebten, und drückte mich an seine Brust. »Dieses Lachen habe ich so vermisst«, schnurrte er, bevor ich seine Lippen auf meinem Mund spürte.

Mir war, als ob ich explodieren müsste, und ich erschauerte unter der Hitze seiner Berührung. Ich schlang die Beine um seine Taille und knabberte an seiner Unterlippe. Riven atmete heftig und versuchte, den Kopf wegzuziehen, aber das ließ ich nicht zu.

Eine quälend lange Zeit hatte ich seine Berührungen vermisst und war nicht mehr von seinem Duft eingehüllt worden. Jetzt wollte ich ihn schmecken, jeden Zoll von ihm, seinen Atem teilen und ihn nie wieder loslassen. Ich grub meine Finger in das Haar in seinem Nacken, und seine Hände glitten über meinen Rücken und hoben mich noch höher.

»Keera«, flüsterte er an meinem Hals. Ich antwortete mit einem tiefen Seufzen, während er mit der Zunge unter meinem Ohr entlangstrich. Auch er wollte mich schmecken. »Wenn wir jetzt nicht aufhören, dann werde ich dich vielleicht erst am Morgen wieder gehen lassen.«

Ich grinste schelmisch und zog ihn für den nächsten Kuss näher an mich heran. »Darin sehe ich kein Problem«, neckte ich ihn und fuhr mit meinen Lippen über sein Kinn und seine Wange. Als ich spürte, wie er sich unter meiner Berührung versteifte, nahm ich nun auch noch die Zähne zu Hilfe. Rivens Finger gruben sich in meinen Schenkel, und er räusperte sich.

»Wir müssen einiges bereden«, stieß er dann hervor. »Und ich weiß, dass du hungrig bist.«

Wie aufs Stichwort knurrte mein Magen so laut, dass er beinahe das Pferd erschreckt hätte. Riven lachte leise und küsste mich sanft, bevor er mich wieder absetzte. Dann nahm er meine Satteltaschen und führte mich in die Höhle.

Es verschlug mir den Atem, als ich sah, was er vorbereitet hatte. Auf dem Boden lag eine Matratze aus Stroh, bedeckt von einem Schaffell. Ein kleiner Bach ergoss sich über die Felswand und erfüllte den Raum mit dem sanften Plätschern fließenden Wassers. Es sammelte sich unterhalb des Wasserfalls in einem kleinen Becken, das mit Taurosen bedeckt war. Wassertropfen hingen an den Blütenblättern, und sie funkelten beinahe im warmen Schein der Faenlichter, die unter der Höhlendecke schwebten.

Es war, als hätte Riven uns wieder ins Faenland gezaubert. Unser eigenes, privates Versteck.

»Hast du das alles so schön hergerichtet?«, flüsterte ich und sah zu den Leuchtkugeln hinauf.

Riven zuckte die Achseln. »Ich musste etwas Zeit totschlagen«, sagte er, dann nahm er meine Hände und zog mich auf die Matratze. Ein kleiner Korb stand neben dem grauen Überwurf. Nachdem wir uns auf das Lager gesetzt hatten, klappte Riven ihn auf. Er enthielt Pökelfleisch, Käse und Obst. Ich biss mir auf die Lippe, als mein Magen voller Erwartung erneut knurrte. Tatsächlich war ich den ganzen Tag ohne Pause geritten, um so schnell wie möglich zu Riven zu kommen, und hatte noch nichts gegessen.

Riven nahm ein großes Blatt und nutzte es als Teller, um mir ein paar Häppchen zu reichen. Hungrig wie ich war, hatte ich sie schon verschlungen, noch bevor Riven überhaupt angefangen hatte. Er lächelte, als ich mir schnell die nächste Portion aufs Blatt lud. »Wein?«, fragte er dann und zog den Stöpsel aus einem kleinen Weinschlauch. Der üppige Duft warf mich beinahe um.

Meine Kehle brannte. »Nein«, sagte ich etwas zu laut und schüttelte den Kopf.

Riven legte den Weinschlauch wieder beiseite und sah mich fragend an. »Stimmt etwas nicht?« Seine Hand lag immer noch auf meinem Bein; bei ihrer Größe bedeckte sie meinen Schenkel fast ganz.

Ich schluckte. Fast hatte ich gehofft, Syrra hätte gelogen und Riven doch erzählt, was in Caerth geschehen war.

»Lange Zeit habe ich Wein – oder vielmehr jede Art von Alkohol – als eine Art Krücke benutzt«, gestand ich, und Röte stieg mir in die Wangen. »Zwanzig Jahre lang habe ich den größten Teil der

Zeit damit zugebracht, im Rausch das Vergessen zu suchen. Mich abzustumpfen. Ich glaube nicht, dass ich mir selbst je wieder genug trauen werde, um einen Schluck zu probieren.« Die letzten Worte überraschten mich selbst. Das hatte ich noch nie zuvor ausgesprochen, aber zu meiner Verwunderung fühlte es sich richtig an. Selbst das Verlangen in meiner Kehle ließ nach, als ich Riven ansah.

Er drückte mein Bein und legte den Weinschlauch beiseite. »Danke, dass du es mir erzählt hast«, sagte er, und seine violetten Augen sahen mich durchdringend an, als er mir über die Wange strich.

»Aber du kannst gern etwas trinken, das stört mich nicht …«

Riven schüttelte den Kopf. »Wenn ich ehrlich bin, mache ich mir nicht viel aus dem Wein der Sterblichen.«

Während wir weiteraßen, zog er mich an seine Brust, dann erzählte er mir von den letzten Tagen und den Treffen mit seinen Kontakten in Koratha. Der Schwarzmarkt war seit der Flutwelle unberechenbar geworden. Überall im Königreich suchten die Kaufleute nach Waren. Der Getreidepreis hatte sich bereits verdreifacht.

Ich berichtete von der Besprechung mit dem Arsenal und schilderte ihm, auf welche Weise ich die Schemen genau im Auge behalten wollte, während wir unsere Pläne verfolgten. Dann kam ich zu der Audienz mit dem König und seinem Sohn. »Könntest du dir vorstellen, dass Prinz Killian die Hand nach der Krone ausstreckt?«, fragte ich.

Sein Körper stützte nun steif meinen Rücken, und seine dunklen Brauen beschatteten seine Augen, als er mir übers Haar strich. »Wenn der Prinz seinen Vater umbringt, macht uns das unsere Aufgabe nur leichter.« In seiner Stimme lag eine Kälte, die ich nicht verstand. Und die mir nicht gefiel.

»Aber wenn er …«

Riven schnitt mir das Wort mit einem Kuss ab. »Ich kann mir *eine Menge Dinge* vorstellen, die ich jetzt lieber täte, als über den Prinzen zu sprechen«, sagte er mit breitem Grinsen. Er sah mir in die Augen, als er die Kordel am Halsausschnitt meines Hemds aufzog. Dann bedeckte er meinen Hals mit Küssen und ging dabei immer tiefer, knabberte an meiner nackten Haut.

Mir stockte der Atem. Riven strich über die Narben, die meine Arme zierten, und schob mir das Hemd immer weiter über die Schulter. Ich versteifte mich, als sein Daumen eine Namensspirale nachzog. »Keera«, flüsterte er mir ins Ohr und küsste die vielen Zeichen auf meiner Haut. Seine sanften Finger schlossen sich um mein Kinn und hoben meinen Kopf, bis ich ihn ansah. »Du bist ebenso schön, wie du stark bist.« Er küsste mein Ohr. »Und du bist die stärkste Person, die ich kenne.«

Sanft umfasste er mein Gesicht und fuhr mir mit dem Daumen über die Wange, dann küsste er mich auf den Mund. Wärme sammelte sich in meinem Bauch. Ich griff hinter mich und nach oben, bis ich sein Haar zu fassen bekam und ich mich tiefer in unseren Kuss versenken konnte. Riven seufzte laut.

Dann drehte ich mich mit einem Ruck um und schwang mich rittlings auf Rivens Schoß. Seine Lider flatterten, als ich auf ihn hinunterlächelte und ihn für den nächsten Kuss an mich zog. Ich spürte das Verlangen in seinen Berührungen, und er begann, meine Lippen mit den Zähnen zu bearbeiten, bis ich laut aufstöhnte. Mit einem kräftigen Griff um meine Hüften zog er mich näher zu sich. Etwas Hartes drückte gegen meinen Schenkel.

Seine Hände trafen sich hinter meinem Rücken. Ich bäumte mich gegen seinen starken Griff auf, als er meinen Hals wieder mit Küssen bedeckte. Während seine Lippen mein Schlüsselbein liebkosten, strichen seine Finger über die nackte Haut im Ausschnitt meines Hemds. Warteten auf die Erlaubnis. Überließen mir allein die Kontrolle über das, was geschah.

Mir floss das Herz über, als ich Rivens Kopf leicht hob und ihn auf die Stirn küsste. Bei meiner Berührung schloss er die Augen, und ich betrachtete ihn lächelnd. Er trug weder Maske noch Kapuze, und die Faenlichter zeichneten goldene Lichtstreifen auf seine

Haut. Er war Riven, und er trug nichts außer seinem Verlangen nach mir.

Ich knabberte an seiner Unterlippe. »Zieh es mir aus«, sagte ich – nein, ich verlangte es. Mit einem Ruck öffnete Riven die Augen, und er packte das Hemd auf beiden Seiten am Kragen und riss es in der Mitte durch.

Mein überraschtes Keuchen erstickte er mit einem Kuss. »Du kannst meins haben«, stieß er dann heiser zwischen weiteren Küssen hervor. Seine Lippen wärmten meine Wangen und meinen Hals. Er biss mich in die Schulter, und seine scharfen Fangzähne jagten mir einen Schauer über den Rücken. Nun strich er endlich über meinen Oberkörper, verharrte über den Brüsten und schob mir das Hemd ganz von den Schultern. Sodass ich völlig unverhüllt vor ihm stand, mit all meinen Narben.

Riven lehnte sich zurück und verschlang mich mit den Augen. Er fuhr sich mit der Zunge über die Lippen, bevor er wieder meine Haut berührte. Seine Hände umschlossen meine Brüste, bis ich leise stöhnte. Dann blieb mir die Luft weg, als er mit der Zunge über meinen Nippel fuhr. Ich krallte mich in seine Schultern, und er begann, mich mit dem Mund zu erforschen.

»Ich habe so lange versucht, dich nicht zu begehren«, flüsterte er an meiner Brust und küsste mich nach jedem Wort. »Aber als ich sah, wie du von dem Staudamm sprangst …« Sein Griff verstärkte sich. »Da wusste ich, dass ich niemals jemanden so sehr wollen würde wie dich.« Mir war, als müsste mir die Brust zerspringen, als ich das hörte, und ich sah auf ihn hinunter und wusste nicht, wie ich ihm sagen konnte, dass ich dasselbe empfunden hatte. Diese Spannung hatten wir schon als Schatten und Klinge gefühlt, und jetzt verband sie Riven und Keera. Unverhüllt und ungebrochen.

Ein Kribbeln ging über meinen Bauch, als er an meiner Hose zupfte und den Daumen unter den Bund schob. Ich bäumte mich auf und wartete darauf, dass seine Hand tiefer glitt. Als ich den Blick senkte, stellte ich fest, dass Riven mich spitzbübisch angrinste, während er mir die Hosen aufknöpfte. Seine Finger strichen neckend über den Stoff. Ich erschauerte. Er tat es wieder.

»Bitte«, flehte ich. Riven lächelte noch breiter, dann schob er die Hand zwischen meine Beine. Ein leises Fauchen schlug gegen meinen Hals, als er fühlte, wie feucht es dort war, und seine Fangzähne schrammten über meine Haut.

Er saugte an meinem Nippel, während er mit festem Druck die Finger spielen ließ. In mir löste sich eine Welle der Anspannung. Ich riss an seinem Nackenhaar und drückte ihn fester an meine Brust. Seine Finger neckten mich, indem sie mich an allen möglichen Stellen berührten, aber nicht dort, wo ich es so sehr wollte.

Schließlich zupfte er mit den Zähnen an meiner Brustwarze, und gleichzeitig traf er in diesem Augenblick genau den Punkt, den er zuvor so sorgsam umkreist hatte. Mein lautes Stöhnen hallte von den Höhlenwänden wider. Ich bewegte die Hüften. Er ließ den Daumen hin und her schnellen, und ich bäumte mich wieder auf. Mir war, als ob ich seinen Blick wie ein Gewicht auf mir spürte, als er mit mir spielte und das Verlangen in mir immer weiter steigerte.

»Mehr«, bettelte ich keuchend, klammerte mich an Rivens Schultern und ritt auf seiner Hand. Riven stieß einen lauten Fluch aus. Er ließ einen Finger in mich hineingleiten und begrüßte die Nässe, die ihn dort erwartete, mit einem eigenen Stöhnen.

Sein Finger glitt hinaus und hinein. Harte Stöße, die mir den Atem nahmen. Riven zog mich an sich, füllte meine Lunge mit seinen hungrigen Küssen. Ich schob mich schaukelnd gegen ihn und erhöhte das Tempo. Riven ging mit und führte nun einen zweiten Finger in mein Innerstes.

Ich keuchte auf. Nichts anderes spielte mehr eine Rolle, nur noch, wie tief er in mir war. Der Geruch nach Tau und Birke, der mich umfing, als Riven mich immer weiter an den gewissen Punkt trieb. Meine Lider flatterten, und ich sah, dass er mich beobachtete. Seine Augen ruhten auf meinen Hüften und konnten den Blick nicht von der Stelle lösen, an der sich unsere Körper miteinander verbanden.

Meine Schenkel spannten sich an, und ich drängte mich gegen das Harte an seinem Bein. »Scheiße«, keuchte er, dann sah er mir in die Augen. »Keera«, seufzte er. Mein Name auf seinen Lippen ließ die Dämme brechen, und auch ich schrie seinen Namen, klammerte mich an ihn, als Wellen der Lust durch meinen Körper wogten. Riven fing mein Stöhnen mit seinen Lippen auf und führte mich nach meinem Höhepunkt mit jedem Kuss in ruhigeres Fahrwasser.

»Wunderschön«, flüsterte er an meiner Wange.

Jetzt tastete ich nach der Härte, die ich gespürt hatte, aber Riven fasste nach meiner Hand und schüttelte den Kopf. Er ließ uns jetzt auf die Matratze sinken. Eine Steilfalte trat zwischen meine Brauen, als er mich genau dort küsste.

»Weiter müssen wir jetzt nicht gehen«, sagte er und strich mir eine Haarsträhne hinters Ohr. »Ich habe es nicht eilig, Keera.«

»Aber ich will …«

»Oh, ich weiß.« Er grinste und küsste mein Handgelenk, bevor er es wieder losließ. Ich rückte weiter vor und wollte seinen Mund noch einmal erobern. »Es ist mir ernst damit, Keera.« Jetzt lachte er. »Ich *will* dich. Du bist mir wichtiger als mein Atmen. Aber wenn es so weit ist, dann soll es nicht in aller Eile sein oder in einer Höhle. Ich möchte Stunden, ganze *Tage* Zeit haben, um deinen Lippen meinen Namen zu entlocken, wieder und wieder. Dabei soll nicht die Schwere des morgigen Abschieds zwischen uns stehen oder die Last des …« Er unterbrach sich und schlug kurz die Augen nieder.

»Wenn wir diese Sache miteinander teilen, Keera, dann möchte ich, dass wir unter keinerlei Druck stehen. Dass es nichts gibt außer dir und mir.« Tiefe Entschlossenheit stand in seinem Blick. An seinen Zügen konnte ich ablesen, wie schwer das, was wir getan hatten – und das, was wir noch tun würden –, auf ihm lastete. Wie viel es ihn kostete, seine Angst im Zaum zu halten.

Ich legte ihm die Hand auf die Wange und nickte. Riven zog mich an seine Brust und streichelte mein Haar. So lagen wir da, im Faenlicht miteinander verschlungen, und prägten uns genau ein, wie sich der andere anfühlte. Als die Sonnen untergingen, flocht Riven mir das Haar, und ich wusch mein Gesicht in dem kleinen Wasserbecken. Dann ging ich schlafen, in seinem Hemd, das mir bis zu den Knien reichte, und eingehüllt in seinen Duft, während seine Arme um meine Taille lagen.

Es war noch dunkel, als ich die Augen wieder aufschlug. Das Mondlicht blinzelte in den Eingang der winzigen Höhle. Aufgewacht war ich nur, weil es an meinem Rücken auf einmal kalt geworden war. Riven lag nicht länger neben mir und schlief, er packte einige Schritte entfernt seine Tasche.

»Du sagtest ja, du müsstest früh aufbrechen, aber der Morgen ist doch noch gar nicht angebrochen«, murmelte ich verschlafen und fasste nach dem Kissen, das er gerade einrollen wollte.

»Ich muss los, wenn ich es noch bis zur Kluft schaffen will.« Riven gab mir einen langen Kuss und zog mir das Kissen aus der Hand.

»Brauchst du dein Hemd?«, fragte ich neckisch. Dann setzte ich mich auf und ließ das besagte Kleidungsstück langsam über meine Schultern heruntergleiten, in der Hoffnung, ihn doch noch ein wenig zum Bleiben zu verleiten.

»Das kannst du behalten.« Er zog den Stoff wieder hoch und lachte. »Zwei Wochen kannst du wohl noch warten.« Etwas, das mir völlig unmöglich scheinen wollte, weil er begann, an meinem Ohr zu knabbern. »Du siehst sowieso viel besser darin aus«, sagte er und ließ den Blick über meine nackten Beine schweifen.

»Ja, stimmt, nicht wahr?« Ich biss mir schelmisch auf die Unterlippe, dann betrachtete ich meinen ausgestreckten Körper, bevor ich mich mit einem Grinsen wieder ihm zuwandte und zwinkerte.

Riven schüttelte den Kopf, aber seine Augen funkelten amüsiert. »Du hast zu viel Zeit mit Nikolai verbracht, wie es scheint.« Ich zuckte die Achseln. Das stimmte wahrscheinlich.

Mit einem Ruck zog ich Riven zu mir aufs Bett. Es war herrlich, sein Gewicht auf mir zu spüren, seine Wärme, seinen Geruch. Wie hatte ich es nur ausgehalten, so lange auf solche Berührungen zu verzichten? Jetzt, da ich wieder erlebt hatte, wie schön das war, fühlte sich die Aussicht auf eine Zeit ohne diese Nähe an, als sollte ich ohne Wasser auskommen.

Riven umfasste mich mit seinen großen Händen und drehte uns auf die Seite. Wir lagen da, schmiegten uns aneinander, und er streichelte mir sanft den Rücken. Ein kritischer Blick lag in seinen violetten Augen, als er mich betrachtete. Ich küsste ihn sanft, und er zog mich fester an sich.

Seine Lippen lagen heiß auf meinen, dann wanderte er mit seinen Küssen über meine Wangen und meinen Hals und schien nicht genug von mir bekommen zu können. Ich packte ihn am Haar, wollte ihn näher zu mir holen. Als er nicht nachgab, schob ich mein Bein über seinen Rücken, und dabei drang ein leises Stöhnen über meine Lippen.

Rivens Biss wurde sanfter. Er fuhr mit dem Daumen zart über meine Wange, bevor er sich von mir loste.

Es war wunderschön, aber es fühlte sich wie ein Abschied an.

»Es sind nur zwei Wochen«, sagte jetzt auch ich. Ohne die Wärme seiner Lippen fühlte sich meine Haut schon jetzt kalt an.

Nun bemerkte ich den harten Blick in seinen Augen; seine Kiefermuskeln strafften sich, und er biss die Zähne zusammen, als er sich von mir abwandte und zu Boden sah.

»Du reitest nicht nur zur Kluft, oder?«, fragte ich, legte einen Finger unter sein Kinn und drehte sein Gesicht wieder zu mir.

Ein Ruck ging durch seinen Körper, er erstarrte.

»Ich vertraue dir, Riven«, sagte ich mit tiefster Überzeugung. »Wenn du es mir nicht sagen kannst, oder wenn du meinst, ich wäre besser nicht eingeweiht … ich vertraue dir. Nicht mehr wissen als unbedingt nötig, nicht wahr?« Als wir diese Vereinbarung getroffen hatten, wäre mir allerdings nicht im Traum eingefallen, dass wir einmal so eng umschlungen daliegen würden wie jetzt.

»Nicht mehr wissen als unbedingt nötig«, wiederholte er leise und schloss die Augen, als er nickte. Wir blieben beieinander liegen, und Riven streichelte meinen Rücken, bis das erste Zwitschern der Vögel zu uns hineindrang. Fast wäre ich mit ihrem Gesang im Ohr wieder eingeschlafen, da brach Riven das Schweigen.

»Du warst eine Überraschung, Keera«, flüsterte er voll Inbrunst. »Du warst eine wunderbare, wunderschöne Überraschung. Ich hätte nie gedacht, dass so etwas geschehen würde, aber ich bin sehr froh, dass es so kam.« Er klang angespannt und drängend, und sein Griff um meine Hüfte war hart.

»Ich bin auch froh«, sagte ich. Große Worte lagen mir nicht. Ich konnte nichts weiter bieten als die Wahrheit, und ich musste hoffen, dass das reichte.

Er küsste mich ein letztes Mal. Wieder wurde ich das Gefühl nicht los, dass er sich von mir verabschiedete. Dann hauchte ich ihm einen Kuss auf die Stelle zwischen den Augenbrauen. Er zog mich so an sich, dass sich mein Kopf in seine Halsbeuge schmiegte, und rieb meinen Rücken, bis ich einschlief. Als ich Stunden später wieder aufwachte, war er verschwunden. Bis ich fertig gepackt hatte und mein Pferd aufzäumte, lugten die Sonnen bereits über die Baumwipfel. Tatsächlich hatte ich bis weit nach Tagesanbruch geschlafen, so viel wie schon lange nicht mehr. Ich fühlte mich erfrischt und freute mich geradezu auf den langen Ritt bis Königsufer.

Unser Plan funktionierte, und schon bald würde der König – die Krone – stürzen.

Zum ersten Mal sah ich der Frage, was danach kommen würde, mit Spannung entgegen.

Leise summte ich vor mich hin, als ich die Packtaschen an den Sattel schnallte, während meine Stute an dem niedrigen Grünzeug vor ihren Hufen knabberte. Ich nahm mir sogar die Zeit, ihre Mähne zu striegeln. Wir würden auf unserem fünftägigen Ritt gut miteinander auskommen müssen. Also holte ich ein wenig

Hafer aus dem Futterbeutel und lachte, als ihre Zunge meine Finger kitzelte.

Ich trug noch immer Rivens Hemd. Sein Geruch hing an dem Stoff, und ich zog die Hosen etwas höher und stopfte es in den Bund. Eigentlich war es mir viel zu groß, aber das war mir egal. Mich würde sowieso tagelang niemand zu Gesicht bekommen.

Als ich den Fuß in den Steigbügel schob, sah ich, wie die Stute mit den Ohren spielte. Hinter mir knackte ein Zweig.

Als ich mich umwandte, war es zu spät.

Ich spürte einen kleinen Piks an meinem Arm. Ein kleiner roter Wurfpfeil steckte dort in meiner Haut. Mir schwanden die Sinne, und die Beine gaben unter mir nach.

Bevor ich ohnmächtig wurde, sah ich nur noch, wie jemand zu mir trat und mir einen Sack über den Kopf zog.

FÜNFUNDVIERZIG

Ich fand mich in einer Kutsche wieder, neben Getreidesäcken und Lebensmitteln. Draußen begleiteten Reiter das Gefährt, das hörte ich. Verschiedene Stimmen. Männer. Ich versuchte herauszufinden, wie viele es waren, aber mir schwamm noch der Kopf. Es fühlte sich an, als ob ich die Geräusche unter Wasser wahrnahm. Schließlich bekam ich solche Kopfschmerzen, dass ich aufgab.

Es roch nach Rosenholz, feuchter Erde und frischem Wasser. Der Boden, über den wir rollten, war nachgiebig, aber voller harter Wurzeln und Kieseln. Demnach fuhren wir durch einen Wald, aber durch welchen, das konnte ich nicht sagen. Mir war, als ob ich wochenlang geschlafen hätte. Meine Arme und Beine waren mit Stricken gefesselt, und nachdem ich offenbar lange in ein und derselben Lage verharrt hatte, kostete es mich große Mühe, mich aufzusetzen; mein Rücken war steif.

Mein Hals juckte. Als ich mit beiden gefesselten Händen an die Stelle fasste, um mich zu kratzen, spürte ich etwas aus meiner Haut ragen und zog es heraus. Ein roter Wurfpfeil. Von der Art, wie ich ihn selbst benutzt hatte, um die Schemin in Silstra unschädlich zu machen.

Schlafmittel.

Aber der Pfeil, der mich vor der Höhle getroffen hatte, war in meinen Arm gedrungen. Offenbar hatte man mich immer wieder in Bewusstlosigkeit versetzt. Tagelang. Oder noch länger. Inzwischen konnte ich sonst wo sein.

Ich stemmte mich gegen meine Fesseln, bewegte die Handgelenke hin und her, um die Knoten zu lösen, aber die Stricke scheuerten mir nur die Haut auf. Abgesehen davon, dass ich mir die Finger wund rieb, bis sie bluteten, passierte nichts. Obwohl man mich sicher draußen fluchen hörte, kam niemand, um mich erneut mattzusetzen. Ob das ein gutes oder ein schlechtes Zeichen war, wusste ich nicht.

Dann kam die Kutsche mit einem Ruck zum Stehen, und ich schleuderte nach vorn und fiel auf meine gefesselten Hände. Jemand näherte sich dem Wagenschlag. Schnell kam ich neben der Tür auf die Knie und hob die Hände über den Kopf, bereit zum Angriff.

Die Tür klappte auf, und das grelle Licht blendete mich, aber ich stürzte mich trotzdem auf die Person, die dahinterstand. Es war ein Halbling, nur wenig größer als ich. Ich nutzte das Überraschungsmoment zu meinem Vorteil und rammte ihm die Ellenbogen ins Gesicht. Er stürzte mit einem Schrei zu Boden, und dann schlug man mich von hinten nieder.

»Tut ihr nicht weh«, rief jemand ganz in meiner Nähe.

Ich erstarrte. Nicht vor Angst, sondern weil ich die Stimme erkannte.

Nikolai.

Während ich an den Schultern festgehalten wurde, trat er zu mir. Von seiner üblichen Zugewandtheit war da keine Spur mehr; er hatte eine stoische Maske aufgesetzt, die ich bei ihm noch nie gesehen hatte.

»Keera«, sagte er und verneigte sich andeutungsweise. Als ich in seine Richtung ausspuckte, zuckte er zwar zusammen, holte aber nicht zum Schlag aus. Stattdessen kaute er an der Innenseite seiner

Wange und betrachtete die gerötete Haut an meinen Fingern und Handgelenken. Als er mir die Hand entgegenstreckte, fuhr ich zurück. Er verharrte mit ausgestrecktem Arm und sah mich mit betrübter Miene an, aber ich wusste, dass es eine Lüge war.

Alles war eine Lüge gewesen.

Nikolai zog mich auf die Beine und hielt mich von hinten fest. Dann zog er mir wieder einen Sack über den Kopf, während ich ihn mit allen Beschimpfungen bedachte, die mir einfallen wollten. Er überhörte das alles und gab mir einen Stoß, damit ich vorwärtsging, dann führte er mich mit kleinen Schritten weiter; durch die Fesseln an meinen Knien kam ich nur langsam voran. Ich lehnte mich gegen seine Schultern, und als ich mit einer Hand seinen Oberkörper zu fassen bekam, kniff ich zu. Fest. Er holte vor Schmerz Luft und stieß mich von sich weg, aber er sagte nichts.

Hoffentlich hatte es richtig wehgetan. Er war ein Verräter. Hatte mich an irgendwen verkauft und wollte mich jetzt wohl zu seinem Auftraggeber bringen. Riven würde toben, wenn er davon erfuhr.

Beim nächsten Gedanken wurde mir eiskalt bis ins Mark.

Riven. Was, wenn Nikolai gar kein Verräter war?

Was, wenn Riven das hier befohlen hatte?

Er wusste genau, wo ich mich befunden hatte. Er war losgeritten, bevor ich am Morgen aufgewacht war. Natürlich hatte ich gedacht, dass er lediglich seinen Teil des Plans ausführen wollte, aber vielleicht hatte er lediglich dafür sorgen wollen, dass ich allein war. Damit Nikolai die Möglichkeit bekam, mich zu überrumpeln.

Mir blieb keine Zeit, darüber nachzugrübeln, wie das alles zusammenhängen mochte, weil wir jetzt eine Art Gebäude betraten. Der Boden unter meinen Füßen war uneben. Er bestand aus Holz. Ein Feuer knackte leise, und ein leichter Wind rüttelte an einer Fensterscheibe.

Wo bei den Göttern bin ich?, fragte ich mich verzweifelt.

Dann öffnete sich eine Tür, und wir gingen hindurch. Mit meinen Sinnen erfasste ich weitere Herzschläge, zu viele, um sie genau bestimmen zu können. Fünf vielleicht, abgesehen von den dreien, die mich begleitet hatten.

Darüber blieb ich nicht länger im Unklaren, denn Nikolai blieb stehen und bedeutete mir mit einer Armbewegung ebenfalls anzuhalten. Dann zog er mir den Sack vom Kopf.

Ein Mann saß vor mir auf einem großen Stuhl aus Holz, der durchaus einem Thron ähnelte. Hinter ihm standen Syrra und Collin. Der Mann hatte blondes Haar, das den dünnen Goldreif, den er auf dem Kopf trug, noch betonte. Seine Augen waren von einem durchdringenden, frühlingsblätterfarbenen Grün, das zur Mitte hin ins Bernsteinfarbene changierte, genau wie bei seinem Bruder.

Prinz Killian.

Der Boden unter meinen Füßen schwankte. Nikolai verstärkte seinen Griff um meine Schulter und stützte mich. Killian hob das Kinn und überprüfte den Zustand meiner Fesseln. Sein Blick ruhte lange auf den Abschürfungen an meinen Handgelenken. Kurz schürzte er die Lippen, dann verzog er sie zu einem gemeinen Grinsen.

»Bitte vergib mir, dass ich dich auf derart unhöfliche Art und Weise zu dieser Audienz gerufen habe, Keera«, sagte er, und düstere Stille breitete sich im ganzen Raum aus. »Es war zu deiner eigenen Sicherheit und zu der meiner Kameraden.«

»Dass Ihr mich gefangen genommen habt? Oder mich als Geisel festhaltet?«, fuhr ich ihn an und gab mir keine Mühe, das Eis in meiner Stimme zu verbergen.

»Beides«, sagte Killian. »Ich konnte es nicht riskieren, dich zu befreien, bis wir miteinander gesprochen hatten. Und außerdem konnte ich mich auch nicht offenbaren, bevor wir außer Reichweite meines Vaters und meines Bruders waren.«

»Und wozu das Ganze?«, zischte ich und sträubte mich gegen Nikolais Griff, um einen Schritt näher an den Prinzen heranzukommen. Nikolai wollte mich festhalten, aber Killian hob die Hand.

»Keera ist unsere Freundin, daran hat sich nichts geändert«, sagte er Nikolai. Sein harter Blick glitt über die anderen Anwesenden im Raum. Manche nickten. Die meisten standen schweigend da und hielten ihre Klingen griffbereit.

»Blödsinn!«, fauchte ich. Syrra hielt sich die Hand vor den Mund, um ihr Grinsen zu verbergen.

»Aber, Keera«, fuhr Killian fort, und seine Lippen zuckten, »wir waren doch die ganze Zeit über Freunde. Deine Überwachung in Aralinth, deine Mission in Cereliath, die Sprengung des Damms von Silstra.« Er zählte die Städte an seinen Fingern ab. Jede fühlte sich wie ein harter Schlag in die Magengrube an.

»Davon wisst Ihr?« Ich konnte es nicht glauben.

Nikolai schnaubte kurz. Killian warf ihm einen warnenden Blick zu.

»Es war mein Plan«, antwortete der Prinz.

»Aber Riven …« Mir stockte der Atem. Plötzlich fügte sich alles zusammen.

»Ja, mein Schatten hat mich über deine Aufträge gut auf dem Laufenden gehalten«, sagte Killian und winkte ab.

Sein Schatten? Das konnte nicht wahr sein. Riven hätte mir davon erzählt. Ein solches Bündnis hätte er mir auf Dauer nicht verheimlichen können. Nicht, nachdem ich mich in Silstra so bewährt hatte. Nicht, nachdem wir …

Nicht mehr wissen als unbedingt nötig. Ich erbleichte und sank neben Nikolai in mich zusammen. Offenbar war ich nicht die Einzige, die Geheimnisse gehabt hatte.

»Wo ist Riven?«, fragte ich. »Ich will sofort mit ihm sprechen!«

Killian verzog den Mund zu einem geraden Strich. Tiefe Erschöpfung erfasste meine Glieder, obwohl ich doch tagelang geschlafen hatte, und meine Knie drohten nachzugeben.

»Riven ist im Augenblick nicht abkömmlich«, sagte Killian, der sich jetzt erhob und auf mich zukam. »Er weiß, wo du bist, und wird bald zurück sein. Sobald er eintrifft, kannst du mit ihm sprechen. Aber vorher musst du eine Wahl treffen.«

Ich schnaubte. »Eine Wahl?« Welche Wahl hatte ich denn, gefesselt und unbewaffnet?

»Ja«, sagte Killian und tat einen letzten Schritt. Er war mir so nahe, dass ich den Geruch nach Pergament wahrnahm, der von seinen Kleidern ausging. Und ich sah die blassen Tintenflecke an seinen Händen.

»Uns beiden ist jetzt nicht mehr damit gedient, unser Bündnis geheimzuhalten«, sagte Killian. »Der König wird schnell zur Tat schreiten. Wenn wir eine Chance haben wollen, ihn zu besiegen, dann musst du wissen, mit wem du es tatsächlich zu tun gehabt hast.«

»Du willst, dass ich auf deine Seite wechsle?« Ungläubig schüttelte ich den Kopf. »Wieso sollte ich dir vertrauen?« Ich hob die gefesselten Hände. Sie waren nur ein Beispiel dafür, wie Killian – und Riven – mich betrogen hatten.

Killian lächelte süffisant. »Das hast du schon. Du wusstest es nur nicht. Ich muss sichergehen, dass du immer noch zu unserer Mission stehst, Keera. Jetzt, wo du weißt, dass dein Riven auf meinen Befehl hin handelte. Wenn du das nicht kannst, dann fürchte ich …«

»Dass Ihr mich töten müsst?«, vermutete ich.

»Tatsächlich würde ich das gern vermeiden.« Killian legte die Hand an die Brust. »Ich denke, du und ich, wir werden gute Freunde werden.«

»Ist es Eure Angewohnheit, Eure Freunde anzulügen?«, fragte ich. »Und ihnen die Hände zu fesseln?«

»Nur, wenn es unbedingt sein muss.« Er zuckte die Achseln. »Keera, keiner weiß besser als du, wie gefährlich es ist, Geheimnisse zu teilen. Ich wollte auf keinen Fall das Leben meiner Leute aufs Spiel setzen, indem ich mich zu erkennen gab, nur um deinen Stolz zu wahren.« Seine Stimme war hart und fest. Ich hasste den Teil von mir, der verstand, was er meinte.

»Und wieso offenbart Ihr Euch jetzt?«, fragte ich.

»Nun«, sagte Killian mit breitem Lächeln, »ich kann wohl davon ausgehen, dass jemand, der sogar bereit ist, sich für die gute Sache in die Luft sprengen zu lassen, meinen Vater genauso unbedingt aus dem Weg räumen will wie ich. Vielleicht sogar noch mehr.« Er neigte den Kopf und sah mich nachdenklich an.

Meine Haut prickelte unter seinem Blick. Wieso wollte der Prinz seinen Vater beseitigen? Wie lange schon intrigierte er gegen die Krone? Ich sah ihn grimmig an. Jedenfalls wollte ich ihm nicht die Befriedigung gönnen, ihm im Angesicht all seiner Komplizen diese Fragen zu stellen.

»Vor allem aber«, fuhr er fort, »bin ich davon überzeugt, dass du in den Kämpfen, die auf uns zukommen, an meiner Seite mehr von Nutzen wärst.«

Ich bedachte ihn mit einem finsteren Blick. »Ihr meint, Ihr könnt mir nicht vertrauen.« Die Stricke an meinen Handgelenken fühlten sich so fest an, als ob sie sich nie wieder lösen würden. All die vielen Leute, die ich getötet hatte, um der Last der Krone zu entkommen und der Herrschaft des Königs ein Ende zu setzen – es war umsonst gewesen. Da hatte ich mich von einer Fessel befreit, nur um festzustellen, dass meine Hände schon in der nächsten steckten. Mein Magen krampfte sich zusammen. Wenn ich mich jetzt übergeben musste, dann wollte ich wenigstens dafür sorgen, dass der Prinz die volle Ladung abbekam.

»Tatsächlich vertraue ich dir wirklich«, sagte Killian, und sein Blick wurde weicher. »Und ich werde das weiterhin tun müssen, damit wir unser Ziel erreichen. Dabei bin ich überzeugt: Du bist eine gute Assassine, aber eine noch bessere Strategin. Was das Töten betrifft, so habe ich andere, die das für mich erledigen können, aber es gibt nicht halb so viele, die den richtigen Blick dafür haben, welche Figuren bewegt werden müssen, um eine Monarchie ins Wanken zu bringen.«

Etwas ganz Ähnliches hatte er im Thronsaal gesagt. Mir schoss das Blut in die Wangen, als ich mich erinnerte, wie dankbar ich für seine Unterstützung vor dem König gewesen war. Jetzt hinterließen seine Worte einen bitteren Nachgeschmack. Er hatte die ganze Zeit über mit mir gespielt, und ich war zu dämlich gewesen, um das zu erkennen.

»Ich will der *Krone* ein Ende machen«, sagte ich, und meine Stimme kratzte in meinem Hals. »Und nicht einen anderen König auf den Thron setzen.«

»Wir wollen dasselbe«, erwiderte Killian ruhig. Ich warf einen bezeichnenden Blick auf den goldenen Reif auf seiner Stirn.

Killian nahm ihn ab und ließ mich dabei nicht aus den Augen. »Diese Krone ist weiter nichts als ein Werkzeug, Keera. Wie deine Klinge. Oder besser noch, wie deine Kapuze. Mit ihr kann ich mich bewegen, ohne gesehen zu werden. Und sie schützt jene, die mir vertrauen.« Dabei sah er die Halblinge und Elfen an, die um uns herumstanden.

Er tat einen Schritt auf mich zu. »Aber sobald wir unser Ziel erreicht haben, werde ich sie ablegen. Ich habe kein Interesse daran, König zu werden. Oder ein Land zu regieren, das von Anfang an nicht dazu gedacht war, regiert zu werden.« Er ließ den Stirnreif fallen, der über den Boden sprang und davonrollte. Zwar traute ich seinen Worten nicht, aber als ich über seine Schulter blickte, sah ich Syrra. Sie hatte die Lippen wie immer zu einem Strich zusammengekniffen, aber ihre Augen ruhten auf mir.

Sie nickte einmal. Ein Zeichen, dass ich dem Prinzen trauen konnte. Oder zumindest dafür, dass *sie* die schönen Dinge glaubte, die er sagte.

Killian nahm meine Hände. Seine waren weich und unvernarbt. Er hatte keine Schwielen vom Führen einer Waffe, aber seine Haut war rau. Trocken wie die Schriftrollen und Pergamente, mit denen er den größten Teil seiner Tage verbrachte.

Er zog einen Dolch aus seinem Gürtel. Der dünne Stahl funkelte. Die Klinge war kurz, aber lang genug, um ein Herz zu durchdringen.

»Mir ist es ernst mit dem, was ich sagte, Keera«, flüsterte er und war mir so nahe, dass mir sein warmer Atem über die Wange fuhr.

»Ich möchte, dass du meine Verbündete bist. Aber auch meine Freundin.« Er hielt die Augen durchdringend auf mich gerichtet – er forderte mich heraus, meine letzte Chance zu ergreifen. Ich holte tief Luft, noch immer nicht sicher, ob ich diesen Augen trauen konnte. Sie glichen so sehr den grausamen Augen seines Bruders.

Ich nickte.

Killian hob die Klinge und durchtrennte meine Fesseln.

»Und jetzt«, sagte er, als die dicken Stricke zu Boden fielen, »bringen wir meinen Vater um.«

Es war kein Witz. Es war ein Versprechen.

DANKSAGUNG

So viele Hände haben die verschiedenen Versionen dieses Buchs gehalten, und noch viele weitere haben mich gestützt, während ich daran schrieb. Ich möchte meiner Familie und all meinen Freunden danken, die sich meine begeisterten Ausführungen, stressbedingten Tränenausbrüche und panikgetriebenen Gedankenspiralen angehört haben, während ich an diesem Buch arbeitete.

Mein Dank gilt meiner Schwester Emma, die verschiedene Versionen las und einige Autofahrten damit verbrachte, alles mit mir durchzusprechen. Meiner Freundin Marissa, die ebenfalls verschiedene Fassungen las und überzeugt war, dass BookTok dieses Buch ebenso lieben würde wie ich. Meiner Mom Cheryl, die mich bestärkt hat, wenn ich es brauchte, und mich hart anging, wenn ich mich im Kreis zu drehen drohte. Meinem Bruder Eric, der mir half, ein Cover auszusuchen, auch wenn ich seinen Rat völlig ignoriert habe. Meinem Dad Greg, weil er akzeptierte, dass ihn dieses Buch davon abhalten würde, die Wiederholungen von *Dexter* im Fernsehen zu gucken. Meinem Bruder Sag, weil er mit mir essen ging, um mich von den ganzen Überarbeitungen abzulenken. Das wusste er damals zwar nicht, aber genau das brauchte ich. Meinen Freundinnen

Aggy und Emily, weil sie mir am Telefon immer zur Seite standen und nie daran gezweifelt haben, dass ich dieses Ding veröffentlichen würde. Ich hoffe, ich habe euch alle stolz gemacht.

Hinter diesem Buch stecken zwei fantastische Teams, die dafür sorgten, dass dieser Traum wahr werden konnte. Vielen Dank, Hanna VanVels, für die Bearbeitungen und das Feedback. Diese Figuren nahmen teilweise unter ihren wachsamen Augen ihre endgültige Gestalt an. Vielen Dank, Colleen Sheehan, die aus meinem Manuskript mein erstes veröffentlichtes Buch gemacht hat. Danke, Karin Wittig, für die Karte von Elverath, damit die Lesenden wissen, wo es langgeht. Und vielen Dank, Kim Dingwall, für das unglaublich schöne Cover. Sie hat Keera so zum Leben erweckt, wie ich es nie für möglich gehalten hätte.

Diese Version von *Broken Blade* würde es ohne das Team bei Union Square & Co. nicht geben. Ich möchte meiner Lektorin Laura Schreiber dafür danken, dass sie an dieses Buch geglaubt hat und alles daransetzte, dass es noch mehr glänzt. Ebenso wie Stefanie Cole, die Widersprüche in der Handlung entdeckte, die mir nie aufgefallen wären. Und Hayley Jozwiak, die diese Geschichte perfektionierte und meine wacklige Kommasetzung stützte. Es macht mich so glücklich, dass Keeras Geschichte euch alle erreicht hat.

Mein letzter Dank gilt der BookTok-Community. Ich schrieb dieses Buch 2021, nachdem ich dort Clips über Bücherreihen gesehen hatte, von denen ich vorher noch nie etwas gehört hatte, und feststellte, dass es zudem einen faszinierenden, tiefgründigen Diskurs darüber gab. Dieses Buch habe ich für euch geschrieben. Ich habe alles kombiniert, was man auf BookTok liebt, und das hinzugefügt, was meiner Meinung nach noch fehlte. Es ist eine wunderbare Community, der ich so gern angehöre, von der ich lerne und bei der ich so viel entdecke, und in die ich mich immer wieder hineinflüchten kann. Ich hoffe, dass auch ihr auf diesen Seiten kleine Fluchten gefunden habt.